全宋词

（简体增订本）

二

唐圭璋 编纂

王仲闻 参订

孔凡礼 补辑

中华书局

目　　次

第　二　册

周邦彦

邦彦字美成,钱塘(今杭州)人。生于嘉祐元年(1056)。元丰中,献汴都赋,召为太学正。徽宗朝,仕至徽猷阁待制,提举大晟府。出知顺昌府,徙知处州。秩满,以待制提举洞霄宫。晚居明州。宣和三年(1121)卒,年六十六。自号清真居士。有清真集。

春景

瑞龙吟 大石

章台路。还见褪粉梅梢,试花桃树。愔愔坊陌人家,定巢燕子,归来旧处。　　黯凝伫。因念个人痴小,乍窥门户。侵晨浅约宫黄,障风映袖,盈盈笑语。　　前度刘郎重到,访邻寻里,同时歌舞。唯有旧家秋娘,声价如故。吟笺赋笔,犹记燕台句。知谁伴、名园露饮,东城闲步。事与孤鸿去。探春尽是,伤离意绪。官柳低金缕。归骑晚,纤纤池塘飞雨。断肠院落,一帘风絮。

锁窗寒 越调

暗柳啼鸦,单衣伫立,小帘朱户。桐花半亩,静锁一庭愁雨。洒空阶、夜阑未休,故人剪烛西窗语。似楚江暝宿,风灯零乱,少年羁旅。　　迟暮。嬉游处。正店舍无烟,禁城百五。旗亭唤酒,付与高阳俦侣。想东园、桃李自春,小唇秀靥今在否。到归时、定有残英,待客携尊俎。

风流子　大石

新绿小池塘。风帘动、碎影舞斜阳。羡金屋去来，旧时巢燕，土花
缭绕，前度莓墙。绣阁凤帏深几许，曾听得理丝簧。欲说又休，虑
乖芳信，未歌先咽，愁近清觞。　　遥知新妆了，开朱户，应自待月
西厢。最苦梦魂，今宵不到伊行。问甚时说与，佳音密耗，寄将秦
镜，偷换韩香。天便教人，霎时厮见何妨。

　　按历代诗馀卷八十六误作贺铸词。

渡江云　小石

晴岚低楚甸，暖回雁翼，阵势起平沙。骤惊春在眼，借问何时，委曲
到山家。涂香晕色，盛粉饰、争作妍华。千万丝、陌头杨柳，渐渐可
藏鸦。　　堪嗟。清江东注，画舸西流，指长安日下。愁宴阑、风
翻旗尾，潮溅乌纱。今宵正对初弦月，傍水驿、深舣蒹葭。沉恨处，
时时自剔灯花。

应天长　商调

条风布暖，霏雾弄晴，池塘遍满春色。正是夜堂无月，沉沉暗寒食。
梁间燕，前社客。似笑我、闭门愁寂。乱花过，隔院芸香，满地狼
藉。　　长记那回时，邂逅相逢，郊外驻油壁。又见汉宫传烛，飞
烟五侯宅。青青草，迷路陌。强带酒、细寻前迹。市桥远，柳下人
家，犹自相识。

荔枝香近　歇指

照水残红零乱，风唤去。尽日测测轻寒，帘底吹香雾。黄昏客枕无
憀，细响当窗雨。看两两相依燕新乳。　　楼下水，渐绿遍、行舟

浦。暮往朝来,心逐片帆轻举。何日迎门,小槛朱笼报鹦鹉。共剪西窗蜜炬。

第　二

夜来寒侵酒席,露微泫。舄履初会,香泽方薰,无端暗雨催人,但怪灯偏帘卷。回顾,始觉惊鸿去云远。　　大都世间,最苦唯聚散。到得春残,看即是、开离宴。细思别后,柳眼花须更谁剪。此怀何处消遣。

还京乐 大石

禁烟近,触处、浮香秀色相料理。正泥花时候,奈何客里,光阴虚费。望箭波无际。迎风漾日黄云委。任去远,中有万点,相思清泪。　　到长淮底。过当时楼下,殷勤为说,春来羁旅况味。堪嗟误约乖期,向天涯、自看桃李。想而今、应恨墨盈笺,愁妆照水。怎得青鸾翼,飞归教见憔悴。

扫地花 双调

晓阴翳日,正雾霭烟横,远迷平楚。暗黄万缕。听鸣禽按曲,小腰欲舞。细绕回堤,驻马河桥避雨。信流去。想一叶怨题,今在何处。　　春事能几许。任占地持杯,扫花寻路。泪珠溅俎。叹将愁度日,病伤幽素。恨入金徽,见说文君更苦。黯凝伫。掩重关、遍城钟鼓。以上片玉集卷一

春景

解连环 商调

怨怀无托。嗟情人断绝,信音辽邈。信妙手、能解连环,似风散雨

收，雾轻云薄。燕子楼空，暗尘锁、一床弦索。想移根换叶。尽是旧时，手种红药。　　汀洲渐生杜若。料舟依岸曲，人在天角。谩记得、当日音书，把闲语闲言，待总烧却。水驿春回，望寄我、江南梅萼。拚今生，对花对酒，为伊泪落。

玲珑四犯 大石

秾李夭桃，是旧日潘郎，亲试春艳。自别河阳，长负露房烟脸。憔悴鬓点吴霜，念想梦魂飞乱。叹画阑玉砌都换。才始有缘重见。　　夜深偷展香罗荐。暗窗前、醉眠葱茜。浮花浪蕊都相识，谁更曾抬眼。休问旧色旧香，但认取、芳心一点。又片时一阵，风雨恶，吹分散。

丹凤吟 越调

迤逦春光无赖，翠藻翻池，黄蜂游阁。朝来风暴，飞絮乱投帘幕。生憎暮景，倚墙临岸，杏靥夭斜，榆钱轻薄。昼永惟思傍枕，睡起无憀，残照犹在亭角。　　况是别离气味，坐来但觉心绪恶。痛引浇愁酒，奈愁浓如酒，无计消铄。那堪昏暝，簌簌半檐花落。弄粉调朱柔素手，问何时重握。此时此意，长怕人道著。

满江红 仙吕

昼日移阴，揽衣起、春帷睡足。临宝鉴、绿云撩乱，未炊妆束。蝶粉蜂黄都褪了，枕痕一线红生肉。背画栏、脉脉悄无言，寻棋局。　　重会面，犹未卜。无限事，萦心曲。想秦筝依旧，尚鸣金屋。芳草连天迷远望，宝香薰被成孤宿。最苦是、蝴蝶满园飞，无人扑。

按"宝香薰被成孤宿"句，草堂诗馀后集卷上李知几临江仙词注误引作苏轼词。"蝶粉蜂黄都褪了"句，野客丛书卷二十四误引作张元幹词。

瑞鹤仙 高平

悄郊原带郭。行路永, 客去车尘漠漠。斜阳映山落。敛馀红、犹恋
孤城栏角。凌波步弱。过短亭、何用素约。有流莺劝我, 重解绣
鞍, 缓引春酌。　　不记归时早暮, 上马谁扶, 醒眠朱阁。惊飙动
幕。扶残醉, 绕红药。叹西园、已是花深无地, 东风何事又恶。任
流光过却。犹喜洞天自乐。

西平乐 小石

元丰初, 予以布衣西上, 过天长道中。后四十馀年, 辛丑正月, 避贼
复游故地。感叹岁月, 偶成此词。

稚柳苏晴, 故溪歇雨, 川迥未觉春赊。驼褐寒侵, 正怜初日, 轻阴抵
死须遮。叹事逐孤鸿尽去, 身与塘蒲共晚, 争知向此, 征途迢递, 伫
立尘沙。追念朱颜翠发, 曾到处、故地使人嗟。　　道连三楚, 天
低四野, 乔木依前, 临路敧斜。重慕想、东陵晦迹, 彭泽归来, 左右
琴书自乐, 松菊相依, 何况风流鬓未华。多谢故人, 亲驰郑驿, 时倒
融尊, 劝此淹留, 共过芳时, 翻令倦客思家。

浪涛沙 商调

昼阴重, 霜凋岸草, 雾隐城堞。南陌脂车待发。东门帐饮乍阕。正
拂面垂杨堪缆结。掩红泪、玉手亲折。念汉浦离鸿去何许, 经时信
音绝。　　情切。望中地远天阔。向露冷风清, 无人处、耿耿寒漏
咽。嗟万事难忘, 唯是轻别。翠尊未竭。凭断云留取, 西楼残月。
罗带光销纹衾叠。连环解、旧香顿歇。怨歌永、琼壶敲尽缺。恨春
去、不与人期, 弄夜色, 空馀满地梨花雪。

忆旧游 越调

记愁横浅黛,泪洗红铅,门掩秋宵。坠叶惊离思,听寒蛩夜泣,乱雨潇潇。凤钗半脱云鬓,窗影烛光摇。渐暗竹敲凉,疏萤照晚,两地魂销。　　迢迢。问音信,道径底花阴,时认鸣镳。也拟临朱户,叹因郎憔悴,羞见郎招。旧巢更有新燕,杨柳拂河桥。但满目京尘,东风竟日吹露桃。以上片玉集卷二

春景

蓦山溪 大石

湖平春水,菱荇萦船尾。空翠入衣襟,拊轻桹、游鱼惊避。晚来潮上,迤逦没沙痕,山四倚。云渐起。鸟度屏风里。　　周郎逸兴,黄帽侵云水。落日媚沧洲,泛一棹、夷犹未已。玉箫金管,不共美人游,因个甚,烟雾底。独爱莼羹美。

少年游 黄钟

南都石黛扫晴山。衣薄耐朝寒。一夕东风,海棠花谢,楼上卷帘看。　　而今丽日明如洗,南陌暖雕鞍。旧赏园林,喜无风雨,春鸟报平安。

第　　二

朝云漠漠散轻丝。楼阁淡春姿。柳泣花啼,九街泥重,门外燕飞迟。　　而今丽日明金屋,春色在桃枝。不似当时,小桥冲雨,幽恨两人知。

秋蕊香 双调

乳鸭池塘水暖。风紧柳花迎面。午妆粉指印窗眼。曲里长眉翠浅。　问知社日停针线。探新燕。宝钗落枕春梦远。帘影参差满院。

渔家傲 般涉

灰暖香融销永昼。蒲萄架上春藤秀。曲角栏干群雀斗。清明后。风梳万缕亭前柳。　日照钗梁光欲溜。循阶竹粉沾衣袖。拂拂面红如著酒。沉吟久。昨宵正是来时候。

第　二

几日轻阴寒测测。东风急处花成积。醉踏阳春怀故国。归未得。黄鹂久住如相识。　赖有蛾眉能暖客。长歌屡劝金杯侧。歌罢月痕来照席。贪欢适。帘前重露成涓滴。

南乡子 商调

晨色动妆楼。短烛荧荧悄未收。自在开帘风不定，飕飕。池面冰澌趁水流。　早起怯梳头。欲绾云鬟又却休。不会沉吟思底事，凝眸。两点春山满镜愁。

望江南 大石

游妓散，独自绕回堤。芳草怀烟迷水曲，密云衔雨暗城西。九陌未沾泥。　桃李下，春晚未成蹊。墙外见花寻路转，柳阴行马过莺啼。无处不凄凄。

浣沙溪 黄钟

争挽桐花两鬓垂。小妆弄影照清池。出帘踏袜趁蜂儿。　　跳脱
添金双腕重,琵琶拨尽四弦悲。夜寒谁肯剪春衣。

第　　二

雨过残红湿未飞。珠帘一行透斜晖。游蜂酿蜜窃香归。　　金屋
无人风竹乱,衣篝尽日水沉微。一春须有忆人时。

　　　按此首别误作欧阳修词,见钱允治本草堂诗馀卷一。

第　　三

楼上晴天碧四垂。楼前芳草接天涯。劝君莫上最高梯。　　新笋
已成堂下竹,落花都上燕巢泥。忍听林表杜鹃啼。

　　　按此首别误作李清照词,见古今词统卷四。

迎春乐 双调

清池小圃开云屋。结春伴、往来熟。忆年时、纵酒杯行速。看月
上、归禽宿。　　墙里修篁森似束。记名字、曾刊新绿。见说别来
长,沿翠藓、封寒玉。

第　　二

桃蹊柳曲闲踪迹。俱曾是、大堤客。解春衣、贳酒城南陌。频醉
卧、胡姬侧。　　鬓点吴霜嗟早白。更谁念、玉溪消息。他日水云
身,相望处、无南北。

点绛唇 仙吕

台上披襟,快风一瞬收残雨。柳丝轻举。蛛网粘飞絮。　　极目

平芜,应是春归处。愁凝伫。楚歌声苦。村落黄昏鼓。

一落索 双调

眉共春山争秀。可怜长皱。莫将清泪湿花枝,恐花也、如人瘦。

清润玉箫闲久。知音稀有。欲知日日倚阑愁,但问取、亭前柳。

第 二

杜宇思归声苦。和春催去。倚阑一霎酒旗风,任扑面、桃花雨。

目断陇云江树。难逢尺素。落霞隐隐日平西,料想是、分携处。

垂丝钓 商调

缕金翠羽。妆成才见眉妩。倦倚绣帘,看舞风絮。愁几许。寄凤丝雁柱。　　春将暮。向层城苑路。钿车似水,时时花径相遇。旧游伴侣。还到曾来处。门掩风和雨。梁间燕语。问那人在否。

以上片玉集卷三

夏景

满庭芳 中吕

风老莺雏,雨肥梅子,午阴嘉树清圆。地卑山近,衣润费炉烟。人静乌鸢自乐,小桥外、新绿溅溅。凭栏久,黄芦苦竹,拟泛九江船。

年年。如社燕,飘流瀚海,来寄修椽。且莫思身外,长近尊前。憔悴江南倦客,不堪听、急管繁弦。歌筵畔,先安簟枕,容我醉时眠。

隔浦莲 大石

新篁摇动翠葆。曲径通深窈。夏果收新脆,金丸落、惊飞鸟。浓霭迷岸草。蛙声闹。骤雨鸣池沼。　　水亭小。浮萍破处,帘花檐影颠倒。纶巾羽扇,困卧北窗清晓。屏里吴山梦自到。惊觉。依然身在江表。

法曲献仙音 大石

蝉咽凉柯,燕飞尘幕,漏阁簌声时度。倦脱纶巾,困便湘竹,桐阴半侵朱户。向抱影凝情处。时闻打窗雨。　　耿无语。叹文园、近来多病,情绪懒,尊酒易成间阻。缥缈玉京人,想依然、京兆眉妩。翠幕深中,对徽容、空在纨素。待花前月下,见了不教归去。

过秦楼 大石

水浴清蟾,叶喧凉吹,巷陌马声初断。闲依露井,笑扑流萤,惹破画罗轻扇。人静夜久凭阑,愁不归眠,立残更箭。叹年华一瞬,人今千里,梦沉书远。　　空见说、鬓怯琼梳,容销金镜,渐懒趁时匀染。梅风地溽,虹雨苔滋,一架舞红都变。谁信无憀,为伊才减江淹,情伤荀倩。但明河影下,还看稀星数点。

侧犯 大石

暮霞霁雨,小莲出水红妆靓。风定。看步袜江妃照明镜。飞萤度暗草,秉烛游花径。人静。携艳质、追凉就槐影。　　金环皓腕,雪藕清泉莹。谁念省。满身香、犹是旧荀令。见说胡姬,酒垆寂静。烟锁漠漠,藻池苔井。

塞翁吟 大石

暗叶啼风雨,窗外晓色珑璁。散水麝,小池东。乱一岸芙蓉。蕲州
簟展双纹浪,轻帐翠缕如空。梦念远别、泪痕重。淡铅脸斜红。

　　忡忡。嗟憔悴、新宽带结,羞艳冶、都销镜中。有蜀纸、堪凭寄
恨,等今夜、洒血书词,剪烛亲封。菖蒲渐老,早晚成花,教见薰风。

苏幕遮 般涉

燎沉香,消溽暑。鸟雀呼晴,侵晓窥檐语。叶上初阳干宿雨、水面
清圆,一一风荷举。　　故乡遥,何日去。家住吴门,久作长安旅。
五月渔郎相忆否。小楫轻舟,梦入芙蓉浦。

浣　沙　溪

日射敧红蜡蒂香。风干微汗粉襟凉。碧纱对掩簟纹光。　　自剪
柳枝明画阁,戏抛莲荫种横塘。长亭无事好思量。

第　　二

翠葆参差竹径成。新荷跳雨泪珠倾。曲阑斜转小池亭。　　风约
帘衣归燕急,水摇扇影戏鱼惊。柳梢残日弄微晴。

第　　三

薄薄纱厨望似空。簟纹如水浸芙蓉。起来娇眼未惺憁。　　强整
罗衣抬皓腕,更将纨扇掩酥胸。羞郎何事面微红。

第　　四

宝扇轻圆浅画缯。象床平稳细穿藤。飞蝇不到避壶冰。翠枕面凉

频忆睡，玉箫手汗错成声。日长无力要人凭。

点绛唇 仙吕

征骑初停，酒行莫放离歌举。柳汀莲浦。看尽江南路。　　苦恨斜阳，冉冉催人去。空回顾。淡烟横素。不见扬鞭处。

诉衷情 商调

出林杏子落金盘。齿软怕尝酸。可惜半残青紫，犹有小唇丹。　　南陌上，落花闲。雨斑斑。不言不语，一段伤春，都在眉间。以上片玉集卷四

秋景

风流子 大石 秋怨

枫林凋晚叶，关河迥，楚客惨将归。望一川暝霭，雁声哀怨，半规凉月，人影参差。酒醒后，泪花销凤蜡，风幕卷金泥。砧杵韵高，唤回残梦，绮罗香减，牵起馀悲。　　亭皋分襟地，难拚处、偏是掩面牵衣。何况怨怀长结，重见无期。想寄恨书中，银钩空满，断肠声里，玉箸还垂。多少暗愁密意，唯有天知。

华胥引 黄钟 秋思

川原澄映，烟月冥濛，去舟如叶。岸足沙平，蒲根水冷留雁唼。别有孤角吟秋，对晓风鸣轧。红日三竿，醉头扶起还怯。　　离思相萦，渐看看、鬓丝堪镊。舞衫歌扇，何人轻怜细阅。点检从前恩爱，但凤笺盈箧。愁剪灯花，夜来和泪双叠。

宴清都 中吕

地僻无钟鼓。残灯灭,夜长人倦难度。寒吹断梗,风翻暗雪,洒窗
填户。宾鸿谩说传书,算过尽、千伴万侣。始信得、庾信愁多,江淹
恨极须赋。　　凄凉病损文园,徽弦乍拂,音韵先苦。淮山夜月,
金城暮草,梦魂飞去。秋霜半入清镜,叹带眼、都移旧处。更久长、
不见文君,归时认否。

四园竹 官本作西园竹　小石

浮云护月,未放满朱扉。鼠摇暗壁,萤度破窗,偷入书帏。秋意浓,
闲伫立、庭柯影里。好风襟袖先知。　　夜何其。江南路绕重山,
心知谩与前期。奈向灯前堕泪,肠断萧娘,旧日书辞。犹在纸。雁
信绝,清宵梦又稀。

齐天乐 正宫　秋思

绿芜凋尽台城路,殊乡又逢秋晚。暮雨生寒,鸣蛩劝织,深阁时闻
裁剪。云窗静掩。叹重拂罗茵,顿疏花簟。尚有练囊,露萤清夜照
书卷。　　荆江留滞最久,故人相望处,离思何限。渭水西风,长
安乱叶,空忆诗情宛转。凭高眺远。正玉液新篘,蟹螯初荐。醉倒
山翁,但愁斜照敛。

木兰花 高平　暮秋饯别

郊原雨过金英秀。风扫霜威寒入袖。感君一曲断肠歌,劝我十分
和泪酒。　　古道尘清榆柳瘦。系马邮亭人散后。今宵灯尽酒醒
时,可惜朱颜成皓首。

霜叶飞 大石

露迷衰草。疏星挂,凉蟾低下林表。素娥青女斗婵娟,正倍添凄悄。渐飒飒、丹枫撼晓。横天云浪鱼鳞小。似故人相看,又透入、清辉半饷,特地留照。　　迢递望极关山,波穿千里,度日如岁难到。凤楼今夜听秋风,奈五更愁抱。想玉匣、哀弦闭了。无心重理相思调。见皓月、牵离恨,屏掩孤鸎,泪流多少。

蕙兰芳引 仙吕

寒莹晚空,点清镜、断霞孤鹜。对客馆深扃,霜草未衰更绿。倦游厌旅,但梦绕、阿娇金屋。想故人别后,尽日空疑风竹。　　塞北氍毹,江南图障,是处温燠。更花管云笺,犹写寄情旧曲。音尘迢递,但劳远目。今夜长,争奈枕单人独。

塞垣春 大石

暮色分平野。傍苇岸、征帆卸。烟村极浦,树藏孤馆,秋景如画。渐别离气味难禁也。更物象、供潇洒。念多材浑衰减,一怀幽恨难写。　　追念绮窗人,天然自、风韵娴雅。竟夕起相思,谩嗟怨遥夜。又还将、两袖珠泪,沉吟向寂寥寒灯下。玉骨为多感,瘦来无一把。

丁香结 商调

苍藓沿阶,冷萤粘屋,庭树望秋先陨。渐雨凄风迅。澹暮色,倍觉园林清润。汉姬纨扇在,重吟玩、弃掷未忍。登山临水,此恨自古,销磨不尽。　　牵引。记试酒归时,映月同看雁阵。宝幄香缨,熏炉象尺,夜寒灯晕。谁念留滞故国,旧事劳方寸。唯丹青相伴,那

更尘昏蠹损。以上片玉集卷五

秋景

氐州第一　商调

波落寒汀,村渡向晚,遥看数点帆小。乱叶翻鸦,惊风破雁,天角孤云缥缈。官柳萧疏,甚尚挂、微微残照。景物关情,川途换目,顿来催老。　　渐解狂朋欢意少。奈犹被、思牵情绕。座上琴心,机中锦字,觉最萦怀抱。也知人、悬望久,蔷薇谢、归来一笑。欲梦高唐,未成眠、霜空又晓。

解蹀躞　商调

候馆丹枫吹尽,面旋随风舞。夜寒霜月,飞来伴孤旅。还是独拥秋衾,梦馀酒困都醒,满怀离苦。　　甚情绪。深念凌波微步。幽房暗相遇。泪珠都作,秋宵枕前雨。此恨音驿难通,待凭征雁归时,带将愁去。

少年游　商调

并刀如水,吴盐胜雪,纤手破新橙。锦幄初温,兽烟不断,相对坐调笙。　　低声问向谁行宿,城上已三更。马滑霜浓,不如休去,直是少人行。

庆春宫　越调

云接平冈,山围寒野,路回渐转孤城。衰柳啼鸦,惊风驱雁,动人一片秋声。倦途休驾,澹烟里、微茫见星。尘埃憔悴,生怕黄昏,离思牵萦。　　华堂旧日逢迎。花艳参差,香雾飘零。弦管当头,偏怜娇凤,夜深簧暖笙清。眼波传意,恨密约、匆匆未成。许多烦恼,只为当时，一饷留情。

按草堂诗馀前集卷下误作柳永词。又误入吴文英梦窗词集。

醉桃源 大石

冬衣初染远山青。双丝云雁绫。夜寒袖湿欲成冰。都缘珠泪零。

情黯黯，闷腾腾。身如秋后蝇。若教随马逐郎行。不辞多少程。

第　　二

菖蒲叶老水平沙。临流苏小家。画阑曲径宛秋蛇。金英垂露华。

烧蜜炬，引莲娃。酒香薰脸霞。再来重约日西斜。倚门听暮鸦。

点绛唇 仙吕

孤馆迢迢，暮天草露沾衣润。夜来秋近。月晕通风信。　　今日原头，黄叶飞成阵。知人闷。故来相趁。共结临岐恨。

夜游宫 般涉

叶下斜阳照水。卷轻浪、沉沉千里。桥上酸风射眸子。立多时，看黄昏，灯火市。　　古屋寒窗底。听几片、井桐飞坠。不恋单衾再三起。有谁知，为萧娘，书一纸。

第　　二

客去车尘未敛。古帘暗、雨苔千点。月皎风清在处见。奈今宵，照初弦，吹一箭。　　池曲河声转。念归计，眼迷魂乱。明日前村更荒远。且开尊，任红鳞，生酒面。

诉衷情 商调

堤前亭午未融霜。风紧雁无行。重寻旧日岐路,茸帽北游装。
期信杳,别离长。远情伤。风翻酒幔,寒凝茶烟,又是何乡。

伤情怨 林钟

枝头风势渐小。看暮鸦飞了。又是黄昏,闭门收返照。　　江南
人去路绕。信未通、愁已先到。怕见孤灯,霜寒催睡早。

冬景

红林檎近 双调

高柳春才软,冻梅寒更香。暮雪助清峭,玉尘散林塘。那堪飘风递
冷,故遣度幕穿窗。似欲料理新妆。呵手弄丝簧。　　冷落词赋
客,萧索水云乡。援毫授简,风流犹忆东梁。望虚檐徐转,回廊未
扫,夜长莫惜空酒觞。

第　　二

风雪惊初霁,水乡增暮寒。树杪堕飞羽,檐牙挂琅玕。才喜门堆巷
积,可惜迤逦销残。渐看低竹翻翻。清池涨微澜。　　步屧晴正
好,宴席晚方欢。梅花耐冷,亭亭来入冰盘。对前山横素,愁云变
色,放杯同觅高处看。

按此首别误作万俟咏词,见花草粹编卷八。

满路花 仙吕

金花落烬灯,银砾按"砾"原作"铄",从四印斋所刻词本清真集鸣窗雪。夜深
微漏断,行人绝。风扉不定,竹圃琅玕折。玉人新间阔。著甚情

惊,更当恁地时节。　无言敧枕,帐底流清血。愁如春后絮,来相接。知他那里,争信人心切。除共天公说。不成也还,似伊无个分别。以上片玉集卷六

单题

解语花 高平 元宵

风销焰蜡,露浥烘炉,花市光相射。桂华流瓦。纤云散,耿耿素娥欲下。衣裳淡雅。看楚女、纤腰一把。箫鼓喧,人影参差,满路飘香麝。　因念都城放夜。望千门如昼,嬉笑游冶。钿车罗帕。相逢处,自有暗尘随马。年光是也。唯只见、旧情衰谢。清漏移,飞盖归来,从舞休歌罢。

六么令 仙吕 重九

快风收雨,亭馆清残燠。池光静横秋影,岸柳如新沐。闻道宜城酒美,昨日新醅熟。轻镳相逐。冲泥策马,来折东篱半开菊。　华堂花艳对列,一一惊郎目。歌韵巧共泉声,间杂琮琤玉。惆怅周郎已老,莫唱当时曲。幽欢难卜。明年谁健,更把茱萸再三嘱。

倒犯 仙吕调 新月

霁景、对霜蟾乍升,素烟如扫。千林夜缟。徘徊处、渐移深窈。何人正弄、孤影踽踽西窗悄。冒霜冷貂裘,玉斝邀云表。共寒光、饮清醥。　淮左旧游,记送行人,归来山路弯。驻马望素魄,印遥碧、金枢小。爱秀色、初娟好。念漂浮、绵绵思远道。料异日宵征,必定还相照。奈何人自衰老。

大　越调　春雨

对宿烟收,春禽静,飞雨时鸣高屋。墙头青玉旆,洗铅霜都尽,嫩梢相触。润逼琴丝,寒侵枕障,虫网吹粘帘竹。邮亭无人处,听檐声不断,困眠初熟。奈愁极顿惊,梦轻难记,自怜幽独。　　行人归意速。最先念、流潦妨车毂。怎奈向、兰成憔悴,卫玠清羸,等闲时、易伤心目。未怪平阳客,双泪落、笛中哀曲。况萧索、青芜国。红糁铺地,门外荆桃如菽。夜游共谁秉烛。

玉烛新　双调　梅花

溪源新腊后。见数朵江梅,剪裁初就。晕酥砌玉芳英嫩,故把春心轻漏。前村昨夜,想弄月、黄昏时候。孤岸峭,疏影横斜,浓香暗沾襟袖。　　尊前赋与多材,问岭外风光,故人知否。寿阳谩鬥。终不似,照水一枝清瘦。风娇雨秀。好乱插、繁花盈首。须信道,羌管无情,看看又奏。

按此首别误作李清照词,见梅苑卷三。

花犯　小石　梅花

粉墙低,梅花照眼,依然旧风味。露痕轻缀。疑净洗铅华,无限佳丽。去年胜赏曾孤倚。冰盘同宴喜。更可惜,雪中高树,香篝熏素被。　　今年对花最匆匆,相逢似有恨,依依愁悴。吟望久,青苔上、旋看飞坠。相将见、脆丸荐酒,人正在、空江烟浪里。但梦想、一枝潇洒,黄昏斜照水。

丑奴儿　大石　梅花

肌肤绰约真仙子,来伴冰霜。洗尽铅黄。素面初无一点妆。

寻花不用持银烛,暗里闻香。零落池塘。分付馀妍与寿阳。

水龙吟 越调 梨花

素肌应怯馀寒,艳阳占立青芜地。樊川照日,灵关遮路,残红敛避。
传火楼台,妒花风雨,长门深闭。亚帘栊半湿,一枝在手,偏勾引、
黄昏泪。　　别有风前月底。布繁英、满园歌吹。朱铅退尽,潘妃
却酒,昭君乍起。雪浪翻空,粉裳缟夜,不成春意。恨玉容不见,琼
英谩好,与何人比。

六丑 中吕 落花

正单衣试酒,恨客里、光阴虚掷。愿春暂留,春归如过翼。一去无
迹。为问花何在,夜来风雨,葬楚宫倾国。钗钿堕处遗香泽。乱点
桃蹊,轻翻柳陌。多情为谁追惜。但蜂媒蝶使,时叩窗隔。　　东
园岑寂。渐蒙笼暗碧。静绕珍丛底,成叹息。长条故惹行客。似
牵衣待话,别情无极。残英小、强簪巾帻。终不似一朵,钗头颤袅,
向人敧侧。漂流处、莫趁潮汐。恐断红按“红”原作“鸿”,从阳春白雪卷一、
尚有相思字,何由见得。

虞美人 正宫

金闺平帖春云暖。昼漏花前短。玉颜酒解艳红消。一面捧心啼
困、不成娇。　　别来新翠迷行径。窗锁玲珑影。砑绫小字夜来
封。斜倚曲阑凝睇、数归鸿。

第　　二

廉纤小雨池塘遍。细点看萍面。一双燕子守朱门。比似寻常时
候、易黄昏。　　宜城酒泛浮香絮。细作更阑语。相将羁思乱如

云。又是一窗灯影、两愁人。以上片玉集卷七

兰陵王 越调 柳

柳阴直。烟里丝丝弄碧。隋堤上、曾见几番,拂水飘绵送行色。登临望故国。谁识。京华倦客。长亭路,年去岁来,应折柔条过千尺。　　闲寻旧踪迹。又酒趁哀弦,灯照离席。梨花榆火催寒食。愁一箭风快,半篙波暖,回头迢递便数驿。望人在天北。　　凄恻。恨堆积。渐别浦萦回,津堠岑寂。斜阳冉冉春无极。念月榭携手,露桥闻笛。沉思前事,似梦里,泪暗滴。

蝶恋花 商调 柳

爱日轻明新雪后。柳眼星星,渐欲穿窗牖。不待长亭倾别酒。一枝已入骚人手。　　浅浅揉蓝轻蜡透。过尽冰霜,便与春争秀。强对青铜簪白首。老来风味难依旧。

第　　二

桃萼新香梅落后。暗叶藏鸦,苒苒垂亭牖。舞困低迷如著酒。乱丝偏近游人手。　　雨过朦胧斜日透。客舍青青,特地添明秀。莫话扬鞭回别首。渭城荒远无交旧。

第　　三

蠢蠢黄金初脱后。暖日飞绵,取次粘窗牖。不见长条低拂酒。赠行应已输先手。　　莺掷金梭飞不透。小榭危楼,处处添奇秀。何日隋堤萦马首。路长人倦空思旧。

第　四

小阁阴阴人寂后。翠幕赛风,烛影摇疏牖。夜半霜寒初索酒。金刀正在柔荑手。　　彩薄粉轻光欲透。小叶尖新,未放双眉秀。记得长条垂鹊首。别离情味还依旧。

西河 大石　金陵

佳丽地。南朝盛事谁记。山围故国绕清江,髻鬟对起。怒涛寂寞打孤城,风樯遥度天际。　　断崖树,犹倒倚。莫愁艇子曾系。空馀旧迹郁苍苍,雾沉半垒。夜深月过女墙来,赏心东望淮水。　　酒旗戏鼓甚处市。想依稀、王谢邻里。燕子不知何世。入寻常、巷陌人家,相对如说兴亡,斜阳里。

归去难 仙吕　期约

佳约人未知,背地伊先变。恶会称停事,看深浅。如今信我,委的论长远。好来无可怨。泊合教伊,因些事后分散。　　密意都休,待说先肠断。此恨除非是,天相念。坚心更守,未死终相见。多少闲磨难。到得其时,知他做甚头眼。

三部乐 商调　梅雪

浮玉飞琼,向邃馆静轩,倍增清绝。夜窗垂练,何用交光明月。近闻道、官阁多梅,趁暗香未远,冻蕊初发。情谁摘取,寄赠情人桃叶。　　回文近传锦字,道为君瘦损,是人都说。袄知染红著手,胶梳粘髮。转思量、镇长堕睫。都只为、情深意切。欲报消息,无一句、堪愈愁结。

菩萨蛮 正平 梅雪

银河宛转三千曲。浴凫飞鹭澄波绿。何处是归舟。夕阳江上楼。
天憎梅浪发。故下封枝雪。深院卷帘看。应怜江上寒。

品令 商调 梅花

夜阑人静。月痕寄、梅梢疏影。帘外曲角栏干近。旧携手处,花发
雾寒成阵。　　应是不禁愁与恨。纵相逢难问。黛眉曾把春衫
印。后期无定。断肠香销尽。

玉楼春 仙吕 惆怅

玉琴虚下伤心泪。只有文君知曲意。帘烘楼迥月宜人,酒暖香融
春有味。　　萋萋芳草迷千里。惆怅王孙行未已。天涯回首一销
魂,二十四桥歌舞地。

黄鹂绕碧树 双调 春情

双阙笼嘉气,寒威日晚,岁华将暮。小院闲庭,对寒梅照雪,淡烟凝
素。忍当迅景,动无限、伤春情绪。犹赖是、上苑风光渐好,芳容将
煦。　　草荚兰芽渐吐。且寻芳、更休思虑。这浮世、甚驱驰利
禄,奔竞尘土。纵有魏珠照乘,未买得流年住。争如盛饮流霞,醉
偎琼树。

满路花 仙吕 思情

帘烘泪雨干,酒压愁城破。冰壶防饮渴,培残火。朱消粉退,绝胜
新梳裹。不是寒宵短,日上三竿,殢人犹要同卧。　　如今多病,
寂寞章台左。黄昏风弄雪,门深锁。兰房密爱,万种思量过。也须

知有我。著甚情悰，你但忘了人呵。以上片玉集卷八

按此首别误作朱敦儒词，见类编草堂诗馀卷二，别又误作朱秋娘词，见彤管遗编
卷十二。

杂赋

绮寮怨 中吕　思情

上马人扶残醉，晓风吹未醒。映水曲、翠瓦朱檐，垂杨里、乍见津
亭。当时曾题败壁，蛛丝罩、淡墨苔晕青。念去来、岁月如流，徘徊
久、叹息愁思盈。　　去去倦寻路程。江陵旧事，何曾再问杨琼。
旧曲凄清。敛愁黛、与谁听。尊前故人如在，想念我、最关情。何
须渭城。歌声未尽处，先泪零。

拜星月 高平　秋思

夜色催更，清尘收露，小曲幽坊月暗。竹槛灯窗，识秋娘庭院。笑
相遇，似觉琼枝玉树，暖日明霞光烂。水眄兰情，总平生稀见。
画图中、旧识春风面。谁知道、自到瑶台畔。眷恋雨润云温，苦惊
风吹散。念荒寒、寄宿无人馆。重门闭、败壁秋虫叹。怎奈向、一
缕相思，隔溪山不断。

尉迟杯 大石　离恨

隋堤路。渐日晚、密霭生深树。阴阴淡月笼沙，还宿河桥深处。无
情画舸，都不管、烟波隔南浦。等行人、醉拥重衾，载将离恨归去。
　　因念旧客京华，长偎傍、疏林小槛欢聚。冶叶倡条俱相识，仍
惯见、珠歌翠舞。如今向、渔村水驿，夜如岁、焚香独自语。有何
人、念我无憀，梦魂凝按"凝"原作"疑"，从四印斋本想鸳侣。

绕佛阁 大石　旅情

暗尘四敛。楼观迥出,高映孤馆。清漏将短。厌闻夜久,籖声动书幔。桂华又满。闲步露草,偏爱幽远。花气清婉。望中迤逦,城阴度河岸。　　倦客最萧索,醉倚斜桥穿柳线。还似汴堤,虹梁横水面。看浪飐春灯,舟下如箭。此行重见。叹故友难逢,羁思空乱。两眉愁、向谁舒展。

按此首别误入梦窗词集。

一寸金 小石　江路

州夹苍崖,下枕江山是城郭。望海霞接日,红翻水面,晴风吹草,青摇山脚。波暖凫鹥作。沙痕退、夜潮正落。疏林外、一点炊烟,渡口参差正寥廓。　　自叹劳生,经年何事,京华信漂泊。念渚蒲汀柳,空归闲梦,风轮雨楫,终孤前约。情景牵心眼,流连处、利名易薄。回头谢、冶叶倡条,便入渔钓乐。

蝶恋花 商调　秋思

月皎惊乌栖不定。更漏将残,辘轳按"辘轳"原作"辘轳",从吴讷本片玉集牵金井。唤起两眸清炯炯。泪花落枕红棉冷。　　执手霜风吹鬓影。去意徊徨,别语愁难听。楼上阑干横斗柄。露寒人远鸡相应。

如梦令 中吕　思情

尘满一絣文绣。泪湿领巾红皱。初暖绮罗轻,腰胜武昌官柳。长昼。长昼。困卧午窗中酒。

第　　二

门外迢迢行路。谁送郎边尺素。巷陌雨馀风，当面湿花飞去。无
绪。无绪。闲处偷垂玉箸。

月中行　怨恨

蜀丝趁日染乾红。微暖面脂融。博山细篆霭房栊。静看打窗虫。
　　愁多胆怯疑虚幕，声不断、暮景疏钟。团团四壁小屏风。啼尽
梦魂中。

浣沙溪　黄钟

日薄尘飞官路平。眼前喜见汴河倾。地遥人倦莫兼程。　　下马
先寻题壁字，出门闲记榜村名。早收灯火梦倾城。

第　　二

贪向津亭拥去车。不辞泥雨溅罗襦。泪多脂粉了无馀。　　酒酽
未须令客醉，路长终是少人扶。早教幽梦到华胥。

第　　三

不为萧娘旧约寒。何因容易别长安。预愁衣上粉痕干。　　幽阁
深沉灯焰喜，小炉邻近酒杯宽。为君门外脱归鞍。

点绛唇　仙吕　伤感

辽鹤归来，故乡多少伤心地。寸书不寄。鱼浪空千里。　　凭仗
桃根，说与凄凉意。愁无际。旧时衣袂。犹有东门泪。

少年游 黄钟 楼月

檐牙缥缈小倡楼。凉月挂银钩。玷席笙歌,透帘灯火,风景似扬州。　当时面色欺春雪,曾伴美人游。今日重来,更无人问,独自倚阑愁。

望江南 大石 咏妓

歌席上,无赖是横波。宝髻玲珑敧玉燕,绣巾柔腻掩香罗。人好自宜多。　无个事,因甚敛双蛾。浅淡梳妆疑见画,惺松言语胜闻歌。何况会婆娑。以上片玉集卷九

杂赋

意难忘 中吕 美咏

衣染莺黄。爱停歌驻拍,劝酒持觞。低鬟蝉影动,私语口脂香。檐露滴,竹风凉。拚剧饮淋浪。夜渐深,笼灯就月,子细端相。知音见说无双。解移宫换羽,未怕周郎。长颦知有恨,贪耍不成妆。些个事,恼人肠。试说与何妨。又恐伊、寻消问息,瘦减容光。

迎春乐 双调 携妓

人人花艳明春柳。忆筵上、偷携手。趁歌停、舞罢来相就。醒醒个、无些酒。　比目香囊新刺绣。连隔座、一时薰透。为甚月中归,长是他、随车后。

定风波 商调 美情

莫倚能歌敛黛眉。此歌能有几人知。他日相逢花月底。重理。好声须记得来时。　苦恨城头更漏永,无情岂解惜分飞。休诉金

尊推玉臂。从醉。明朝有酒遣谁持。

红罗袄 大石 秋悲

画烛寻欢去,羸马载愁归。念取酒东垆,尊罍虽近,采花南浦,蜂蝶须知。　　自分袂、天阔鸿稀。空怀梦约心期。楚客忆江蓠。算宋玉、未必为秋悲。

玉楼春 大石

当时携手城东道。月堕檐牙人睡了。酒边难一作"谁"使客愁惊一作"轻",帐底不教春梦到。　　别来人事如秋草。应有吴霜侵翠葆。夕阳深锁绿苔门,一任卢郎愁里老。

第　　二

大堤花艳惊郎目。秀色秾华看不足。休将宝瑟写幽怀,座上有人能顾曲。　　平波落照涵赪玉。画舸亭亭浮澹渌。临分何以祝深情,只有别离三万斛。

第　　三

玉奁收起新妆了。鬓畔斜枝红袅袅。浅颦轻笑百般宜,试著春衫犹更好。　　裁金簇按"簇"原作"镞",从四印斋本翠天机巧。不称野人簪破帽。满头聊插片时狂,顿减十年尘土貌。

第　　四

桃溪不作从容住。秋藕绝来无续处。当时相候赤栏桥,今日独寻黄叶路。　　烟中列岫青无数。雁背夕阳红欲暮。人如风后入江云,情似雨馀粘地絮。

夜飞鹊 道宫 别情

河桥送人处,凉夜何其。斜月远堕馀辉。铜盘烛泪已流尽,霏霏凉露沾衣。相将散离会,探风前津鼓,树杪参旗。华骢会意,纵扬鞭、亦自行迟。 迢递路回清野,人语渐无闻,空带愁归。何意重红满地,遗钿不见,斜径都迷。兔葵燕麦,向残阳、欲与人齐。但徘徊班草,欷歔酹酒,极望天西。

早梅芳 二首 别恨

花竹深,房栊好。夜阒无人到。隔窗寒雨,向壁孤灯弄馀照。泪多罗袖重,意密莺声小。正魂惊梦怯,门外已知晓。 去难留,话未了。早促登长道。风披宿雾,露洗初阳射林表。乱愁迷远览,苦语萦怀抱。谩回头,更堪归路杳。

第二 牵情

缭墙深,丛竹绕。宴席临清沼。微呈纤履,故隐烘帘自嬉笑。粉香妆晕薄,带紧腰围小。看鸿惊凤翥,满座叹轻妙。 酒醒时,会散了。回首城南道。河阴高转,露脚斜飞夜将晓。异乡淹岁月,醉眼迷登眺。路迢迢,恨满千里草。

凤来朝 越调 佳人

逗晓看娇面。小窗深、弄明未遍。爱残朱宿粉云鬟乱。最好是、帐中见。 说梦双蛾微敛。锦衾温、酒香未断。待起难舍拚。任日炙、画栏暖。

芳草渡 别恨

昨夜里,又再宿桃源,醉邀仙侣。听碧窗风快,珠帘半卷疏雨。多
少离恨苦。方留连啼诉。凤帐晓,又是匆匆,独自归去。　　愁
睹。满怀泪粉,瘦马冲泥寻去路。谩回首、烟迷望眼,依稀见朱户。
似痴似醉,暗恼损、凭阑情绪。澹暮色,看尽栖鸦乱舞。

感皇恩 大石　标韵

露柳好风标,娇莺能语。独占春光最多处。浅嚬轻笑,未肯等闲分
付。为谁心子里,长长苦。　　洞房见说,云深无路。凭仗青鸾道
情素。酒空歌断,又被涛江催去。怎奈向、言不尽,愁无数。

虞美人 三首　正宫

灯前欲去仍留恋。肠断朱扉远。未须红雨洗香腮。待得蔷薇花
谢、便归来。　　舞腰歌版闲时按。一任傍人看。金炉应见旧残
煤。莫使恩情容易、似寒灰。

第　　二

疏篱曲径田家小。云树开清晓。天寒山色有无中。野外一声钟
起、送孤蓬。　　添衣策马寻亭堠。愁抱惟宜酒。菰蒲睡鸭占陂
塘。纵被行人惊散、又成双。

第　　三

玉筯才掩朱弦悄。弹指壶天晓。回头犹认倚墙花。只向小桥南
畔、便天按“天”原作“生”,从四印斋本涯。　　银蟾依旧当窗满。顾影魂
先断。凄风休飐半残灯。拟倩今宵归梦、到云屏。以上片玉集卷十

玉团儿　双调

铅华淡伫新妆束。好风韵、天然异俗。彼此知名,虽然初见,情分先熟。　　炉烟淡淡云屏曲。睡半醒、生香透肉。赖得相逢,若还虚过,生世不足。

按此首误入赵长卿惜香乐府卷八。

又

妍姿艳态腰如束。笑无限、桃粗杏俗。玉体横陈,云鬟斜坠,春睡还熟。　　夕阳斗转阑干曲。乍醉起、馀霞衬肉。搦粉搓酥,剪云裁雾,比并不足。

粉　蝶　儿　慢

宿雾藏春,馀寒带雨,占得群芳开晚。艳初弄秀_{汲古阁本片玉词毛扆校语:秀字上下脱一字},倚东风娇懒。隔叶黄鹂传好音,唤入深丛中探。数枝新,比昨朝、又早红稀香浅。　　眷恋。重来倚槛。当韶华、未可轻辜双眼。赏心随分乐,有清尊檀板。每岁嬉游能几日,莫使一声歌欠。忍因循、片花飞、又成春_{按"春"字原无,据毛扆校汲古阁本片玉词补}减。

红窗迥　仙吕

几日来、真个醉。不知道、窗外乱红,已深半指。花影被风摇碎。拥春醒乍起。　　有个人人,生得济楚,来向耳畔,问道今朝醒未。情性儿、慢腾腾地。恼得人又醉。

念奴娇 大石

醉魂乍醒,听一声啼鸟,幽斋岑寂。淡日朦胧按"朦胧"原作"朦朦",从毛校本片玉词初破晓,满眼娇晴一作"情"天色。最惜香梅,凌寒偷绽,漏泄春消息。池塘芳草,又还淑景催逼。　　因念旧日芳菲,桃花永巷,恰似初相识。荏苒时光,因惯却、觅雨寻云踪迹。奈有离拆,瑶台月下,回首频思忆。重愁叠恨,万般都在胸臆。

> 按此下原有鬖云松送傅国华奉使三韩"鬖云松,眉叶聚"一首,据近人王国维清真先生遗事所考,非周邦彦作。今移作无名氏词。

燕归梁 高平　晓

帘底新霜一夜浓。短烛散飞虫。曾经洛浦见惊鸿。关山隔、梦魂通。　　明星晃晃,回津路转,榆影步花骢。欲攀云驾倩西风。吹清血、寄玲珑。

南浦 中吕

浅带一帆风,向晚来、扁舟稳下南浦。迢递阻潇湘,衡皋迥,斜舣蕙兰汀渚。危樯影里,断云点点遥天暮。菡萏里毛扆校:里字上下有脱字风,偷送清香,时时微度。　　吾家旧有簪缨,甚顿作天涯,经岁羁旅。羌管怎知情,烟波上,黄昏万斛愁绪。无言对月,皓彩千里人何处。恨无凤翼身,只待而今,飞将归去。

醉落魄 中吕(宫调据毛扆校汲古阁本片玉词补)

茸金细弱。秋风嫩、桂花初著。蕊珠宫里人难学。花染娇黄,羞映翠云幄。　　清香不与兰荪弱。一枝云鬓巧梳掠。夜凉轻撼蔷薇萼。香满衣襟,月在凤凰阁。

留　客　住

嗟乌兔。正茫茫、相催无定，只恁东生西没，半均寒暑。昨见花红
柳绿，处处林茂。又睹霜前篱畔，菊散馀香，看看又还秋暮。
忍思虑按原在此下分段，改从毛宬校片玉词。念古往贤愚，终归何处。争
似高堂，日夜笙歌齐举。选甚连宵彻昼，再三留住。待拟沉醉扶上
马，怎生向、主人未肯交去。

长相思　高调

夜色澄明。天街如水，风力微冷帘旌。幽期再偶，坐久相看才喜，
欲叹还惊。醉眼重醒。映雕阑修竹，共数流萤。细语轻盈。尽银
台、挂蜡潜听。　　自初识伊来，便惜妖娆艳质，美盻柔情。桃溪
换世，鸾驭凌空，有愿须成。游丝荡絮，任轻狂、相逐牵萦。但连环
不解，流水长东，难负深盟。

看花回　越调

秀色芳容明眸，就中奇绝。细看艳波欲溜，最可惜、微重重红绡轻
帖。匀朱傅粉，几为严妆时涴睫。因个甚、底死嗔人，半饷斜盻费
贴燮。　　斗帐里、浓欢意惬。带困眼、似开微合。曾倚高楼望
远，似指笑频盻，知他谁说。那日分飞，泪雨纵横光映颊。揾香罗，
恐揉损，与他衫袖褒。

又

蕙风初散轻暖，霁景微澄洁。秀蕊乍开乍敛，带雨态烟痕，春思纡
结。危弦弄响，来去惊人莺语滑。无赖处，丽日楼台，乱纷岐路思
奇绝。　　何计解、粘花系月按原在此下分段，改从毛宬校片玉词。叹冷

落、顿辜佳节。犹有当时气味,挂一缕相思,不断如髮。云飞帝国,
人在天边心暗折。语东风,共流转,谩作匆匆别。

月下笛 越调

小雨收尘,凉蟾莹彻,水光浮璧。谁知怨抑。静倚官桥吹笛。映宫
墙、风叶乱飞,品高调侧人未识。想开元旧谱,柯亭遗韵,尽传胸
臆。　　阑干四绕,听折柳徘徊,数声终拍。寒灯陋馆,最感平阳
孤客。夜沉沉、雁啼甚哀,片云尽卷清漏滴。黯凝魂,但觉龙吟万
壑天籁息。

无闷 冬

云作轻阴,风逗细寒,小溪冰冻初结。更听得、悲鸣雁度空阔。暮
雀喧喧聚竹,听竹上清响风敲雪。洞户悄,时见香消翠楼,兽煤红
爇。　　凄切。念旧欢聚,旧约至此,方惜轻别。又还是、离亭楚
梅堪折。暗想莺时似梦,梦里又却是,似莺时节。要无闷,除是拥
炉对酒,共谭风月。

琴调相思引

生碧香罗粉兰香。冷绡缄泪倩谁将。故人何在,烟水隔潇湘。
花落燕□春欲老,絮吹思_{按"思"疑"鱼"误}浪日偏长。一些儿事,何处
不思量。

青房并蒂莲 维扬怀古

醉凝眸。正楚天秋晚,远岸云收。草绿莲红,□映小汀洲。芰荷香
里鸳鸯浦,恨菱歌、惊起眠鸥。望去帆、一派湖光,棹声咿哑橹声
柔。　　愁窥汴堤细柳,曾舞送莺时,锦缆龙舟。拥倾国纤腰皓

齿,笑倚〔迷〕(建)楼。空令五湖夜月,也羞照三十六宫秋。正浪吟、不觉回桡,水花风叶两悠悠。

<small>按此首又见阳春白雪卷四,题王圣与作,注云:"明本误附美成集后。"所云明本,殆指明州所刊清真集二十四卷。此书刊于嘉泰中,王沂孙时代较晚。此词是否周邦彦作,尚未可知,但亦非王沂孙作。</small>

满庭芳 忆钱唐

山崦笼春,江城吹雨,暮天烟淡云昏。酒旗渔市,冷落杏花村。苏小当年秀骨,萦蔓草、空想罗裙。潮声起,高楼喷笛,五两了无闻。

　　凄凉,怀故国,朝钟暮鼓,十载红尘。似梦魂迢递,长到吴门。闻道花开陌上,歌旧曲、愁杀王孙。何时见、□□唤酒,同倒瓮头春。

又

花扑鞭梢,风吹衫袖,马蹄初趁轻装。都城渐远,芳树隐斜阳。未惯羁游况味,征鞍上、满目凄凉。今宵里,三更皓月,愁断九回肠。

　　佳人,何处去,别时无计,同引离觞。但唯有相思,两处难忘。去即十分去也,如何向、千种思量。凝眸处,黄昏画角,天远路岐长。

又

白玉楼高,广寒宫阙,暮云如幛褰开。银河一派,流出碧天来。无数星躔玉李,冰轮动、光满楼台。登临处,全胜瀛海,弱水浸蓬莱。

　　云鬟,香雾湿,月娥韵压,云冻江梅。况餐花饮露,莫惜裵徊。坐看人间如掌,山河影、倒入琼杯。归来晚,笛声吹彻,九万里尘埃。

<small>按以上三首,王鹏运四印斋所刻词本清真集不录,盖以为非周邦彦作。</small>

青 玉 案

良夜灯光簇如豆。占好事、今宵有。酒罢歌阑人散后。琵琶轻放，语声低颤，灭烛来相就。　　玉体偎人情何厚。轻惜轻怜转唧嚼。雨散云收眉儿皱。只愁彰露，那人知后。把我来僝僽。

一 剪 梅

一剪梅花万样娇。斜插梅枝，略点眉梢。轻盈微笑舞低回，何事尊前拍误招。　　夜渐寒深酒渐消。袖里时闻玉钏敲。城头谁恁促残更，银漏何如，且慢明朝。

> 按此下原有水调歌头中秋寄李伯纪大观文"今夕月华满"一首，乃何大圭作，见岁时广记卷三十四引本事词。又有南柯子梳儿"桂魄分馀晕"一首，乃张元幹作，见芦川词卷上，今并不录。

鹊桥仙令 歇〔指〕(拍)

浮花浪蕊，人间无数，开遍朱朱白白。瑶池一朵玉芙蓉，秋露洗、丹砂真色。　　晚凉拜月，六铢衣动，应被姮娥认得。翩然欲上广寒宫，横玉度、一声天碧。

花心动 双调

帘卷青楼，东风暖，杨花乱飘晴昼。兰褪褪香，罗帐褰红，绣枕旋移相就。海棠花谢春融暖，偎人恁、娇波频溜。象床稳，鸳衾谩展，浪翻红绉。　　一夜情浓似酒。香汗渍鲛绡，几番微透。鸾困凤慵，娅姹双眉按"眉"原作"眼"，改从毛晋校片玉词，画也画应难就。问伊可煞□按汲古阁本片玉词作"于"人厚。梅萼露、胭脂檀口。从此后按原无"后"字，据毛晋校片玉词补、纤腰为郎管瘦。

双头莲 双调

一抹残霞，几行新雁，天染云断，红迷阵影，隐约望中，点破晚空澄碧。助秋色。门掩西风，桥横斜照，青翼未来，浓尘自起，咫尺凤帏，合有人相识。　　叹乖隔。知甚时恣与，同携欢适。度曲传觞，并鞯飞辔，绮陌画堂连夕。楼头千里，帐底三更，尽堪泪滴。怎生向，无聊但只听消息。

大有 小石

仙骨清羸，沈腰憔悴，见傍人、惊怪消瘦。柳无言，双眉尽日齐鬪。都缘薄幸赋情浅，许多时、不成欢偶。幸自也，总由他，何须负这心口。　　令人恨、行坐儿断了更思量，没心求守。前日相逢，又早见伊仍旧。却更被温存后一作"厚"。都忘了、当时偻㑩。便拁撮、九百身心，依前待有。以上吴讷唐宋名贤百家词本片玉集抄补

片玉集抄补世无别本，今以毛扆校汲古阁本片玉词校（毛氏以底本美成长短句校）。

丑奴儿 下二阕清真集不载

南枝度腊开全少，疏影当轩。一种宜寒。自共清蟾别有缘。江南风味依然在，玉貌韶颜。今夜凭阑。不似钗头子细看。

又

香梅开后风传信，绣户先知。雾湿罗衣。冷艳须攀最远枝。高歌羌管吹遥夜，看即分披。已恨来迟。不见娉婷带雪时。

蝶恋花 下五阕清真集不载

鱼尾霞生明远树。翠壁粘天，玉叶迎风举。一笑相逢蓬海路。人

间风月如尘土。　　　剪水双眸云鬓吐。醉倒天瓢按"瓢"原作"飘"，据
永乐大典卷二万零三百五十三席字韵引清真集改，笑语生青雾。此会未阑须
记取。桃花几度吹红雨。

　　按阳春白雪卷二录此首作何搢之。
　　又按毛晋校语云：清真集不载，而永乐大典所引则正为清真集，未知孰是。

又

美盼低迷情宛转。爱雨怜云，渐觉宽金钏。桃李香苞秋不展。深
心黯黯谁能见。　　　宋玉墙高才一觇。絮乱丝繁，苦隔春风面。
歌板未终风色便。梦为蝴蝶留芳甸。

又

晚步芳塘新霁后。春意潜来，迤逦通窗牖。午睡渐多浓似酒。韶
华已入东君手。　　　嫩绿轻黄成染透。烛下工夫，泄漏章台秀。
拟插芳条须满首。管交风味还胜旧。

又

叶底寻花春欲暮。折遍柔枝，满手真珠露。不见旧人空旧处。对
花惹起愁无数。　　　却倚阑干吹柳絮。粉蝶多情，飞上钗头住。
若遣郎身如蝶羽。芳时争肯抛人去。

又

酒熟微红生眼尾。半额龙香，冉冉飘衣袂。云压宝钗撩不起。黄
金心字双垂耳。　　　愁入眉痕添秀美。无限柔情，分付西流水。
忽被惊风吹别泪。只应天也知人意。

减字木兰花 清真集不载

风鬟雾鬓。便觉蓬莱三岛近。水秀山明。缥缈仙姿画不成。
广寒丹桂。岂是夭桃尘俗世。只恐乘风。飞上琼楼玉宇中。

木兰花令 清真集不载 原本二首,考"残春一阵狂风雨"是六一词,删去

歌时宛转饶风措。莺语清圆啼玉树。断肠归去月三更,薄酒醒来
愁万绪。 孤灯翳翳昏如雾。枕上依稀闻笑语。恶嫌春梦不分
明,忘了与伊相见处。

蓦山溪 此二阕清真集不载

楼前疏柳,柳外无穷路。翠色四天垂,数峰青、高城阔处。江湖病
眼,偏向此山明,愁无语。空凝伫。两两昏鸦去。 平康巷陌,
往事如花雨。十载却归来,倦追寻、酒旗戏鼓。今宵幸有,人似月
婵娟,霞袖举。杯深注。一曲黄金缕。

又

江天雪意,夜色寒成阵。翠袖捧金蕉,酒红潮、香凝沁粉。帘波不
动,新月淡笼明,香破豆,烛频花,减字歌声稳。 恨眉羞敛,往
事休重问。人去小庭空,有梅梢、一枝春信。檀心未展,谁为探芳
丛,消瘦尽,洗妆匀,应更添风韵。

南柯子 清真集俱不载

宝合分时果,金盘弄赐冰。晓来阶下按新声。恰有一方明月、可中
庭。 露下天如水,风来夜气清。娇羞不肯傍人行。扬下扇儿

拍手、引流萤。

又

腻颈凝酥白,轻衫淡粉红。碧油凉气透帘栊。指点庭花低映、云母
屏风。　　恨逐瑶琴写,书劳玉指封。等闲赢得瘦仪容。何事不
教云雨、略下巫峰。

关河令　清真集不载,时刻清商怨

秋阴时晴按"晴"下原有"渐"字,毛扆以底本美成长短句校,删去向暝。变一庭
凄冷。伫听寒声,云深无雁影。　　更深人去寂静。但照壁、孤灯
相映。酒已都醒,如何消夜永。

长相思　晓行　清真集俱不载

举离觞。掩洞房。箭水泠泠刻漏长。愁中看晓光。　　整罗裳。
脂粉香。见扫门前车上霜。相持泣路傍。

又　闺怨

马如飞。归未归。谁在河桥见别离。修杨委地垂。　　掩面啼。
人怎知。桃李成阴莺哺儿。闲行春尽时。

又　舟中作

好风浮。晚雨收。林叶阴阴映鹢舟。斜阳明倚楼。　　黯凝眸。
忆旧游。艇子扁舟来莫愁。石城风浪秋。

又

沙棠舟。小棹游。池水澄澄人影浮。锦鳞迟上钩。　　烟云愁。
箫鼓休。再得来时已变秋。欲归须少留。

万里春　清真集不载

千红万翠。簇定清明天气。为怜他、种种清香，好难为不醉。
我爱深如你。我心在、个人心里。便相看、老却春风，莫无些欢意。

鹤冲天　溧水长寿乡作　清真集俱不载

梅雨霁，暑风和。高柳乱蝉多。小园台榭远池波。鱼戏动新荷。
　　薄纱厨，轻羽扇。枕冷簟凉深院。此时情绪此时天。无事小
神仙。

又

白角簟，碧纱厨。梅雨乍晴初。谢家池畔正清虚。香散嫩芙蕖。
　　日流金，风解愠。一弄素琴歌舞。慢摇纨扇诉花笺。吟待晚
凉天。

西河　清真集不载

长安道，潇洒西风时起。尘埃车马晚游行，霸陵烟水。乱鸦栖鸟夕
阳中，参差霜树相倚。　　到此际。愁如苇。冷落关河千里。追
思唐汉昔繁华，断碑残记。未央宫阙已成灰，终南依旧浓翠。
对此景、无限愁思。绕天涯、秋蟾如水。转使客情如醉。想当时、
万古雄名，尽作往来人、凄凉事。

瑞鹤仙 <small>清真集不载</small>

暖烟笼细柳。弄万缕千丝,年年春色。晴风荡无际,浓于酒、偏醉
情人调客。阑干倚处,度花香、微散酒力。对重门半掩,黄昏淡月,
院宇深寂。　　愁极。因思前事,洞房佳宴,正值寒食。寻芳遍
赏,金谷里,铜驼陌。到而今、鱼雁沉沉无信<small>按"信"下原衍"息"字,据毛校</small>
<small>本删</small>,天涯常是泪滴。早归来,云馆深处,那人正忆。

浪淘沙 <small>清真集不载</small>

万叶战,秋声露结,雁度砂碛。细草和烟尚绿,遥山向晚更碧。见
隐隐、云边新月白。映落照、帘幕千家,听数声何处倚楼笛。装点
尽秋色。　　脉脉。旅情暗自消释。念珠玉、临水犹悲感,何况天
涯客。忆少年歌酒,当时踪迹。岁华易老,衣带宽、懊恼心肠终窄。
飞散后、风流人阻,蓝桥约、怅恨路隔。马蹄过、犹嘶旧巷陌。叹往
事、一一堪伤,旷望极。凝思又把阑干拍。

南乡子 <small>下四阕清真集不载</small>

秋气绕城闉。暮角寒鸦未掩门。记得佳人冲雨别,吟分。别绪多
于雨后云。　　小棹碧溪津。恰似江南第一春。应是采莲闲伴
侣,相寻。收取莲心与旧人。

又

寒夜梦初醒。行尽江南万里程。早是愁来无会处,时听。败叶相
传细雨声。　　书信也无凭。万事由他别后情。谁信归来须及
早,长亭。短帽轻衫走马迎。

又　咏秋夜

户外井桐飘。淡月疏星共寂寥。恐怕霜寒初索被，中宵。已觉秋
声引雁高。　　　罗带束纤腰。自剪灯花试彩毫。收起一封江北
信，明朝。为问江头早晚潮。

又　拨燕巢

轻软舞时腰。初学吹笙苦未调。谁遣有情知事早，相撩。暗举罗
巾远见招。　　　痴騃一团娇。自折长条拨燕巢。不道有人潜看
著，从教。掉下鬟心与凤翘。

浣溪沙慢　清真集不载

水竹旧院落，樱笋新蔬果。嫩英翠幄，红杏交榴火。心事暗卜，叶
底寻双朵。深夜归青琐按"琐"原作"锁"，从四印斋所刻词本清真集补遗。灯
尽酒醒时，晓窗明、钗横鬓亸。　　　怎生那。被间阻时多。奈愁肠
数叠，幽恨万端，好梦还惊破。可怪近来，传语也无个。莫是瞋人
呵。真个若瞋人，却因何、逢人问我。

夜游宫　清真集不载

一阵斜风横雨。薄衣润、新添金缕。不谢铅华更清素。倚筠窗，弄
幺弦，娇欲语。　　　小阁横香雾。正年少、小娥愁绪。莫是栽花被
花妒。甚春来，病恹恹，无会处。

诉衷情　清真集不载

当时选舞万人长。玉带小排方。喧传京国声价，年少最无量。
　　　花阁迥，酒筵香。想难忘。而今何事，佯向人前，不认周郎。"喧

传京国声价”，时刻“让与都城声价”。

虞美人 一本无此首

淡云笼月松溪路。长记分携处。梦魂连夜绕松溪。此夜相逢恰
似、梦中时。　　海山陡觉风光好。莫惜金尊倒。柳花吹雪燕飞
忙。生怕扁舟归去、断人肠。以上三十二首见汲古阁本片玉词

烛 影 摇 红

芳脸匀红，黛眉巧画宫妆浅。风流天付与精神，全在娇波眼。早是
萦心可惯。向尊前、频频顾眄。几回相见，见了还休，争如不见。
　　烛影摇红，夜阑饮散春宵短。当时谁会唱阳关，离恨天涯远。
争奈云收雨散。凭阑干、东风泪满。海棠开后，燕子来时，黄昏深
院。能改斋漫录卷十六

　　按此首别作王诜词，见唐宋诸贤绝妙词选卷三。别又误作柳永词，见菊坡丛话卷
二十六。

失 调 名

露叶烟梢寒色重，攒星低映小珠帘。橘录卷中

存 目 词

调　名	首　句	出　处	附　　　注
水调歌头	今夕月华满	片玉集抄补	何大圭作，见岁时广记卷三十四引本事词
鬓云松	鬓云松，眉叶聚	又	无名氏作，说见清真先生遗事
南柯子	桂魄分馀晕	又	张元幹词，见芦川词卷上
感皇恩	小阁倚晴空	汲古阁本片玉词	晁冲之词，见乐府雅词卷中

调　名	首　句	出　处	附　注
木兰花令	残春一阵狂风雨	汲古阁本片玉词木兰花令注	欧阳修词，见近体乐府卷二
断　句	窗外月照、一方天井	郑元佐新注断肠诗集前集卷八	杨泽民作，见和清真词
浣 溪 沙	小院闲窗春色深	钱允治类选笺释草堂诗馀卷一	李清照词，见乐府雅词卷下
忆 王 孙	风蒲猎猎小池塘	类编草堂诗馀卷一	李重元词，见唐宋诸贤绝妙词选卷七
如 梦 令	池上春归何处	又	秦观作，见淮海居士长短句卷中
又	花落莺啼春暮	又	谢逸词，见溪堂词
浣 溪 沙	水涨鱼天拍柳桥	又	无名氏词，见草堂诗馀前集卷上
忆 秦 娥	香馥馥	又	无名氏词，见草堂诗馀后集卷下
柳 梢 青	有个人人	又	又
虞 美 人	落花已作风前舞	又	叶梦得词，见石林词
苏 幕 遮	陇云沉	类编草堂诗馀卷二	无名氏词，见草堂诗馀后集卷下
昼 锦 堂	雨洗桃花	类编草堂诗馀卷四	又
女 冠 子	同云密布	又	又
滴 滴 金	梅花漏泄春消息	京本通俗小说西山一窟鬼	晏殊词，见珠玉词
十六字令	明月影，穿窗白玉钱	词品卷二	元人周玉晨词，见花草粹编卷一。词附录于后
齐 天 乐	疏疏几点黄梅雨	诗馀图谱卷三	杨无咎词，见逃禅词

调　　名	首　　　句	出　　　处	附　　　　　　注
忆 秦 娥	双溪月	花草粹编卷四	苏轼词，见曾慥本东坡词卷下
点 绛 唇	蹴罢秋千	词的卷一	无名氏词，见花草粹编卷一
浣 溪 沙	鹜外红绡一缕霞	杨慎评点本草堂诗馀卷一	贺铸词，见贺方回词卷二
水 龙 吟	似花还似非花	词学筌蹄卷一	苏轼作，见东坡词
十 二 时	晚晴初	沈际飞本草堂诗馀正集卷六柳永词注	柳永词，见类编草堂诗馀卷四
石 州 慢	寒水依痕	草堂诗馀隽卷二	张元幹词，见芦川词卷上
南 乡 子	生怕倚阑干	草堂诗馀隽卷四	潘牥词，见中兴以来绝妙词选卷九
浣 溪 沙	新妇矶边眉黛愁	古今诗馀醉卷十五	黄庭坚词，见山谷琴趣外篇卷三
踏 青 游	金勒狨鞍	词律卷十二	王诜作，见乐府雅词拾遗卷上
解 语 花	行歌趁月	历代诗馀卷七十一	张炎作，见山中白云卷五
南 乡 子	夜阑梦难收	草堂诗馀别集卷二	明人传奇觅莲记中词，非周邦彦作，附录于后
江 城 子	西城杨柳弄春柔	翰墨大全后戊集卷一	秦观作，见淮海居士长短句卷上
绛 都 春	寒阴渐晓	词学筌蹄卷一	无名氏作，见草堂诗馀后集卷下
玉女摇仙佩	飞琼伴侣	词学筌蹄卷八	柳永作，见乐章集卷上
满 江 红	碧落横秋	汇选历代名贤词府全集卷五	无名氏作，见杨金本草堂诗馀后集卷下

调　名	首　　句	出　　　处	附　　　　注
满 江 红	红蓼花繁	汇选历代名贤词府全集卷五	秦观作,见淮海居士长短句卷上
孤　　鸾	天然标格	又卷六	无名氏作,见草堂诗馀后集卷下
桃源忆故人	玉楼深锁薄情种	便读草堂诗馀卷六	秦观作,见淮海居士长短句卷中
帝 台 春	芳草碧色	丰韵情词卷五	李甲作,见乐府雅词拾遗卷下
卜 算 子	砌下乱蛩吟	又	明人依托
青 玉 案	孤灯夜雨	又	又
孤　　鸾	沙堤香软	自怡轩词选卷五	马子严作,见中兴以来绝妙词选卷六
拜星月慢	腻叶阴清	又	周密作,见蘋洲渔笛谱卷一

十 六 字 令

眠。月影穿窗白玉钱。无人弄,移过枕函边。(首句原作"明月影,穿窗白玉钱。"今从花草粹编改)

南乡子　秋怀

夜阔梦难收。宋玉多情我结俦。千点漏声万点泪。悠悠。霜月鸡声几段愁。　　难展皱眉头。怨句哀吟送客秋。蟋蟀床前调夜曲,啾啾。又听惊人雁过楼。

陈　瓘

　　瓘字莹中,号了翁,沙县人。生于嘉祐二年(1057)。元丰二年(1079)进士。徽宗朝,历右司谏、权给事中。崇宁中,以党籍除名,编隶

台州,移楚州。宣和四年(1122)卒。绍兴中,赐谥忠肃。有了斋集,不
传。

减字木兰花 题韦深道独乐堂

世间拘碍,人不堪时渠不改。古有斯人。千载谁能继后尘。
春风入手。乐事自应随处有。与众熙怡。何似幽居独乐时。

又 题深道寄傲轩

结庐人境。万事醉来都不醒。鸟倦云飞。两得无心总是归。
古人逝矣。旧日南窗何处是。莫负青春。即是升平寄傲人。以上
二首见姑溪居士文集前集卷四十七

满 庭 芳

槁木形骸,浮云身世,一年两到京华。又还乘兴,闲看洛阳花。闻
道鞓红最好,春归后、终委泥沙。忘言处,花开花谢,不似我生涯。
年华。留不住,饥餐困寝,触处为家。这一轮明月,本自无瑕。
随分冬裘夏葛,都不会、赤水黄芽。谁知我,春风一拐,谈笑有丹
砂。冷斋夜话卷八

卜 算 子

身如一叶舟,万事潮头起。水长船高一任伊,来往洪涛里。　　潮
落又潮生,今古长如此。后夜开尊独酌时,月满人千里。

一 落 索

体上衣裳云作缕。不论寒暑。世间多少老婆禅,犹苦问、台山路。
堪笑庞翁无趣。临行却住。古人公案不须论,还了得、如今

否。

减字木兰花

大江北去。未到沧溟终不住。淮水东流。日夜朝宗亦未休。
香炉烟袅。浓淡卷舒终不老。寸碧千钟。人醉华胥月色中。

又

华胥月色。万水千山同一白。南北相望。独醉香山旧草堂。
淮岑妙境。十载醺酣犹未醒。一腹便便。也读春秋也爱眠。

卜　算　子

只解劝人归，都不留人住。南北东西总是家，劝我归何处。　　去
住总由天，天意人难阻。若得归时我自归，何必闲言语。

又

黄了旧皮肤，最是风流处。多少纷纷陌上人，不听春鹃语。　　触
目是家山，到了须拈取。云散长空月满天，好个还乡路。

又

梦里不知眠，觉后眠何在。试问眠身与梦身，那个能祗对。　　醉
后有人醒，醒了无人醉。要识三千与大千，不在微尘外。

青　玉　案

碧空黯淡同云绕。渐枕上、风声峭。明透纱窗天欲晓。珠帘才卷，
美人惊报，一夜青山老。　　　使君留客金尊倒。正千里、琼瑶未经
扫。欺压梅花春信早。十分农事，满城和气，管取明年好。

蓦　山　溪

扁舟东去,极目沧波渺。千古送残红,到如今、东流未了。午潮方
去,江月照还生,千帆起,玉绳低,枕上莺声晓。　　锦囊佳句,韵
压池塘草。声遏去年云,恼离怀、馀音缭绕。倚楼看镜,此意与谁
论,一重水,一重山,目断令人老。

减字木兰花

世间药院。只爱大黄甘草贱。急急加工。更靠硫黄与鹿茸。
鹿茸吃了。却恨世间凉药少。冷热平均。须是松根白茯苓。

满　庭　芳

扰扰匆匆,红尘满袖,自然心在溪山。寻思百计,真个不如闲。浮
世纷华梦影,嚣尘路、来往循环。江湖手,长安障日,何似把鱼竿。
　　盘旋。那忍去,他邦纵好,终异乡关。向七峰回首,清泪班班。
西望烟波万里,扁舟去、何日东还。分携处,相期痛饮,莫放酒杯
悭。

又

淮叶缤纷,江烟浓淡,别尊同倒寒晖。未逢春信,霜露惹征衣。往
事元无是处,无须待、回首知非。春鹃语,从来劝我,常道不如归。
　　家山,何处近,江楼帘栋,夕卷朝飞。问西江笋蕨,何似鲈肥。
且置华胥旧梦,忘言处、千古同时。君知我,平生心事,相契古来
稀。

醉　蓬　莱

问东州何处，境胜人幽，两俱难得。狼山相望，有高堂千尺。妙曲轰空，彩云翻袖，乐奏壶天长日。笑我飘然，蓬窗竹户，只延山色。

拟棹舣船，径冲花浪，直造雕筵，共醲仙液。仍乞蟠桃，向庐山亲植。未举江帆，早逢淮雁，问故人踪迹。远老池边，陶翁琴里，此情何极。

临　江　仙

闻道洛阳花正好，家家庭户春风。道人饮去百壶空。年年花下醉，看谢几番红。　　此别又从何处去，风萍一任西东。语声虽异笑声同。一轮深夜月，何处不相逢。

　　按此首别见王以宁王周士词。

蝶　恋　花

海角芳菲留不住。笔下风生，飞入青云去。仙篆有名天赐与。致君事业安排取。　　要识世间平坦路。当使人人，各有安心处。黑髪便逢尧舜主。笑人白首归南亩。

卜　算　子

咄咄汝何人，眼在眉毛下。明月相随万里来，何处分真假。　　问著总无言，有口番成哑。荆棘林中自在身，即是知音者。以上见乐府雅词卷中

蝶　恋　花

有个胡儿模样别。满颔髭须，生得浑如漆。见说近来头也白。髭

须那得长长黑。　　□□□□□□。笊子镟来，须有千堆雪。
莫向细君容易说。恐他嫌你将伊摘。

减字木兰花 赠广陵马推官

一尊薄酒。满酌劝君君举手。不是亲朋。谁肯相从寂寞滨。
人生如梦。梦里惺惺何处用。盏到休辞。醉后全胜未醉时。以上
二首见苕溪渔隐丛话后集卷三十九引复斋漫录

阮　郎　归

从来多唱杜鹃辞。如今真个归。健帆笑里落湖西。回看江浪飞。
　　说情话，复何疑。临流应赋诗。引觞自酌更何之。心闲光景
迟。乾道四明图经卷八

失　调　名

吴樯越橹，都是利名人。舆地纪胜卷十一
　　按此二句见乾道四明图经卷八载周铢蓴山溪词中。

又

彩衣长久。五世祥烟薰舞袖。嘿堂先生文集卷六廖成伯奉议生辰诗注

存　目　词

调　名	首　　句	出　　处	附　　　　　注
鹧　鸪　天	宜笑宜颦掌上身	花草粹编卷五	徐俯词，见乐府雅词卷中
青　玉　案	人生南北如岐路	草堂诗馀隽卷三	无名氏词，见草堂诗馀后集卷下
满　庭　芳	跋子年来	刘毓盘辑本了斋词	刘山老词，见冷斋夜话卷八

调　名	首　　句	出　　处	附　　　　　　注
谒金门	春雨足	词学笺蹄卷五	无名氏作,见草堂诗馀前集卷下
忆秦娥	云垂幕	又	朱熹作,见晦庵词
满江红	斗帐高眠	又卷七	无名氏作,见草堂诗馀后集卷上

刘山老

山老字野夫,青州人。政和中,人传其寿一百四十五岁,云有道术。

满　庭　芳

跛子年来,形容何似,俨然一部髭须。世间许大,拐上做工夫。选甚南州北县,逢著处、酒满葫芦。醺醺醉,不知明日,何处度朝按"朝"原误作"明",此从冷斋夜话晡。　　洛阳,花看了,归来帝里,一事全无。又还与瓠羹,再作门徒。蓦地思量下水,浪网上、芦席横铺。呵呵笑,睢阳门外,有个大南湖。冷斋夜话卷八(传本冷斋夜话文字多讹,此从花草粹编卷九)

按刘毓盘所辑了斋词误以此首为陈瓘词。

邵伯温

伯温字子文,河南(今洛阳)人。邵雍之子。生嘉祐二年(1057)。以荐入仕,为教授。崇宁元年(1102),入元符上书邪上籍。后官至提点成都路刑狱。绍兴四年(1134)卒,年七十八。

望江南　金泉山

百尺长藤垂到地,千株乔木密参天。只在郡城边。舆地纪胜卷一百五

十六

　　按舆地纪胜同卷尚有邵伯温充城好词:"巴山旧封,充地乐土,江山秀润,民物阜繁,胜概居多,灵踪相属。"盖其序文。此首疑即充城好词之一。此从宋诗纪事补遗卷三十八题作望江南。

调　　笑

翻翻绣袖上红茵。舞姬犹是旧精神。坐中莫怪无欢意,我与将军是故人。过庭录

　　按宋人调笑词前,例有口号八句。此四句盖口号,非词文。

净　　端

　　　　净端字明表,姓邱氏,归安人,自号安闲和尚。生于天圣八年(1030)。崇宁二年(1103),一日辞众,歌渔父数声,一笑趺坐而化。

渔　家　傲

斗转星移天渐晓。蓦然听得鹈鹕叫。山寺钟声人浩浩。木鱼噪。渡船过岸行官道。　　轻舟再奈长江讨。重添香饵为钩钓。钓得锦鳞船里跳。呵呵笑。思量天下渔家好。

又

浪静西溪澄似练。片帆高挂乘风便。始向波心通一线。群鱼见。当头谁敢先吞咽。　　闪烁锦鳞如闪电。灵光今古应无变。爱是憎非都已遣。回头转。一轮明月升苍弁。

又

七宝池中堪下钓。八功德水烟波渺。池底金沙齐布了。羡鱼鸟。

周回旋绕为阶道。　白鹤孔雀鹦鹉噪。弥陀接引毫光照。不是修行何得到。一般好。西方净土无烦恼。

按此首又作法端词,见乐邦文类卷五。罗湖野录卷一云西余净端,乐邦文类云西余法端,疑即一人,兹不另出。

又

一只孤舟巡海岸。盘陀石上垂钓线。钓得锦鳞鲜又健。堪爱羡。龙王见了将珠换。　钓罢归来莲苑看。满堂尽是真罗汉。便爇名香三五片。梵□献。原来佛不夺众生愿。以上四首见吴山净端禅师语录

苏　幕　遮

遇荒年,每常见。就中今年,洪水皆淹遍。父母分离无可恋。幸望豪民,救取庄家汉。　最堪伤,何忍见。古寺禅林,翻作悲田院。日夜烧香频□□,祷告皇天,救护开方便。见日本续大藏经中所收吴山净端禅师语录

李　廌

廌字方叔,华州人。生嘉祐四年(1059)。父李惇,与苏轼同年。廌屡试不第,定居长社。大观三年(1109)卒,年五十一。有济南集,自永乐大典辑出。

菩萨蛮 双松庵月下赏梅

城阴犹有松间雪。松间暗淡城头月。月下几枝梅。为谁今夜开。　尊前簪素发。自拥繁枝折。疑是在瑶台。宝灯携手来。梅苑卷七

虞 美 人 令

玉阑干外清江浦。渺渺天涯雨。好风如扇雨如帘。时见岸花汀
草、涨痕添。　　青林枕上关山路。卧想乘鸾处。碧芜千里信悠
悠。惟有霎时凉梦、到南州。乐府雅词拾遗卷上

品 　 令

唱歌须是，玉人檀口，皓齿冰肤。意传心事，语娇声颤，字如贯珠。
　　老翁虽是解歌，无奈雪鬓霜须。大家且道，是伊模样，怎如念
奴。碧鸡漫志卷一

清 平 乐

落梅呜咽。暗淡城头月。吹满江天惊梦蝶。唤起画楼伤别。
帘风轻触银钩。梧桐玉露新秋。底事琐窗深夜，素娥常伴人愁。
唐宋诸贤绝妙词选卷四

存 目 词

孔　夷

夷字方平,汝州龙兴(今河南宝丰)人,孔旼之子。元祐隐士,与李
廌为诗酒侣。自号滍皋渔父,又隐名为鲁逸仲。

水　龙　吟

岁穷风雪飘零,望迷万里云垂冻。红绡碎剪,凝酥繁缀,烟深霜重。
疏影沉波,暗香和月,横斜浮动。怅别来,欲把芳菲寄远,还羞管、
吹三弄。　　寂寞玉人睡起,污残妆、不胜姣凤。盈盈山馆,纷纷
客路,相思谁共。才与风流,赋称清艳,多情唯宋。算襄王,枉被梨
花瘦损,又成春梦。梅苑卷一

按此首别误作孔平仲词,见历代诗馀卷七十四。

南浦　旅怀

风悲画角,听单于、三弄落谯门。投宿骎骎征骑,飞雪满孤村。酒
市渐闲灯火,正敲窗、乱叶舞纷纷。送数声惊雁,下离烟水,嘹唳度
寒云。　　好在半胧溪月,到如今、无处不销魂。故国梅花归梦,
愁损绿罗裙。为问暗香闲艳,也相思、万点付啼痕。算翠屏应是,
两眉馀恨倚黄昏。

惜馀春慢　情景

弄月馀花,团风轻絮,露湿池塘春草。莺莺恋友,燕燕将雏,惆怅睡
残清晓。还似初相见时,携手旗亭,酒香梅小。向登临长是,伤春
滋味,泪弹多少。　　因甚却、轻许风流,终非长久,又说分飞烦
恼。罗衣瘦损,绣被香消,那更乱红如扫。门外无穷路岐,天若有

情，和天须老。念高唐归梦，凄凉何处，水流云绕。以上见唐宋诸贤绝
妙词选卷八

存　目　词

孔　榘

榘字处度，孔夷侄，二人齐名。

鼓　笛　慢

数枝凌雪乘冰，嫩英半吐琼酥点。南州故苑，何郎遗咏，风台月观。
疏影横斜，暗香浮动，水寒云晚。笑浮花浪蕊，娇春万里，空零落、
愁莺燕。　　游子寂寥暮景，向天边、几回相见。玉人纤手，殷勤
攀赠，欲行微盼。越使归来，汉宫妆罢，昭华流怨。念湘江梦杳，窗
前疑是，此情何限。梅苑卷一

　　按此首别误作孔武仲作，见历代诗馀卷七十四。

鹧　鸪　天

却月凌风度雪清。何郎高咏照花明。一枝弄碧传幽信，半额涂黄
拾晚荣。　　春思淡，暗香轻。江南雨冷若为情。犹胜远隔潇湘
水，忽到窗前梦不成。梅苑卷六

存　目　词

邹　浩

浩字志完,常州晋陵(今江苏常州)人。生于嘉祐五年(1060)。元丰五年(1082)进士。擢右正言。坐谏立刘后,谪新州。徽宗朝,迁吏部侍郎。坐党籍,再谪永州。大观元年(1107)复直龙图阁。政和元年(1111)卒,年五十二。高宗朝,赠宝文阁学士,谥曰忠。有道乡集。

渔　家　傲

慧眼舒光无不见。尘中一一藏经卷。闻说大千摊已遍。门方便。法轮尽向毫端转。　月挂烛笼知再见。西方可履休回盼。要与老岑同掣电。酬所愿。欣逢十二观音面。一百卷本诗话总龟卷二十八引冷斋夜话

临　江　仙

有个头陀修苦行,头上头发鬇鬡。身披一副醁裙衫。紧缠双脚,苦苦要游南。　闻说度牒朝夕到,并除颔下髭髯。钵中无粥住无庵。摩登伽处,只恐却重参。苕溪渔隐丛话后集卷三十九引复斋漫录

曾　诞

诞字敷文。崇宁间,守衡阳。宋史附见邹浩传。福建通志卷三十二云绍兴四年(1134)进士,未知即其人否?

失　调　名

草草山林职事,厌厌罢相情怀。挥麈后录卷二

李坦然

风　流　子

东君虽不语,年华事、今岁恰如期。向寒雨望中,晓霜清处,领些春意,开两三枝。又不是、山桃红锦烂,溪柳绿摇丝。别是一般,孤高风韵,绛裁纤萼,冰剪芳蕤。　　清香还有意,轻飘度勾引,几句新诗。须是放怀追赏,莫恁轻离。更嫦娥为爱,寒光满地,故移疏影,来伴南枝。谁道寿阳妆浅,偏入时宜。梅苑卷二

阮　阅

阅字闳休,舒城人。元丰八年(1085)进士,榜名美成。自户部郎官责知巢县,宣和中,知郴州。建炎初,知袁州。致仕,寓居宜春。有松菊集、诗话总龟。松菊集不传。

感皇恩　闰上元

芝检下中天,春寒犹浅。馀闰银蟾许重看。满城灯火,又遍高楼深

院。宝鞍催绣毂，香风软。　　　憔悴慢翁，萧条古县。随分良辰试开宴。且倾芳酒，共听新声弦管。夜阑人未散，更筹转。

踏莎行　和田守

驿使初回，新阳才报。时和倍觉青春早。华灯和月拥朱辖，花间万点寒星小。　　　团扇歌清，重茵舞妙。游人只恐归来悄。明年亲侍辇舆行，未应肯记濡须好。

减字木兰花　冬至

晓云舒瑞。寒影初回长日至。罗袜新成。更有何人继后尘。绮窗寒浅。尽道朝来添一线。秉烛须游。已减铜壶昨夜筹。

锦堂春　留合肥林倅

江入重关，山围翠巘，湖边自古巢阳。正梅残林坞，冰泮池塘。闻道当年父老，记梅福、曾隐南昌。有长堤万柳，映□参差，尽是甘棠。　　　共夸金斗下缺　以上彊村丛书本阮户部词

洞　仙　歌

赵家姊妹，合在昭阳殿。因甚人间有飞燕，见伊底，尽道独步江南，便江北、也何曾惯见。　　　惜伊情性好按原脱"好"字，据词综卷十二增，不解嗔人，长带桃花笑时脸。向尊前酒底，得见些时，似恁地按"地"字下原衍"好"字，据词综删、能得几回细看。待不眨眼儿、觑著伊，将眨眼底工夫，剩看几遍。能改斋漫录卷十七

眼　儿　媚

楼上黄昏杏花寒。斜月小栏干。一支燕子，两行征雁，画角声残。

绮窗人在东风里,洒泪对春闲。也应似旧,盈盈秋水,淡淡春山。苕溪渔隐丛话前集卷十一

按此首误入赵长卿惜香乐府卷三。又误作秦观词,见类编草堂诗馀卷一。别又误作左誉词,见花草粹编卷四。

赵　企

企字循道,南陵人。神宗朝,举进士。大观间,宰绩溪。重和时,台州倅。

失　调　名

闻道南丹风土美。流出溅溅五溪水。威仪尽识汉君臣,衣冠已变□番子。　　凯歌还、欢声载路。一曲春风里。不日万年觞,猺人北面朝天子。铁围山丛谈卷二

感　皇　恩

骑马踏红尘,长安重到。人面依前似花好。旧欢才展,又被新愁分了。未成云雨梦,巫山晓。　　千里断肠,关山古道。回首高城似天杳。满怀离恨,付与落花啼鸟。故人何处也,青春老。乐府雅词拾遗卷上

按此首别又误作王观词,见花草粹编卷七。

汪　存

存字公泽,婺源(今江西省)人。元丰七年(1084),领乡荐。元祐中,授西京文学。上封事,不报,弃官归养。政和间,复故官,力辞乞归。学者称四友先生。

步蟾宫

玉京此去春犹浅。正雪絮、马头零乱。姮娥剪就绿云裳,待来步蟾宫与换。明年二月桃花岸。棹按"棹"字原脱,据方舆胜览卷四十四无名氏词补双桨、浪平烟暖。扬州十里小红楼,尽卷上珠帘一半。花草粹编卷六

按草堂诗馀后集卷上李邴小冲山词注误引"玉京此去春犹浅"一句作欧阳修词,元刘埙隐居通议卷十又引"扬州十里小红楼"二句作唐人词。

谢　逸

逸字无逸,临川人。屡举不第,以诗文自娱。卒于政和三年(1113),年不满五十。有溪堂词。

蝶恋花

豆蔻梢头春色浅。新试纱衣,拂袖东风软。红日三竿帘幕卷。画楼影里双飞燕。　　拢鬓步摇青玉碾。缺样花枝,叶叶蜂儿颤。独倚阑干凝望远。一川烟草平如剪。

踏莎行

柳絮风轻,梨花雨细。春阴院落帘垂地。碧溪影里小桥横,青帘市上孤烟起。　　镜约关情,琴心破睡。轻寒漠漠侵鸳被。酒醒霞散脸边红,梦回山蹙眉间翠。

菩萨蛮

暄风迟日春光闹。蒲萄水绿摇轻棹。两岸草烟低。青山啼子规。　　归来愁未寝。黛浅眉痕沁。花影转廊腰。红添酒面潮。

又

縠纹波面浮鸂鶒。蒲芽出水参差碧。满院落梅香。柳梢初弄黄。

衣轻红袖皱。春困花枝瘦。睡起玉钗横。隔帘闻晓莺。

采 桑 子

楚山削玉云中碧，影落沙汀。秋水澄凝。一抹江天雁字横。

金钱满地西风急，红蓼烟轻。帘外砧声。惊起青楼梦不成。

又

冰霜林里争先发，独压群花。风送清筎。更引轻烟淡淡遮。

抱墙溪水弯环碧，月色清华。疏影横斜。恰似林逋处士家。

又

冷猿寒雁淮山远，风袅青帘。飞雪廉纤。莫道空中是撒盐。

到时乳鹊喧梧影，晓卷疏帘。彩服巡檐。索共梅花笑语添。

西 江 月

落寞寒香满院，扶疏清影侵门。雪消平野晚烟昏。睡起懒匀檀粉。

皎皎风前玉树，盈盈月下冰魂。南枝春信夜来温。便觉肌肤瘦损。

又

花额上堆翠葆，远山横处星眸。绛宫深锁暮云浮。月破黄昏时候。

谁谓霞衣玉简，便孤彩凤秦楼。桃源不禁昔人游。曾是刘郎邂逅。

又　陈倅席上

窄袖浅笼温玉,修眉淡扫遥岑。行时云雾绕衣襟。步步莲生宫锦。

　　菊与秋烟共晚,酒随人意俱深。尊前有客动琴心。醉后清狂不禁。

又

宝柱横云雁影,朱弦隔叶莺声。风生玉指晚寒清。官样轻黄袖冷。

　　饮罢尚留馀意,曲终自有深情。归来江上数峰青。梅水横斜夜永。

又　代人上许守生日

滴滴金盘露冷,萧萧玉宇风清。长庚入梦晓窗明。淡月微云耿耿。

　　松竹五峰秋色,笙歌三市欢声。华堂开宴拥娉婷。天上人间共庆。

又　送朱泮英

青锦缠条佩剑,紫丝络辔飞骢。入关意气喜生风。年少胸吞云梦。

　　金阙日高露泣原校:泣疑泫,东华尘软香红。争看荀氏第三龙。春暖桃花浪涌。

又　木芙蓉

晓艳最便清露,晚红偏怯斜阳。移根栽近菊花傍。蜀锦翻成新样。

　　坐客联挥玉麈,歌词细琢琼章。从今故事记溪堂。岁岁携壶共赏。

又

木末谁攀新萼，雪消自种前庭。莫嫌开过尚盈盈。似待诗人醉咏。

　　霜后最添妍丽，风中更觉娉婷。影摇溪水一湾清。妆罢晓临鸾镜。

又

密雪未知肤白，夜寒已觉香清。振芳堂下月盈庭。踏碎横斜疏影。

　　且醉杯中绿蚁，休辞笛里清声。东君催促子青青。滋味要调金鼎。

南 歌 子

雨洗溪光净，风掀柳带斜。画楼朱户玉人家。帘外一眉新月、浸梨花。　　金鸭香凝袖，铜荷烛映纱。凤盘宫锦小屏遮。夜静寒生春笋、理琵琶。

虞 美 人

碧梧翠竹交加影。角簟纱厨冷。疏云淡月媚横塘。一阵荷花风起、隔帘香。　　雁横天末无消息。水阔吴山碧。刺桐花上蝶翩翩。唯有夜深清梦、到郎边。

又

角声吹散梅梢雪。疏影黄昏月。落英点点拂阑干。风送清香满院、作轻寒。　　花瓷羯鼓催行酒。红袖掺掺手。曲声未彻宝杯空。饮罢香薰翠被、锦屏中。

又

风前玉树珑金韵。碧落佳期近。疏云影里鹊桥低。檐外一弯新
月、印修眉。　　星河渐晓铜壶噎。又是经年别。此情莫与玉人
知。引起旧家离恨、泪珠垂。

谒　金　门

帘外雨。洗尽楚乡残暑。白露影边霞一缕。绀碧江天暮。　　沉
水烟横香雾。茗椀浅浮琼乳。卧听鹧鸪啼竹坞。竹风清院宇。

如　梦　令

花落莺啼春暮。陌上绿杨飞絮。金鸭晚香寒,人在洞房深处。无
语。无语。叶上数声疏雨。

按此首别误作周邦彦词,见类编草堂诗馀卷一。别又误作赵简夫词,见杨金本草
堂诗馀前集卷下。

又

门外落花流水。日暖杜鹃声碎。蕃马小屏风,一枕画堂春睡。如
醉。如醉。正是困人天气。

青　玉　案

芦花飘雪迷洲渚。送秋水、连天去。一叶小舟横别浦。数声鸿雁,
两行鸥鹭。天淡潇湘暮。　　蓬窗醉梦惊箫鼓。回首青楼在何
处。柳岸风轻吹残暑。菊开青蕊,叶飞红树。江上潇潇雨。

好　事　近

疏雨洗烟波,雨过满江秋色。风起白鸥零乱,破岚光深碧。　　获

花枫叶只供愁,清吟写岑寂。吟罢倚阑无语,听一声羌笛。

临江仙　重九

木落江寒秋色晚,飕飕吹帽风清。丹枫楼外捣衣声。登高怀远,山影雁边横。　　露染宫黄庭菊浅,茱萸烟拂红轻。尊前谁整醉冠倾。酒香薰脸,落日断霞明。

又

玉树临风宾欲散,黄昏约马嘶庭。幽欢未尽有馀清。琼糜方一啜,银烛已双擎。　　坐久香津生齿颊,何须五斗消醒。艳歌声里醉魂醒。明年思此会,旌旆想登瀛。

减字木兰花　七夕

荷花风细。乞巧楼中凉似水。天幕低垂。新月弯环浅晕眉。桥横乌鹊。不负年年云外约。残漏疏钟。肠断朝霞一缕红。

又

疏疏密密。蒨蒨林中飞玉出。姹舞欺梅。悠飔随风去却回。遥岑玉刻。不见云中浮寸碧。夜色清妍。庭下交光月午天。

渔　家　傲

秋水无痕清见底。蓼花汀上西风起。一叶小舟烟雾里。兰棹舣。柳条带雨穿双鲤。　　自叹直钩无处使。笛声吹彻云山翠。鲙落霜刀红缕细。新酒美。醉来独枕莎衣睡。

清　平　乐

晓风残角。月里梅花落。宿酒醒时滋味恶。翠被轻寒漠漠。
梦回一点相思。远山暗蹙双眉。不觉肌肤瘦玉,但知带减腰围。

又

花边柳际。已渐知春意。归信不知何日是。旧恨欲拚无计。
故人零落西东。题诗待倩归鸿。惟有多情芳草,年年处处相逢。

蓦山溪　月夜

霜清木落,深院帘栊静。池面卷烟波,莹香水、一奁明镜。修筊拂
槛,疏翠挽婵娟,山雾敛,水云收,野阔江天迥。　　红消醉玉,酒
面风前醒。罗幕护轻寒,锦屏空、金炉烬冷。星横参昴,梅径月黄
昏,清梦觉,浅眉颦,窗外横斜影。

玉　楼　春

弄晴数点梨梢雨。门外画桥寒食路。杜鹃飞破草间烟,蛱蝶惹残
花底露。　　东君著意怜樊素。一段韶华都付与。妆成不管露桃
嗔,舞罢从教风柳妒。

又　王守生日

横塘晕浅琉璃莹。绿叶阴浓庭院静。樱桃熟后麦秋凉,芍药开时
槐夏永。　　蓬莱阁下红尘境。青羽扇低摇凤影。庭前玉树一枝
春,香雾和烟新月冷。

又

个中怀抱谁排遣。恻恻轻寒风剪剪。细思梅蕊晚香浓，争似柳梢
春色浅。　　娇咤道字歌声软。醉后微涡回笑靥。更无卓氏白头
吟，只有卢郎年少恨。

又　王守生日

青钱点水圆荷绿。解箨新篁森嫩玉。轻风冉冉楝花香，小雨丝丝
梅子熟。　　华堂烛烬零金粟。人在洞天三十六。昭华吹彻管声
寒，声入寿觞红浪蹙。

武陵春　茶

画烛笼纱红影乱，门外紫骝嘶。分破云团月影亏。雪浪皱清漪。
　　捧碗纤纤春笋瘦，乳雾泛冰瓷。两袖清风拂袖飞。归去酒醒
时。

又　送任民望归丰城

拍岸蒲萄江水碧，柳带挽归艎。破闷琴风绕袖凉。蕲蕲楝花香。
　　淡烟疏雨随宜好，何处不潇湘。愿作双飞老凤皇。莫学野鸳
鸯。

浪淘沙　上元

料峭小桃风。凝淡春容。宝灯山列半天中。丽服靓妆携手处，笑
语匆匆。　　酒滴小槽红。一饮千钟。铜荷擎烛绛纱笼。归去笙
歌喧院落，月照帘栊。

鹧　鸪　天

桐叶成阴拂画檐。清风凉处卷疏帘。红绡舞袖萦腰柳,碧玉眉心媚脸莲。　　愁满眼,水连天。香笺小字倩谁传。梅黄楚岸垂垂雨,草碧吴江淡淡烟。

又

金节平分院落凉。黄昏帘幕卷西厢。冰轮碾碎粼粼碧,玉斧修成练练光。　　低照户,巧侵床。锦袍起舞谪仙狂。鹊飞影里觥筹乱,桂子风前笑语香。

又

红晕香腮粉未匀。梳妆闲淡稳精神。谁知碧嶂清溪畔,也有姚家一朵春。　　眉黛浅,为谁颦。莫将心事付朝云。坐中有客肠应断,忘了酴醾架下人。

又

水阔天低雁字横。小春时节晚寒清。梅梢月上纷纷白,竹坞风来冉冉轻。　　人似玉,酒如渑。入关意气喜风生。坐中有客联镳去,谁唱阳关第四声。

浣　溪　沙

楼阁帘垂乳燕飞。圆荷细细点清溪。薰风破闷晚凉时。　　玉轸琴边兰思远,霜纨扇里翠眉低。揉蓝衫子闹蜂儿。

按此下原有浣溪沙"暖日温风破浅寒"一首,乃吕本中作,见乐府雅词卷下,兹不录。

燕　归　梁

六曲阑干翠幕垂。香烬冷金猊。日高花外啭黄鹂。春睡觉、酒醒
时。　　草青南浦，云横西塞，锦字杳无期。东风只送柳绵飞。全
不管、寄相思。

千　秋　岁

楝花飘砌。簌簌清香细。梅雨过，蘋风起。情随湘水远，梦绕吴峰
翠。琴书倦，鹧鸪唤起南窗睡。　　密意无人寄。幽恨凭谁洗。
修竹畔，疏帘里。歌馀尘拂扇，舞罢风掀袂。人散后，一钩淡月天
如水。

南　乡　子

浅色染春衣。衣上双双小雁飞。袖卷藕丝寒玉瘦，弹棋。赢得尊
前酒一卮。　　冰雪拂胭脂。绛蜡香融落日西。唱彻阳关人欲
去，依依。醉眼横波翠黛低。

醉　落　魄

霜砧声急。潇潇疏雨梧桐湿。无言独倚阑干立。帘卷黄昏，一阵
西风入。　　年时画阁佳宾集。玉人檀板当筵执。银瓶已断丝绳
汲。莫话前欢，忍对屏山泣。

鹊　桥　仙

蝶飞烟草，莺啼云树，满院垂杨阴绿。轻风飘散杏梢红，更吹皱、池
波如縠。　　珠帘日晚，银屏人散，楼上醉横霜竹。一春若道不相
思，缘底事、红绡褪玉。

江　神　子

一江秋水碧湾湾。绕青山。玉连环。帘幕低垂，人在画图间。闲抱琵琶寻旧曲，弹未了，意阑珊。　　飞鸿数点拂云端。倚阑看。楚天寒。拟倩东风，吹梦到长安。恰似梨花春带雨，愁满眼，泪阑干。

又

杏花村馆酒旗风。水溶溶。飏残红。野渡舟横，杨柳绿阴浓。望断江南山色远，人不见，草连空。　　夕阳楼外晚烟笼。粉香融。淡眉峰。记得年时，相见画屏中。只有关山今夜月，千里外，素光同。

点　绛　唇

九日登高，倚楼人在秋空半。汝江如练。碧影涵云巘一作"玉立峨峰远"。　　醉看茱萸，定是明年健。清尊满。菊花黄浅。偏入陶潜眼。

汲古阁本溪堂词注：或刻张子野。

又

金气秋分，风清露冷秋期半。凉蟾光满。桂子飘香远。　　素练宽衣，仙仗明飞观。霓裳乱。银桥人散。吹彻昭华管。

七　娘　子

风剪冰花飞零乱。映梅梢、素影摇清浅。绣幄寒轻，兰薰烟暖。艳歌催得金荷卷。　　游梁已觉相如倦。忆去年、舟渡淮南岸。别后销魂,冷猿寒雁。角声只送黄昏怨。

卜 算 子

烟雨幂横塘,绀色涵清浅。谁把并州快剪刀,剪取吴江半。　　隐几岸乌巾,细葛含风软。不见柴桑避俗翁,心共孤云远。

醉 桃 源

花枝破蕾柳梢青。春寒拂面轻。一眉新月影三星。铜荷烛烬零。　　低凤扇,袅霓旌。珊珊环珮声。坐间谁识许飞琼。对郎仙骨清。

又

风飘万点落花飞。残红枝上稀。平芜叶上淡烟迷。那堪春鸟啼。　　风细细,日迟迟。轻纱叠雪衣。多情多病懒追随。玉人应恨伊。

又 雪

晨光晓色扫檐晶。寒斋蝶梦惊。乱飘鸳瓦细无声。游飐柳丝 按"丝"疑"絮"字之误 轻。　　书幌冷,竹窗明。柴门只独扃。一尊浊酒为谁倾。梅花相对清。

望 江 南

临川好,柳岸转平沙。门外澄江丞相宅,坛前乔木列仙家。春到满城花。　　行乐处,舞袖卷轻纱。谩摘青梅尝煮酒,旋煎白雪试新茶。明月上檐牙。

又

临川好,山影碧波摇。鱼跃冰池飞玉尺,云横石廪拂鲛绡。高树竹萧萧。　　寒食近,湖水绿平桥。繁杏梢头张锦旆,垂杨阴里系兰桡。游客解金貂。以上陆贻典毛扆等校汲古阁本溪堂词

> 汲古阁本溪堂词原载词六十三首,一首乃吕本中作,未录。另一首乃毛晋所补,非原本所有,另载于后。全部并依校本所标次序及紫芝漫抄本溪堂词重编。

柳梢青 离别

香肩轻拍。尊前忍听,一声将息。昨夜浓欢,今朝别酒,明日行客。　　后回来则须来,便去也、如何去得。无限离情,无穷江水,无边山色。汲古阁本溪堂词

存 目 词

调　名	首　句	出　　处	附　　　　注
浣溪沙	暖日温风破浅寒	溪堂词	吕本中词,见乐府雅词卷下
谒金门	花满院	词的卷二	陈克词,见乐府雅词卷下
花心动	风里杨花	草堂诗馀别集卷四	明人传奇觅莲记中词,非谢逸作。词附录于后
临江仙	池外轻雷池上雨	丰韵情词卷五	欧阳修作,见近体乐府卷二
步蟾宫	远迢迢泛水无槎	又	明人依托

花心动 闺情

风里杨花,轻薄性,银烛高烧心热。香饵悬钩,鱼不轻吞,辜负钓儿虚设。桑蚕到老丝长绊,针刺眼、泪流成血。思量起,拈枝花朵,果

儿难结。　　海样情深忍撇。似梦里相逢,不胜欢悦。出水双莲,
摘取一枝,可惜并头分折。猛期月满会姮娥,谁知是、初生新月。
折翼鸟,甚是于飞时节。

夏　倪

倪字均父,蕲州(今湖北蕲春)人。夏竦之孙。宣和中,自府曹左官
祁阳监酒、终知江州。卒于建炎元年(1127)。有远游堂集,不传。

减字木兰花　宣和庚子登浯台作

山水奇秀,殆非中州所有。(原无序,据舆地纪胜卷五十六补)
江涵晓日。荡漾波光摇桨入。笑指浯溪。漫叟雄文锁翠微。
休嗟不偶。归到中州何处有。独立风烟。湘水浯台总接天。能改
斋漫录卷十七

晁冲之

冲之字叔用,晁补之从弟。有才华,不第。有具茨集十卷。又有晁
叔用词一卷,今不传。近人赵万里辑有晁叔用词一卷。

汉　宫　春

黯黯离怀,向东门系马,南浦移舟。薰风乱飞燕子,时下轻鸥。无
情渭水,问谁教、日日东流。常是送、行人去后,烟波一向离愁。
回首旧游如梦,记踏青殢饮,拾翠狂游。无端彩云易散,覆水难
收。风流未老,拚千金、重入扬州。应又是、当年载酒,依前名占青
楼。

玉 蝴 蝶

目断江南千里,灞桥一望,烟水微茫。尽锁重门,人去暗度流光。
雨轻轻、梨花院落,风淡淡、杨柳池塘。恨偏长。佩沉湘浦,云散高
唐。　　　清狂。重来一梦,手搓梅子,煮酒初尝。寂寞经春,小桥
依旧燕飞忙。玉钩栏、凭多渐暖,金缕枕、别久犹香。最难忘。看
花南陌,待月西厢。

感 皇 恩

小阁倚晴空,数声钟定。斗柄寒垂暮天净。向来残酒,尽被晓风吹
醒。眼前还认得,当时景。　　　旧恨与新愁,不堪重省。自叹多情
更多病。绮窗犹在,敲遍阑干谁应。断肠明月下,梅摇影。

　　　按此首又见汲古阁本片玉词,宋本片玉集无此首。乃误入,非周邦彦作。

又

蝴蝶满西园,啼莺无数。水阁桥南路。凝伫。两行烟柳,吹落一池
飞絮。秋千斜挂起,人何处。　　　把酒劝君,闲愁莫诉。留取笙歌
住。休去。几多春色,禁得许多风雨。海棠花谢也,君知否。

又

寒食不多时,牡丹初卖。小院重帘燕飞碍。昨宵风雨,只有一分春
在,今朝犹自得,阴晴快。　　　熟睡起来,宿酲微带。不惜罗襟揾
眉黛,日高梳洗,看著花阴移改。笑摘双杏子,连枝戴。

临 江 仙

双舸亭亭横晚渚,城中飞观嵯峨。画桥灯火照清波。玉钩平浸水,

金锁半沉河。　　试问无情堤上柳，也应厌听离歌。人生无奈别离何。夜长嫌梦短，泪少怕愁多。

又

忆昔西池池上饮，年年多少欢娱。别来不寄一行书。寻常相见了，犹道不如初。　　安稳锦屏今夜梦，月明好渡江湖。相思休问定何如。情知春去后，管得落花无。

又

谩道追欢惟九日，年年此恨偏浓。今朝吹帽与谁同。黄花都未拆，和泪泣西风。　　应恐登临肠更断，故交烟雨迷空。为君一曲送飞鸿。谁能推毂我，深入醉乡中。

渔 家 傲

浦口潮来沙尾涨。危樯半落帆游漾，水调不知何处唱。风淡荡。鳜鱼吹起桃花浪。　　雪尽小桥梅总放。层楼一任愁人上。万里长安回首望。山四向。澄江日色如春酿。

传 言 玉 女

一夜东风，吹散柳梢残雪。御楼烟暖，正鳌山对结。箫鼓向晚，凤辇初归宫阙。千门灯火，九街风月。　　绣阁人人，乍嬉游、困又歇。笑匀妆面，把朱帘半揭。娇波向人，手捻玉梅低说。相逢常是，上元时节。

按此首别误作胡浩然词，见类编草堂诗馀卷二。别又误作孙洙词，见花镜隽声卷七。

如 梦 令

帘外新来双燕。珠阁琼楼穿遍。香径得泥归，飞蹙池塘波面。谁见。谁见。春晚昭阳宫殿。

又

墙外辘轳金井。惊梦甍腾初省。深院闭斜阳，燕入阴阴帘影。人静。人静。花落鸟啼风定。

又

门在垂杨阴里。楼枕曲江春水。一阵牡丹风，香压满园花气。沉醉。沉醉。不记绿窗先睡。以上乐府雅词卷中

上 林 春 慢

帽落宫花，衣惹御香，凤辇晚来初过。鹤降诏飞，龙擎烛戏，端门万枝灯火。满城车马，对明月、有谁闲坐。任狂游，更许傍禁街，不扃金锁。　　玉楼人、暗中掷果。珍帘下、笑著春衫袅娜。素蛾原作"娥"，据词综卷七改绕钗，轻蝉扑鬓，垂垂柳丝梅朵。夜阑饮散，但赢得、翠翘双軃。醉归来，又重向、晓窗梳裹。说郛本续帙皆脱说

汉宫春 梅

潇洒江梅，向竹梢稀处，横两三枝。东君也不爱惜，雪压风欺。无情燕子，怕春寒、轻失佳期。惟是有、南来归雁，年年长见开时。
清浅小溪如练，问玉堂何似，茅舍疏篱。伤心故人去后，冷落新诗。微云淡月，对孤芳、分付他谁。空自倚，清香未减，风流不在人知。

按此首别又作李邴词,见梅苑卷一。

小 重 山

碧水浮瓜纹簟前。只知闲枕手,不成眠。晚云如火雨晴天。轻云
远,亭外一声蝉。　　池馆几年年。倚阑催小艇,采新莲。多情还
到芰荷边。应相忆,折藕看丝牵。全芳备祖后集卷八瓜门

以上晁冲之词十六首,用赵万里辑本晁叔用词。

存　目　词

调　名	首　　句	出　　处	附　　　　注
生 查 子	金鞍美少年	古今诗馀醉卷四	晏几道作,见小山词
临 江 仙	万里彤云密布	古今小说第三十三卷张古老种瓜娶文女	小说依托,词录附于后

临 江 仙

万里彤云密布,长空琼色交加。飞如柳絮落泥沙。前村归去路,舞
袖拂梨花。　　此际堪描何处景,江湖小艇渔家。旋斟香酝过年
华。披蓑乘远兴,顶笠过溪沙。

李　彭

彭字商老,江西建昌人。自号日涉园夫,又号海昏逸人。在江西诗
派图中,名居第十五。有日涉园集,不传。大典辑其集十卷,凡诗七百
二十馀首。

渔歌十首　颂尊宿付杲山人

汾　阳

南院嫡孙唯此个。西河狮子当门坐。绢扇清凉随手簸。君知么。
无端吃棒休寻过。

慈　明

掌握千差都照破。石霜这汉难关锁。水出高源酬佛陀。哩棱逻。
须弥作舞虚空和。

云　峰

孤硬云峰无计较。大愚滩上曾垂钓。佛法何曾愁烂了。桶箍爆。
通身汗出呵呵笑。

老　南

万古黄龙真夭矫。斩新勘破台山媪。佛手驴蹄人不晓。无关窍。
胡家一曲非凡调。

晦　堂

宝觉禅河波浩浩。五湖衲子来求宝。忽竖拳头宜速道。茫然讨。
难逃背触君须到。

真　净

贬剥诸方真净老。顶门眼正形枯槁。一点深藏人莫造。由来妙。
光明烜赫机锋峭。

潜　庵

积翠十年丹凤穴。当时亲得黄龙钵。掣电之机难把撮。真奇绝。
分明水底天边月。

死　心

骂佛骂人新孟八。是非窟里和身捵。不惜眉毛言便发。门庭滑。
红炉大鞴能生杀。

灵　源

绝唱灵源求和寡。先牛寻得西家马。顾陆笔端难拟画。千林谢。
吟风摆雪真萧洒。

湛　堂

选佛堂中川蕌苴。衲僧卑孔头垂下。独秀握来无一把。杖头挂。
从教四海禅徒讶。以上十首见日本五山版释晓莹感山云卧纪谈卷下。按十首皆
摘取渔家傲半片

苏　庠

苏庠字养直,丹阳人。生治平二年(1065)。绍兴间,居庐山,与徐俯
同召,不赴。绍兴十七年(1147)卒,年八十三。有后湖集,不传。

临江仙　席上赠张建康

本是白蘋洲畔客,虎符卧镇江城。归来犹得趁鸥盟。柳丝摇晓市,
杜若遍芳汀。　　莫惜飞觞仍堕帻,柳边依约莺声。水秋鲈熟正

关情。只愁宣室召,未许钓船轻。

又

猎猎风蒲初暑过,萧然庭户秋清。野航渡口带烟横。晚山千万叠,别鹤两三声。　　秋水芙蓉聊荡桨,一樽同破愁城。蓼按"蓼"原作"藜",据惜香乐府改花滩上白鸥明。暮云连极浦,急雨暗长汀。

按此首别误入赵长卿惜香乐府卷五。

如梦令　雪中作

叠嶂晓埋烟雨。忽作飞花无数。整整复斜斜,来伴南枝清苦。日暮。日暮。何许云林烟树。

虞美人　次虞仲登韵

军书未息梅仍破。穿市溪流过。病来无处不关情。一夜鸣榔急雨、杂滩声。　　飘零无复还山梦。云屋春寒重。山连积水水连空。溪上青蒲短短、柳重重。

浣溪沙　书虞元翁书

水榭风微玉枕凉。牙床角簟藕花香。野塘烟雨罩鸳鸯。　　红蓼渡头青嶂远,绿蘋波上白鸥双。淋浪淡墨水云乡。

谒金门　怀故居作

何处所。门外冷云堆浦。竹里江梅寒未吐。茅屋疏疏雨。　　谁遣愁来如许。小立野塘官渡。手种凌霄今在否。柳浪迷烟渚。

又 大叶庄怀张元孺作

杨柳渡。醉著青鞋归去。点点沙鸥何处所。十里菰蒲雨。　　抖
擞向来尘土。卧看碧山云度。寄语故时猿鹤侣。未见心先许。

鹧　鸪　天

枫落河梁野水秋。澹烟衰草接郊丘。醉眠小坞黄茅店,梦倚高城
赤叶楼。　　天杳杳,路悠悠。钿筝歌扇等闲休。灞桥杨柳年年
恨,鸳浦芙蓉叶叶愁。

又 过湖阴席上赠妓

梅妆晨妆雪妒轻。远山依约学眉青。樽前无复歌金缕,梦觉空馀
月满林。　　鱼与雁,两浮沉。浅颦微笑总关心。相思恰似江南
柳,一夜春风一夜深。

按此首别误作朱敦儒词,见杨金本草堂诗馀前集卷上。别又误作朱秋娘词,见古
今女史卷十二。

又

秋入蒹葭小雁行。参差飞堕水云乡。直须银甲供春笋,且滴糟床
覆羽觞。　　风压幕,月侵廊。江南江北夜茫茫。悬知上马啼鹃
梦,一夜惊飞宝鸭香。

诉衷情 渔父家风、醉中赠韦道士

杖头挑得布囊行。活计有谁争。不肯侯家五鼎,碧涧一杯羹。
　　溪上月,岭头云。不劳耕。瓮中春色,枕上华胥,便是长生。

又

倦投林樾当诛茅。鸿雁响寒郊。溪上晚来杨柳,月露洗烟梢。
　霜后渚,水分槽。尚平桥。客床归梦,何必江南,门接云涛。

阮 郎 归

西园风暖落花时。绿阴莺乱啼。倚阑无语惜芳菲。絮飞蝴蝶飞。
　缘底事,减腰围。遣愁愁著眉。波连春渚暮天垂。燕归人未
归。

点 绛 唇

冰勒轻飔,绿痕初涨回塘水。柳洲烟际。白鹭翘沙嘴。　箬笠
青蓑,未减貂蝉贵。云涛里。醉眠篷底。不属人间世。

菩萨蛮 宜兴作

北风振野云平屋。寒溪淅淅流冰谷。落日送归鸿。夕岚千万重。
　荒坡垂斗柄。直北乡山近。何必苦言归。石亭春满枝。

又 自宜兴还西冈作

园林寂寂春归去。濛濛柳下飞香絮。野水接云横。绿烟啼晓莺。
　江南鹧鸪梦。山色朝来重。小艇小湾头。蘋花蘋叶洲。

又 再在西冈兼怀后湖作

短船谁泊蒹葭渚。夜深远火明渔浦。却忆槿花篱。春声穿竹溪。
　云山如昨好。人自垂垂老。心事有谁知。月明霜满枝。

又 周彦达舟中作

眼中叠叠烟中树。晚云点点翻荷雨。鸥泛渚边烟。绿蒲秋满川。
　　未成江海去。聊作林塘主。客恨阔无津。风斜白氎巾。

又

年时忆著花前醉。而今花落人憔悴。麦浪卷晴川。杜鹃声可怜。
　　有书无雁寄。初夏槐风细。家在落霞边。愁逢江月圆。

又 澧阳庄

照溪梅雪和烟堕。寒林漠漠愁烟锁。客恨渺无涯。雁来人忆家。
　　远山疑带雨。一线云间语。霜月又婵娟。江南若个边。

又

春波滟滟浮春渚。绿阴一径风兼雨。又作去年时。绿深垂蔓篱。
　　故山归兴动。江北江南梦。白髮故相欺。星星如有期。

木 兰 花

江云叠叠遮鸳浦。江水无情流薄暮。归帆初张苇边风,客梦不禁
篷背雨。　　　　渚花不解留人住。只作深愁无尽处。白沙烟树有无
中,雁落沧洲何处所。

清平乐 咏岩桂

断崖流水。香度青林底。元配骚人兰与芷。不数春风桃李。
　　淮南丛桂小山。诗翁合得攀翻。身到十洲三岛,心游万壑千岩。

以上乐府雅词卷下

存 目 词

清 江 曲

属玉双飞水满塘。菰蒲深处浴鸳鸯。白蘋满棹归来晚,秋著芦花一岸霜。　扁舟系岸依林樾。萧萧两鬓吹华发。万事不理醉复醒,长占烟波弄明月。

后 清 江 曲

层波渺渺山苍苍。轻霜陨木莲叶黄。呼儿极浦下笭箵,社瓮欲熟浮蛆香。　轻蓑淅沥鸣秋雨。日暮乘流自相语。一笛清风万事休,白鸟翩翩落烟渚。

祖　可

祖可字正平,丹阳人。苏坚之子,苏庠之弟,原名苏序。为僧,住庐山。被恶疾,人号癞可。

小　重　山

谁向江头遣恨浓。碧波流不断,楚山重。柳烟和雨隔疏钟。黄昏后,罗幕更朦胧。　　桃李小园空。阿谁犹笑语,拾残红。珠帘卷尽落花风。人不见,春在绿芜中。乐府雅词拾遗卷上

菩　萨　蛮

西风簌簌低红叶。梧桐影里银河匝。梦破画帘垂。月明乌鹊飞。　　新愁知几许。欲似丝千缕。雁已不堪闻。砧声何处村。

又

谁能画取沙边雨。和烟澹扫兼葭渚。别岸却斜晖。采莲人未归。　　鸳鸯如解语。对浴红衣去。去了更回头。教侬特地愁。以上二首能改斋漫录卷十七

存　目　词

调　名	首　句	出　处	附　　　注
诉　衷　情	涌金门外小瀛洲	三百词谱卷一	仲殊作,见唐宋以来绝妙词选卷九

蔡　嶷

　　嶷字文饶,开封人。治平四年(1067)生。崇宁五年(1106),以谀蔡京,举进士第一。宣和五年(1123)卒。

失　调　名

扇开仙掌。演繁露卷五

张　阁

　　阁字台卿,河阳人。熙宁三年(1070)生。第进士。历中书舍人、给事中,出知杭州。政和二年(1112)拜兵部尚书,翰林学士。三年(1113)卒,年四十四。

声　声　慢

长天霞散,远浦潮平,危阑注目江皋。长记年年荣遇,同是今朝。金銮两回命相,对清光、频许挥毫。雍容久,正茶杯初赐,香袖时飘。　　归去玉堂深夜,泥封罢,金莲一寸才烧。帝语丁宁,曾被华衮亲褒。如今谩劳梦想,叹尘踪、杳隔仙鳌。无聊意,强当歌对酒怎消。夷坚丁志卷十

毛　滂

　　滂字泽民,衢州人。为杭州法曹,元符二年(1099)知武康县。崇宁初,除删定官。五年(1106)送吏部与监当。政和中,守嘉禾。有东堂词。

水调歌头　元会曲

九金增宋重,八玉变秦馀。上手诏在廷云:六玺之用,尚循秦旧。千年清浸,洗净河洛出图书。一段升平光景,不但五星循轨,万点共连珠。崇宁、大观之间,太史数奏五星循轨,众星顺乡,靡有错(按"错"原作"碎",改从吴讷唐宋名贤百家词本东堂词)乱。垂衣本神圣,补衮妙工夫。　　朝元去,锵环佩,冷云衢。芝房雅奏,仪凤矫首听笙竽。天近黄麾仗晓,春早红鸾扇暖,迟日上金铺。万岁南山色,不老对唐虞。

绛都春　太师生辰

馀寒尚峭。早凤沼冻开,芝田春到。茂对诞期,天与公春向廊庙。
元功开物争春妙。付与秾华多少。召还和气,拂开雾色,未妨谈
笑。　　缥缈。五云乱处,种彤菰向熟,碧桃犹小。雨露在门,
光彩充闾乌亦好。宝熏郁雾城南道。天自锡公难老。看公身任安
危,二十四考。

清平乐　千叶芝

九重寒少。烟暖丰瑶草。金井碧梧雏凤娇。南极人来最老。
衣冠远换裘毡。德随和气蝉连。万里同开寿域,一年三秀芝田。

又

重芳叠秀。风约仙云皱。椿不争年松与寿。共出皇家忠孝。
仁深枯冷皆蒙。托根不倚东风。日照恩光万里,暖生塞草丛中。

又

镂烟剪雾。鞚鞑无层数。苜蓿青深烦雪兔。引到祥葩开处。
仙人手翳朝阳。清都绛阙相将。来覆东封翠辇,好遮化日舒长。

又

九茎为寿。千叶前无有。叶叶年年看不朽。天与君王意厚。
君恩雨露无边。玉筵暖接非烟。马向华山烽冷,人安草亦千年。

又　绛河清

绛河千岁。一照升平事。万里青铜开碧霁。俯见南山晚翠。

绀寒不翅湘鄙。清于练静江澄。流向万年舫里，玉波可但如渑。

又

银河秋浪。遥出昆仑上。忽变澄澜添碧涨。可道升平无象。
黄云浊雾初开。荣光休气徘徊。试觅当时五老，金泥玉检将来。

又

天连翠漱。九折玻璃软。回抱金堤清宛转。疑共蓬莱清浅。
吾君欲济如何。唐虞风顺无多。自有松舟桧楫，一帆三代同波。

又　太师相公生辰

娟娟月满。冉冉梅花暖。春意初长寒力浅。渐拟芳菲满眼。
当时吉梦重重。间生天子三公。付与人间桃李，年年管领春风。

又

瀛洲春酒。满酌公眉寿。日照沙堤春傍柳。恩暖朝天衮绣。
东君著意丁宁。芳酸先许梅英。要就升平滋味，待公来进君羹。

又

雪馀寒退。唯有青松在。春不加荣寒不悴。用舍如公都耐。
流肪磊硌龟蛇。会留红日西斜。欲助我公寿骨，蟠桃等见开花。

又　己卯长至作

流光电急。又过书云日。旧是天津花下客。老对山青水碧。
而今转惜年华。迟阳为缓西斜。试问东君音信，晓寒犹压梅花。

又 东堂月夕小酌,时寒秀亭下娑罗花盛开

云峰秀叠。露冷琉璃叶。北畔娑罗花弄雪。香度小桥淡月。
与君踏月寻花。玉人双捧流霞。吸尽杯中花月,仙风相送还家。

又 元夕

东风桂影。低拂姮娥镜。镜里妆寒酥粉莹。越恁十分端正。
素光行处随人。柳边照见青春。一片笙箫何处,花阴定有遗簪。

又 春兰用殊老韵

曲房青琐。浅笑樱桃破。睡起三竿红日过。冷了沉香残火。
东风偏管伊家。剩教那与秾华。谁送一怀春思,玉台燕拂菱花。

又 送贾耘老、盛德常还郡。时饮官酒于东堂,二君许
　　复过此

杏花时候。庭下双梅瘦。天上流霞凝碧袖。起舞与君为寿。
两桥风月同来。东堂且没尘埃。烟艇何时重理,更凭风月相催。

又 春夜曲

兰堂灯炧。春入流苏夜。衣褪轻红闻水麝。云重宝钗未卸。
知君不奈情何。时时慢转横波。一饷花柔柳困,枕前特地春多。

又 与诸君小酌,烛下见花,戏作一首

风摇炧烬。吹下桃花影。醉倒碧铺眠碎锦。谁伴香迷酒凝。
少年不解孤春。年来减尽春心。犹下绣帘遮定,不教风雨侵凌。

又

桃夭杏好。似个人人好。淡抹胭脂眉不扫。笑里知春占了。
此情没个人知。灯前子细看伊。恰似云屏半醉，不言不语多时。

又　春晚与诸君饮

杯深莫厌。强看桃花面。记约阳和初一线。便恁芳菲满眼。
明年春色重来。东堂花为谁开。我在芦花深处，钓矶雨绿莓苔。

又

锦屏夜夜。绣被熏兰麝。帐卷芙蓉长不下。垂尽银台蜡炧。
脸痕微著流霞。曾腾越恁秾华。破睡半残妆粉，月随雪到梅花。

浣溪沙　宴太守张公内翰作

碧雾朦胧郁宝熏。和风容曳舞帘旌。花间千骑两朱轮。　　金马
天材文作锦，玉堂仙骨气如冰。湖山何似使君清。

又　尉圃观梅

曾向瑶台月下逢。为谁回首矮墙东。春风吹酒退腮红。　　庾岭
殷勤通远信，梅家潇洒有仙风。晚香都在玉杯中。

又　新春四夜松斋小饮，微雪复止

谢女清吟压郢楼。楼前风转柳花球。学成舞态却多羞。　　半落
琼瑶天又惜，稍侵桃李蝶应愁。酒家先当翠云裘。

又 仲冬朔日,独步花坞中,晚酌萧然,见樱桃有花

小圃韶光不待邀。早通消耗与含桃。晚来芳意半寒梢。　　含笑
不言春淡淡,试妆未遍雨萧萧。东家小女可怜娇。

又 家人生日

日照遮檐绣凤凰。博山金暖一帘香。尊前光景为君长。　　不信
腊寒雕鬓影,渐匀春意上妆光。梅花长共占年芳。

又 上元游静林寺

花市东风卷笑声。柳溪人影乱于云。梅花何处暗香闻。　　露湿
翠云裘上月,烛摇红锦帐前春。瑶台有路渐无尘。

按此首别误作陆游词,见草堂诗馀续集卷上。

又 咏梅

月样婵娟雪样清。索强先占百花春。于中烛底好精神。　　多恨
肌肤元自瘦,半残妆粉不饮匀。十分全似那人人。

又 初春泛舟,时北山积雪盈尺,而水南梅林盛开

水北烟寒雪似梅。水南梅闹雪千堆。月明南北两瑶台。　　云近
恰如天上坐,魂清疑向斗边来。梅花多处载春回。

按以上二首误入赵长卿惜香乐府卷八。

又 寒食初晴东堂对酒

小雨初收蝶做团。和风轻拂燕泥干。秋千院落落花寒。　　莫对
清尊追往事,更催新火续馀欢。一春心绪倚阑干。

又　寒食初晴，桃杏皆已零落，独牡丹欲开

魏紫姚黄欲占春。不教桃杏见清明。残红吹尽恰才晴。　芳草
池塘新涨绿，官桥杨柳半拖青。秋千院落管弦声。

又　八月十八夜东堂作

晚色寒清入四檐。梧桐冷碧到疏帘。小花未了烛花偏。　瑶瓮
亭堆春这里，锦屏屈曲梦谁边。熏笼香暖索衣添。

又　九月十二夜务亭作

碧浸澄沙上下天。曲堤疏柳短长烟。月明不待十分圆。　凿落
未空牙板闹，阑干久凭夹衣寒。婵娟薄幸冷相看。

又　武康社日

碧户朱窗小洞房。玉醅新压嫩鹅黄。半青橙子可怜香。　风露
满帘清似水，笙箫一片醉为乡。芙蓉绣冷夜初长。

又

松菊秋来好在无。寄声猿鹤莫情疏。渊明不老久踟蹰。　打鼓
枫林谁作社，枕溪茅屋忆吾庐。去年醉倒倩人扶。

又

本是青门学灌园。生涯浑在乱山前。一犁春雨种瓜田。　别后
倩云遮鹤帐，来时和月寄渔船。旁人莫做长官看。

又　泊望仙桥月夜舟中留客

晚色轻凉入画船。云峰飞尽玉为天。疏飙自为月褰帘。
流霞君且住，更深风月更清妍。为谁凄断小桥边。

细酌

又　访吴中朋友

锦里无端无素书。长安秋晚忆家无。故人来此尚踟蹰。
殷勤休忘了，老来凄断恶消除。小楼雪夜记当初。

旧事

又　松斋夜雨留客，戏追往事

记得山翁往少年。青楼一笑万金钱。宝鞍逐月玉鞭寒。
冻醪留客话，醉爬短髪枕书眠。伴人松雨隔疏帘。

老对

又　泛舟还馀英馆

烟柳风蒲冉冉斜。小窗不用著帘遮。载将山影转湾沙。
断时分岸色，蜻蜓立处过汀花。此情此水共天涯。

略约

又　送汤词

蕙炷犹熏百和秾。兰膏正烂五枝红。风流云散太匆匆。
已添君胜爽，醉乡肯为我从容。剩风残月小庭空。

仙草

又　泛舟

银字笙箫小小童。梁州吹过柳桥风。阿谁劝我玉杯空。
径须眠锦瑟，夜归不用照纱笼。画船帘卷月明中。

小醉

又

滟滟金波暖做春。疏疏烟柳瘦于人。柳边半醉不胜情。　　未解画船留待月,缓歌金缕细留云。将云带月入东门。

又　月夜对梅小酌

蜡烛花中月满窗。楚梅初试寿阳妆。麒麟为脯玉为浆。　　花影烛光相动荡,抱持春色入金觥。鸭炉从冷醉魂香。

天香　宴钱塘太守内翰张公作

进止详华,文章尔雅,金銮恩异群彦。尘断银台,天低鳌禁,最是玉皇香案。燕公视草,星斗动、昭回云汉。对罢宵分,又是金莲,烛引归院。　　年来偃藩江畔。赖湖山、慰公心眼。碧瓦千家,少借袴襦馀暖。黄气珠庭渐满。望红日、长安殊不远。缓辔端门,青春未晚。

小重山　宴太守张公内翰作

碧瓦朱甍紫翠深。玻璃屏障里,锦为城。子胥英爽海涛横。玉堂人,于此劝春耕。　　五月政当成。岩廊将去路,肯留行。江山雄胜为公倾。公惜醉,风月若为情。

又　立春日欲雪

谁劝东风腊里来。不知天待雪,恼江梅。东郊寒色尚徘徊。双彩燕,飞傍鬓云堆。　　玉冷晓妆台。宜春金缕字,拂香腮。红罗先绣踏青鞋。春犹浅,花信更须催。

按此首别作李邴词,见中兴以来绝妙词选卷一。

又　春雪小醉

门外东风糁玉尘。曲房花气蔼,博山春。小槽珠滴桂椒芬。梅蕊
绽,谁共醉中闻。　　睡起静无人。曲屏横远翠,锦为邻。十年旧
事梦如新。红蒬枕,犹暖楚峰云。

又　家人生日

鹤舞青青雪里松。冰开龟在藻,绿蒙茸。一成不记蕊珠宫。蟠桃
熟,应待几东风。　　玉酒紫金钟。非烟罗幕暖,宝熏秾。赠君春
色腊寒中。君留取,长伴脸边红。

满庭芳　夏曲

烁石炎曦,过云急雨,院落槐午阴清。藕花开遍,绿细一池萍。槽下
真珠溜溜,龙团破、河朔馀醒。阑干外,梧桐叶底,金井辘轳声。
盈盈。开雾帐,珊瑚连枕,云母围屏。对肌肤冰雪,自有凉生。翠袖
风回画扇,拂香篆、虬尾斜横。北窗晚,娟娟静色,竹影上帘旌。

又　西园月夜赏花

马络青丝,障开红锦,小晴初断香尘。芳醙满载,持烛有佳人。飞
盖西园午夜,花梢冷、云月胧明。折还惜,留花伴月,占定可怜春。
　　佳人。争插帽,已残芳树,犹缀馀英。任红辞香散,蝶恨蜂嗔。
醉也和春戴去,深院落、初馥炉熏。玉台畔,未教卸了,留映晚妆新。

摊声浣溪沙　天雨新晴,孙使君宴客双石堂,遣官奴
　　　　　　　试小龙茶

日照门前千万峰。晴飙先扫冻云空。谁作素涛翻玉手,小团龙。

定国精明过少壮,次公烦碎本雍容。听讼阴中苔自绿,舞衣红。

又　冬至日,天气晏温,从孙使君步至双石堂,北望山中微雪,因开窗倚目。适二柳当前,使君命伐之,霍然遂得众山之妙

日转堂阴一线添。使君和气作春妍。只有北山轻带雪,见丰年。　残月夜来收不尽,行云早起更留连。急剪垂杨迎秀色,到窗前。

又　吴兴僧舍竹下与王明之饮

雨色流香绕坐中。映阶疏竹一丛丛。不奈晚来萧瑟意,子猷风。　潋滟满倾金凿落,淋漓从湿绣芙蓉。吸尽百川天上去,看长虹。

踏莎行　陈兴宗夜集,俾爱姬出幕

天质婵娟,妆光荡漾。御酥做出花模样。夭桃繁杏本妖妍,文鸳彩凤能偎傍。　艾绿浓香,鹅黄新酿。〔缘〕(绿)云清切歌声上。夜寒不近绣芙蓉,醉中只觉春相向。

又　会宗园初见梅花

映竹幽妍,临池娟靓。芳苞先暖香初娠。南枝微弄雪精神,东君早寄春音信。　奔月仙标,乘烟远韵。玉台粉点和酥凝。从来清瘦可禁寒,为谁早把霞衣褪。

又　蜡梅

粟玉玲珑,雍酥浮动。芳跗染得胭脂重。风前兰麝作香寒,枝头烟

雪和春冻。　　蜂翅初开，蜜房香弄。佳人寒睡愁和梦。鹅黄衫
子茜罗裙，风流不与江梅共。

又　正月五日定空寺观梅

景泮冰檐，情回瑶草。副能守得春来到。管曾独自索春怜，而今觑
著东风笑。　　粉凝酥寒，云房睡觉。胭脂也不添些小。天真要
与此花争，是伊占得春多少。

又　元夕

拨雪寻春，烧灯续昼。暗香院落梅开后。无端夜色欲遮春，天教月
上官桥柳。　　花市无尘，朱门如绣。娇云瑞雾笼星斗。沉香火
冷小妆残，半衾轻梦浓如酒。

又　早春即事

阶影红迟，柳苞黄遍。纤云弄日阴晴半。重帘不卷篆香横，小花初
破春丛浅。　　凤绣犹重，鸭炉长暖。屏山翠入江南远。醉轻梦
短枕闲敧，绿窗窈窕风光转。

又　追往事

芳气霏微，薄衣料峭。何人正倚桃花笑。流红不出武陵溪，这回空
与春风到。　　尊俎全稀，风情终较。安仁老也谁知道。碧云无
信失秦楼，旧时明月犹相照。

又　中秋玩月

碧树阴圆，绿阶露满。金波潋滟堆瑶盏。行云会事不飞来，长空一
片琉璃浅。　　玉燕钗寒，藕丝袖冷。只应未倚阑干遍。随人全

不似婵娟，桂花影里年年见。

玉楼春 戊寅重阳，病中不饮，惟煎小云团一杯，荐以菊花

西风吹冷沉香篆。门掩小晴红叶院。卧看黄菊送重阳，露重烟寒花未遍。　　衰翁病怯琉璃斝。日日愁侵霜鬓短。一杯菊叶小云团，满眼萧萧松竹晚。

又 仆前年当重九，微疾不饮，但掇菊叶煎小云团，用酬节物，戏作短句以侑茗饮。逮去年，曾登山高会。今年客东都，依逆旅主人舍，无游从，不复出门，不知时节之变。或云今日重九，起坐空庭月下，复取云团酌一杯。盖用仆故事，以送佳节。又作侑茶一首以和韵

泥银四壁盘蜗篆。明月一庭秋满院。不知陶菊总开无，但见杜苔新雨遍。　　去年醉倒云为斝。未尽百壶惊日短。小云今夜伴牢愁，好在凤凰春未晚。

又 赠孙守公素

三衢太守文章伯。七月政成如戏剧。坐中欬唾落珠玑，笔下神明飞霹雳。　　才高莫恨溪山窄。且与燕公添秀发。风流前辈渐无多，好在魏公门下客。

又 己卯岁元日

一年滴尽莲花漏。碧井酴酥沉冻酒。晓寒料峭尚欺人，春态苗条先到柳。　　佳人重劝千长寿。柏叶椒花芬翠袖。醉乡深处少相知，祇与东君偏故旧。

按此首别误作晏几道词，见草堂诗馀续集卷上。

又 定空寺赏梅

蕊珠宫里三千女。滴粉为春尘不住。月华冷处欲迎人，七里香风
生满路。　　一枝谁寄长安去。想得韶光能几许。醉翁满眼玉玲
珑，直到烟空云尽处。

又 立春日

小园半夜东风转。吹皱冰池云母面。晓披阊阖见朝阳，知向碧阶
添几线。　　小烟弄柳晴先暖。残雪禁梅香尚浅。殷勤洗拂旧东
君，多少韶华聊借看。

又 至盱眙作

长安回首空云雾。春梦觉来无觅处。冷烟寒雨又黄昏，数尽一堤
杨柳树。　　楚山照眼青无数。淮口潮生催晓渡。西风吹面立苍
茫，欲寄此情无雁去。

又 三月三日雨夜觞客

一春花事今宵了。点检落红都已少。阿谁追路问东君，只有青青
河畔草。　　尊前不信韶华老。酒意妆光相借好。檐前暮雨亦多
情，未做朝云容易晓。

南歌子 正月二十八日定空寺赏梅

暮霭寒依树，娇云冷傍人。江南谁寄一枝春。何似珑璁十里、更无
尘。　　雨萼胭脂淡，香须蝶子轻。碧山归路小桥横。谁见暗香
今夜、月胧明。

又　东堂小酌赋秋月

庭下新生月,凭君把酒看。不须直待素团团。恰似那人眉样、秀弯环。　　冷射鸳鸯瓦,清欺翡翠帘。数枝烟竹小桥寒。渐见风吹疏影、过阑干。

又　席上和衢守李师文

绿暗藏城市,清香扑酒尊。淡烟疏雨冷黄昏。零落酴醾花片、损春痕。　　润入笙箫腻,春馀笑语温。更深不锁醉乡门。先遣歌声留住、欲归云。

八节长欢　送孙守公素

名满人间。记黄金殿,旧赐清闲。才高鹦鹉赋,风懔惠文冠。涛波何处试蛟鳄,到白头、犹守溪山。且做龚黄样度,留与人看。桃溪柳曲阴圆。离唱断、旌旗却卷春还。襦袴寄馀温,双石畔、唯闻吏胆长寒。诗翁去,谁细绕、屈曲阑干。从今后、南来幽梦,应随月度云端按“端”原作“湍”,改从吴讷本及毛扆校本东堂词。

又　登高词

泽国秋深。绣槛天近,坐久魂清。溪山绕尊酒,云雾浥衣襟。馀霞孤雁送愁眼按“愁眼”原作“乡愁”,改从吴讷本、毛校本,寄寒闺、一点离心。杜老两峰秀处,短髪疏巾。　　佳人为折寒英。罗袖湿、真珠露冷钿金。幽艳为谁妍,东篱下、却教醉倒渊明。君但饮,莫觑他、落日芜城。从教夜、龙山清月,端的便解留人。

蓦山溪 杨花

雪空毡径,扑扑怜飞絮。柔弱不胜春,任东风、吹来吹去。墙阴苑
外,一片落谁家,叶依依,烟郁郁,依旧如张绪。　　那人拈得,吹
向钗头住。不定却飞扬,满眼前、搅人情愫。蜂儿蝶子,教得越轻
狂,隔斜阳,点芳草,断送青春暮。

又　东堂,武康县令舍尽心堂也,仆改名东堂。治平中,
越人王震所作。自吴兴刺史府与五县令舍,无得与
东堂争广丽者。去年仆来,见其突兀出翳荟间,而
菌生梁上,鼠走户内,东西两便室,蛛网粘尘,蒙络
窗户。守舍者云:前大夫忧民劳苦,眠饭于簿书狱
讼间。是堂也,盖无有大夫履声,姑以为田廪耳。
又县圃有屋二十馀间,倾挠于蒿艾中,鸱啸其上,狐
吟其下,磨镰淬斧,以十夫日往夷之,才可入。欲以
居人,则有覆压之患。取以为薪,则又可怜。试择
其蝼蚁之馀,加以斧斤,乃能为亭二,为庵、为斋、为
楼各一,虽卑隘仅可容膝,然清泉修竹,便有远韵。
又伐恶木十许根,而好山不约自至矣。乃以生远名
楼、画舫名斋、潜玉名庵、寒秀、阳春名亭、花名坞、
蝶名径。而叠石为渔矶,编竹为鹤巢,皆在北池上。
独阳春西窗得山最多,又有酴醾一架。仆顷少时喜
笔砚浅事,徒能诵古人纸上语,未尝与天下史师游,
以故邑人甚愚其令,不以寄枉直。虽有疾苦,曾不
以告也。庭院萧然,鸟雀相呼,仆乃得饱食晏眠,无
所用心于东堂之上。戏作长短句一首,托其声于蓦
山溪云(文字据吴讷本东堂词校正)

东堂先晓,帘挂扶桑暖。画舫寄江湖,倚小楼、心随望远。水边竹
畔,石瘦藓花寒,秀阴遮,潜玉梦,鹤下渔矶晚。　　藏花小坞,蝶
径深深见。彩笔赋阳春,看藻思、飘飘云半。烟拖山翠,和月冷西

窗,玻璃盏,蒲萄酒,旋落酴醾片。

又 上元词

婵娟不老,依旧东风面。华烛下珠辂,盛寒里、春光一片。不教暮景,也似每常来,水精宫,银色界,今夜分明见。 碧街如水,人影花凌乱。谁在柳阴中,小妆寒、落梅数点。诗翁独倚,十二玉阑干,露濛濛,云冉冉,千嶂琉璃浅。

又 元夕词

梅花初谢,雪后寒微峭。谁送一城春,绮罗香、风光窈窕。插花走马,天近宝鞭寒,金波上,玉轮边,不是红尘道。 玻璃山畔,夜色无由到。深下水晶帘,拥严妆、铅华相照。珠楼缈缈,人月两婵娟,尊前月,月中人,相见年年好。

临江仙 宿僧舍

古寺长廊清夜美,风松烟桧萧然。石阑干外上疏帘。过云闲窈窕,斜月静婵娟。 独自徘徊无个事,瑶琴试奏流泉。曲终谁见枕琴眠。香残虬尾细,灯暗玉虫偏。

又 客有逢故人者,代书其情

莫恨那回容易别,不妨久远情肠。为人留下旧风光。花枝长好在,馥馥十年香。 便是旧时帘外月,却来小槛低窗。朦胧影里淡梳妆。相看如梦寐,回首乍思量。

按此下原有洞仙歌"绿烟深处"一首,据乐府雅词卷上、苕溪渔隐丛话后集卷三十九,乃晁补之作,今删。

剔银灯 同公素赋,侑歌者以七急拍七拜劝酒

帘下风光自足。春到席间屏曲。瑶瓮酥融,羽觞蚁闹,花映鄱湖寒绿。汨罗愁独。又何似、红围翠簇。　　聚散悲欢箭速。不易一杯相属。频剔银灯,别听牙板,尚有龙膏堪续。罗熏绣馥。锦瑟畔、低迷醉玉。

水调歌头 拟饶州法曹掾作

金马空故事,方朔漫多端。三千牍在,玉殿何日赐清闲。难恋长安钟漏,谁借青云欸唾,拂袖且东还。笑杀长缨使,复转出秦关。　　吾道在,虽不遇,面何惭。雒阳年少,高论难与绛侯谈。富贵暂饶先手,晞尽草头秋露,掩鼻出东山。且饱鲸鱼脍,风月过江南。

又 登衢州双石堂呈孙八太守公素

谢安涵雅量,叔夜赋刚肠。清宵假寐,应笑长孺卧淮阳。尽彻东平屏障,不废南楼谈咏,宴寝自凝香。庭下一抔土,须避赤帷裳。　　双石健,含古色,照新堂。百年乔木阴下,僵立两蛟苍。目送千山爽气,帘卷一城风月,杖屦合彷徉。他日峨眉秀,相望隔明光。
孙发厅事前古冢,得双石,因以为堂名。石上有昔人题识云:叠峨眉山于文会堂前。

浣　溪　沙

竹送秋声入小窗。香迷夜色暗牙床。小屏风掩烛花长。　　雁过故人无信息,酒醒残梦寄凄凉。画桥露月冷鸳鸯。

武　陵　春

维岳分公英特气,万丈拂长虹。丙魏萧曹总下风。千载友夔龙。

宝熏袅翠昏帘绣,嘉颂佩绅同。不用黄精扫鬓中。元是黑头翁。

又

迎得春来闻好语,贺燕立帘钩。转蕙风光柳弄柔。喜气与春游。
　　万钱珍鼎期公饭,天自寿留侯。文物升平速置邮。江左属风流。王俭云:江左风流宰相,唯有谢安。

又

银浦流云初度月,空碧挂团团。照夜珠胎贝阙寒。光彩满长安。
　　春风为拂新沙路,珂马款天关。篆印金窠红屈盘。崑崙押千官。

玉　楼　春

今朝何以为公寿。极贵长年公素有。庭阶不乏长芝兰,少翁又是廷臣右。　　三能粲粲依魁秀。八柱巍巍蟠地厚。皇家卜册万斯年,年光长转洪钧手。

又

我公两器兼文武。谈笑岩廊无治古。红颜绿髮已官高,赤舄绣裳今仲父。　　我欲形容无妙语。颂穆清风须吉甫。望公聊比泰山云,岁岁年年天下雨。

又

压玉为浆麟肉。珠树琼葩长不谢。翠帘绣暖燕归来,宝鸭花香蜂上下。　　沙堤佩马催公驾。月白风清天不夜。重来赫赫照岩廊,不动堂堂凝太华。

秦楼月 月下观花

蔷薇折。一怀秀影花和月。花和月。著人浓似,粉香酥色。
绿阴垂幕帘波叠。微风过竹凉吹髪。凉吹髪。无人分付,这些时
节。

遍地花 孙守席上咏牡丹

白玉阑边自凝伫。满枝头、彩云_{按"彩云"上原衍"新"字,据吴讷本、毛校本删}
雕雾。甚芳菲、绣得成团,砌合出、韶华好处。　　暖风前、一笑盈
盈,吐檀心、向谁分付。莫与他、西子精神,不枉了、东君雨露。

夜游宫 仆养一鹤,去田间以属郑德俊家。今县斋新
作阳春亭,旁见近山数峰,因德俊归,以此语鹤,
便知仆居此不落寞也(文字据吴讷本东堂词校
正)

长记劳君送远。柳烟重、桃花波暖。花外溪城望不见。古槐边,故
人稀,秋鬓晚。　　我有凌霄伴。在何处、山寒云乱。何不随君弄
清浅。见伊时,话阳春,山数点。

诉衷情 三月八日仲存席上见吴家歌舞

花阴柳影映帘栊。罗幕绣重重。行云自随语燕,回雪趁惊鸿。
　　银字歇,玉杯空。蕙烟中。桃花髻暖,杏叶眉弯,一片春风。

又 七夕

短疏紫绿象床低。玉鸭度香迟。微云淡著河汉,凉过碧梧枝。
　　秋韵起,月阴移。下帘时。人间天上,一样风光,我与君知。

醉花阴 孙守席上次会宗韵

檀板一声莺起速。山影穿疏木。人在翠阴中，欲觅残春，春在屏风曲。　　劝君对客杯须覆。灯照瀛洲绿。西去玉堂深，魄冷魂清，独引金莲烛。

<small>按此首原无题，据永乐大典卷二万零三百五十三席字韵补。</small>

又

金叶犹温香未歇。尘定歌初彻。暖透薄罗衣，一霎清风，人映团团月。　　持杯试听留春阕。此个情肠别。分付与莺莺，劝取东君，停待芳菲节。

减字木兰花 正月十七日，孙守约观残灯。是夕灯火甚盛，而雪消雨作

暖风吹雪。洗尽碧阶今夜月。试觅云英。更就蓝桥借<small>按"借"原作"惜"，从毛校本</small>月明。　　从教不借。自有使君家不夜。谁道由天。光景随人特地妍。

又 留贾耘老

曾教风月。催促花边烟棹发。不管花开。月白风清始肯来。既来且住。风月闲寻秋好处。收取凄清。暖日阑干助梦吟。<small>耘老梦中尝作诗</small>

又 李家出歌人

小桥秀绝。露湿芙蕖花上月。月下人人。花样精神月样清。谁言见惯。到了司空情不慢。丞相瞋无。若不瞋时醉倩扶。

上林春令 十一月三十日见雪

蝴蝶初翻帘绣。万玉女、齐回舞袖。落花飞絮濛濛，长忆著、灞桥别后。　　浓香斗帐自永漏。任满地、月深云厚。夜寒不近流苏，只怜他、后庭梅瘦。

殢　人　娇

雪做屏风，花为行帐。屏帐里、见春模样。小晴未了，轻阴一饷。酒到处、恰如把春拈上。　　官柳黄轻，河堤绿涨。花多处、少停兰桨。雪边花际，平芜叠幛。这一段、凄凉为谁怅望。

　　　　　　按本书旧版卷八十七此首误作张扩词。

又 约归期偶参差戏作寄内

短棹犹停，寸心先往。说归期、唤做的当。夕阳下地，重城远样。风露冷、高楼误伊等望。　　今夜孤村，月明怎向。依还是、梦回绣幌。远山想像。秋波荡漾。明夜里、与伊画著眉上。

惜分飞 富阳水寺秋夕望月

山转沙回江声小。望尽冷烟衰草。梦断瑶台晓。楚云何处英英好。　　古寺黄昏人悄悄。帘卷寒堂月到。不会思量了。素光看尽桐阴少。

又 富阳僧舍代作别语

泪湿阑干花著露。愁到眉峰碧聚。此恨平分取。更无言语。空相觑。　　短雨残云无意绪。寂寞朝朝暮暮。今夜山深处。断魂分付。潮回去。

又　酒家楼望其南有佳客,招之不至

花影低徊帘幕卷。惯了双来按"来"原作"人",他本俱作"来",据改燕燕。惊散雕阑晚。雨昏烟按"烟"原作"灯",据他本改重垂杨院。　　云断月斜红烛短。望断真个望断。情寄梅花点。趁风吹过楼南畔。

又

恰则心头托托地。放下了日多萦系。别恨还容易。袖痕犹有年时泪。　　满满频斟乞求醉。且要时闲忘记。明日刘郎起。马蹄去便三千里。

蝶恋花　听周生鼓琵琶

闻说君家传窈窕。秀色天真,更夺丹青妙。细意端相都总好。春愁春媚生颦笑。　　琼玉胸前金凤小。那得殷勤,细托琵琶道。十二峰云遮醉倒。华灯翠帐花相照按"那得"原作"那事"、"细托"原作"总托",据吴讷本、毛校本改。

又　秋晚东归,留吴会甚久,无一人往还者

江接寒溪家已近。想见秋来,松菊荒三径。目送吴山秋色尽。星星却入双蓬鬓。　　凫短鹤长真个定。勋业来迟,不用频看镜。懒出问人人不问。绿尊倒尽横书枕。

又　戊寅秋寒秀亭观梅

相见江南情不少。尔许多时,怪得无消耗。淡日暖云匀引到。阑干寂寞怜春小。　　宫面可怜匀画了。粉瘦酥寒,一段天真好。唤起玉儿娇睡觉。半山残月南枝晓。

又　寒食

红杏梢头寒食雨。燕子泥新,不住飞来去。行傍柳阴闻好语。莺儿穿过黄金缕。　　桑落酒寒杯懒举。总被多情,做得无情绪。春过二分能几许。银台新火重帘暮。

又　东堂下牡丹,仆所栽者,清明后见花

三叠阑干铺碧甃。小雨新晴,才过清明后。初见花王披衮绣。娇云瑞日明春昼。　　彩女朝真天质秀。宝髻微偏,风卷霞衣皱。莫道东君情最厚。韶光半在东堂手。

又　春夜不寐

红影斑斑吹锦片。露叶烟梢,寒月娟娟满。更起绕庭行百遍。无人只有栖莺见。　　觅个薄情心对换。愁绪偏长,不信春宵短。正是碧云音信断。半衾犹赖香熏暖。

又　席上和孙使君。孙暮春当受代

城上春云低阁雨。渐觉春随,一片花飞去。素颈圆吭莺燕语。不妨缓缓歌金缕。　　堕纪颓纲公已举。但见清风,萧瑟随谈绪。借寇假饶天不许。未须忙遣韶华暮。

又　送茶

花里传觞飞羽过。渐觉金槽,月缺圆龙破。素手转罗酥作颗。鹅溪雪绢云腴堕。　　七盏能醒千日卧。扶起瑶山,嫌怕香尘涴。醉色轻松留不可。清风停待些时过。

又　敧枕

不雨不晴秋气味。酒病秋怀，不做醒松地。初换夹衣围翠被。蔷
薇水润衠香腻。　　旋折秋英餐露蕊。金缕虬团，更试康王水。
幽梦不来寻小睡。无言划尽屏山翠。

更漏子　熏香曲

玉狻猊，金叶暖。馥馥香云不断。长下著，绣帘重。怕随花信风。
　　傍蔷薇，摇露点。衣润得香长远。双枕凤，一衾鸾。柳烟花雾
间。

又　初秋雨后闻鹤唳

绿窗寒，清漏短。帐底沉香火暖。残烛暗，小屏弯。云峰遮梦还。
　　那些愁，推不去。分付一檐寒雨。檐外竹，试秋声。空庭鹤唤
人。

又　和孙公素泛舟观竞渡

柳藏烟，云漏日。寒满雕盘玉食。风卷旆，水摇天。鱼龙挟彩船。
　　水边人，波面乐。太守与民同乐。春好处，总随轩。花中谁状
元。京妓以色胜者为状元红。

西江月　次韵孙使君赏花见寄，时仆武康待次

花下春藏五马，松间风落双凫。兵厨玉帐卷鄱湖。人醉碧云欲暮。
　　归去聊登文石，翱翔便是天衢。雅歌谁解继投壶。桃李无言
满路。

又　县圃小酌

烟雨半藏杨柳，风光初到桃花。玉人细细酌流霞。醉里将春留下。　　柳畔鸳鸯作伴，花边蝴蝶为家。醉翁醉里也随他。月在柳桥花榭。

又　长安秋夜与诸君饮，分题作

雨后夹衣初冷，霜前细菊浑斑。觚棱清月绣团环。万里长安秋晚。　　槽下内家玉滴，盘中江国金丸。春容著面作微殷。烛影红摇醉眼。

又　侑茶词

席上芙蓉待暖，花间鹦褢还嘶。劝君不醉且无归。归去因谁按"因谁"原作"谁人"，从吴讷本、毛校本惜醉。　　汤点瓶心未老，乳堆盏面初肥。留连能得几多时。两腋清风唤起。

青玉案　新凉

芙蕖花上濛濛雨。又冷落、池塘暮。何处风来摇碧户。卷帘凝望，淡烟疏柳，翡翠穿花去。　　玉京人去无由驻。恁独坐、凭阑处。试问绿窗秋到否。可人今夜，新凉一枕，无计相分付。

又　竹间戏作

玉藂初有排云分。向晚色、娟娟静。秋入风枝清不尽。月和粉露，徘徊孤映，独夜扶疏影。　　子猷风调全相称。是彼此、无凡韵。玉勒前头花柳近。水边石上，冷依烟雨，时有幽人问。

又　戏赠醉妓

玉人为我殷勤醉。向醉里、添姿媚。偏著冠儿钗欲坠。桃花气暖，露浓烟重，不自禁春意。　　绿榆阴下东行水。渐渐近、凄凉地。明月侵床愁不睡。眉儿吃皱，为谁无语，阁住阳关泪。

又

今宵月好来同看。月未落、人还散。把手留连帘儿畔。含羞和恨转娇按"娇"原作"添"，从吴讷本盼。恁花映春风面。　　相思不用宽金钏。也不用、多情似玉燕。问取婵娟学长远。不必清光夜夜见。但莫负、团圆愿。

河满子　夏曲

急雨初收珠点。云峰巉绝天半。辘轳金井卷甘冽，帘外翠阴遮遍。波翻水精重帘，秋在琉璃双簟。　　漏永流花缓缓。未放崦嵫腕晚。红荷绿芰暮天好，小宴水亭风馆。云乱香喷宝鸭，月冷钗横玉燕。

谒金门　昔游

灯雾里。老去昔游不记。月似旧时人不似。小楼何处是。　　归卧晚香翠被。玉酒著人小醉。欲睡先来都不睡。此情那恁地。

七娘子　舟中早秋

山屏雾帐玲珑碧。更绮窗、临水新凉入。雨短烟长，柳桥萧瑟。这番一日凉一日。　　离多绿鬓多时白。这离情、不似而今惜。云外长安，斜晖脉脉。西风吹梦来无迹。

又　和贺方回登月波楼

月光波影寒相向。借团团、与做长壖样。此老南楼,风流可想。殷勤冰彩随人上。　　欲同次道倾家酿。有兵厨、玉盎金波涨。云外归鸿,烟中飞桨。五湖秋兴心先往。

雨中花　下汴月夜

寒浸东倾不定。更奈橹声催紧。堤树胧明孤月上,暗淡移船影。　　旧事十年愁未醒。渐老可禁离恨。今夜谁知风露里,目断云空尽。

又　武康秋雨池上

池上山寒欲雾。竹暗小窗低户。数点秋声侵短梦,檐下芭蕉雨。　　白酒浮蛆鸡啄黍。问陶令、几时归去。溪月岭云红蓼岸,总是思量处。

夜行船　雨夜泊吴江,明日过垂虹亭

寒满一衾谁共。夜沉沉、醉魂朦松。雨呼烟唤付凄凉,又不成、那些好梦。　　明日烟江□暝曚。扁舟系、一行蟏蛛。季鹰生事水弥漫,过鲈船、再三目送。

又　馀英溪泛舟

弄水馀英溪畔。绮罗香、日迟风慢。桃花春浸一篙深,画桥东、柳低烟远。　　涨绿流红空满眼。倚兰桡、旧愁无限。莫把鸳鸯惊飞去,要歌时、少低檀板。

鹊桥仙 春院

红摧绿剗,莺愁蝶怨,满院落花风紧。醉乡好梦恰蕾腾,又冷落、一
成吹醒。　　柔红不耐,暗香犹好,觑著翻成不忍。春心减尽眼长
闲,更肯被、游丝牵引。

又 烛下看花

水精帘外,沉香阑畔,新下红油画幕。百花何处避芳尘,便独自、将
春占却。　　月华淡淡,夜寒森森,犹把红灯照著。醉时从醉不归
家,贤守定、不教冷落。

烛影摇红 松窗午梦初觉

一亩清阴,半天潇洒松窗午。床头秋色小屏山,碧帐按"帐"原作"长",
从吴讷本、毛校本垂烟缕。　　枕畔风摇绿户。唤人醒、不教梦去。
可怜恰到,瘦石寒泉,冷云幽按"幽"原作"出",从毛校本处。

又 送会宗

老景萧条,送君归去添凄断。赠君明月满前溪,直到西湖畔。
门掩绿苔应遍。为黄花、频开醉眼。橘奴无恙,蝶子相迎,寒窗日
短。会宗小斋名梦蝶,前植橘,东偏甚广。

又 归去曲

鬓绿飘萧,漫郎已是青云晚。古槐阴外小阑干,不负看山眼。
此意悠悠无限。有云山、知人醉懒。他年寻我,水边月底,一蓑烟
短。

忆秦娥 冬夜宴东堂

醉醉。醉击珊瑚碎。花花。先借春光与酒家。　　夜寒我醉谁扶我。应抱瑶琴卧。清清。揽月吟风不用人。

又 二月二十三日夜松轩作

夜夜。夜了花朝也。连忙。指点银瓶索酒尝。　　明朝花落知多少。莫把残红扫。愁人。一片花飞减却春。

武陵春 正月二日,天寒欲雪,孙使君置酒作乐,宾客插花剧饮,明日当立春

城上落梅风料峭,寒馥逼清尊。爽兴天教属使君。雪意压歌云。　　插帽殷罗金缕细,燕燕早随人。留取笙歌直到明。莲漏已催春。

又 正月十四日夜孙使君席上观雪,继而月复明

风过冰檐环佩响,宿雾在华茵。剩落瑶花衬月明。嫌怕有纤尘。　　凤口衔灯金炫转,人醉觉寒轻。但得清光解照人。不负五更春。

又 正月七日,武都雪霁立春

春在前村梅雪里,一夜到千门。玉佩琼琚下冷云。银界见东君。　　桃花髻暖双飞燕,金字巧宜春。寂寞溪桥柳弄晴。老也探花人。

点绛唇 月波楼中秋作

高柳横斜,冷光凌乱摇疏翠。露荷珠缀。照见鸳鸯睡。

□□□□，□□□□□。□□□。□□□□。□□□□□。

又　家人生日

柏叶春醅，为君亲按"亲"原作"竞"，从吴讷本、毛校本酌玻璃盏。玉箫牙管。人意如春暖。　　鬓绿长留，不使韶华晚。春无限。碧桃花畔。笑看蓬莱浅。

又　月波楼重九作

手抚归鸿，坐临烟雨帘旌润。气清天近。云日温阑楯。　　压玉浮金，一醉留青鬓。风光胜。淡妆人靓。眉黛生秋晕。

又　家人生日

何处君家，蟠桃花下瑶池畔。日迟烟暖。占得春长远。　　几见花开，一任年光换。今年见。明年重见。春色如人面。

又　武都静林寺妙峰亭席上作。假山前引水，激起数尺

秀岭寒青，冷泉凌乱催秋意。佩环声里。无限真珠碎。　　叹我平生，识尽闲滋味。来闲地。为君一醉。万事浮云外。

又　醉中记游一处，复寻不果

小院重帘，那回来处花相向。迟迟一饷。记得春模样。　　昨夜月明，应照芙蓉帐。空凝望。蜂劳蝶攘。谁在花枝上。

又　惠山夜月赠鼓琴者，时作流水弄

绣岭横秋，玉螭吹暑迎凉气。碧崖流水。流入春葱指。　　半倚朱弦，微弹连环珥。通深意。月明风细。分付知音耳。

如 梦 令

深苑重调弦管。不觉银台烛短。相对有金波,天畔杯按"杯"原作"楼",从吴讷本、毛校本中都满。人远。人远。醉倚阑干玉冷。

玉楼春 红梅

当日岭头相见处。玉骨冰肌元淡伫。近来因甚要浓妆,不管满城桃杏妒。　　酒晕脸霞春暗度。认是东皇偏管顾。生罗衣褪为谁羞,香冷熏炉都不觑。

生查子 登高词

鲈蟹正肥时,烟雨新凉日。露蕊郁金黄,云液蒲萄碧。　　此日古为佳,此醉君宁惜。高挂水精帘,尽放秋光入。

又 春日

日照小窗纱,风动重帘绣。宝炷暮云迷,曲沼晴漪皱。　　烟暖柳醒松,雪尽梅清瘦。恰是可怜时,好似花秾后。

又

钗上燕犹寒,胜里红偏小。恰有尔多春,不许群花笑。　　酒面粉酥融,香袖金泥罩。芳意已潜通,残雪犹相照。

又 富阳道中

春晚出山城,落日行江岸。人不共潮来,香亦临风散。　　花谢小妆残,莺困清歌断。行雨梦魂消,飞絮心情乱。

又

花地锦斑残，月箔波凌乱。鬥鸭玉阑旁，扑兽金炉畔。　　小醉奈春何，轻梦催云散。却步蕙兰中，应被鸳鸯见。

浪淘沙　生日

深院绣帘垂。前日春归。画桥杨柳弄烟霏。池面东风先解冻，龟上涟漪。　　酒潋玉东西。香暖狻猊。远山郁秀入双眉。待看碧桃花烂漫，春日迟迟。

菩萨蛮　次韵秀倅送别

玉卮细酌流霞湿。金钗翠袖勤留客。行色小梅残。官桥杨柳寒。　　赐环宣室夜。看落金莲炧。人记海听康。流风秀水旁。

又　代赠

端端正正人如月。孜孜媚媚花如颊。花月不如人。眉眉眼眼春按"春"原作"青"，从吴讷本、毛校本。　　沉香添小炷。共把熏炉语。香解著人衣。君心蝴蝶飞。

又　定空赏梅

含章檐下眉如月。融酥和粉描疏雪。桃杏莫争春。凌风台畔人。　　如今千万树。零乱孤村雨。和雨滴瑶觞。归来肌骨香。

又　重阳

淡烟疏雨东篱晓。菊团凄露真珠小。青蕊抱寒枝。因谁特故迟。　　曾是骚人盼。羞做茱萸伴。揉破郁金黄。与君些子香。

又

溪山不尽知多少。遥峰秀叠寒波渺。携酒上高台。与君开壮怀。
枉做悲秋赋。醉后悲何处。白髮几黄花。官裘付酒家。

又　富阳道中

春潮曾送离魂去。春山曾见伤离处。老去不堪愁。凭阑看水流。
东风留不住。一夜檐前雨。明日觅春痕。红疏桃杏村。

又　新城山中雨

云山沁绿残眉浅。垂杨睡起腰肢软。不见玉妆台。飞花将梦来。
行云何事恶。雨透罗衣薄。不忍湿残春。黄莺啼向人。

又　赠舞姬（"姬"原作"侣"，改从吴讷本、毛校本）

当时学舞钧天部。惊鸿吹下江湖去。家住百花桥。何郎偏与娇。
杏梁尘拂面。牙板闻莺燕。劝客玉梨花。月侵钗燕斜。

渔家傲　戊寅冬，以病告卧潜玉，时时策杖寒秀亭下，
作渔家傲三首

年少莫寻潜玉老。无才无艺烦君笑。暖过茅檐霜日晓。休起早。
竹间尽日无人到。　　别径小峰孤碧峭。曲沟浅浸寒清绕。此老
相看情不少。浑忘了。浑教按"教"原作"然"，改从吴讷本、毛校本忘了长
安道。

又

恰则小庵贪睡著。不知风撼梅花落。一点儿春吹去却。香约略。

黄蜂犹抱红酥萼。　　绕遍寒枝添索寞。却穿竹径随孤鹤。守定微官真个错。从今莫。从今莫负云山约。

又

鬓底青春留不住。功名薄似风前絮。何似瓮头春没数。都占取。只消一纸长门赋。　　寒日半窗桑柘暮。倚阑目送繁云去。却欲载书寻旧路。烟深处。杏花菖叶耕春雨。

于飞乐 和太守曹子方

水边山，云畔水，新出烟林。送秋来、双桧寒阴。桧堂寒，香雾碧，帘箔清深。放衙隐几，谁知共、云水无心。　　望西园，飞盖夜，月到清尊。为诗翁、露冷风清。退红裙，雲<small>按"雲"原作"云"，从吴讷本、毛校本</small>碧袖，花草争春。劝翁强饮，莫孤负、风月留人。

又 代人作别后曲

记誊腾，浓睡里，一片行云。未多时、梦破云惊。听辘轳，声断也，井底银瓶。不如罗带，等闲便、结得同心。　　系画船，杨柳岸，晓月亭亭。记阳关、断韵残声。被西风，吹玉枕，酒魄还清。有些言语，独自个、说与谁膺。

又 别筵赠歌妓姊妹

并梅兄，双蝶子，烟缕衫轻。凤凰钗、缭绕香云。淡梳妆，□得恁，雪腻酥匀。揉春捻就，更是他、花与精神。　　黛尖低，桃萼破，微笑轻嚬。早做成、役梦劳魂。好风前，佳月下，莫忘行人。扁舟去也，没个事、多样离情。

阮郎归 惜春

映阶芳草净无尘。新晴隔柳阴。绿丝步障碧茸茵。遮藏欲尽春。
　　寒未了,酒须深。残花无处寻。年来陪尽惜春心。闲愁渐不
禁。

又

雨馀烟草弄春柔。芳郊翠欲流。暖风时转柳花球。晴光烂不收。
　　红尽处,绿新稠。秾华只暂留。却应留下等闲愁。令人双鬓
秋。

虞美人 东园赏春,见斜日照杏花,甚可爱

游人莫笑东园小。莫问花多少。一枝半朵恼人肠。无限姿姿媚
媚、倚斜阳。　　二分春去知何处。赖是无风雨。更将绣幕密遮
花。任是东风急性、不由他。

又

百花赶定东君去。知与花何处。阳春但更买花栽。留住蜂儿蝶
子、等君来。　　翠轻绿嫩庭阴好。醉便眠芳草。春波如酒不曾
空。谁见东堂日日、自春风。

又 官妓有名小者,坐中乞词

柳枝却学腰肢袅。好似江东小。春风吹绿上眉峰。秀色欲流不
断、眼波融。　　檐前月上灯花堕。风递馀香过。小欢云散已难
收。到处冷烟寒雨、为君愁。

一落索　东归代同舟寄远

月下风前花畔。此情不浅。欲留风月守花枝,却不道、而今远。

　　墙外鹭飞沙晚。烟斜雨短。青山只管一重重,向东下、遮人眼。

散　馀　霞

墙头花□寒犹噤。放绣帘昼静。帘外时有蜂儿,趁杨花不定。

　　阑干又还独凭。念翠低眉晕。春梦枉恼人肠,更厌厌酒病。

以上二首永乐大典卷一万四千三百八十一寄字韵误引作马琮词。

最高楼　散后

微雨过,深院芰荷中。香冉冉,绣重重。玉人共倚阑干角,月华犹在小池东。入人怀,吹鬓影,可怜风。　　分散去、轻如云与梦,剩下了、许多风与月,侵枕簟,冷帘栊。副能小睡还惊觉,略成轻醉早醒松。仗行云,将此恨,到眉峰。

又　春恨

新睡起,熏过绣罗衣。梳洗了,百般宜。东风淡荡垂杨院,一春心事有谁知。苦留人,娇不尽,曲眉低。　　漫良夜、月圆空好意,恐落花、流水终寄恨,悲欢往往相随。凤台痴望双双羽,高唐愁著梦回时。又争如,遵大路,合逢伊。

少年游　长至日席上作

遥山雪气入疏帘。罗幕晓寒添。爱日腾波,朝霞入户,一线过冰檐。　　绿尊香嫩蒲萄暖,满酌破冬严。庭下早梅,已含芳意,春近瘦枝南。

粉 蝶 儿

雪遍梅花,素光都共奇绝。到窗前、认君时节。下重帏,香篆冷,兰膏明灭。梦悠扬,空绕断云残月。　　沈郎带宽,同心放开重结。褪罗衣、楚腰一捻。正春风,新著摸,花花叶叶。粉蝶儿,这回共花同活。

调 笑

掾　白语　窃以绿云之音,不羞春燕;结风之袖,若翩秋鸿。勿谓花月之无情,长寄绮罗之遗恨。试为调笑,戏追风流。少延重客之馀欢,聊发清尊之雅兴。

诗词

珠树阴中翡翠儿。莫论生小被鸡欺。鹊鹊楼高荡春思,秋瓶盼碧双琉璃。御酥作肌花作骨。燕钗横玉云堆髮。使梁年少断肠人,凌波袜冷重城月。

城月。冷罗袜。郎睡不知鸾帐揭。香凄翠被灯明灭。花困钗横时节。河桥杨柳催行色。愁黛有人描得。

　　　　　　　　　　　右一　崔徽

隼旌佩马昌门西。泰娘绀幰为追随。河桥春风弄鬓影,桃花暋暖黄蜂飞。绣茵锦荐承回雪。水犀梳斜抱明月。铜驼梦断江水长,云中月堕韩香歇。

香歇。袂红颭。记立河桥花自折。隼旌绀幰城西阙。教妾惊鸿回雪。铜驼春梦空愁绝。云破碧江流月。

　　　　　　　　　　　右二　泰娘

武宁节度客最贤。后车摘藻争春妍。曲眉丰颊亦能赋,惠中秀外谁争怜。花娇叶困春相逼。燕子楼头作寒食。月明空照合欢床,霓裳舞罢犹无力。

无力。倚瑶瑟。罢舞霓裳今几日。楼空雨小春寒逼。钿晕罗衫烟色。帘前归燕看人立。却趁落花飞入。

右三　盼盼

　　临邛重客蜀相如。被服容冶人闲都。上宫烟娥笑迎客，绣屏六曲
红甋甈。霰珠穿帘洞房晚。歌倚瑶琴半羞懒。天寒日暮可奈何，挂客
冠缨玉钗冷。

钗冷。鬓云晚。罗袖拂人花气暖。风流公子来应远。半倚瑶琴羞
懒。云寒日暮天微霰。无处不堪肠断。

右四　美人赋

　　寒云夜卷霜倒飞。一声水调凝秋悲。锦靴玉带舞回雪，丞相筵前
看柘枝。河东词客今何地。密寄软绡三尺泪。锦城春色隔瞿唐，故华
灼灼今憔悴。

憔悴。何郎地。密寄软绡三尺泪。传心语眼郎应记。翠袖犹芬仙
桂。愿郎学做蝴蝶子。去去来来花里。

右五　灼灼

　　春风户外花萧萧。绿窗绣屏阿母娇。白玉郎君恃恩力，尊前心醉
双翠翘。西厢月冷濛花雾。落霞零乱墙东树。此夜灵犀已暗通，玉环
寄恨人何处。

何处。长安路。不记墙东花拂树。瑶琴理罢霓裳谱。依旧月窗风
户。薄情年少如飞絮。梦逐玉环西去。

右六　莺莺

按此首别误作李邴词，见花草粹编卷一。

　　白蘋溪边张水嬉。红莲上客心在谁。丹山鸾雏杂鸥鹭，暮云晚浪
相逶迤。十年东风未应老。斗量明珠结里媪。花房著子青春深，朱轮
来时但芳草。

芳草。恨春老。自是寻春来不早。落花风起红多少。记得一枝春
小。绿阴青子空相恼。此恨平生怀抱。

右七　苕子

　　半天高阁倚晴江。使君宴客罗纨香。一声离凤破凝碧，洞房十三
春未央。沙暖鸳鸯堤下上。烟轻杨柳丝飘荡(按此二句各本俱空格，据
词谱卷四十补)。佩瑶弃置洛城东，风流云散空相望。

相望。楚江上。萦水缭云闻妙唱。龙沙醉眼看花浪。正要风将月

傍。云车瑶佩成惆怅。衰柳白蘋相向。

右八　张好好

按此首别误作李邴词，见古今词统卷三。

破　子

酒美。从酒贵。濯锦江边花满地。鹔鹴换得文君醉。暖和一团春
意。怕将醒眼看浮世。不换云芽雪水。

又

花好。怕花老。暖日和风将养到。东君须愿长年少。图不看花草
草。西园一点红犹小。早被蜂儿知道。

遣队

歌长渐落杏梁尘。舞罢香风卷绣茵。更拟缘云弄清切，尊前恐有断
肠人。

感皇恩 解秀州郡印，次王倅韵

两岁抚邦人，曾无恩意。别后何人更相记。题舆玉树，愧与蒹葭相
倚。殷勤犹念我，同吟醉。　　画舸相追，孤城已闭。不道扁舟□
云外。夜分月冷，一段波平风细。忆君清兴满，无由寄。

又 镇江待闸

绿水小河亭，朱阑碧甃。江月娟娟上高柳。画楼缥缈，尽挂窗纱帘
绣。月明知我意，来相就。　　银字吹笙，金貂取酒。小小微风弄
襟袖。宝熏浓炷，人共博山烟瘦。露凉钗燕冷，更深后。

又 晚酌

多病酒尊疏，饮少辄醉。年少衔杯可追记。无多酌我，醉倒阿谁扶

起。满怀明月冷,炉烟细。　　云汉虽高,风波无际。何似归来醉乡里。玻璃江上,满载春光花气。蒲萄仙浪软,迷红翠。

临江仙　都城元夕

闻道长安灯夜好,雕轮宝马如云。蓬莱清浅对觚棱。玉皇开碧落,银界失黄昏。　　谁见江南憔悴客,端忧懒步芳尘。小屏风畔冷香凝。酒浓春入梦,窗破月寻人。以上彊村丛书本东堂词

相见欢　秋思

十年湖海扁舟。几多愁。白髪青灯今夜、不宜秋。　　中庭树。空阶雨。思悠悠。寂寞一生心事、五更头。唐宋诸贤绝妙词选卷六

存　目　词

调　名	首　句	出　处	附　　注
洞仙歌	绿烟深处	东堂词	晁补之词,见乐府雅词卷上
千秋岁	记当初归家	花草粹编卷十一	无名氏词,见截江网卷六
洞仙歌	痴儿騃女	草堂诗馀续集卷上	杨无咎词,见逃禅词
木兰花	掩朱扉	记红集卷一	五代毛熙震作,见花间集卷十
诉衷情	桃花流水漾纵横	同情集词选卷三	五代毛文锡作,见花间集卷五
纱窗恨	新春燕子还来至	又	又
赞浦子	锦帐添香睡	又卷四	又

刘 焘

焘字无言,长兴人。元祐三年(1088)进士。建中靖国元年(1101),
秘书省正字。政和八年(1118),提点淮南东路刑狱。宣和三年(1121),
自秘书少监提点嵩山崇福宫。七年(1125),除秘阁修撰。靖康时擅离
官守,为李光所劾。

花 心 动

偏忆江南,有尘表丰神,世外标格。低傍小桥,斜出疏篱,似向陇头
曾识。暗香孤韵冰雪里,初不怕、春寒要勒。问桃杏贤瞒,怎生向
前争得。　　省共萧娘笑摘。玉纤映琼枝,照人一色。澹粉晕酥,
多少工夫,到得寿阳宫额。再三留待东君看,管都将、别花不惜。
但只恐、南楼又三弄笛。

八 宝 妆

门掩黄昏,画堂人寂,暮雨乍收残暑。帘卷疏星门户悄,隐隐严城
钟鼓。空街烟暝半开,斜日朦胧,银河澄淡风凄楚。还是凤楼人
远,桃源无路。　　惆怅夜久星繁,碧空望断,玉箫声在何处。念
谁伴、茜裙翠袖,共携手、瑶台归去。对修竹、森森院宇。曲屏香暖
凝沉炷。问对酒当歌,情怀记得刘郎否。

按此首误入李吕澹轩集卷四。别又误作李甲词,见词综卷十。

转调满庭芳

风急霜浓,天低云淡,过来孤雁声切。雁儿且住,略听自家说。你
是离群到此,我共那人才相别。松江岸,黄芦影里,天更待飞雪。
　　声声肠欲断,和我也、泪珠点点成血。一江流水,流也呜咽。

告你高飞远举,前程事、永没磨折。须知道、飘零聚散,终有见时节。以上三首见乐府雅词拾遗卷上

菩萨蛮　四时四首回文

春

小红桃脸花中笑。笑中花脸桃红小。垂柳拂帘低。低帘拂柳垂。
　袅花风鬓绕。绕鬓风花袅。归路月沉西。西沉月路归。

夏

簟纹双映冰肌艳。艳肌冰映双纹簟。窗外竹生风。风生竹外窗。
　点红潮醉脸。脸醉潮红点。廊上月昏黄。黄昏月上廊。

秋

露盘金冷初阑暑。暑阑初冷金盘露。风细引鸣蛩。蛩鸣引细风。
　雨零愁远路。路远愁零雨。空醉一尊同。同尊一醉空。

冬

屑琼霏玉堆檐雪。雪檐堆玉霏琼屑。山远对眉攒。攒眉对远山。
　拆梅寒映月。月映寒梅拆。阑倚暂愁宽。宽愁暂倚阑。

又　四首

春

湿花春雨如珠泣。泣珠如雨春花湿。花枕并敧斜。斜敧并枕花。
　织文回字密。密字回文织。嗟更数年华。华年数更嗟。

夏

润肌饶汗香红沁。沁红香汗饶肌润。低槛小山围。围山小槛低。

枕横钗坠鬟。鬟坠钗横枕。归梦与郎期。期郎与梦归。

秋

绿窗斜动摇风竹。竹风摇动斜窗绿。虚幌夕凉初。初凉夕幌虚。
　曲眉愁翠蹙。蹙翠愁眉曲。无雁寄书来。来书寄雁无。

冬

雪窗寒听孤灯灭。灭灯孤听寒窗雪。残漏惜衾闲。闲衾惜漏残。
　说时常恨别。别恨常时说。还不奈宵寒。寒宵奈不还。以上
八首见回文类聚卷四

玉 交 枝

念谁伴、茜裙翠袖。真率记事

宇文元质

元质,西蜀文人。

于 飞 乐

休休得也,只消更、一朵荼蘼。诗人玉屑卷二十一引树萱录
　按此本旧词,元质改"戴"字为"更"字。旧词不另出。

范致虚

致虚字谦叔,建阳人。元祐三年(1088)进士。徽宗朝,为尚书左
丞。靖康中,知京兆府。高宗即位,为资政殿学士,知鼎州。建炎三年
(1129)卒。

满庭芳慢

紫禁寒轻,瑶津冰泮,丽月光射千门。万年枝上,甘露惹祥氛。北阙华灯预赏,嬉游盛、丝管纷纷。东风峭,雪残梅瘦,烟锁凤城春。

　　风光何处好,彩山万仞,宝炬凌云。尽欢陪舜乐,喜赞尧仁。天子千秋万岁,征招宴、宰府师臣。君恩重,年年此夜,长祝本嘉辰。岁时广记卷十

郑少微

　　少微字明举,成都人。元祐三年(1088)进士。以文知名,仕不偶。崇宁初,入元符上书邪下籍。政和中,曾知德阳。晚号木雁居士。

鹧鸪天

谁折南枝傍小丛。佳人丰色与梅同。有花无叶真潇洒,不问胭脂借淡红。　　应未许,嫁春风。天教雪月伴玲珑。池塘疏影伤幽独,何似横斜酒盏中。景宋本梅苑卷六

思越人　集句

欲把长绳系日难。纷纷从此见花残。休将世事兼身事,须看人间比梦间。　　红烛继,艳歌阑。等闲留客却成欢。劝君更尽一杯酒,赢得浮生半日闲。花草粹编卷五

李新

　　新字元应,仙井(今四川仁寿)人。登元祐三年(1088)进士第。元符末,为南郑丞。崇宁元年(1102),坐元符上书入邪上尤甚籍,夺官,谪居遂州。大观中为普州司法,宣和间为资州司录。今有跨鳌集,从永乐

大典辑出。

临 江 仙

杨柳梢头春色重,紫骝嘶入残花。香风满面日西斜。只知闲信马,
不觉误随车。　　已许洞天归路晚,空劳眼惜眉怜。几回偷为掷
花钿。今生应已过,重结后来缘。

按此首前原有洞仙歌"雪云散尽"阕,据乐府雅词卷上,乃李元膺作,今不录。

浣溪沙 秋怀

千古人生乐事稀。露浓烟重薄寒时。菊花须插两三枝。　　未老
功名辜两鬓,悲秋情绪入双眉。茂陵多病有谁知。

前调 书所见

雨霁笼山碧破赊。小园围屋粉墙斜。朱门闲掩那人家。　　素腕
拨香临宝砌,层波窥客擘轻纱。隔窗隐隐见簪花。

摊破浣溪沙

几度珠帘卷上钩。折花走马向扬州。老去不堪寻往事,上心头。
　　陶令无聊惟喜醉,茂陵多病不胜愁。脉脉春情长不断,水东
流。以上跨鳌集卷十一

存 目 词

跨鳌集卷十一有洞仙歌"雪云散尽"一首,据乐府雅词卷上乃李元
膺词。

欧阳鬭

鬭字晦夫,临川人,从学于梅圣俞。元祐六年(1091)登进士第。任石康令。

临江仙　九日登碧莲峰

涧碧山红纷烂漫,烟萝远映霜枫。倚阑人在暮云东。遥天垂众壑,平地起孤峰。　　大好家山重九日,尊前切莫匆匆。黄花消息雁声中。寻芳须未晚,与客且携筇。历代词人考略引桂林岩洞记

司马槱

槱字才仲,陕州夏台人。元祐六年(1091),河中府司理参军,应贤良方正能直言极谏科,入第五等,赐同进士出身,堂除初等职官。

黄　金　缕

家在钱塘江上住。花落花开,不管年华度。燕子又将春色去。纱窗一阵黄昏雨。　　斜插犀梳云半吐。檀板清歌,唱彻黄金缕。望断云行无去处。梦回明月生春浦。张右史文集卷四十七

张右史文集及云斋广录卷七,并以上半首为司马槱梦中见一女子所歌,下半首槱续。春渚纪闻卷七则以下半首为秦观所续。今从乐府雅词。

元杨朝英阳春白雪卷一以全首为苏小小作,非。

河　　传

银河漾漾。正桐飞露井,寒生斗帐。芳草梦惊,人忆高唐惆怅。感离愁,甚情况。　　春风二月桃花浪。扁舟征棹,又过吴江上。人

去雁回,千里风云相望。倚江楼,倍凄怆。云斋广录卷七

王　重

重字与善,元祐间人。

蝶　恋　花

去岁花前曾记有。坐醉嬉游,花下携纤手。粉面与花相间鬥。星眸一转晴波溜。　　一见新花还感旧。泪眼逢春,忍更看花柳。春恨厌厌如永昼。□□寂寞黄昏后。

烛　影　摇　红

烟雨江城,望中绿暗花枝少。惜春长待醉东风,却恨春归早。纵有幽情欢会,奈如今、风情渐老。凤楼何处,画阑愁倚,天涯芳草。以上二首见能改斋漫录卷十七

某两地

宣政间人。

失调名　题金陵赏心亭

为爱金陵佳丽。乃分符来此。拥麾忽又向淮东,便咫尺、人千里。　　画鼓一声催起。邦内人齐跪。江山有兴我重来,斟别酒、休辞泪。挥麈馀话卷二

王　寀

寀字辅道,一字道辅,江州(今九江)人。韶子。熙宁元年(1068)

生。登第,官校书郎、翰林学士、兵部侍郎。宣和元年(1119),以左道为林灵素所陷,弃市。

浣 溪 沙

雪里东风未过江。陇头先折一枝芳。如今疏影照溪塘。　　北客乍惊无绿叶,东君应笑不红妆。玉真爱著淡衣裳。梅苑卷六

渔 家 傲

日月无根天不老。浮生总被消磨了。陌上红尘常扰扰。昏复晓。一场大梦谁先觉。　　雒水东流山四绕。路傍几个新华表。见说在时官职好。争信道。冷烟寒雨埋荒草。

浣 溪 沙

扇影轻摇一线香。斜红匀过晚来妆。娇多无事做凄凉。　　借问谁教春易老,几时能勾夜何长。旧欢新恨总思量。

又

珠箔随檐一桁垂。绣屏遮枕四边移。春归人懒日迟迟。　　旧事只将云入梦,新欢重借月为期。晚来花动隔墙枝。

玉 楼 春

秋闺思入江南远。帘幕低垂闲不卷。玉珂声断晓屏空,好梦惊回还起懒。　　风轻只觉香烟短。阴重不知天色晚。隔窗人语趁朝归,旋整宿妆匀睡脸。

按此首误入曹勋松隐文集卷三十九。

又

绣屏晓梦鸳鸯侣。可惜夜来欢聚取。几声低语记曾闻，一段新愁看乍觑。　　繁红洗尽胭脂雨。春被杨花勾引去。多情只有旧时香，衣上经年留得住。以上五首见能改斋漫录卷十七

蝶　恋　花

燕子来时春未老。红蜡团枝，费尽东君巧。烟雨弄晴芳意恼。雨馀特地残妆好。　　斜倚青楼临远道。不管傍人，密共东君笑。都见娇多情不少。丹青传得倾城貌。全芳备祖前集卷二牡丹门

又

濯锦江头春欲暮。枝上繁红，着意留春住。只恐东君嫌面素。新妆剩把胭脂傅。　　晓梦惊寒初过雨。寂寞珠帘，问有馀花否。怅望草堂无一语。丹青传得凝情处。全芳备祖前集卷七海棠门

又

秾艳娇春春婉娩。雨惜风饶，学得宫妆浅。爱把绿眉都不展。无言脉脉情何限。　　花下当时红粉面。准拟新年，都向花前见。争奈武陵人易散。丹青传得闺中怨。全芳备祖前集卷八桃花门

又

镂雪成花檀作蕊。爱伴秋千，摇曳东风里。翠袖年年寒食泪。为伊牵惹愁无际。　　幽艳偏宜春雨细。红粉阑干，有个人相似。钿合金钗谁与寄。丹青传得凄凉意。全芳备祖前集卷九梨花门

又

晕绿抽芽新叶鬭。掩映娇红，脉脉群芳后。京兆画眉樊素口。风姿别是闺房秀。　　新篆题诗霜实就。换得琼琚，心事偏长久。应是春来初觉有。丹青传得厌厌瘦。全芳备祖后集卷八木瓜门

又

花为年年春易改。待放柔条，系取长春在。宫样妆成还可爱。鬓边斜作拖枝戴。　　每到无情风雨大。检点群芳，却是深丛耐。摇曳绿萝金缕带。丹青传得妖娆态。广群芳谱卷四十三

　　按此首无名氏作，见全芳备祖前集卷七棣棠门。周泳先唐宋金元词钩沉云：据末句可断为辅道作。姑收于此。
　　以上王宷词十二首用周泳先辑王侍郎词。

周　纯

　　纯字忘机。成都人，亦自称楚人。少为浮屠。弱冠游京师，王宷最与相亲，坐累编管惠州。

蓦山溪　墨梅，荆楚间鸳鸯梅，赋此

江南春信，望断人千里。魂梦入花枝，染相思、同心并蒂。鸳鸯名字，赢得一双双，无限意。凝烟水。念远教谁寄。　　毫端写兴，莫把丹青拟。墨客要卿卿，想临池、等闲梳洗。香衣黯淡，元不涴缁尘，怜缟袂。东风里。只恐于飞起。梅苑卷二

满庭霜　墨梅

脂泽休施，铅华不御，自然林下真风。欲窥馀韵，何处问仙踪。路压横桥夜雪，看暗淡、残月朦胧。无言处，丹青莫拟，谁寄染毫工。

遥通。尘外信,寒生墨晕,依约形容。似疏疏斜影,蘸水摇空。收入云窗雾箔,春不老、芳意无穷。梨花雨,飘零尽也,难入梦魂中。梅苑卷三

菩萨蛮 题梅扇

梅花韵似才人面。为伊写在春风扇。人面似花妍。花应不解言。

在手微风动。勾引相思梦。莫用插酴醾。酴醾羞见伊。梅苑卷七

按楝亭十二种本梅苑原题周志机作,盖周忘机之误。永乐大典卷二千八百十三梅字韵作周忘机。

瑞鹧鸪

一痕月色挂帘栊。梅影斜斜小院中。狂醉有心窥粉面,梦魂无处避香风。　　愁来梦楚三千里,人在巫山十二重。咫尺蓝桥无处问,玉箫声断楚山空。梅苑卷八

存　目　词

调　名	首　　句	出　　处	附　　　　注
满庭芳	园林萧索	永乐大典卷二千八百十一梅字韵	无名氏词,见梅苑卷三
瑞鹧鸪	汉宫铅粉净无痕	又	无名氏词,见梅苑卷八
又	柳未回青兰未芽	又	又
暮山溪	孤村冬杪	同上卷二千八百十三梅字韵	无名氏词,见梅苑卷一

曹希蕴

希蕴,女郎,货诗都下。宋史艺文志有曹希蕴歌诗后集二卷,今不传。汴京勾异记卷二引郑昂撰希元观妙先生祠堂记云:曹仙姑,名道冲,字冲之,宁晋人,曹利用族孙,初名希蕴。苏轼曾叹赏其诗。

西江月　灯花

零落不因春雨,吹嘘何假东风。纱窗一点自然红。费尽工夫怎种。
　　有艳难寻腻粉,无香不惹游蜂。更阑人静画堂中。相伴玉人春梦。花草粹编卷四
按此首原题曹仙姑作。

踏莎行　灯花

解遣愁人,能添喜气。些儿好事先施力。画堂深处伴妖娆,绛纱笼里丹砂赤。　　有艳难留,无根怎觅。几回不忍轻轻别。玉人曾向耳边言,花有信、人无的。花草粹编卷六

廖　刚

刚字用中,号高峰,顺昌人。熙宁三年(1070)生。少从陈瓘、杨时学。崇宁五年(1106)进士。宣和间,由国子录擢监察御史。以亲老乞外,知兴化军。绍兴十二年(1143)卒。年七十四。

望江南二首　送黄冕仲知福唐

无诸好,方面镇全闽。千骑泛云归洞府,三山明玉外风尘。依约是蓬瀛。　　贤刺史,龙虎擅香名。金花已传当日梦,锦衣聊慰故乡

情。和气万家春。

又

无诸好,金地遍重城。乌石亭危千嶂合,荔枝楼暖百花明。十里暮潮平。　　贤刺史,来暮相欢迎。终向凤池朝紫极,暂依猿洞驻朱轮。风月锦堂春。

满路花　和敏叔中秋词　癸巳,周守约敏叔来作中秋

雨霁烟波阔,雁度陇云愁。西风庭院不胜秋。桂华光满,偏照最高楼。东山携妓约,故人千里,夜来为舣仙舟。　　明眸皓齿,歌舞总名流。恼人情态物中尤。阳春一曲,谁把万金酬。便好挤沉醉,此夕姮娥,共须著意攀留。

望江南二首　贺毛检讨生辰

柯山瑞,云路玉桥横。六月天香琼蕊秀,千年人瑞昴星明。风露湿麒麟。　　廊庙器,冰雪照精神。妙世文章凌贾马,致君事业富姬衡。松桧倚青青。

又

蓬山晓,龟鹤倚芝庭。云覆宝熏迷舞凤,玉扶琼液荐文星。棠荫署风清。　　人尽道,天遣瑞升平。九万鹏程才振翼,八千椿寿恰逢春。貂衮瞩公荣。

阮郎归　草堂王生以妄想天降玉牌为实事,使有司求之,既又托以梦。因戏作云。乙未云间舟中

月桥风槛水边居。画楼三鼓初。草堂收拾读闲书。起看清夜徂。

闲想像,尽踌躇。玉牌金字铺。梦魂纵有也成虚。那堪和梦
无。

蓦山溪　次韵知点

论长校短,总是非闲誉。光景百年中,似难留、长江东去。随缘游
戏,触□按原缺一字,依律补一空格寄高情,西楼月,北窗风,鹦鹉尊前
舞。　　故人襟韵,千里心相许。飞骑趁花时,正名园、揉风洗雨。
玻璃潋滟,聊共醉红裙,阳春曲,碧云词,慷慨怀千古。

以上七首见高峰文集卷十

赵鼎臣

　　鼎臣字承之,卫城人。熙宁三年(1070)生。登元祐六年(1091)进
士甲科。绍圣二年(1095),以真定府户曹参军举博学宏词科。宣和元
年(1119),度支员外郎。以右文殿修撰知邓州,召为太府卿卒。自号苇
溪翁。有竹隐畸士集。

念　奴　娇

旧游何处,记金汤形胜,蓬瀛佳丽。渌水芙蓉,元帅与宾僚,风流济
济。万柳庭边,雅歌堂上,醉倒春风里。十年一梦,觉来烟水千里。
　　惆怅送子重游,南楼依旧不,朱阑谁倚。要识当时,惟是有明
月,曾陪珠履。量减杯中,雪添头上,甚矣吾衰矣。酒徒相问,为言
憔悴如此。乐府雅词拾遗卷上

韩嘉彦

　　嘉彦,韩琦子。元祐间,选尚神宗女曹国长公主,拜左卫将军、驸马

都尉。建炎三年(1129),终瀛海军承宣使,谥端节。

玉 漏 迟

杏香消散尽,须知自昔,都门春早。燕子来时,绣陌乱铺芳草。蕙
圃妖桃过雨,弄笑脸、红篩碧沼。深院悄。绿杨巷陌,莺声争巧。

早是赋得多情,更遇酒临花,镇辜欢笑。数曲阑干,故国谩劳
凝眺。汉外微云尽处,乱峰锁、一竿修竹。间琅玕,东风泪零多少。

花草粹编卷九

按草堂诗馀前集卷上此首作无名氏。类编草堂诗馀卷三误作宋祁词。别又误入
吴文英梦窗词集。

谢 薖

薖字幼槃,号竹友,逸之从弟,少逸七岁。卒于政和六年(1116)。
有竹友词。

鹊 桥 仙

月胧星淡,南飞乌鹊,暗数秋期天上。锦楼不到野人家,但门外、清
流叠嶂。　　　一杯相属,佳人何在,不见绕梁清唱。人间平地亦崎
岖,叹银汉、何曾风浪。

菩萨蛮 陈虚中席上别李商老

雪消新洗寒林碧。华堂向晚开瑶席。一曲杜韦娘。有人空断肠。
谪仙同夜宴。晓即归程远,莫放酒尊空。主人陈孟公。

又 梅

相思一夜庭花发。窗前忽认生尘袜。晓起艳寒妆。雪肌生暗香。

佳人纤手摘。手与花同色。插鬓有谁宜。惟应潘玉儿。

生查子 和李商老

情亲难语离,且尽玻璃盏。双鲤有来时,莫使音书缓。　　征骖去若飞,不道家山远。相见小冯君,笑语迎归雁。

如梦令 陈虚中席上作,赠李商老

人似已圆孤月。心似丁香百结。不见谪仙人,孤负梅花时节。愁绝。愁绝。江上落英如雪。

浣溪沙 陈虚中席上和李商老雪词

柳絮随风散漫飞。檐冰成柱粟生肌。力排寒气赖金卮。　　赋丽谁为梁苑客,调高难和郢中词。且烦呵笔写乌丝。

偷声木兰花 梅

景阳楼上钟声晓。半面啼妆匀未了。斜月纷纷。斜影幽香暗断魂。　　玉颜应在昭阳殿。却向前村深夜见。冰雪肌肤。还有斑斑雪点无。

醉蓬莱 中秋有怀无逸兄并示何之忱诸友

望晴峰染黛,暮霭澄空,碧天银汉。圆镜高飞,又一年秋半。皓色谁同,归心暗折,听唳云孤雁。问月停杯,锦袍何处,一尊无伴。

　　好在南邻,诗盟酒社,刻烛争成,引觞愁缓。今夕楼中,继阿连清玩。饮剧狂歌,歌终起舞,醉冷光凌乱。乐事难穷,疏星易晓,又成浩叹。

减字木兰花 和人梅词

江边一树。愁绝黄昏谁与度。琪树琼枝。不受雄蜂取次欺。
风前望处。直恐乘风吹得去。能动诗情。故与诗人独目成。

又 中秋

寻常三五。坐待丹山飞玉兔。试问常娥。底事清光此夜多。
尊空客满。纵有鹓鷞无处换。不倒金荷。可奈金波潋滟何。

又 赠棋妓

风篁度曲。倦倚银屏初睡足。清簟疏帘。金鸭香销懒更添。
纤纤露玉。风雹纵横飞细局。颦敛双蛾。凝伫无言密意多。

虞美人 九日和董彦远

金钗尽醉何须伴。荬糁浮杯乱。黄花香返岭梅魂。好把一枝斜
插、向乌云。　　坡词欲唱无人会。桃叶知何在。与君同咏一联
诗。但道老来能趁、菊花时。

又

人间离合常相半。璧月宁长满。九秋风露又方阑。何日小窗相
对、话悲欢。　　月华临夜宜人醉。老去嗟颜悴。君如玉树照清
空。况有凝之道蕴、一尊同。

蝶恋花 留董之南过七夕

一水盈盈牛与女。目送经年,脉脉无由语。后夜鹊桥知暗度。持
杯乞与开愁绪。　　君似庾郎愁几许。万斛愁生,更作征人去。

留定征鞍君且住。人间岂有无愁处。

定风波　七夕莫莫堂席上呈陈虚中

牛女心期与目成。弥弥脉脉得盈盈。今夕银河凭鹊度。相遇。玉钩新吐照云屏。　行旆雍容留宴语。将暮。方携珠袖到山亭。寂寞江天正云雾。回顾。不应中有少微星。

江　神　子

破瓜年纪柳腰身。懒精神。带羞瞋。手把江梅,冰雪鬥清新。不向鸦儿飞处著,留乞与,眼中人。　水精船里酒粼粼。皱香茵。驻行云。舞罢歌馀,花困不胜春。问著些儿心底事,才靥笑,又眉颦。以上彊村丛书本竹友词十六首

念奴娇　海棠

绿云影里,把明霞、织就千重文绣。紫腻红娇扶不起,好是未开时候。半怯新寒,半宜晴色,养得胭脂透。小亭人静。嫩莺啼破清昼。　犹记携手芳阴,一支斜带艳,娇波双秀。小语轻怜花总见,争得似花长久。醉浅休归,夜深同睡,明月还相守。免教春去,断肠空叹诗瘦。全芳备祖前集卷七海棠门

　　按此首别又见张镃南湖集卷十。

沈　蔚

　　蔚字会宗,吴兴(今湖州)人。

满　庭　芳

柳与堤回,桥随波转,望中如在蓬莱。水禽高下,烟雾敛还开。认

是仙翁住处，都不见、一点尘埃。壶天晚，清寒带雪，光景自徘徊。

高才。廊庙手，当年平步，直到尧阶。况今朝调鼎，尤待盐梅。只恐身闲不久，难留恋、花月楼台。看新岁，春风且送，五马过江来。

又

雪底寻梅，冰痕观水，晚来天气尤寒。渐闻歌笑，轻暖发春妍。赏尽十洲新景，依稀见、三岛风烟。判深夜，一年月色，只是这般圆。

熙然。千里地，何妨载酒，频上湖船。况坐中高客，不日朝天。须信人间好处，没个事、胜得尊前。东风近，侵寻桃李，别做醉夤缘。

又

疏木藏钟，轻烟笼角，几家帘幕灯光。暮砧声断，空壁锁寒螿。入袂西风阵阵，彻醉骨、都不胜凉。栏干外，依稀嫩竹，月色冷如霜。

仙乡。何处是，云深路杳，不念刘郎。但画桥流水，依旧垂杨。要见时时便是，一向价、只作寻常。争知道，愁肠泪眼，独自个重阳。

临 江 仙

过尽清明三月雨，东风才到溪滨。画工传得已非真。青君著意处，桃李未为伦。　　倚槛盈盈如欲语，就中拈足花神。自然亭馆一番新。从今观绝品，不独洛阳人。

梦 玉 人 引

旧追游处，思前事、俨如昔。过尽莺花，横雨暴风初息。杏子枝头，又自然、别是般天色。好傍垂杨,系画船桥侧。　　小欢幽会,一霎时、光景也堪惜。对酒当歌,故人情分难觅。水远山长,不成空相忆。这归去重来,又却是、几时来得。

蓦　山　溪

想伊不住。船在蓝桥路。别语未甘听,更拟问、而今是去。门前杨柳,几日转西风,将行色,欲留心,忽忽城头鼓。　　一番幽会,只觉添愁绪。邂逅却相逢,又还有、此时欢否。临岐把酒,莫惜十分斟,尊前月,月中人,明夜知何处。

汉　宫　春

别酒初醒。似一番梦觉,屈指堪惊。犹疑送消寄息,遇著人听。当初唤作,据眼前、略略看承。及去了,从头想伊,心下始觉宁宁。

黄昏画角重城。更伤高念远,怀抱何胜。良时好景,算来半为愁生。幽期暂阻,便就中、月白风清。千万计,年年断除不得,是这些情。

寻　梅

今年早觉花信蹉。想芳心、未应误我。一月小径几回过。始朝来寻见,雪痕微破。　　眼前大抵情无那。好景色、只消些个。春风烂熳却且可。是而今、枝上一朵两朵。

不　见

日过重帘未卷。袅袅欲残香线。午醉却醒来,柳外一声莺啭。不见。不见。门掩落花深院。

又

回首芜城旧苑。还是绿深红浅。春意已无多,斜日满帘飞燕。不见。不见。花上雨来风转。

诉　衷　情

深深院宇小池塘。一径碧梧长。青春又归何处,新笋绿成行。　　多少事,恼人肠。懒思量。香消一炷,睡起霎时,日过东窗。

菩　萨　蛮

相逢无处无尊酒。尊前未必皆朋旧。酒到任教倾。莫思今夜醒。　　明朝相别后。江上空回首。欲去不胜情。为君歌数声。

又

春城迤逦层阴绕。青梅竞弄枝头小。江色雨和烟。行人江那边。　　好花都过了。满地空芳草。落日醉醒间。一春无此寒。

小　重　山

花过园林清荫浓。琅玕新脱笋,绿丛丛。雨声只在小池东。闲敲枕,直面芰荷风。　　长日敞帘栊。轻尘飞不到,画堂空。一尊今夜与谁同。人如玉,相对月明中。

按此首别又误作蒋元龙词,见类编草堂诗馀卷一。

转调蝶恋花

溪上清明初过雨。春色无多,叶底花如许。轻暖时闻燕双语。等闲飞入谁家去。　　短墙东畔新朱户。前日花前,把酒人何处。

仿佛桥边船上路。绿杨风里黄昏鼓。

又

渐近朱门香夹道。一片笙歌，依约楼台杪。野色和烟满芳草。溪
光曲曲山回抱。　　物华不逐人间老。日日春风，在处花枝好。
莫恨云深路难到。刘郎可惜归来早。以上十六首见乐府雅词卷下

天　仙　子

景物因人成胜概。满目更无尘可碍。等闲帘幕小栏干，衣未解。
心先快。明月清风如有待。　　谁信门前车马隘。别是人间闲世
界。坐中无物不清凉，山一带。水一派。流水白云长自在。苕溪渔
隐丛话前集卷五十九

倾　杯

梅英弄粉。尚浅寒、腊雪消未尽。布彩箔、层楼高下，灯火万点，金
莲相照映。香径纵横，听画鼓、声声随步紧。渐霄汉无云，月华如
水，夜久露清风迅。　　轻车趁马，微尘杂雾，带晓色、绮罗生润。
花阴下、瞥见仍回，但时闻、笑音中香阵阵。奈酒阑人困。残漏里、
年年馀恨。归来沉醉何处，一片笙歌又近。阳春白雪卷一

清　商　怨

城上鸦啼斗转。渐渐玉壶冰满。月淡寒梅，清香来小院。　　谁
遣鸾笺写怨。翻锦字、叠叠如愁卷。梦破胡笳，江南烟树远。花草
粹编卷二引天机馀锦

醉花阴 和江宣德醉红妆词

微含清露真珠滴。怯晓寒脉脉。秉烛倚雕栏，今日尊前，尽是多情

客。　　　从来应与春相得。有动人标格。半笑倚春风,醉脸生红,
不是胭脂色。花草粹编卷五

柳 摇 金

相将初下蕊珠殿。似醉粉、生香未遍。爱惜娇心春不管。被东风、
赚开一半。　　　中黄宫里赐仙衣,斗浅深、妆成笑面。放出妖娆难
系管。笑东君、自家肠断。花草粹编卷六

柳 初 新

楚天来驾春相送。半醉侧、花冠重。瑶台清宴,群仙戏手,剪出彩
衣犹动。谁拂瑶琴巧弄。舞丹山、三千雏凤。　　　艳冶轻盈放纵。
倚东风、从来遍宠。桃花溪上,相思未断,愁掩五云真洞。算曾揾、
飞鸾双控。等闲入、襄王春梦。花草粹编卷八

以上沈蔚词二十二首用赵万里辑沈文伯词,有删略。

存 目 词

唐　庚

　　庚字子西,眉州丹棱人。生于熙宁四年(1071)。年十四,能诗文。
绍圣间,登进士,官博士。张商英荐其才,除提举京畿常平。商英罢,亦
贬惠州。宣和三年(1121)卒,年五十一。有眉山集。

诉衷情　旅愁

平生不会敛眉头。诸事等闲休。元来却到愁处，须著与他愁。

残照外，大江流。去悠悠。风悲兰杜，烟淡沧浪，何处扁舟。唐宋诸贤绝妙词选卷八

惠　洪

惠洪字觉范，后易名德洪，俗姓彭，筠州(今江西省高安)人。生于熙宁四年(1071)。以医识张商英，又往来郭天信之门。政和元年(1111)，张郭得罪，觉范决配朱崖，旋北还。建炎二年(1128)卒，年五十八。有石门文字禅、冷斋夜话、天厨禁脔。

浣溪沙　送因觉先

南涧茶香笑语新。西州春涨小舟横。困顿人归烂熳晴。　　天迥游丝长百尺，日高飞絮满重城。一番花信近清明。

又　妙高墨梅

日暮江空船自流。谁家院落近沧洲。一枝闲暇出墙头。　　数朵幽香和月暗，十分归意为春留。风撩片片是闲愁。以上二首石门文字禅卷八

按此二首原不著调名，盖收作诗。

述古德遗事作渔父词八首
万　回

玉带云袍童顶露。一生笑傲知何故。万里归来方旦暮。休疑虑。大千捏在豪端聚。　　不解犁田分亩步。却能对客鸣花鼓。忽共

老安相耳语。还推去。莫来拦我球门路。

丹　霞

不怕石头行路滑。归来那爱驹儿踏。言下百骸俱拨撒。无剩法。灵然昼夜光通达。　　古寺天寒还恶发。夜将木佛齐烧杀。炙背横眠真快活。憨抹挞。从教院主无鬚髪。

宝　公

来往独龙冈畔路。杖头落索闲家具。后事前观如目睹。非谶语。须知一念无今古。　　长笑老萧多病苦。笑中与药皆狼虎。蜡炬一枝非嘱付。聊戏汝。热来脱却娘生裤。

香　严

画饼充饥人笑汝。一庵归扫南阳坞。击竹作声方省悟。徐回顾。本来面目无藏处。　　却望沩山敷坐具。老师头角浑呈露。珍重此恩逾父母。须荐取。堂堂密密声前句。

药　山

野鹤精神云格调。逼人气韵霜天晓。松下残经看未了。当斜照。苍烟风撼流泉绕。　　闺阁珍奇徒照耀。光无渗漏方灵妙。活计现成谁管绍。孤峰表。一声月下闻清啸。

亮　公

讲虎天华随玉麈。波心月在那能取。旁舍老僧偷指注。回头觑。虚空特地能言语。　　归对学徒重自诉。从前见解都欺汝。隔岸有山横暮雨。翻然去。千岩万壑无寻处。

灵　云

急雨颠风花信早。枝枝叶叶春俱到。何待小桃方悟道。休迷倒。
出门无限青青草。　　根不覆藏尘亦扫。见精明树唯心造。试借
疑情看白皂。回头讨。灵云笑杀玄沙老。

船　子

万叠空青春杳杳。一蓑烟雨吴江晓。醉眼忽醒惊白鸟。拍手笑。
清波不犯鱼吞钓。　　津渡有僧求法要。一桡为汝除玄妙。已去
回头知不峭。犹迷照。渔舟性懆都翻了。以上八首见石门文字禅卷十七

凤　栖　梧

碧瓦笼晴烟雾绕。水殿西偏，小立闻啼鸟。风度女墙吹语笑。南
枝破腊应开了。　　道骨不凡江瘴晓。春色通灵，医得花重少。
爆暖酿寒空杳杳。江城画角催残照。

千　秋　岁

半身屏外。睡觉唇红退。春思乱，芳心碎。空馀簪髻玉，不见流苏
带。试与问，今人秀整谁宜对。　　湘浦曾同会。手搴轻罗盖。
疑是梦，今犹在。十分春易尽，一点情难改。多少事，却随恨远连
云海。以上二首见乐府雅词拾遗卷上

　　按花草粹编卷七此首误作洪思禹词。

青　玉　案

绿槐烟柳长亭路。恨取次、分离去。日永如年愁难度。高城回首，
暮云遮尽，目断人何处。　　解鞍旅舍天将暮。暗忆丁宁千万句。

一寸柔肠情几许。薄衾孤枕,梦回人静,彻晓潇潇雨。_{能改斋漫录卷}
十六

西　江　月

十指嫩抽春笋,纤纤玉软红柔。人前欲展强娇羞。微露云衣霓袖。
　　最好洞天春晚,黄庭卷罢清幽。凡心无计奈闲愁。试捻花枝
频嗅。

又

大厦吞风吐月,小舟坐水眠空。雾窗春晓翠如葱。睡起云涛正涌。
　　往事回头笑处,此生弹指声中。玉笺佳句敏惊鸿。闻道衡阳
价重。_{以上二首苕溪渔隐丛话前集卷四十八引冷斋夜话}

鹧　鸪　天

蜜烛花光清夜阑。粉衣香翅绕团团。人犹认假为真实,蛾岂将灯
作火看。　　方叹息,为遮拦。也知爱处实难挤。忽然性命随烟
焰,始觉从前被眼瞒。

清　商　怨

一段文章种性。更谪仙风韵。画毂丛中,清香凝宴寝。　　落日
清寒勒花信。愁似海、洗光词锦。后夜归舟,云涛喧醉枕。

青　玉　案

凝祥宴罢闻歌吹。画毂走,香尘起。冠压花枝驰万骑。马行灯闹,
凤楼帘卷,陆海鳌山对。　　当年曾看天颜醉。御杯举,欢声沸。
时节虽同悲乐异。海风吹梦,岭猿啼月,一枕思归泪。

　　　按此首又见乐府雅词拾遗卷上,无撰人姓名。

西　江　月

入骨风流国色,透尘种性真香。为谁风鬓浣新妆。半树入村春暗。

雪压枝低篱落,月高影动池塘。高情数笔寄微茫。小寝初开雾帐。以上四首见苕溪渔隐丛话前集卷五十六引冷斋夜话

浪　淘　沙

城里久偷闲。尘浣云衫。此身已是再眠蚕。隔岸有山归去好,万壑千岩。　　霜晓更凭阑。减尽晴岚。微云生处是茅庵。试问此生谁作伴,弥勒同龛。苕溪渔隐丛话后集卷三十七引冷斋夜话

又 自南游,多崇冈,陵峻岭,略见西湖秀色,用和靖语
　　作长短句云

山径晚樵还。深壑屏颜。孙山背后泊船看。手把遗编披白帢,剩却清闲。　　篱落竹丛寒。渔业凋残。水痕无底照秋宽。好在夕阳凝睇处,数笔秋山。永乐大典卷二千二百六十四湖字韵引惠洪冷斋集

以上释惠洪词二十一首,用周泳先辑石门长短句,有增删。

存　目　词

调　名	首　句	出　处	附　注
点绛唇	沙水泠泠	梅苑卷十	朱翌词,见容斋四笔卷十三
西江月	黄蜡谁将点缀	永乐大典卷二千八百十一梅字韵	无名氏词,见梅苑卷八
又	万木经霜冻折	又	又

吕颐浩

颐浩字元直,其先乐陵人,徙齐州(今山东历城)。熙宁四年(1071)生。中绍圣元年(1094)进士第。徽宗时,历官至河北都转运使。高宗南渡,起知扬州,两入政府,同中书门下平章事。绍兴九年(1139)卒,年六十九。赠太师、秦国公,谥忠穆。有忠穆集八卷。

水调歌头　紫微观石牛

一片苍崖璞,孕秀自天钟。浑如暖烟堆里、乍放力犹慵。疑是犀眠海畔,贪玩烂银按原无“银”字,据词综补遗卷三补光彩,精魄入蟾宫。泼墨阴云妒,蟾影淡朦胧。　　沩山颂,戴生笔,写难穷。些儿造化,凭谁细与问元工。那用牧童鞭索,不入千群万队,扣角起雷同。莫怪作诗手,偷入锦囊中。忠穆集卷七

苏　过

过字叔党,轼子。熙宁五年(1072)生。善书画,时称小坡,自号斜川居士。历通判中山府。宣和五年(1123)卒。

点　绛　唇

新月娟娟,夜寒江静山衔斗。起来搔首。梅影横窗瘦。　　好个霜天,闲却传杯手。君知否。乱鸦啼后。归兴浓如酒。唐宋诸贤绝妙词选卷三

按此首能改斋漫录卷十六、玉照新志卷四并作汪藻词。黄公度知稼翁词有和词。惟黄昇以为苏过作,且云:“此词作时,方禁坡文,故隐其名以传于世。今或以为汪彦章所作,非也。”黄昇当另有所本,兹两收之。

存　目　词

词品卷三载苏过点绛唇"高柳蝉嘶"一首,乃汪藻作。见浮溪文粹
卷十五。

陆　蕴

　　蕴字敦信,侯官人。登绍圣四年(1097)进士第。大观元年(1107),
辟雍司业。三年(1109),太常少卿。议原庙不合,黜知瑞金县。政和三
年(1113),试中书舍人。七年(1117),擢御史中丞,颇论事,言皆中时
病。宣和初,以龙图阁待制知建州。引疾,提举南京鸿庆宫。宣和二年
(1120)卒。

感皇恩　旅思

残角两三声,催登古道。远水长山又重到。水声山色,看尽轮蹄昏
晓。风头日脚下,人空老。　　匹马旧时,西征谈笑。绿鬓朱颜正
年少。旗亭斗酒,任是十千倾倒。而今酒兴减,诗情少。_{唐宋诸贤绝}
妙词选卷八

谢克家

　　克家字任伯,上蔡人。绍圣四年(1097)中第。建炎四年(1130)参
知政事。绍兴四年(1134)卒。

忆　君　王

依依宫柳拂宫墙。楼殿无人春昼长。燕子归来依旧忙。忆君王。
月破黄昏人断肠。避戎夜话

葛胜仲

胜仲字鲁卿,丹阳人。生于熙宁五年(1072)。绍圣四年(1097)进士。元符三年(1100),中宏词科。累迁国子司业,除国子祭酒,两知湖州。绍兴十四年(1144)卒,年七十三。谥文康。有丹阳集。

江神子　初至休宁冬夜作

昏昏雪意惨云容。猎霜风。岁将穷。流落天涯,憔悴一衰翁。清夜小窗围兽火,倾酒绿,借颜红。　　官梅疏艳小壶中。暗香浓。玉玲珑。对景忽惊,身在大江东。上国故人谁念我,晴嶂远,暮云重。

蝶恋花　二月十三日同安人生日作二首

雨后春光浓似醉。著柳催花,节物侵龙忌。绣褓香闺当日珮。紫兰宫堕人间世。　　歌管停云香吐穗。碧酒红裳,共祝鱼轩贵。天上阿环金箓秘。龟龄鹤寿三千岁。

又

共乐堂深帘不卷。恻恻寒轻,二月春犹浅。续寿竞来歌舞院。龙涎香衬鲛绡段。　　画栋朝飞双语燕。端似知人,著意窥金盏。柳外花前同祝愿。朱颜长在年龄远。

临江仙　尉姜补之托疾卧家作

郊外黄埃端可厌,归来移病香闺。象床珍簟共委蛇。耆婆寻草尽,天女散花迟。　　小雨作寒秋意晚,檐声与梦相宜。冷侵罗幌酒烟微。试评书五朵,何似画双眉。

渔家傲　初创真意亭于南溪，游陟晚归作

岩壑萦回云水窟。林深路断迷烟客。茅屋数椽携杖舃。人寂寂。
侵檐万个琅玕碧。　　倦客羁怀清似涤。更无一点飞埃迹。溪涨
慢流过几席。寒浞浞。凫鹥点破琉璃色。

又

叠叠云山供四顾。簿书忙里偷闲去。心远地偏陶令趣。登览处。
清幽疑是斜川路。　　野蔌溪毛供饮具。此身甘被烟霞痼。兴尽
碧云催日暮。招晚渡。遥遥一叶随鸥鹭。

鹧鸪天　九月十三日携家游夏氏林亭燕集作，并送汤词

小榭幽园翠箔垂。云轻日薄淡秋晖。菊英露浥渊明径，藕叶风吹
叔宝池。　　酬素景，泛芳卮。老人痴钝强伸眉。欢华莫遣笙歌
散，归路从教灯影稀。

又

婆律香浓气味佳。玻璃仙碗进流霞。凝膏清涤高阳醉，灵液甘和
正焙芽。　　香染指，浪浮花。加笾礼尽客还家。贯珠声断红裳
散，踏影人归素月斜。

点绛唇　县斋愁坐作

秋晚寒斋，藜床香篆横轻雾。闲愁几许。梦逐芭蕉雨。　　云外
哀鸿，似替幽人语。归不去。乱山无数。斜日荒城鼓。

按此首历代诗馀卷五误作王安礼词。

行香子　愁况无聊作

风物飕飕。木落沧洲。渐老人、不奈悲秋。羁怀都在,鬓上眉头。似休文瘦,文通恨,子山愁。　　庭梧影薄,篱菊香浮。强招寻、聊命朋俦。穷通皆梦,今古如流。且渊明径,子猷舫,仲宣楼。

诉衷情　友人生日(题据丹阳集补)

清明寒食景暄妍。花映碧罗天。参差捍拨齐奏,丰颊拥芳筵。　　逢诞日,揖真仙。托炉烟。朱颜长似,头上花枝,岁岁年年。

水调歌头　程良器嘉量别赋一阕纪泛舟之会,往返次韵

夜泛南溪月,光影冷涵空。棹飞穿碎金电,翻动水精宫。横管何妨三弄,重醑仍须一斗,知费几青铜。坐久桂花落,襟袖觉香浓。　　庾公阁,子猷舫,兴应同。从来好景良夜,我辈敢情钟。但恐仙娥川后,嫌我尘容俗状,清境不相容。击汰同情赏,赖有紫溪翁。

又

下濑惊船驶,挥麈恐尊空。谁吹尺八寥亮,嚼徵更含宫。坐爱金波潋滟,影落蒲萄涨绿,夜漏尽移铜。回棹携红袖,一水带香浓。　　坐中客,驰隽辨,语无同。青鞋黄帽,此乐谁肯换千钟。岩壑从来无主,风月故应长在,赏不待先容。羽化寻烟客,家有左仙翁。

又

胜友欣倾盖,羁宦懒书空。爱君笔力清壮,名已在蟾宫。萧散英姿直上,自有练裙葛帔,岂待半通铜。长短作新语,墨纸似鸦浓。　　山吐月,溪泛艇,率君同。吾侪轰饮文字,乐不在歌钟。今夜长

风万里,且情泓澄浩荡,一为洗尘容。世上闲荣辱,都付塞边翁。

木兰花 与诸人泛溪作

木阑按"阑"原作兰。毛校:兰疑阑干外池光阔。午夜乔林迷岸樾。掠船
凉吹起青蘋,縈水歌声欺白雪。　　檀郎响趁红牙节。胡语嘈嘈
仍切切。人生何乐似同襟,莫待骊驹声惨咽。

满庭霜 任昉尝为西安太守,风流名迹,图经史牒具
载,感今怀古作

百不为多,一不为少,阿谁昔仕吾邦。共推任笔,洪鼎力能扛。不
为桃花禄米,雠书倦、一苇横江。招寻处,徒行曳杖,曾不拥麾幢。
　　山川,真大好,鱼矶无恙,密岭难双。听讼诉多就,樵坞僧窗。
岁月音容远矣,风流在、遐想心降。云烟路,搜奇吊古,时为酹空
缸。

醉蓬莱 天宁节作

望葱葱佳气,虹渚祥开,斗枢光绕。析木天津,正灵晖腾照。鹭缀
分班,象胥交贡,奉御觞清晓。玉殿寒轻,金徒漏永,瑞炉烟袅。
　　万寓均欢,示慈颁燕,寿祝南山,庆均凫藻。缥缈红云,望九重天
表。舞兽锵洋,抃鳌欣戴,度管弦声杳。历草长新,蟠桃永秀,与天
难老。

西江月 正月十七日,与文中自邑境遍游歙黟祁门山
水。十九日,在黟邑同灵观夜燕作二首

羁宦新来作恶,穷途谁肯相从。追攀十日水云中。情谊知君独重。
　　寂寂回廊小院,冥冥细雨尖风。凤山香雪定应空。昨夜疏枝
入梦。

又

山镇红桃阡陌,烟迷绿水人家。尘容误到只惊嗟。骨冷玉堂今夜。
　　莫对佳人锦瑟,休辞洞府流霞。峰回路转乱云遮。归去空传
图画。

南乡子　三月望日与文中诸贤泛舟南溪作

柳岸正飞绵。选胜斋轻漾碧涟。笑语忘怀机事尽,鸥边。万顷溪
光上下天。　　菰苇久延缘。不觉遥峰霭暮烟。对酒莫嫌红粉
陋,婵娟。自有孤高月姊仙。

浣溪沙　木芍药词

可惜随风面旋飘。直须烧烛看娇娆。人间花月更无妖。　　浓丽
独将春色殿,繁华端合众芳朝。南床应为醉陶陶。

又

通白轻红溢万枝。浓香百和透丰肌。丹山威凤势将飞。　　玉镜
台前呈国艳,沉香亭北映朝曦。如花惟有上皇妃。

又

斗鸭栏边晓露沾。华堂醉赏轴珠帘。插花人好手纤纤。　　遮护
轻寒施翠幄,标题仙品露牙签。词人遗恨独江淹。

西江月　次韵林茂南博士杞泛溪

山外半规残日,云边一缕馀霞。满城飞雪散苔花。万顷溪连罨画。
　　柳恽风流旧国,鹤龄潇洒人家。肯嗟流落在天涯。云水从今

起价。

又　三月初六日席上(以上七字据丹阳集补)代监酒和

晚路交游绿酒,平生志趣青霞。霜风时节近黄花。泛宅舟将鹢画。
　　不分两溪明月,夜深只属渔家。今朝清赏寄情涯。肯向萦涂
索价。

蝶恋花　和王廉访

风过涟漪纹縠细。十指香檀,惊破交禽睡。野蕨溪毛真易致。风
流未减兰亭会。　　击汰千艘供洛禊。映水垂杨,万缕拖浓翠。
小海一声波上戏。殷勤留客千金意。

临江仙　燕诸部使者

自古吴兴称冷僻,菰城水浸粼粼。回星难望使车尘。如何三日饮,
并有五行人。　　文似枚皋加敏速,记书易若张巡。幕中无用郄
嘉宾。他年浮枣会,莫忘两溪春。

又

千古乌程新酿美,玉觞风过粼粼。歌声未办起梁尘。九天持斧客,
来作绣衣人。　　凤有辞华惊乙览,传闻献颂东巡。未应握节久
宾宾。一封驰诏旨,却醉上林春。

又　与叶少蕴梦得上巳游法华山九曲池流杯

小样洪河分九曲,飞泉环绕粼粼。青莲往事已成尘。羽觞浮玉甃,
宝剑捧金人。　　绿绮且依流水调,蓬蓬罍鼓催巡。玉堂词客是
佳宾。茂林修竹地,大胜永和春。

定风波　与叶少蕴、陈经仲、彦文燕骆驼桥，少蕴作，次韵二首

千叠云山万里流。坐中碧落与鳌头。真意见嬉吾已领。烟景。不辞捧诏久汀洲。　　老去一官真是漫。溪岸。独馀此兴未能收。留与吴儿传胜事。长记。赤阑桥上揽清秋。

又

共喜新凉大火流。一声水调听歌头。况有修蛾兼粉领。佳景。谢公无不碍沧洲。　　平昔短檠真大漫。气岸。老来都向酒杯收。云水光中修禊事。犹记。转头不觉已三秋。

浣溪沙　少蕴内翰同年宠迓，且出后堂，并制歌词侑觞，即席和韵二首

今夜风光恋渚蘋。欲教四角出车轮。金钗离立座生春。　　神女恍惊巫峡梦，飞琼原是阆风人。诏封后院宠儒臣。

又

溪岸沉深属泛蘋。倾城容貌此推轮。可怜虚度二年春。　　暮暮来时骚客赋，朝朝新处后庭人。天留花月伴羁臣。

又　少蕴内翰同年宠迓，遣妓隐帘吹笙，因成一阕

东道殷勤玉斝飞。华灯倾国拥珠玑。玉奴嫌瘦玉环肥。　　缥缈幸闻缑岭曲，参差犹隔夏侯衣。放开云月出清辉。

瑞鹧鸪　和通判送别

两年人住岂无情。别乘辞华四水清。何事千钟勤饮饯，故知一别

未能轻。　　解龟虽幸樊笼出，挂席还愁海汐平。江草江花都是泪，骊驹休作断肠声。

浪淘沙　将去南阳作

步屧对东风。细探春工。百花堂下牡丹丛。莫恨使君来便去，不见鞓红。　　雾眼一衰翁。无意芳秾。年来结习已成空。寄语国香雕槛里，好为人容。

蓦山溪　天穿节和朱刑掾二首

望云门外。油壁如流水。空巷逐朱幡，步春风、香河七里。冶容炫服，摸石道宜男，穿翠霭，度飞桥，影在清漪里。　　秦头楚尾。千古风流地。试问汉江边，有解佩、行云旧事。主人是客，一笑强颁春，烧灯后，赏花前，遥忆年年醉。

又

春风野外。卵色天如水。鱼戏舞绡纹，似出听、新声北里。追风骏足，千骑卷高冈，一箭过，万人呼，雁落寒空里。　　天穿过了，此日名穿地按"名穿地"原作"穿名地"。毛校："疑名穿地。"与杨慎词品卷五所引合。横石俯清波，竞追随、新年乐事。谁怜老子，使得暂遨游，争捧手，乍凭肩，夹道游人醉。

又　送李彦时（题从丹阳集补）

出门西笑。千里长安道。不用引离声，便登荣、十洲三岛。画船珠箔，蘋末水风凉，随柳岸，楚台人，景与人俱好。　　应嗟见晚，玉殿生清晓。正是妙年时，步承明、谋身须早。辂车肤使，新逐凯歌回，恩绰重，彩衣轻，嘉庆知多少。

西江月 二首。一连水东楼燕集、一泛舟

艳曲醉歌金缕,朱门高耸铜镮。中天楼观共跻攀。飞絮落花春晚。　　低映绿阴朱户,斜拖素练沧湾。银钩华榜五云间。奕奕蛟龙字绾。

又

鞴韝斜红带柳,琉璃涨绿平桥。人在原校:"在"疑"才"花月见新妖。不数江南苏小。　　恨寄飞花蕲蕲,情随流水迢迢。鲤鱼风送木兰桡。回棹荒鸡报晓。

又 与王庭锡登燕集作

清樾已生昼寂,孤花尚表春馀。象床筼簟燕堂虚。初过晚凉微雨。　　珪璧新来北苑,鲈鱼未减东吴。捧觞红袖透香肤。不浥翔龙烟缕。

又 叔父庆八十会作

瑞兽香云轻袅,华堂绣幕低垂。人生七十尚为稀。况是钧璜新岁。　　登俎青梅的皪,明阑红药芳菲。天教眉寿过期颐。常对风光沉醉。

浣溪沙 赏芍药

楼子包金照眼新。香根犹带广陵尘。翻阶不羡掖垣春。　　不分与花为近侍,难甘溱洧赠闲人。如羞如怨独含颦。

虞美人 酬卫卿弟兄(毛校：兄疑见)赠

三年曾不窥园树。辛苦萤窗暮。怪来文誉满清时。柿叶书残犹自、日临池。　　春秋新学卑繁露。黄卷聊堪语。家人不用寄龟诗。行看升平楼外、化龙归。

又

一轮丹桂宿宸树。光景疑非暮。天公著意在兹时。扫尽微云点缀、展清池。　　樽前金奏无晨露。只有君房语。骊驹客莫赋归诗。东道留连应赋、不庸归一作共踏青槐碎影、夜阑归。

瑞鹧鸪 工部七月一日生辰(毛校：疑作木兰花)

火云欲避金风至。秀气充闾初降瑞。去家丁令却归来，还燕悬弧当日地。　　金章紫绶身荣贵。寿福天储昌又炽。怪来一岁四迁官，还过当生元太岁。

鹊桥仙 七夕

鹊桥仙偶，天津轻渡，却笑嫦娥孤皎。平时五夜似经年，问何事、今宵便晓。　　云车将驾，神夫留恋，更吐心期多少。支机休浪与闲人，莫倚赖、芳心素巧。

江城子 呈刘无言焘

浮家重过水晶宫。五年中。事何穷。无恙山溪，鬓影落青铜。欲向旧游寻旧事，云散彩，水流东。　　苔花向我似情钟。舞霜风。雪濛濛。应怪史君，颜鬓便衰翁。赖是寻芳无素约，端不恨，绿阴重。

又　和无言雪词

飞身疑到广寒宫。玉花中。兴何穷。酒贵旗亭,谁是惜青铜。飘瞥三吴真妙绝,银万里,失西东。　　草堂红蜡暖歌钟。卷帘风。赏空濛。丰颊修眉,鹤氅拥仙翁。欲作氍毹花底客,清漏永,禁城重。

蝶恋花　章道祖偬生日

安石榴花浓绿映。解愠风轻,乍改朱明令。衮绣元臣门户盛。童孙此日悬弧庆。　　夜宴华堂添酒兴。□□丹阳集作黄纸除书,远带天香剩。欲泛苕波供续命。不须龙护江心镜。

南乡子　九日用玉局翁韵作呈坐上诸公

晴日乱云收。人在蘋香柳恽洲。溪上清风楼上醉,飕飕。共折黄花插满头。　　佳客献还酬。不负山城九日秋。苕碧下青供酪酊,休休。楚客当年浪自愁。

又　九日(题从丹阳集补)

拂槛晓云鲜。销暑楼危竦半天。曾是携宾当荐九,开筵。度水萦山奏管弦。　　黄菊映华颠。千骑重来已六年。楼下东流当日水,依然。更对周旋旧七贤。

减字木兰花　薛肇明同二侍姬至葛山观梅,薛公会作

葛山仙隐。尚有馀膏留旧鼎。十里梅花。夹道争看衮绣华。人间妙丽。并侍黄扉开国贵。僻壤孤芳。羞涩尊前不敢香。

临江仙　上巳日游海昌王氏园，吴宰效及中散兄

倦客身同舟不系，轻帆来访儒仙。春风元巳艳阳天。夭桃方散锦，
高柳欲飞绵。　　　千古海昌佳绝地，双凫暂此留连。通宵娱客破
芳尊。兰亭修禊事，梓泽醉名园。

又　席上和呈中散兄及吴令

宝观岧峣飞雉堞，登临恍欲升仙。野桃官柳衬吴天。春风寒食夜，
遗恨在封绵。　　　闻道东溟才二里，银涛直与天连。凭谁都卷入
芳尊。赋归欢靖节以上十二字原只存"尊"字，据丹阳集补，消渴解文园。

减字木兰花　公弼侄初授官，以此劝酒（末四字据丹阳集补）

辛勤场屋。未遇知音甘陆陆。诏录遗忠。一札天书下九重。
鹅城初命。此去青云应渐近。解褐恩新。今岁吾家第四人。

又　病起不见杏花作

杏花零乱。拟把百觚来判断。病卧漳滨。不见枝头闹小春。
吾衰老矣。一醉花前犹不遂。情绪厌厌。虚度韶光又一年。

虞美人　自兰陵归，冬夜饮严州酒作

严陵滩畔香醪好。遮莫东方晓。春风益益入寒肌。人道霜浓腊
月、我还疑。　　　红炉火热香围坐。梅蕊迎春破。一声清唱解人
颐。人道牢愁千斛、我谁知。

鹧鸪天　新春（题从丹阳集补）

玉琯还飞换岁灰。定山新棹酒船回。年时梁燕双双在，肯为人愁

便不来。　　　衰意绪,病情怀。玉山今夜为谁颓。年时梅蕊垂垂
破,肯为人愁便不开。

西江月　送卫卿弟赴定远簿

万卷旧推鸿博,一官且慰蹉跎。升平楼下赐危科。曾对颙昂黼坐。
　　　燕颔从来骨贵,鸾栖尚屈才多。今宵且共入无何。定远功名
么麽。

浪淘沙　十月十九夜赏菊

我爱菊花枝。浥露偏宜。旋移佳种一年期。照眼黄金三径烂,可
但东篱。　　　秋老摘花吹。敢恨开迟。只愁一夜便香衰。待插满
头年大也,且泛芳卮。

鹧鸪天　赏菊二首

黄菊鲜鲜带露浓。小园开遍度香风。自笞玉酹酬秋色,旋洗霜须
对晚丛。　　　香在手,莫匆匆。寻芳今夜有人同。黄金委地新收
得,莫道山翁到底穷。

又

采采黄花鹄彩浓。吹开一夜为霜风。已邀骚客陶元亮,不用歌姬
盛小丛。　　　秋易老,莫匆匆。齐山高兴古今同。欲知此地花多
少,一眼金英望不穷。

木兰花　十二月二十日卢姊生辰

谈围曾蔽青绫帐。林下中年敦素尚。烟波偶趁一帆风,却锁云扃
来就养。　　　自从悟得空无相。身把虚空来作样。大千沙界抹为

尘,未比无生真寿量。

醉花阴 次韵印师

东皇已有来归耗。十里青山道。冻桺万株梅,一夜妆成,似趁鸣鸡早。　　年时清赏曾同到。先仗游蜂报。抖擞旧心情,一笑酬春,不羡和羹诏。

浣溪沙 赏梅

东阁郎官巧写真。西湖处士妙传神。嫣然一笑腊前春。　　鬬好虽无冰骨女,相宜幸是雪髯人。且烦疏影入清尊。

又 小饮

槃里明珠芡实香。尊前堆雪胘丝长。何妨羌管奏伊凉。　　翠葆重生无复日,白波不醼有如江。壁间醉墨任淋浪。

临江仙 章圃赏瑞香二首

二月风光浓似酒,小楼新湿青红。碧琉璃色映群峰。更携金凿落,来赏锦薰笼。　　调客旧留□月旦,此花清软纤秾。未饶兰蕙转光风。赤兰呈雅艳,翠幕护芳丛。

又

雪壁歌词题尚湿,春风又见轻红。一枝斜插映头峰。不辞连夜赏,银烛透纱笼。　　白髮欺人今老矣,尊前羞见繁秾。清香尤嫽虎溪风。海棠须避席,佳种谩蚕丛。

浣溪沙 赏酴醾

一夜狂风尽海棠。此花天遣殿群芳。芝兰百濯见真香。　　劝客
淋浪灯底韵,恼人魂梦枕边囊。一枝插不□□□。

鹊桥仙 七夕

凉飙破暑,清歌萦坐,缺月稀星庭户。瓜华草草具杯盘,喜共泛、初
筵零露。　　天孙东处,牵牛西望,劝汝一杯清醑。精灵何必待秋
通,为一洗、朦胧今古。

案花草粹编卷六,此首误作滕鲁卿词。

临江仙 二月二十二日锦薰阁赏花

槛外奇葩江外种,娇春未减鞓红。画楼晴日敛云峰。佛香来海岸,
蜀锦荐灯笼。　　今夜那忧杀风景,酒花来鬪妖浓。江梅冷淡避
春风。明朝来纵赏,应醉绮罗丛。

蝶恋花 次韵张千里驹照花

二月春游须烂漫。秉烛看花,只为晨曦短。高举蜡薪通夕看。红
光万丈腾天半。　　寄语平时游冶伴。不负分阴,胜事输今段。
灯火休催归小院。殷勤更照桃花面。

又

只恐夜深花睡去。火照红妆,满意留宾住。凤烛千枝花四顾。消
愁更待寻何处。　　汉苑红光非浪语。栖静亭前,都是珊瑚树。
便请催尊鸣鼍鼓。明朝风恶飘红雨。

汲古阁本丹阳词夺此首,毛扆校补。

又　再次韵千里照花

百紫千红今烂熳。举烛辉花,莫厌烧令短。酒里逢花须细看。人生谁似英雄半。　　安得红颜为老伴。妙舞花前,杨柳夸身段。已倒玉山迴竹院。清香不断风吹面。

又

已过春分春欲去。千炬花间,作意留春住。一曲清歌无误顾。绕梁馀韵归何处。　　尽日劝春春不语。红气蒸霞,且看桃千树。才子霏谈更五鼓。剩看走笔挥风雨。

浪淘沙　九月十八日与千里赏菊三首

又见菊花新。色浅香匀。老人衰病卧漳滨。虽是无聊仍止酒,幸有嘉宾。　　不用怨萧辰。不似芳春。请看金蕊照金尊。今夜花前须醉倒,直到黎明。

又

歌阕閛閛清新。檀板初匀。画堂新筑太湖滨。好是黄花开应候,聊宴亲宾。　　上客即逢辰。况是青春。上林开按“開”原作“闢”。毛校:闢疑開宴锡尧尊。今夜素娥真解事,偏向人明。

又

娱老小亭新。丹垩初匀。万枝金菊绕溪滨。折向华堂遮醉眼,聊用娱宾。　　红烛夜香辰。广坐生春。月波新酿入芳尊。好向花前拚烂醉,不负承明。以上校汲古阁本丹阳词八十首

南乡子　九日黄刚定再索席间作

秋水莹精神。靖节先生太逼真。谈麈生风霏玉屑，津津。爽气泠
然欲侵人。　　一座尽生春。满引琼觞已半醺。更把黄花寿彭祖
事出魏文帝，盈盈。数阕新声又遏云。

虞美人　题灵山广禅院

灵山法会何曾散。此地神光满。丁公潭下百雷霆。疑是银河挽
下、一齐倾。　　高桥飞观连云起。槛外惊湍水。大矶才过小矶
来。应有天孙灵驭、月中回。以上二首四库全书本丹阳集卷二十三

米友仁

友仁字元晖，自称懒拙老人。芾子。生于熙宁五年(1072)。力学
嗜古，亦善书画，世号小米。仕至兵部侍郎、敷文阁直学士。绍兴二十
一年(1151)卒，年八十。有阳春集，知不足斋丛书自宝真斋法书赞录
出。

临　江　仙

昨夜扁舟沙外舣，淮山微雨初晴。断云飞过月还明。一天风露重，
人在玉壶清。　　水际不知何许是，遥林□辨微青。醉迷归梦强
□凌。谁言东去雁，解寄此时情。

小　重　山

醉倚朱阑一解衣。碧云迷望眼，断虹低。近来休说带宽围。人千
里，还是燕双飞。　　深院日初迟。绮窗帘幕静，恨生眉。不堪虚
度是花时。鸿来速，争解寄相思。

减字木兰花

柳塘微雨。两两飞鸥来复去。倚遍重阑。人在碧云山外山。
一春离怨。日照绮窗长几线。酒病情魔。两事春来无奈何。

点 绛 唇

浩渺湖天，酒浮黄菊携佳侣。澹烟疏雨。去鲁方怀土。　　倾盖
相逢，引满哦奇语。山围处。咒觥频举。不醉君无去。

渔 家 傲

从古荆溪名胜地。溪光万顷琉璃翠。极望荷花三十里。香喷鼻。
我舟日在花间舣。　　向晚馀霞收散绮。遥山抹黛天如水。满引
一尊明月里。微风起。萧然真在华胥氏。

阮 郎 归

小舟载酒向平湖。新凉生晓初。乱山烟外有还无。王维真画图。
　　风遽起，动襟裾。雨来荷溅珠。一尊相对喜君俱。醉归红袖
扶。

临 江 仙

一曲阳关肠断处，临风惨对离尊。红妆揭调十分斟。古来多聚散，
正似岭头云。　　昨夜晴霄千里月，向人无限多情。娟娟今夜满
虚庭。一帆随浪去，却照画船轻。

宴 桃 源

蝶梦初回栩栩。柳岸几声莺语。蘋末起微风，山外一川烟雨。凝

顾。凝顾。人在玉壶深处。

南　歌　子

遇酒词先举,逢山眼暂明。一川风雨纵留人。不道此郎归兴、欲兼
程。　　　　客久情深□,寻欢恨不能。绳床顿睡梦纵横。赖
□□□□□、□□□。

渔家傲　和晏元献韵

郊外春和宜散步。百花枝上初凝露。福地神仙多外府。藏奇趣。
幽寻历遍溪边路。　　　薄宦浮家无定处。萍飘梗泛前人语。与子
未须乡国去。来同住。且看群岫烟中雨。

念奴娇　村居九日

九秋气爽,正溪山雨过,茅檐清暇。篱菊妍英,知是为,佳节重阳开
也。色妙香殊,匀浮瓯面,俗状卑金罍。歌狂饮俊,满篸还更盈把。
　　　村外草草杯盘,边尘不动,欲买应无价。端使晴霄风露冷,云
卷烟收平野。向晚婵娟,半轮斜照,想见成清夜。玉山颓处,要看
敧帽如画。

临　江　仙

宝晋轩窗临望处,山围水绕林蔂。不堪回首到江城。墙跌围瓦砾,
鸥鹭见人惊。　　　日愿太平归旧里,更无馀事关情。小营茅舍倚
云汀。四时风月里,还我醉腾腾。

阮　郎　归

碧溪风动满文漪。雨馀山更奇。淡烟横处柳行低。鸳鸯来去飞。

人似玉,醉如泥。一枝随鬓敧。夷犹双桨月平西。幽寻归路
迷。

临　江　仙

野外不堪无胜侣,笑谈安得君同。四时景物一壶中。醉馀临望处,
远岫数重重。　　　溪上新荷初出水,花房半弄微红。晓风萧爽韵
疏松。娟娟明月上,人在广寒宫。

念奴娇　裁成渊明归去来辞

阑干倚处。戏裁成、彭泽当年奇语。三径荒凉怀旧里,我欲扁舟归
去。鸟倦知还,寓形宇内,今已年如许。小窗容膝,要寻情话亲侣。
　　　郭外粗有西畴,故园松菊,日涉方成趣。流水涓涓千涧上,云
绕奇峰无数。窈窕经丘,风清月瞭,时看烟中雨。萧然巾岸,引觞
寄傲衡宇。

醉春风　(按词律调名当作醉花阴)

一阳来复群阴往。吾道从今长。万事莫关情,月夕风前,依旧须豪
放。　　　卿云舒卷浮青嶂。从古书珍赏。满引唱新词,春意看看,
又到梅梢上。

小　重　山

雨过风来午暑清。榴花红照眼,向人明。一枝低映宝钗横。菖蒲
酒,玉碗十分斟。　　　引满听新声。小轩帘半卷,远山青。几人闲
处见闲情。醒还醉,为趣妙难名。

诉衷情 渊明诗

结庐人境羡陶潜。车马不来喧。胜处自多真趣,飞鸟日相还。

心既远,地仍偏。见南山。手持菊颖,山气常佳,欲辨忘言。以上
宝真斋法书赞卷二十四

白　雪

　　　夜雨欲霁,晓烟既泮,则其状类此。余盖戏为潇湘写,千变万化不
可名,神奇之趣,非古今画家者流也。惟是京口翟伯寿,余生平至交,昨
豪夺余自秘著色袖卷,盟于天而后不复力取归。往岁挂冠神武门,居京
城旧庐,以白雪词寄之,世所谓念奴娇也

洞天昼永,正中和时候,凉飙初起。羽扇纶巾,云流处,水绕山重云
委。好雨新晴,绮霞明丽,全是丹青戏。豪攘横卷,楚天应解深秘。

留滞。字学书林,折腰缘为米,无机涉世。投组归来欣自肆,
目仰云霄醒醉。论少卑之,家声接武,月旦评吾子。凭高临望,桂
轮徒共千里。昨与吴傅朋蜀冷金笺上戏作一幅。比与达功相遇,知亦为此郎夺,因
追省此词,跋于小卷后。旧曾写寄蔡天任,以白雪易其名,旧名可谓恶甚。懒拙道人元
晖。铁网珊瑚画品卷一

　　按本书初版卷四十九此首误作米芾词。

曾　纡

　　　纡字公衮,南丰人,布之子。生于熙宁六年(1073)。崇宁二年
(1103),坐党籍编管永州。历直显谟阁、两浙转运副使、直宝文阁,知衢
州。绍兴五年(1135)卒,年六十三。有空青集,不传。

念　奴　娇

片帆暮落,正前村梅蕊,愁人如雪。东陌西溪长记得,疏影横斜时

节。六出冰姿,玉人微步,笑里轻轻折。兰房沉醉,暗香曾共私窃。

回头万水千山,一枝重见处,离肠千结。料想临鸾消瘦损,时把啼红偷按"偷"字原无,据乐府雅词卷下补浥。怎得伊来,许多幽恨,共捻青梢说。如今千里,断魂空对明月。梅苑卷一

上　林　春

东苑梅繁,豪按"豪"原误作"毫",改从乐府雅词卷下健放乐,醉倒花前狂客。靓妆微步,攀条弄粉,凌波遍寻青陌。暗香堕靥。更飘近、雾鬟蝉额。倒金荷、念流光易失,幽姿堪惜。　　惜花心、未甘鬓白。南枝上、又见寻芳消息。旧游回首,前欢如梦,谁知等闲抛掷。稠红乱蕊,漫开遍、楚江南北。独销魂,念谁寄、故园春色。梅苑卷四

秋　霁

木落山明,暮江碧,楼倚太虚寥廓。素手飞觞,钗头笑取,金英满浮桑落。鬓云慢约。酒红拂破香腮薄。细细酌。帘外任教、月转画阑角。　　当年快意登临,异乡节物,难禁离索。故人远、凌波何在,惟有残英共寂寞。愁到断肠无处著。寄寒香与,凭渠问讯佳时,弄粉吹花,为谁梳掠。

念　奴　娇

江城春晚,正海棠临水,嫣然幽独。秀色天姿真富贵,何必金盘华屋。月下无人,雨中有泪,绝艳仍清淑。丰肌得酒,嫩红微透轻縠。

晓日雾霭林深,佳人春睡思,朦胧初足。笑出疏篱,端可厌,桃李漫山粗俗。衔子飞来,鸿鹄何在,千里移西蜀。明朝酒醒,乱红那忍轻触。

洞 仙 歌

相如当日,曾奏凌云赋。落笔纵横妙风雨。记扬鞭蓌路,同醉金明,穷胜赏,不管重城已暮。　　旧游如梦觉,零落朋侪,遗墨淋漓尚如故。况神洲北望,今已丘墟,伤白璧、久埋黄土。但空似、灵光岿然存,怅朗月清风,更无玄度。

临 江 仙

后院短墙临绿水,春风急管繁弦。问谁亲按小婵娟。玉堂真学士,琳馆地行仙。　　安得此身来此处,依稀一梦梨园。江南刺史谩垂涎。据鞍肠已断,何况到尊前。

菩 萨 蛮

山光冷浸清溪底。溪光直到柴门里。卧对白蘋洲。敲眠数钓舟。　　溪山无限好。恨不相逢早。老病独醒多。如此良夜何。

谒 金 门

风淅沥。窗外雪花初积。梦破小窗人寂寂。寒威无处敌。　　强起饮君涓滴。清泪醉来沾臆。岐路即今多拥隔。弟兄无信息。

品 　 令

纹漪涨绿。疏霭连孤鹜。一年春事,柳飞轻絮,笋添新竹。寂寞幽花,独殿小园嫩绿。　　登临未足。怅游子、归期促。他年清梦千里,犹到城阴溪曲。应有凌波,时为故人凝目。以上乐府雅词卷下

　　按京本通俗小说西山一窟鬼此首误作李清照词。

存　目　词

永乐大典卷二千八百零九梅字韵有曾纡早梅芳"冰唯清"一首,乃无名氏词,见梅苑卷四。

秦　湛

湛字处度,秦观子,官宣教郎。绍兴二年(1132),添差通判常州。四年(1134),致仕。

失　调　名

藕叶清香胜花气。苕溪渔隐丛话前集卷五十九

卜算子　春情

春透水波明,寒峭花枝瘦。极目烟中百尺楼,人在楼中否。　　四和袅金凫,双陆思纤手。拟倩东风浣此情,情更浓于酒。唐宋诸贤绝妙词选卷四

按此首别误作秦观词,见填词图谱卷一。

存　目　词

调　名	首　句	出　处	附　注
谒 金 门	空相忆	词学筌蹄卷五	蜀韦庄作,见花间集卷三
又	鸳鸯浦	类编草堂诗馀卷一	张元幹作,见芦川词卷上

范　周

周字无外,赞善大夫纯古之子,仲淹侄孙。所居号范家园。

木 兰 花 慢

美兰堂昼永,晏清暑、晚迎凉。控水槛风帘,千花竞拥,一朵偏双。
银塘。尽倾醉眼,讶湘娥、倦倚两霓裳。依约凝情鉴里,并头宫面
高妆。　　莲房。露脸盈盈,无语处、恨何长。有翡翠怜红,鸳鸯
妒影,俱断柔肠。凄凉。芰荷暮雨,褪娇红、换紫结秋房。堪把丹
青对写,凤池归去携将。中吴纪闻卷四

宝 鼎 现

夕阳西下,暮霭红隘,香风罗绮。乘丽景、华灯争放,浓焰烧空连锦
砌。睹皓月、浸严城如画,花影寒笼绛蕊。渐掩映、芙蓉万顷,迤逦
齐开秋水。　　太守无限行歌意。拥麾幢、光动珠翠。倾万井、歌
台舞榭,瞻望朱轮骈鼓吹。控宝马、耀貔狼千骑。银烛交光数里。
似乱簇、寒星万点,拥入蓬壶影里。　　宴阁多才,环艳粉、瑶簪珠
履。恐看看、丹诏催奉,宸游燕侍。便趁早、占通宵醉。缓引笙歌
妓。任画角、吹老寒梅,月落西楼十二。

按此首原见乐府雅词拾遗卷下,题康伯可(康与之)作。据中吴纪闻卷五,此首乃
范周作。

吴则礼

则礼字子副,兴国州(今湖北阳新)人。以荫入仕。元符元年
(1098)为卫尉寺主簿。崇宁中,直秘阁,知虢州。三年(1100),编管荆

南。晚居江西,号北湖居士。宣和三年(1121)卒。有北湖集。

秦楼月 送别

怅离阕。淮南三度梅花发。梅花发。片帆西去,落英如雪。

新秦古塞人华发。一樽别酒君听说。君听说。胡笳征雁,陇云沙
月。

江楼令 晚眺

凭栏试觅红楼句,听考考、城头暮鼓。数骑翩翩度孤戍。尽雕弓白
羽。　　　平生正被儒冠误。待闲看、将军射虎。朱槛潇潇过微雨。
送斜阳西去。

虞美人 对菊

真香秀色盈盈女。一笑重阳雨。不应解怯晚丛寒。眼底轻罗小
扇、且团团。　　　吴云楚雁浑依旧。更把金英嗅。鲜鲜未恨出围
迟。自许平生孤韵、与秋期。

又 送晁適道

夜寒闲倚西楼月。消尽江南雪。东风明日木兰船。想见阳关声
彻、雁连天。　　　斜斜洲渚溶溶水。端负青春醉。平安小字几时
回。空有暗香疏影、陇头梅。

又 泛舟东下

从来强作游秦计。只有貂裘敝。休论范叔十年寒。看取星星种
种、坐儒冠。　　　江湖旧日渔竿手。初把黄花酒。且凭洛水送归
船。想见淮南秋尽、水如天。

又 寄济川

乌皮白氎西窗暖。种种霜毛短。小春何处有梅花。想见水边篱
落、数枝斜。　　殊方他日登楼句。好在孤吟处。五年拚落醉魂
中。试觅酒垆陈迹、问黄公。

减字木兰花 寄田不伐

星星素髪。只有鸣筕楼上发。看舞胡姬。带得平安探骑归。
故人渐老。只与虎头论墨妙。怀抱难开。快遣披云一笑来。

又

梅花未彻。付与团团沙塞月。端欲捐书。去乞君王丈二殳。
貂裘锦帽。盘马不甘青鬓老。底事偏奇。细草平沙看打围。

又

河西春晚。独有柳条来入眼。塞外斜斜。不道欺寒红杏花。
边筕初发。与唤团团沙塞月。雁响连天。谁倚城头百尺栏。

又 寄真宁

团团璧月。今夜广寒真秀发。何处吹笙。催得清霜满凤城。
淮南好梦。镜里星星还种种。犹记银床。曾为凉州唤玉觞。

又

淮天不断。点缀南云秋几雁。白露沾衣。始是银屏梦觉时。
别离怀抱。消得镜中青鬓老。小字能无。烦寄平安一纸书。

又

斑斑小雨。初入高梧黄叶暮。又是重阳。昨夜西风作许凉。
鲜鲜丛菊。只解凋人双鬓绿。试傍清尊。分付幽香与断魂。

又　简天牖

九年离别。梦里相逢端怕说。携手河梁。雁嗷淮天如许长。
鲈鱼正美。白发季鹰聊启齿。后夜江干。与把梅花子细看。

又　贻亢之

淮山清夜。镜面平铺纤月挂。端是生还。同倚西风十二栏。
休论往事。投老相逢真梦寐。两鬓疏疏。好在松江一尺鲈。

满庭芳　立春

声促铜壶，灰飞玉琯，梦惊偷换年华。江南芳信，疏影月横斜。又
喜椒觞到手，宝胜里、仍剪金花。钗头燕，妆台弄粉，梅额故相夸。

　　隼旐，人未老，东风袅袅，已傍高牙。渐园林月永，叠鼓凝笳。
小字新传秀句，歌扇底、深把流霞。聊行乐，他时画省，归近紫皇家。

按岁时广记卷五引"又喜椒觞到手"二句作李邴词。

又　九日

玉垒尊罍，清秋_{原作"夜"，从彊村丛书本北湖诗馀}关塞，正宜催唤香醪。凉
风吹帽，横槊试登高。想见征西旧事，龙山会、宾主俱豪。来_{"豪来"}
_{二字原误作"蒙求"}群雁，凉生画角，红叶聚亭皋。　　　　南州、应好在，
长关梦眼，天际云涛。有一簪黄菊，两鬓霜毛。快把金荷共倒，凝
望久、只遣魂消。君须听，新翻燕乐，馀韵响檀槽。

按岁时广记卷三十五引"凉风吹帽"四句作李邴词。

木兰花慢　雷峡道中作

尽晴春自老,乍翠巇、出清流。望杳杳飞旌,翩翩戍骑,初过边头。
幽花尚敧短岸,渐鸣禽、唤友绕行辀。端有雕戈锦领,〔竞〕(竟)驰骒
裹骅骝。　　凝眸。雁入长天,羌管罢、陇云愁原脱"愁"字。共解鞍
临水,雷惊电散,雪溅霜浮。玉觞正风味好,对幽香、堕蕊且消忧。
莫以纶巾羽扇,便忘绿浦沧洲。

此下原有醉落魄"梅花似雪"一首,乃梅苑卷十无名氏词,不录。

醉落魄　又赏残梅

梅花褪雪。赏心莫使慵欢悦。大家且恁同攀折。馀蕊残英,偏称
淡笼月。　　当初相见花初发。如今花谢人离缺。一年又比一年
别。惟有花枝,只似旧时节。

踏莎行　晚春

一片花飞,青春已减。可堪南陌红千点。生憎杨柳要藏鸦,东风只
遣横笛怨。　　看定新巢,初怜语燕。游丝正把残英罥。酒尊也
会不相违,风光本自同流转。

鹧鸪天　曹丞相诞日(按宋无曹丞相,此题误,疑是曾
　　　　　　丞相)

永遇英雄际会时。垂天鹏翼逐云飞。退朝日上青花道,催直霜零
赤雁池。　　鸣汉履,侍唐眉。渭川莘野晚追随。归来仍对金銮
老,三峡词源气未衰。

又

作赋丁年厌兔园。紫微深锁九重关。花墩屡赐清闲燕,文石难忘咫尺颜。　　烟外屐,水边山。纶巾羽扇五湖间。自怜季子貂裘敝,来与机云相对闲。

又

衮绣三朝社稷臣。旧调元鼎斡洪钧。垂绅屡转龙墀日,接膝潜回黼座春。　　金凿落,玉麒麟。凤鸣良月庆佳辰。巨鳌行听扃华禁,又起商周梦卜人。

<small>按此下原有雨中花"梦破淮南"一首,乃无名氏作,见梅苑卷四,不录。</small>

红楼慢　赠太守杨太尉

声慑燕然,势压横山,镇西名重榆塞。干霄百雉朱阑下,极目长河如带。玉垒凉生过雨,帘卷晴岚凝黛。有城头、钟鼓连云,殷春雷天外。　　长啸,畴昔驰边骑。听陇底鸣笳,风寨双旆。霜髯飞将曾百战,欲掳名王朝帝。锦带吴钩未解,谁识凭栏深意。空沙场,牧马萧萧晚无际。

声声慢　凤林园词

林塘朱夏,雨过斑斑,绿苔绕地初遍。叶底雏莺,犹记日斜春晚。芙蕖靓妆红粉,傍高荷、闲倚歌扇。轻风起,縠纹滟滟,翠生波面。　　可是追凉月下,清坐久,微云屡遮星汉。露湿纶巾,遥望玉清台殿。白头共论胜事,须偿五湖深愿。南枝好,有南飞乌鹊,绕枝低转。

水龙吟 秋兴

秋生泽国，无边落木，又作萧萧下。澄江过雨，凉飙吹面，黄花初
把。苍鬓羁孤，粗营鸡黍，浊醪催贳。对斜斜露脚，寒香正好，幽人
去、空惊咤。　　　头上纶巾醉堕，要敧眠、水云萦舍原误作"合"。牵
衣儿女，归来欢笑，仍邀同社。月底蓬门，一株江树，悲虫鸣夜。把
茱萸细看，牛山底事，强成沾洒。以上涵芬楼秘笈第四集影印旧抄本北湖集
卷四

存　目　词

调　名	首　　句	出　　处	附　　　　注
醉落魄	梅花似雪	北湖集卷四	无名氏词，见梅苑卷十
雨中花	梦破淮南	又	无名氏词，见梅苑卷四

李德载

北宋姓李字德载者，有李公辅、李乘，不知应为何人。

眼　儿　媚

雪儿魂在水云乡。犹忆学梅妆。玻璃枝上，体薰山麝，色带飞霜。
　　水边竹外愁多少，不断俗人肠。如何伴我，黄昏携手，步月斜
廊。梅苑卷五

早　梅　芳　近

深院静，小阑傍。标致不寻常。尽他桃杏占风光。谁敢鬬新妆。
　　玉堂中，梁苑里。休把雪来轻比。莫吹长笛巧摧残。留取月
中看。

又

残腊里,早梅芳。春信报新阳。晓来枝上鬥寒光。轻点寿阳妆。

　　雪难欺,霜莫妒。别是一般风措。望林人意正夭饶。又看长
新条。以上二首见永乐大典卷二千八百零八梅字韵

赵子发

　　　　子发字君举,燕王德昭五世孙,官保义郎。

鹧 鸪 天

约略应飞白玉盘。明楼渐放满轮寒。天垂万丈清光外,人在三秋
爽气间。　　　闻叶吹,想风鬟。浮空仿佛女乘鸾。此时不合人间
有,尽入嵩山静夜看。

洞 仙 歌

荒山明月,下有云来去。深夜纤毫静可数。问古今底事,留此空
光,修月户、犹是当年玉斧。　　　思君持羽扇,来伴微吟,水珮风环
饮松露。待勾漏丹成,约与轻飞,人间世、不知归处。更长啸、馀声
振林溪,见乱红惊飞,半岩花雨。

桃源忆故人

芳菲已有东风露。寒著轻罗未去。午夜鸾车鹤驭。散入千莲步。
　　粉香度曲嬉游女。草草相逢无据。肠断泪零无数。洒作花梢
雨。

浣 溪 沙

疏荫摇摇趁岸移。惊鸥点点过帆飞。船分水打嫩沙回。　　断梦
不知人去处,卷帘还有燕来时。日斜风紧转湾西。

南 歌 子

天末疑无路,波翻欲御风。此身忽在玉壶中。醉倒不知、南北与西
东。　　猎猎遥鸣草、飕飕静打篷。与君回棹碧云浓。不是思归、
只为酒船空。

又

人有纫兰佩,云无出岫心。扁舟来入碧涛深。坐见楚咻、儿女变齐
音。　　但醉双瓶玉,从渠六印金。此时何处可幽寻。风定津头、
白日照平林。

点 绛 唇

野岸孤舟,断桥明月穿流水。雁声嘹呖。双落行人泪。　　去岁
吾家,曾插黄花醉。今那是。杖藜西指。看即成千里。

虞 美 人

飞云流水来无信。花发年年恨。小桃如脸柳如眉。记得那人模
样、旧家时。　　楼高映步拖金缕。香湿黄昏雨。如今不见欲凭
书。门外水平波暖、一双鱼。

惜 分 飞

数点雨声惊残暑。帘外秋光容与。重换熏炉炷。渐低罗幕香成

雾。　　　今夜夜凉情几许。莫向屏山取取词学丛书本乐府雅词注：上
"取"字疑误。却笑阳台女。楚人空□高唐赋。

阮　郎　归

马蹄踏月响空山。梅生烟壑寒。水妃去后泪痕干。天风吹珮兰。
　　纫香久，怕花残。与君聊据鞍。一枝欲寄北人看。如今行路
难。以上十首乐府雅词卷下

忆　王　孙

日长高柳一蝉声。翡翠帘深宝篆清。梦远春云不散情。晓风轻。
玉楝花飞宿雨晴。

杨　柳　枝

淅淅西风生暮寒。绣衣单。碧梧叶落藕花残。恨前欢。　　月镂
虚棂烟逗竹，梦千山。玉箫清夜忆孤鸾。镇长闲。

望　江　南

新梦断，久立暗伤春。柳下月如花下月，今年人忆去年人。往事梦
中身。

菩　萨　蛮

闲庭草色侵阶绿。琐窗午梦人如玉。抛枕出罗帏。风吹金缕衣。
　　怨春风雨恶。二月桃花落。雨后纵多晴。花休春不成。以上
四首阳春白雪卷六

少　年　游

晓山日薄半春阴。烟暖柳拖阳春白雪误作"昏",从翰墨大全后甲集卷十改
金。满眼新晴,歌声妆影,悠荡碧云心。　　　闲庭客散人归去,疏
雨湿罗襟。楼阁濛濛,断虹明处,十里暮云深。

采　桑　子

春蚕昨夜眠方起,闲了罗机。共采柔枝。桑柘阴阴三月时。
背人佯笑移金钏,惆怅花期。故故留迟。独自归来雨满衣。以上二
首阳春白雪卷七

浪　淘　沙

约素小腰身。不奈伤春。疏梅影下晚妆新。袅袅娉娉何样似,一
缕轻云。　　　歌巧动朱唇。字字娇嗔。桃花深处一通津。怅望瑶
台清夜月,还送归轮。花草粹编卷五引词话

　　按草堂诗馀续集卷上此首误作李清照词。
　　以上赵子发词十七首,用赵万里辑赵子发词。

存　目　词

调　名	首　句	出　处	附　注
踏 莎 行	江阔天低	花草粹编卷六	陈璧词,见阳春白雪卷五
定 风 波	不是无心惜落花	历代诗馀卷四十一	魏夫人词,见乐府雅词卷下

徐　俯

　　俯字师川,洪州分宁(今江西修水)人,黄庭坚之甥。生熙宁八年

（1075）。以父禧死事，授通直郎。崇宁初，入元符上书邪等。绍兴二年
（1132），赐进士出身。累官端明殿学士、签书枢密院事，权参知政事，
罢，提举洞霄宫。绍兴十一年（1141）卒，年六十七。有东湖集，不传。

念　奴　娇

素光练静，照青山隐隐，修眉横绿。鸡鹊楼高天似水，碧瓦寒生银
粟。万丈辉光，奔云涌雾，飞过卢鸿屋。更无尘翳，皓然冷浸梧竹。
　　因念鹤髮仙翁，当时曾共赏，紫岩飞瀑。对影三人聊痛饮，一
洗闲愁千斛。斗转参移，翻然归去，万里骑黄鹄。一川霜晓，叫云
吹断横玉。乐府雅词卷中

　　按此首别又作李邴词，见苕溪渔隐丛话前集卷五十九。别又误入李吕澹轩集卷
四。

浣　溪　沙

章水何如颍水清。江山明秀发诗情。七言还我是长城。　　小小
钿花开宝靥，纤纤玉笋见云英。十千名酒十分倾。

　　按此首误入李吕澹轩集卷四。

虞　美　人

梅花元自江南得。还醉江南客。雪中雨里为谁香。闻道数枝清
笑、出东墙。　　多情宋玉还知否。梁苑无寻处。胭脂为萼玉为
肌。却恨恼人桃杏、不同时。

卜　算　子

心空道亦空，风静林还静。卷尽浮云月自明，中有山河影。　　供
养及修行。旧话成重省。豆爆生莲火里时，痛拨寒灰冷。

　　按此首误入李吕澹轩集卷四。道家又附会作吕岩词，见纯阳吕真人文集卷八。

又

天生百种愁,挂在斜阳树。绿叶阴阴占得春,草满莺啼处。　　不见生尘步。空忆如簧语。柳外重重叠叠山,遮不断、愁来路。

又

清池过雨凉,暗有清香度。缥缈娉婷绝代歌,翠袖风中举。　　忽敛双眉去。总是关情处。一段江山一片云,又下阳台雨。

鹧　鸪　天

绿水名园不是村。淡妆浓笑两生春。笛中已自多愁怨,雨里因谁有泪痕。　　香旖旎,酒氤氲。多情生怕落纷纷。旧来好事浑如梦,年少风流付与君。

又

满眼纷纷恰似花。飘飘泊泊自天涯。雨中添得无穷湿,风里吹成一道斜。　　银作屋,玉为车。姮娥青女过人家。应嫌素面微微露,故着轻云薄薄遮。

踏　莎　行

素景将阑,黄花初笑。登高一望秋天杳。邀宾携妓数能来,醉中赢得闲多少。　　佳气氤氲,飞云缥缈。竹林更着清江绕。高歌屡舞莫催人,华筵直待华灯照。

又

画栋风生,绣筵花绕。层台胜日频高眺。清辉爽气自娱人,何妨称意开颜笑。　　水碧无穷,山青未了。斜阳浦口归帆少。云鬟烟鬓只供愁,琵琶更作相思调。

又

玉露团花,金风破雾。高台与上晴空去。举杯相属看前山,烟中乱叠青无数。　　皓齿明眸,肌香体素。恼人正在秋波注。因何欲雨又还晴,歌声遏得行云住。

南歌子　山樊

细蕊黄金嫩,繁花白雪香。共谁连璧向河阳。自是不须汤饼、试何郎。　　婀娜龙松髻,轻盈淡薄妆。莫令韩寿在伊傍。便逐游蜂惊蝶、过东墙。

按古今合璧事类备要别集卷三十二此首误作章耐斋词。

鹧　鸪　天

宜笑宜颦掌原作"堂",改从花草粹编上身。能歌能舞恶精神。脸边红入桃花嫩,眉上青归柳叶新。　　娇不语,易生嗔。尊前还是一番春。深杯百罚重拚却,只为妖饶醉得人。

按此首别误作陈瓘词,见花草粹编卷五。

浣　溪　沙

西塞山前白鹭飞。桃花流水鳜鱼肥。一波才动万波随。　　黄帽岂如青箬笠,羊裘何似绿蓑衣。斜风细雨不须归。

又

新妇矶边秋月明。女儿浦口晚潮平。沙头鹭宿戏鱼惊。　　青箬笠前明此事,绿蓑衣底度平生。斜风细雨小舟轻。

按艇斋诗话误引此词上半首作黄庭坚词。

鹧　鸪　天

西塞山前白鹭飞。桃花流水鳜鱼肥。朝廷若觅元真子,晴在长江
理钓丝。　　　青蒻笠,绿蓑衣。斜风细雨不须归。浮云万里烟波
客,惟有沧浪孺子知。

又

七泽三湘碧草连。洞庭江汉水如天。朝廷若觅元真子,不在云边
则酒边。　　　明月棹,夕阳船。鲈鱼恰似镜中悬。丝纶钓饵都收
却,八字山前听雨眠。

张志和渔父词云:"西塞山前白鹭飞。桃花流水鳜鱼肥。青蒻笠、绿蓑衣。斜风
细雨不须归。"顾况渔父词云:"新妇矶边月明。女儿浦口潮平。沙头鹭宿鱼惊。"
东坡云:"玄真语极丽,恨其曲度不传,加数语以浣溪沙歌之云:西塞山前白鹭飞。
散花洲外片帆微。桃花流水鳜鱼肥。　　自庇一身青蒻笠,相随到处绿蓑衣。
斜风细雨不须归。"山谷见之,击节称赏,且云:"惜乎散花与桃花字重叠,又渔舟
少有使帆者。"乃取张顾二词,合为浣溪沙云:"新妇矶边眉黛愁。女儿浦口眼波
秋。惊鱼错认月沉钩。　　青蒻笠前无限事,绿蓑衣底一时休。斜风细雨转船
头。"东坡跋云:"鲁直此词,清新婉丽,问其最得意处,以山光水色,替却玉肌花
貌,真得渔父家风也。然才出新妇矶,便入女儿浦,此渔父无乃太澜浪乎。"山谷
晚年亦悔前作之未工,因表弟李如篪言:"渔父词以鹧鸪天歌之,甚协律,恨语少
声多耳。"因以宪宗画像求玄真子文章及玄真之兄松龄劝归之意,足前后数句云:
"西塞山前白鹭飞。桃花流水鳜鱼肥。朝廷尚觅玄真子,何处如今更有诗。
青蒻笠,绿蓑衣。斜风细雨不须归。人间欲避风波险,一日风波十二时。"东坡笑
曰:"鲁直乃欲平地起风波也。"东湖老人因坡、谷互有异同之论,故作浣溪沙、鹧
鸪天各二阕云。　　以上乐府雅词卷中

存　目　词

类编草堂诗馀卷一载徐俯画堂春"落红铺径水平池"一首,乃秦观

作,见淮海居士长短句卷中。

王安中

安中字履道,阳曲人。熙宁八年(1075)生。元符三年(1100)进士。政和中,自大名主簿,累擢中书舍人、御史中丞、翰林学士承旨。出镇燕山府,召除检校太保,大名府尹。靖康初,象州安置。绍兴初,复左中大夫。四年(1134)卒,有初寮词。

虞美人 雁门作

千山青比妆眉浅。却奈眉峰远。玉人元自不禁秋。更算恼伊深处、月当楼。　　分携不见凭阑际。只料无红泪。万千应在锦回纹。嘱付断鸿西去、问行云。

浣溪沙 看雪作

慵整金钗缩指尖。晓霙犹自入疏帘。绿窗清冷脸红添。　　妒粉尽饶花六六,回风从閞玉纤纤。不成香暖也相兼。

玉 楼 春

秋鸿只向秦筝住。终寄青楼书不去。手因春梦有携时,眼到花开无著处。　　泥金小字蛮笺句。泪湿残妆今在否。欲寻巫峡旧时云,问取阳关西去路。

绿头鸭 大名岳宫作

魏都雄,凤皇飞观云间。佩麟符、荀池元老,暂辞西省仙班。憩甘棠、地澄远籁,咏华黍、河卷惊澜。碧草萋迷,丹毫冷落,圜扉铃索镇长闲。绣筵展、三台星近,锵玉韵珊珊。金尊滟、新醅方荐,薄暑

初残。　　　政成时、欢馀客散，后园朱户休关。度秋风、画阑枕水，
挂夜月、雕槛骑山。锦帐笼香，鸾钗按曲，琵琶双转语绵蛮。劝行
□毛扆校汲古阁本初寮词云：脱一字，据补一空格、傍眉黄气，先报衮衣还。
登庸际，应褒旧德，喜动天颜。

北山移文哨遍

孔德彰作北山移文以讥周彦伦，后之托隐求达，指终南、嵩少为仕
宦捷径者，读而羞之，是足为勇退者之鼓吹。阳翟蔡侯原道，恬于仕进。
其内吕夫人有林下风。相与营归欤之计而未果，则嘱予以此文度曲，且
朝夕使家童歌之，亦可想见泉石之胜。其词曰：

世有达人，潇洒出尘，招隐青霄际。终始追。游览老山栖。藐千
金、轻脱如屣。彼假容江皋，滥巾云岳，缨情好爵欺松桂。观向释
谈空，寻真讲道，巢由何足相拟。待诏书来起便驺驰。席次早焚烈
芰荷衣。敲朴喧喧，牒诉匆匆，抗颜自喜。　　　嗟明月高霞，石径
幽绝谁回睇。空怅猿惊处，凄凉孤鹤嘹唳。任列壑争讥。众蜂竦
诮，林惭涧愧移星岁。方浪栉神京，腾装魏阙，徘徊经过留憩。致
草堂灵怒蒋侯麾。扃岫幌、驱烟勒新移。忍丹崖碧岭重滓。鸣湍
声断深谷，遄客归何计。信知一逐浮荣，便丧素守，身成俗士。伯
鸾家有孟光妻。岂逡巡、眷恋名利。

菩萨蛮　六军阅罢，犒饮兵将官

中军玉帐旌旗绕。吴钩锦带明霜晓。铁马去追风。弓声惊塞鸿。
　　　分兵闲细柳。金字回飞奏。犒饮上恩浓。燕然思勒功。

御街行　赐衣袄子

清霜飞入蓬莱殿。别进云裘软。却回宸虑念多寒，诏语日边亲遣。
冰蚕绵厚，金雕锦好，永夜缝宫线。　　　红旌绛旆迎星传。喜气欢

声远。庙堂勋旧使台贤,领袖坐中争绚。天香馥郁,君恩岁岁,一醉春生面。

鹧鸪天　百官传宣

茜雾红云捧建章。鸣珂星使渡银潢。亲将圣主如丝语,传与陪都振鹭行。　　香袅袅,珮锵锵。升平歌管趁飞觞。明时玉帐恩相续,清夜钧天梦更长。

蝶恋花　六花冬词
长春花口号

露桃烟杏逐年新。回首东风迹已陈。顷刻开花公莫爱,四时俱好是长春。

词

曲径深丛枝袅袅。晕粉揉绵,破蕊烘清晓。十二番开寒最好。此花不惜春归早。　　青女飞来红翠少。特地芳菲,绝艳惊衰草。只殢东风终甚了。久长欲伴姮娥老。

山茶口号

无穷芳草度年华。尚有寒来几种花。好在朱朱兼白白,一天飞雪映山茶。

词

巧剪明霞成片片。欲笑还颦,金蕊依稀见。拾翠人寒妆易浅。浓香别注唇原作"蜃",改从毛扆校本初寮词膏点。　　竹雀喧喧烟岫远。晚色溟濛,六出花飞遍。此际一枝红绿眩。画工谁写银屏面。

蜡梅口号

雪里园林玉作台。侵寒错认暗香回。化工清气先谁得，品格高奇是蜡梅。

词

剪蜡成梅天著意。黄色浓浓，对尊匀装缀。百和薰肌香旖旎。仙裳应渍蔷薇水。　　雪径相逢人半醉。手折低枝，拥髻云争翠。嗅蕊捻枝无限思。玉真未洒梨花泪。

红梅口号

千林腊雪缀瑶瑰。晴日南枝暖独回。知有和羹寻鼎实，未春先发看红梅。

词

青玉一枝红类吐。粉颊愁寒，浓与胭脂傅。辨杏猜桃君莫误。天姿不到风尘处。　　云破月来花下住。要伴佳人，弄影参差舞。只有暗香穿绣户。昭华一曲惊吹去。

迎春口号

年年节物欲争新。玉颊朱颜一笑频。勾引东风到池馆，春前花发自迎春。

词

雪霁花梢春欲到。饯腊迎春，一夜花开早。青帝回舆云缥缈。鲜鲜金雀来飞绕。　　绣阁纱窗人窈窕。翠缕红丝，鬥剪幡儿小。戴在花枝争笑道。愿人常共春难老。

小桃口号

　　鸳瓦铺霜朔吹高。画堂歌管醉香醪。小春特地风光好，艳粉娇红看小桃。

词

秾艳夭桃春信漏。弄粉飘香，枫叶飞丹后。酒入冰肌红欲透。无言不许群芳斗。　　楼外何人揎翠袖。剪落金刀，插处浓云覆。肯与刘郎仙去否。武陵回原作"曲"，从毛校本路相思瘦。

又　梁才甫席上次韵

翠袖盘花金捻线。晓炙银簧，劝饮随深浅。复幕重帘谁得见。馀醺微觉红浮面。　　别唤清商开绮宴。玉管双横，抹起梁州遍。白苎歌前寒莫怨。湘梅萼里春那远。

又

千古铜台今莫问。流水浮云，歌舞西陵近。烟柳有情开不尽。东风约定年年信。　　天与麟符行乐分。带缓球纹，雅宴催云鬓。翠雾萦纡销篆印。筝声恰度秋鸿阵。

又

未帖宜春双彩胜。手点酥山，玉箸人争莹。节过日长心自准。迟留碧瓦看红影。　　楼外尖风吹鬓冷。一望平林，霫瀓花相映。落粉筛云晴未定。朝酲只凭阑干醒。

一　落　索

梦破池塘杳杳。情随春草。尊前风味不胜清，赋白雪、幽兰调。

秀句银钩争妙。殷勤东道。蛮笺传与翠鬟歌，便买断、千金笑。

又

欲访瑶台蓬岛。烟云缥缈。清游却到凤皇池，听檀板、新声妙。

天上除书催早。人瞻元老。东风烟柳罩河提，更何处、深春好。

木兰花　送耿太尉赴阙

尧天雨露承新诏。珂马风生趋急召。玉符曾将虎牙军，金殿还升龙尾道。　　　征西镇北功成早。仗钺登坛今未老。樽前休更说燕然，且听阳关三叠了。

玉蝴蝶　和梁才甫游园作

御水縠纹风皱，画桥横处，沙路晴时。曲坞藏春，朱户翠竹参差。过墙花、娇无限思，笼槛柳、低不胜垂。海棠枝。为东君爱，未敢离披。　　　迟迟。日华融丽，悠扬丝管，掩冉旌旗。喜入繁红，坐来开尽不须吹。听莺迁、还思上苑，约凤浴、应展新池。促归期。燕飞蝶舞，特地熙熙。

水龙吟　游御河并过压沙寺作

魏台长乐坊西，画桥倒影烟堤远。东风与染，揉蓝春水按“水”字原缺，据汲古阁本补，湾环清浅。浴鹭翘莎，戏鱼吹絮，落红漂卷。为游人盛踪，兰舟彩舫，飞轻棹、凌波面。　　　乐事年来乍见。趁旌旗、谷莺娇啭。追随况有，疏帘珠袖，浓香绀幰。萧寺高亭，茂林斜照，且留芳宴。看韶华烂向，尊前放手，作梨花晚。

临江仙 和梁才甫茶词

六六云从龙戏月，天颜带笑尝新。年年回首建溪春。香甘先玉食，珍宠在枫宸。　　赐品暂醒歌里醉，延和行对台臣。宫瓯浮雪乳花匀。九重清昼永，宣坐议东巡。

小重山 汤

重举金猊多炷香。仙方调绛雪，坐初尝。醉鬟娇捧不成行。颜如玉，玉碗共争光。　　飞盖莫催忙。歌檀临阅处，缓何妨。远山横翠为谁长。人归去，馀梦绕高唐。

又

椽烛乘珠清漏长。醉痕衫袖湿，有馀香。红牙双捧旋排行。将歌处，相向更催妆。　　明月映东墙。海棠花径密，迸流光。迟留春笋缓催汤按"汤"原作"觞"，从紫芝漫抄本初寮词。兰堂静，人已候虚廊。

按此首别误作沈蔚词，见历代诗馀卷三十五。

江神子 韦城道中寄李祖武、翟淳老

荷花遮水水漫溪。柳低垂。乱蝉嘶。舍辔何妨，临水照征衣。一扇香风摇不尽，人念远，意凄迷。　　骑鲸仙子已相知。数归期。赋新诗。更想翟公，门外雀罗稀。陶令此襟尘几许，聊欲向，北窗披。

徵招调中腔 天宁节

红云茜雾笼金阙。圣运叶、星虹佳节。紫禁晓风馥天香，奏毛庹校语云:奏上疑脱一字九韶、帝心悦。　　瑶阶万岁蟠桃结。睿算永、壶天风月。日观几时六龙来，金缕玉牒告功业。

清平乐 和晁倅

花时微雨。未减春分数。占取帘疏花密处。把酒听歌金缕。
斜风轻度浓香。闲情正与春长。向晚红灯入坐，尝新青杏催按"催"
原作"随"，从乐府雅词舫。

又

花枝欹晚。过雨红珠转。欲共东君论缱绻。繁艳休将风卷。
归来凝思闲窗。寒花莫□微舫。解慢不成幽梦，燕泥惊落雕梁。

安阳好 九首并口号破子
口 号

赋尽三都左太冲。当年偏说邺都雄。如今别唱安阳好，胜日佳时
一醉同。

一

安阳好，形胜魏西州。曼衍山河环故国，升平歌鼓沸高楼。和气镇
飞浮。　　　笼画陌，乔木几春秋。花外轩窗排远岫，竹间门巷带长
流。风物更清幽。

二

安阳好，戟户府居雄。白昼锦衣清宴处，铁梁丹榭画图中。壁记旧
三公。　　　棠讼悄，池馆北园通。夏夜泉声来枕簟，春风花影透帘
栊。行乐兴何穷。

按以上二首别作韩琦词，见能改斋漫录卷十七。

三

安阳好，物外占天平。叠叠挼蓝烟岫色，淙淙鸣玉晚溪声。仙路驭风行。　　松路转，丹碧照飞甍。金界花开常烂熳，云根石秀小峥嵘。幽事不胜清。

四

安阳好，泮水盛儒宫。金字照碑光射斗，芸香书阁势凌空。肃肃采芹风。　　来劝学，乡兖首文翁。岁岁青衿多振鹭，人人彩笔竞腾虹。九万奋飞同。

五

安阳好，耆旧迹依然。醉白垂杨低掠水，延松高桧老参天。曾映两貂蝉。　　王谢族，兰玉秀当年。画隼朱轮人继踵，丹台碧落世多贤。簪绂看家传。

六

安阳好，负郭相君园。绿野移春花自老，平泉醒酒石空存。月馆对风轩。　　人选胜，幽径破苔痕。拥砌翠筠侵坐冷，穿亭玉溜落池喧。归意黯重门。

七

安阳好，曲水似山阴。咽咽清泉岩溜细，弯弯碧甃篆痕深。永昼坐披襟。　　红袖小，歌扇画泥金。鸭绿波随双叶转，鹅黄酒到十分斟。重听绕梁音。

八

安阳好，□□_{原注：}御讳又翚飞。拨坽旋栽花密密，著行重接柳依依。鸳瓦荡晴辉。　　池面渺，相望是荣归。两世风流今可见，一门恩数古来稀。谁与赋缁衣。

九

安阳好，千古邺台都。穗帐歌人春不见，金楼梦凤夜相呼。辇路旧萦纡。　　闲引望，漳水绕城隅。暗有渔樵收故物，谁将宫殿点新图。平野漫烟芜。

　　按以上九首，本书初版俱误考为韩琦作，自王安中名下删去。

破子清平乐

烟云千里。一抹西山翠。碧瓦红楼山对起。楼下飞花_{按"花"原作"光"，从乐府雅词卷中改}流水。　　锦堂风月依然。后池莲叶田田。缥缈贯珠歌里，从容倒玉尊前。

小重山　_{相州荣归池上作}

碧藕花风入袖香。涓涓清露沺，玉肌凉。折花无语傍横塘。随折处，一寸万丝长。　　还更擘莲房。莲心真个苦，似离肠。凌波新恨尽难忘。分携也，触事著思量。

　　按此首别误作沈蔚词，见历代诗馀卷三十五。

虞　美　人

星郎才思生雕管。四海声名满。尊前新唱更新妍。况有玉人相劝、拚酡颜。　　芙蓉幕下同时客。年少那重得。且寻幽梦赋高唐。莫为浮名容易、却相妨。

又 赠李士美

清商初入昭华琯。宫叶秋声满。草麻初罢月婵娟。想见明朝喜色、动天颜。　　持杯满劝龙头客。荣遇时方得。词源三峡泻瞿塘。便是醉中宣去、也无妨。

又 和赵承之送权朝美接伴

文昌郎自文无比。风露行千里。试寻天上使星看。却见锦衣白昼、过乡关。　　边城落照孤鸿外。联璧人相对。应吟红叶送清秋。向我旧题诗处、更重游。

卜算子 往道山道中作

客舍两三花,并脸开清晓。一朵涓涓韵已高,一朵纤纤裊。　　谁与插斜红,拥髻争春好。此意遥知梦已传,月落前村悄。

一落索 送王伯绍帅庆

塞柳未传春信。霜花侵鬓。送君西去指秦关,看日近、长安近。　　玉帐同时英俊。合离无定。路逢新雁北来归,寄一字、燕山问。

临江仙 贺州刘帅忠家隔帘听琵琶

凤拨鹍弦鸣夜永,直疑人在浔阳。轻云薄雾隔新妆。但闻儿女语,倏忽变轩昂。　　且看金泥花那面,指痕微印红桑。几多馀暖与真香。移船犹自可,卷箔又何妨。

浣溪沙 <small>柳州作</small>

宫缬悭裁翡翠轻。文犀松串水晶明。飔风新样称娉婷。　　带笑
缓摇春笋细，障羞斜映远山横。玉肌无汗暗香清。

卜算子 <small>柳州作</small>

燕尾道冠儿，蝉翼生衫子。欹枕看书卧北窗，簟展潇湘水。　　团
扇弄薰风，皓质添凉意。谁与文君作粉真，只此莲花是。<small>以上景汲古
阁抄本初寮词</small>

　　　　按此下原有生查子"春纱蜂赶梅"一首，乃朱翌作，见容斋四笔卷十四、耆旧续闻
　　　　卷一，今不录。

洞　仙　歌

深庭夜寂，但凉蟾如昼。鹊起高槐露华透。听曲楼玉管，吹彻伊
州，金钏响，轧轧朱扉暗扣。　　迎人巧笑道，好个今宵，怎不相寻
暂携手。见淡净晚妆残，对月偏宜，多情更、越饶纤瘦。早促分飞
霎时休，便恰似阳台，梦云归后。<small>乐府雅词卷中</small>

失　调　名

笑时眼迷青意贴，行时鞋露绣旁相。<small>张氏可书</small>

　　　　按能改斋漫录卷十四"王履道诗文警策"条引"凤鞋微露绣帮相"句，疑即上第二
　　　　句而稍有不同。

点　绛　唇

岘首亭空，劝君休堕羊碑泪。宦游如寄。且伴山翁醉。　　说与
鲛人，莫解江皋珮。将归思。晕红萦翠。细织回文字。<small>苕溪渔隐丛话
后集卷四十</small>

菩萨蛮 寄赵伯山四首

雨零花昼春杯举。举杯春昼花零雨。诗令酒行迟。迟行酒令诗。
满斝犹换酼。酼换犹斝满。天转月光圆。圆光月转天。

又

绿笺长写新成曲。曲成新写长笺绿。豪句逞才高。高才逞句豪。
美容歌皓齿。齿皓歌容美。香篆小花团。团花小篆香。

又

玉纤传酒浮香菊。菊香浮酒传纤玉。弦管沸欢筵。筵欢沸管弦。
出帘珠袖薮。薮袖珠帘出。眉晕浅山低。低山浅晕眉。

又

浦烟迷处回莲步。步莲回处迷烟浦。罗绮媚横波。波横媚绮罗。
细眉双拂翠。翠拂双眉细。歌意任情多。多情任意歌。回文
类聚卷四

存　目　词

按初寮词中有生查子"春纱蜂赶梅"一首,据容斋四笔卷十四,乃
朱翌作。

张继先

继先字嘉闻,嗣汉三十代天师。崇宁四年(1105),赐号虚靖先生。
北宋末卒。有虚靖词。

点绛唇 祐陵问:所带葫芦如何不开口,对御作

小小葫芦,生来不大身材矮。子儿在内。无口如何怪。　　藏得
乾坤,此理谁人会。腰间带。臣今偏爱。胜挂金鱼袋。

按此首又见鸣鹤馀音卷四,作桓真人词,文字稍有不同。

忆桃源 蔡师元款予及神翁侍宸,师元发问予如何是
(原缺是字,据紫芝漫钞本虚靖词补)修炼之术,
予走笔成小词以答之(按词律调名疑当作醉桃源
亦即阮郎归也)

长生之话口相传。求丹金液全。混成一物作神仙。丁宁说与贤。
　　休咽气,莫胡言。岂知造化玄。用铅投汞汞投铅。分明颠倒
颠。

又

白云堆里采芙蓉。枝枝香艳浓。灵龟畔岸起祥风。楼高十二重。
　　黄金殿,碧云笼。丹砂透顶红。神机运处鬼神通。清真达上
宫。

临江仙 邓恒甫画六鹤于浑沦庵,请予题,遂作

莫怪精神都素淡,全谙千载松头。羽人幽意苦相投。殷勤争点写,
展转动吟酬。　　况有咸阳兄弟事,教人闻见忘忧。我生曾是眷
仙标按"标"原作"飘",据紫芝漫钞本虚靖词改。一从挥洒后,相继未能休。

又 和元规览杨〔羲〕(义)传

自古清真灵妙降,安妃来就杨君。因缘冥会异常伦。仙风聊设相,
真道本无亲。　　惟有元规能访问,深将此意相闻。大家宜赏缀

新文。免教尘世士,诮笑上天人。

又　和元规

蠢动含灵天赋与,逍遥性分元均。莫生异见乱吾真。只今中有主,浑与化为人。　　　那更徽词清彻底,轻埃欲染无因。惟应得此便凝神。百魔咸息战,六道永停轮。

沁园春　降魔立治

劫运将新,天书降恩,圣师命魔。正阴阳错忤,鬼神淆混,依凭城市,绵亘山河。杀气闭空,阴容夺昼,万姓罹殃日已多。青城上,见琉璃高座,忽起巍峨。　　　群妖忿怒扬戈。竞奔走、攻山若舞梭。感神光一瞬,龙摧虎陷,威音一动,电掣霆呵。立活化民,摄邪归正,生息熙熙享太和。风云静,见天连碧汉,月浸澄波。

又

真一长存,太虚同体,妙门自开。既混元初判,两仪布景,复还根本,全借灵台。浩气冲开,谷神滋化,渐觉神光空际来。幽绝处,听龙吟虎啸,蓦地风雷。　　　奇哉。妙道难猜。鲜点化、愚迷成大材。试与君说破,分明状似,蚌含渊月,秋兔怀胎。壮志男儿,当年高士,莫把身心惹世埃。功成后,任身居紫府,名列仙阶。

又

急急修行,细算人生,能有几时。任万般千种风流好,奈一朝身死,不免抛离。蓦地思量,死生事大,使我心如刀剑挥。难留住,那金乌箭疾,玉兔梭飞。　　　早觉悟、莫教迟。我清净、谁能婚少妻。便假饶月里,姮娥见在,从他越国,有貌西施。此个风流,更无心恋,且放宽怀免是非。蓬莱路,仗三千行满,独跨鸾归。

又 用伍先生韵呈元规

况有夷途,正透元关,众所共传。愿万魔披散,诸尘荡尽,琴心和
雅,天性清圆。未信凡流,可回高步,留恋形声情更延。真消息,定
如何唤醒,聊证言诠。　　　虽由宿命因缘。达士何曾无慨然。算
尽专为妙,闲多乐少,一成潇洒,永绝忧煎。影照澄潭,声流虚谷,
业火消亡睹瑞莲。安平泰,看坚完如地,长久如天。

满 庭 芳

闲里工夫,无中妙用,切休拟议参详。龙降虎伏,真土自中黄。行
动起居寝食,随缘度、莫动真阳。归根处,神凝脉住,玉界发天光。
　　　风高,鹏翼远,水深舟运,物理昭彰。但明心是道,专役天罡。
信口呼神召鬼,和旸谷、不是颠狂。痴迷者,风霆在手,应用反乖
张。

又 用于真人韵和元真

心境双清,古今同乐,胜缘休道无媒。天门高妙,应仗至人开。岂
比寻常意绪,方寸地、不贮纤埃。仍须信,金坚石确,一志断无回。
　　　真元,真可爱,真师真友,且喜无猜。就中更脱洒,不顾形骸。
可是正容而悟,凭真趣、改易凡胎。神明会,尘缨世网,莫共话由
来。

又 又上前人

调理三关,安和四体,静无忧挠相煎。太微冥契,元始语诸仙。玉
宇重修妙典,西台□、南岳题篇。崇□好,身田在世,心向太清天。

云边。曾降圣,金坛夜拜,高驾留连。论琼华灵液,形与神全。形体须凭妙气,神来舍、黄阙丹田。真精旨,明光辅相,天地保长年。

洞　仙　歌

孤峰绝顶,更无人能到。万里虚空没边徼。正秋高景静,雾扫云收,风露里,惟有月华高照。　　浮生纷过客,好天良夜,醉舞狂歌错昏晓。有谁知、一性圆满恒河,亘万古、光明不老。竞对月、论利与谈名,全不想驹阴,暗催年少。

渔家傲　对酒呈介甫

草草开尊资一笑。微生病苦随缘了。友义交情如地厚。心相照。今人莫遣前人诮。　　灯火荧荧山悄悄。芝兰佳气松筠茂。得便盘桓尘世表。香初透。邻鸡且莫催清晓。

更漏子　和元规天和堂

固元精,收听视。物外身无此地。接子谬,季真非。无为翻有为。　　但心虚,教腹实。密与寥天为一。华阳洞,广寒宫。人人方寸中。

又　用于真人韵

是和非,双打过。免共相魔生火。谈有相,损顽空。斋居看望中。　　圣贤风,行处在。巧智争如休卖。诗与酒,且乘闲。随缘发笑颜。

又 再次韵于真人

诵真经,期万过。未灭无明心火。宜回首,探真空。融怡淡漠中。

　　自古人,何处在。谩记声名沽卖。抛尘累,养清闲。琼浆自驻颜。

瑶台月 元宵庆赏

天开景运。记建武中兴,炎刘重盛。明良际会,八表风调雨顺。任一时、岳降生申,正千载、河清诞圣。祥云拥,流霞映。飞仙拱,魁星炯。佳应是、师真毓瑞,人天交庆。　　蔷薇香满元宵景。耀天目、神光如镜。见龙章凤质,降伏群魔归正。禀玄元、立教开先,悟至道、心空神领。昌元嗣,明真镜。同无有,怡清净。绵永度,三途六道,神仙同证。

喜迁莺 题郭南仲庵壁

深源密坞,问牧竖樵童,俱迷方所。蓬藋纵横,龙蛇出没,玉峡搀空无路。不恋雁塔荣名,解守鱼渊寒素。这勤苦。但坚心自有,神灵呵护。　　猛悟。无回顾。一点虚明,万劫无今古。胎息根深,灵泉穴秘,静里运调阳火。莫问地久天长,管取收因结果。休轻负。把天谷真机,与君说破。

又

情缠识缚,叹时人不悟,酒中真乐。纵欲招愆,迷心失行,却道为他狂药。须信醉舞狂歌,也有良知真觉。无倚泊。任暖气同流,三关三络。　　落魄。清闲客。醉乡深处,风月长酬酢。空花消亡,光明显露,人我自皆忘却。不问市酤村醪,尽可浅斟低酌。从鄙薄。

竞口口谈醒,言言成错。

雪 夜 渔 舟

晚风歇。漫自棹扁舟,顺流观雪。山耸瑶峰,林森玉树,高下尽无分别。性情澄彻。更没个、故人堪说。恍然身世,如居天上,水晶宫阙。　　万尘声影绝。透尘空无外,水天相接。浩气冲盈,真宫深厚,永夜不愁寒冽。愧怜鄙劣。只解道、赴炎趋热。停桡失笑,知心都付,野梅江月。

春从天上来　鹤鸣奉旨

王土平平。正海息波澜,岳敛云烟。三景虚明,八表澄清,一月普照诸天。有流霞洞焕,映黍珠、徐下空玄。绝形言。见千真拱极,万气朝元。　　当时鹤鸣夜半,感真符宝篆,特地清传。碧湛龙文,红凝龟篆,绛衣舞鬣蹁跹。计功成果就,无真教、郭景飞仙。已千年。亘灯灯续焰,光朗无边。

风入松　用王介甫韵

深耕易耨寸田中。看真个英雄。夜来犹上星台望,全不厌、水绿云红。便是清交素友,频相视、笑晴空。　　玉阶瑶甃翠重重。带萱草葱葱。流霞尽饮何辞醉,更休数、尘里千钟。晓夜朝元去也,怎忍舍、大夫松。

摸 鱼 儿

甚山灵、鬥奇夸巧,悬峰遥献形似。仓船炉灶无封闭,零落车罗机履。山临水。任瓮杵、辘轳厩架俱闲毁。床棺尘委。更乐隐棋休,料闲真隐,三教忘宾主。　　人都语,二十四岩佳致。来往溯流观

指。目前景相纷虚幻, 神仙家在何许。君莫取。这身世、山林朝市
随缘遇。休论诡异。但总绝情缘, 一空妍丑, 觌面先寻你。

惜时芳 对竹赋(按词律调名疑当作惜芳时)

虚心劲节争萧散。无冬夏、钩阑侧畔。霜风雪色沉沉晚。残不了、
细枝纤干。　　情中意里尘沙恨。试与聆、弦歌急慢。无嫌青翠
开青眼。相看似、太原家惯。

清　平　乐

天先天后。真土藏灵秀。妙用自然循火候。节节薰烝教透。
不分龙麝檀沉。都能入鼻通心。待得烟消息住, 浑身变见真金。

苏幕遮 用伍先生韵和元规

先天生, 后天久。道有真诠, 谛听当时受。恰是迷天迷望斗。只恐
微躯, 薄幸随枯朽。下缺

又

抱孤琴, 弹小操。独坐幽轩, 尽日无人到。惟乐烟霞长啸傲。明月
清风, 今古长为道。　　识乾坤, 知牝牡。懒共尘劳, 汩汩争奔走。
爱杀高眠消"消"原误"清", 据紫芝漫钞本虚靖词改白昼。一任他家, 玉兔金
乌走。

西江月 又和前人

蓬户横开岑寂, 寒窗侧映清晖。竹风偷入五香帏。还有好音相惠。
　　须信毫芒可入, 明珠胎里忘机。宵征夜宴是和非。月府仙人
无愧。

南乡子　和元规

无奈这群迷。味色声中若系羁。尽任改头兼换面，何悲。不染伊时不管伊。　　春去又秋兮。莫遣空逾十二时。好把自然真妙旨，修为。尘事萦仍道甚希。

又

久不上春台。直待将身跨九垓。懒向人间深有谓，氛埃。难趁邪风伤圣胎。　　水槛映山斋。赏遍从容首自回。长谢故人书曲意，徽哉。赢得腰琴拂袂来。

望江南　观棋作

楸枰静，黑白两奁均。山水最宜情共乐，琴书赢得道相亲。一局一番新。　　松影里，经度几回春。随分也曾施手段，争先还恐费精神。长是暗饶人。

又　次元规西源好韵并序

　　某喜西源壁立峻峙，无一俗状。疏松密竹，四通九达，青玉交辉。天作高山，地灵若此。常相谓曰：身处真人之墟，而不知也。登戏珠峰，以见虎蹲龙蹋，远壁遥岑，皆在其下。考室在靖，建名榜之，水中花、圃中蔬，山光竹翠，白屋逾静，得其居矣。昔之思归，见十二篇之曲。同声相应，故和之。

西源好，仙构占仙峰。一鹤性灵清我宇，万龙风雨乱霜空。高静太疏慵。　　天地乐，山水静流通。行坐卧怜尘外景，虚空寂是道家风。非细乐相从。

又

西源好，龙首虎头高。风雨每掀清宇宙，林峦长似涌波涛。吟咏有诗豪。　　成大乐，美称适相遭。醮斗清筵投羽札，启元喜会执金刀。身净隔纷骚。

又

西源好，岩馆凿松崖。五斗洞前斟玉斝，半酣窗外抚金杯。无累自悠哉。　　青翠色，玉竹自新栽。风到莫来摇老木，雨霖时复洗圆苔。如此恼诗才。

又

西源好，春日日初长。不看人间三月景，常思天上万花香。幽赏一时狂。　　歌笑也，空洞大歌章。千景净来风谷秀，三云归后月林光。沉麝似兰香。

又

西源好，迎夏洒炎风。红锦石边怜一派，老张岩上恋群峰。时得化龙笻。　　琴振玉，晓色倚梧桐。黼黻文章朝内盛，山川林木野亭空。朱火焕明中。

又

西源好，秋景道人怜。时至自然天气肃，夜凉犹喜月华圆。长啸碧崖颠。　　须信酒，难别咏歌边。是处伐薪为炭后，此时尝稻庆丰年。童子舞胎仙。

又

西源好，冬日雪中松。携手石坛承爱景，静观天地入清宫。恰似大茅峰。　　襟袂冷，琴里意浓浓。吹月洞箫含碧玉，动人佳趣转黄钟。情绪发于中。

又

西源好，幽径不成斜。山谷隐连无改色，池塘空静默无瑕。人钓水之涯。　　仙舫小，人欲盼君家。归棹日回如览镜，放船星落似乘槎。风雨乱寒沙。

又

西源好，神洞自相求。傍水垦田流涧急，砍山开径小花浮。踪迹旧人留。　　忘万物，爽气白云收。司命暂曾寻寝静，紫阳真是步条幽。思继此公游。

又

西源好，人在水晶宫。长愿玉津名濯鼎，恰如龙井到天峰。的的好遗风。　　清彻底，岂忤李唐隆。自浸岩前崖石洁，不笼天外岭云浓。澄彻莹怀中。

又

西源好，雨霁敛红纱。碧水静摇招钓叟，绿苔寒迫起渔家。携驾会春茶。　　风浩浩，锦荫石屏华。濯鼎上方敲翠竹，辘轳西去碎丹砂。休问乐津涯。

又

西源好，还向观庭西。挤晚菊明方丈外，傍寒梅放六花飞。三鹤会同时。　　清净宇，处一贵无为。戴月夜中仍是别，衔香原上不须迷。于此振衣归。

减字木兰花　呈鉴义王介甫

严寒冬月。前日阳生几降雪。松柏凌霄。森耸庭中叹后凋。昔人犹豫。身入山林深静处。今古同符。好趁笙歌且自娱。

江　神　子

彩云楼阁瑞烟平。雨初晴。月胧明。夜静天风，吹下步虚声。何处朝元归去晚，双凤小，五云轻。　　落花流水两关情。恨无凭。梦难成。倚遍阑干，依旧楚风清。露滴松梢人静也，开宝篆，诵黄庭。

鹊桥仙　寄朋权

神清心妙，山长水远，有分何年瞻望。晴空一月彩云飞，又起我、无穷想像。　　一阳门径，九华恩露，惟愿分明指向。竹风频起紫微烟，似有意、许归吾党。

水　调　歌　头

高真留妙诀，达士济群迷。心清行洁，天人凡圣尽皈依。不在搬精运气，不在飞罡蹑斗，心乱转狐疑。但要除邪妄，心地合神祇。　　悟真空，离世网，绝关机。养吾浩气，驱雷役电震天威。混合百神归一，一念通天彻地，方始了无为。叱咤生风雨，玩世挟明时。

原注:师于泗州尸解,化身青城,作此付萨守坚真人。

度清霄 五首

一更一点一更初。城门半掩行人疏。茅庵〔潇〕(满)洒一事无。孤灯相对光清虚。蒲团安稳身不拘。跏趺大坐心如如。月轮微出天东隅。空中露出无名珠。

其　二

二更二点二更深。宫钟声绝夜沉沉。明月满天如写金。同光共影无昏沉。起来闲操无弦琴。声高调古惊人心。琴罢独歌还独吟。松风涧水俱知音。

其　三

三更三点三更中。烟开雾敛静无风。月华迸入水晶宫。四方上下同一空。光明遍转华胥同。千古万古无初终。铁蛇飞舞如流虹。倒骑白凤游崆峒。

其　四

四更四点四更长。迎午进鼠心不忙。丹炉伏火生新香。群阴剥尽回真阳。金娥木父欢相当。醍醐次进无停觞。主宾倒置情不伤。更阑别去还相忘。

其　五

五更五点五更残。青冥风露逼人寒。扶桑推出红银盘。城门依旧声尘喧。明暗二景交相转。生来死去纷易换。道人室中天宇宽。日出三竿方启关。

结　语

独自行兮独自坐。独自歌兮独自和。日日街头走一过。我不识吾谁识我。人间旦暮自四时。玄中消息不推移。觌面相呈知不知。知时自唱啰啰哩。以上八千卷楼旧藏明钞九家词本张继先虚靖真君词

望江南　寄朋权

秋夜事，月里竹亭亭。清籁与谁喧池水，微风遣我下檐楹。圆缺若为情。　　终南道，累寄笑歌声。丹阙夜凉通马去，黄河天晓照舟横。联辔去还成。

此首见紫芝漫钞本虚靖词。

叶梦得

梦得字少蕴，乌程人。清臣曾孙。生于熙宁十年（1077），绍圣四年（1097）进士。累官中书舍人、翰林学士、吏部尚书、龙图阁直学士、帅杭州。高宗朝，除尚书右丞、江东安抚使，兼知建康府行宫留守。移知福州，提举洞霄宫。居吴兴弁山，自号石林居士。绍兴十八年（1148）卒，年七十二。赠检校少保。有石林集。

贺　新　郎

睡起啼莺语。掩青苔、房栊向晚，乱红无数。吹尽残花无人见，惟有垂杨自舞。渐暖霭、初回轻暑。宝扇重寻明月影，暗尘侵、尚有乘鸾女。惊旧恨，遽如许。　　江南梦断横江渚。浪黏天、葡萄涨绿，半空烟雨。无限楼前沧波意，谁采蘋花寄取。但怅望、兰舟容与。万里云帆何时到，送孤鸿、目断千山阻。谁为我，唱金缕。

水调歌头 濠州观鱼台作

渺渺楚天阔，秋水去无穷。两淮不辨牛马，轻浪舞回风。独倚高台
一笑，圉圉游鱼来往，还戏此波中。危槛对千里，落日照澄空。

　　子非我，安知我，意真同。鹏飞鲲化何有，沧海漫冲融。堪笑磻
溪遗老，白首直钩溪畔，岁晚忽衰翁。功业竟安在，徒自兆非熊。

又 九月望日，与客习射西园，余偶病不能射

霜降碧天静，秋事促西风。寒声隐地，初听中夜入梧桐。起瞰高城
回望，寥落关河千里，一醉与君同。叠鼓闹清晓按"晓"原作"晚"，据乐府
雅词卷中改，飞骑引雕弓。　　岁将晚，客争笑，问衰翁。平生豪气
安在，沈领为谁雄。何似当筵虎士，挥手弦声响处，双雁落遥空。
老矣真堪愧，回首望云中。

又 送八舅朝请

江海渺千里，飘荡叹流年。等闲匹马相过，乘兴却翛然。十载悲欢
如梦，抚掌惊呼相语，往事尽飞烟。此会真难偶，此醉且留连。

　　酒方半，谁轻使，动离弦。我歌未阕公去，明日复山川。空有高
城危槛，缥缈当筵清唱，馀响落尊前。细雨黄花后，飞雁点遥天。

又 湖光亭落成

修眉扫遥碧，清镜走回流。堤外柳烟深浅，碧瓦起朱楼。分付平云
千里，包卷骚人遗思，春色入帘钩。桃李尽无语，波影动兰舟。

　　念谢公，平生志，在沧洲。登临漫怀风景，佳处每难酬。却叹从

来贤士,如我与公多矣,名迹竟谁留。惟有尊前醉,何必问消忧。

又 次韵叔父寺丞林德祖和休官咏怀

今古几流转,身世两奔忙。那知一丘一壑,何处不堪藏。须信超然物外,容易扁舟相踵,分占水云乡。雅志真无负,来日故应长。

问骐骥,空矫首,为谁昂。冥鸿天际,尘事分付一轻芒。认取骚人生此,但有轻篷按“篷”原作“蓬”,改从汲古阁本石林词短楫,多制芰荷裳。一笑陶彭泽,千载贺知章。

又 癸丑中秋

河汉下平野,香雾卷西风。倚空千嶂横起,银阙正当中。常恨年年此夜,醉倒歌呼谁和,何事偶君同。莫恨岁华晚,容易感梧桐。

揽清影,君试与,问天公。遥知玉斧初斸,重到广寒宫。付与孤光千里,不遣微云点缀,为我洗长空。老去狂犹在,应未笑衰翁。

又

秋色渐将晚,霜信报黄花。小窗低户深映,微路绕欹斜。为问山翁何事,坐看流年轻度,拚却鬓双华。徙倚望沧海,天净水明霞。

念平昔,空飘荡,遍天涯。归来三径重扫,松竹本吾家。却恨悲风时起,冉冉云间新雁,边马怨胡笳。谁似东山老,谈笑静胡沙。

八声甘州 寿阳楼八公山作

故都迷岸草,望长淮、依然绕孤城。想乌衣年少,芝兰秀发,戈戟云横。坐看骄兵南渡,沸浪骇奔鲸。转盼东流水,一顾功成。　　千载八公山下,尚断崖草木,遥拥峥嵘。漫云涛吞吐,无处问豪英。信劳生、空成今古,笑我来、何事怆遗情。东山老,可堪岁晚,独听桓筝。

又　正月二日作　是岁闰正月十四才立春

又新正过了,问东风、消息几时来。笑春工多思,留连底事,犹未轻回。应为瑶刀裁剪,容易惜花开。试向湖边望,几处寒梅。　　好是绿莎新径,剩安排芳意,特地重栽。便从今追赏,莫遣暂停杯。有千株、深红浅白,倩缓歌、急管与相催。凭看取,暖烟细霭,先到高台。

又

问浮家泛宅,自玄真、去后有谁来。漫烟波千顷,云峰倒影,空翠成堆。可是溪山无主,佳处且徘徊。暮雨卷晴野,落照天开。　　老去馀生江海,伴远公香火,犹有宗雷。便何妨元亮,携酒间相陪。寄清谈、芒鞋筇杖,更尽驱、风月入尊罍。江村路,我歌君和,莫棹船回。

又　甲辰承诏堂知止亭初毕工,刘无言相过

寄知还倦鸟,对飞云、无心两难齐。漫飘然欲去,悠然且止,依旧山西。十亩荒园未遍,趁雨却锄犁。敢忘邻翁按“邻翁”原作“怜家”,疑是“邻家”之误,兹从汲古阁本石林词约,有酒同携。　　况是岩前新创,带小轩横绝,松桂成蹊。试凭高东望,云海与天低。送沧波、浮空千里,照断霞、明灭卷晴霓。君休笑,此生心事,老更沉迷。

念奴娇　南归渡扬子作,杂用渊明语

故山渐近,念渊明归意,翛然谁论。归去来兮秋已老,松菊三径犹存。稚子欢迎,飘飘风袂,依约旧衡门。琴书萧散,更欣有酒盈尊.

惆怅萍梗无根,天涯行已遍,空负田园。去矣何之窗户小,容膝聊倚南轩。倦鸟知还,晚云遥映,山气欲黄昏。此还真意,故应欲辨忘言。

又 中秋宴客,有怀壬午岁吴江长桥

洞庭波冷,望冰轮初转,沧海沉沉。万顷孤光云阵卷,长笛吹破层阴。汹涌三江,银涛无际,遥带五湖深。酒阑歌罢,至今鼍怒龙吟。

回首江海平生,漂流容易散,佳期难寻。缥缈高城风露爽,独倚危槛重临。醉倒清尊,姮娥应笑,犹有向来心。广寒宫殿,为予聊借琼林。

又

云峰横起,障吴关三面,真成尤物。倒卷回潮目尽处,秋水黏天无壁。绿鬓人归,如今虽在,空有千茎雪。追寻如梦,漫馀诗句犹杰。

闻道尊酒登临,孙郎终古恨,长歌时发。万里云屯瓜步晚,落日旌旗明灭。鼓吹风高,画船遥想,一笑吞穷髮。当时曾照,更谁重问山月。

满庭芳 三月十七日雨后极目亭寄示张敏叔、程致道

麦陇如云,清风吹破,夜来疏雨才晴。满川烟草,残照落微明。缥缈危栏曲槛,遥天尽、日脚初平。青林外,参差暝霭,萦带远山横。

孤城。春雨过,绿阴是处,时有莺按“莺”字原空格,据汲古阁本石林词补声。问落絮游丝,毕竟何成。信步苍苔绕遍,真堪付、闲客闲行。微吟罢,重回皓首,江海渺遗情。

又　张敏叔、程致道和示,复用韵寄酬

枫落吴江,扁舟摇荡,暮山斜照催晴。此心长在,秋水共澄明。底事经年易判,惊遗恨、悄悄难平。临风处,佳人万里,霜笛与谁横。

　　长城。谁敢犯,知君五字,元有诗声。笑茅舍何时,归计真成。绿鬓朱颜老尽,柴车在、行即终行。聊相待,狂歌醉舞,虽老未忘情。按"归计"原作"归此"、"柴车"原作"柴居"、"狂歌"原作"狂唱",改从乐府雅词。

又　次旧韵,答蔡州王道济大夫见寄

一曲离歌,烟村人去,马头微雪新晴。隔年光景,回首近清明。断送残花又老,春波净、湖水初平。谁重到,雕阑尽日,遥想画桥横。

　　高城。凝望久,何人为我,重唱馀声。问桃李如今,几处阴成。老去从游似梦,尊前事、空有经行。犹能记,殷勤寄语,多谢故人情。

满江红　重阳赏菊,时予已除代

一朵黄花,先催报、秋归消息。满芳枝凝露,为谁装饰。便向尊前拚醉倒,古今同是东篱侧。问何须、特地赋归来,抛彭泽。　　回首去,年时节。开口笑,真难得。史君今郡更,自成行客。霜鬓不辞重插满,他年此会何人忆。记多情、曾伴小阑干,亲攀摘。

又

雪后郊原,烟林静、梅花初坼。春欲半,犹自探春消息。一眼平芜看不尽,夜来小雨催新碧。笑去年、携酒折花人,花按"人花"原作"时君",改从汲古阁本石林词应识。　　兰舟漾,城南陌。云影淡,天容窄。绕风漪十顷,暖浮晴色。恰似槎头收钓处,坐中仍有江南客。问何

如、两桨下苕溪,吞云泽。

应天长 自颍上县欲还吴(原误作"具",改从吴讷唐宋
名贤百家词本石林词)作

松陵秋已老,正柳岸田家,酒醅初熟。鲈脍莼羹,万里水天相续。
扁舟凌浩渺,寄一叶、暮涛吞沃。青箬笠,西塞山前,自翻新曲。

　来往未应足。便细雨斜风,有谁拘束。陶写中年,何待更须丝
竹。鸱夷千古意,算入手、比来尤速。最好是,千点云峰,半篙澄
绿。

定风波 与幹誉、才卿步西园,始见青梅

破萼初惊一点红。又看青子映帘栊。冰雪肌肤谁复见。清浅。尚
馀疏影照晴空。　　惆怅年年桃李伴。肠断。只应芳信负东风。
待得微黄春亦暮。烟雨。半和飞絮作濛濛。

又

渺渺空波下夕阳。睡痕初破水风凉。过雨归云留不住。何处。远
村烟树半微茫。　　莫笑经年人老矣。归计。得迟留处也何妨。
老子兴来殊不浅。帘卷。更邀明月坐胡床。

又 七月望,赵倅置酒,与鲁卿同泛舟登骆驼桥待月

千步长虹跨碧流。两山浮影转螭头。付与诗人都总领。风景。更
逢仙客下瀛洲。　　袅袅凉风吹汗漫。平岸。遥空新卷绛河收。
却怪姮娥真好事。须记。探支明月作中秋。

又 鲁卿见和,复答之

斜汉初看素月流。坐惊金饼出云头。华髮萧然吹素领。光景。何

妨分付属沧洲。　　　莫待霜花飘烂漫。蘋岸。更凭佳句尽拘收。
解与破除消万事。犹记。一尊同得二年秋。

江 城 子

碧潭浮影蘸红旗。日初迟。漾晴漪。我欲寻芳,先遣报春知。尽
放百花连夜发,休更待,晓<small>按"晓"原作"晚",改从汲古阁本石林词</small>风吹。
　满携尊酒弄繁枝。与佳期。伴群嬉。犹有邦人,争唱醉翁词。
应笑今年狂太守,能痛饮,似当时。

又　<small>大雪与客登极目亭</small>

翩跹飞舞半空来。晓风催。巧萦回。野旷天遥,回望兴悠哉。欲
问玉京知远近,试携手,上高台。　　　云涛无际卷崔嵬。敛浮埃。
照琼瑰。点缀林花,真个是多才。说与化工留妙手,休尽放,一时
开。

又　<small>再送卢倅</small>

芙蓉开过雨初晴。曲池平。画桥横。耿耿银河,遥下蘸空明。一
舸吴松归未得,聊共住,小蓬瀛。　　　问君何事引前旌。趣归程。背
高城。鱼鸟三年,谁道总无情。试遣他年歌此曲,应尚记,别时声。

又　<small>登小吴台(原误作"吴小台",改从汲古阁本石林词)</small>
<small>小饮</small>

生涯何有但青山。小溪湾。转潺湲。投老归来,终寄此山间。茅
舍半欹风雨横,荒径晚,乱榛菅。　　　强扶衰病上巉巅。水云闲。
伴跻攀。湖海苍茫,千里在吴关。漫有一杯聊自醉,休更问,鬓毛
斑。

又　次韵葛鲁卿上元

甘泉祠殿汉离宫。五云中。渺难穷。永漏通宵,壶矢转金铜。曾从钧天知帝所,孤鹤老,寄辽东。　　强扶衰病步龙钟。雪花濛。打窗风。一点青灯,惆怅伴南宫。惟有史君同此恨,丹凤囗,水云重。

又　湘妃鼓瑟

银涛无际卷蓬瀛。落霞明。暮云平。曾见青鸾、紫凤下层城。二十五弦弹不尽,空感慨,惜馀情。　　苍梧烟水断归程。卷霓旌。为谁迎。空有千行,流泪寄幽贞。舞罢鱼龙云海晚,千古恨,入江声。

　　按此首误入曾慥本东坡词拾遗,又误入芦川词卷上。

竹　马　儿

与君记,平山堂前细柳,几回同挽。又征帆夜落,危槛依旧,遥临云巘。自笑来往匆匆,朱颜渐改,故人俱远。横笛想遗按"遗"原误作"遣",改从汲古阁本石林词声,但寒松千丈,倾崖苍藓。　　世事终何已,田阴纵在,岁阴仍晚。稽康老来尤懒。只要莼羹菰饭。却欲便买茅庐,短篷轻楫,尊酒犹能办。君能过我,水云聊为伴。

浣溪沙　重阳后一日极目亭

小雨初回昨夜凉。绕篱新菊已催黄。碧空无际卷苍茫。　　千里断鸿供远目,十年芳草挂愁肠。缓歌聊与送瑶觞。

又

睡粉轻消露脸新。醉红初破玉肌匀。尊前留得两州春。　　剩挽雕盘欹醉帽,重催飞骑走红尘。十年兰苕笑骚人。

又　送卢倅

荷叶荷花水底天。玉壶冰酒酿新泉。一欢聊复记他年。　我亦
故山归去客,与君分手暂流连。佳人休唱好因缘。

又　意在亭

休笑山翁不住山。二年偷向此中闲。归来赢得鬓毛斑。　瓮底
新醅供酪酊,城头曲槛俯淙潺。山翁老去此山间。

又　许公堂席上次韵王幼安

绛蜡烧残夜未分。宝筝声缓拍初匀。斗枢光照坐生春。　便恐
赐环归衮绣,莫辞挥翰落烟云。凤城西去断离魂。

又　用前韵再答幼安

绿野歌欢喜见分。骤惊和气晓来匀。妙歌谁敢和阳春。　梅蕊
旧年迎腊雪,月华今夜破寒云。独醒争笑楚人魂。

又　次韵王幼安,曾存之园亭席上

物外光阴不属春。且留风景伴佳辰。醉归谁管断肠人。　柳絮
尚飘庭下雪,梨花空作梦中云。竹间篱落水边门。

又　与鲁卿酌别,席上次韵

千古风流咏白蘋。二年歌笑拥朱轮。翩翩却忆上林春。　剑履
便应陪北阙,袴襦那更假西人。玉堂金殿要词臣。

永遇乐 寄怀张敏叔、程致道

蘋芷芳洲,故人回首,云海何处。五亩荒田,殷勤问我,归计按"计"
原作"此",改从汲古阁本石林词真成否。洞庭波冷,秋风袅袅,木叶乱随
风舞。记扁舟、横斜载月,目极暮涛烟渚。　　传声试问,垂虹千
顷,兰桌有谁重驻。雪溅雷翻,潮头过后,帆影敧前浦。此中高兴,
何人解道,天也未应轻付。且留取、千钟痛饮,与君共赋。

又 蔡州移守颍昌,与客会别临芳观席上

天末山横,半空箫鼓,楼观高起。指点栽成,东风满院,总是新桃
李。纶巾羽扇,一尊饮罢,目送断鸿千里。揽清歌、馀音不断,缥缈
尚萦流水。　　年来自笑无情,何事犹有,多情遗思。绿鬓朱颜,
匆匆拚了,却记花前醉。明年春到,重寻幽梦,应在乱莺声里。拍
阑干、斜阳转处,有谁共倚。

按此首误入汲古阁本东坡词。

临 江 仙

闻道今年春信早,梅花不怕馀寒。凭君先向近南看。香苞开遍未,
莫待北枝残。　　肠断陇头他日恨,江南几驿征鞍。一杯聊与尽
馀欢。风情何似我,老去未应阑。

又 雪后寄周十

梦里江南浑不记,只君幽户难忘。夜来急雪绕东堂。竹窗松径里,
何处问归航。　　瓮底新醅应已熟,一尊知与谁尝。会须雄笔卷
苍茫。雪涛声隐户,琼玉照颓墙。

又　与客湖上饮归

不见跳鱼翻曲港,湖边特地经过。萧萧疏雨乱风荷。微云吹散,凉月堕平波。　　白酒一杯还径醉,归来散发婆娑。无人能唱采莲歌。小轩欹枕,檐影挂星河。

又　送章长卿还姑苏兼寄程致道

碧瓦新霜侵晓梦,黄花已过清秋。风帆何处挂扁舟。故人归欲尽,残日更回头。　　乐圃桥边烦借问,有人高卧江楼。寄声聊为诉离忧。桂丛应已老,何事久淹留。

又　席上次韵韩文若

闻道安车来过我,百花未敢飘零。疾催弦管送杯行。五朝瞻旧老,挥麈听风生。　　凤诏远从天上落,高堂燕喜初醒。莫言白髪减风情。此时谁得似,饮罢却精明。

又　晁以道见和答韩文若之句,复答之。二首

三月莺花都过了,晓来雪片犹零。嵩阳居士记行行。西湖初水满,遥想縠纹生。　　欲为海棠传信息,如今底事长醒。不应高卧顿忘情。留春春不住,老眼若为明。

又

唱彻阳关分别袂,佳人粉泪空零。请君重作醉歌行。一欢须痛饮,回首念平生。　　却怪老来风味减,半酣易逐愁醒。因花那更赋闲情。鬓毛今尔耳,空笑老渊明。

又　次韵洪思诚席上

潋滟湖光供一笑,未须醉日论千。将军曾记旧临边。野塘新水漫,
烟岸藕如船。　　却怪情多春又老,回肠易逐愁煎。何如旌旆郁
相连。凯歌归玉帐,锦帽碧油前。

又　十一月二十四日同王幼安、洪思诚过曾存之园亭

学士园林人不到,传声欲问江梅。曲阑清浅小池台。已知春意近,
为我著诗催。　　急管行觞围舞袖,故人坐上三台。幼安与存之少相
从。此欢此宴固难陪。不辞同二老,倒载习池回。

又　次韵答幼安、思诚、存之席上梅花

不与群芳争绝艳,化工自许寒梅。一枝临晚照歌台。眼明浑未见,
弦管莫惊催。　　记取刘郎归去路,千年应话天台。酒阑不惜更
重陪。夜寒衣袂薄,犹有暗香回。

又　正月二十四日晚至湖上

三日疾风吹浩荡,绿芜未遍平沙。约回残影射明霞。水光遥泛坐,
烟柳卧欹斜。　　霜鬓不堪春点检,留连又见芳华。一枝重插去
年花。此身江海梦,何处定吾家。

又　熙春台与王取道、贺方回、曾公衮会别

自笑天涯无定准,飘然到处迟留。兴阑却上五湖舟。鲈莼新有味,
碧树已惊秋。　　台上微凉初过雨,一尊聊记同游。寄声时为到
沧洲。遥知欹枕处,万壑看交流。

又　癸卯次葛鲁卿法华山曲水劝酒

山半飞泉鸣玉珮，回波倒卷辚辚。解巾聊濯十年尘。青山应却怪，此段久无人。　　行乐应须贤太守，风光过眼逡巡。不辞常作坐中宾。只愁花解笑，衰鬓不宜春。

又　西园右春亭新成

手种千株桃李树，参差半已成阴。主人何事马骎骎。二年江海路，空负种花心。　　试向中间安小槛，此还长要追寻。却惊摇落动悲吟。春归知早晚，为我变层林。

又　乙卯八月九日，南山绝顶作台新成，与客赏月作

绝顶参差千嶂列，不知空水相浮。下临湖海见三州。落霞横暮景，为客小迟留。　　卷尽微云天更阔，此行不负清秋。忽惊河汉近人流。青霄元有路，一笑倚琼楼。

又　明日与客复登台，再用前韵

一醉三年那易得，应须大白同浮。已知绝景是吾州。姮娥仍有意，更肯为人留。　　万籁无声遥夜永，人间未识高秋。从来我客尽风流。故知怜老子，尤胜在南楼。

又　明日小雨，已而风大作，复晚晴，遂见月，与客再登

卷地惊风吹雨去，却看香雾轻浮。遥知清影遍南州。万峰横玉立，谁为此山留。　　邂逅一欢须共惜，年年长记今秋。平生江海恨飘流。元龙真老懒，无意卧高楼。

又　诏芳亭赠坐客

一醉年年今夜月，酒船聊更同浮。恨无羯鼓打梁州。遗声犹好在，风景一时留。　　老去狂歌君勿笑，已拚双鬓成秋。会须击节溯中流。一声云外笛，惊看水明楼。世传梁州，西凉府初进此曲，会明皇游月宫还，记霓裳之声适相近，因作霓裳羽衣曲，以梁州名之。是夕，约诸君明夜泛舟，故有梁州、中流之句。

按乐府雅词题作"去岁中秋，南山台初成，与徐敦立氏昆仲，连三日极饮其上，月色达旦无纤云。尝作临江仙三首。今岁敦立在馆中，招章几道朱三复会诏芳亭，追怀去年之集，复用旧韵作"。

又

草草一年真过梦，此生不恨萍浮。且令从事到青州。已能从辟谷，那更话封留。　　好月尚寻当日约，故人何啻三秋。援琴欲写竹间流。此声谁解听，空上仲宣楼。

虞美人　雨后同幹誉、才卿置酒来禽花下作

落花已作风前舞。又送黄昏雨。晓来庭院半残红。惟有游丝千丈、罥晴空。　　殷勤花下同携手。更尽杯中酒。美人不用敛蛾眉。我亦多情、无奈酒阑时。

按此首误入汲古阁本东坡词。类编草堂诗馀卷一又误作周邦彦词。

又　极目亭望西山

翻翻翠叶梧桐老。雨后凉生早。葛巾藜杖正关情。莫遣繁蝉、容易作秋声。　　遥空不尽青天去。一抹残霞暮。病馀无力厌跻攀。为寄曲阑幽意、到西山。

又 上巳席上

一声鹍鸠催春晚。芳草连空远。年年馀恨怨残红。可是无情、容易爱随风。 茂林修竹山阴道。千载谁重到。半湖流水夕阳前。犹有一觞一咏、似当年。

又 同蔡宽夫置酒,王仲弓出歌人,声甚妙

东风一夜催春到。杨柳朝来好。莫辞尊酒重携持。老去情怀、能有几人知。 凤台园里新诗伴。不用相追唤。一声清唱落琼卮。千顷西风烟浪、晚云迟。

又 二日小雨达旦,西园(按"园"原误作"关",改从汲古阁本石林词)独卧,寒甚不能寐,时窗前梨花将谢

数声微雨风惊晓按"晓"原误作"晚",据汲古阁本石林词改。烛影欹残照。客愁不奈五更寒。明日梨花开尽、有谁看。 追寻犹记清明近。为向花前问。东风正使解欺侬。不道花应有恨、也匆匆。

又 寒食泛舟

平波涨绿春堤满。渡口人归晚。短篷轻楫费追寻。始信十年归梦、是如今。 故人回望高阳里。遥想车连骑。尊前点检旧年春。应有海棠、犹记插花人。

又 通堂睡起,同吹洞箫

绿阴初过黄梅雨。隔叶闻莺语。睡馀谁遣夕阳斜。时有微凉风动、入窗纱。 天涯走遍终何有。白髮空搔首。未须锦瑟怨年华。为寄一声长笛、怨梅花。

又 赠蔡子因

梅花落尽桃花小。春事馀多少。新亭风景尚依然。白髮故人相遇、且留连。

按"遇"原作"过",此从汲古阁本石林词。

家山应在层林外。怅望花前醉。半天烟雾尚连空。唤取扁舟归去、与君同。

减字木兰花

黄花渐老。秋色欲归还草草。花下前期。花老空歌鹊踏枝。

狂醒易醒。不似旧时长酩酊。玉簟新凉。数尽更筹夜更长。

又 雪中赏牡丹

前村夜半。每为江梅肠欲断。浅紫深红。谁信漫天雪里逢。

醉头扶起。宿酒阑干犹困倚。便莫催残。明日东风为扫看。

又 王幼安见和前韵,复用韵答之

粉消妆半。一曲阳春歌始断。便觉香红。十倍光华昔未逢。

杨花吹起。犹自风前相枕倚。莫恨春残。留取新诗子细看。

木兰花 二月二十六日晚雨,集客湖上

花残却似春留恋。几日馀香吹酒面。湿烟不隔柳条青,小雨池塘初有燕。 波光纵使明如练。可奈落红粉似霰。解将心事诉东风,只有啼莺千种啭。

点绛唇 晚出山榭,春初植兰榭侧,近复生紫芝十二本

高柳萧萧,睡馀已觉西风劲。小窗人静。淅沥生秋听。 底事多情,欲与流年竞。残云暝。坠巾慵整。独立芝兰径。

又　绍兴乙卯登绝顶小亭

缥缈危亭，笑谈独在千峰上。与谁同赏。万里横烟浪。　　老去情怀，犹作天涯想。空惆怅。少年豪放。莫学衰翁样。

又　丙辰八月二十七日雨中与何彦亨小饮

山上飞泉，漫流山下知何处。乱云无数。留得幽人住。　　深闭柴门，听尽空檐雨。秋还暮。小窗低户。惟有寒蛩语。

鹧鸪天　十二月二十二日与许幹誉赏梅

不怕微霜点玉肌。恨无流水照冰姿。与君著意从头看，初见今年第一枝。　　人醉后，雪消时。江南春色寄来迟。使君本是花前客，莫怪殷勤为赋诗。

　　按此首又见张元幹芦川词卷下，疑是误入。

又　元夕次韵幹誉

夹路行歌尽落梅。篆烟香细袅寒灰。云移碧海三山近，月破中天九陌开。　　追乐事，惜多才。车声遥听走晴雷。十年梦断钧天奏，犹记流霞醉后杯。

又　雨后湖上看落花

小雨初收报夕阳。归云欲渡转横塘。空回雨盖翻新影，不见琼肌洗暗香。　　追落景，弄微凉。尚馀残泪浥空床。只应自有东风恨，长遣啼痕破晚妆。

又 续采莲曲

晓日初开露未晞。夕烟轻散雨还微。暗摇绿雾游儵戏，斜映红云属玉飞。　　情脉脉，恨依依。沙边空见棹船归。何人解舞新声曲，一试纤腰六尺按"六尺"疑是"尺六"之误围。

又 次韵鲁卿大钱观太湖

兰茞空悲楚客秋。旌旗谁见使君游。凌云不隔三山路，破浪聊凭万里舟。　　公欲去，尚能留。杯行到手未宜休。新诗无物堪伦比，愿探珊瑚出宝钩。

又 与鲁卿晚雨泛舟出西郭，用烟波定韵

天末残霞卷暮红。波间时见没凫翁。斜风细雨家何在，老矣生涯尽个中。　　惟此意，与公同。未须持酒祝牛宫。旁人不解青蓑意，犹说黄金宝带重。

又

一曲青山映小池。绿荷阴尽雨离披。何人解识秋堪美，莫为悲秋浪赋诗。　　携浊酒，绕东篱。菊残犹有傲霜枝。一年好景君须记，正是橙黄橘绿时。梁范坚常谓欣成惜败者，物之情。秋为万物成功之时，宋玉作悲秋，非是。乃作美秋赋云。

按乐府雅词此首题"东坡尝有诗曰：'荷尽已无擎雨盖，菊残犹有傲霜枝。一年好景君须记，正是橙黄橘绿时。'此非吴人无以知其为佳也。予居有小池种荷，移菊十本于池侧。每秋晚，常喜诵此句，因少增损，以鹧鸪天歌之"。

水龙吟 三(按"三"原作"二"，改从汲古阁本石林词)

月十日西湖宴客作

对花常欲留春，恨春故遣花飞早。晓来雨过，绿阴新处，几番芳草。

一片飘时,已知消减,满庭谁扫。料多情也似,愁人易感,先催趁、朱颜老。　　犹有清明未过,但狂风、匆匆难保。酒醒梦断,年年此恨,不禁相恼。只恐春应,暗留芳信,与花争好。有姚黄一朵,殷勤付与,送金杯倒。

又　八月十三日,与强少逸游道场山,放舟中流,命工吹笛舟尾迎月归作

舵楼横笛孤吹,暮云散尽天如水。人间底事,忽惊飞坠,冰壶千里。玉树风清,漫披遥卷,与空无际。料嫦娥此夜,殷勤偏照,知人在、千山里。　　常恨孤光易转,仗多情、使君料理。一杯起舞,曲终须寄,狂歌重倚。为问飘流,几逢清影,有谁同记。但尊中有酒,长追旧事,拚年年醉。

千秋岁　次韵兵曹席孟惠靡中千叶黄梅

晓烟溪畔。曾记东风面。化工更与重裁剪。额黄明艳粉,不共妖红软。凝露脸。多情正似当时见。　　谁向沧波岸。特地移闲馆。情一缕,愁千点。烦君搜妙语,为我催清宴。须细看。纷纷乱蕊空凡艳。

又　小雨达旦,东斋独宿不能寐,有怀松江旧游

雨声萧瑟,初到梧桐响。人不寐,秋声爽。低檐灯暗淡,画幕风来往。谁共赏。依稀记得船篷上。　　拍岸浮轻浪。水阔菰蒲长。向别浦,收横网。绿蓑冲暝□,艇子摇双桨。君莫忘。此情犹是当时唱。

蓦山溪　百花洲席上次韵司录董庠

一年春事,常恨风和雨。趁取未残时,醉花前、春应相许。山公倒

载,日暮习池回,问东风,春知否,莫道空归去。　　满城歌吹,也似春和豫。争笑使君狂,占风光、不教飞絮。明朝酒醒,满地落残红,唱新词,追好景,犹有君收聚。

清　平　乐

水空相映。淡碧涵千顷。素练不收寒玉镜。□落阶毛扆校汲古阁本石林词云:"阶"字上下缺一字无影。　　纤纤与捧金杯。暗香逐舞徘徊。雪尽玉容开遍,东风不管寒梅。

雨中花慢 寒食前一日小雨,牡丹已将开,与客置酒坐中戏作

痛饮狂歌,百计强留,风光无奈春归。春去也,应知相赏,未忍相违。卷地风惊,争催春暮雨毛扆校:"雨"字上多一字,顿回寒威。对黄昏萧瑟,冰肤洗尽,犹覆霞衣。　　多情断了,为花狂恼,故飘万点霏微。低粉面、妆台酒散,泪颗频挥。可是盈盈有意,只应真惜分飞。拚令吹尽,明朝酒醒,忍对红稀。

南乡子 池亭新成晚步

浅碧蘸鳞鳞。照眼全无一点尘。百草千花都过了,初新。翠竹高槐不占春。　　歌啸堕纶巾。午醉醒来尚欠伸。待得月明归去也,青蘋。更有凉风解送人。

又 自后圃晚步湖上

小院雨新晴。初听黄鹂第一声。满地绿阴人不到,盈盈。一点孤花尚有情。　　却傍水边行。叶底跳鱼浪自惊。日暮小舟何处去,斜横。冲破波痕久未平。

又 癸卯,种梅于西岩,地瘦难立,石间无花开。今岁十
　　一月,辄先开数枝,喜之,为赋

山畔小池台。曾记幽人著意栽。乱石参差春至晚,徘徊。素景冲
寒却自开。　　绝绝照琼瑰。孤负芳心巧剪裁。应恐练裙惊缟
夜,残杯。且放疏枝待我来。

卜算子 五(按"五"原作"三",改从汲古阁本石林词)
　　　　月八日夜,凤凰亭纳凉

新月挂林梢,暗水鸣枯沼。时见疏星落画檐,几点流萤小。　　归
意已无多,故作连环绕。欲寄新声问采菱,水阔烟波渺。

按此首别又误入赵长卿惜香乐府卷四。

又 并涧顷种木芙蓉,九月旦盛开

晓雨洗新妆,艳艳惊衰眼。不趁东风取次开,待得清霜晚按"晚"原误
"晓",改从汲古阁本石林词。　　曲港照回流,影乱微波浅。作态低昂
好自持,水阔烟波远。

菩萨蛮 湖光亭晚集

平波不尽蒹葭远。清霜半落沙痕浅。烟树晚微茫。孤鸿下夕阳。
　　梅花消息近。试向南枝问。记得水边春。江南别后人。

蝶　恋　花

薄雪消时春已半。踏遍苍苔,手挽花枝看。一缕游丝牵不断。多
情更觉蜂儿乱。　　尽日平波回远岸。倒影浮光,却记冰初泮。
酒力无多吹易散。馀寒向晚风惊幔。

醉蓬莱 辛丑寓楚州,上巳日有怀许下西湖,作此词寄曾存之、王仲弓、韩公表

问东风何事,断送残红,便拚归去。牢落征途,笑行人羁旅。一曲阳关,断云残霭,做渭城朝雨。欲寄离愁,绿阴千啭,黄鹂空语。

遥想湖边,浪摇空翠,弦管风高,乱花飞絮。曲水流觞,有山公行处。翠袖朱阑,故人应也,弄画船烟浦。会写相思,尊前为我,重翻新句。

南歌子 是日微雨,过午而霁,晚遂月出,次刘无言韵

雨惜山容敛,云矜棹影开。忽看霁色射林隈。为问湖亭清影、为谁来。　　尽洗归时路,重倾醉后杯。未应霜雪遽相催。留得佳期犹在、共徘徊。

采桑子 冬至日,与许幹誉、章几道饭积善。晚归雪作,因留小饮作

山蹊小路归来晚,暮雪缤纷。尊酒殷勤。邂逅相从只有君。全家住处无人到,元在重云。此景谁分。万玉参差更作群。以上紫芝漫钞本石林词

南歌子 四月二十六日集客临芳观

麦陇深初转,桃溪曲渐成。绿槐重叠午阴清。更有榴花一朵、照人明。　　画栋清微暑,疏帘入晚晴。请君坐待縠纹平。看取红幢翠盖、引前旌。

菩萨蛮 己未五月十七日赠无住道人

经年不踏斜桥路。青山试问谁为主。密叶转回风。寒泉落半空。

此间无限兴。可便荒三径。明日下扁舟。沧波莫浪游。以上
乐府雅词卷中

水 调 歌 头

何处难忘酒，朱夏日偏长。湖山地胜潇湘，十里芰荷香。柳外新蝉
惊晚，楼上疏帘垂翠，簟枕晚生凉。纨扇摇霜月，曲水泛流觞。

　流年去，今古梦，几千场。虚名浮利，输却几许好时光。幸有碧
云深处，存取朱颜绿鬓，流落又何妨。莫厌人间世，频入醉中乡。
花草粹编卷九

存 目 词

调　名	首　句	出　处	附　注
卜 算 子	娇艳醉杨妃	全芳备祖前集卷七海棠门	赵师侠词，见坦庵长短句
临 江 仙	昨夜新阳开候馆	永乐大典卷二千八百零九梅字韵	无名氏词，见梅苑卷九
减字木兰花	鹅黄初吐	永乐大典卷二千八百十梅字韵	又
又	园林衰槁	又	又
断　句	花开花谢，都来几日	明秀集注卷一	叶清臣贺圣朝词句，见唐宋诸贤绝妙词选卷六

赵士暕

　士暕字明发，汉王元佐玄孙。元符元年(1098)，赐进士出身。绍兴
五年(1135)，密州观察使转清远军承宣使。

好事近 蜡梅

雪里晓寒浓,已见蜡梅初折。应是月娥仙挂,与娇魂香魄。　　玉人挼鬒一枝斜。不忍更多摘。酒面暗沉疏影,照鹅儿颜色。

又

潇洒点疏丛,浑似蜜房雕刻。不爱艳妆浓粉,借娇黄一拂。　　有情常恁早相逢,须信做尤物。已是恼人风韵,更芝兰香骨。

又

造化有深功,缀就梢头黄蜡。剪刻翻成新样,与江梅殊别。　　半开微露紫檀心,潇洒对风月。素手偏宜折取,向乌云斜插。

又

剪蜡缀寒条,标韵自然奇绝。不待陇头春信,喜一枝先折。　　寿阳妆鉴晓初开。残柠若飞雪。何似嫩黄新蕊,映眉心娇月。以上四首见永乐大典卷二千八百十一梅字韵

江　衍

衍,建中靖国时士人。

锦缠绊 黄钟宫

屈曲新堤,占断满村佳气。画檐两行连云际。乱山叠翠水回还,岸边楼阁,金碧遥相倚。　　柳阴低,艳映花光美。好升平、为谁初起。大都风物只由人,旧时荒垒,今日香烟地。异闻总录卷二

按本书初版卷二百九十二误以此首为惠应庙神所作,今改从词谱卷十四。

周　铢

　　铢字初平,鄞县(今浙江宁波)人。崇宁二年(1103)第进士,官中牟簿。

蓦　山　溪

松陵江上,极目烟波缈。天际接沧溟,到如今、东流未了。吴樯越橹,都是利名人,空扰扰,知多少,只见朱颜老。　　故园应是,绿遍池塘草。家住十洲西,算随分、生涯自好。渔蓑清贵,休羡谢三郎,红蕖月,白蘋风,何似长安道。乾道四明图经卷八

　　按舆地纪胜卷十一引"吴樯越橹"二句作陈瓘词,疑非。

王　赏

　　赏字望之,眉山人。崇宁二年(1103)进士。绍兴十二年(1142),礼部侍郎兼权直学士院,出知利州。绍兴二十年(1150),左中奉大夫、充秘阁修撰、提举江州太平兴国宫卒。

眼　儿　媚

凌寒低亚出墙枝。孤瘦雪霜姿。岁华已晚,暗香幽艳,自与时违。　　化工放出江头路,沙水冷相宜。东风自此,别开红紫,是处芳菲。梅苑卷五

李　光

　　光字泰发,上虞人。元丰元年(1078)生。徽宗崇宁五年(1106)进

士。知常熟县。钦宗受禅,擢右司谏。高宗绍兴元年(1131),擢吏部侍郎,历官至参知政事。忤秦桧意乞去,改提举洞霄宫。再谪至昌化军。桧死,复朝奉大夫,二十九年(1159)还至江州卒,年八十二。谥庄简。有庄简集。

水调歌头 丞相李公伯纪寄示水调一阕,咏叹李太白,词采秀发。然予于太白窃有恨焉,因以陶渊明为答,盖有激云耳

元亮赋归去,富贵比浮云。常于闹里,端的认得主和宾。肯羡当年轩冕,时引壶觞独酌,一笑落冠巾。园圃日成趣,桃李几番春。

挹一作“揖”清风,追往躅,事如新。遗编讽咏,敛衽千载友斯人。君爱谪仙风调,我恨楼船迫胁,终污永王璘。何似北窗下,寂寞可栖神。

又 过桐江,经严濑,慨然有感。予方力丐宫祠,有终焉之志,因和致道水调歌头,呈子我、行简

兵气暗吴楚,江汉久凄凉。当年俊杰安在,酌酒酹严光。南顾豺狼吞噬,北望中原板荡,矫首讯穹苍。归去谢宾友,客路饱风霜。

闭柴扉,窥千载,考三皇。兰亭胜处,依旧流水绕修篁。傍有湖光千顷,时泛扁舟一叶,啸傲水云乡。寄语骑鲸客,何事返南荒。

又 清明俯近,感叹偶成,寄子贱舍人

自笑客行久,新火起新烟。园林春半风暖,花落柳飞绵。坐想稽山佳处,贺老门前湖水,欹侧钓鱼船。何事成淹泊,流转海南边。

水中影,镜中像,慢流连。此心未住,赢得忧患苦相缠。行尽荒烟蛮瘴,深入维那境界,参透祖师禅。宴坐超三际,潇洒任吾年。

又 昌化郡长桥词

昌化郡城之北,长桥跨江,风月之夕,气象甚胜。庚午八月望夜,士

友悉赴郡会。杖策独游，颇怀平生故人，作水调歌以自释。予自长年，粗闻养生之术。放逐以来，又得司马子微叙王屋山清虚洞所刻坐忘论一编，因得专意宴坐，心息相依。虽不敢仰希乔松之寿，度未即死，庶有会合之期。

独步长桥上，今夕是中秋。群一作"郡"黎怪我何事，流转古儋州。风定潮平如练，云散月明如昼，孤兴在扁舟。笑尽一杯酒，水调杂蛮讴。　　少年场，金兰契，尽一作"忽"白头。相望万里，悲我已是十年流。晚遇玉霄仙子，授我王屋奇书，归路指蓬丘。不用乘风御，八极可神游。

南歌子　重九日宴琼台

佳节多离恨，难逢笑口开。使君携客上层台。不用篱边凝望、白衣来。　　且看花经眼，休辞酒满杯。玉人低唱管弦催。归去琐窗无梦、月徘徊。

又　民先兄寄野花数枝，状似蓼而丛生。夜置几案，幽香袭人，戏成一阕

南圃秋香过，东篱菊未英。蓼花无数满寒汀。中有一枝纤软、吐微馨。　　被冷沉烟一作"烟沉"细，灯青梦水一作"不"成。皎如明月入窗棂。天女维摩相对、两忘情。

临江仙　甲子中秋微雨，闻施君家宴，戏赠

画栋朱楼凌缥缈，全家住在层城。中秋风露助凄清。香凝燕寝，遮莫下帘旌。　　佳节喜逢今夕月，后房重按新声。姮娥端解妒娉婷。微云点缀，不放十分明。

减字木兰花　客赠梅花一枝，香色奇绝，为赋此词

芳心一点。瘴雾难侵尘不染。冷澹谁看。月转霜林怯夜寒。

一枝孤静。梦破小窗曾记省。烛影参差。脉脉还如背立时。

念奴娇　符昌言写寄朱胡梅词,酬唱语皆不凡,因次其韵

榕林叶暗,见一枝独放,霜华争白。写我精神惟赖有,潇洒西湖词客。玉骨清赢,冰容冷落,似恨关山隔。蛮烟侵妒,未应减动肌雪。

幽梦时绕芳枝,夜寒谁见我,身为蝴蝶。抱蕊窥丛惊睡觉,窗影横斜和月。谢馆池边,松风亭下,忍使香消歇。多情饶恨,算应天解磨折。松风亭见东坡梅诗

汉宫春　琼台元夕次太守韵

危阁临流,渺沧波万顷,涌出冰轮。星河澹澹,天衢迥绝纤尘。琼楼玉馆,遍人间、水月精神。□□□,清江瘴海,乘流处处分身。

邦侯盛集佳宾。有香风缥缈,和气氤氲。华灯耀添绮席,笑语烘春一作“华灯耀、几席竞,笑语烘春”。窥帘映牖,看一作“眷”素娥、偏顾幽人。空怅望,通明观阙,遥瞻一朵红云。

鹧鸪天　逢时使君出示所作送春佳词,引楚襄事,因次其韵

踏舞贪看赤脚娘。送春春去莫悲伤。飞花逐水归何处,落絮沾泥不解狂。　　都是醉,任飞扬。百年三万六千场。使君亲按新歌舞,魂梦相逢笑楚襄。

武陵春　陈逢时置酒宾宴堂,仍携爱姬。晚值雨作,见示佳词,辄次韵

漠漠春阴人似雾,那用绣帘垂。不道持杯是阿谁。须拚倒金罍。　　人世浑如天上月,离合比盈亏。冒雨须来带雨归。神女解相

随。

渔家傲 予顷在琼山，见桃李甚盛，但腊月已开尽，三
春未尝见桃花，每以为恨。今岁寓昌江，二月三
日与客游黎氏园，偶见桃花一枝。羊君荆华折以
见赠，恍然如逢故人。归插净瓶中，累日不凋。
予既作二小诗，同行皆属和。忽忆吾乡桃花坞之
盛，每至花发，乡中人多酿会往游。醉后歌呼，今
岂复得，缅怀畴昔，不无感叹，因成长短句，寄商
叟、德矩二友。若悟此空花，即不复以存没介怀
也

海外无寒花发早。一枝不忍簪风帽。归插净瓶花转好。维摩老。
年来却被花枝恼。　　忽忆故乡花满道。狂歌痛饮俱年少。桃坞
花开如野烧，都醉倒。花深往往眠芳草。以上四印斋所刻词本庄简词

水 调 歌 头　罢政东归，十八日晚抵西兴

晚渡呼舟疾，寒日正苍茫。西兴浦口云树，真个是吾乡。闻□原无
空格，据律补蜗庐好在，小圃犹存松菊，三径未全荒。收拾桑榆景，蓑
笠换金章。　　珥金貂，拥珠履，在岩廊。回头万事何有，一枕梦
黄粱。十载人间忧患，赢得萧萧华发，清镜照星霜。醉倒休扶我，
身世永相忘。永乐大典卷七千九百六十二兴字韵引李庄简公文集

张　生

张生，饶州(今江西上饶)举子。元符中，游太学。

雨 中 花 慢

事往人离，还似暮峡归云，陇上流泉。奈强分圆镜，枉断哀弦。常

记酒阑歌畔，难忘月底花前。旧携手处，层楼朱户，触目依然。

　　从来惯向，绣帏罗帐，镇效比翼纹鸳。谁念我、而今清夜，常是孤眠。入户不如飞絮，傍怀争及炉烟。这回休也，一生心事，为尔萦牵。玉照新志卷一

　　按绿窗新话卷下引古今词话，此首作任昉词。本书初版卷八十三误收作生于元祐七年之张焘词。

江　纬

　　纬字彦文，三衢（今浙江衢县）人。元符中为太学生。建中靖国元年（1101），赐进士及第，处州缙云县令。除太学正。政和末，为太常少卿，改除宗正少卿，出知处州。宣和四年（1122），自太常少卿除直秘阁知洺州。

向湖边　江纬读书堂

退处乡关，幽栖林薮，舍宇第须茅盖。翠巘清泉，启轩窗遥对。遇等闲、邻里过从，亲朋临顾，草草便成幽会。策杖携壶，向湖边柳外。　　旋买溪鱼，便斫银丝脍。谁复欲痛饮，如长鲸吞海。共惜醺酣，恐欢娱难再。矧清风明月非钱买。休追念、金马玉堂心胆碎。且鬥尊前，有阿谁身在。花草粹编卷十一

美　奴

　　美奴，陆藻侍儿。藻字敦礼，侯官人。崇宁二年（1103）进士。大观中，为给事中。建炎元年（1127），以朝奉大夫、徽猷阁待制、提举嵩山崇福宫卒。

卜　算　子

送我出东门，乍别长安道。两岸垂杨锁暮烟，正是秋光老。　　一曲古阳关，莫惜金尊倒。君向潇湘我向秦，鱼雁何时到。

如　梦　令

日暮马嘶人去。船逐清波东注。后夜最高楼，还肯思量人否。无绪。无绪。生怕黄昏疏雨。以上二首见苕溪渔隐丛话后集卷四十

张　扩

乐府雅词云张彦实智宗。词综补遗以为即张扩。扩字彦实，一字子微，德兴人。崇宁五年(1106)进士。南渡后，历知广德军、著作佐郎、祠部员外郎、礼部员外郎。绍兴十一年(1141)，起居舍人。十二年(1142)，起居郎，权中书舍人。十三年(1143)，提举江州太平观。十七年(1147)卒。

殢　人　娇

深院海棠，谁倩春工染就。映窗户、烂如锦绣。东君何意，便风狂雨骤。堪恨处，一枝未曾到手。　　今日乍晴，匆匆命酒。犹及见、胭脂半透。残红几点，明朝知在否。问何似，去年看花时候。

乐府雅词拾遗卷上

按此首原题张彦实作。

又

多少胭脂，匀成点就。千枝乱、攒红堆绣。花无长好，更光阴去骤。对景忆良朋，故应招手。　　曾记年时，花间把酒。枉淋浪、春衫

湿透。文园今病,问远能来否。却道有,荼蘼牡丹时候。全芳备祖前
集卷七海棠门

　　按此首原题张智宗作。
　　又按此首又见乐府雅词拾遗卷上,题张方仲作,未知孰是。别又误作张奕词,见
广群芳谱卷三十六海棠门。

存　目　词

本书初版卷八十七原收有张扩殢人娇"雪做屏风"一首,注出词谱
卷十六。据康熙内府刻本词谱卷十五及东堂词,乃毛滂词。

赵子崧

　　子崧字伯山,自号鉴堂居士。燕王德昭五世孙。崇宁二年(1103)
进士。宣和四年(1122),宗正少卿。宣和末,知淮宁府。汴京失守,起
兵勤王。高宗即位,除延康殿学士,知镇江府。建炎二年(1128),谪居
南雄州卒。

菩萨蛮　四时四首

春

锦如花色春残饮。饮残春色花如锦。楼上正人愁。愁人正上楼。
晏天横阵雁。雁阵横天晏。思远寄情词。词情寄远思。

夏

雨荷惊起双飞鹭。鹭飞双起惊荷雨。浓醉一轩风。风轩一醉浓。
午阴清散暑。暑散清阴午。斜日转窗纱。纱窗转日斜。

秋

断鸿归处飞云乱。乱云飞处归鸿断。风弄叶翻红。红翻叶弄风。

柳残凋院后。后院凋残柳。楼外水云秋。秋云水外楼。

冬

月天遥照寒窗雪。雪窗寒照遥天月。门掩欲黄昏。昏黄欲掩门。锦鹓双并枕。枕并双鹓锦。云鬓整纤琼。琼纤整鬓云。以上四首见回文类聚卷四，原题伯山作

衣白山人

宋徽宗时人，姓氏无考。

沁　园　春

一粒金丹，大如黍米，定中降胎。运阴阳根本，东龙西虎，结凝金水，择地深栽。九载无亏，三田功满，卦气周圆炉鼎开。偷元化，用自然宗祖，全在灵台。　　真才。休恋尘埃。况颖悟明堂婴未孩。幸淮滨相遇，灵丹付了，亲留玄旨，期进仙阶。此去何时，水云高会，更上烟霞岐路哉。人间世，任王侯贵显，同委蒿莱。历世真仙体道通鉴卷五十

鉴　堂

鉴堂姓氏无考。

菩萨蛮 答伯山四时四首
春

落花丛外风惊鹊。鹊惊风外丛花落。乡梦困时长。长时困梦乡。

暮天江口渡。渡口江天暮。林远度栖禽。禽栖度远林。

夏

竹枝高映荷池绿。绿池荷映高枝竹。流水碧浮鸥。鸥浮碧水流。
酒尊陪旧友。友旧陪尊酒。吟客坐时斝。斝时坐客吟。

秋

砌风鸣叶繁霜坠。坠霜繁叶鸣风砌。山外水潺潺。潺潺水外山。
冷衾愁夜永。永夜愁衾冷。砧响更蛩吟。吟蛩更响砧。

冬

浦南回桨归庭户。户庭归桨回南浦。帘卷欲晴天。天晴欲卷帘。
月光交映雪。雪映交光月。残漏怯宵寒。寒宵怯漏残。以上
四首见回文类聚卷四

梅　窗

　　　　梅窗姓氏无考。

菩萨蛮 春闺

碧窗纱透春寒极。极寒春透纱窗碧。谁送缕金衣。衣金缕送谁。
玉肌生嫩粟。粟嫩生肌玉。温处坐香茵。茵香坐处温。

又 咏梅

折来初步东溪月。月溪东步初来折。香处是瑶芳。芳瑶是处香。
藓花浮晕浅。浅晕浮花藓。清对一枝瓶。瓶枝一对清。

又 题锦机小轴

浅红绡透春裁剪。剪裁春透绡红浅。机锦织情丝。丝情织锦机。
意深凭远寄。寄远凭深意。波渺胜愁多。多愁胜渺波。

又 春晚二首

点点花飞春恨浅。浅恨春飞花点点。莺语似多情。情多似语莺。
恋春增酒劝。劝酒增春恋。鬖损翠蛾新。新蛾翠损鬖。

又

曲屏春展山浮玉。玉浮山展春屏曲。香鸭瑞云翔。翔云瑞鸭香。
醉深留客意。意客留深醉。凉枕怯宵长。长宵怯枕凉。

又 端午

玉钗松鬓凝云绿。绿云凝鬓松钗玉。双翠碍枝长。长枝碍翠双。
色丝添意密。密意添丝色。红映袖纱笼。笼纱袖映红。

西江月 泛湖

雨过 按"雨过"原作"过雨",回文时不叶韵,误。兹改从乐府雅词拾遗卷下 轻风弄
柳,湖东映日春烟。晴芜平水远连天。隐隐飞翻舞燕。　　燕舞
翻飞隐隐,天连远水平芜。晴烟春日映东湖。柳弄风轻过雨。
　　按清麟玉堂刻本及文津阁四库全书本回文类聚载此首,俱题梅窗作。本书初版
卷四十旧据周泳先唐宋金元词钩沉所引文澜阁四库全书本回文类聚以为苏轼
作,非。

阮郎归 元夕

皇州新景媚晴春。春晴媚景新。万家明月醉风清。清风醉月明。

人游乐,乐游人。游人乐太平。御楼神圣喜都民。民都喜圣
神。以上八首见回文类聚卷四

欧阳珣

　　珣字全美,庐陵(今江西吉安)人。崇宁五年(1106)进士,知盐官
县。以荐上京师,遇国难,奉使割地,谓城上人忠义报国,金人执送燕,
焚死之。

踏 莎 行

雁字成行,角声悲送。无端又作长安梦。青衫小帽这回来,安仁两
鬓秋霜重。　　孤馆灯残,小楼钟动。马蹄踏破前村冻。平生牵
系为浮名,名垂万古知何用。独醒杂志卷八

刘一止

　　一止字行简,湖州归安人。生于元丰二年(1079)。宣和三年
(1121)进士。绍兴初,召试,除秘书省校书郎,历给事中。二十二年
(1152),秘阁修撰致仕,进敷文阁待制。绍兴三十年(1160)卒,年八十
二。有苕溪集。

洞 仙 歌

细风轻雾,锁山城清晓。冷蕊疏枝为谁好。对斜桥孤驿,流水溅
溅,无限意,清影徘徊自照。　　何郎空立马,恼乱馀香,绮思凭花
更娟妙。肠断处,天涯路远音稀,行人怨、角声吹老。叹客里经春
又三年,向月地云阶,负伊多少。

夜 行 船

十顷疏梅开半就。折芳条、嫩香沾袖。今度何郎,尊前疑怪,花共那人俱瘦。　　恻恻轻寒吹散酒。高城近、怕听更漏。可惜溪桥,月明风露,长是在人归后。

念奴娇 和曾宏父九日见贻

江边故国,望南云缥缈,连山修木。远忆渊明束带见,乡里儿曹何辱。世味熏人,折腰从事,俯仰何时足。可怜菊下,醉吟谁共征逐。

我爱九日佳名,飘然归思,想当年丘谷。梦绕篱边犹眷恋,满把清尊馀馥。援笔洪都,如君英妙,满座方倾属。月台挥袖,叫云声断横玉。

又

故山秋晚,叹萧萧华发,霜林同色。崖谷题诗追旧赏,往往苍苔绿按“绿”原作“缘”,从吴讷本及紫芝漫钞本苕溪词壁。二士权奇,一翁衰病,努力攀筇屐。佛香吹过,了知境是空寂。　　别后风月佳时,挂颐何事,想东林遥碧。小研蛮笺惊秀句,天巧何曾雕刻。倚马雄才,凌云逸气,路觉丹霄直。三千牍就,看君归奏文石。

又 和陈元载中秋小集

燕台暮集,对秋容凄紧,松阴幂幂。徙倚阑边临翠壑,千顷风烟横出。坐待冰轮,天空云散,一色如苍璧。姮娥有意,为谁来赴今夕。

身世如许飘流,佳时轻过了,他年空忆。我辈情钟端未愧,昔日兰亭陈迹。坐上何人,骊歌凄断,语别还应惜。有心红烛,替人珠泪频滴。

又 中秋后一夕泊舟城外(原无"后"字,据吴讷本、紫芝
　　漫钞本苕溪词补)

水烟收尽,望汀蘋千顷,银光如幂。霜镜无痕清夜久,惟有惊鱼跳
出。月在杯中,我疑天赐,欢饮仍如璧原作"劝饮仍加璧",从吴讷本、紫芝
漫钞本改。姮娥应为,后期偿赛今夕。　　　遥想当日同盟,山斋孤
讽,有新诗相忆。聚散难常空怅望,萍梗飘流踪迹。明月明年,此
身此夜,知与谁同惜。参横河侧,短篷清露时滴。

踏莎行 游凤凰台

二水中分,三山半落。风云气象通寥廓。少年怀古有新诗,清愁不
是伤春作。　　　六代豪华,一时燕乐。从教雨打风吹却。与君携
酒近阑干,月明满地天无幕。

虞美人 族兄无言赴召

浪花云叶交加舞。身近青冥路。天知此客解骑鲸。今夜一江明
月、送行行。　　　从今直上鳌峰去。应记经行处。莫将险语乱江
声。却怕月中高卧、彩虹惊。

江城子 王元渤舍人将赴吉州,因以戏之

秋香岩下著尊罍。小徘徊。莫停杯。来岁花时,相望两悠哉。看
取修眉萦度曲,真个泪,界香腮。　　　船头击鼓片帆开。晓风吹。
首应回。景物撩人,诗思不胜催。会有江山凄惋句,凭过雁,寄侬
来。

临江仙　饯别王景源赴临江军

柳外双旌斜照日，匆匆去意难留。大江旁畔老诸侯。举觞仍气概，
觅句更风流。　　迟暮不堪容易别，溪声为写离愁。自从今日转
船头。他时扶杖叟，独立向沧洲。

又　和王元渤韵

落日西风原上好，笛声谁奏伊凉。缓寻山径掇幽芳。平生真自许，
江海老潜郎。　　最爱杯中浮蚁闹，鹅儿破壳娇黄。使君醉里是
家乡。更追修禊帖，一咏一传觞。

雪　月　交　光

正五云飞仗，缟练赛裳，乱空交舞。拂石归来，向玉阶微步。欲唤
冰娥，暂凭风使，为扫氛驱雾。渐见停轮，人间未识，高空真侣。
　　千里无尘，地连天迥，倦客西来，路迷江树。故国烟深，想溪树何
处。云鬟分行，翠眉萦曲，对夜寒尊俎。清影徘徊，端应坐有，风流
能赋。

望　海　潮

垂杨深院，啼莺清昼，东风细绕檐牙。野色乱春，娇云捧日，燕翻蝶
舞交加。温诏下天涯。早画船飞楫，叠鼓鸣挝。共挽旌幢，缓留丝
竹醉韶华。　　江都自古豪夸。正迷楼堕絮，月观吹花。玉宸眷
深，金瓯望重，何人暗草黄麻。归路接堤沙。宴上林风月，紫阙烟
霞。凤检飞来，便将春色到朝家。

醉蓬莱　秀城元夕

正官桥柳润,候馆梅开,暮云凄冽。泽国春归,是烧灯时节。吹绽
红蕖,挽低星斗,共水光澄澈。霜瓦楼台,参差似与,蓬壶相接。

　千骑遨游,万家嬉笑,帘卷东风,弄妆成列。慢舞尊前,看轻盈回
雪。来岁今宵,舜韶声里,对六鳌双阙。凤检飞来,玉骢去踏,青门
华月。

望明河　赠路侍郎使高丽

华旌耀日,报天上使星,初辞金阙。许国精忠,试此日傅岩,济川舟
楫。向来鸡林外,况传咏、篇章雄绝。问人地、真是唐朝第一,未论
勋业。　　　鲸波霁云千叠。望仙驭缥缈,神山明灭。万里勤劳,也
等是壮年,绣衣持节。丈夫功名事,未肯向、尊前轻伤别。看飞棹、
归侍宸游,宴赏太平风月。

蓦山溪　叶左丞生日

卿云衍苒,翠壁天开就。移下小方壶,照初日、嘉林濯秀。君恩暂
许,丘壑憩夔龙,开径竹,续岩花,小试丹青手。　　　声名德业,汉
代谁居右。红旆碧油幢,想今古、山中未有。霜松手种,应待茯苓
生,斋酿熟,玉泉香,还上萱堂寿。

生　查　子

城头长短更,水调高低唱。别酒不盈斝,泪洒风烟上。　　　明年二
月时,更向城阴望。只有旧歌辞,传作风流样。

清　平　乐

相望吴楚。远信无凭据。欲倩春风吹泪去。化作愁云恨雨。
春应已到三吴。楚江日夜东徂。惟有溯流鱼上，不知尺素来无。

青　玉　案

小山遮断蓝桥路。恨短梦、难飞去。长记修眉紫曲度。约花开槛，
映风招袖，总是怜渠处。　　追欢我已伤迟暮。犹有多情旧时句。
极目高楼千尺许。竹枝三唱，为君凄断，东日西边雨。

梦　横　塘

浪痕经雨，鬓影吹寒，晓来无限萧瑟。野色分桥，剪不断、溪山风
物。船系朱藤，路迷烟寺，远鸥浮没。听疏钟断鼓，似近还遥，惊心
事、伤羁客。　　新醅旋压鹅黄，拚清愁在眼，酒病萦骨。绣阁娇
慵，争解说、短封传忆。念谁伴、涂妆绾结。嚼蕊吹花弄秋色。恨
对南云，此时凄断，有何人知得。

西　河

山驿晚，行人昨停征辔。白沙翠竹锁柴门，乱峰相倚。一番急雨洗
天回，扫云风定还起。　　念凄断，谁与寄。双鱼尺素难委。遥知
洞户隔烟窗，簟横秋水。淡花明玉不胜寒，绿尊初试冰蚁。　　小
欢细酌任欹醉。扑流萤、应卜心事。谁记天涯憔悴。对今宵、皓月
明河千里。梦越空城疏烟里。

眼　儿　媚

度岁经年两看承。谁信有轻分。从前稳过，如今方悔，不会温存。

眼前无限经行地,何处不销魂。多应为你,不看风月,睡过黄昏。

水调歌头 和李泰发尚书泊舟严陵

千古严陵濑,清夜月荒凉。水明沙净,波面一叶弄孤光。北望旄头天际,杀气遥昏楚甸,云树失青苍。愁绝未归客,衰鬓点吴霜。

听江边,鸣宝瑟,想英皇。骑鲸仙裔,高韵清绝胜风篁。醉入无何境界,却笑昔人底事,远慕白云乡。不见咸阳道,烟草茂陵荒。

又

缥缈青溪畔,山翠欲黏天。纵云台上,揽风招月自何年。新旧今逢二妙,人地一时清绝,高并两峰寒。歌发烟霏外,人在去留间。

著方床,容老子,醉时眠。一尊相属,高会何意此时圆。况是古今难遇,人月竹花俱妙,曾见句中传。不向今宵醉,忍负四婵娟。

鹧 鸪 天

岩下清阴引兴长。坐中初识令君香。揽将风月归诗薮,乞得溪山作醉乡。　　怜我老,与传觞。吴霜点鬓又何妨。只应银烛交红夜,羞对双歌髻彩光。

木兰花 饯别王元渤赴吉州

桂香台上秋风袅。鸭绿溪前离思渺。一卮芳醑细深倾,听尽阳关须醉倒。　　政成早晚传温诏。莫恋江城歌吹绕。明年身到凤池边,重看春波生故沼。

浣　溪　沙

午夜明蟾冷浸溪。姮娥应有辟寒犀。桂岩仍在曲阑西。　　　撷蕊
攀条情未已，经丘寻壑想招携。不应痴马惜障泥。

点　绛　唇

洞户香凝，宴开特地风烟好。靓妆娟妙。玉雪光相照。　　　认是
桃源，绿水红云绕。真曾到。漾舟人老。应被桃花笑。

又

云鬟分行，照人明艳新妆就。御香窗牖。细酌鹅儿酒。　　　铁拨
鹍弦，一试春风手。龙仙奏。绛霄声透。不许人间有。

临　江　仙

台上风光浓欲滴，傍阑芳桂阴成。乱山相对长官青。琢诗能句好，
举酒见心倾。　　　团扇不应秋后弃，几年仁惠风行。渭城柳色若
为情。一尊松竹底，三唱和秋声。

蓦　山　溪

王家人地，奕奕争高秀。金紫照青春，想当日、乌衣巷口。声名气
概，今见两朱幡，诗似锦，酒如渑，属意风光厚。　　　酿泉石壁，未
减南阳寿。清兴与谁同，探梅萼、溪桥驿堠。东风御柳，应访此韩
翃，归步稳，赤墀边，肯记幽栖否。

念　奴　娇

小舟漂兀，犯溪烟深入，无穷寒碧。路绕莲塘浑乱眼，千顷朱朱白

白。闻说高情,寻盟鸥鹭,爱此风标客。掀髯一笑,顿忘身世形迹。

我爱古邑风流,碧峰争秀峙,相持如掖。制锦才雄应未怕,百里文书堆积。吏散庭空,举觞邀月,饮兴何妨剧。却怜宣子,杖头才挂钱百。

柳　梢　青

柳汀烟暮。常记岸帻,风流张绪。酒兴诗情,而今移向,那边佳处。

使君自乐萧闲,未肯副、岩廊虚伫。不念寒窗,老人幽梦,追寻无据。

鹊　桥　仙

春风真个,取将花去,酬我清阴满院。名园清昼漏籤迟,未肯负、酒朋歌伴。　　使君情在,暮云合处,卧看碧峰峨弁。向来魂梦几曾真,休怨断、楼高不见。

浣　溪　沙

曾向蓬莱得姓名。坐中省识是飞琼。琵琶翻作步虚声。　　一自当时收拨后,世间弦索不堪听。梦回凄断月胧明。

点绛唇　和王元渤舍人见贻

岁月飘流,故人相望如箕斗。畔愁千首。诗骨能清瘦。　　白日鹍弦,同看春风手。君知否。袖痕别后。犹有临歧酒。

又

山邑新凉,夜堂爽气侵南斗。为谁骧首。月冷冰蛾瘦。　　八万二千,雕琢琼瑶手。君知否。待君归后。双照杯中酒。

望　海　潮

东郊人报,春风消息,先归御柳宫梅。残雪恋枝,轻阴阁雨,郁葱瑞气佳哉。清晓九门开。听舜韶声举,迤逦天街。双阙连云,六鳌横海驾峰来。　华灯竞簇楼台。正丰年共乐,欢意徘徊。帘卷弄妆,尘香趁马,轻寒细入人怀。争待凤舆回。看一天星斗,移下蓬莱。是处歌谣,太平声入万年杯。

青　玉　案

马头双鹊飞来喜。惜凝望、音书至。一掬离怀千万事。绿窗深夜,短笺封就,应也寻人寄。　春风鬓畔疏梅蕊。映妆艳、清如洗。苦恨眼边常忆记。楚宫行路,倚桥攀驿,供尽梅花泪。

喜迁莺 晓行

晓光催角。听宿鸟未惊,邻鸡先觉。迤逦烟村,马嘶人起,残月尚穿林薄。泪痕带霜微凝,酒力冲寒犹弱。叹倦客、悄不禁,重染风尘京洛。　追念,人别后,心事万重,难觅孤鸿托。翠幄娇深,曲屏香暖,争念岁寒飘泊。怨月恨花烦恼,不是不曾经著。这情味,望一成消减,新来还恶。

踏　莎　行

淡月精神,疏梅风韵。粉香融脸胭脂润。袖痕犹带玉虬烟,六朝窄样裁宫锦。　眉黛分愁,眼波传信。酒阑画烛交红影。有期无定却瞒人,索强我早谙伊性。

浣　溪　沙

莫问新欢与旧愁。浅颦微笑总风流。眼波横注楚江秋。　　十字街头家住处,心肠四散几时休。揽风招月是朱楼。以上彊村丛书本苕溪词

汪　藻

　　　　藻字彦章,饶州德兴人。生于元丰二年(1079)。崇宁五年(1106),登进士。高宗朝,累官中书舍人,兼直学士院,擢给事中,迁兵部侍郎,拜翰林学士。绍兴八年(1138),以显谟阁学士知徽州,徙宣州。以尝为蔡京、王黼客,夺职,居永州。二十四年(1154)卒,年七十六。有浮溪集。

点　绛　唇

新月娟娟,夜寒江静山衔斗。起来搔首。梅影横窗瘦。　　好个霜天,闲却传杯手。君知否。乱鸦啼后。归兴浓于酒。

　　　　按此首别作苏过词,见唐宋诸贤绝妙词选卷三。

二

高柳蝉嘶,采菱歌断秋风起。晚云如髻。湖上山横翠。　　帘卷西楼,过雨凉生袂。天如水。画楼十二。有个人同倚。

　　　　按此首别作苏过词,见词品卷三。

小　重　山

月下潮生红蓼汀。浅霞都敛尽,四山青。柳梢风急堕流萤。随波

处,点点乱寒星。　　　别语寄丁宁。如今能间隔,几长亭。夜来秋气入银屏。梧桐雨,还恨不同听。以上浮溪文粹卷十五

醉　落　魄

小舟帘隙。佳人半露梅妆额。绿云低映花如刻。恰似秋宵,一半银蟾白。　　　结儿梢朵香红扚。钿蝉隐隐摇金碧。春山秋水浑无迹。不露墙头,些子真消息。苕溪渔隐丛话前集卷五十九

曹　组

组字元宠,颍昌(今河南许昌)人。以诸生为右列,六举未第。宣和三年(1121),以下使臣承信郎特令就殿试,考中第五甲,赐同进士出身,仍给事殿中。官止阁门宣赞舍人,睿思殿应制。有箕颍集二十卷,今不传。

蓦　山　溪

洗妆真态,不在铅华御。竹外一枝斜,想佳人、天寒日暮。黄昏小院,无处著清香,风细细,雪垂垂,何况江头路。　　　月边疏影,梦到销魂处。结子欲黄时,又须著、廉纤细雨。孤芳一世,供断有情愁,销瘦却,东阳也,试问花知否。梅苑卷二

按洪正治本白石诗词集有此词,而白石道人歌曲不载。

点绛唇　咏御射

秋劲风高,暗知斗力添弓面。靶分筘幹。月到天心满。　　　白羽流星,飞上黄金碗。胡沙雁。云边惊散。压尽天山箭。

又

疏柳残蝉,助人离思斜阳外。淡烟疏霭。节物随时改。　　水已无情,风更无情瞫。兰舟解。水流风快。回首人何在。

又

密炬高烧,宝刀时剪金花碎。照人欢醉。也照人无睡。　　待得灰心,陪尽千行泪。笼纱里。夜凉如水。犹喜长成对。

如　梦　令

门外绿阴千顷。两两黄鹂相应。睡起不胜情,行到碧梧金井。人静。人静。风动一枝花影。

按类编草堂诗馀卷一此首误作秦观词。又误作欧阳修词,见杨金本草堂诗馀前集卷下。别又误入吴文英梦窗词集。

扑　蝴　蝶

人生一世。思量争甚底。花开十日,已随尘共水。且看欲尽花枝,未厌伤多酒盏,何须细推物理。　　幸容易。有人争奈,只知名与利。朝朝日日,忙忙劫劫地。待得一晌闲时,又却三春过了,何如对花沉醉。

忆　少　年

年时酒伴,年时去处,年时春色。清明又近也,却天涯为客。念过眼、光阴难再得。想前欢、尽成陈迹。登临恨无语,把阑干暗拍。

原缺"暗"字,据唐宋诸贤绝妙词选卷八补拍。

蓦　山　溪

草薰风暖,楼阁笼轻雾。墙短出花梢,映谁家、绿杨朱户。寻芳拾翠,绮陌自青春,江南远,踏青时,谁念方羁旅。　　昔游如梦,空忆横塘路。罗袖舞台风,想桃花、依然旧树。一怀离恨,满眼欲归心,山连水,水连云,怅望人何处。

相　思　会

人无百年人,刚作千年调。待把门关铁铸,鬼见失笑。多愁早老。惹尽闲烦恼。我醒也,枉劳心,谩计较。　　粗衣淡饭,赢取暖和饱。住个宅儿,只要不大不小。常教洁净,不种闲花草。据见定、乐平生,便是神仙了。

品　　令

乍寂寞。帘栊静,夜久寒生罗幕。窗儿外、有个梧桐树,早一叶、两叶落。　　独倚屏山欲寐,月转惊飞乌鹊。促织儿、声响虽不大,敢教贤、睡不著。

小　重　山

帘卷东风日射窗。小山庭院静,接回廊。疏疏晴雨弄斜阳。凭栏久,墙外杏花香。　　时节好寻芳。多情怀酒伴,忆欢狂。归鸿应已度潇湘。音书杳,前事忍思量。

又

陌上花繁莺乱啼。骅骝金络脑,锦障泥。寻芳行乐忆当时。联镳处,飞鞚绿杨堤。　　春物又芳菲。情如风外柳,只依依。空怜佳景负归期。愁心切,惟有梦魂知。

青 玉 案

碧山锦树明秋霁。路转陡、疑无地。忽有人家临曲水。竹篱茅舍,
酒旗沙岸,一簇成村市。　　凄凉只恐乡心起。凤楼远、回头谩凝
睇。何处今宵孤馆里。一声征雁,半窗残月,总是离人泪。

鹧 鸪 天

辇路薰风起绿槐。都人凝望满天街。云韶杳杳鸣鞘肃,芝盖亭亭
障扇开。　　微雨过,绝纤埃。内家车子走轻雷。千门不敢垂帘
看,总上银钩等驾来。

渔 家 傲

水上落红时片片。江头雪絮飞缭乱。渺渺碧波天漾远。平沙暖。
花风一阵蘋香满。　　晚来醉著无人唤。残阳已在青山半。睡觉
只疑花改岸。抬头看。元来弱缆风吹断。

阮 郎 归

檐头风珮响丁东。帘疏烛影红。秋千人散月溶溶。楼台花气中。
　　春酒醒,夜寒浓。绣衾谁与同。只愁梦短不相逢。觉来罗帐
空。

临 江 仙

青琐窗深红兽暖,灯前共倒金尊。数枝梅浸玉壶春。雪明浑似晓,
香重欲成云。　　户外马嘶催客起,席间欢意留人。从他微霰落
纷纷。不妨吹酒面,归去醒馀醺。

鹧　鸪　天

浅笑轻颦不在多。远山微黛接横波。情吞醽醁千钟酒，心醉飞琼一曲歌。　　人欲散，奈愁何。更看朱袖拂云和。夜深醉墨淋浪处，书遍香红拥项罗。

青　门　饮

山静烟沉，岸空潮落。晴天万里，飞鸿南渡。冉冉黄花，翠翘金钿，还是倚风凝露。岁岁青门饮，尽龙山、高阳俦侣。旧赏成空，回首旧游，人在何处。　　此际谁怜萍泛，空自感光阴，暗伤羁旅。醉里悲歌，夜深惊梦，无奈觉来情绪。孤馆昏还晓，厌时闻、南楼钟鼓。泪眼临风，肠断望中归路。

青　玉　案

田园有计归须早。在家纵贫亦好。南来北去何日了。光阴送尽，可怜青鬓，暗逐流年老。　　寂寥孤馆残灯照。乡思惊时梦初觉。落月苍苍关河晓。一声鸡唱，马嘶人起，又上长安道。

好　事　近

茅舍竹篱边，雀噪晚枝时节。一阵暗香飘处，已难禁愁绝。　　江南得地故先开，不待有飞雪。肠断几回山路，恨无人攀折。

醉　花　阴

九陌寒轻春尚早。灯火都门道。月下步莲人，薄薄香罗，峭窄春衫小。　　梅妆浅淡风蛾裛。随路听嬉笑。无限面皮儿，虽则不同，各是一般好。

点　绛　唇

小小朱桥,柳边人过横塘路。细风时度。□浪痕痕去。　　草软
沙平,稳衬寻幽步。□□处。乱红飞舞。回首春城暮。

又

云透斜阳,半楼红影明窗户。暮山无数。归雁愁还去。　　十里
平芜,花远重重树。空凝伫。故人何处。可惜春将暮。

又

沉醉归来,洞房灯火闲相照。夜寒犹峭。信意和衣倒。　　春梦
虽多,好梦长长少。纱窗晓。风帏人悄。花外空啼鸟。

水龙吟　牡丹

晓天谷雨晴时,翠罗护日轻烟里。酝酿径暖,柳花风淡,千葩浓丽。
三月春光,上林池馆,西都花市。看轻盈隐约,何须解语,凝情处、
无穷意。　　金殿筠笼岁贡,最姚黄、一枝娇贵。东风既与花王,
芍药须为近侍。歌舞筵中,满装归帽,斜簪云髻。有高情未已,齐
按"未已齐"三字原空格,从词学丛书本烧绛蜡,向阑边醉。

声　声　慢

重檐飞峻,丽彩横空,繁华壮观都城。云母屏开八面,人在青冥。
凭阑瑞烟深处,望皇居、遥识蓬瀛。回环阁道,五花相閟,压尽旗
亭。　　歌酒长春不夜,金翠照罗绮,笑语盈盈。陆海人山辐辏,
万国欢声。登临四时总好,况花朝、月白风清。丰年乐,岁熙熙、且
醉太平。

蝶　恋　花

帘卷真珠深院静。满地槐阴,镂日如云影。午枕花前情思凝。象床冰簟光相映。　　过面风情如酒醒。沉水瓶寒,带绠来金井。涤尽烦襟无睡兴。阑干六曲还重凭。

浣　溪　沙

柳絮池台淡淡风。碧波花岫小桥通。云连丽宇倚晴空。　　芳草绿杨人去住,短墙幽径燕西东。攀条弄蕊得从容。

点绛唇　水饭

霜落吴江,万畦香稻来场圃。夜村春黍。草屋寒灯雨。　　玉粒长腰,沉水温温注。相留住。共抄云子。更听歌声度。

又

一片南云,定知来做巫山雨。歌声才度。只向风中住。　　恼乱襄王,无限牵情处。长天暮。又还飞去。目断阳台路。以上三十一首见乐府雅词卷下

婆罗门引　望月

涨云暮卷,漏声不到小帘枕。银河淡扫澄空。皓月当轩高挂,秋入广寒宫。正金波不动,桂影朦胧。　　佳人未逢。叹此夕、与谁同。望远伤怀对景,霜满愁红。南楼何处,想人在、长笛一声中。凝泪眼、泣尽西风。苕溪渔隐丛话后集卷三十九

　　按苕溪渔隐丛话云:"曾端伯编雅词,乃以此词为杨如晦作,非也。"考阳春白雪卷二亦作杨景词。

失　调　名

甚时得归京里去。清波别志卷中

卜算子　兰

松竹翠萝寒,迟日江山暮。幽径无人独自芳,此恨凭谁诉。　　似共梅花语。尚有寻芳侣。著意闻时不肯香,香在无心处。阳春白雪卷四

　　按此首又见辛弃疾稼轩词丁集。

小　重　山

深拥熏篝倏已冥。寂寥山枕畔,梦难成。谁堪三两夜乌声。银釭灺,花影上围屏。　　犹记旧时情。帘边人似月,月如冰。从今张眼到天明。衣带缓,谁与问伶俜。易大厂本北宋三家词本曹元宠词

脱　银　袍

济楚风光,升平时世。端门支散,碗遂逐旋温来,吃得过、那堪更使金器。分明是。与穷汉、消灾灭罪。　　又没支分,犹然递滞。打笃磨槎来根底。换头巾,便上弄交番厮替。告官里。驼逗高阳饿鬼。宣和遗事卷上

忆　瑶　姬

雨细云轻,花娇玉软,于中好个情性。争奈无缘相见,有分孤零。香笺细写频相问。我一句句儿都听。到如今,不得同欢,伏惟与他耐静。　　此事凭谁执证。有楼前明月,窗外花影。拚了一生烦恼,为伊成病。只恐更把风流逞。便因循、误人无定。恁时节、若

要眼儿厮觑,除非会圣。花草粹编卷十一引词话

以上曹组词三十六首断句一,用赵万里辑本箕颍集。

存 目 词

词苑萃编卷二十二引词品载曹元宠红窗迥"春闱期近也"一首,乃曹豳作,见庶斋老学丛谈卷中之下。

万俟咏

咏字雅言,自号词隐。游上庠不第。充大晟府制撰。绍兴五年(1120),补下州文学。有大声集五卷,不传。

蓦山溪 桂花

芳菲叶底。谁会秋江意。深绿护轻黄,怕青女、霜侵憔悴。开分早晚,都占九秋天,花四出,香七里。独步珠宫里。 佳名岩桂。却是因遗子。不自月中来,又那得、萧萧风味。霓裳旧曲,休问广寒人,飞太白,酬仙蕊。香外无香比。苕溪渔隐丛话后集卷三十五

临 江 仙

寒甚正前三五日,风将腊雪侵寅。彩鸡缕燕已惊春。玉梅飞上苑,金柳动天津。 □□□□□□□□,□□□□□□□。□□□□□□□。春盘共饤饾,绕坐庆时新。岁时广记卷八

按此首岁时广记原分引在二处,赵万里辑大声集引作一首。

雪明鳷鹊夜慢

望五云多处,春深开阆苑,别就蓬岛。正梅雪韵清,桂月光皎。凤帐龙帘紫嫩风,御座深、翠金间绕。半天中、香泛千花,灯挂百宝。

圣时观风重腊,有箫鼓沸空,锦绣匝道。竞呼卢、气贯调按岁时
广记原无"调"字,据历代诗馀卷五十七补欢笑。暗里金钱掷下,来侍燕、歌
太平睿藻。愿年年此际,迎春不老。

　　　按花草粹编卷九此首误作宋徽宗词。

　　凤皇枝令　景龙门,古酸枣门也。自左掖门之东为夹
　　　　城南北道,北抵景龙门。自腊月十五日放灯,纵
　　　　都人夜游。妇女游者,珠帘下邀住,饮以金瓯酒。
　　　　有妇人饮酒毕,辄怀金瓯。左右呼之,妇人曰:妾
　　　　之夫性严,今带酒容,何以自明。怀此金瓯为证
　　　　耳。隔帘闻笑声曰:与之。其词曰

人间天上。端楼龙凤灯先赏。倾城粉黛月明中,春思荡。醉金瓯
仙酿。　　一从銮辂北向。旧时宝座应蛛网。游人此际客江乡,
空怅望。梦连昌清唱。以上二首岁时广记卷十一引复雅歌词

南　歌　子

梅夏暗丝雨,麦秋扇浪风。香芦结黍趁天中。五日凄凉今古、与谁
同。下缺。岁时广记卷二十一

明月照高楼慢　中秋应制

平分素商。四垂翠幕,斜界银潢。颢气通建章。正烟澄练色,露洗
水光。明映波融太液,影随帘挂披香。楼观壮丽,附霁云、耀绀碧
相望。　　宫妆。三千从赭黄。万年世代,一部笙簧。夜宴花漏
长。乍莺歌断续,燕舞回翔。玉座频燃绛蜡,素娥重按霓裳。还是
共唱御制词,送御觞。岁时广记卷三十一引复雅歌词

失　调　名

昔年曾共黄花酒,一笑新香。岁时广记卷三十四

尉　迟　杯　慢

碎云薄。向碧玉枝缀万萼。如将汞粉匀开，疑使柏麝薰却。雪魄
未应若。况天赋、标艳仍绰约。当暄风暖日佳处，戏蝶游蜂看著。

重重绣帘珠箔。障栾艳霏霏，异香漠漠。见说徐妃，当年嫁
了，信任玉钿零落。无言自啼露萧索。夜深待、月上阑干角。广寒
宫、要与姮娥，素妆一夜相学。全芳备祖前集卷九李花门

钿带长中腔

簇真香。似风前拆麝囊。嫩紫轻红，间斗异芳。风流富贵，自觉兰
蕙荒。独占蕊珠春光。　　绣结流苏密致，魂梦悠飏。气融液散
满洞房。朝寒料峭，殢娇不易当。著意要得韩郎。全芳备祖前集卷二
十二瑞香门

春　草　碧

又随芳绪生，看翠霭连空，愁遍征路。东风里，谁望断西塞，恨迷南
浦。天涯地角，意不尽、消沉万古。曾是送别长亭下，细绿暗烟雨。

何处。乱红铺绣茵，有醉眠荡子，拾翠游女。王孙远，柳外共
残照，断云无语。池塘梦生，谢公后、还能继否。独上画楼，春山
暝、雁飞去。全芳备祖后集卷十草门

三　台　清明应制

见梨花初带夜月，海棠半含朝雨。内苑春、不禁过青门，御沟涨、潜
通南浦。东风静、细柳垂金缕。望凤阙、非烟非雾。好时代、朝野
多欢，遍九陌、太平箫鼓。　　乍莺儿百啭断续，燕子飞来飞去。
近绿水、台榭映秋千，斗草聚、双双游女。饧香更、酒冷踏青路。会

暗识、夭桃朱户。向晚骤、宝马雕鞍,醉襟惹、乱花飞絮。　　正轻寒轻暖漏永,半阴半晴云暮。禁火天、已是试新妆,岁华到、三分佳处。清明看、汉宫传蜡炬。散翠烟、飞入槐府。敛兵卫、阊阖门开,住传宣、又还休务。

恋芳春慢 　寒食前进

蜂蕊分香,燕泥破润,暂寒天气清新。帝里繁华,昨夜细雨初匀。万品花藏四苑,望一带、柳接重津。寒食近,蹴鞠秋千,又是无限游人。　　红妆趁戏,绮罗夹道,青帘卖酒,台榭侵云。处处笙歌,不负治世良辰。共见西城路好,翠华定、将出严宸。谁知道,仁主祈祥为民,非事行春。

安平乐慢 　都门池苑应制

瑞日初迟,绪风乍暖,千花百草争香。瑶池路稳,阆苑春深,云树水殿相望。柳曲沙平,看尘随青盖,絮惹红妆。卖酒绿阴傍。无人不醉春光。　　有十里笙歌,万家罗绮,身世疑在仙乡。行乐知无禁,五侯半隐少年场。舞妙歌妍,空妒得、莺娇燕忙。念芳菲、都来几日,不堪风雨疏狂。

卓牌儿 　春晚

东风绿杨天,如画出、清明院宇。玉艳淡泊,梨花带月,胭脂零落,海棠经雨。单衣怯黄昏,人正在、珠帘笑语。相并戏蹴秋千,共携手按原无"手"字,据花草粹编卷九补、同倚阑干,暗香时度。　　翠窗绣户。路缭绕、潜通幽处。断魂凝伫。嗟不似飞絮。闲闷闲愁,难消遣、此日年年意绪。无据。奈酒醒春去。

昭 君 怨

春到南楼雪尽。惊动灯期花信。小雨一番寒。倚阑干。　　莫把
阑干倚。一望几重烟水。何处是京华。暮云遮。

又

一望西山烟雨。目断心飞何处。天外白云城。几多程。　　谩记
阳关句。衣上粉啼痕污。陇水一分流。此生休。

诉衷情 送春

一鞭清晓喜还家。宿醉困流霞。夜来小雨新霁,双燕舞风斜。
　山不尽,水无涯。望中赊。送春滋味,念远情怀,分付杨花。

梅花引 冬怨

晓风酸。晓霜干。一雁南飞人度关。客衣单。客衣单。千里断
魂,空歌行路难。　　寒梅惊破前村雪。寒鸡啼破西楼月。酒肠
宽。酒肠宽。家在日边,不堪频倚阑。

忆秦娥 别情

千里草。萋萋尽处遥山小。遥山小。行人远似,此山多少。
天若有情天亦老。此情说便说不了。说不了。一声唤起,又惊春
晓。

忆少年 陇首山

陇云溶泄,陇山峻秀,陇泉鸣咽。行人暂驻马,已不胜愁绝。
上陇首、凝眸天四阔。更一声、塞雁凄切。征书待寄远,有知心明

月。

长相思　雨

一声声。一更更。窗外芭蕉窗里灯。此时无限情。　　梦难成。
恨难平。不道愁人不喜听。空阶滴到明。

又　山驿

短长亭。古今情。楼外凉蟾一晕生。雨馀秋更清。　　暮云平。
暮山横。几叶秋声和雁声。行人不要听。以上十二首见唐宋诸贤绝妙词
选卷七

木 兰 花 慢

恨莺花渐老，但芳草、绿汀洲。纵岫壁千寻，榆钱万叠，难买春留。
梅花向来始别，又匆匆、结子满枝头。门外垂杨岸侧，画桥谁系兰
舟。　　悠悠。岁月如流。叹水覆、杳难收。凭画阑，往往抬头举
眼，都是春愁。东风晚来更恶，怕飞红、拍絮入书楼。双燕归来问
我，怎生不上帘钩。

　　阳春白雪卷三云，大声集不载。

武 陵 春

燕子飞来花在否，微雨退、掩重门。正满院梨花雪照人。独自个、
怯黄昏。　　轻风淡月总消魂。罗衣暗惹啼痕。谩觑著、秋千腰
褪裙。可瞰是、不宜春。花草粹编卷四

快活年近拍

千秋万岁君，五帝三王世。观风重令节，与民乐盛际。蕊宫长春，

洞天不老,花艳蝉辉,十里照春珠翠。　　闹罗绮。遥望太极,一簇通明里。钓台奏寿,蓬山呈妙戏。六宫人来,五云楼迥,风送歌声,依约睿思圣制。花草粹编卷八

醉 蓬 莱

正波泛银汉,漏滴铜壶,上元佳致。绛烛银灯,若繁星连缀。明月逐人,暗尘随马,尽五陵豪贵。鬒惹乌云,裙拖湘水,谁家姝丽。

金阙南边,彩山北面,接地罗绮,沸天歌吹。六曲屏开,拥三千珠翠。帝乐□深,凤炉烟喷,望舜颜瞻礼。太平无事,君臣宴乐,黎民欢醉。花草粹编卷九

芰 荷 香

小潇湘。正天影倒碧,波面容光。水仙朝罢,间列绿盖红幢。吹风细雨,荡十顷、沤沤清香。人在水精中央。霜绡雾縠,襟袂收凉。

款放轻舟闹红里,有蜻蜓点水,交颈鸳鸯。翠阴密处,曾觅相并青房。晚霞散绮,泛远净、一叶鸣榔。拟去尽促雕舫。歌云未断,月上飞梁。花草粹编卷十

别 瑶 姬 慢

可惜香红。又一番骤雨,几阵狂风。霎时留不住,便夜来和月,飞过帘栊。离愁未了,酒病相仍,便堪此恨中。片片随、流水斜阳去,各自西东。　　又还是、九十春光,误双飞戏蝶,并采游蜂。人生能几许,细算来何物,得似情浓。沈腰暗减,潘鬓先秋,寸心不易供。望暮云、千里沉沉障翠峰。花草粹编卷十一

忆　秦　娥

天如洗。金波冷浸冰壶里。冰壶里。一年得似,此宵能几。

等闲莫把阑干倚。马蹄去便三千里。三千里。几重云岫,几重烟
水。词综卷九

以上万俟咏词二十九首,用赵万里辑大声集。

存　目　词

花草粹编卷八载万俟咏红林檎近"风雪惊初霁"一首,乃周邦彦
词,见片玉集卷六。

田　为

为字不伐。善琵琶,无行。政和末,充大晟府典乐。宣和元年
(1119),罢典乐,为大晟府乐令。有洋呕集,赵万里辑本。

南柯子 春景

梦怕愁时断,春从醉里回。凄凉怀抱向谁开。些子清明时候、被莺
催。　　柳外都成絮,栏边半是苔。多情帘燕独徘徊。依旧满身
花雨、又归来。

又 春思

团玉梅梢重,香罗芰扇低。帘风不动蝶交飞。一样绿阴庭院、锁斜
晖。　　对月怀歌扇,因风念舞衣。何须惆怅惜芳菲。挤却一年
憔悴、待春归。以上二首唐宋诸贤绝妙词选卷五

念　奴　娇

嫩冰未白,被霜风换却,满院秋色。小阁深沉围坐促,初拥红炉宜窄。帘密收香,窗明迟夜,砚冷凝新滴。无人知道,个中多少岑寂。

翻念一枕高唐,当年仙梦觉,难寻消息。睡起微醒衣袖重,不管腰支犹索。旋暖银簧,时添酥字,笋玉寒无力。如今肠断,暮云依旧凝碧。

探　春

小雨分山,断云镂日,丹青难状清晓。柳眼窥晴,梅妆迎暖,林外幽禽啼早。烟径润如酥,正浓淡遥看堤草。望中新景无穷,最是一年春好。　　骄马黄金络脑。争探得东君,何处先到。万盏飞觞,千金倚玉,不肯轻辜年少。桃李怯残寒,半吐芳心犹小。谩教蜂蝶多情,未应知道。以上二首阳春白雪卷一

惜　黄　花　慢

雁空浮碧,印晓月,露洗重阳天气。望极楼外,淡烟半隔疏林,掩映断桥流水。黄金篱畔白衣人,更谁会、渊明深意。晚风底。落日乱鸿,飞起无际。　　情多对景凄凉,念旧赏,步屐登高迢递。兴满东山,共携素手持杯,劝泛玉浆云蕊。此时霜鬓欲归心,谩老尽、悲秋情味。向醉里。免得又成憔悴。

江　神　子　慢

玉台挂秋月。铅素浅,梅花傅香雪。冰姿洁。金莲衬、小小凌波罗袜。雨初歇。楼外孤鸿声渐远,远山外、行人音信绝。此恨对语犹难,那堪更寄书说。　　教人红销翠减,觉衣宽金缕,都为轻别。

太情切。销魂处、画角黄昏时节。声呜咽。落尽庭花春去也,银蟾
迥、无情圆又缺。恨伊不似馀香,惹鸳鸯结。以上二首阳春白雪卷二

以上田为词六首,用赵万里辑洋呕集。

失 调 名

映竹园啼乌。遗山乐府卷上品令词题

存 目 词

本书初版卷一宋徽宗词注,误以万俟咏雪明鹧鸪夜慢词为田为
作。

徐 伸

伸字干臣,三衢(今浙江衢县)人。政和初,以知音律,为太常典乐,
出知常州。有青山乐府,今不传。

转调二郎神

闷来弹雀,又搅破、一帘花影。谩试著春衫,还思纤手,薰彻金炉烬
冷。动是愁多如何向,但怪得、新来多病。想旧日沈腰,而今潘鬓,
不堪临镜。　　重省。别来泪滴,罗衣犹凝。料为我厌厌,日高慵
起,长托春酲未醒。雁翼不来,马蹄轻驻,门闭一庭芳景。空伫立,
尽日阑干倚遍,昼长人静。乐府雅词拾遗卷上

江 汉

汉字朝宗,西安(今浙江衢县)人。政和初,以献蔡京词,为大晟府
制撰。绍兴二年(1132),通判郴州。五年(1135),以右朝奉郎特差主管

台州崇道观。

喜 迁 莺

升平无际。庆八载相业,君臣鱼水。镇抚风棱,调燮精神,合是圣朝房魏。风山政好,还被画毂朱轮催起。按锦辔。映玉带金鱼,都人争指。　　丹陛。常注意。追念裕陵,元佐今无几。绣衮香浓,鼎槐风细。荣耀满门朱紫。四方具瞻师表,尽道一夔足矣。运化笔,又管领年年,烘春桃李。铁围山丛谈卷二

存 目 词

　　刘毓盘辑三衢人词,有江汉五福降中天"喜元宵三五"一首,乃江致和作,见岁时广记卷三十一引古今词话。

田中行

　　中行,北宋人。有田中行集,不传。

失 调 名

为谁和泪倚阑干。石孝友金谷遗音集句浣溪沙引中行

　　按田中行以外,宋人尚有以中行为名者。此句姑以为田中行作,俟考。此句亦见词林万选卷二所载李后主捣练子词中。杨慎多误,不甚可据。

风 入 松

一宵风雨送春归。绿暗红稀。画楼尽日凭阑意,与谁同捻花枝。门外蔷薇开也,枝头梅子酸时。　　玉人应是数归期。翠敛愁眉。塞鸿不到双鱼远,恨楼前、流水难西。新恨欲题红叶,东风满院花飞。阳春白雪卷五,原题康与之撰,注:又附田中行集。

赵温之

温之,宋宗室,广平郡王德隆四世孙,官修武郎。

喜 迁 莺

琼姿冰体。料莹光乍傅,广寒宫里。北陆寒深,南园春先,此后万花方起。剪霞鬥萼,裁蕊砌□,天与高致。大潇洒,最宜雪宜月,宜亭宜水。　　好是。天涯庾岭上,万株浮动香千里。屏写横斜,鬟插垂衮,占尽秀骨清意。醉魂易醒,吟兴信来,佳思无际。为传语,向东风,甘使无言桃李。梅苑卷三

踏 青 游

竹外溪边,一枝破寒冲腊。莹素肌、玉雕冰刻。赋闲标,足馀韵,岂同常格。最风流,生来处处尽好,别得造化工力。　　疏影幽香,意思迥然殊绝。算不枉、诗人分别。冻云深,凉月皎,愈增清冽。大潇洒,尤得静中雅趣,不许莺栖燕歇。梅苑卷四

踏 莎 行

妖艳相偎,清香交喷。花王尤喜来亲迎。有如二女事唐虞,群芳休更夸相并。　　小雨资娇,轻风借润。天应知我怜孤韵。莫惊岁岁有双葩,仪真自古风流郡。梅苑卷九

王庭珪

庭珪字民瞻,安福人。生于元丰二年(1079)。政和八年(1118)进

士。调衡州茶陵丞,不就。筑草堂于卢溪,因以自号。绍兴中,胡铨上疏乞斩秦桧,谪新州。庭珪以诗送行,坐讪谤,十九年(1149)六月,勒停,送辰州编管。桧死,许自便。孝宗时,除直敷文阁。乾道七年(1171)卒,年九十三。有卢溪集。

谒金门　梅

溪风紧。溪上官梅整整。万木寒痴吹不醒。一枝先破冷。　　梦断香云耿耿。月淡梨花清影。长笛倚楼谁共听。调高成绝品。

凤栖梧　王克恭生日

琼海无边银浪卷。画戟朱楼,缥缈云间见。当日使君曾拥传。海霞光里时开宴。　　翠斝红鳞吹酒面。莫谓今朝,人在天涯远。彩凤衔吴讷四朝名贤词本作"御",兹从汲古阁钞本,与花庵词选合书应不晚。愿公难老身长健。

醉桃源

朱门映柳画帘垂。门前闻马嘶。主人新著绿袍归。天恩下玉墀。　　凭翠袖,捻花枝。劝教人醉时。请君听唱碧云词。倒倾金屈卮。

临江仙

家住天门闿阖外,别来几度花开。近传消息到江淮。玉京知好在,金阙尚崔嵬。　　流落江南山尽处,雨馀苍翠成堆。暂同溪馆醉尊罍。恐随丹诏动,且任玉山颓。

又　梅

问各本并作"闻",今正道春来相识否,岭头昨夜开花。水村烟坞寄生

涯。月寒疏影淡,整整复斜斜。　　素面玉妃嫌粉污,晨妆洗尽铅
华。香肌应只饭胡麻。年年如许瘦,知是阿谁家。

又

寂寞久无红袖饮,忽逢皓齿轻讴。坐令孤客洗穷愁。谁知沅_{吴本作}
_{"流",兹从毛本}水上,却似洛城游。　　闻道辰溪贤令长,深房别锁明
眸。多年铅鼎养青虬。不应携妓女,骑鹤上扬州。

又

帘外东风吹断梦,卷帘人探春还。一枝疏影动檐间。鸳鸯□瓦冷,
霜月堕栏干。　　闻道寿阳如许好,晨妆洗尽微殷。可怜玉骨瘦
屏屏。谁家长笛□,吹彻玉楼寒。

殢　人　娇

小院桃花,烟锁几重珠箔。更深后、海棠睡著。东风吹去,落谁家
墙角。平白地教人,为他情恶。　　花若有情,情应不薄。也须悔
从前事错。而今夜雨,念玉颜飘泊。知那里人家,怎生顿著。

忆　秦　娥

梅花发。夜寒吹笛千山月。千山月。此时愁听,龙吟幽噎。
数枝飞尽南枝雪。风光又作年时别。年时别。江头心绪,乱丝千
结。

念奴娇　上元

少年时节,见皇州灯火,衣冠朝市。天汉桥边瞻凤辇,帘幕千家垂
地。人似神仙,身游佛国,谪堕红尘里。如今憔悴,渐无往岁欢味。

此夜帝里喧传,太平祥瑞,有街头人醉。更值端门新又起,楼
阙千兵严卫。朝野多欢,边庭初静,歌舞方腾沸。良宵好景,异时
多少遗事。

点 绛 唇

花外红楼,当时青鬓颜如玉。淡烟残烛。醉入花间宿。　白髪
相逢,犹唱当时曲。当时曲。断弦难续。且尽杯中醁。

又 上元鼓子词并口号

> 铁锁星桥,已彻通宵之禁;银鞍金勒,共追良夜之游。况逢千载一
> 时,如在十洲三岛。有劳诸子,慢动三挝。对此芳辰,先呈口号。
> 万家帘幕卷青烟。火炬银花耀碧天。留得江南春不夜,为传新唱
> 落尊前。

玉漏春迟,铁关金锁星桥夜。暗尘随马。明月应无价。　天半
朱楼,银汉星光射。更深也。翠娥如画。犹在凉蟾下。

又

春入西园,数重花外红楼起。倚阑金翠。人在非烟里。　风月
佳时,蓬岛开平地。笙歌沸。画桥灯市。一夜惊桃李。

西 江 月

一拂退黄衫子,几团嗅蕊蜂儿。西风吹下月中枝。种在寒岩影里。
　人道蜡梅相似,又传菊满东篱。饶伊颜色入时宜。安得香传
九里。

江城子 吴贡(吴本作"真",兹从毛本)道班师置酒

锦袍绣帽跃金鞍。卷旗幡。整师还。轻骑穷追,湘尾鼓声寒。千

里尘清高会处,张翠幕,万人看。　　藕丝衫袖捧雕盘。玉〔颒〕(颜)山。夜将阑。幸遇休兵,且尽玉壶宽。未用汉军频出塞,徒吴本作"从",兹从毛本生事,斩楼兰。

又　步月新桥呈任子严

渡头犹唱棹歌声。雨初晴。月初生。忽见飞虹,夭矫挂寒汀。两岸小儿齐拍手,今夜里,放人行。　　朱栏画鹢照江亭。客来登。眼初明。如泛银河,天上跨长鲸。君是济川舟楫手,将许事,笑谈成。

又　辰川上元

夜郎江上看元宵。斗回杓。雪初消。灯火银花,何处是星桥。哄得满城春不夜,三妓女,五溪徭。　　此时回首忆行朝。太平楼。倚层霄。红蜡光中,买酒听吹箫。且就天涯聊一醉,歌一曲,望京谣。

又　再和呈马守

天回北斗欲中宵。屡移杓。客魂消。记得皇州,灯火虹成桥。异俗西南开万里,冠带尽,百蛮徭。　　卢溪太守未还朝。起朱楼。接丛霄。翠幕红妆,歌管玉为箫。民乐丰登无一事,看下诏,采风谣。

又

楼头钟鼓变新声。晚霞晴。水云生。何处归帆,争泊蓼花汀。遥望虹桥如画里,鳌背上,著人行。　　夜阑风定见危亭。却重登。景方明。影落波心,疑是海中鲸。愿借吸川沧海量,为公寿,落桥成。

蝶 恋 花

月落灯残人散后。忽到尊前,但觉眉儿皱。数日不来如许瘦。裙
腰减尽君知否。 公子风流应自有。占断春光,肯落谁人手。
已是许多时做就。重教舞彻双罗袖。

又

鼍画楼中人已醉。别院微闻,笑语帘垂地。催唤倾城香雾起。翠
帷双卷春风里。 妆样尖新歌妙丽。满酌金尊,不信人憔悴。
饥客眼寒谁管你。主人见惯浑闲事。

又 赠丁爽、丁旦及第

桂树新生_{吴本作"春",兹从毛本}都几许。兄弟骑龙,双入蟾宫去。一日
两枝同折处。姮_{吴本作"嫦",兹从毛本}娥拍手都分与。 杨柳江头
春色暮。白马青衫,两郡文章主。只恐远方难久住。高宗梦觉思
霖雨。

满 庭 芳

颓玉成山,倾江作酒,醉来莫问升沉。少年狂怪,应笑老婆心。也
会东涂西抹,行穿过、柳陌花阴。诚何用,腰龟左顾,犹待铸黄金。
如今。回首处,青楼缥缈,朱箔重深。叹江海飘零,离恨难禁。
好在铜梁玉垒_{毛本作"垒",兹从吴本},将车骑、他日重临。归来看,文君
未老,相对抚鸣琴。

又 戊辰上元黄子余席上，时未有月

宿雨初收，晚风微度，万家帘卷青烟。暗尘随马，人物似神仙。试问天公借月，天须放、明月教圆。应移下，广寒宫殿，灯火接星躔。

卢川。元古郡，当时太守，宾从俱贤。到如今井邑，歌吹喧阗。花下红妆卖^{吴本作"买"，兹从毛本}酒，时相遇、曲水桥边。谁知道，山城父老，重见中兴年。

又 梅

东阁官梅，玉栏朱槛，未如山馆疏篱。水边竹外，斜出两三枝。最好西湖月下，林处士、著意吟时。何须说，扬州旧日，何逊更能诗。

谁知。深雪里，玉妃粲粲，初下瑶池。笑人间春色，只在桃蹊。紫燕黄鹂解语，来时但、青实离离。争知道，调羹附鼎，终得近丹墀。

柳梢青 和张元晖清明

兰亭丝竹。高会群贤，其人如玉。曲水流觞，灯前细雨，檐花簌簌。

舞雩初试春衣，听咏歌、童子五六。泽畔行吟，沙汀拾翠，满江新绿。

菩萨蛮 绍兴十九年，谪夜郎。州学诸职事，邀就孔志行家画宴集。时初至贬所，见人物风景之美，夜久方归，恍然莫知为何所。酒醒，作此词以记之

武陵西上沅陵渡。扁舟忘了来时路。花外有人烟。相逢疑是仙。

清尊留夜语。醉倒知何处。归去客心惊。金鸡嘲哳鸣。

浣 溪 沙

薄薄春衫簇绮霞。画檐晨起见栖鸦。宿妆仍拾落梅花。　　回首高楼闻笑语,倚栏红袖卷轻纱。玉肌微减旧时些。

又 次韵向芗林

九里香风动地来。寻香空绕百千回。错惊秋色上崔嵬。　　谁识芗林三昧手,能令花落又花开。返魂元学岭头梅。

虞美人 辰州上元

城东楼阁_{吴本作"角",兹从毛本}连云起。冠绝辰州市。莲灯初发万枝红。也似江南风景、半天中。　　花衢柳陌年时静。划地今年盛。棚前箫鼓闹如雷。添个辰溪女子、舞三台。

桃源忆故人 辰州泛舟送郭景文、周子康赴行在

催花一霎清明雨。留得东风且住。两岸柳汀烟坞。未放行人去。　　人如双鹄云间举。明夜扁舟何处。只向武陵南渡。便是长安路。

按此首误入朱翌灊山集补遗。

醉 花 阴

红尘紫陌春来早。晚市烟光_{吴本作"花",兹从毛本}好。灯发万枝莲,华月光中,天净开蓬岛。　　老人旧日曾年少。年少还须老。今夕在天涯,烛影星桥,也似长安道。

又 梅 并鼓子词

人在花阴醉未归。玉楼丝管咽春辉。请君暂听花阴曲,为惜梅花

笛里吹。

玉妃谪堕烟村远。犹似瑶池见。缺月挂寒梢,时有幽香,飞到朱帘畔。　　春风岭上淮南岸。曾为谁魂断。依旧瘦棱棱,天若有情,天也应须管。

又

月娥昨夜江头过。把素衫揉破。冷逐晓云归,留与东风,吹作千千朵。　　云残香瘦春犹可。玉笛愁无那。倚著画楼人,且莫教他,吹动些儿个。

雨霖铃　雪

琼楼玉宇。满人寰似、海边洲渚。蓬莱又还水浅,鲸涛静见,银宫如许。紫极鸣箫声断,望霓舟何处。待夜深、重倚层霄,认得瑶池广寒路。　　郢中旧曲谁能度。恨歌声、响入青云去。西湖近时绝唱,总不道、月梅盐絮。暗想当年宾从,毫端有惊人句。谩说枚叟邹生,共作梁园赋。

鹊　桥　仙

云静天高,山明水阔。一年待个中秋月。十分魄少一分圆,今宵已觉蟾光别。　　且尽金尊,遥瞻玉阙。更深江水沙如雪。来宵风雨不相关,重须买酒追佳节。

感　皇　恩

飞雪满貂裘,马蹄轻骤。笔下文章焕星斗。凌云才调,尽是夺标高手。况闻场屋里,知名久。　　金榜篆云,银鞍披绣。归去天香满衣袖。莫辞今夕,且尽一尊芳酒。为君歌一曲,为君寿。

又

嬴马怯毛本作"去"，兹从吴本征鞍，骎骎欲骤。昨夜文星动南斗。广寒宫近，欲上烟霄携手。素娥不奈冷，凄凉久。　　　知是谪仙，肝肠锦绣。天半清风动襟袖。而今西笑，且饮新丰美酒。悠然还独酌，谁为寿。

又

一叶下西风，寒生南浦。椎鼓鸣桡送君去。长亭把酒，却倩阿谁留住。尊前人似玉，能留否。　　　醉中暂听，离歌几许。听不能终泪如雨。无情江水，断送扁舟何处。归时烟浪卷，朱帘暮。

寰海清　上元

画鼓轰天。暗尘随宝马，人似神仙。天恁不教昼短，明月长圆。天应未知道，天天。须肯放、三夜如年。　　　流酥拥上香軿。为个甚、晚妆特地鲜妍。花下清阴乍合，曲水桥边毛本作"边桥"，兹从吴本。高人到此也乘各本并作"垂"，据词谱、词律拾遗改兴，任横街，一一须穿。莫言无国艳，有朱门、锁婵娟。

浪　淘　沙

翠袖卷轻纱。玉腕慵遮。蕊珠宫殿倚彤霞。不愤江南梅信早，争下香车。　　　月露洗凝华。艳压群葩。暗传春信到天涯。试问东风谁第一，先到人家。

好事近　茶

宴罢莫匆匆，聊驻玉鞍金勒。闻道建溪新焙，尽龙蟠苍璧。　　　黄

金碾入碧花瓯,瓯翻素涛色。今夜酒醒归去,觉风生两腋。以上卢溪
词(赵万里校本。原校未尽从,有删改)

解珮令　本意

湘江停瑟。洛川回雪。是耶非、相逢飘瞥。云鬓风裳,照心事、娟
娟山月。剪烟花、带萝同结。　　　留环盟切。贻珠情彻。解携时、
玉声愁绝。罗袜尘生,早波面、春痕欲灭。送人行、水声凄咽。历代
诗馀卷四十三

　　赵万里云:上阕各本不收,未详所本。

薛　式

　　　　式字道源,陕府(今河南陕县)鸡足山人。崇宁五年(1106)受业张
伯端弟子石泰。尝为僧,法号紫贤,道家称紫贤真人。

西　江　月

一是金丹总数,河图象出真机。谁知闳象尽玄微。大道从兹孕起。
　　斗柄璇玑正位,阴中却抱阳辉。崑峇子母著绯衣。此是乾坤
真理。

又

偃月炉中金鼎,三台两曜形神。尊卑简易汞中真。握固休推心肾。
　　白虎长存坎户,青龙却与南邻。阴魂阳魄似窗尘。大意不离
玄牝。

又

天上三清真境,三皇五帝规模。瞿昙老氏仲尼徒。经史深藏妙素。

间有真人出世,来明赤子玄珠。蟾光终日耀昏衢。满目黄芽
显露。

又

内有五行相制,包含一粒红铅。相生相杀自天然。此药殊无贵贱。
　　会向我家园里,栽培一亩天田。中男小女共相连。种得黄芽
满院。

又

凿破玄元三五,拨开造化圭璋。希夷妙旨在中央。咫尺无名罔象。
　　片饷工夫便得,教君地久天长。蓬莱仙岛是吾乡。怎不留心
信向。

又

竹破须还竹补,人衰须假铅全。思量只是眼睛前。自是时人不见。
　　日月相交离坎,龙蛇产在先天。长生妙药在家园。一饷工夫
便现。

又

此道至灵至圣,无令泄漏轻为。全凭德行两相宜。言语须防避忌。
　　要借五行生旺,须明阳盛阴衰。三人同志谨防危。进火工夫
仔细。

又

炼就光明莹玉,回来却入黄泉。升腾须假至三年。携养殷勤眷恋。
　　九九才终变化,神功岂假言宣。分明顷刻做神仙。永驾鸾车

凤辇。

又

一炁初回遇朔，鼎中神水温温。刚柔相会气均匀。妙在无过浑沌。
　　八卦循回循绕，推排九窍追奔。东西沉静合朝昏。莫与常人
议论。以上九首见还丹复命篇

陈　克

　　　　克字子高，临海人。生于元丰四年(1081)。侨寓金陵。吕祉辟为
右承事郎都督府准备差遣。淮西事变后，送吏部与远小监当。自号赤
城居士。有天台集，不传。

临 江 仙

枕帐依依残梦，斋房忽忽馀醒。薄衣团扇绕阶行。曲阑幽树，看得
绿成阴。　　檐雨为谁凝咽，林花似我飘零。微吟休作断肠声。
流莺百啭，解道此时情。

又

四海十年兵不解，胡尘直到江城。岁华销尽客心惊。疏髯浑似雪，
衰涕欲生冰。　　送老虀盐何处是，我缘应在吴兴。故人相望若
为情。别愁深夜雨，孤影小窗灯。

渔 家 傲

宝瑟尘生郎去后。绿窗闲却春风手。浅色宫罗新染就。晴时后。
裁缝细意花枝鬬。　　象尺熏炉移永昼。粉香泛泛蔷薇透。晚景
看来浑似旧。沉吟久。个侬争得知人瘦。

浣　溪　沙

浅画香膏拂紫绵。牡丹花重翠云偏。手接梅子并郎肩。　　　病起
心情终是怯，困来模样不禁怜。旋移针线小窗前。

又

香雾空濛堕彩蟾。倾城催映出重帘。□□银烛夜厌厌。　　　何物
与侬供醉眼，半黄梅子带红盐。粉融香润玉纤纤。

又

淡墨花枝掩薄罗。嫩蓝裙子窣湘波。水晶新样碾风荷。　　　问著
似羞还似恶，恼来成笑不成歌。芙蓉帐里奈君何。

又

短烛荧荧照碧窗。重重帘幕护梨霜。幽欢不怕夜偏长。　　　罗袜
钿钗红粉醉，曲屏深幔绿橙香。征鸿离远断人肠。

又

小院春来百草青。拂墙桃李已飘零。绝知春意总无凭。　　　卢女
嫁时终薄命，徐娘身老谩多情。洗香吹粉转娉婷。

又

窗纸幽幽不肯明。寒更忍作断肠声。背人残烛却多情。　　　合下
心期唯有梦，如今魂梦也无凭。几行闲泪莫纵横。

摊破浣溪沙

鬆慢梳头浅画眉。乱莺残梦起多时。不道小庭花露湿，剪酴醿。
　　帘额好风低燕子，窗油晴日打蜂儿。翠袖粉笺闲弄笔，写新
诗。

谒　金　门

花满院。飞去飞来双燕。红雨入帘寒不卷。晓屏山六扇。　　翠
袖玉笙凄断。脉脉两蛾愁浅。消息不知郎近远。一春长梦见。

按此首误入王惠庵本东山词。

又

柳丝碧。柳下人家寒食。莺语匆匆花寂寂。玉阶春藓湿。　　闲
凭薰笼无力。心事有谁知得。檀炷绕窗灯背壁。画檐残雨滴。

又

深院静。尘暗曲房凄冷。黄叶满阶风不定。无端吹酒醒。　　露
湿小园幽径。悄悄啼姑相应。半被馀熏残烛影。夜长人独冷。

又

春漏促。谁见两人心曲。罨画屏风银蜡烛。泪珠红蔌蔌。　　懊
恼欢娱不足。只许梦中相逐。今夜月明何处宿。画桥春水绿。

又

春草碧。忆著去年寒食。白纻红裙香□□，折花闹调客。　　好
在江南江北。燕子不传消息。醉眼腾腾羞面赤。断肠侬记得。

又

罗帐薄。缥缈绮疏飞阁。红地团花金解络。香囊垂四角。　　尽日春风帘幕。谁见绿屏纤弱。云压枕函钗自落。无端春梦恶。

又

愁脉脉。目断江南江北。烟树重重芳信隔。小楼山几尺。　　细草孤云斜日。一向弄晴天色。帘外落花飞不得。东风无气力。

按类编草堂诗馀卷一此首误作俞克成词。

又

春寂寂。绿暗溪南溪北。溪水沉沉天一色。鸟飞春树黑。　　肠断小楼吹笛,醉里看朱成碧。愁满眼前遮不得。可怜双鬓白。

按花草粹编卷三误引作张宗瑞辑词。

虞　美　人

踏车不用青裙女。日夜歌声苦。风流墨绶强跻攀。唤起潜蛟飞舞、破天悭。　　公庭休更重门掩。细听催诗点。一尊已咏北窗风。卧看雪儿纤手、剥莲蓬。张宰祈雨有感

又

小山戢戢盆池浅。芳树阴阴转一作"见"。红阑干上刺蔷薇。蝴蝶飞来飞去、两三枝。　　绣裙斜立腰肢困。翠黛萦新恨。风流踪迹使人猜。过了鬭鸡时节、合归来。

又

绿阴满院帘垂地。落絮萦香砌。池光不定药栏低。闲并一双鸂

鶒、没人时。　　旧欢黯黯成幽梦。帐卷金泥重。日虹斜处暗尘
飞。脉脉小窗孤枕、镜花移。

菩 萨 蛮

柳条窣窣闲庭院。锦波绣浪春风转。红日上阑干。晚来花更寒。
　　绿檀金隐起。翠被香烟里。幽恨有谁知。空梁落燕泥。

又

赤阑桥尽香街直。笼街细柳娇无力。金碧上青空。花晴帘影红。
　　黄衫飞白马。日日青楼下。醉眼不逢人。午香吹暗尘。

又

池塘淡淡浮鹥鶒。杏花吹尽垂杨碧。天气度清明。小园新雨晴。
　　绿窗描绣罢。笑语酴醿下。围坐赌青梅。困从双脸来。

又

绿芜墙绕青苔院。中庭日淡芭蕉卷。蝴蝶上阶飞。烘帘自在垂。
　　玉钩双语燕。宝甃杨花转。几处簸钱声。绿窗春睡轻。

又

柳条到地莺声滑。鸳鸯睡稳清沟阔。九曲转朱阑。花深人对闲。
　　日长刀尺罢。试屟樱桃下。鬒鬓玉钗风。云轻线脚红。

又

绿阴寂寂樱桃下。盆池劣照蔷薇架。帘影假山前。映阶红叶翻。
　　芭蕉笼碧砌。猧子中庭睡。香径没人来。拂墙花又开。

点　绛　唇

曲陌春风,谁家姊妹同墙看。映花烘暖。困入茸茸眼。　　细马轻衫,倚醉偷回面。垂杨转。坠鞭挥扇。白地肝肠断。

好　事　近

寻遍石亭春,黯黯暮山明灭。竹外小溪深处,倚一枝寒月。　　淡云疏雨苦无情,得折便须折。醉帽风鬟归去,有馀香愁绝。

按此首词综卷三十二误作陈先词。

千　秋　岁

柏舟高躅。晚岁宜退福。门户壮,疏汤沐。青袍围白髮。端锦缥犀轴。仙桂长,交柯却映蟠桃熟。　　缥缈长江曲。入破□_{宝文雅词作"笙"}箫逐。香雾满,飞华屋。玉钩凉月挂,冰麝芙蓉馥。千万寿,酒中倒卧南山绿。

按此首又见赵彦端介庵赵宝文雅词卷四。

鹧　鸪　天

禁瘆馀寒酒半醒。蒲萄力软被愁侵。鲤鱼不寄江南信,绿尽菖蒲春水深。　　疑梦断,怆离襟。重帘复幕静愔愔。赤阑干外梨花雨,还是去年寒食心。

又

芳树阴阴脱晚红。馀香不断玉钗风。薄情夫婿花相似,一片西飞一片东。　　金翡翠,绣芙蓉。从教纤媚笑床空。揉蓝衫子休无赖,只与离人结短封。

又

小市桥弯更向东。便门长记旧相逢。踏青会散秋千下,鬓影衣香
怯晚风。　　　悲往事,向孤鸿。断肠肠断旧情浓。梨花院落黄茅
店,绣被春寒此夜同。

豆　叶　黄

粉墙丹柱柳丝中。帘箔轻明花影重。午醉醒来一面风。绿匆匆。
几颗樱桃叶底红。

　　　　　按此首又见赵彦端赵宝文雅词卷四。

又

树头初日鹁鸠鸣。野店山桥新雨晴。短褐无泥竹杖轻。水泠泠。
梅片飞时春草青。

又

秋千人散小庭空。麝冷灯昏愁杀侬。独有闲阶两袖风。月胧胧。
一树梨花细雨中。以上三十六首见乐府雅词卷下

鹧鸪天　阳羡竞渡

柳外东风不满旗。青裙白面出疏篱。瞵来打鼓侬吹笛,催送儿郎
踏浪飞。　　　倾两耳按“耳”原误作“市”,据荆溪外纪卷十二改,鬥双螭。家
家春酒泻尖泥。侬今已是沧浪客,莫向尊前唱教池。

浣　溪　沙

罨画溪头春水生。铜官山外夕阳明。暖风无力小舟横。　　　万事

悠悠生处熟，三杯兀兀醉时醒。杏花杨柳更多情。

又 阳羡上元

桥北桥南新雨晴。柳边花底暮寒轻。万家灯火照溪明。　　　凫鹥
差池官事了，木山彩错市人惊。街头酒贱唱歌声。以上三首见咸淳毗
陵志卷二十三

减字木兰花 子寿母

阆风玄圃。阳羡溪头山好处。郁郁葱葱。胜日尊罍笑语中。
十分芳酒。鹤髪初生千万寿。乐事年年。弟劝兄酬阿母前。截江
网卷六

临江仙 秋夜怀人

老屋风悲脱叶，枯城月破浮烟。谁人惨惨把忧端。蛮歌犯星起，重
觉在天边。　　　秋色巧摧愁鬓，夜寒偏著诗肩。不知桂影为谁圆。
何须照床里，终是一人眠。

清平乐 怀人

枕边清血。梦好离肠切。笑倚柳条同挽结。满眼河桥烟月。
莺啼新晓璁珑。罗窗寂寞春空。只许梦魂相近，此生枉是相逢。
以上二首见永乐大典卷三千零零六人字韵引赤城词

鹧鸪天 寄友人

白苎吴侬红颊儿。行歌半是使君诗。山茶处处春犹浅，灯市人人
夜不归。　　　拚剧饮，莫相违。皇恩往往下丹墀。挥毫却对莲花
炬，忆著蘋洲秉烛时。永乐大典卷一万四千三百八十一寄字韵

南歌子　毛翰林席上

午夜添红蜡,分曹立翠娥。觥筹寂寂断经过。谁料绮丛香里、是银河。　　老去空髯戟,愁来奈脸波。一杯如此断肠何。枉杀两人心事、只闻歌。

又

献鲤荣今日,凭熊瑞此邦。年年寿酒乐城隍。共道使君椿树、似甘棠。　　歌舞重城晓,从容燕席凉。不须苏合与都梁。风外荷花无数、是炉香。

又

北固烟中寺,西津雨后山。看公英气两眉间。如在林霏、江月袭人寒。　　展骥声名久,占熊福艾全。风流不是地行仙。好去鞭笞鸾凤、紫微天。

又

云里千山暖,溪头八月凉。华簪霭霭待萱堂。羡子怀中双橘、半青黄。　　老去齐眉案,闲来坦腹床。相如何日从长杨。惭愧年年高会、索槟榔。

又

胜日萱庭小,西风橘柚长。天怜扇枕彩衣郎。乞与淡云纤月、十分凉。　　潋滟三危雾按"雾"字疑是"露"字之误,氤氲百濯香。年来椿树更苍苍。不用蓝桥辛苦、捣玄霜。

又

画幛经梅润，罗衣尚麦寒。古苔苍石绿句栏。帘外映花新竹、两三
竿。　　蠢蠢吴蚕卧，娉娉楚女闲。红阴角子共尝酸。肠断个侬
憨态、小眉弯。

又

看月凭肩栊，娇春枕臂眠。不禁花絮夜来寒。帐底浓香残梦、更缠
绵。　　起晚笼莺怪，妆迟绣伴牵。声声催唤药栏边。整髻收裙
无力、上秋千。以上七首见永乐大典卷二万零三百五十三席字韵引赤城词

虞美人　曹申甫以著色山水小景作短制, 思极萧散, 方倅袭
　　　　明邀予为咏

越罗巧画春山叠。个里融香雪。满身空翠不胜寒。恰似那回偷
印、小眉山。　　青骢油壁西陵下。仿佛当时话。而今眼底是高
唐。拂拂淡云疏雨、断人肠。

> 赵万里云:按上阕见林无垢校补本赤城词,检明清以来诸家书画录不载,未详所
> 出。
> 以上陈克词五十一首用赵万里辑本赤城词增补。

朱敦复

> 敦复字无悔,洛阳人。希真兄。

双雁儿　按原无调名,依律补

尚志服事跋神仙。辛勤了、万千般。一朝身死入黄泉。至诚地、哭
皇天。　　旁人苦苦叩玄言。不免得、告诸贤。禁法蝎按"蝎"疑

"偈"字之误 儿不曾传。吃畜生、四十年。过庭录

朱敦儒

敦儒字希真,洛阳人。元丰四年(1081)生。绍兴三年(1133),以荐
补右迪功郎。绍兴五年(1135),赐进士出身,为秘书省正字、擢兵部郎
中,迁两浙东路提点刑狱。致仕,居嘉禾。晚落致仕,除鸿胪少卿。秦
桧死,依旧致仕。绍兴二十九年(1159)卒。有岩壑老人诗文一卷,不
传。又有词三卷,名樵歌。

聒 龙 谣

肩拍洪崖,手携子晋,梦里暂辞尘宇。高步层霄,俯人间如许。算
蜗战、多少功名,问蚁聚、几回今古。度银潢、展尽参旗,桂花滃,月
飞去。　　天风紧,玉楼斜,舞万女霓袖,光摇金缕。明廷宴阕,倚
青冥回顾。过瑶池、重借双成,就楚岫、更邀巫女。转云车、指点虚
无,引蓬莱路。

又

凭月携箫,溯空秉羽,梦踏绛霄仙去。花冷街榆,悄中天风露。并
真官、蕊佩芬芳,望帝所、紫云容与。享钧天、九奏传觞,听龙啸,看
鸾舞。　　惊尘世,悔平生,叹万感千恨,谁怜深素。群仙念我,好
人间难住。劝阿母、偏与金桃,教酒星、剩斟琼醁。醉归时、手授丹
经,指长生路。

雨中花 岭南作

故国当年得意,射麋上苑,走马长楸。对葱葱佳气,赤县神州。好
景何曾虚过,胜友是处相留。向伊川雪夜,洛浦花朝,占断狂游。

胡尘卷地,南走炎荒,曳裾强学应刘。空漫说、蟠蟠龙卧,谁取封侯。塞雁年年北去,蛮江日日西流。此生老矣,除非春梦,重到东周。

水调歌头　淮阴作

当年五陵下,结客占春游。红缨翠带,谈笑跋马水西头。落日经过桃叶,不管插花归去,小袖挽人留。换酒春壶碧,脱帽醉青楼。

楚云惊,陇水散,两漂流。如今憔悴,天涯何处可销忧。长揖飞鸿旧月。不知今夕烟水,都照几人愁。有泪看芳草,无路认西州。

又

白日去如箭,达者惜分阴。问君何苦,长抱冰炭利名心。冀望封侯一品,侥幸升仙三岛,不死解烧金。听取百年曲,三叹有遗音。

会良朋,逢美景,酒频斟。昔人已矣,松下泉底不如今。幸遇重阳佳节,高处红萸黄菊,好把醉乡寻。澹澹飞鸿没,千古共销魂。

又　和董弥大中秋

偏赏中秋月,从古到如今。金风玉露相间,别做一般清。是处帘栊争卷,谁家管弦不动,乐世足欢情。莫指关山路,空使翠蛾颦。

水精盘,鲈鱼脍,点新橙。鹅黄酒暖,纤手传杯任频斟。须惜晓参横后,直到来年今夕,十二数亏盈。未必来年看,得似此回明。

又　和海盐尉范行之

平生看明月,西北有高楼。如今羁旅,常叹茅屋暗悲秋。闻说吴淞江上,有个垂虹亭好,结友漾轻舟。记得蓬莱路,端是旧曾游。

趁黄鹄,湖影乱,海光浮。绝尘胜处,合是不数白蘋洲。何物陶朱张翰,劝汝橙齑鲈脍,交错献还酬。寄语梅仙道,来岁肯同不。

又 对月有感

天宇著垂象,日月共回旋。因何明月,偏被指点古来传。浪语修成七宝,漫说霓裳九奏,阿姊最婵娟。愤激书青奏,伏愿听臣言。

诏六丁,驱狡兔,屏痴蟾。移根老桂,种在历历白榆边。深锁广寒宫殿,不许姮娥歌舞,按次守星躔。永使无亏缺,长对日团圆。

又

中秋一轮月,只和旧青冥。都缘人意,须道今夕别般明。是处登临开宴,争看吴歌楚舞,沉醉倒金尊。各自心中事,悲乐几般情。

烛摧花,鹤警露,忽三更。舞茵未卷,玉绳低转便西倾。认取眼前流景,试看月归何处,因甚有亏盈。我自阊门睡,高枕笑浮生。

桂枝香 南都病起

春寒未定。是欲近清明,雨斜风横。深闭朱门,尽日柳摇金井。年光自趁飞花紧。奈幽人、雪添双鬓。谢山携妓,黄垆贳酒,旧愁慵整。　念壮节、漂零未稳。负九江风笛,五湖烟艇。起舞悲歌,泪眼自看清影。新莺又向愁时听。把人间、如梦深省。旧溪鹤在,寻云弄水,是事休问。

水 龙 吟

放船千里凌波去。略为吴山留顾。云屯水府,涛随神女,九江东注。北客翩然,壮心偏感,年华将暮。念伊嵩旧隐,巢由故友,南柯梦、遽如许。　回首妖氛未扫,问人间、英雄何处。奇谋报国,可怜无用,尘昏白羽。铁锁横江,锦帆冲浪,孙郎良苦。但愁敲桂棹,悲吟梁父，泪流如雨。

又

晓来极目同云，暖空降雪花零乱。平生尘想，老来俗状，都齐惊散。
玉凤凌霄，素虬横海，一杯相劝。任霓裳学舞，梅妆作面，终不似、
天裁剪。　　　　正是年华美满。鬥迎春、巧飞钗燕。冲寒醉眼，倚空
长揖，群仙笑粲。说道瑶池，有人来报，西真开宴。便争回蕊佩，高
驰羽驾，卷东风转。

念　奴　娇

见梅惊笑，问经年何处，收香藏白。似语如愁，却问我、何苦红尘久
客。观里栽桃，仙家种杏，到处成疏隔。千林无伴，澹然独傲霜雪。
　　　且与管领春回，孤标争肯接、雄蜂雌蝶。岂是无情，知受了、多
少凄凉风月。寄驿人遥，和羹心在，忍使芳尘歇。东风寂寞，可怜
谁为攀折。

按此首别误入赵长卿惜香乐府卷三。别又误作朱秋娘词，见古今女史卷十二。

又

插天翠柳，被何人，推上一轮明月。照我藤床凉似水，飞入瑶台琼
阙。雾冷笙箫，风轻环佩，玉锁无人掣。闲云收尽，海光天影相接。
　　　谁信有药长生，素娥新炼就、飞霜凝雪。打碎珊瑚，争似看、仙
桂扶疏横绝。洗尽凡心，满身清露，冷浸萧萧髪。明朝尘世，记取
休向人说。

按此首别误作朱秋娘词，是彤管遗编卷十二。

又

晚凉可爱，是黄昏人静，风生蘋叶。谁做秋声穿细柳，初听寒蝉凄

切。旋采芙蓉,重熏沉水,暗里香交彻。拂开冰簟,小床独卧明月。

老来应免多情,还因风景好,愁肠重结。可惜良宵人不见,角枕兰衾虚设。宛转无眠,起来闲步,露草时明灭。银河西去,画楼残角呜咽。

又

老来可喜,是历遍人间,谙知物外。看透虚空,将恨海愁山,一时挼碎。免被花迷,不为酒困,到处惺惺地。饱来觅睡,睡起逢场作戏。

休说古往今来,乃翁心里,没许多般事。也不蕲仙不佞佛,不学栖栖孔子。懒共贤争,从教他笑,如此只如此。杂剧打了,戏衫脱与呆底。

又　约友中秋游长桥,魏倅邦式不预,作念奴娇,和其韵

素秋天气,是登山临水,昔人悲处。我遇清时无个事,好约莺迁鸿鹜。旋整兰舟,多携芳酝,笑里轻帆举。松江缆月,望云飞棹延伫。

别乘文雅风流,新词光万丈,珠连锦聚。恨不同游,指浩渺、玉宇琼楼相付。桂子收香,蟾辉采露,暂辍尊前舞。丝囊封寄,倩他双翠衔去。

又　杨子安侍郎寿

腊回春近,正日添宫线,香传梅驿。玉律冰壶此际显,天与奇才英识。贯日孤忠,凌云独志,曾展回天力。功名由命,等闲却铩鸾翮。

谁信夫子如今,眠云情意稳,风尘机息。邂逅初心得计处,伊水鸥闲波碧。但恐天教,经纶缘在,未遂紫烟客。君王图旧,看公归觐京国。

又　垂虹亭

放船纵棹，趁吴江风露，平分秋色。帆卷垂虹波面冷，初落萧萧枫
叶。万顷琉璃，一轮金鉴，与我成三客。碧空寥廓，瑞星银汉争白。

深夜悄悄鱼龙，灵旗收暮霭，天光相接。莹澈乾坤，全放出、叠
玉层冰宫阙。洗尽凡心，相忘尘世，梦想都销歇。胸中云海，浩然
犹浸明月。

苏　武　慢

枕海山横，陵江潮去，雉堞秋风残照。闲寻桂子，试听菱歌，湖上晚
来凉好。几处兰舟，采莲游女，归去隔花相恼。奈长安不见，刘郎
已老，暗伤怀抱。　　谁信得、旧日风流，如今憔悴，换却五陵年
少。逢花倒趑，遇酒坚辞，常是懒歌慵笑。除奉天威，扫平狂虏，整
顿乾坤都了。共赤松携手，重骑明月，再游蓬岛。

按此首别误见元朱晞颜瓢泉吟稿卷三。

木　兰　花　慢

折芙蓉弄水，动玉佩、起秋风。正柳外闲云，溪头澹月，映带疏钟。
人间厌谪堕久，恨霓旌未返碧楼空。且与时人度日，自怜怀抱谁
同。　　当时种玉五云东。露冷夜耕龙。念瑞草成畦，琼蔬未采，
尘染衰容。谁知素心未已，望清都绛阙有无中。寂寞归来隐几，梦
听帝乐冲融。

又　和师厚和司马文季房中作

指荣河峻岳，锁胡尘、几经秋。叹故苑花空，春游梦冷，万斛堆愁。
簪缨散、关塞阻，恨难寻杏馆觅瓜畴。凄惨年来岁往，断鸿去燕悠

悠。　　　　拘原作"招"，据永乐大典卷一万八百七十七庚字韵改幽。化碧海西头。剑履问谁收。但易水歌传，子山赋在，青史名留。吾曹镜中看取，且狂歌载酒古扬州。休把霜髯老眼，等闲清泪空流。

洞 仙 歌

今年生日，庆一百省岁。喜趁烧灯作欢会。问先生有甚，阴德神丹，霜雪里、鹤在青松相似。　　总无奇异处，只是天然，冷澹寻常旧家计。探袖弄明珠，满眼儿孙，一壶酒、□向花间长醉。且落魄、装个老人星，共野叟行歌，太平时世。

又 赠太易

风流老峭，负不群奇表。弹指超凡怎由教。把俗儒故纸，推向一边，三界外、寻得一场好笑。　　尘缘无处越，应见宰官，苦行公心众难到。这功名富贵，有也寻常，管做得、越古超今神妙。待接得、众生总成佛，向酒肆淫房，再逞年少。

又

何人不爱，是江梅红绽。雪野寒空冻云晚。照清溪绰约，粉艳先春，包绛萼、姑射冰肌自暖。　　上林花万品，都借风流，国色天香任欣羡。共素娥青女，一笑相逢，人不见、悄悄霜宫月殿。想乘云、是在玉皇前，粲蕊佩明珰，侍清都燕。

满 庭 芳

鹏海风波，鹤巢云水，梦残身寄尘寰。老来穷健，无闷也无欢。随分饥餐困睡，浑忘了、秋热春寒。清平世，闲人自在，乘兴访溪山。　　渔竿。要老伴，浮江载酒，舣棹观澜。倩轻鸥假道，白鹭随轩。

直到垂虹亭上,惊怪我、却做仙官。中秋月,披襟四顾,不似在人
间。

又

花满金盆,香凝碧帐,小楼晓日飞光。有人相伴,开镜点新妆。脸
嫩琼肌著粉,眉峰秀、波眼宜长。云鬟就,玉纤溅水,轻笑换明珰。

    檀郎。犹恣意,高敧凤枕,慵下银床。问今日何处,鬥草寻芳。
不管馀酲未解,扶头酒、亲捧瑶觞。催人起,雕鞍翠幰,乘露看姚
黄。

满江红　大热卧疾,浸石种蒲,强作凉想

竹翠阴森,寒泉浸、几峰奇石。销畏日、溪蒲呈秀,水蕉供碧。筼簹
平铺光欲动,纱裯高挂空无色。似月明、蘋叶起秋风,潇湘白。

    不敢笑,红尘客。争肯羡,神仙宅。且披襟脱帽,自适其适。靖
节窗风犹有待,本初朔饮非长策。怎似我、心闲便清凉,无南北。

风 流 子

吴越东风起,江南路,芳草绿争春。倚危楼纵目,绣帘初卷,扇边寒
减,竹外花明。看西湖、画船轻泛水,茵幰稳临津。嬉游伴侣,两两
携手,醉回别浦,歌遏南云。　　有客愁如海,江山异,举目暗觉伤
神。空想故园池阁,卷地烟尘。但且恁、痛饮狂歌,欲把恨怀开解,
转更销魂。只是皱眉弹指,冷过黄昏。

望海潮　丁酉,西内成,乡人请作望幸曲

嵩高维岳,图书之渊,西都二室三川。神鼎定金,麟符刻玉,英灵未
称河山。谁再整乾坤。是挺生真主,浴日开天。御归梁苑,驾回汾

水凤楼闲。　　升平运属当千。眷凝旒暇日,西顾依然。银汉诏虹,瑶台赐碧,一新瑞气祥烟。重到帝居前。怪鹊桥龙阙,飞下人间。父老欢呼,翠华来也太平年。

胜胜慢 雪

红炉围锦,翠幄盘雕,楼前万里同云。青雀窥窗,来报瑞雪纷纷。开帘放教飘洒,度华筵、飞入金尊。閒迎面,看美人呵手,旋浥罗巾。　　莫说梁园往事,休更羡、越溪访戴幽人。此日西湖真境,圣治中兴。直须听歌按舞,任留香、满酌杯深。最好是,贺丰年、天下太平。

芰荷香 金陵

远寻花。正风亭霁雨,烟浦移沙。缓提金勒,路拥桃叶香车。凭高帐饮,照羽觞、晚日横斜。六朝浪语繁华。山围故国,绮散馀霞。　　无奈尊前万里客,叹人今何在,身老天涯。壮心零落,怕听叠鼓摻挝。江浮醉眼,望浩渺、空想灵槎。曲终泪湿琵琶。谁扶上马,不省还家。

沁 园 春

七十衰翁,告老归来,放怀纵心。念聚星高宴,围红盛集,如何著得,华髪陈人。勉意追随,强颜陪奉,费力劳神恐未真。君休怪,近频辞雅会,不是无情。　　岩扃。旧菊犹存。更松偃、梅疏新种成。爱静窗明几,焚香宴坐,闲调绿绮,默诵黄庭。莲社轻舆,雪溪小棹,有兴何妨寻弟兄,如今且,趂花迷酒困,心迹双清。

卜 算 子 慢

凭高望远,云断路迷,山簇暮寒凄紧。兰菊如斯,燕子怎知秋尽。
想闺中、锦换新翻晕。自解佩匆匆散后,鸳鸯到今难问。　　只得
愁成病。是悔上瑶台,误留金枕。不忍相忘,万里再寻音信。奈飘
风、不许蓬莱近。又一番、涑雨凄凉,送归鸿成阵。

醉 春 风

夜饮西真洞。群仙惊戏弄。素娥传酒袖凌风,送送送。吸尽金波,
醉朝天阙,閟班星拱。　　碧简承新宠。紫微恩露重。忽然推枕
草堂空。梦梦梦。帐冷衾寒,月斜灯暗,画楼钟动。

踏 歌

宴阕。散津亭、鼓吹扁舟发。离魂黯、隐隐阳关彻。更风愁雨细添
凄切。　　恨结。叹良朋、雅会轻离诀。一年价、把酒风花月。便
山遥水远分吴越。　　书倩雁,梦借蝶。重相见、且把归期说。只
愁到他日,彼此萍踪别。总难如前会时节。

鹊 桥 仙

溪清水浅,月胧烟澹,玉破梅梢未遍。横枝依约影如无,但风里、空
香数点。　　乘风欲去,凌波难住,谁见红愁粉怨。夜深青女湿微
霜,暗香散、广寒宫殿。

　　按此首别误入赵长卿惜香乐府卷六。

又　十月黄菊

今年冬后,黄花初绽。莫怪时光较晚。晓来玉露浥芳丛,莹秀色、

无尘到眼。　　支筇驻屐,徘徊篱畔。弄酌金杯自泛。须添罗幕护风霜,要留与、疏梅相见。

又

姮娥怕闹,银蟾传令,且与遮鸾翳凤。直须人睡俗尘清,放云汉、冰轮徐动。　　山翁散髪,披衣松下,琴奏瑶池三弄。曲终鹤警露华寒,笑浊世、饶伊做梦。

又

携琴寄鹤,辞山别水,乘兴随云做客。囊中欲试紫金丹,待点化、鸾红凤碧。　　谁知到此,玉梯无路,天上难通消息。不如却趁白云归,免误使、山英扫迹。

又　康州同子权兄弟饮梅花下

竹西散策,花阴围坐,可恨来迟几日。披香不觉玉壶空,破酒面、飞红半湿。　　悲歌醉舞,九人而已,总是天涯倦客。东风吹泪故园春,问我辈、何时去得。

又　和李易安金鱼池莲

白鸥欲下,金鱼不去,圆叶低开蕙帐。轻风冷露夜深时,独自个、凌波直上。　　幽阑共晚,明珰难寄,尘世教谁将傍。会寻织女趁灵槎,泛旧路、银河万丈。

临　江　仙

西子溪头春到也,大家追趁芳菲。盘雕剪锦换障泥。花添金凿落,风展玉东西。　　先探谁家梅最早,雪儿桂子同携。别翻舞袖按新词。从今排日醉,醉过牡丹时。

又

堪笑一场颠倒梦,元来恰似浮云。尘劳何事最相亲。今朝忙到夜,
过腊又逢春。　　流水滔滔无住处,飞光原作"花",改从吴讷本忽忽西
沉。世间谁是百年人。个中须著眼,认取自家身。

按此首误入元朱晞颜瓢泉吟稿卷三。

又

直自凤凰城破后,擘钗破镜分飞。天涯海角信音稀。梦回辽海北,
魂断玉关西。　　月解重圆星解聚,如何不见人归。今春还听杜
鹃啼。年年看塞雁,一十四番回。

又

最好中秋秋夜月,常时易雨多阴。难逢此夜更无云。玉轮飞碧落,
银幕换层城。　　桂子香浓凝瑞露,中兴气象分明。酒楼灯市管
弦声。今宵谁肯睡,醉看晓参横。

又

生长西都逢化日,行歌不记流年。花间相过酒家眠。乘风游二室,
弄雪过三川。　　莫笑衰容双鬓改,自家风味依然。碧潭明月水
中天。谁闲如老子,不肯作神仙。

又

纱帽篮舆青织盖,儿孙从我嬉游。绿池红径雨初收。秾桃偏会笑,
细柳几曾愁。　　随分盘筵供笑语,花间社酒新篘。踏歌起舞醉

方休。陶潜能啸傲,贺老最风流。

又

几日春愁无意绪,撚金剪彩慵拈。小楼终日怕凭阑。一双新泪眼,
千里旧关山。　　苦恨碧云音信断,只教征雁空还。早知盟约是
虚言。枉裁诗字锦,悔寄泪痕笺。

又

信取虚空无一物,个中著甚商量。风头紧后白云忙。风元无去住,
云自没行藏。　　莫听古人闲语话,终归失马亡羊。自家肠肚自
端详。一齐都打碎,放出大圆光。

鹧　鸪　天

草草园林作洛川。碧宫红塔借风烟。虽无金谷花能笑,也有铜驼
柳解眠。　　春似旧,酒依前。何妨倚杖雪垂肩。五陵侠少今谁
健,似我亲逢建武年。

又

检尽历头冬又残。爱他风雪忍他寒。拖条竹杖家家酒,上个篮舆
处处山。　　添老大,转痴顽。谢天教我老来闲。道人还了鸳鸯
债,纸帐梅花醉梦间。

　　　　　按此首别误作朱秋娘词,见古今女史卷十二。

又　西都作

我是清都山水郎。天教分付与疏狂。曾批给雨支风券,累上留云
借月章。　　诗万首,酒千觞。几曾著眼看侯王。玉楼金阙慵归

去,且插梅花醉洛阳。

又

唱得梨园绝代声。前朝惟数李夫人。自从惊破霓裳后,楚奏吴歌扇里新。　　秦嶂雁,越溪砧。西风北客两飘零。尊前忽听当时曲,侧帽停杯泪满巾。

又

曾为梅花醉不归。佳人挽袖乞新词。轻红遍写鸳鸯带,浓碧争斟翡翠卮。　　人已老,事皆非。花前不饮泪沾衣。如今但欲关门睡,一任梅花作雪飞。

又

画舫东时洛水清。别离心绪若为情。西风挹泪分携后,十夜长亭九梦君。　　云背水,雁回汀。只应芳草见离魂。前回共采芙蓉处,风自凄凄月自明。

又

竹粉吹香杏子丹。试新纱帽纻衣宽。日长几案琴书静,地僻池塘鸥鹭闲。　　寻汗漫,听潺湲。澹然心寄水云间。无人共酌松黄酒,时有飞仙暗往还。

又　许总管席上

至节先庚欲雪天。玳筵围锦帐青毡。嫖姚副帅招佳客,太守高明别乘贤。　　歌宛转,舞蹁跹。金钗十二拥婵娟。老人南极星边住,也趁梅花听管弦。

又　正月十四夜

凤烛星球初试灯。冰轮碾破碧棱层。来宵虽道十分满，未必胜如此夜明。　　留上客，换瑶觥。任教楼外晓参横。春风从旧偏怜我，那更姮娥是故人。

又

通处灵犀一点真。忺随紫橐步红茵，个中自是神仙住，花作帘栊玉作人。　　偏澹静，最尖新。等闲舞雪振歌尘。若教宋玉尊前见，应笑襄王梦里寻。

又

天上人间酒最尊。非甘非苦味通神。一杯能变愁山色，三琖全迥冷谷春。　　欢后笑，怒时瞋。醒来不记有何因。古时有个陶元亮，解道君当恕醉人。

又

有个仙人捧玉卮。满斝坚劝不须辞。瑞龙透顶香难比，甘露浇心味更奇。　　开道域，洗尘机。融融天乐醉瑶池。霓裳拽住君休去，待我醒时更一瓶。

按以上二首永乐大典误作辛弃疾词，见稼轩词补。

又

不系虚舟取性颠。浮河泛海不知年。乘风安用青帆引，逆浪何须锦缆牵。　　云荐枕，月铺毡。无朝无夜任横眠。太虚空里知谁管，有个明官唤做天。

又

极目江湖水浸云。不堪回首洛阳春。天津帐饮凌云客, 花市行歌绝代人。　　穿绣陌, 踏香尘。满城沉醉管弦声。如今远客休惆怅, 饱向皇都见太平。以上六十四首彊村丛书本樵歌卷上

木　兰　花

老后人间无处去。多谢碧桃留我住。红尘回步旧烟霞, 清境开扉新院宇。　　隐几日长香一缕。风散飞花红不聚。眼前寻见自家春, 罢问玉霄云海路。

又 探梅寄李士举

前日寻梅椒样缀。今日寻梅蜂已至。乍开绛萼欲生香, 略绽粉苞先有意。　　故人今日升沉异。定是江南无驿使。自调弦管自开尊, 笑把花枝花下醉。

蓦　山　溪

邻家相唤, 酒熟闲相过。竹径引篮舆, 会乡老、吾曹几个。沈家姊妹, 也是可怜人, 回巧笑, 发清歌, 相间花间坐。　　高谈阔论, 无可无不可。幸遇太平年, 好时节、清明初破。浮生春梦, 难得是欢娱, 休要劝, 不须辞, 醉便花间卧。

又

琼蔬玉蕊。久寄清虚里。春到碧溪东, 下白云、寻桃问李。弹簧吹叶, 懒傍少年场, 遗楚佩, 觅秦箫, 踏破青鞋底。　　河桥酒熟, 谁解留侬醉。两袖拂飞花, 空一春、凄凉憔悴。东风误我, 满帽洛阳

尘,唤飞鸿,遮落日,归去烟霞外。

又

西真姊妹,只这梅花是。乘醉下瑶池,粉燕支、何曾梳洗。冰姿素艳,无意压群芳,独自笑,有时愁,一点心难寄。　　雪添蕊佩。霜护盈盈泪。尘世俉重来,梦凄凉,玉楼十二。教些香去,说与惜花人,云黯澹,月朦胧,今夜谁同睡。

　　　按此首别误见元朱晞颜瓢泉吟稿卷三。

又

夜来雨过,桃李将开遍。策杖引儿童,也学人、随莺趁燕。青天许大,多少好风光,一岁去,一春来,只恁空撩乱。　　西池琼苑。游赏人何限。玉勒拥朱轮,各骋些、新欢旧怨。都齐醉也,说甚是和非,我笑他,他不觉,花落春风晚。

又

元来尘世。放著希奇事。行到路穷时,果别有、真山真水。登临任意,随步白云生,三秀草,九花藤,满袖琼瑶蕊。　　何须麴老,浩荡心常醉。唱个快活歌,更说甚、黄粱梦里。苍颜华髮,只是旧时人,不动步,却还家,处处新桃李。

又

东风不住。几阵黄梅雨。风外晓莺声,怨飘零、花残春暮。鸳鸯散后,供了十年愁,怀旧事,想前欢,忍记丁宁语。　　尘昏青镜,休照孤鸾舞。烟锁凤楼空,问吹箫、人今何处。小窗惊梦,携手似平生,阳台路。行云去。目断山无数。

又　和人冬至韵

西江东去,总是伤时泪。北陆日初长,对芳尊、多悲少喜。美人去后,花落几春风,杯漫洗。人难醉。愁见飞灰细。　　梅边雪外。风味犹相似。迤逦暖乾坤,仗君王、雄风英气。吾曹老矣,端是有心人、追剑履。辞黄绮。珍重萧生意。

朝　中　措

先生馋病老难医。赤米餍晨炊。自种畦中白菜,腌成瓮里黄齑。　　肥葱细点,香油慢炒,汤饼如丝。早晚一杯无害,神仙九转休痴。

又

先生筇杖是生涯。挑月更担花。把住都无憎爱,放行总是烟霞。　　飘然携去,旗亭问酒,萧寺寻茶。恰似黄鹂无定,不知飞到谁家。

又

当年弹铗五陵间。行处万人看。雪猎星飞羽箭,春游花簇雕鞍。　　飘零到此,天涯倦客,海上苍颜。多谢江南苏小,尊前怪我青衫。

又　上元席上和赵智夫,时小雨

东方千骑拟三河。灯夕试春罗。想是蟾宫高会,暂留暮雨姮娥。　　使君燕喜,王孙赋就,桃叶秋波。弱柳移来娇舞,落梅换了行歌。

又

闲愁无奈指频弹。芳景为谁残。可惜良宵虚过,且容草草谋欢。招要楚雨,留连汉佩,多谢青鸾。浓艳暗香争暖,罗帏不用遮寒。

又

元宵初过少吹弹。楼角彩灯残。踏雪闲寻深院,携壶试觅幽欢。麻姑暂语,文君未寝,五老双鸾。要共梅花同晓,薄罗不耐春寒。

又

夜来听雪晓来看。惊失却尘寰。摇撼琼林玉树,心疑身是仙官。乘风缥缈,凌空径去,不怕高寒。却被孤鸿相劝,何如且在人间。

又

新来省悟一生痴。寻觅上天梯。抛失眼前活计,踏翻暗里危楼。莫言就错,真须悔过,休更迟疑。要识天苏陁味,元来只是黄齑。

又

登临何处自销忧。直北看扬州。朱雀桥边晚市,石头城下新秋。昔人何在,悲凉故国,寂寞潮头。个是一场春梦,长江不住东流。

又

胸中尘土久无奇。今夕借清辉。歌纵群英诸彦，舞狂蕙带荷衣。

鸳鸯湖上，波平岸远，酒酽鱼肥。好是中秋圆月，分明天下人知。

又

红稀绿暗掩重门。芳径罢追寻。已是老于前岁，那堪穷似他人。

一杯自劝，江湖倦客，风雨残春。不是醲醁相伴，如何过得黄昏。

促拍丑奴儿 水仙

清露湿幽香。想瑶台、无语凄凉。飘然欲去，依然如梦，云度银潢。

又是天风吹澹月，佩丁东、携手西厢。泠泠玉磬，沉沉素瑟，舞遍霓裳。

醉落魄 泊舟津头有感

海山翠叠，夕阳殷雨云堆雪。鹧鸪声里蛮花发。我共扁舟，江上两萍叶。　　东风落酒愁难说。谁教春梦分胡越。碧城芳草应销歇。曾识刘郎，惟有半弯月。

醉思仙 淮阴与杨道孚

倚晴空。正三洲下叶，七泽收虹。叹年光催老，身世飘蓬。南歌客，新丰酒，但万里、云水俱东。谢故人，解系船访我，脱帽相从。

人世欢易失，尊俎且更从容。任酒倾波碧，烛剪花红。君向楚，我归秦，便分路、青竹丹枫。恁时节，漫梦凭夜蝶，书倩秋鸿。

感皇恩 游□□园感旧(吴讷本空格作洒文,疑误)

曾醉武陵溪,竹深花好。玉佩云鬟共春笑。主人好事,坐客雨巾风帽。日斜青凤舞,金尊倒。　　歌断渭城,月沉星晓。海上归来故人少。旧游重到。但有夕阳衰草,恍然真一梦,人空老。

又

早起未梳头,小园行遍。拄杖穿花露犹泫。菊篱瓜畹。最喜引枝添蔓。先生独自笑,流莺见。　　著意访寻,幽香国艳。千里移根未为远。浅深相间。最要四时长看。群芳休怪我,归来晚。

又

一个小园儿,两三亩地。花竹随宜旋装缀。槿篱茅舍,便有山家风味。等闲池上饮,林间醉。　　都为自家,胸中无事。风景争来趁游戏。称心如意。剩活人间几岁。洞天谁道在,尘寰外。

杏　花　天

挂帘等月阑干曲。厌永昼、劳烟倦局。单衣汗透鲛绡缩。脱帽梳犀枕玉。　　移床就、碧梧翠竹。寄语倩、姮娥伴宿。轻风澹露清凉足。云缀银河断续。

又

听蝉剪叶迎秋燕。画戟散、金铺开遍。清风占住秦筝怨。楼上衙牌易晚。　　飞雨过、绣幕尽卷。借水沉、龙涎旋碾。金盆弄水停歌扇。凉在冰肌粉面。

又

残春庭院东风晓。细雨打、鸳鸯寒峭。花尖望见秋千了。无路踏
青门草。　　人别后、碧云信杳。对好景、愁多欢少。等他燕子传
音耗。红杏开也未到。

恋 绣 衾

木落江南感未平。雨萧萧、衰鬓到今。甚处是长安路,水连空、山
锁暮云。　　老人对酒今如此,一番新、残梦暗惊。又是洒黄花
泪,问明年、此会怎生。

青玉案 坐上和赵智夫瑞香

芝房并蒂空称瑞。几曾见、香旎旎。也不论兰休比蕙。王孙高韵,
说得的当,不减唐诸李。　　今朝影落琼杯里。共才子佳人鬥高
致。莫道衰翁都无意。为他丰韵,为他情味,销得真个醉。

南歌子 沈蕙乞词

住近沉香浦,门前蕙草春。鸳鸯飞下柘枝新。见弄青梅初著、翠罗
裙。　　怕唤拈歌扇,嫌催上舞茵。几时微步不生尘。来作维摩
方丈、散花人。

苏 幕 遮

瘦仙人,穷活计。不养丹砂,不肯参同契。两顿家餐三觉睡。闭著
门儿,不管人间事。　　又经年,知几岁。老屋穿空,幸有天遮蔽。
不饮香醪常似醉。白鹤飞来,笑我颠颠地。

又

酒壶按"壶"原作"台"，改从吴讷本樵歌空，歌扇去。独倚危楼，无限伤心处。芳草连天云薄暮。故国山河，一阵黄梅雨。　　有奇才，无用处。壮节飘零，受尽人间苦。欲指虚无问征路。回首风云，未忍辞明主。

浪淘沙 中秋阴雨，同显忠、桩年、谅之坐寺门作

圆月又中秋。南海西头。蛮云瘴雨晚难收。北客相逢弹泪坐，合恨分愁。　　无酒可销忧。但说皇州。天家宫阙酒家楼。今夜只应清汴水，呜咽东流。

又 康州泊船

风约雨横江。秋满篷窗。个中物色尽凄凉。更是行人行未得，独系归艎。　　拥被换残香。黄卷堆床。开愁展恨剪思量。伊是浮云侬是梦，休问家乡。

又

白菊好开迟。冷蝶空迷。沾风惹露也随时。何事深藏偏在后，天性难移。　　陶令最怜伊。同病相医。寒枝瘦叶更栽培。直待群芳零落后，独殿东篱。

千秋岁 贯方七月五日生日为寿

占秋呈瑞。四海杨公子。蹋拖尚带蓬壶体。清新春草句。潇洒兰亭字。宦情少，眠云弄月知心事。　　此去应无滞。稳步烟霄地。鹏万里，鹤千岁。他年黄阁老，访我清溪醉。青凤舞，贻君万斛瑶

花蕊。

定 风 波

红药花前欲送春。金鞭柘弹趁按"趁"原作"越",从吴讷本樵歌芳尘。故傍绣帘挼柳线。恰见。澹梳妆映瘦腰身。　　闲倚金铺书闷字。尤殢。为谁憔悴减心情。放下彩毫匀粉泪。弹指。你不知人是不知人。

踏莎行 太易生日

梅倚江娥,日舒宫线。老人星唤群仙宴。泛杯玉友暖飞浮,堆盘金橘光零乱。　　听命宽心,随缘适愿。痴狂赢取身长健。醉中等看碧桃春,尊前莫问蓬莱浅。

又 送子权赴藤

花涨藤江,草熏鸭步。锦帆兰棹分春去。二翁元是一溪云,暂为山北山南雨。　　绿酒多斟,白鬓休觑。飞丹约定烟霞侣。与君先占赤城春,回桡早趁桃源路。

梦玉人引 和祝圣俞

浪萍风梗,寄人间,倦为客。梦里瀛洲,姓名误题仙籍。敛翅归来,爱小园、蜿箨筑筼碧。新种幽花,戒儿童休摘。　　放怀随分,各逍遥,飞鷃等鹏翼。舍此萧闲。问君携杖安适。诸彦群英,诗酒皆勍敌。太平时,向花前,不醉如何休得。

一 落 索

一夜雨声连晓。青灯相照。旧时情绪此时心,花不见、人空老。

可惜春光闲了。阴多晴少。江南江北水连云,问何处、寻芳草。

又

惯被好花留住。蝶飞莺语。少年场上醉乡中,容易放、春归去。

今日江南春暮。朱颜何处。莫将愁绪比飞花,花有数、愁无数。

按以上二首金绳武本花草粹编卷六误作朱秋娘词。

渔　家　傲

谁转琵琶弹侧调。征尘万里伤怀抱。客散黄昏庭院悄。灯相照。春寒燕子归来早。　　可惜韶光虚过了。多情人已非年少。只恐莺啼春又老。知音少。人间何处寻芳草。

又　石夷仲一姬去,念之,止小妓燕燕

鉴水稽山尘不染。归来贺老身强健。有客跨鲸游汗漫。留羽扇。玉船取酒青鸾劝。　　莫恨飞花容易散。仙家风味何曾减。春色一壶丹九转。堪为伴。雕梁幸有轻盈燕。

又

畏暑闲寻湖上径。雨丝断送凉成阵。风里芙蓉斜不整。沉红影。约回萍叶波心静。　　催唤吴姬迎小艇。妆花烛焰明相映。饮到夜阑人却醒。风雨定。欲归更把阑干凭。

望　江　南

炎昼永,初夜月侵床。露卧一丛莲叶畔,芙蓉香细水风凉。枕上是仙乡。　　浮世事,能有几多长。白日明朝依旧在,黄花非晚是重阳。不用苦思量。

十　二　时

连云衰草,连天晚照,连山红叶。西风正摇落,更前溪呜咽。
燕去鸿归音信绝。问黄花、又共谁折。征人最愁处,送寒衣时节。

南　乡　子

宫样细腰身。玉带罗衫稳试新。小底走来宣对御,催频。曲殿西
厢小苑门。　　歌舞鬥轻盈。不许杨花上锦茵,劝得君王真个醉,
承恩。金凤红袍印粉痕。

又

风雪打黄昏。别殿无人早闭门。拜了天香罗袖冷,低鬓。催灭银
灯解绣裙。　　金鸭卧残薰。看破屏风数泪痕。回首昭阳天样
远,销魂。又过梅花一番春。

行　香　子

宝篆香沉。锦瑟尘侵。日长时、懒把金针。裙腰暗减,眉黛长鬓。
看梅花过,梨花谢,柳花新。　　春寒院落,灯火黄昏。悄无言、独
自销魂。空弹粉泪,难托清尘。但楼前望,心中想,梦中寻。

忆　帝　京

元来老子曾垂教。挫锐和光为妙。因甚不听他,强要争工巧。只
为忒惺惺,惹尽闲烦恼。　　你但莫、多愁早老。你但且、不分不
晓。第一随风便倒拖,第二君言亦大好。管取没人嫌,便总道、先
生俏。

桃源忆故人

飘萧我是孤飞雁。不共红尘结怨。几度蓬莱清浅。侧翅曾傍看。

　　有时飞入西真院。许趁风光流转。玉蕊绿此字原空格,据吴讷本樵歌补花开遍。可惜无人见。

又

小园雨霁秋光转。天气微寒犹暖。黄菊红蕉庭院。翠径苔痕软。

　　眼前明快眉间展。细酌霞觞不浅。一曲广陵弹遍。目送飞鸿远。

又

雨斜风横香成阵。春去空留春恨。欢少愁多因甚。燕子浑难问。

　　碧尖蹙损眉帩晕。泪湿燕支红沁。可惜海棠吹尽。又是黄昏近。

　　　按此首别误作朱秋娘词,见林下词选卷二。

又

西楼几日无人到。依旧红围绿绕。楼下落花谁扫。不见长安道。

　　碧云望断无音耗。倚遍阑干残照。试问泪弹多少。湿遍楼前草。

又

谁能留得朱颜住。枉了百般辛苦。争似萧然无虑。任运随缘去。

　　人人放著逍遥路,只怕君心不悟。弹指百年今古。有甚成亏处。

又

玉笙吹彻清商后,寂寞弓弯舞袖。巧画远山不就。只为眉长皱。

灵犀望断星难透。立到凄凉时候。今夜月明如画。人共梅花瘦。

好　事　近

春雨细如尘,楼外柳丝黄湿。风约绣帘斜去,透窗纱寒碧。　　美人慵剪上元灯,弹泪倚瑶瑟。却上紫姑香火,问辽东消息。

又

春雨捣按"捣"原作"闹",从吴讷本元宵,花绽柳眠无力。风峭画堂帘幕,卷金泥红湿。　　王孙开宴聚娇饶,越山洗愁碧。休说凤凰城里,少年时踪迹。

又　子权携酒与弟侄相访作

惊见老仙来,触目琳琅奇绝。打酒道人林下,奏醉翁三叠。　　接篱倾倒海云飞,物色又催别。回棹晚江春雨,胜剡溪风雪。

又　清明百七日洛川小饮和驹父

春去尚堪寻,莫恨老来难却。且趁禁烟百七,醉残英馀萼。　　坐间玉润赋妍辞,情语见真乐。引满瘿杯竹盏,胜黄金凿落。

又　渔父词

摇首出红尘,醒醉更无时节。活计绿蓑青笠,惯披霜冲雪。　　晚来风定钓丝闲,上下是新月。千里水天一色,看孤鸿明灭。

又

眼里数闲人，只有钓翁潇洒。已佩水仙宫印，恶风波不怕。此心那许世人知，名姓是虚假。一棹五湖三岛，任船儿尖耍。

又

渔父长身来，只共钓竿相识。随意转船回棹，似飞空无迹。芦花开落任浮生，长醉是良策。昨夜一江风雨，都不曾听得。

又

拨转钓鱼船，江海尽为吾宅。恰向洞庭沽酒，却钱塘横笛。醉颜禁冷更添红，潮落下前碛。经过子陵滩畔，得梅花消息。

又

短棹钓船轻，江上晚烟笼碧。塞雁海鸥分路，占江天秋色。锦鳞拨剌满篮鱼，取酒价相敌。风顺片帆归去，有何人留得。

又

猛向这边来，得个信音端的。天与一轮钓线，领烟波千亿。红尘今古转船头，鸥鹭已陈迹。不受世间拘束，任东西南北。

又

绿泛一瓯云，留住欲飞胡蝶。相对夜深花下，洗萧萧风月。从容言笑醉还醒，争忍便轻别。只愿主人留客，更重斟金叶。

又

失却故山云，索手指空为客。莼菜鲈鱼留我，住鸳鸯湖侧。偶
然添酒旧壶卢，小醉度朝夕。吹笛月波楼下，有何人相识。

又

深住小溪春，好在柳枝桃叶。风澹水轩人静，数双飞胡蝶。日
长时有一莺啼，兰佩为谁结。销散旧愁新恨，泛琴心三叠。

又

我不是神仙，不会炼丹烧药。只是爱闲耽酒，畏浮名拘缚。种
成桃李一园花，真处怕人觉。受用现前活计，且行歌行乐。

长 相 思

昨日晴。今日阴。楼下飞花楼上云。阑干双泪痕。　　江南人。
江北人。一样春风两样情。晚寒潮未平。

又

海云黄。橘洲霜。如箭滩流按“流”原作“头”，据铁琴铜剑楼藏旧钞本樵歌改
石似羊。溪船十丈长。　　人难量。水难量。过险方知著甚忙。
归休老醉乡。

乌 夜 啼

剪胜迎春后，和风入律频催。前回下叶飞霜处，红绽一枝梅。
正遇时调玉烛，须添酒满金杯。寻芳伴侣休闲过，排日有花开。

沙 塞 子

万里飘零南越,山引泪,酒添愁。不见凤楼龙阙、又惊秋。　　九
日江亭闲望,蛮树绕,瘴云浮。肠断红蕉花晚、水西流。

又　大悲、再作

蛮径寻春春早,千点雪,已飞梅。席地插花传酒、日西催。　　莫
作楚囚相泣,倾银汉,洗瑶池。看尽人间桃李、拂衣归。

西 江 月

潋潋薰风庭院,青青过雨园林。铜驼陌上旧莺声。今日江边重听。
　　落帽酒中有趣,题桥琴里无心。香残沉水缕烟轻。花影阑干
人静。

又

琴上金星正照,砚中鸲眼相青。闲来自觉有精神。心海风恬浪静。
　　且喜面前花好,更听林外莺新。瓮头清辣洞庭春。醉里徐行
路稳。

又

元是西都散汉,江南今日衰翁。从来颠怪更心风。做尽百般无用。
　　屈指八旬将到,回头万事皆空。云间鸿雁草间虫。共我一般
做梦。

又

穷后常如囚系,老来半似心风,饥蚊饿蚤不相容。一夜何曾做梦。

被我不扇不捉，廓然总是虚空。寺钟官角任西东。别弄些儿骨董。

又

世事短如春梦，人情薄似秋云。不须计较苦劳心。万事原来有命。

幸遇三杯酒好，况逢一朵花新。片时欢笑且相亲。明日阴晴未定。

按此首别误作朱秋娘词，见彤管遗编卷十二。

又

日日深杯酒满，朝朝小圃花开。自歌自舞自开怀。且喜无拘无碍。

青史几番春梦，黄泉多少奇才。不须计较与安排。领取而今现在。

按此首别误作朱秋娘词，见古今女史卷十二。

又

正月天饶阴雨，江南寒在晨朝。娇莺声袅杏花梢。暗澹绿窗春晓。

好梦空留被在，新愁不共香销。小楼帘卷路迢迢。望断天涯芳草。

又 石夷仲去姬复归

织素休寻往恨，攀条幸有前缘。隔河彼此事经年。且说蓬莱清浅。

障面重新团扇，倾鬟再整花钿。歌云舞雪画堂前。长共阿郎相见。以上八十六首彊村丛书本樵歌卷中

减字木兰花

挼花弄扇。碧鬥遥山眉黛晚。白玉阑干。倚遍春风翠袖寒。

难寻可见。何似一双青翅燕。人瘦春残。芳草连云日下山。

又

寻花携李。红漾轻舟汀柳外。小簇春山。溪雨岩云不饱帆。
相逢心醉。容易堆盘银烛泪。痛饮何言。犀箸敲残玉酒船。

又

东风桃李。春水绿波花影外。载酒胥山。被褉相期落锦帆。
吾曹一醉。却笑新亭人有泪。相对清言。不觉黄昏雨打船。

又

闲人行李。羽扇芒鞋尘世外。一叠溪山。也解分风送客帆。
时平易醉。无复惊心并溅泪。长揖忘言。回棹桃花插满船。

又

刘郎已老。不管桃花依旧笑。要听琵琶。重院莺啼觅谢家。
曲终人醉。多似浔阳江上泪。万里东风。国破山河落照红。

又

慵歌怕酒。今日春衫惊著瘦。双燕帘栊。金鸭香沉客泪中。
琵琶重听。谁信人间多少恨。落日东风。吹得桃花满院红。

又　秋日饮酒香山石楼醉中作

古人误我。独舞西风双泪堕。鹤去无踪。木落西陵返照红。
人间难住。掷下酒杯何处去。楼锁钟残。山北山南两点烟。

又

无知老子。元住渔舟樵舍里。暂借权监。持节纡朱我甚惭。
不能者止。免苦龟肠忧虎尾。身退心闲。剩向人间活几年。

又

斫鱼作鲊。酒面打开香可醉。相唤同来。草草杯盘饮几杯。
人生虚假。昨日梅花今日谢。不醉何为。从古英雄总是痴。

又

今年梅晚。懒趁寿阳钗上燕。月唤霜催。不肯人间取次开。
低鬟掩袂。愁寄玉阑金井外。粉瘦香寒。独抱深心一点酸。

又

无人惜我。我自殷勤怜这个。恶峭惺惺。不肯随人独自行。
乾坤许大。只在棘针尖上坐。依旧多情。搂着虚空睡到明。

又

年衰人老。矍铄支离君莫笑。白日青天。我自心情胜少年。
超凡入妙。游戏神通随意到。酒圣诗仙。舞棹虚空驾铁船。

又

虚空无碍。你自痴迷不自在。撒手游行。到处笙歌拥路迎。
天然美满。不用些儿心计算。莫听先生。引入深山百丈坑。

又

无人请我。我自铺毡松下坐。酌酒裁诗。调弄梅花作侍儿。
心欢易醉。明月飞来花下睡。醉舞谁知。花满纱巾月满杯。

又

花随人去。今夜钱塘江上雨。宿酒残更。潮过西窗不肯明。
小罗金缕。结尽同心留不住。何处长亭。绣被春寒掩翠屏。

又

有何不可。依旧一枚闲底我。饭饱茶香。瞌睡之时便按"便"原作
"知"，据四印斋本樵歌改上床。　　百般经过。且喜青鞋蹋不破。小院
低窗。桃李花开春昼长。

又

江南春水。罗幕黄昏寒未退。好个相知。唱到姮娥敛黛眉。
夜阑人醉。风露无情花有泪。画角残时。一片参旗红杏西。

点　绛　唇

淮海秋风，冶城飞下扬州叶。画船催发。倾酒留君别。　　卧倒
金壶，相对天涯客。阳关彻。大江横绝。泪湿杯中月。

又

客梦初回，卧听吴语开帆索。护霜云薄。澹澹芙蓉落。　　画舫
无情，人去天涯角。思量著。翠蝉金雀。别后新梳掠。

又

至日春云,万般祥瑞朝来奏。太平时候。乐事家家有。　　玉指
呵寒,酥点梅花瘦。金杯酒。与君为寿。只愿人长久。

又

春雨春风,问谁染就江南草。燕娇莺巧。只是参军老。　　今古
红尘,愁了人多少。尊前好。缓歌低笑。醉向花间倒。

又

绿径朱阑,暖烟晴日春来早。自家亭沼。不问人寻讨。　　携酒
提篮,儿女相随到。风光好。醉敧纱帽。索共梅花笑。

柳　梢　青

狂踪怪迹。谁料年老,天涯为客。帆展霜风,船随江月,山寒波碧。
　　如今著处添愁,怎忍看、参西雁北。洛浦莺花,伊川云水,何时
归得。

按此首误入元朱晞颜瓢泉吟稿卷三。

又

松江胜集。中秋载酒,幽人闲客。云将迟疑,桂娥羞涩,一欢难得。
　　天怜我辈凄凉,借万里、晴空湛碧。浩浩烟波,堂堂风月,今夕
何夕。

按四印斋本樵歌此首题作丁丑松江赏月。

又

红分翠别。宿酒半醒,征鞍将发。楼外残钟,帐前残烛,窗边残月。

想伊绣枕无眠,记行客、如今去也。心下难挤,眼前难觅,口头
难说。

又

梅蒸乍热。无处散策,芳菲初歇。席展凉莞,帐垂黄草,天然奇绝。
　　披襟永昼清风,更荐枕、良宵皓月。一梦游仙,软云推倒,广寒
宫阙。

又　季女生日

秋光正洁。仙家瑞草,黄花初发。物外高情,天然雅致,清标偏别。
　　仙翁笑酌金杯,庆儿女、团圆喜悦。嫁与萧郎,凤凰台上,长生
风月。

又

水云晚照。浮生了了,霜风衰草。日月金梭,江山春梦,天多人少。
　　赤松认得虚空,便一向、飞腾缥缈。直上蓬瀛,回看沧海,凄然
长啸。

采桑子　彭浪矶

扁舟去作江南客,旅雁孤云。万里烟尘。回首中原泪满巾。
碧山对晚汀洲冷。枫叶芦根。日落波平。愁损辞乡去国人。

又　重阳病起饮酒连夕

天高风劲尘寰静,佳节重阳。叶下潇湘。碧海晴空一阵霜。
安排弦管倾芳酝,报答秋光。昼短歌长。红烛黄花夜未央。

又

一番海角凄凉梦,却到长安。翠帐犀帘。依旧屏斜十二山。
玉人为我调琴瑟,鬟黛低鬟。云散香残。风雨蛮溪半夜寒。

忆秦娥　若无置酒朝元亭,师厚同饮作

西江碧。江亭夜燕天涯客。天涯客。一杯相属,此夕何夕。
烛残花冷歌声急。秦关汉苑无消息。无消息,戍楼吹角,故人难
得。

又

霜风急。江南路上梅花白。梅花白。寒溪残月,冷村深雪。
洛阳醉里曾同摘。水西竹外常相忆。常相忆。宝钗双凤,鬓边春
色。

又

吴船窄。吴江岸下长安客。长安客。惊尘心绪,转蓬踪迹。
征鸿也是关河隔。孤飞万里谁相识。谁相识。三更月落,斗横西
北。

又　至节赴郡会,赦到

歌钟列,公堂盛会酬佳节。酬佳节。皇恩宣布,早梅争发。　　舞
场椎鼓催回雪。金壶旋酒琼酥热。琼酥热。今朝不饮,几时欢悦。

卜算子　除夕

江上见新年,年夜听春雨。有个人人领略春,粉澹红轻注。　　深

劝玉东西,低唱黄金缕。捻底梅花总是愁,酒尽人归去。

又

陌上雪销初,才得江梅信。剪彩盘金院落香,便觉烧灯近。乐
事眼前多,春酒今年胜。好趁迎梅接柳时,满引金杯饮。

又

碧瓦小红楼,芳草江南岸。雨后纱窗几阵寒,零落梨花晚。看
到水如云,送尽鸦成点。南北东西处处愁,独倚阑干遍。

又

古涧一枝梅,免被园林锁。路远山深不怕寒,似共春相趓。幽
思有谁知,托契都难可。独自风流独自香,明月来寻我。

又

灼灼一枝桃,粉艳天然好。只被春风摆撼多,颜色凋零早。结
子未为迟,悔恨随芳草。不下山来不出溪,待守刘郎老。

又

旅雁向南飞,风雨群初失。饥渴辛勤两翅垂,独下寒汀立。鸥
鹭苦难亲,矰缴忧相逼。云海茫茫无处归,谁听哀鸣急。

又

山晓鹧鸪啼,云暗泷州路。榕叶阴浓荔子青,百尺桃榔树。尽
日不逢人,猛地风吹雨。惨黯蛮溪鬼峒寒,隐隐闻铜鼓。

清　平　乐

乱红深翠。楼阁春风外。胡蝶成团飞照水。睡鸭无人惊起。
身闲更觉身轻。酒壶歌扇随行。芳草绿杨堤畔，一声初听啼莺。

又　木樨

人间花少。菊小芙蓉老。冷澹仙人偏得道。买定西风一笑。
前身原是疏梅。黄姑点碎冰肌。惟有暗香长在，饱参清露霏微。

又

相留不住。又趁东风去。楼外夕阳芳草路。今夜短亭何处。
杏花斜压阑干。朱帘不卷春寒。惆怅黄昏前后，离愁酒病厌厌。

又

多寒易雨。春事都相误。愁过黄昏无著处。宝篆烧残香缕。
低鬟暗摘明珰。罗巾挹损残妆。檐外几声风玉，丁东敲断人肠。

又

春寒雨妥。花萼红难破。绣线金针慵不作。要见秋千无那。
西邻姊妹丁宁。寻芳更约清明。画个丙丁帖子，前阶后院求晴。

又

当初相见。君恨相逢晚。一曲秦筝弹未遍。无奈昭阳人怨。
便教恩浅情疏。隔花空望金舆。春晚不拈红粉，碧窗自录仙书。

昭君怨 悼亡

胧月黄昏亭榭。池上秋千初架。燕子说春寒。杏花残。　泪断

愁肠难断。往事总成幽怨。幽怨几时休。泪还流。

浣溪沙 季钦拥双妙丽,使来求长短句,为赋

折桂归来懒觅官。十年风月醉家山。有人挟瑟伴清闲。　楚畹

飞香兰结佩,蓝田生暖玉连环。拥书万卷看双鸾。

又 玄真子有渔父词,为添作

西塞山边白鹭飞。吴兴江上绿杨低。桃花流水鳜鱼肥。　青箬

笠将风里戴,短蓑衣向雨中披。斜风细雨不须归。

又

银海清泉洗玉杯。恰笤白酒冷偏宜。水林檎嫩折青枝。　争看

使君长寿曲,旋教法部太平词。快风凉雨火云摧。

按此首别误作朱晞颜词,见瓢泉吟稿卷三。

又

碧玉阑干白玉人。倚花吹叶忍黄昏。萧郎一去又经春。　眉澹

翠峰愁易聚,脸残红雨泪难匀。纤腰减半绿罗裙。

又

雨湿清明香火残。碧溪桥外燕泥寒。日长独自倚阑干。　脱箨

修篁初散绿,褪花新杏未成酸。江南春好与谁看。

又

风落芙蓉画扇闲。凉随春色到人间。乍垂罗幕乍飞鸢。　　好把
深杯添绿酒,休拈明镜照苍颜。浮生难得是清欢。

又

才子佳人相见难。舞收歌罢又更阑。密将春恨系幽欢。　　结子
同心香佩带,帕儿双字玉连环。酒醒灯暗忍重看。

又 赠贾大夫歌者,其人尝在大家

晚菊花前敛翠蛾。授花传酒缓声歌。柳枝团扇别离多。　　拥髻
凄凉论旧事,曾随织女度银梭。当年今夕奈愁何。

按此首别误作苏轼词,见草堂诗馀续集卷上。

阮 郎 归

柳花陌上捻明珰。娇红新样妆。匆匆曾贮一襟香。月痕金缕凉。
　　分泪扇,掩离舻。春残人断肠。锦书难寄雁飞忙。池塘芳草
长。

生 查 子

卧病独眠人,无月中秋节。潋照碧纱灯,冷看银屏雪。　　风露转
萧寒,砧杵添凄切。伏枕漫书空,到晓愁难说。

眼儿媚 席上瑞香

青锦成帷瑞香浓。雅称小帘栊。主人好事,金杯留客,共倚春风。
　　不知因甚来尘世,香似旧曾逢。江梅退步,幽兰偷眼,回避芳

丛。

又

叠翠阑红鬥纤浓。云雨绮为栊。只忧谢了,偏须著意,障雨遮风。

　　瑞云香雾虽难觅,蓦地有时逢。不妨守定,从他人笑按"笑"原作
"叹",从吴讷本,老入花丛。

又

紫岐红襟艳争浓。光彩烁疏栊。香为小字,瑞为高姓,道骨仙风。

　　此花合向瑶池种,可惜未遭逢。阿环见了,羞回眼尾,愁聚眉
丛。

诉　衷　情

青垂柳线水平池。芳径燕初飞。日长事少人静,山茧换单衣。
　　箫鼓远,篆香迟。卷帘低。半床花影,一枕松风,午醉醒时。

又

老人无复少年欢。嫌酒倦吹弹。黄昏又是风雨,楼外角声残。
　　悲故国,念尘寰。事难言。下了纸帐,曳上青毡,一任霜寒。

又

青旗彩胜又迎春。暖律应祥云。金盘内家生菜,宫院遍承恩。
　　时节好,管弦新。度升平。惠风迟日,柳眼梅心,任醉芳尊。

又

月中玉兔日中鸦。随我度年华。不管寒暄风雨,饱饭热煎茶。

居士竹，故侯瓜。老生涯。自然天地，本分云山，到处为家。

菩　萨　蛮

老人谙尽人间苦。近来恰似心头悟。九九是重阳。重阳菊散芳。
出门何处去。对面谁相语。枕臂卧南窗。铜炉柏子香。

又

芭蕉叶上秋风碧。晚来小雨流苏湿。新窨木樨沉。香迟斗帐深。
无人同向夕。还是愁成忆。忆昔结同心。鸳鸯何处寻。

又

风流才子倾城色。红缨翠幰长安陌。夜饮小平康。暖生银字簧。
持杯留上客。私语眉峰侧。半冷水沉香。罗帏宫漏长。

又

乡关散尽当年客。春风寂寞花无色。长日掩重门。江山眼外昏。
画图高挂壁。嵩少参差碧。想见卧云人。松黄落洞门。

又

芙蓉红落秋风急。夜寒纸帐霜华湿。枕畔木瓜香。晓来清兴长。
轻舟青箬笠。短棹溪光碧。去觅谢三郎。芦花何处藏。

按以上二首并误入元朱晞颜瓢泉吟稿卷三。

双　鸂　鶒

拂破秋江烟碧。一对双飞鸂鶒。应是远来无力。捎下相偎沙碛。
小艇谁吹横笛。惊起不知消息。悔不当时描得。如今何处寻觅。

鼓 笛 令

纸帐绸衾忒暖。尽自由、横翻倒转。睡觉西窗灯一盏。恰听打、三更三点。　　残梦不须深念。这些个、光阴煞短。解散缰绳休系绊。把从前、一笔句断。

西 湖 曲

今冬寒早风光好。休怪搀先敆絮帽。蟹肥一个可称觞,酒美三杯真合道。　　年年闲梦垂垂了。且喜风松吹不倒。平分两月是新春,却共梅花依旧笑。

风 蝶 令

试看何时有,元来总是空。丹砂只在酒杯中。看取乃公双颊、照人红。　　花外庄周蝶,松间御寇风。古人漫尔说西东。何以自家识取、卖油翁。

谒金门　和李士举

春怎恋。楼外绿催红殿。短袖迎风愁半卷。手寒无处暖。　　目断蓬莱宫殿。引去谁怜谁怨。相见不如青翅燕。举头长安远。

洛 妃 怨

拾翠当年延伫。解佩感君诚素。微步过南冈。献明珰。　　襟上泪难再会。惆怅幽兰心事。心事永难忘。寄君王。

燕 归 梁

帐掩秋风一半开。闲将玉笛吹。过云微雨散轻雷。夜参差、认楼台。　　暗香移枕新凉住,竹外漏声催。放教明月上床来。共清梦、两徘徊。

相 见 欢

泷州几番清秋。许多愁。叹我等按"等"原作"贴",据四印斋本改闲白了、少年头。　　人间事。如何是。去来休。自是不归归去、有谁留。

又

东风吹尽江梅。橘花开。旧日吴王宫殿、长青苔。　　今古事。英雄泪。老相催。长恨夕阳西去、晚潮回。

又

金陵城上西楼。倚清秋。万里夕阳垂地、大江流。　　中原乱。簪缨散。几时收。试倩悲风吹泪、过扬州。

又

秋风又到人间。叶珊珊。四望烟波无尽、欠青山。　　浮生事。长江水。几时闲。幸是古来如此、且开颜。

又

吟蛩作尽秋声。月西沉。凄断馀香残梦、下层城。　　人不见。屏空掩。数残更。还自搴帷独坐、看青灯。

又

当年两上蓬瀛。燕殊庭。曾共群仙携手、鬥吹笙。　　云涛晚。霓旌散。海鸥轻。却钓松江烟月、醉还醒。

又

深秋庭院初凉。近重阳。篱畔一枝金菊、露微黄。　　鲈脍韵。橙虀品。酒新香。我是升平闲客、醉何妨。

如 梦 令

一夜新秋风雨。客恨客愁无数。我是卧云人，悔到红尘深处。难住。难住。拂袖青山归去。

又

好个中秋时节。莫恨今宵无月。岩壑一灯青，寒浸水香留客。留客。留客。相对无言无说。

又

盏底一盘金凤。满泛酒光浮动。引我上烟霞，智力一时无用。无用。无用。蹋破十洲三洞。

又

真个先生爱睡。睡里百般滋味。转面又翻身，随意十方游戏。游戏。游戏。到了元无一事。

又

莫恨中秋无月。月又不甜不辣。幸有瓮头春,闲坐暖云香雪。香雪。香雪。满引水晶蕉叶。

又

莫恨中秋无月。多点金钉红蜡。取酒拥丝簧,迎取轻盈桃叶。桃叶。桃叶。唱我新歌白雪。

又

一夜蟠桃吹坼。刚道有人偷折。幸自没踪由,无奈蝶蜂胡说。胡说。胡说。方朔不须耳热。

又

好笑山翁年纪。不觉七十有四。生日近元宵,占早烧灯欢会。欢会。欢会。坐上人人千岁。

春　晓　曲

西楼落月鸡声急。夜浸疏香寒淅沥。玉人酒渴嚼春冰,晓色入帘横宝瑟。

　　　按此首词品卷一误作张元幹词。

柳　枝

江南岸柳枝。江北岸柳枝。折送行人无尽时。恨分离柳枝。　　　酒一杯柳枝。泪双垂柳枝。君到长安百事违。几时归柳枝。以上九十五首彊村丛书本樵歌卷下

念　奴　娇

别离情绪,奈一番好景,一番悲戚。燕语莺啼人乍远,还是他乡寒食。桃李无言,不堪攀折,总是风流客。东君也自,怪人冷淡踪迹。

花艳草草春工,酒随花意薄,疏狂何益。除却清风并皓月,脉脉此情谁识。料得文君,重帘不卷,且等闲消息。不如归去,受他真个怜惜。草堂诗馀后集卷下：

按此首别见彤管遗编后集卷十二,误作朱秋娘词。

存　目　词

调　名	首　　句	出　　　处	附　　　　　　注
采 桑 子 杨柳	人如濯濯春 十八	广群芳谱卷七	向子 作,见酒边集

孙　觌

　　觌字仲益,晋陵(今江苏常州)人。生于元丰四年(1081)。大观三年(1109)进士。政和四年(1114),中词科。高宗朝,仕至户部尚书,提举鸿庆宫。乾道五年(1169)卒,年八十九。

浣　溪　沙

弱骨轻肌不耐春。一枝江路玉梅新。巡檐索笑为何人。　　素影徘徊波上月,醉香摇荡竹间云。酒醒人散梦仙村。梅苑卷六

慕容嵒卿妻

　　嵒卿,姑苏(今苏州)士人。

浣　溪　沙

满目江山忆旧游。汀洲花草弄春柔。长亭舣住木兰舟。　　好梦易随流水去,芳心空逐晓云愁。行人莫上望京楼。竹坡老人诗话卷三

周紫芝

　　紫芝字少隐,宣城人。生于元丰五年(1082)。从李之仪、吕本中游。绍兴十七年(1147),右迪功郎敕令所删定官,同年十二月,为枢密院编修官。绍兴二十一年(1151),知兴国军。自号竹坡居士。有太仓稊米集及竹坡诗话。

水龙吟 天申节祝圣词

黄金双阙横空,望中隐约三山眇。春皇欲降,渚烟收尽,青虹正绕。
日到层霄,九枝光满,普天俱照。看海中桃熟,云幡绛节,冉冉度、
沧波渺。　　遥想建章宫阙,□薰风、月寒清晓。红鸾影上,云韶
声里,蒙天一笑。万国朝元,百蛮款塞,太平多少。听尧云深处,人
人尽祝,似天难老。

又 题梦云轩

楚山千叠浮空,楚云只在巫山住。鸾飞凤舞,当时空记,梦中奇语。
晓日曈昽,夕阳零乱,袅红萦素。问如今依旧,霏霏冉冉,知他为、
谁朝暮。　　玉佩烟鬟飞动,炯星眸、人间相遇。嫣然一笑,阳城
下蔡,尽成惊顾。蕙帐春浓,兰衾日暖,未成行雨。但丁宁莫似,阳
台梦断,又随风去。

又 须江望九华作

梦山木落风高,暮云黯黯孤容瘦。天晴似洗,明霞消尽,玉峦排秀。
九凤飞来,五云深处,一时轻矫。恨三山不见,六鳌去后,天空远、
人将老。　　堪笑此生如寄,信扁舟、朅来江表。望中愁眼,依稀
犹认,数峰林杪。万里东南,跨江云梦,此情多少。问何时还我,千
岩万壑,卧霜天晓。

浣溪沙 今岁冬温,近腊无雪,而梅殊未放。戏作浣溪

沙三叠,以望发奇秀

近腊风光一半休。南枝未动北枝愁。嫦娥莫是见人羞。　　么凤
不传蓬岛信,杜鹃空办鹤林秋。便须千杖打梁州。

又

欲醉江梅兴未休。待笃春瓮洗春愁。不成欢绪却成羞。　　天意
若教花似雪，客情宁恨鬓如秋。趁他何逊在扬州。

又

无限春情不肯休。江梅未动使人愁。东昏觑得玉奴羞。　　对酒
情怀疑是梦，忆花天气黯如秋。唤春云梦泽南州。

又　和陈相之题烟波图

水上鸣榔不系船。醉来深闭短篷眠。潮生潮落自年年。　　一尺
鲈鱼新活计，半蓑烟雨旧衣冠。庙堂空有画图看。

又

多病嫌秋怕上楼。苦无情绪懒抬头。雁来不寄小银钩。　　一点
离情深似海，万重凄恨黯如秋。怎生禁得许多愁。

又

醺醾新翻碧玉壶。水精钗袅绛纱符。吴姬亲手碎菖蒲。　　彩索
系时新睡起，榴花剪处要人扶。心情还似去年无。

又

学画双蛾苦未成。鬓云新结翠鬟轻。伴人歌笑已多情。　　飞絮
乱花闲院宇，舞鸾歌凤小娉婷。阳关休唱断肠声。

卜算子 席上送王彦猷

江北上归舟,再见江南岸。江北江南几度秋,梦里朱颜换。　　人
是岭头云,聚散天谁管。君似孤云何处归,我似离群雁。

又 再和彦猷

霜叶下孤篷,船在垂杨岸。早是凄凉惜别时,更惜年华换。　　别
酒解留人,挤醉君休管。醉里朱弦莫漫弹,愁入参差雁。

又 西窗见剪榴花

絮尽柳成空,春去花如扫。窗外枝枝海石榴,特为幽人好。　　密
叶过疏篱,薄艳明芳草。剪得花时却倚阑,楼上人垂手。

木兰花 长安狭邪中,有高自标置者,客非新科不得其门,时颇称之。予尝语人曰:相马失之肥,相士失之瘦,世亦岂可以是论人物乎! 戏作此词,为花衢狭客一笑

嫦娥天上人谁识。家在蓬山烟水隔。不应著意眼前人,便是登瀛当日客。　　双眸炯炯秋波滴。也解人间青与白。檀郎未摘月边枝,枉是不教花爱惜。

又

江头雨后山如髻。催送新凉风有意。月来杨柳绿阴中,秋在梧桐疏影外。　　小窗纹簟凉如水。岁岁年年同此味。眼前不忍对西风,梦里更堪追往事。

减字木兰花

春闲昼永。城下江深山倒影。净扫风埃。收拾烟光入句来。
短窗闲倚。身似浮云门似水。谁伴馀年。结得青山一个缘。

又　内子生日

蓬莱三岛。上有青青千岁草。玉佩烟鬟。来作人间一笑欢。
麻姑行酒。萼绿华歌清韵袅。玉秀兰芳。醉舞东风彩袖长。

又　大梁杨师醇,奉亲甚孝,尝手植木犀于堂后,木末三尺而已著数花,盖造物者以娱萱堂老人也。师醇以长短句分饷一枝,竹坡作此解以赞之

西山岩桂。常恨香闻烟雨外。何似君家。戏彩堂前早试花。
黄金千粟。风撼芳条香馥馥。一剪无多。桃李漫山奈俗何。

又　晁别驾生日

当年文伯。曾是东坡门下客。文采风流。奕叶传芳总未休。
为公持酒。愿祝彩衣无限寿。归觐枫宸。剩醉长安几度春。

摊破浣溪沙　茶词

苍璧新敲小凤团。赤泥开印煮清泉。醉捧纤纤双玉笋,鹧鸪斑。
　　雪浪溅翻金缕袖,松风吹醒玉酡颜。更待微甘回齿颊,且留连。

又　汤词

门外青骢月下嘶。映阶笼烛画帘垂。一曲阳关声欲尽,不多时。

凤饼未残云脚乳,水沉催注玉花瓷。忍看捧瓯春笋露,翠鬟
低。

水调歌头 十月六日于仆为始生之日,戏作此词为林
下一笑。世固未有自作生日词者,盖自竹坡老人
始也

白髪三千丈,双鬓不胜垂。人间忧喜如梦,老矣更何之。蓬玉行年
过了,未必如今俱是,五十九年非。拟把彭殇梦,分付与痴儿。

君莫羡,客起舞,寿琼卮。此生但愿,长遣猿鹤共追随。金印借
令如斗,富贵那能长久,不饮竟何为。莫问蓬莱路,从古少人知。

又 王次卿归自彭门,中秋步月作

濯锦桥边月,几度照中秋。年年此夜清景,伴我与君游。万里相随
何处,看尽吴波越嶂,更向古徐州。应为霜髯老,西望倚黄楼。

天如水,云似扫,素魂流。不知今夕何夕,相对语羁愁。故国归
来何事,记易南枝惊鹊,还对玉蟾羞。踏尽疏桐影,更复为君留。

又 丙午登白鹭亭作

岁晚念行役,江阔渺风烟。六朝文物何在,回首更凄然。倚尽危楼
杰观,暗想琼枝璧月,罗袜步承莲。桃叶山前鹭,无语下寒滩。

潮寂寞,浸孤垒,涨平川。莫愁艇子何处,烟树杳无边。王谢堂
前双燕,空绕乌衣门巷,斜日草连天。只有台城月,千古照婵娟。

又 雨后月出西湖作

落日在烟树,云水两空濛。澹霞消尽,何事依约有微红。湖上晚来
风细,吹尽一天残雨,苍翠湿千峰。谁遣长空月,冷浸玉壶中。

问明月,应解笑,白头翁。不堪老去,依旧临水照衰容。良夜几横烟棹,独倚危樯西望,目断远山重。但恨故人远,此乐与谁同。

沙塞子　中秋无月

秋云微淡月微羞。云黯黯、月彩难留。只应是、嫦娥心里,也似人愁。　几时回步玉移钩。人共月、同上南楼。却重听、画阑西角,月下轻讴。

又　席上送赵戒叔,时东南方扰

玉溪秋月浸寒波。忍持酒、重听骊歌。不堪对、绿阴飞阁,月下羞蛾。　夜深惊鹊转南柯。惨别意、无奈愁何。他年事、不须重问,转更愁多。

鹧　鸪　天

荷气吹凉到枕边。薄纱如雾亦如烟。清泉浴后花垂雨,白酒倾时玉满船。　钗欲溜,髻微偏。却寻霜粉扑香绵。冰肌近著浑无暑,小扇频摇最可怜。

又　七夕

乌鹊桥边河汉流。洗车微雨湿清秋。相逢不似长相忆,一度相逢一度愁。　云却静,月垂钩。金针穿得喜回头。只应人倚阑干处,便似天孙梳洗楼。

又　李彦恢生日

尊酒年年乐事多。古铜犹得几摩挲。他时人物君须记,玉笋班中李泰和。　烦翠袖,把金荷。功名馀事且高歌。新来学得长生诀,写就黄庭不换鹅。

又 沈彦述生日

名在休文季孟间。一时风味更萧然。琼林不逐春风老,安用丹砂
巧驻颜。　　春入户,酒吹澜。小桃枝上锦阑斑。明年欲与君为
寿,无路相从入道山。

又 和刘长孺有赠

袅袅云梳晓髻堆。涓涓秋净眼波回。旧家十二峰前住,偶为襄王
下楚台。　　闲院静,小桃开。刘郎前度几回来。东风易得行云
散,花里传觞莫谩催。

又 和孙子绍菊花词

晴日烘帘暖似春。菊回霜晕浅仍深。谁知此地栽花手,便是当时
嗅蕊人。　　秋渺渺,夜沉沉。一声清唱袅残音。娇痴应挽香罗
比,六幅双裙染郁金。

又

一点残红欲尽时。乍凉秋气满屏帏。梧桐叶上三更雨,叶叶声声
是别离。　　调宝瑟,拨金猊。那时同唱鹧鸪词。如今风雨西楼
夜,不听清歌也泪垂。

又 重九登醉山堂,戏集前人句作鹧鸪天,令官妓歌之,
为酒间一笑。前一首,自为之也

年少登高意气多。黄花压帽醉嵯峨。如今满眼看华发,强撼茱萸
奈老何。　　千叠岫,万重波。一时分付与秦娥。明年身健君休

问，且对秋风卷翠螺。

又

终日看山不厌山。寻思百计不如闲。何时得到重阳日，醉把茱萸
仔细看。　　敧醉帽，倚雕阑。偶然携酒却成欢。篱边黄菊关心
事，触误愁人到酒边。

又　荆州都倅生日

读尽牙签玉轴书。不知门外有园蔬。借令未解銮坡去，也合雠书
在石渠。　　微雨后，小寒初。满斟长寿碧琳腴。不须更问荆州
路，便上追锋御府车。

又　予少时酷喜小晏词，故其所作，时有似其体制者，此
三篇是也。晚年歌之，不甚如人意，聊载于此，为长
短句体之助云

楼上缃桃一萼红。别来开谢几东风。武陵春尽无人处，犹有刘郎
去后踪。　　香阁小，翠帘重。今宵何事偶相逢。行云又被风吹
散，见了依前是梦中。

又

彩鹢双飞雪浪翻。楚歌声转绿杨湾。一川红旆初衔日，两岸朱楼
不下帘。　　阑倚处，玉垂纤。白团扇底藕丝衫。未成密约回秋
水，看得羞时隔画檐。

又

花褪残红绿满枝。嫩寒犹透薄罗衣。池塘雨细双鸳睡，杨柳风轻

小燕飞。　　　人别后,酒醒时。午窗残梦子规啼。尊前心事人谁
问,花底闲愁春又归。

采桑子 雨后至玉壶轩

跳珠雨罢风初静,阑槛凭虚。绛阙清都。只在仙人碧玉壶。
九原唤起王摩诘,画作新图。十里芙蕖。乞与知章老鉴湖。

西　江　月

画幕灯前细雨,垂莲盏里清歌。玉纤持板隔香罗。不放行云飞过。
　　　今夜尘生洛浦,明朝雨在巫山。羞蛾且莫鬥弯环。不似司空
见惯。

又

池面风翻弱絮,树头雨退嫣红。扑花蝴蝶杳无踪。又做一场春梦。
　　　便是一成去了,不成没个来时。眼前无处说相思。要说除非
梦里。

又

罗袖云轻雾薄,醉肌玉软花柔。相逢不道有春愁。只道春来微瘦。
　　　一点人间深意,数声柳下轻讴。带将离恨上归舟。肠断月斜
时候。

又

髪白犹敧旅枕,溪深未挂烟莎。往来苕霅意如何。应有轻鸥笑我。
　　　细算年来活计,只消一个渔舟。金鱼无分不须求。只乞鲈鱼
换酒。

又　席上赋双荔子

连理枝头并蒂,同心带上双垂。背灯偷赠语低低。一点浓情先寄。

　　翡翠钗头摘处,鸳鸯枕上醒时。酸甜红颗阿谁知。别是人间滋味。

又　和孙子绍拒霜词

天意未教秋老,花容划地宜霜。酒肌红软玉肌香。不与梨花同样。

　　来伴孙郎小宴,临风为舞霓裳。更深绿水照红妆。便是采莲船上。

又

谁把蓝揉翡翠,天将蜡做梅花。晚来秋水映残霞。水墨新描图画。

　　纸上写将心去,眼边送却愁来。今回相见比前回。心下忡忡越黱。

小　重　山

溪上晴山簇翠螺。晓来霜叶醉,小池荷。琐窗秋意苦无多。帘绣卷,黄菊两三窠。　　　　小睡拥香罗。起来匀醉粉,玉垂梭。只愁无奈夜长何。你去也,今夜早来么。

又　方元相生日

碧玉山围十里湖。水云天共远,戏双凫。河阳花县锦屏铺。人不老,长日在蓬壶。　　　　一笑且踟蹰。会骑箕尾去,上云衢。十分深注碧琳腴。休惜醉,醉后有人扶。以上五十首毛扆校汲古阁本竹坡词卷一

汉宫春　己未中秋作

秋意还深,渐银床露冷,梧叶风高。婵娟也应为我,羞照霜毛。流年老尽,漫银蟾、冷浸香醪。除尽把,平生怨感,一时分付离骚。

　　伤心故人千里,问阴晴何处,还记今宵。楼高共谁同看,玉桂烟梢。南枝鹊绕,叹此生、飘转江皋。须更约,他年清照,为人常到寒霄。

> **又**　别乘赵李成以山谷道人反魂梅香材见遗。明日剂成,下帏一炷,恍然如身在孤山,雪后园林、水边篱落,使人神气俱清。又明日,乃作此词歌于妙香寮中,亦仆西来一可喜事也

香满箱奁,看沉犀弄水,浓麝含薰。荀郎一时旧事,尽属王孙。残膏剩馥,须倾囊、乞与兰荪。金兽暖,云窗雾阁,为人洗尽余醺。

　　依稀雪梅风味,似孤山尽处,马上烟村。从来甲煎浅俗,那忍重闻。苏台燕寝,下重帏、深闭孤云。都占得,横斜乱影,伴他月下黄昏。

醉　落　魄

江天云薄。江头雪似杨花落。寒灯不管人离索。照得人来,真个睡不著。　　归期已负梅花约。又还春动空飘泊。晓寒谁看伊梳掠。雪满西楼,人在阑干角。

又

柳边池阁。晚来卷地东风恶。人生不解频行乐。昨日花开,今日风吹落。　　杨花却似人飘泊。春云更似人情薄。如今始信从前错。为个蝇头,轻负青山约。

又 　重午日过石熙明,出侍儿鸳鸯

薰风池阁。小红桥下荷花薄。沙平水浅山如削。水上鸳鸯,何处风吹落。　　今朝端午新梳掠。锦丝围腕花柔弱。人生只有尊前乐。前度刘郎,莫负重来约。

又

云深海阔。天风吹上黄金阙。酒醒不记归时节。三十年来,往事无人说。　　浮生正似风中雪。丹砂岂是神仙诀。世间生死无休歇。长伴君闲,只有山中月。

阮　郎　归

酴醾花谢日迟迟。杨花无数飞。章台侧畔尽风吹。飘零无定期。　　烟漠漠,草萋萋。江南春尽时。可怜踪迹尚东西。故园何日归。

又

月榥疏影照婵娟。闲临小玉盘。枣花金钏出纤纤。棋声敲夜寒。　　飞雹冷,水精圆。夜深人未眠。笑催炉兽暖衾鸳。莫教银漏残。

又 　西湖摘杨梅作

西湖山下水潺潺。满山风雨寒。枝头红日晓斓斑。越梅催晓丹。　　连翠叶,拥金盘。玉池生乳泉。此生三度试甘酸。欲归归尚难。

青玉案 凌歊台怀姑溪老人李端叔

青鞋忍踏江沙路。恨人已、骑鲸去。笔底骅骝谁与度。西州重到，可怜不见，华屋生存处。　　秋江渺渺高台暮。满壁栖鸦醉时句。飞上金鸾人漫许。清歌低唱，小蛮犹在，空湿梨花雨。

又

梅花落尽人谁管。暗凄断、伤春眼。雪后平芜春尚浅。一簪华发，满襟离恨，羞做东风伴。　　鬥花小斛兰芽短。犹是当时旧庭院。拟把新愁凭酒遣。春衫重看，酒痕犹在，忍放金杯满。

菩　萨　蛮

翠蛾懒画妆痕浅。香肌得酒花柔软。粉汗湿吴绫。玉钗敲枕棱。　　鬖丝云卸腻。罗带还重系。含笑出房栊。羞随脸上红。

又

风头不定云来去。天教月到湖心住。遥夜一襟愁。水风浑似秋。　　藕花迎露笑。暗水飞萤照。渔笛莫频吹。客愁人不知。

又 赋疑梅香

宝薰拂拂浓如雾。暗惊梅蕊风前度。依约似江村。馀香马上闻。　　画桥风雨暮。零落知无数。收拾小窗春。金炉檀炷深。

西　地　锦

雨细欲收还滴。满一庭秋色。阑干独倚，无人共说，这些愁寂。　　手把玉郎书迹。怎不教人忆。看看又是黄昏也，敛眉峰轻碧。

谒 金 门

春雨细。开尽一番桃李。柳暗曲阑花满地。日高人睡起。　　绿浸小池春水。沙暖鸳鸯双戏。薄幸更无书一纸。画楼愁独倚。

生 查 子

春寒入翠帷,月淡云来去。院落半晴天,风撼梨花树。人醉掩金铺,闲倚秋千柱。满眼是相思,无说相思处。

又

青丝结晓鬟,临镜心情懒。知为晓愁浓,画得双蛾浅。柳困玉楼空,花落红窗暖。相对语春愁,只有春闺燕。

又

新欢君未成,往事无人记。行雨共行云,如梦还如醉。相见又难言,欲住浑无计。眉翠莫频低,我已无多泪。

又

清歌忆去年,共唱秦楼曲。门外月横波,帐里人如玉。秋风吹彩云,梦断惊难续。别调不堪闻,红泪销残烛。

又

金鞍欲别时,芳草溪边渡。不忍上西楼,怕看来时路。帘幕卷东风,燕子双双语。薄幸不归来,冷落春情绪。

又

轻云浅护霜,晓日红生砌。烟共宝薰浓,人与山长翠。　　银浪酒杯浓,锦幄双鸾戏。庭下彩衣郎,共祝千千岁。

昭 君 怨

满院融融花气。红绣一帘垂地。往事忆年时。只春知。　　风又暖。花渐满。人似行云不见。无计奈离情。恶销凝。

秦 楼 月

东风歇。香尘满院花如雪。花如雪。看看又是,黄昏时节。
无言独自添香鸭。相思情绪无人说。无人说。照人只有,西楼斜月。

天 仙 子

雪似杨花飞不定。枝上冻禽昏欲暝。寒窗相对话分飞,箫鼓静。灯炯炯。一曲阳关和泪听。　　酒入离肠愁欲凝。往事不堪重记省。劝君莫上玉楼梯,风力劲。山色暝。忍看去时楼下径。

渔 家 傲

遇坎乘流随分了。鸡虫得失能多少。儿辈雌黄堪一笑。堪一笑。鹤长凫短从他道。　　几度秋风吹梦到。花姑溪上人空老。唤取扁舟归去好。归去好。孤篷一枕秋江晓。

又 往岁阻风长芦,夜半舟中所见如此

月黑波翻江浩渺。扁舟系缆垂杨杪。渔网横江灯火闹。红影照。

分明赤壁回惊棹。　　风静云收天似扫。梦疑身在三山岛。浮世
功名何日了。从醉倒。桅楼红日千岩晓。

又　送李彦恢宰旌德

休惜骑鲸人已远。风流都被仍云占。腰下锦绦缠宝剑。光闪焰。
人间莫作牛刀看。　　见说河阳花满县。相邀更约疏狂伴。幸有
小蛮开小燕。须少款。玉堂此去知非晚。

又　重九前两日，游真如、广孝二寺。木犀方盛开，而城
　　中花已落数日矣。郡人以扶疏高花，绝胜水南。因
　　为解嘲，呈元寿知县

路入云岩山窈窕。岩花滴露花头小。香共西风吹得到。秋欲杪。
天还未放秋容老。　　谁道水南花不好。犹胜金蕊浑如扫。留取
光阴重一笑。须是早。黄花更惜重阳帽。

又　夜饮木芙蓉下

月黑天寒花欲睡。移灯影落清尊里。唤醒妖红明晚翠。如有意。
嫣然一笑知谁会。　　露湿柔柯红压地。羞容似替人垂泪。著意
西风吹不起。空绕砌。明年花共谁同醉。

南柯子　方钱唐出侍儿，范谢州要予作此词

蝉薄轻梳鬓，螺香浅画眉。西湖人道似西施。人似西施浓淡、更相
宜。　　画烛催歌板，飞花上舞衣。殷勤犹劝玉东西。不道使君
肠断、已多时。

又

雾帐兰衾暖，薰炉宝篆浓。眼波犹带睡朦胧。卧听晓来双燕、语春

风。　　　螺浅欢馀黛,霞销枕处红。断云飞雨怕匆匆。欲去且留
情绪、两冲冲。

又

白羽传觞急,金鞍跃马迟。云间彩凤看双飞。飞上碧梧枝上、稳双
栖。　　　林下风流女,堂东坦腹儿。此郎标韵世间稀。好为伯鸾
举案、又齐眉。

朝中措 登西湖北高峰作

西湖烟尽水溶溶。一笑与谁同。多谢湖边霜菊,伴人三见秋风。
　　　两高南北,天教看尽,吴越西东。趁取老来犹健,登临莫放杯
空。

又 二妙堂落成二十馀年,而庐阜隐然常在有无间,似不肯为老人出也,作长短句以招之

大江流处是庐峰。苍玉照晴空。何事浅鬟浓黛,却成烟雨溟濛。
　　　如今纵有,云涛万顷,翠巘千重。传语云间五老,一尊须要君
同。

又

雨馀庭院冷萧萧。帘幕度微飙。鸟语唤回残梦,春寒勒住花梢。
　　　无憀睡起,新愁黯黯,归路迢迢。又是夕阳时候,一炉沉水烟
销。

又 移桃花作

小桃花动著枝浓。移得伴衰翁。多谢天公怜我,一时染就轻红。

春光犹在,花枝未老,莫放尊空。休倚半岩烟树,能消几度东风。

又

黄昏楼阁乱栖鸦。天末淡微霞。风里一池杨柳,月边满树梨花。
　　阳台路远,鱼沉尺素,人在天涯。想得小窗遥夜,哀弦拨断琵琶。

虞美人 西池见梅作

短墙梅粉香初透。削约寒枝瘦。恼人知为阿谁开。还伴冷烟疏雨、做愁媒。　　飘零苦恨春情薄。不管花开落。小池疏影弄寒沙。何似玉台鸾镜、对横斜。

又 食瓜有感

西园摘处香和露。洗尽南轩暑。莫嫌坐上适来蝇。只恐怕寒、难近玉壶冰。　　井花浮翠金盆小。午梦初回后。诗翁自是不归来。不是青门、无地可移栽。

又

痴云压地风尘卷。雪共春寒浅。山城寒夜不烧灯。时见竹篱茅舍、两三星。　　九衢风里香尘拥。十载鳌山梦。如今独自倚冰檐。落尽短檠红炧、不成眠。

江 城 子

夕阳低尽柳如烟。淡平川。断肠天。今夜十分,霜月更娟娟。怎得人如天上月,虽暂缺,有时圆。　　断云飞雨又经年。思凄然。

泪涓涓。且做如今,要见也无缘。因甚江头来处雁,飞不到,小楼
边。

又

碧梧和露滴清秋。小庭幽。翠烟流。羞带一襟,明月上危楼。苦
恨秋江风与月,偏管断,这些愁。　　此情空道两绸缪。信悠悠。
几时休。到得如今,划地见无由。拟待不能思想得,无限事,在心
头。

潇湘夜雨　濡须对雪

楼上寒深,江边雪满,楚台烟霭空濛。一天飞絮,零乱点孤篷。似
我华颠雪领,浑无定、漂泊孤踪。空凄黯,江天又晚,风袖倚蒙茸。
　　吾庐,犹记得,波横素练,玉做寒峰。更短坡烟竹,声碎玲珑。
拟问山阴旧路,家何在、水远山重。渔蓑冷,遍舟梦断,灯暗小窗
中。

又

晓色凝暾,霜痕犹浅,九天春意将回。隔年花信,先已到江梅。沉
水烟浓如雾,金波满、红袖双垂。仙翁醉,问春何处,春在玉东西。
　　瑶台。人不老,还从东壁,来步天墀。且细看八砖,花影迟迟。
会见朱颜绿鬓,家长近、咫尺天威。君知否,天教雨露,常满岁寒
枝。

又　和潘都曹九日词

江绕淮城,云昏楚观,一枝烟笛谁横。晓风吹帽,霜日照人明。暗
恼潘郎旧恨,应追念、菊老残英。秋空晚,茱萸细撚,醽醁为谁倾。

人间,真梦境,新愁未了,绿鬓星星。问明年此会,谁寄幽情。倚尽一楼残照,何妨更、月到帘旌。凭阑久,歌君妙曲,谁是米嘉荣。

又　二妙堂作

楚尾江横,斗南山秀,辋川谁画新图。几时天际,平地出方壶。应念江南倦客,家何在、飘泊江湖。天教共,银涛翠壁,相伴老人娱。

长淮,看不尽,风帆落处,天在平芜。算人间此地,岂是穷途。好与婆娑尽日,应须待、月到金枢。山中饮,从教笑我,白首醉模糊。

宴　桃　源

帘幕疏疏风透。庭下月寒花瘦。宽尽沈郎衣,方寸不禁僝僽。难受。难受。灯暗月斜时候。

又

林外野塘烟腻。衣上落梅香细。瘦马步凌兢,人在乱山丛里。憔悴。憔悴。回望小楼千里。

又

绿尽小池芳草。门外柳垂春昼。花上雨廉纤,帘幕燕来时候。消瘦。消瘦。依约粉香襟袖。

又　与孙祖恭求酴醾

旧日〔荼〕(茶)䕷时候。酒浣粉香襟袖。老去惜春心,试问孙郎知否。花瘦。花瘦。剪取一枝重嗅——一作"添我小阑文绣"。以上毛扆校汲古阁

本竹坡词卷二

满江红 十一月二十有三日,雪意浓甚,已而复晴。客
歌世所传催雪,举席歆艳。有谓其韵俗者,使仆
作语,为赋此曲

寂寂江天,雪又满、晚来风急。空懊恨、散盐飞絮,未成轻集。万里
长空飞不到,珠帘卷尽还羞入。问向晚、谁欲画渔莎,寒江立。

天黯淡,催残日。波浩渺,添寒力。又何如聊遣,舞衣红湿。好
与月娥临晚砌,莫教先放梅花拆。便准拟、一醉广寒宫,千山白。

定 风 波 令

梅粉梢头雨未干。淡烟疏日带春寒。暝鸦啼处,人在小楼边。
芳草只随春恨长,塞鸿空傍碧云还。断霞销尽,新月又婵娟。

蝶 恋 花

天意才晴风又雨。催得风前,日日吹轻絮。燕子不飞莺不语。满
庭芳草空无数。　　春去可堪人也去。枝上残红,不忍抬头觑。
假使留春春肯住。唤谁相伴春同处。

永 遇 乐 五日

槐幄如云,燕泥犹湿,雨馀清暑。细草摇风,小荷擎雨,时节还端
午。碧罗窗底,依稀记得,闲系翠丝烟缕。到如今、前欢如梦,还对
彩缕无语。　　榴花半吐,金刀犹在,往事更堪重数。艾虎钗头,
菖蒲酒里,旧约浑无据。轻衫如雾,玉肌似削,人在画楼深处。想
灵符、无人共带,翠眉暗聚。

蓦　山　溪

月眉星眼，阆苑真仙侣。娇小正笄年，每当筵、愁歌怕舞。水亭烟
树，春去已无踪，桃源路。知何处。往事如风絮。　　如今闻道，
误剪香云缕，闲系小乌纱，更无心、浅匀深注。三山路杳，终不是人
间，知谁与。吹箫女。共驾青鸾去。

品令　重九前一日，飞卿携酒相过，坐中歌空青送客
　　　　词，因用其韵。是日淮上贼军退舍

西风持酒。诮不做、愁时候。机云兄弟，坐中玉树，琼枝高秀。且
莫劝人归去，坐来未久。　　甘泉书奏。报幽障、沉烽后。明朝重
九，茱萸休恼，泪沾襟袖。怕衰黄花，也解笑人白首。

又　九日寓居招提，旅中不复出，步上西庵绝顶，撷黄菊
　　一枝，凄然有感，复作此歌

霜蓬零乱。笑绿鬓、光阴晚。紫茱时节，小楼长醉，一川平远。休
说龙山佳会，此情不浅。　　黄花香满。记白苎、吴歌软。如今却
向，乱山丛里，一枝重看。对著西风搔首，为谁肠断。

按词律卷五此首误作吕渭老词。

清　平　乐

芦洲晚净。雨罢江如镜。属玉双飞栖不定。数点晚来烟艇。
梦回满眼凄凉。一成无奈思量。舟在绿杨堤下，蝉嘶欲尽斜阳。

又

烟鬟敛翠。柳下门初闭。门外一川风细细。沙上暝禽飞起。
今宵水畔楼边。风光宛似当年。月到旧时明处，共谁同倚阑干。

又

青春欲暮。柳下将飞絮。月到阶前梅子树。啼得杜鹃飞去。
人归不掩朱门。一成过了黄昏。只有琐窗红蜡，照人犹自销魂。

又

团栾小树。天与香无数。薄艳不禁风日苦。剩著红油遮护。
移栽未到江南。香山鼻观先参。勾引老情偏醉，锦薰笼暖春酣。

又

浅妆匀靓。一点闲心性。脸上羞红凝不定。恼乱酒愁花病。
晚来泪揾残霞。坠鬟小玉钗斜。细雨一帘春恨，东风满地桃花。

又

东风庭户。红满桃花树。准拟踏青南陌路。双凤绣鞋新做。
秋千月挂黄昏。画堂深掩朱门。立尽花阴归去，此时别是销魂。

浪淘沙 己未除夜

江上送年归。还似年时。屠苏休恨到君迟。觅得醉乡无事处，莫
放愁知。　　红炮一灯垂。应笑人衰。鹤长凫短怨他谁。明日江
楼春到也，且醉南枝。

又

落日在阑干。风满晴川。坐来高浪拥银山。白鹭欲栖飞不下，却
入苍烟。　　千里水云寒。正绕烟鬟。拍浮须要酒杯宽。天与吾
曹供一醉，不是人间。

踏莎行　和人赋双鱼花

风翠轻翻,雾红深注。鸳鸯池畔双鱼树。合欢凤子也多情,飞来连理枝头住。　　欲付浓愁,深凭尺素。戏鱼波上无寻处。教谁试与问花看,如何寄得香笺去。

又

燕子归来,梅花又落。缃桃雨后燕支薄。眼前先自许多愁,斜阳更在春池阁。　　梦里新欢,年时旧约。日长院静空帘幕。几回猛待不思量,抬头又是思量著。

又　谢人寄梅花

鹊报寒枝,鱼传尺素。晴香暗与风微度。故人还寄陇头梅,凭谁为作梅花赋。　　柳外朱桥,竹边深坞。何时却向君家去。便须倩月与徘徊,无人留得花常住。

又

情似游丝,人如飞絮。泪珠阁定空相觑。一溪烟柳万丝垂,无因系得兰舟住。　　雁过斜阳,草迷烟渚。如今已是愁无数。明朝且做莫思量,如何过得今宵去。

雨中花令　吴兴道中,颇厌行役,作此曲寄武林交旧

山雨细、泉生幽谷,水满平田。雪茧红蚕熟后,黄云陇麦秋间。武陵烟暖,数声鸡犬,别是山川。　　嗟老去、倦游踪迹,长恨华颠。行尽吴头楚尾,空惭万壑千岩。不如休也,一庵归去,依旧云山。

点绛唇 西池桃花落尽赋此

燕子风高,小桃枝上花无数。乱溪深处。满地飞红雨。　　唤得
春来,又送春归去。浑无绪。刘郎前度。空记来时路。

又 内子生日

人道长生,算来世上何曾有。玉尊长倒。早是人间少。　　四十
年来,历尽闲烦恼。如今老。大家开口。赢得花前笑。

临 江 仙

水远山长何处去,欲行人似孤云。十分瘦损沈休文。忍将秋水镜,
容易与君分。　　试问梨花枝上雨,为谁弹满清尊。一江风月黯
离魂。平波催短棹,小立送黄昏。

又 送光州曾使君

记得武陵相见日,六年往事堪惊。回头双鬓已星星。谁知江上酒,
还与故人倾。　　铁马红旗寒日暮,使君犹寄边城。只愁飞诏下
青冥。不应霜塞晚,横槊看诗成。

好事近 青阳道中见梅花。是日微风,花已有落者

江路绕青山,山翠扑衣轻湿。谁酿晚来云意,做一天愁色。　　竹
溪斜度尽篮舆,疏梅暗香入。何处最关心事,恨落梅风急。

又 谢人分似蜡梅一枝

香蜡染宫黄,不属世间风月。分我照寒金蕊,伴小窗愁绝。　　高
标独步本无双,一枝为谁折。压尽半春桃李,任满山如雪。

又

帘外一声歌,倾尽满城风月。看到酒阑羞处,想多情难说。周
郎元是个中人,如今鬓如雪。自恨老来肠肚,诮不堪摧折。

又

雨后欲斜阳,红满井梧风叶。还是夜来时候,共小轩明月。
关纤手与调冰,消除这些热。自是月娥肌骨,似玉壶香雪。

又　海棠

春似酒杯浓,醉得海棠无力。谁染玉肌丰脸,做燕支颜色。
春风雨最无情,吹残也堪惜。何似且留花住,唤小鬟催拍。

又

秋意总关愁,那更与君轻别。从此共谁同醉,恨老来风月。
知手板笑看云,江边醉时节。应为老人回首,记白头如雪。

酹　江　月

冰轮飞上,正金波翻动,玉壶新绿。风帽还敧清露滴,凛凛微生寒
粟。白玉楼高,水精帘卷,十里堆琼屋。千山人静,怒龙声喷薪竹。
　　夜久斗落天高,银河还对泻,冷悬双瀑。此地人间何处有,难
买明珠千斛。弄影人归,锦袍何在,更谁知鸿鹄。素光如练,满天
空挂寒玉。

又　送路使君

楚山无尽,看西来新拥,石城双斾。立马花边金镫暖,遥想元戎小

队。白雪歌成,莫愁去后,往事空千载。一时吟啸,风流不减前辈。

　　闻道梦泽南州,日高初睡足,雅宜高会。老去愁多谁念我,空
对云山苍翠。南雁归时,白头应记得,尊前倾盖。送君南浦,无情
空恨江水。

感　皇　恩

残月挂征鞍,路长山绕。独拥寒貂犯霜晓。水边林下,孤负此生多
少。星星空满鬓,因谁有。　　不如办个,短蓑长钓。唤取轻鸥伴
人老。思量也胜,看人眉头眼脑。世间浑是梦,何时了。

又　除夜作

玉箸点椒花,年华又杪。绛蜡烧残暗催晓。小窗醒处,梦断月斜江
悄。故山春欲动,归程杳。　　天意不放,人生长少。富贵应须致
身早。此宵长愿,赢取一尊娱老。假饶真百岁,能多少。

又　竹坡老人步上南冈,得堂基于孤峰绝顶间,喜甚,戏作长短句

无事小神仙,世人谁会。著甚来由自萦系。人生须是,做些闲中活
计。百年能几许,无多子。　　近日谢天,与片闲田地。作个茅堂
待打睡。酒儿熟也,赢取山中一醉。人间如意事,只此是。

又　送晁别驾赴朝

江上一山横,偶来同住。山北山南共来去。今朝何事,目送征鸿轻
举。可堪吹不断,梨花雨。　　千里莫厌,重霄云路。飞下彤庭伴
鹓鹭。紫骝乌帽,看尽章台风絮。故人应问我,今何处。

又　送侯彦嘉归彭泽

何处是云庵,本来无住。云共谁来共谁去。菊篱杯酒,聊为渊明频举。幅巾应屡湿,斜川雨。　　此去常恨,相从无路。记取孤飞水边鹭。重来一笑,又是柳飞残絮。梦魂飞不到,君闲处_{彦嘉小室,榜曰闲处。}

洞　仙　歌

江梅吹尽,更幽兰香度。可惜浓春为谁住。最嫌他、无数轻薄桃花,推不去,偏守定、东风一处。　　病来应怕酒,□_{原校:"眼"上疑脱一字,今补一空格}眼常醒,老去羞春似无语。准拟强追随,管领风光,人生只、欢期难预。纵留得、梨花做寒食,怎吃他朝来,这般风雨。

贺　新　郎

白首归何晚。笑一椽、天教付与,楚江南岸。门外春山晚无数,只有匡庐似染。但想像、红妆不见。谁念香山当日事,漫青衫、泪湿人谁管。歌旧曲,空凄怨。　　将军未老身归汉。算功名、过了唯有,古词_{原校:"词"应"祠",然诸本俱"词"}尘满。谁似渊明挣得老,饱看云山万点。况此老、斜川不远。终待我他年_{原校:"他年"下疑有脱字}自,剪黄花、一酹重阳酿。君为我,休辞劝。

苏　幕　遮

水傍边,山尽处。唤取云来,共我山头住。分得一江风共雨。满院芙蓉,更听红妆舞。　　趁霜晴,闲独步。那里烟村,有个梅花树。小径斜穿来又去。醉后知他,有甚青云路。

又

老相邀，山作伴。千里西来，始识庐山面。爱酒扬雄浑不管。天与
邻翁，来慰穷愁眼。　　似惊鸿，吹又散。画舸横江，望断江南岸。
地角天涯无近远。一阕清歌，且放梨花满。

一剪梅　送杨师醇赴官

无限江山无限愁。两岸斜阳，人上扁舟。阑干吹浪不多时，酒在离
尊，情满沧洲。　　早是霜华两鬓秋。目送飞鸿，那更难留。问君
尺素几时来，莫道长江，不解西流。

千秋岁　生日

小春时候。晴日吴山秀。霜尚浅，梅先透。波翻醽醁酽，雾暖芙蓉
绣。持寿酒。仙娥特地回双袖。　　试问春多少。恩入芝兰厚。
松不老，山长久。星占南极远，家是椒房旧。君一笑。金鸾看取人
归后。

又　叶审言生日

当年文焰。蜀锦词华烂。年正少，声初远。手攀天上桂，书奏蓬莱殿。
人尽道，洛阳盛事今重见。　　千尺青苍干。直节凌霄汉。天未识，
应嗟晚。饮残长寿醆，归奉春皇燕。金叶满。擗麟且受麻姑劝。

又　春欲去，二妙老人戏作长短句留之，为社中一笑

送春归去。说与愁无数。君去后，归何处。人应空懊恼，春亦无言
语。寒日暮，腾腾醉梦随风絮。　　尽日间庭雨。红湿秋千柱。
人恨切，莺声苦。拟倾浇闷酒，留取残红树。春去也，不成不为愁

人住。

风 入 松

禁烟过后落花天。无奈轻寒。东风不管春归去,共残红、飞上秋
千。看尽天涯芳草,春愁堆在阑干。　　楚江横断夕阳边。无限
青烟。旧时云去今何处,山无数、柳涨平川。与问风前回雁,甚时
吹过江南。

忆王孙 绝笔

梅子生时春渐老。红满地、落花谁扫。旧年池馆不归来,又绿尽、
今年草。　　思量千里乡关道。山共水、几时得到。杜鹃只解怨
残春,也不管、人烦恼。

减字木兰花 雨中熟睡

快风消暑。门近雨边梅子树。昼梦腾腾。急雨声中唤不醒。
轻衫短簟。林下日长聊散髮。无计医贫。长作云山高卧人。

采桑子 将离武林

云踪老去浑无定,飘泊寒空。又被东风。吹过江南第几峰。
长安市上看花眼,不到衰翁。好趁归鸿。家在西岩碧桂丛。以上毛
扆校汲古阁本竹坡词卷三

罗叔共五色线中得玄真子渔父词拟
其体仆亦漫拟作六首 叔共名𬱟

一

好个神仙张志和。平生只是一渔蓑。和月醉,棹船歌。乐在江湖

可奈何。

二

禁中图画访玄真。晚得歌词献紫宸。天一笑,物皆春。依旧扁舟钓白蘋。

三

解印归来暂结庐。有时同钓水西鱼。闲著屐,醉骑驴。分明人在辋川图。

四

趁梅寻得水边枝。独棹渔船却过溪。人似玉,醉如泥。闲歌五色线中诗。

五

人间何物是穷通。终向烟波作钓翁。江不动,月横空。漫郎船过小回中。

六

花姑溪上鹭鹚滩。辜负渔竿二十年。无可载,不抛官。携取全家去不难。以上太仓稊米集卷二十一

存 目 词

历代诗馀卷七十六有周紫芝水龙吟"小桃零落春将半"一首,乃晁端礼词,见闲斋琴趣外篇卷一。

莫　将

将字少虚,洪州(今南昌)人。附秦桧和议之说。绍兴八年(1138),赐同进士出身。官至工部尚书。绍兴十六年(1146),敷文阁学士知广州卒。

木兰花 十梅　未开

一枝和露珍珠贯。月下回来寻几遍。今朝忽见数枝开,未有十分如待伴。　　新妆不比徐妃面。雪艳冰姿寒欲颤。外边多少扫春人,春信莫教容易断。

又 晨景

梅边晓景清无比。林下诗人呵冻指。玉龙留住麝脐烟,银漏滴残龙脑水。　　晨光渐渐收寒气。昨夜遗簪犹在地。好生折赠镜中人,只恐绿窗慵未起。

又 雪里

清姿自是生寒瘦。更在春前并腊后。谁教六出巧遮藏,争似一番先透漏。　　谢娘莫把翻衣袖。无限琼英飘玉甃。开时朵朵见天真,可奈碧溪和粉溜。

又 晴天

寒梢雨里愁无那。林下开时宜数过。夕阳恰似过清溪,一树横斜疏影卧。　　朱唇莫比桃花破。鬓袅黄金花欲堕。剩看春雪满空来,触处是花寻那个。

又 风前

寻梅莫背东风路。路在花前知去处。真香破鼻蓦然闻,试问幽丛知几步。　　多情更被无寒助。万物枯时神物护。一枝和雪倚阑干,昨夜初开春信度。

又 月下

暗香浮动黄昏后。更是月明如白昼。看来都坐玉壶冰,折赠徐妃丹桂手。　　赏酬风景无过酒。对影成三谁左右。劝君携取董妖娆,拚得醉翁香满袖。

又 雨中

花时人道多风雨。梅蕊都来无几许。何须飘洒湿芳心,粉面琳琅如泪注。　　家童莫扫花阴土。留浥琼林枝上露。若教燕子早衔泥,径里馀香应满户。

又 欲谢

眼前欲尽情何限。风外南枝无一半。东君何事莫教开,及至如今都不管。　　高楼三弄休吹趱。一片惊人肠欲断。杏花开后莫嫌衰,如豆青时君细看。

又 吟咏

前村雪里虽然早。争似横斜开处好。直饶隔水是江南,也恐一枝春未到。　　延宾莫恨花阴小。见说芳林今古抱。集花潇洒洞天深,永夜玉山应自倒。

　　　按此首见景宋本梅苑,楝亭本无。

又　望梅

少陵长被花为恼。况是梅花非草草。临歧争奈不吟诗，此度诗人宜可老。　　诗成莫惜尊罍倒。不醉花前花解笑。醒时分付两三枝，酒后忆君清梦到。以上十首见梅苑卷七

独　脚　令

绛唇初点粉红新。凤镜临妆已逼真。苒苒钗头香趁人。惜芳晨。玉骨冰姿别是春。梅苑卷八

浣　溪　沙

宝钏缃裙上玉梯。云重应恨翠楼低。愁同芳草两萋萋。

又

归梦悠飏见未真。绣衾恰有暗香薰。五更分得楚台春。以上见碧鸡漫志卷二

存　目　词

调　名	首　句	出　处	附　　　注
水调歌头	瑶草一何碧	碧鸡漫志卷二	黄庭坚词，见山谷琴趣外篇卷一
豆叶黄	春风楼上柳腰肢	花草粹编卷一	陆游词，见渭南集卷四十九

邵　博

　　博字公济，邵雍之孙，伯温之子。绍兴八年(1138)，赐同进士出身，

除秘书省校书郎。九年(1139),知果州,又知眉州。二十八年(1158)
卒。

念　奴　娇

天然潇洒,尽人间、无物堪齐标格。只与姮娥为伴侣,方显一家颜
色。好是多情,一年一度,首作东君客。竹篱茅舍,典刑别是清白。

　　惆怅玉杵无凭,蓝桥人去,空锁神仙宅。今日天涯凭马上,忽
见轻盈冰魄。恰似当年,温柔乡里,晓看新妆额。临风三嗅,挽条
不忍空摘。梅苑卷一

赵　佶

　　佶即徽宗,神宗第十一子。生于元丰五年(1082)。建元建中靖国、
崇宁、大观、政和、重和、宣和,在位二十五年。内禅皇太子,尊帝为教主
道君太上皇帝。靖康二年(1127),为金人所俘,北去。绍兴五年
(1135),卒于五国城,年五十四。近人曹元忠辑有宋徽宗词。

声声慢　春

宫梅粉淡,岸柳金匀,皇州乍庆春回。凤阙端门,棚山彩建蓬莱。
沉沉洞天向晚,宝舆还、花满钧台。轻烟里,算谁将金莲,陆地齐
开。　　触处笙歌鼎沸,香鞯趁,雕轮隐隐轻雷。万家帘幕,千步
锦绣相挨。银蟾皓月如昼,共乘欢、争忍归来。疏钟断,听行歌、犹
在禁街。

又　梅

欺寒冲暖,占早争春,江梅已破南枝。向晚阴凝,偏宜映月临池。
天然莹肌秀骨,笑等闲、桃李芳菲。劳梦想,似玉人羞懒,弄粉妆

迟。　　　长记行歌声断,犹堪恨,无情塞管频吹。寄远丁宁,折赠
陇首相思。前村夜来雪里,殢东君、须索饶伊。烂漫也,算百花、犹
自未知。

念奴娇 御制

雅怀素态,向闲中、天与风流标格。绿锁窗前湘簟展,终日风清人
寂。玉子声乾,纹楸色净,星点连还直。跳丸日月,算应局上销^{"纹}
楸"至"上销"十八字原缺,据花草粹编卷十补得。　　全似落浦斜晖,寒鸦游
鹭,乱点沙汀碛。妙算神机,须信道,国手都无勍敌。玳席欢馀,芸
堂香暖,赢取专良夕。桃源归路,烂柯应笑凡客。以上三首乐府雅词拾
遗卷上

醉落魄 预赏景龙门追悼明节皇后

无言哽噎。看灯记得年时节。行行指月行行说。愿月常圆,休要
暂时缺。　　今年华市灯罗列。好灯争奈人心别。人前不敢分明
说。不忍抬头,羞见旧时月。张氏可书

探春令

帘旌微动,峭寒天气,龙池冰泮。杏花笑吐香犹浅。又还是、春将
半。　　清歌妙舞从头按。等芳时开宴。记去年、对著东风,曾许
不负莺花愿。能改斋漫录卷十六

　　按此首别又误作晏几道词,见花草粹编卷六。

聒 龙 谣

紫阙岧峣,绀宇邃深,望极绛河清浅。霜月流天,锁穿隆光满。水
精宫、金锁龙盘,玳瑁帘、玉钩云卷。动深思,秋籁萧萧,比人世、倍

清燕。　　　瑶阶迥。玉签鸣,渐秘省引水,辘轳声转。鸡人唱晓,促铜壶银箭。拂晨光、宫柳烟微,荡瑞色、御炉香散。从宸游,前后争趋,向金銮殿。

临江仙　宣和乙巳冬幸亳州途次

过水穿山前去也,吟诗约句千馀。淮波寒重雨疏疏。烟笼滩上鹭,人买就船鱼。　　　古寺幽房权且住,夜深宿在僧居。梦魂惊起转嗟吁。愁牵心上虑,和泪写回书。以上二首见能改斋漫录卷十六

月 上 海 棠

孟婆且与我、做些方便。云麓漫钞卷四

　　　按雪舟脞语引宋徽宗词作“孟婆、孟婆,你做些方便,吹个船儿倒转”。词品卷五引宋徽宗词作“孟婆好做些方便,吹个船儿倒转”。瓮牖闲评卷五引无名氏词作“孟婆且告你,与我佐些方便。风色转,吹个船儿倒转”。

满庭芳　并序

　　　　上元赐公师宰执观灯御筵,遵故事也。卿初获御座,以满庭芳词来上,因俯同其韵以赐。

寰宇清夷,元宵游豫,为开临御端门。暖风摇曳,香气霭轻氛。十万钩陈灿锦,钧台外、罗绮缤纷。欢声里,烛龙衔耀,黼藻太平春。　　　灵鳌,擎彩岫,冰轮远驾,初上祥云。照万宇嬉游,一视同仁。更起维垣大第,通宵宴、调燮良臣。从兹庆,都俞赓载,千岁乐昌辰。岁时广记卷十

眼 儿 媚

玉京曾忆昔繁华。万里帝王家。琼林玉殿,朝喧弦管,暮列笙琶。　　　花城人去今萧索,春梦绕胡沙。家山何处,忍听羌笛,吹彻梅

花。南烬纪闻卷下

燕　山　亭

裁剪冰绡,打叠数重,冷淡燕脂匀注。新样靓妆,艳溢香融,羞杀蕊
珠宫女。易得凋零,更多少、无情风雨。愁苦。闲院落凄凉,几番
春暮。　　凭寄离恨重重,这双燕,何曾会人言语。天遥地远,万
水千山,知他故宫何处。怎不思量,除梦里、有时曾去。无据。和
梦也、有时不做。烬馀录乙编

按阳春白雪卷二此首误题僧仲殊作。

失　调　名

卷起珠帘。看是谁家妃子,收拾金荃。烬馀录乙编

金莲绕凤楼

绛烛朱笼相随映。驰绣毂、尘清香衬。万金光射龙轩莹。绕端门、
瑞雷轻振。　　元宵为开圣景。严敷坐、观灯锡庆。帝家华英疑误
乘春兴。搴珠帘、望尧瞻舜。花草粹编卷五

小　重　山

罗绮生香娇上春。金莲开陆海,艳都城。宝舆回望翠峰青。东风
鼓,吹下半天星。　　万井贺升平。行歌花满路,月随人。龙楼一
点玉灯明。箫韶远,高宴在蓬瀛。花草粹编卷六

按此首亦见话本杨思温燕山逢故人。话本所引多出附会。如花草粹编此词亦出
自话本,此首或非徽宗作。
以上赵佶词十二首、断句二则,用曹元忠辑宋徽宗词删补。

存　目　词

调　名	首　句	出　处	附　　注
玲珑四犯	一架幽芳	词林万选卷二	曹邍词,见阳春白雪外集
雪明鹨鹊夜	望五云多处春深	花草粹编卷九	万俟咏作,见岁时广记卷十一
瑶台第一层	西母池边	曹元忠辑宋徽宗词	朱雍作,见梅词
导　引	来嫔初载	又	无名氏作,见宋史乐志
又	柔容懿范	又	又
又	蓬莱邃馆	又	又

侯彭老

彭老字思孺,号醒翁。衡山(今湖南省)人。登大观进士。绍兴三年(1133),知藤州。

踏　莎　行

十二封章,三千里路。当年走遍东西府。时人莫讶出都忙,官家送我归乡去。　　三诏出山,一言悟主。古人料得皆虚语。太平朝野总多欢,江湖幸有宽闲处。清波杂志卷十二

李　纲

纲字伯纪,邵武人。生于元丰八年(1083)。徽宗政和二年(1112)进士。历官太常少卿。钦宗时,授兵部侍郎、尚书右丞。南渡,拜尚书右仆射,兼中书侍郎。为御史所劾,罢为观文殿大学士、知潭州、荆湖南路安抚。绍兴十年(1140)卒,年五十八,谥忠定。著有梁溪集。

水　龙　吟

上缺笑不知天命,明珠玉斗,漫撞令碎。

　　按此首原缺调名,按调盖水龙吟。原题疑为"汉高□鸿门"。

又　光武战昆阳

汉家炎运中微,坐令闰位馀分据。南阳自有,真人膺历,龙翔虎步。初起昆城,旋驱乌合,块然当路。想莽军百万,旌旗千里,应道是、探囊取。　　豁达刘郎大度。对勍敌、安恬无惧。提兵夹击,声喧天壤,雷风借助。虎豹哀嗥,戈铤委地,一时休去。早复收旧物,扫清氛祲,作中兴主。

念奴娇　汉武巡朔方

茂陵仙客,算真是、天与雄才宏略。猎取天骄驰卫霍,如使鹰鹯驱雀。鏖战皋兰,犁庭龙碛,饮至行勋爵。中华强盛,坐令夷狄衰弱。　　追想当日巡行,勒兵十万骑,横临边朔。亲总貔貅谈笑看,黠虏心惊胆落。寄语单于,两君相见,何苦逃沙漠。英风如在,卓然千古高著。

喜迁莺　晋师胜淝上

长江千里。限南北、雪浪云涛无际。天险难逾,人谋克壮,索虏岂能吞噬。阿坚百万南牧,倏忽长驱吾地。破强敌,在谢公处画,从容颐指。　　奇伟。淝水上,八千戈甲,结阵当蛇豕。鞭弭周旋,旌旗麾动,坐却北军风靡。夜闻数声鸣鹤,尽道王师将至。延晋祚,庇烝民,周雅何曾专美。

水龙吟 太宗临渭上

古来夷狄难驯,射飞择肉天骄子。唐家建国,北边雄盛,无如颉利。万马崩腾,皂旗毡帐,远临清渭。向郊原驰突,凭陵仓卒,知战守、难为计。　　须信君王神武。舰虏按“虏”下原衍“骑”字,据四印斋所刻词本梁溪词删营、只从七骑。长弓大箭,据鞍诘问,单于非义。戈甲鲜明,旌旄光彩,六军随至。怅敌情震骇,鱼循鼠伏,请坚盟誓。

念奴娇 宪宗平淮西

晚唐姑息,有多少方镇,飞扬跋扈。淮蔡雄藩联四郡,千里公然旅拒。同恶相资,潜伤宰辅,谁敢分明语。婥婀群议,共云旄节应付。　　於穆天子英明,不疑不贰处,登庸裴度。往督全师威令使,擒贼功名归诉。半夜衔枚,满城深雪,忽已亡悬瓠。明堂坐治,中兴高映千古。

雨霖铃 明皇幸西蜀

蛾眉修绿。正君王恩宠,曼舞丝竹。华清赐浴瑶甃,五家会处,花盈山谷。百里遗簪堕珥,尽宝钿珠玉。听突骑、鼙鼓声喧,寂寞霓裳羽衣曲。　　金舆远幸匆匆速。奈六军不发人争目。明眸皓齿难恋,肠断处、绣囊犹馥。剑阁峥嵘,何况铃声,带雨相续。谩留与、千古伤神,尽入生绡幅。

喜迁莺 真(按“真”原作“贞”,改从梁溪词)宗幸澶渊

边城寒早。恣骄虏、远牧按“牧”原误“枚”,改从梁溪词甘泉丰草。铁马嘶风,毡裘凌雪,坐使一方云扰。庙堂折冲无策,欲幸坤维江表。叱群议,赖寇公力挽,亲行天讨。　　缥缈。銮辂动,霓旌龙斾,遥指

澶渊道。日照金戈,云随黄伞,径渡大河清晓。六军万姓呼舞,箭发狄酋难保。虏情詟,誓书来,从此年年修好。

减字木兰花　读神仙传

茫茫云海。方丈蓬壶何处在。拟泛轻舟。一到金鳌背上游。琼楼珠室。千岁蟠桃初结实。月冷风清。试倩双成吸玉笙。

又

龟台金母。绀髮芳容超夐古。绛节霓旌。青鸟传言若可凭。瑶池罢宴。零落碧桃香片片。八骏西巡。更有何人继后尘。

永遇乐　秋夜有感

秋色方浓,好天凉夜,风雨初霁。缺月如钩,微云半掩,的烁星河碎。爽来轩户,凉生枕簟,夜永悄然无寐。起徘徊,凭栏凝伫,片时万情千意。　　江湖倦客,年来衰病,坐叹岁华空逝。往事成尘,新愁似锁,谁是知心底。五陵萧瑟,中原杳杳,但有满襟清泪。烛兰缸,呼童取酒,且图径醉。

望江南　池阳道中

归去客,迁骑过江乡。茅店鸡声寒逗月,板桥人迹晓凝霜。一望楚天长。　　春信早,山路野梅香。映水酒帘斜飐日,隔林渔艇静鸣榔。杳杳下残阳。

水调歌头　同德久诸季小饮,出示所作,即席答之

律吕自相召,韶濩不难谐。致君泽物,古来何世不须才。幸可山林高卧,袖手何妨闲处,醇酒醉朋侪。千里故人驾,不怕物情猜。

秋夜永,更秉烛,且衔杯。五年离索,谁谓谈笑豁幽怀。况我早
衰多病,屏迹云山深处,俗客不曾来。此日扫花径,蓬户为君开。

又 与李致远、似之、张柔直会饮

如意始身退,此事古难谐。中年醉饮,多病闲去正当才。长爱兰亭
公子,弋钓溪山娱适,甘旨及朋侪。衰疾卧江海,鸥鸟莫惊猜。

酒初熟,招我友,共一杯。碧天云卷,高挂明月照人怀。我醉欲
眠君去,醉醒君如有意,依旧抱琴来。尚有一壶酒,当复为君开。

又 似之、申伯、叔阳皆作,再次前韵

物我本虚幻,世事若俳谐。功名富贵,当得须是个般才。幸有山林
云水,造物端如有意,分付与吾侪。寄语旧猿鹤,不用苦相猜。

醉中适,一杯尽,复一杯。坐间有客,超诣言笑可忘怀。况是清
风明月,如会幽人高意,千里自飞来。共笑陶彭泽,空对菊花开。

念奴娇 中秋独坐

暮云四卷,淡星河、天影茫茫垂碧。皓月浮空,人尽道,端的清圆如
璧。丹桂扶疏,银蟾依约,千古佳今夕。寒光委照,有人独坐秋色。

怅念老子平生,粗令婚嫁了,超然闲适。误缚簪缨遭世故,空
有当时胸臆。苒苒流年,春鸿秋燕,来往终何益。云山深处,这回
真是休息。

感 皇 恩

九日菊花迟,茱萸却早。嫩蕊浓香自妍好。一簪华髮,只恐按"恐"
原误"空",从梁溪词西风吹帽。细看还遍插,人忘老。　　千古此时,
清欢多少。铁按"铁"疑是"戏"字之误马台空但荒草。旅愁如海,须把

金尊销了。暮天秋影碧,云如扫。

渔家傲 九月将尽,菊花始有开者

木落霜清秋色霁。菊苞渐吐金英碎。佳节不随东去水。谁得会。
黄花开日重阳至。　　三径旧栽烟水外。故园凝望空流泪。香色
_{向按"向"原误"尚",从四印斋本人如有意。}挼落蕊。金尊满满从教醉。

水调歌头 和李似之横山对月

秋杪暑方退,清若玉壶冰。高楼对月,天上宫殿不曾扃。散下凄然
风露,影照江山如昼,浑觉俗缘轻。弋者欲何慕,鸿羽正冥冥。
　　世间法,唯此事,最堪凭。太虚心量,聊假梨枣制颓龄。但使心
安身健,静看草根泉际,吟蚓与飞萤。一坐小千劫,无念契无生。

江城子 新酒初熟

老饕嗜酒若鸱夷。拣珠玑。自蒸炊。笋尽云腴,浮蚁在瑶卮。有
客相过同一醉,无客至,独中之。　　麹生风味有谁知。豁心脾。
展愁眉。玉颊红潮,还似少年时。醉倒不知天地大,浑忘却,是和
非。

又 九日与诸季登高

客中重九共登高。逼烟霄。见秋毫。云涌群山,山外海翻涛。回
首中原何处是,天似幕,碧周遭。　　茱萸蕊绽菊方苞。左倾醪。
右持螯。莫把闲愁,空使寸心劳。会取八荒皆我室,随节物,且游
遨。

感皇恩 枕上

西阁夜初寒,炉烟轻袅。竹枕绸衾素屏小。片时清梦,又被木鱼惊觉。半窗残月影,天将晓。　　幻境去来,胶胶扰扰。追想平生发孤笑。壮怀消散,尽付败荷衰草。个中还得趣,从他老。

望 江 南

新阁就,向日借清光。广厦生风非我志,小窗容膝正相当。聊此傲羲皇。　　狨尾拂,高挂木绳床。老病维摩谁问疾,散花天女为焚香。恰好细商量。

又

新酒熟,云液满香篘。溜溜清声归小瓮,温温玉色照瓷瓯。饮兴浩难收。　　嘉客至,一酌散千忧。顾我老方齐物论,与君同作醉乡游。万事总休休。

又

新雨足,一夜满南塘。粳稻向成初吐秀,芰荷虽败尚馀香。爽气入轩窗。　　澄霁后,远岫更青苍。两部蛙声鸣鼓吹,一天星月浸光铓。秋色陡凄凉。

又

新月出,清影尚苍茫。学扇欲生青海上,如钩先挂碧霄傍。星斗焕文章。　　林下客,把酒挹孤光。斟酌嫦娥怜我老,故窥书幌照人床。此意自难忘。

江城子　瀑布

琉璃滑处玉花飞。溅珠玑。喷霏微。谁遣银河，一派九天垂。昨夜白虹来涧饮，留不去，许多时。　　幽人独坐石嵌嵌。赏清奇。濯涟漪。不怕深沉，潭底有蛟螭。顽洞但闻金石奏，猿鸟乐，共忘归。

减字木兰花　荔枝二首

华清赐浴。宝甃温泉浇腻玉。笑靥开时。一骑红尘献荔枝。明珠乍剖。自擘轻红香满手。锦袜罗囊。犹瘗当年驿路旁。按末二字原缺，从梁溪词补。

又

仙姝丽绝。被服红绡肤玉雪。火齐堆盘。常得杨妃带笑看。劳生重马。远贡长为千古话。林下甘芳。却准按"准"原作"谁"，改从梁溪词幽人餍饫尝。

丑奴儿　木犀

幽芳不为春光发，直待秋风。直待秋风。香比馀花分外浓。步摇金翠人如玉，吹动珑璁。吹动珑璁。恰似瑶台月下逢。

又

枝头万点妆金蕊，十里清香。十里清香。解引幽人雅思长。玉壶贮水花难老，净几明窗。净几明窗。褪下残英蔌蔌黄。

江　城　子

去年九日在衡阳。满林霜。俯潇湘。回雁峰头,依约雁南翔。遥
想茱萸方遍插,唯少我,一枝香。　　今年佳节幸相将。陟层冈。
举华觞。地暖风和,犹未菊开黄。此会明年知健否,判酩酊,醉秋
光。

水调歌头　李太白画象

太白乃吾祖,逸气薄青云。开元有道,聊复乘兴一来宾。天子呼来
方醉,洒面清泉微醒,馀吐拭龙巾。词翰不加点,歌阕满宫春。
　　笔风雨,心锦绣,极清新。大儿中令,神契兼有坐忘人。不识将
军高贵,醉里指污吾足,乃敢尚衣按"衣"原作"依",从梁溪词嗔。千载已
仙去,图象耸风神。

水龙吟　次韵任世初送林商叟海道还闽中

际天云海无涯,径从一叶舟中渡。天容海色,浪平风稳,何尝有飔。
鳞甲千山,笙镛群籁,了无遮护。笑读君佳阕,追寻往事,须信道、
忘来去。　　闻说钓鲸公子,为才名、鹗书交举。高怀澹泊,柏台
兰省,留连莫住。万里闽山,不从海道,寄声何处。怅七年契阔,无
因握手,与开怀语。

又　上巳日出郊,呈知宗安抚、张参、观文汪相二首

莫春清淑之初,赏心最乐惟修禊。兰亭序饮,泛觞流咏,萧然适意。
旧弼宗英,文章贤牧,肯临坰外。向碧山深处,寻花问柳,有佳气、
随旌旆。　　寥落幽人寓止。借僧园、缭云萦水。栽花种竹,凿池
开径,渊明岂愧。美景良辰,玉颜方老,欲留何计。对残红嫩绿,开

怀笑语,且须同醉。

水调歌头 前题

花径不曾扫,蓬户为君开。元戎小队,清晓佳客与同来。我为衰迟多病,且恁浇花艺药,随分葺池台。多谢故人意,迂访白云隈。

　暮春月,修禊事,会兰斋。一觞一咏,何愧当日畅幽怀。况是茂林修竹,映带清流湍激,山色碧崔嵬。勿复叹陈迹,且为醉金杯。

江城子 再游武夷,至晞真馆,与道士泛月而归

武夷山里一溪横。晚风清。断霞明。行至晞真、馆下月华生。仙迹灵踪知几许,云缥缈,石峥嵘。　　羽人向载小舟轻。玉壶倾。荐芳馨。酣饮高歌,时作步虚声。一梦游仙非偶尔,回棹远,翠烟凝。

又 池阳泛舟作

春来江上打头风。吼层空。卷飞蓬。多少云涛,雪浪暮江中。早是客情多感慨,烟漠漠,雨濛濛。　　梁溪只在太湖东。长儿童。学庞翁。谁信家书,三月不曾通。见说浙河金鼓震,何日到,羡归鸿。

又

晓来江口转南风。静烟空。整云蓬。满眼高帆,隐映画图中。呕轧数声离岸橹,云暗淡,雪溟濛。　　扁舟归去五湖东。狎樵童。侣渔翁。不管人间,荣辱与穷通。试作五噫歌汉室,从隐遁,作梁鸿。

望江南 过分水岭

征骑远,千里别沙阳。泛碧斋傍凝翠阁,栖云寺里印心堂。回首意
茫茫。　　分水岭,烟雨正凄凉。南望瓯闽连海峤,北归吴越过江
乡。极目暮云长。

又

云岭水,南北自分流。触目澜翻飞雪浪,赴溪盘屈转琼钩。呜咽不
胜愁。　　归去客,征骑远闽州。路入江南春信未,日行北陆冷光
浮。还揽按"揽"原作"览",从梁溪词旧貂裘。

又 予在沙阳,尝作满庭芳一阕,寄陆悼礼。末句云:
"何时得,恩来日下,蓑笠老江湖。"今蒙恩北(按
"北"原误"比",从梁溪词)归,当践斯言,因作渔父
四时词以道意,调寄望江南

云棹远,南浦绿波春。日暖风和初解冻,饵香竿袅好垂纶。一钓得
金鳞。　　风乍起,吹皱碧渊沦。红脍斫来龙更美。白醪酤得旨
兼醇。一醉武陵人。

又

清昼永,幽致夏来多。远岸参差风飐柳,平湖清浅露翻荷。移棹钓
烟波。　　凉一霎,飞雨洒轻蓑。满眼生涯千顷浪,放怀乐事一声
歌。不醉欲如何。

又

烟艇稳,浦溆正清秋。风细波平宜进楫,月明江静好沉钩。横笛起
汀洲。　　鲈鳜美,新酿蚁醅浮。休问六朝兴废事,白蘋红蓼正凝

愁。千古一渔舟。

又

江上雪，独立钓渔翁。箬笠但闻冰散响，蓑衣时振玉花空。图画若
为工。　　云水暮，归去远烟中。茅舍竹篱依小屿，缩鳊圆鲫入轻
笼。欢笑有儿童。

六么令 次韵和贺方回金陵怀古，鄱阳席上作

长江千里，烟澹水云阔。歌沉玉树，古寺空有疏钟发。六代兴亡如
梦，苒苒惊时月。兵戈凌灭。豪华销尽，几见银蟾自圆缺。　　潮
落潮生波渺，江树森如髪。谁念迁客归来，老大伤名节。纵使岁寒
途远，此志应难夺。高楼谁设。倚阑凝望，独立渔翁满江雪。

喜迁莺 自池阳泛舟

江天霜晓。对万顷雪浪，云涛弥渺按"渺"原误"沙"，从梁溪词。远岫参
差，烟树微茫，阅尽往来人老。浅沙别浦极望，满目馀霞残照。暮
云敛，放一轮明月，窥人怀抱。　　杳杳。千里恨，玉人一别，梦断
无音耗。手捻江梅，枝头春信，欲寄算应难到。画船片帆浮碧，更
值风高波浩。几时得向尊前，销却许多烦恼。

又 塞上词

边城寒早。对漠漠暮秋，霜风烟草。战□长闲，刁斗无声，空使荷
戈人老。陇头立马极目，万里长城古道。感怀处，问仲宣云乐，从
军多少。　　缥缈。云岭外，夕烽一点，塞上传光小。玉帐尊罍，
青油谈笑，肯把壮怀销了。画楼数声残角，吹彻梅花霜晓。愿岁岁
静烟尘，羌虏常修邻好。

一　剪　梅

数点梅花玉雪娇。烟水篱边，半袅青梢。横斜疏影月黄昏，谁使天香，暗淡飘飘。　　半醉佳人酒未消。宝髻偏时，插更斜袅。尊前还唱早梅词，琼醑何如，□□□□。

玉　蝴　蝶

万古秣陵江国，舣舟烟岸，千里云林。故垒高楼，凝望远水遥岑。景阳钟、那闻旧响，玉树唱、空有馀音。感春心。六朝遗事，萧索难寻。　　甘泉法从弟兄芝玉，顾我情深_{按换头处疑有夺字}。契阔相思，岂知今日共登临。对尊俎、休辞痛饮，伤志节、须且高吟。柳摇金。断霞轻霭，残照西沉。

水龙吟　次韵和质夫、子瞻杨花词

晚春天气融和，乍惊密雪烟空坠。因风飘荡，千门万户，牵情惹思。青眼初开，翠眉才展，小园长闭。又谁知化作，琼花玉屑，共榆荚、漫天起。　　深院美人慵困_{按"困"原作"佪"，从梁溪词}，乱云鬟、尽从妆缀。小廊回处，毹毷重叠，轻拈却碎。飞入楼台，舞穿帘幕，总归流水。怅青春又过，年年此恨，满东风泪。_{以上丞相李忠定公长短句}

_{典雅词本丞相李忠定公长短句，依目卷首尚有望江南二首、转调虞美人一首、水龙吟一首，李纲词别本俱缺，目亦无存，只典雅词本尚剩有水龙吟残篇三句。今用丹铅精舍抄本，另以四印斋所刻词本梁溪词校正误字。}

满　庭　芳

何时得，恩来日下，蓑笠老江湖。_{望江南词序}

西江月 赠友人家侍儿名莺莺者

意态何如涎涎,轻盈只恐飞飞。华堂偏傍主人栖。好与安巢稳戏。

揽断楼中风月,且看掌上腰支。谪仙词赋少陵诗。万语千言总记。乐府雅词拾遗卷上

苏 武 令

塞上风高,渔阳秋早。惆怅翠华音杳。驿使空驰,征鸿归尽,不寄双龙消耗。念白衣、金殿除恩,归黄阁、未成图报。 谁信我、致主丹衷,伤时多故,未作救民方召。调鼎为霖,登坛作将,燕然即须平扫。拥精兵十万,横行沙漠,奉迎天表。云麓漫钞卷十四

存 目 词

古今别肠词选卷四有李纲望海潮"侧寒疏雨"一首,乃吕渭老作,见吕圣求词。

胡舜陟

舜陟字汝明,自号三山老人,绩溪人。元丰六年(1083)生。大观三年(1109)进士。为监察御史。建炎中,以集英殿修撰知庐州,景官广西路经略使,封绩溪伯。绍兴十三年(1143)系狱死。

感皇恩 丐祠居射村作

乞得梦中身,归栖云水。始觉精神自家底。峭帆轻棹,时与白鸥游戏。畏途都不管,风波起。 光景如梭,人生浮脆。百岁何妨尽沉醉。卧龙多事,谩说三分奇计。算来争似我,长昏睡。

按此首别误作胡仔词,见中兴以来绝妙词选卷三。

渔家傲　江行阻风

几日北风江海立。千车万马鏖声急。短棹峭寒欺酒力。飞雨息。琼花细细穿窗隙。　　我本绿蓑青箬笠。浮家泛宅烟波逸。渚鹭沙鸥多旧识。行未得。高歌与尔相寻觅。以上二首见苕溪渔隐丛话后集卷三十九

　　按此首别误作胡仔词，见湖州词徵卷二十六。

李　祁

　　　　祁字萧远。雍丘人，登进士，官至尚书郎。宣和间，责监汉阳酒税。

减字木兰花

梨花院宇。澹月倾云初过雨。一枕轻寒。梦入西瑶小道山。花深人静。帘锁御香清昼永。红药阑干。玉案春风窈窕间。

点　绛　唇

楼下清歌，水流歌断春风暮。梦云烟树。依约江南路。　　碧水黄沙，梦到寻梅处。花无数。问花无语。明月随人去。

青　玉　案

绿琐窗纱明月透。正清梦、莺啼柳。碧井银瓶鸣玉甃。翔鸾妆样，粲花衫绣。分付春风手。　　喜入秋波娇欲溜。脉脉青山两眉秀。玉枕春寒郎知否。归来留取，御香襟袖。同饮酴醾酒。

鹊　桥　仙

春阴淡淡，春波渺渺，帘卷花稍香雾。小舟谁在落梅村，正梦绕、清

溪烟雨。　　碧山学士,云房娇小,须要五湖同去。桃花流水鳜鱼肥,恰趁得、江天佳处。

阮　郎　归

校书学士小蓬山。新参玉笋班。买花归去五湖间。浣花龙尾湾。
下脱

南　歌　子

袅袅秋风起,萧萧败叶声。岳阳楼上听哀筝。楼下凄凉江月、为谁明。　　雾雨沉云梦,烟波渺洞庭。可怜无处问湘灵。只有无情江水、绕孤城。

醉　桃　源

春风碧水满郎湖。水清梅影疏。渡江桃叶酒家垆。髻鬟云样梳。　　吹玉蕊,饮琼腴。不须红袖扶。少年随意数花鬚。老来心已无。

朝中措　探梅早春亭,逾凤栖岭,至三山阁,折花而归。用欧公朝中措腔作照江梅词,寄任蕴明。蕴明尝许缘橄载侍儿见过,又于汉籍伎有目成者,因以为戏

郎官湖上探春回。初见照江梅。过尽竹溪流水,无人知道花开。　　佳人何处,江南梦远,殊未归来。唤取小丛教看,隔江烟雨楼台。

西　江　月

拾翠亭前水满,郎官湖上春回。仪龙新碾试琼杯。更觉春江有味。

拄杖行穿翠筱,吹花醉绕江梅。故园心事老相催。此意陶潜
能会。

又

云观三山清露,长生万鬣青松。琼璇珠珥下秋空。一笑满天鸾凤。
　　雾鬓新梳绀绿,霞衣旧佩柔红。更邀豪俊驭南风。此意平生
飞动。

如　梦　令

春水湖塘深处。竹暗沙洲无路。闲伴落花来,却信东风归去。且
住。且住。细看两山烟雨。

又

不见玉人清晓。长啸一声云杪。碧水满阑塘,竹外一枝风裊。奇
妙。奇妙。半夜山空月皎。

水龙吟　郎官湖

碧山横绕清湖,茂林秀麓波光里。南宫老大,西洲漂荡,危亭重倚。
雨步云行,饵风饮雾,平生游戏。笑此中空洞,都无一物,有神妙、
浩然气。　　扫尽云南梦北,看三江五湖秋水。狂歌两解,清尊一
举,超然千里。江汉苍茫,故人何处,山川良是。待白蘋露下,青天
月上,约骑鲸起。

浪　淘　沙

拍手趁西风。惊起乖龙。青山绿水古今同。唯有一轮山上月,长
照江中。　　一点落金钟。浑似虚空。道人不住有云峰。但是人

家清酒瓮,行处相逢。以上十四首见乐府雅词卷下

叶祖义

祖义字子由,婺州(今浙江省金华)人,曾为杭州教授。

如 梦 令

如梦。如梦。和尚出门相送。夷坚志支景卷六

左 誉

誉字与言,天台人。大观三年(1109)进士。仕至湖州通判,寻弃官为浮屠。所著词名筠庵长短句,不传。

失 调 名

无所事,盈盈秋水,淡淡春山。

又

一段离愁堪画处,横风斜雨摇衰柳。

又

帷云剪水,滴粉搓酥。以上见玉照新志卷四

存 目 词

花草粹编卷四据玉照新志载左誉眼儿媚"楼上黄昏杏花寒"一首,乃阮阅作,见苕溪渔隐丛话前集卷十一。

吕直夫

直夫,宣和三年(1121)官朝散郎,坐事降一官。

洞　仙　歌

征鞍带月,浓露沾襟袖。马上轻衫峭寒透。望翠峰深浅,忆着眉儿,腰肢袅,忍看风前细柳。　　别时频嘱付,早寄书来,能趁清明到家否。这言语,便梦里、也在心头,重相见、不知伊瘦我瘦。纵百卉千花、已离披,也趁得酴醾、牡丹时候。乐府雅词拾遗卷上

存　目　词

杨金本草堂诗馀前集卷下载吕直夫如梦令“楼外残阳红满”一首,
乃秦观作,见淮海居士长短句卷中。

杨　景

景字如晦,颍昌(今河南许昌)人。官洛阳工曹。又曾在延安幕府。

婆 罗 门 引

帐云暮卷,漏声不到小帘栊。银汉夜洗晴空。皓月堂轩高挂,秋入广寒宫。正金波不动,桂影玲珑。　　佳人未逢。怅此夕、与谁同。对酒当歌,追念霜满愁红。南楼何处,愁人在、横笛一声中。凝望眼、立尽西风。乐府雅词拾遗卷上

按苕溪渔隐丛话后集卷三十九以此词为曹组作,并云:曾端伯编雅词,乃以此词
为杨如晦作,非也。

范智闻

绍兴间惠州守。

西江月 赠人博山

紫素全如玉琢,清音不假金妆。海沉时许试芬芳。仿佛云飞仙掌。
　　烟缕不愁凄断,宝钗还与商量。佳人特特为翻香。图得氤氲重上。乐府雅词拾遗卷上

蒋元龙

嘉定镇江志:元龙字子云,丹徒(今江苏镇江)人。以特科入官,终县令。

好　事　近

叶暗乳鸦啼,风定老红犹落。蝴蝶不随春去,入薰风池阁。　　休歌金缕劝金卮,酒病煞如昨。帘卷日长人静,任杨花飘泊。乐府雅词拾遗卷上

阮郎归 春雨

小池芳草绿初匀。柳寒眉尚颦。东风吹雨细于尘。一庭花脸皱。
　　莺共蝶,怨还嗔。眼前无好春。这般天气煞愁人。人愁旋旋新。

乌　夜　啼

小桃落尽残红。夜来风。又是一番春事、不从容。　　翠屏掩。

芳信断。转愁浓。可惜日长闲暇、小帘栊。以上二首唐宋诸贤绝妙词选
卷六

存 目 词

调　名	首　　句	出　　处	附　　　　注
齐 天 乐	疏疏几点黄梅雨	增正诗馀图谱卷三	杨无咎作,见逃禅词
小 重 山	雨过园林清荫浓	类编草堂诗馀卷一	沈蔚作,见乐府雅词卷下

周格非

　　格非,宣和间严州守,直龙图阁。

绿 头 鸭

陇头泉,未到陇下轻分。一声声、凄凉呜咽,岂堪侧耳重闻。细思
量、那时携手,画楼高、帘幕黄昏。月不长圆,云多轻散,天应偏妒
有情人。自别后、小窗幽院,无处不消魂。罗衣上,残妆未减,犹带
啼痕。　　　自一从、瓶沉簪折,杳知欲见无因。也浑疑、事如春梦,
又只愁、人是朝云。破镜分来,朱弦断后,不堪独自对芳樽。试与
问,多才谁更,匹配得文君。须知道,东阳瘦损,不为伤春。乐府雅词
拾遗卷上

程　邻

　　邻字钦之,鄱阳人。元符三年(1100)帅桂林。

西 江 月

阶下宝鞍罗帕，门前绛〔蜡〕(腊)纱笼。留连佳客怅匆匆。赖有新团
小凤。　　琼碎黄金碾里，乳浮紫玉瓯中。归来袭袭袖生风。齿
颊馀甘入梦。乐府雅词拾遗卷上

何　籀

籀字子初，信安人。

宴 清 都

细草沿阶软。迟日薄，蕙风轻蔼微暖。春工靳惜，桃红尚小，柳芽
犹短。罗帏绣幕高卷。又早是、歌慵笑懒。凭画楼，那更天远，山
远，水远，人远。　　堪叹。傅粉疏狂，窃香俊雅，无计拘管。青丝
绊马，红巾寄泪，甚处迷恋。无言泪珠零乱。翠袖滴、重重渍遍。
故要知、别后思量，归时觑见。乐府雅词拾遗卷上

存 目 词

调　名	首　句	出　处	附　注
点 绛 唇	春雨濛濛	类编草堂诗馀卷一	无名氏词，见草堂诗馀前集卷下
又	莺踏花翻	又	又
菩 萨 蛮	南园满地堆轻絮	又	温庭筠词，见花间集卷一。词附录于后

菩萨蛮 春闺

南园满地堆轻絮。愁闻一霎清明雨。雨后却斜阳。杏花零落香。
　　无言匀睡脸。枕上屏山掩。时节欲黄昏。无聊独倚门。

廖世美

烛影摇红　题安陆浮云楼

霭霭春空,画楼森耸凌云渚。紫薇登览最关情,绝妙夸能赋。惆怅
相思迟暮。记当日、朱阑共语。塞鸿难问,岸柳何穷,别愁纷^{"纷"字}
_{据词学丛书本乐府雅词}絮。　　　催促年光,旧来流水知何处。断肠何
必更残阳,极目伤平楚。晚霁波声带雨。悄无人、舟横野渡。数峰
江上,芳草天涯,参差烟树。乐府雅词拾遗卷上

好事近　夕景

落日水熔金,天淡暮烟凝碧。楼上谁家红袖,靠阑干无力。　　鸳
鸯相对浴红衣,短棹弄长笛。惊起一双飞去,听波声拍拍。唐宋诸贤
绝妙词选卷四
　　　按此首别又误作李廌词,见历代诗馀卷十二。

李元卓

菩　萨　蛮

一枝绛蜡香梅软。宜春小胜玲珑剪。拂晓上瑶钗。春从鬓底来。
　　菱花频自照。粉面惊春早。淡拂晓山眉。为谁今日宜。乐府
雅词拾遗卷上

张方仲

方仲乃政和间人。

殢　人　娇

多少胭脂，匀成点就。千枝乱、攒红堆绣。花无长好，更光阴去骤。对景忆良朋，故应招手。　　　曾说年时，花间把酒。任淋浪、春衫湿透。文园今病，问远能来否。却道有酴醾、牡丹时候。乐府雅词拾遗卷上

　　　按此首别又作张智宗词(张彦实词)，见全芳备祖前集卷七海棠门。

查　荎

透　碧　霄

舣兰舟。十分端是载离愁。练波送远，屏山遮断，此去难留。相从争奈，心期久要，屡更霜秋。叹人生、杳似萍浮。又翻成轻别，都将深恨，付与东流。　　　想斜阳影里，寒烟明处，双桨去悠悠。爱渚梅、幽香动，须采掇、倩纤柔。艳歌粲发，谁传馀韵，来说仙游。念故人、留此遐洲。但春风老后，秋月圆时，独倚西楼。乐府雅词拾遗卷上

李敦诗

卜　算　子

南北利名人，常恨家居少。每到春时听子规，无不伤怀抱。　　　好去向长安，细与公卿道。待得功成名遂时，不似归来早。乐府雅词拾遗卷上

康仲伯

忆　真　妃

匆匆一望关河。听离歌。艇子急催双桨、下清波。　　淋浪醉。阑干泪。奈情何。明日画桥西畔、暮云多。<small>乐府雅词拾遗卷上</small>

存　目　词

调　名	首　句	出　处	附　注
卜算子	曾约再来时	花草粹编卷二	此乃乐府雅词拾遗卷下无名氏词
又	烟鬟绾层巅	又	又

程　过

过字观过。

昭　君　怨

试问愁来何处。门外山无重数。芳草不知人。翠连云。　　欲看不忍重看。心事只堪肠断。肠断宿孤村。雨昏昏。<small>乐府雅词拾遗卷上</small>

满江红 <small>梅</small>

春欲来时,长是与、江梅花约。又还向、竹林疏处,一枝开却。对酒渐惊身老大,看花应念人离索。但十分、沉醉祝东君,长如昨。

芳草渡,孤舟泊。山敛黛,天垂幕。黯销魂、无奈暮云残角。便好折来和雪戴,莫教酒醒随风落。待殷勤、留此记相思,谁堪托。

唐宋诸贤绝妙词选卷三

存 目 词

调 名	首 句	出 处	附 注
万 年 欢	北帝收威	永乐大典卷二千八百零八梅字韵	无名氏词,见梅苑卷四
谒 金 门	江上路	花草粹编卷三	无名氏词,见乐府雅词拾遗卷上

曾　慥

　　慥字端伯,自号至游子,晋江人。历仓部员外郎、江西转运判官。知虔州、荆门、庐州。绍兴二十五年(1155),终右文殿修撰。著类说五十卷,又有皇宋诗选、乐府雅词诸书。皇宋诗选今不传。

浣 溪 沙

别样清芬扑鼻来。秋香过后却追回。博山轻雾锁崔嵬。　　珍重芎林三昧手,不教一日不花开。暗中错认是江梅。附酒边集内

调笑令　并口号

　　五柳门前三径斜。东篱九日富贵花。岂惟此菊有佳色,上有南山日夕佳。

佳友。金英镟。陶令篱边常宿留。秋风一夜摧枯朽。独艳重阳时候。剩收芳蕊浮卮酒。荐酒先生眉寿。百菊集谱卷四

调笑　清友梅

清友。群芳右。万缟纷披兹独秀。天寒月薄黄昏后。缟袂亭亭招

手。故山千树连云岫。借问如今安否。

又　净友莲

净友。如妆就。折得清香来满手。一溪湛湛无尘垢。白羽轻摇晴
昼。远公保社今何有。怅望东林搔首。

又　玉友酒

玉友。平生旧。相与忘形偏耐久。醉乡径到无何有。莫问区区升
斗。人生一笑难开口。为报速宜相就。

又　破子

花好。被花恼。庭下嫣然如巧笑。曾教健步移根到。各是一般奇
妙。赏心乐事知多少。乱插繁华晴昊。

酒美。直无比。小瓮新醅浮玉蚁。空传乌氏并程氏。不数云安麹
米。十花更互来相对。常伴先生沉醉。以上五首见花草粹编卷一

临 江 仙

子后寅前东向坐，冥心琢齿鸣鼍。托天回顾眼光摩。张弓仍踏弩，
升降辘轳多。　　　三度朝元九度转，背摩双摆扳弩。虎龙交际咽
元和。浴身挑甲罢，便可蹑烟萝。

> 钟离先生八段锦，吕公手书石壁上，因传于世。其后又有窦银青八段锦与小崔先
> 生临江仙词，添六字气于其中。恨其词未尽，予因释诸家之善，作临江仙一阕。
> 简而备，且易行，普劝遵修，同证道果。绍兴辛未仲春，至游居士曾慥记。修真十
> 书杂著捷径。

存　目　词

金绳武本花草粹编卷四载有曾慥减字木兰花"谁知莹彻"一首，乃

向子諲词，见酒边集。

张　纲

纲字彦正，金坛人。生于元丰六年(1083)。政和四年(1114)，以上舍及第，释褐辟雍正。绍兴初，历起居舍人、中书舍人、给事中。奉祠十馀年致仕。秦桧死，起为吏部侍郎。二十六年(1156)参知政事。二十七年(1157)出知婺州。二十八年(1158)复致仕。乾道二年(1166)卒，年八十四，谥章简。有华阳集，中有长短句一卷。

念奴娇　次韵张仲远，是日醉甚，逃席

论思厌久，动莼鲈清兴，轻辞丹极。佩玉腰金归故里，光照湖山秋色。八座仪刑，九重尊宠，才大今词伯。汉家豪俊，一时谁是劲敌。

三径旧日家声，华堂深稳处，频开瑶席。春在壶中真自有，一境珠宫仙掖。谭麈挥风，罚筹如猬，数困尊前客。故应元放，举杯狂醉轻掷。

二　次韵李公显木樨

多情宋玉，值西风摇落，悲秋时节。赖有幽芳深解意，的皪枝头争发。欲语含羞，敛容微笑，心事如何说。暗香时度，卷帘留伴霜月。

谁为赋写仙姿，挥毫落纸，有尊前词客。独倚阑干须信道，消得孤吟愁绝。补阙骚经，拾遗香传，顿许居前列。品题多谢，一枝当为君折。

青门饮　京师送王敏求归乡

疏柳飘零，暮鸦寒集，都门送客，斜阳影里。野色沉沉，翠微隐隐，遥指故乡云外。聚久交情厚，对西风、争忍分袂。饮散宾朋，画船

去也,平芜千里。　　因记。小轩无寐。观夜月凭阑,共论深契。绛帐清闲,杏坛优暇,当念宴游同醉。南北烟波远,愿无忘、音书频寄。未知名宦拘人,异日相逢何地。

蓦山溪 甲辰生日

小窗开宴,草草杯盘具。欢喜走儿童,庆生朝、一年一度。风光好处,恰是小春时,香泛泛,酒醺醺,一曲歌金缕。　　吾今已醉,解作醒时语。千里念重亲,望家山、云天尽处。深深发愿,只愿早休官,居颜巷,戏莱衣,岁岁长欢聚。

临江仙 次韵陈少阳重九

绿蚁浮觞香泛泛,黄花共荐芳辰。清霜天宇净无尘。登高宜有赋,拈笔戏成文。　　可奈园林摇落尽,悲秋意与谁论。眼中相识几番新。龙山高会处,落帽定何人。

二 坚生日

追想京都全盛日,蓬弧初记生时。朝来朱绂照庭闱。谁知衰谢老,还有宁馨儿。　　休记蓝田生美玉,举杯听取歌词。年方强仕未应迟。高风轻借便,一鹗看横飞。

满庭芳 生日

十月风光,小春时候,宴堂初启朱筵。博山云润,风细袅晴烟。坐有文章公子,争吟唱、诗满花笺。帘帷里,时闻笑语,今日间生贤。　　郎潜。虽未贵,虚名自有,清议推先。更那堪、高堂重庆兼全。占取人间乐事,何必羡、玉带貂蝉。飞觞处,深深更祝,龟鹤永齐年。

二　荣国生日

风轧云低,寒催腊近,画堂和气先春。玳筵初启,佳会庆生辰。漏
转高张宝炬,重帘邃、深炷炉薰。欢声里,清歌闲发,一曲绕梁尘。
　　慈闱,春不老,山河象服,恩被丝纶。占人间荣贵,兰玉诜诜。
便好金尊尽醉,殷勤劝、须满十分。深深愿,斑衣拜舞,千岁奉灵
椿。

万年欢　荣国生日

岁晚寒凝,正䕺舒四叶,梅吐孤芳。庆诞佳辰,开筵盛集萱堂。合
坐春回锦绣,卷帘处、花簇笙簧。除乐禁、初许闻韶,应时欢宴何
妨。　　人言富贵最好,算有谁能兼,福寿康强。自是仙姿,天教
占取恩光。百和重添宝炬,十分劝、频举瑶觞。仍教画、家原作"嘉",
从彊村丛书本华阳长短句庆新图,要看兰桂成行。

浣溪沙　荣国生日四首

罗绮争春拥画堂。翠帷深处按笙簧。宝奁频炷郁沉香。　　海上
蟠桃元未老,月中仙桂看馀芳。何须龟鹤颂年长。

二

腊日银罌翠管新。潘舆迎腊庆生辰。卷帘花簇锦堂春。　　百和
宝薰笼瑞雾,一声珠唱驻行云。流霞深劝莫辞频。

三

象服华年两鬓青。喜逢生日是嘉平。何妨开宴雪初晴。　　酒劝
十分金凿落,舞催三叠玉娉婷。满堂欢笑祝椿龄。

四　安人生日

过隙光阴还自催。生朝又送一年来。宴堂深处强追陪。　　眼眩
岂堪花里笑，眉攒聊向酒边开。与君同醉莫辞杯。

点绛唇 荣国生日二首

飞雪初晴，晓来佳气生庭户。宝薰笼雾。帘幕香风度。　　鹤髪
龟龄，堂上潘舆驻。花深处。缓歌金缕。莫惜杯频举。

二

罗幕重重，画堂迎腊和风转。玳筵高展。知是群仙宴。　　银鸭
香浮，红袖翻歌扇。金杯劝。深深祝愿。争把蟠桃献。

江城子 和吕丞送进士赴省

宝津楼下柳阴重。画桥东。戏鱼龙。闻喜当时，开宴盛仪容。遥
想新年寻故事，扶醉帽，夕阳中。　　可怜衰鬓飒霜丛。借酡红。
遣愁浓。梦入长安，惊起送飞鸿。直下青冥休避路，九万里，看抟
风。

绿头鸭 次韵王伯寿

敛晴烟。桂花如水轻寒。宴中秋、朋簪来会，满筵绿鬓朱颜。罄尊
罍、兴吞海量，妙歌吹、声彻云端。独念衰残，强陪欢笑，恍然感旧
觉悲酸。功名志，黄粱晓梦，老去奈何天。休追悔，天应教人，赢取
身闲。　　想姮娥、情都如旧，也须知我贪欢。奈潘鬓、霜蓬渐满，
况沈腰、革带频宽。月有重圆，人谁长健，一回相见一回难。王夫
子，看君风度，何不早弹冠。莫学我，年年对月，扶病江干。

二 次韵陈季明

爱家山。坐来心与云闲。念平生、功名有志,暮年多病知难。眷簪
缨、未容引去,奈猿鹤、久已催还。松菊关情,莼鲈引兴,昔人高韵
照尘寰。细追想,山林钟鼎,从古罕兼全。归来好,皇恩赐可,拂袖
欣然。　　望西清、犹叨法从,梦魂宁隔台躔。莳七松、便为小隐,
开三径、且乐馀年。宾友相过,鸡豚为具,从容聊作饮中仙。君试
听,阳春佳阕,今日恰新传。休辞酒,从教醉舞,踏碎花毡。

感皇恩 休官

解组盛明时,角巾东路。家在深村更深处。扫开三径,坐看一川烟
雨。故山休笑我,来何暮。　　苦贪富贵,多忧多虑。百岁光阴能
几许。醉乡日月,莫问人间寒暑。兴来随短棹,过南浦。

朝中措 安人生日

年时生日宴高堂。欢笑拥炉香。今日山前停棹,也须随分飞觞。
　　东阳太守,携家远去,方溯桐江。把酒祝君长健,相随归老吾
乡。

二 前年十二月十八日入对,遂除吏侍。今在婺州,腊月十八日也

前年初对大明宫。寒律转春风。几度乡关归梦,催成两鬓霜蓬。
　　山州岁晚,还逢令节,空记前踪。莫遣酒兵相向,愁城生怕频
攻。

三 腊日

休惊初腊冻全消。旬日是春朝。梅吐芳心半笑,柳含青眼相撩。

风光如许,那知太守,老去无聊。乘兴方思把盏,归心已逐轻桡。

凤栖梧 安人生日

五日小春休屈指。花发西轩,早已传春意。应为高堂催燕喜。一枝得得来呈瑞。　　绮席初开云幕邃。兰蕙腾芳,人在蓬壶里。寿酒满斟那惜醉。锦囊行拜恩封贵。

二

雨洗轩庭迎晚照。黄菊才芳,未觉秋光老。怪底烘堂添语笑。姮娥此夜来蓬岛。　　献寿新词谁解道。满眼儿孙,著语皆争巧。潋滟金杯休惜釂。追欢不怕霜天晓。

三 婺州席上

风动飞霙迎晓霁。银海光浮,宴启群仙会。骑省流芳谁可继。尊前看取连枝贵。　　华髪衰翁羞晚岁。未报皇恩,尚忝专城寄。酒入愁肠应易醉。已拚一醉酬君意。

四 癸未生日

老去光阴惊掣电。生长元丰,试数今谁健。多谢天公怜岁晚。清时乞得身闲散。　　忆昔生朝叨睿眷。台馈颁恩,内酒当筵劝。今日衰残欢意鲜。举杯目断尧天远。

五 丁宅二侍儿

缓带垂红双侍女。彩凤衔来,秀色生庭户。转蕙光风香暗度。回眸绰约神仙侣。　　寡和清歌声激楚。夜饮厌厌,劝我杯频举。

只恐酒阑催暮雨。凭谁约断阳台路。

好事近　梅柳

梅柳约东风,迎腊暗传消息。粉面翠眉偷笑,似欣逢佳客。　　晚来歌管破馀寒,沉烟袅轻碧。老去不禁卮酒,奈尊前春色。

菩萨蛮　上元

重帘卷尽楼台日。华灯万点欢声入。老病莫凭阑。一城星斗寒。　　艳妆翻舞雪。目眩红生缬。不是故无情。羞君双鬓青。

二

南山只与溪桥隔。年来厌著寻山屐。卧对曲屏风。淡烟疏雨中。　　功成投老去。拚作林塘主。万事不关心。酒杯红浪生。

清平乐　上元

红莲照晚。花底明人眼。无限游人谁惜倦。只有衰翁心懒。　　笙歌缓引更筹。更阑客散添愁。香雾半窗幽梦,烟波千里归舟。

人月圆　壬午生日,时初遇会庆节,至翌日小集

封人祝望尧云了,归路蔼欢声。何妨明日,开筵笑语,聊庆初生。　　官闲岁晚身犹健,兰玉更盈庭。持杯为寿,从教夜醉,谁怕参横。

西江月　壬午生日

易老方惊岁晚,难禁又报生朝。从他华髪转萧萧。且共尊前一笑。　　为具随宜饾饤,烘堂不用笙箫。只烦欢伯散无憀。醉里追回

年少少字原脱,从彊村丛书本华阳长短句补。

惜分飞 次韵丁希闵

年少春心花里转。只恐飞花片片。沉醉归深院。妓衣何用令高卷。　　要看梁州初入遍。放出楼中舞燕。有眼何曾见。看来未足重开宴。

减字木兰花 安人生日

思堂醇〔酎〕(酹)。满酌金杯争献寿。记取年时。头白成双唱旧词。　　莫言秋晚。五日小春黄菊绽。折一枝来。纶诰金花要并开。

以上铁琴铜剑楼旧藏景宋抄本华阳集卷三十九

李清照

清照号易安居士,济南人。格非之女,赵明诚妻。生于元丰七年(1084),绍兴年间卒,年在七十以上。有漱玉集,不传。

孤雁儿 并序

世人作梅词,下笔便俗。予试作一篇,乃知前言不妄耳。

藤床纸帐朝眠起。说不尽、无佳思。沉香断续玉炉寒,伴我情怀如水。笛里三弄,梅心惊破,多少春情意。　　小风疏雨萧萧地。又催下、千行泪。吹箫人去玉楼空,肠断与谁同倚。一枝折得,人间天上,没个人堪寄。梅苑卷一

满　庭　霜

小阁藏春,闲窗锁昼,画堂无限深幽。篆香烧尽,日影下帘钩。手

种江梅更好,又何必、临水登楼。无人到,寂寥浑似,何逊在扬州。

从来,知韵胜,难堪雨藉,不耐风柔。更谁家横笛,吹动浓愁。莫恨香消雪减,须信道、扫迹情留。难言处,良宵淡月,疏影尚风流。梅苑卷三

玉　楼　春

红酥肯放琼苞碎。探著南枝开遍未。不知酝藉几多香,但见包藏无限意。　　道人憔悴春窗底。闷损阑干愁不倚。要来小酌便来休,未必明朝风不起。梅苑卷八

渔　家　傲

雪里已知春信至。寒梅点缀琼枝腻。香脸半开娇旖旎。当庭际。玉人浴出新妆洗。　　造化可能偏有意。故教明月玲珑地。共赏金尊沉绿蚁。莫辞醉。此花不与群花比。

清　平　乐

年年雪里。常插梅花醉。挼尽梅花无好意。赢得满衣清泪。今年海角天涯。萧萧两鬓生华。看取晚来风势,故应难看梅花。

以上二首见梅苑卷九

南　歌　子

天上星河转,人间帘幕垂。凉生枕簟泪痕滋。起解罗衣、聊问夜何其。　　翠贴莲蓬小,金销藕叶稀。旧时天气旧时衣。只有情怀、不似旧家时。

转调满庭芳

芳草池塘，绿阴庭院，晚晴寒透窗纱。□□金锁，管是客来吵。寂
寞尊前席上，惟□、海角天涯。能留否，酴醾落尽，犹赖有□□。

　　当年，曾胜赏，生香薰袖，活火分茶。□□□龙骄马，流水轻车。
不怕风狂雨骤，恰才称、煮酒残花。如今也，不成怀抱，得似旧时
那。

渔　家　傲

天接云涛连晓雾。星河欲转千帆舞。仿佛梦魂归帝所。闻天语。
殷勤问我归何处。　　我报路长嗟日暮。学诗谩有惊人句。九万
里风鹏正举。风休住。蓬舟吹取三山去。

如　梦　令

常记溪亭日暮。沉醉不知归路。兴尽晚回舟，误入藕花深处。争
渡。争渡。惊起一滩鸥鹭。

　　　按此首别又误作苏轼词，见杨金本草堂诗馀前集卷下。别又误作吕洞宾词，见唐
　　　词纪卷五。

又

昨夜雨疏风骤。浓睡不消残酒。试问卷帘人，却道海棠依旧。知
否。知否。应是绿肥红瘦。

多丽　咏白菊

小楼寒，夜长帘幕低垂。恨萧萧、无情风雨，夜来揉损琼肌。也不
似、贵妃醉脸，也不似、孙寿愁眉。韩令偷香，徐娘傅粉，莫将比拟

未新奇。细看取、屈平陶令,风韵正相宜。微风起,清芬酝藉,不减酴醾。　　渐秋阑、雪清玉瘦,向人无限依依。似愁凝、汉皋解佩,似泪洒、纨扇题诗。朗月清风,浓烟暗雨,天教憔悴度芳姿。纵爱惜、不知从此,留得几多时。人情好,何须更忆,泽畔东篱。

菩 萨 蛮

风柔日薄春犹早。夹衫乍著心情好。睡起觉微寒。梅花鬓上残。　　故乡何处是。忘了除非醉。沉水卧时烧。香消酒未消。

又

归鸿声断残云碧。背窗雪落炉烟直。烛底凤钗明。钗头人胜轻。　　角声催晓漏。曙色二字雅词缺,据花草粹编卷三补回牛斗。春意看花难。西风留旧寒。

浣 溪 沙

莫许杯深琥珀浓。未成沉醉意先融。□□已应晚来风。　　瑞脑香消魂梦断,辟寒金小髻鬟松。醒时空对烛花红。

又

小院闲窗春色深。重帘未卷影沉沉。倚楼无语理瑶琴。　　远岫出山催薄暮,细风吹雨弄轻阴。梨花欲谢恐难禁。

　　按此首别又误作欧阳修词,见韩侘臣本类编草堂诗馀卷一。别又误作周邦彦词,见钱允治类选笺释草堂诗馀卷一。别又误入吴文英梦窗词集。

又

淡荡春光寒食天。玉炉沉水袅残烟。梦回山枕隐花钿。　　海燕未来人鬥草，江海已过柳生绵。黄昏疏雨湿秋千。

凤凰台上忆吹箫

香冷金猊，被翻红浪，起来人未梳头。任宝奁闲掩，日上帘钩。生怕闲愁暗恨，多少事、欲说还休。今年瘦，非干病酒，不是悲秋。

明朝，这回去也，千万遍阳关，也即难留。念武陵春晚，云锁重楼。记取楼前绿水，应念我、终日凝眸。凝眸处，从今更数，几段新愁。

一　剪　梅

红藕香残玉簟秋。轻解罗裳，独上兰舟。云中谁寄锦书来，雁字回时，月满西楼。　　花自飘零水自流。一种相思，两处闲愁。此情无计可消除，才下眉头，却上心头。

蝶　恋　花

泪湿罗衣脂粉满。四叠阳关，唱到千千遍。人道山长山又断。萧萧微雨闻孤馆。　　惜别伤离方寸乱。忘了临行，酒盏深和浅。好把音书凭过雁。东莱不似蓬莱远。

又

暖日晴风初破冻。柳眼梅腮，已觉春心动。酒意诗情谁与共。泪融残粉花钿重。　　乍试夹衫金缕缝。山枕斜敧，枕损钗头凤。独抱浓愁无好梦。夜阑犹剪灯花弄。

鹧 鸪 天

寒日萧萧上锁窗。梧桐应恨夜来霜。酒阑更喜团茶苦,梦断偏宜瑞脑香。　　秋已尽,日犹长。仲宣怀远更凄凉。不如随分尊前醉,莫负东篱菊蕊黄。

小 重 山

春到长门春草青。江梅些子破,未开匀。碧云笼碾玉成尘。留晓梦,惊破一瓯春。　　花影压重门。疏帘铺淡月,好黄昏。二年三度负东君。归来也,著意过今春。

怨 王 孙

湖上风来波浩渺。秋已暮、红稀香乐府雅词脱,据花草粹编卷六补少。水光山色与人亲,说不尽、无穷好。　　莲子已成荷叶老。青露洗、蘋花汀草。眠沙鸥鹭不回头,似也恨、人归早。

临江仙 并序

　　　　欧阳公作蝶恋花,有深深深几许之句,予酷爱之。用其语作庭院深深数阕,其声即旧临江仙也。(序据草堂诗馀前集卷上欧阳永叔蝶恋花词注引补)

庭院深深深几许,云窗雾阁常扃。柳梢梅萼渐分明。春归秣陵树,人客远安城。　　感月吟风多少事,如今老去无成。谁怜憔悴更凋零。试灯无意思,踏雪没心情。

醉 花 阴

薄雾浓云愁永昼。瑞脑消金兽。佳节又重阳,玉枕纱厨,半夜凉初

透。　　东篱把酒黄昏后。有暗香盈袖。莫道不消魂,帘卷西风,
人似黄花瘦。

好　事　近

风定落花深,帘外拥红堆雪。长记海棠开后,正是_{按此处依律衍一字}
伤春时节。　　酒阑歌罢玉尊空,青缸暗明灭。魂梦不堪幽怨,更
一声啼鴂。

诉　衷　情

夜来沉醉卸妆迟。梅萼插残枝。酒醒熏破春睡_{按"春睡"原作"惜春",从}
_{花草粹编卷三改},梦远不_{雅词上衍"又"字,从粹编删}成归。　　人悄悄,月
依依。翠帘垂。更挼残蕊,更捻馀香,更得些时。

行　香　子

草际鸣蛩。惊落梧桐。正人间、天上愁浓。云阶月地,关锁千重。
纵浮槎来,浮槎去,不相逢。　　星桥鹊驾,经年才见,想离情、别
恨难穷。牵牛织女,莫是离中。甚霎儿晴,霎儿雨,霎儿风。_{以上二}
_{十三首见乐府雅词卷下}

失　调　名

犹将歌扇向人遮。
水晶山枕象牙床。
彩云易散月长亏。
几多深恨断人肠。
罗衣消尽恁时香。
闲愁也似月明多。

直送凄凉到画屏。以上俱见胡伟宫词集句所引

按胡伟所集，有诗句亦有词句。清照以词名，且此七句依其格调，似是词句，故收
入于此。

鹧　鸪　天

暗淡轻黄体性柔。情疏迹远只香留。何须浅碧深红色，自是花中
第一流。　　　梅定妒，菊应羞。画阑开处冠中秋。骚人可煞无情
思，何事当年不见收。全芳备祖前集卷十三桂花门

添字丑奴儿

窗前谁种芭蕉树，阴满中庭。阴满中庭。叶叶心心，舒卷有馀情。
　　　伤心枕上三更雨，点滴霖霪。点滴霖霪。愁损北人，不惯起来
听。全芳备祖后集卷十三芭蕉门

忆　秦　娥

临高阁。乱山平野烟光薄。烟光薄。栖鸦归后，暮天闻角。
断香残酒情怀恶。西风按"西风"二字原脱，据杨金本草堂诗馀前集卷一无名氏
词补催衬梧桐落。梧桐落。又还秋色，又还寂寞。全芳备祖后集卷十八
桐门

失　调　名

条脱闲揎系五丝。岁时广记卷二十一

又　元旦词

瑞脑烟残，沉香火冷。岁时广记卷四十

念奴娇 春情

萧条庭院,又斜风细雨,重门须闭。宠柳娇花寒食近,种种恼人天气。险韵诗成,扶头酒醒,别是闲滋味。征鸿过尽,万千心事难寄。

楼上几日春寒,帘垂四面,玉阑干慵倚。被冷香消新梦觉,不许愁人不起。清露晨流,新桐初引,多少游春意。日高烟敛,更看今日晴未。唐宋诸贤绝妙词选卷十

永 遇 乐

落日熔金,暮云合璧,人在何处。染柳烟浓。吹梅笛怨,春意知几许。元宵佳节,融和天气,次第岂无风雨。来相召、香车宝马,谢他酒朋诗侣。 中州盛日,闺门多暇,记得偏重三五。铺翠冠儿,捻金雪柳,簇带争济楚。如今憔悴,风鬟霜鬓,怕见夜间出去。不如向、帘儿底下,听人笑语。阳春白雪卷二

武陵春 春晚

风住尘香花已尽,日晚倦梳头。物是人非事事休。欲语泪先流。

闻说双溪春尚好,也拟泛轻舟。只恐双溪舴艋舟。载不动、许多愁。

怨王孙 春暮

帝里春晚。重门深院。草绿阶前,暮天雁断。楼上远信谁传。恨绵绵。 多情自是多沾惹。难拚舍。又是寒食也。秋千巷陌,人静皎月初斜。浸梨花。类编草堂诗馀卷一

按杨金本草堂诗馀前集卷下,此首作秦观词。

长寿乐　南昌生日

微寒应候。望日边六叶,阶蓂初秀。爱景欲挂扶桑,漏残银箭,杓回摇斗。庆高闳此际,掌上一颗明珠剖。有令容淑质,归逢佳偶。到如今,昼锦满堂贵胄。　　荣耀,文步紫禁,一一金章绿绶。更值棠棣连阴,虎符熊轼,夹河分守。况青云咫尺,朝暮重入承明后。看彩衣争献,兰羞玉酎。祝千龄,借指松椿比寿。截江网卷六

蝶恋花　上巳召亲族

永夜恹恹欢意少。空梦长安,认取长安道。为报今年春色好。花光月影宜相照。　　随意杯盘虽草草。酒美梅酸,恰称人怀抱。醉莫插花花莫笑。可怜春似人将老。翰墨大全后丙集卷四

声　声　慢

寻寻觅觅,冷冷清清,凄凄惨惨戚戚。乍暖还寒时候,最难将息。三杯两盏淡酒,怎敌他、晓来风急。雁过也,正伤心,却是旧时相识。　　满地黄花堆积。憔悴损,如今有谁堪摘。守著窗儿,独自怎生得黑。梧桐更兼细雨,到黄昏、点点滴滴。这次第,怎一个、愁字了得。词品卷二

　　按此首别又误作康与之词,见啸徐谱卷七南曲谱二。

点绛唇　闺思

寂寞深闺,柔肠一寸愁千缕。惜春春去。几点催花雨。　　倚遍阑干,只是无情绪。人何处。连天衰草,望断归来路。花草粹编卷一

减字木兰花

卖花担上。买得一枝春欲放。泪染轻匀。犹带彤霞晓露痕。
怕郎猜道。奴面不如花面好。云鬓斜簪。徒要教郎比并看。花草
粹编卷二

失　调　名

教我甚情怀。花草粹编卷二朱秋娘采桑子词集句

摊破浣溪沙

揉破黄金万点轻。剪成碧玉叶层层。风度精神如彦辅，大鲜明。
　　梅蕊重重何俗甚，丁香千结苦粗生。熏透愁人千里梦，却无
情。

又

病起萧萧两鬓华。卧看残月上窗纱。豆蔻连梢煎熟水，莫分茶。
　　枕上诗书闲处好，门前风景雨来佳。终日向人多酝藉，木犀
花。以上二首花草粹编卷四

瑞鹧鸪 双银杏

风韵雍容未甚都。尊前甘橘可为奴。谁怜流落江湖上，玉骨冰肌
未肯枯。　　谁教并蒂连枝摘，醉后明皇倚太真。居士擘开真有
意，要吟风味两家新。花草粹编卷六
　　　　按赵万里氏注云：虞真二部，诗馀绝少通叶，极似七言绝句，与瑞鹧鸪词体不合。

临江仙 梅

庭院深深深几许，云窗雾阁春迟。为谁憔悴损芳姿。夜来清梦好，

应是发南枝。　　　玉瘦檀轻无限恨,南楼羌管休吹。浓香吹尽有谁知。暖风迟日也,别到杏花肥。花草粹编卷七

> 按赵万里云:梅苑卷九引作曾子宣妻词。乐府雅词下魏夫人词不收,以草堂诗馀所载前阕自序证之,自是李作无疑。

庆　清　朝

禁幄低张,彤阑巧护,就中独占残春。容华淡伫,绰约俱见天真。待得群花过后,一番风露晓妆新。妖娆艳态,妒风笑月,长殢东君。

东城边,南陌上,正日烘池馆,竞走香轮。绮筵散日,谁人可继芳尘。更好明光宫殿,几枝先近日边匀。金尊倒,拚了尽烛,不管黄昏。花草粹编卷十

浣　溪　沙

髻子伤春慵更梳。晚风庭院落梅初。淡云来往月疏疏。　　　玉鸭熏炉闲瑞脑,朱樱斗帐掩流苏。通原作“遗”,从词综卷二十五改犀还解辟寒无。

又　闺情

绣面芙蓉一笑开。斜飞宝鸭衬香腮。眼波才动被人猜。　　　一面风情深有韵,半笺娇恨寄幽怀。月移花影约重来。以上二首见草堂诗馀续集卷上

> 按王鹏运、赵万里俱疑此首非李清照作。
> 以上李清照词全篇四十七首,断句十,用赵万里辑漱玉词增补。

存　目　词

调　名	首　句	出　　处	附　　　注
玉　烛　新	溪源新腊后	梅苑卷三	周邦彦作,见片玉集卷七

调　　名	首　　句	出　　处	附　　注
品　　令	零落残红	京本通俗小说西山一窟鬼	曾纡词,见乐府雅词卷下
春 光 好	看看腊尽春回	永乐大典卷二千八百零八梅字韵	无名氏作,见梅苑卷九
河　　传	香苞素质	永乐大典卷二千八百十梅字韵	又
七 娘 子	清香浮动到黄昏	又	又
忆 少 年	疏疏整整	又	又
玉 楼 春	蜡梅先报东君信	永乐大典卷二千八百十一梅字韵	无名氏词,见梅苑卷八
柳 梢 青	子规啼血	七修类稿卷二十四	蔡伸作,见友古居士词
丑 奴 儿	晚来一阵风兼雨	词林万选卷四	无名氏词,见杨金本草堂诗馀前集卷下。又作康与之词,见花草粹编卷二
点 绛 唇	蹴罢秋千	又	无名氏词,见花草粹编卷一
浪 淘 沙	帘外五更风	又	无名氏词,见杨金本草堂诗馀前集卷下
怨 王 孙	梦断漏悄	类编草堂诗馀卷一	无名氏作,见草堂诗馀前集卷上
生 查 子	年年玉镜台	杨金本草堂诗馀前集卷下	朱淑真词,见乐府新编阳春白雪卷一
殢 人 娇	玉瘦香浓	花草粹编卷七	无名氏词,见梅苑卷九
青 玉 案	征鞍不见邯郸路	又	无名氏作,见翰墨大全后丙集卷四

调　名	首　句	出　处	附　注
生　查　子	去年元夜时	词的卷一	欧阳修词,见近体乐府卷一
如　梦　令	谁伴明窗独坐	草堂诗馀续集卷上	向滈作,见乐斋词
菩　萨　蛮	绿云鬓上飞金雀	又	牛峤作,见花间集卷四。词附录于后
浪　淘　沙	素约小腰身	又	赵子发词,见花草粹编卷五引古今词话
浣　溪　沙	楼上晴天碧四垂	沈际飞本草堂诗馀正集卷一	周邦彦作,见片玉集卷三
孤　鸾	天然标格	同上卷三朱希真词注	无名氏作,见草堂诗馀后集卷下
品　令	急雨惊秋晓	词谱卷九	无名氏作,见花草粹编卷七
鹧　鸪　天	枝上流莺和泪闻	四印斋本漱玉词引汲古阁未刻本漱玉词	无名氏作,见草堂诗馀前集卷下
青　玉　案	一年春事都来几	又	无名氏作,见草堂诗馀前集卷上
点　绛　唇	红杏飘香	词学笙蹄卷五	苏轼作,见东坡词拾遗
青　玉　案	凌波不过横塘路	又	贺铸作,见东山词
断　句	几日不来楼上望,粉红香白已争妍	蕙风词话卷二	顾贞立浣溪沙词句,见众香词礼集
断　句	凝眸,两点春山满镜愁	花镜韵语	周邦彦南乡子词句,见片玉集卷三

菩萨蛮 闺情

绿云鬓上飞金雀。愁眉翠敛春烟薄。香阁掩芙蓉。画屏山几重。
窗寒天欲曙。犹结同心苣。啼粉污罗衣。问郎归几时。

吕本中

本中字居仁，其先河南人，南渡后为金华(今浙江省)人。生元丰七年(1084)。靖康初，官祠部员外郎。绍兴六年(1136)，赐进士出身。历中书舍人、权直学士院。以忤秦桧，罢职，提举太平观。绍兴十五年(1145)卒，谥文清。学者称东莱先生。有东莱集、紫微诗话、紫微词、江西诗社宗派图。

采 桑 子

恨君不似江楼月，南北东西。南北东西。只有相随无别离。
恨君却似江楼月，暂满还亏。暂满还亏。待得团团是几时。

又

乱红夭绿风吹尽，小市疏楼。细雨轻鸥。总向离人恨里收。
年年春好年年病，妾自西游。水自东流。不似残花一样愁。

西 江 月

渺渺风吹月上，濛濛雾挟霜回。百年心事老相催。人在夕阳落外。
　　有梦常嫌去远，无书可恨来迟。一杯浊酒两篇诗。小槛黄花共醉。

又　熟水词

酒罢悠扬醉兴，茶烹唤起醒魂。却嫌仙剂点甘辛。冲破龙团气韵。
　　金鼎清泉乍泻，香沉微惜芳薰。玉人歌断恨轻分。欢意厌厌未尽。

朝 中 措

病香无力傍栏干。风雨送春还。一枕晓来清梦,无人说似西山。
匆匆笑语,时时邂逅,草草杯盘。莫谓杂花时候,便忘梅蕊冲寒。

南 歌 子

驿路侵斜月,溪桥度晓霜。短篱残菊一枝黄。正是乱山深处、过重阳。　旅枕元无梦,寒更每自长。只言江左好风光。不道中原归思、转凄凉。

虞 美 人

梅花自是于春懒。不是春来晚。看伊开在众花前。便道与春无分、结因缘。　风前月下频相就。笑我如伊瘦。几回冲雨过疏篱。已见一番青子、缀残枝。

又

平生臭味如君少。自是君难老。似侬憔悴更谁知。只道心情、不似少年时。　春风也到江南路。小槛花深处。对人不是忆姚黄。实是旧时风味、老难忘。

浣 溪 沙

暖日温风破浅寒。短青无数簇幽栏。三年春在病中看。　中酒心情浑似梦,探花时候不曾闲。几年芳信隔秦关。

按此首谢逸溪堂词误收。暖日二句,亦见东莱先生诗集卷一,可证必系吕作。

又

共饮昏昏到暮鸦。不须春日念京华。迩来沉醉是生涯。　　不是
对君犹惜醉,只嫌春病却怜他。愿为蜂采落残花。

长 相 思

要相忘。不相忘。玉树郎君月艳娘。几回曾断肠。　　欲下床。
却上床。上得床来思旧乡。北风吹梦长。

减字木兰花

去年今夜。同醉月明花树下。此夜江边。月暗长堤柳暗船。
故人何按"何"原作"同",据中兴以来绝妙词选卷一改处。带我离愁江外去。
来岁花前。又是今年忆去年。

菩 萨 蛮

客愁不到西池路。残春又逐花飞去。今日傍池行。新荷昨夜生。
　　故人千虑绕。不道书来少。去住隔关河。长亭风雨多。

又

高楼只在斜阳里。春风淡荡人声喜。携客不嫌频。使君如酒醇。
　　花光人不会。月色须君醉。月色与花光。共成今夜长。

又

登楼一望南山雪。使君风味如新月。月向雪前明。主人今夜情。
　　平生相与意。老病犹堪记。对酒为君欢。酒杯嫌未宽。

踏 莎 行

雪似梅花,梅花似雪。似和不似都奇绝。恼人风味阿谁知,请君问取南楼月。　　记得旧时,探梅时节。老来旧事无人说。为谁醉倒为谁醒,到今犹恨轻离别。

清 平 乐

故人何处。同在江南路。百种旧愁分不去。枉被落花留住。
旧愁百种谁知。除非是见伊时。最是一春多病,等闲过了酴醿。

渔 家 傲

小院悠悠春未远。牡丹昨夜开犹浅。珍重使君帘尽卷。风欲转。绿阴掩映栏干晚。　　记得旧时清夜短。洛阳芳讯时相伴。一朵姚黄鬖髻满。情未展。新来衰病无人管。

生 查 子

残春雾雨馀,小院黄昏后。说道觅新词,把酒来相就。　　酴醿插髻云,岁岁长如旧。不是做词迟,却怕添伊瘦。以上十九首见乐府雅词卷下

满 江 红

东里先生,家何在、山阴溪曲。对一川平野,数间茅屋。昨夜冈头新雨过,门前流水清如玉。抱小桥、回合柳参天,摇新绿。　　疏篱下,丛丛菊。虚檐外,萧萧竹。叹古今得失,是非荣辱。须信人生归去好,世间万事何时足。问此春、春酝酒何如,今朝熟。苕溪渔隐丛话前集卷五十一

浪　淘　沙

柳色过疏篱。花又离披。旧时心绪没人知。记得一年寒食下,独
自归时。　　归后却寻伊。月上嫌迟。十分斟酒不推辞。将为老
来浑忘却,因甚沾衣。艇斋诗话

又

柳塘新涨。艇子操双桨。闲倚曲楼成怅望。是处春愁一样。
傍人几点飞花。夕阳又送栖鸦。试问画楼西畔,暮云恐近天涯。
全芳备祖前集卷十八杨花门

生查子　离思

双双小凤斜,淡淡鸦儿稳。一曲渭城歌,柳色饶春恨。　　离觞洗
别愁,酒尽愁难尽。宝瑟雁纵横,谁寄天涯信。

又　离思

人分南浦春,酒把阳关盏。衣带自无情,顿为离人缓。　　愁随苦
海深,恨逐前峰远。更听断肠猿,一似闻弦雁。

蝶恋花　春词

巧语娇莺春未暮。杨柳风流,恰过池塘雨。芳草满庭花满树。无
情胡蝶飞来去。　　睡起小奁香一缕。玉篆回纹,等个人分付。
桃叶不言人不语。眉尖一点君知否。

如梦令　忆旧

海雁桥边春苦。几见落花飞絮。重到柳行西,懒问画楼何处。凝

仁。凝仁。十顷荷花风雨。以上四首见中兴以来绝妙词选卷一

宣州竹 墨梅

小溪篷底湖风重。吹破凝酥动。一枝斜映庾门深。冷淡无言香
泛、月华清。　　　已经轻瘦谁为共。魂绕徐熙□按疑脱"梦"字。耻
同桃李困春容。肯向毫端开发、两云中。永乐大典卷二千八百十三梅字韵
引吕居仁词

　　以上吕本中词二十七首用赵万里辑紫微词,稍有增补。

毕良史

　　　　良史字少董,一字伯瑞,东平人。少游京师,四举礼部不第。南渡
后为高宗鉴定古器书画真伪,补上州文学。和议成,知东明县。金人背
盟,陷敌三年。后回南,以直秘阁知盱眙军。十七年(1147),升直敷文
阁再任。二十年(1150)卒。

临江仙 席上赋

霜月穿帘乍白,蘋风入坐偏凉。麈灯促席诧时光。桃花歌扇小,杨
柳舞衫长。　　　别乘平分风月,词人剩引觥觞。莫将幽恨搅刚肠。
尽添金掌露,频注玉猊香。

好事近 席上赋

高会罢飞觞,方锦再移珍席。雷鼎乍烹甘液,试问按"问"字疑是"闽"
字之误侯苍璧。　　　翠虬宝钏捧殷勤,明灭粲金碧。宾主放怀谈
笑,满华堂春色。以上二首见永乐大典卷二万零三百五十三席字韵引毕良史词

沈　晦

　　晦字元用,钱塘(今杭州)人。生元丰七年(1084)。宣和六年(1124)廷对第一。历知舒州、知建康府。高宗朝,进徽猷阁直学士,出守衢州,提举太平兴国宫。绍兴十九年(1149)卒。

小　重　山

湖上秋来莲荡空。年华都付与,木芙蓉。采菱舟子两相逢。双媚靥,一笑与谁浓。　　斜日落溟濛。鸳鸯飞起处,水无踪。望湖楼上两三峰。人不见,林外数声钟。咸淳临安志卷三十三

郭　章

　　章字仲达,崑山人。少入太学,以守城恩拜官至通直郎。卒于京师,年四十馀。

点绛唇　天圣宫

翠柏丹崖,碧云深锁神仙府。势盘龙虎。楼观雄中土。　　我欲停时,又恐斜阳暮。黄尘路。客怀良苦。满目西山雨。山西通志卷二百二十六

胡世将

　　世将字承公,晋陵(今江苏武进)人。元丰八年(1085)生。崇宁五年(1106)进士。高宗时,历监察御史、尚书右司员外郎,晋中书舍人。出知镇江府。绍兴七年(1137),给事中,兼权直学士院。八年(1138),

枢密直学士、四川安抚制置使。九年(1139),以宝文阁学士宣抚川陕,迁端明殿学士。十二年(1142)卒,年五十八,谥忠献。

酹江月　秋夕兴元使院作,用东坡赤壁韵

神州沉陆,问谁是、一范一韩人物。北望长安应不见,抛却关西半壁。塞马晨嘶,胡笳夕引,赢得头如雪。三秦往事,只数汉家三杰。

试看百二山河,奈君门万里,六师不发朝议主和。阃外何人回首处,铁骑千群都灭富平之败。拜将台敧,怀贤阁杳,空指冲冠髮。阑干拍遍,独对中天明月。陕西通志卷九十七

赵　鼎

鼎字元镇,解州闻喜人。自号得全居士。生于元丰八年(1085)。徽宗崇宁五年(1106)进士,累官开封市曹。金人议立张邦昌,鼎与张浚逃太学,不书议状。高宗擢右司谏,历官至尚书左仆射,同中书门下平章事。为秦桧所忌,出为奉国军节度使,徙知泉州。桧讽王次翁论之,安置潮州。詹大方希桧意,诬其受贿,移吉阳军。桧意犹未已,鼎遂不食卒,时绍兴十七年(1147)也。孝宗时,追谥忠简,封丰国公。鼎为中兴名臣,与宗泽、李纲鼎足。所著有忠正德文集。

蝶恋花　长道县和元彦修梅词。彦修,钱塘人,名时敏。坐张天觉党,自户部员外郎,谪监长道之白石镇

一朵江梅春带雪。玉软云娇,姑射肌肤洁。照影凌波微步怯。暗香浮动黄昏月。　　漫道广平心似铁。词赋风流,不尽愁千结。望断江南音信绝。陇头行客空情切。

又　河中作

尽日东风吹绿树。向晚轻寒,数点催花雨。年少凄凉天付与。更

堪春思萦离绪。　　　临水高楼携酒处。曾倚哀弦，歌断黄金缕。
楼下水流何处去。凭栏目送苍烟暮。

虞美人令 冯翊送信道舅先归桐宫

魂消目断关山路。曾送雕鞍去。而今留滞古陪京－作"燕京"。还是
一尊芳酒、送君行。　　　吾庐好在条山曲。三径应芜没。诛茅为
我补东篱。会待新春残腊、也来归。

怨春风 闺怨(按词律调名疑当作醉春风)

宝鉴菱花莹。孤鸾慵照影。鱼书蝶梦两浮沉－作"消沉"，恨恨恨。
结尽丁香，瘦如杨柳，雨疏云冷。　　　宿醉厌厌病。罗巾空泪粉。
欲将远意托湘弦，闷闷闷。香絮悠悠。画帘悄悄，日长春困。

点绛唇 春愁

香冷金炉，梦回鸳帐馀香嫩。更无人问。一枕江南恨。　　　消瘦
休文，顿觉春衫褪。清明近。杏花吹尽。薄暮东风紧。

人月圆 中秋

连环宝瑟深深愿，结尽一生愁。人间天上，佳期胜赏，今夜中秋。
　　　雅歌妍态，嫦娥见了，应羡风流。芳尊美酒，年年岁岁，月满高
楼。

河传 以石曼卿诗为之

年年桃李。渺关河一梦，飞花空委。鸿去燕来，锦字参差难寄。敛
双眉、山对起。　　　娇波泪落妆如洗。独倚高楼，日日春风里。江
水际。天色无情，似送离怀千里。

燕归梁　为人生日作

绰约彤霞降紫霄。是仙子风标。湘裙明佩响琼瑶。散馥郁、暗香飘。　　　小春十月寒犹浅，妆一无"妆"字粉弄梅梢。秦楼风月待吹箫。舞双鹤、醉蟠桃。

减字木兰花　和倅车韵。倅将还阙，因以送之

笔端红翠。造化工夫春有意。云梦涵胸。好去蓬山十二重。　　　天街追骑。催唤谪仙泥样醉。电扫云空。百斛明珠咳唾中。

好事近　倅车还阙，分得茶词

兰烛画堂深，歌吹已终瑶席。碾破密云金缕，送蓬莱归客。　　　看看宣诏未央宫，草诏侍宸极。拜赐一杯甘露，泛天边春色。

贺圣朝　锁试府学夜坐作

断霞收尽黄昏雨。滴一脱"滴"字梧桐疏树。帘栊不卷夜沉沉，锁一庭风露。　　　天涯人远，心期梦悄，苦长宵难度。知他窗外促织儿，有许多言语。

乌　夜　啼

檐花点滴秋清。寸心惊。香断一炉沉水、一灯青。　　　凉宵永。孤衾冷。梦难成。叶叶高梧敲恨、送残更。

浣溪沙　美人

艳艳春娇入眼波。劝人金盏缓声歌。不禁粉泪揾香罗。　　　暮雨朝云相见少，落花流水别离多。寸肠争奈此情何。

画堂春 春日

空笼帘影隔垂杨。梦回芳草池塘。杏花枝上蝶双双。春昼初长。

　　强理云鬟临照,暗弹粉泪沾裳。自怜容艳惜流光。无限思量。

浪淘沙 次韵史东美洛中作

归计信悠悠。归去谁留。梦随江水绕沙洲。沙上孤鸿犹笑我,萍梗飘流。　　与世且沉浮。要便归休。一杯消尽一生愁。倘有人来闲论事,我会摇头。

水调歌头 甲辰九月十五日夜饮独乐见山台坐中作

屋下疏流水,屋上列青山。先生跨鹤何处,窈一作“杳”宛白云间。采药当年三径,只有长松绿竹,霜吹晚萧然。举酒高台上,仿佛揖群仙。　　转银汉,飞宝鉴,溢清寒。金波万顷不动,人在玉壶宽。我唱君须起舞,要把嫦娥留住,相送一杯残。醉矣拂衣去,一笑渺人寰。

双翠羽 三月十三日夜饮南园作。旧名念奴娇

小园曲径,度疏林深处,幽兰微馥。竹坞无人双翠羽,飞触珊珊寒玉。更欲题诗,晚来孤兴,却恐伤幽独。不如花下,一尊芳酒相属。　　慨念故国风流,杨花春梦短,黄粱初熟。卷白千觞须劝我,洗此胸中荣辱。醉揖南山,一声清啸,休把离骚读。迟留归去,月明犹挂乔木。

河传 秋夜旅怀

秋光向晚。叹羁游坐见。年华将换。一纸素书,拟托南来征雁。

奈雪深、天更远。　　　东窗皓月今宵满。浅酌芳尊,暂倩嫦娥伴。
应念夜长,旅枕孤衾不暖。便莫教、清影转。

满江红 丁未九月南渡,泊舟仪真江口作

惨结秋阴,西风送、霏霏一作"丝丝"雨湿。凄望眼、征鸿几字,暮投沙
碛。试问一作"向"乡关何处是,水云浩荡迷南北。但一抹、寒青一作
"修眉一抹"有无中,遥山色。　　　天涯路,江上客。肠欲断,头应白。
空搔首兴叹,暮年离拆一作"隔"。须信道消忧一作"欲待忘忧"除是酒,
奈酒行有尽情无极。便挽取、长江一作"挽将江水"入尊罍,浇胸臆。

鹧鸪天 建康上元作

客路那知岁序移。忽惊春到小桃枝。天涯海角悲凉地,记得当年
全盛时。　　　花弄影,月流辉。水精宫殿五云飞。分明一觉华胥
梦,回首东风泪满衣。

浣溪沙 建康次韵范元长送邢子方(一本作"子友")

惜别怀归老不禁。一年春事柳阴阴。日下长安何处是,碧云深。
　　　已恨梅花疏远信,休传桃叶怨遗音。一醉东风分首去,两惊心
原作"心惊",兹从忠正德文集改。

如梦令 建康作

烟雨满江风细。江上危楼独倚。歌罢楚云空,楼下依前流水。迢
递。迢递。目送孤鸿千里。

好事近 杭州作

杨柳曲江头,曾记彩舟良夕。一枕楚台残梦,似行云无迹。　　　青

山迢递水悠悠，何处问消息。还是一年春暮，倚东风独立。

点绛唇 惜别

惜别伤离，此生此念无重数。故人何处。还送春归去。　　美酒一杯，谁解歌金缕。无情绪。淡烟疏雨。花落空庭暮。

琴调相思令 思归词

归去来。归去来。昨夜东风吹梦回。家山安在哉。　　酒一杯。复一杯。准拟愁怀待酒开。愁多肠九回。

望海潮 八月十五日钱塘观潮

双峰遥原作"还"，兹从文集改促，回波奔注，茫茫溅雨飞沙。霜凛剑戈，风生阵马，如闻万鼓齐挝。儿戏笑夫差。漫水犀强弩，一战鱼虾。依旧群龙，怒卷银汉下天涯。　　雷驱电炽雄夸。似云垂鹏背，雪喷鲸牙。须臾变灭，天容水色，琼田万顷无瑕。俗眼但惊嗟。试望中仿佛，三岛烟霞。旧隐依然，几时归去泛灵槎。

花心动 偶居杭州七宝山国清寺冬夜作

江月初升，听悲风、萧瑟满山零叶。夜久酒阑，火冷灯青，奈此愁怀千结。绿琴三叹朱弦绝，与谁唱、阳春白雪。但遐想、穷年坐对，断编遗册。　　西北欃枪未灭。千万乡关，梦遥吴越。慨念少年，横槊风流，醉胆海涵天阔。老来身世疏篷底，忍憔悴、看人颜色。更何似、归欹枕流漱石。

洞　仙　歌

空山雨过，月色浮新酿。把盏无人共心赏。漫悲吟、独自捻断霜鬘，还就寝、秋入孤衾渐爽。　　可怜窗外竹，不怕西风，一夜潇潇弄疏响。奈此九回肠，万斛清愁，人何处、邈如天样。纵陇水、秦云阻归音，便不许时闲，梦中寻访。

乌夜啼　中秋

雨馀风露凄然。月流天。还是年时今夜、照关山。　　收别泪。持杯起。问婵娟。问我扁舟流荡、几时还。

满庭芳　九日用渊明二诗作

靡靡流光，凄凄风露，小园草木初凋。杳然尘影，爽气界天高。爱此佳名重九，随宜对、秋菊持醪。登临处，哀蝉断响，燕雁度云霄。　　闲谣。情缅邈，相寻万化，人世徒劳。念胸中百虑，何物能消。欲致颓龄不老，和金茎、一醉陶陶。君休问，千年事往，聊与永今朝。

好事近　雪中携酒过元长

春色遍天涯，寒谷未知消息。且共一尊芳酒，看东风飞雪。　　太平遗老洞霄翁，相对两华髮。一任醉魂飞去，访琼瑶宫阙。

又　再和

羁旅转飞蓬，投老未知休息。却念故园春事，舞残红飞雪。　　危楼高处望天涯，云海寄穷髮一作"一抹山如髮"。只有旧时凉月，照清伊双阙。

又　再和

一炷鼻端香，方寸浪平风息。汲取玉池春水，点红炉微雪。　　年

来都以酒相妨,进退只毫髮一作"尺退进毫髮"。却道醉乡深处,是三
山神阙。

又 再和

烟雾锁青冥,直上九关一息。姑射有人相挽,莹肌肤冰雪。　　骑
鲸却下大荒来,天风乱吹髮。慨念故人非是,漫尘埃城阙。

少年游 山中送春

三月正当三十日,愁杀醉吟翁。可奈青春,太原作"大",兹从文集改无
情甚,归去苦匆匆。　　共君今夜不须睡,尊酒且从容。说与楼
头,打钟人道,休打五更钟。

贺圣朝 丙辰岁生日作

花光烛影春容媚。香生和气。纷纷儿女拜翁前,劝犀尊金醴。家
酿名,出真诰。　　凌烟图画,王侯富贵,非翁雅意。愿翁早早乞身
归,对青山沉醉。

又 道中闻子规

征鞍南去天涯路。青山无数。更堪月下子规啼,向深山深处。
　　凄然推枕,难寻新梦,忍听伊言语。更阑人静一声声,道不如归
去。

醉蓬莱 庆寿

破新正春到,五叶尧蓂,弄芳初秀。剪彩然膏,灿华筵如昼。家庆
图中,老莱堂上,竞祝翁遐寿。喜气欢容,光生玉斝,香霏金兽。
　　谁会高情,淡然声利,一笑尘寰,万缘何有。解组归来,访渔樵朋

友。华髪苍颜,任从老去,但此情依旧。岁岁年年,花前月下,一尊芳酒。

小　重　山

漠漠晴霓和雨收。长波千万里,拍天流。云帆烟棹去悠悠。西风里,归兴满沧州。　　漫道醉忘忧。荡高怀远恨,更悲秋。一眉山色为谁愁。黄昏也,独自倚危楼。

惜双双　梅

度陇信音谁与寄。肠断江南千里。深雪前村里。一枝昨夜传芳意。　　冷蕊暗香空旖旎。也应是、春来憔悴。风度将谁比。忆曾插向香罗□。

西江月　过福唐留别故人

世态浮云易变,时光飞箭难留。五年重见海东头。只有交情似旧。　　未尽别来深意,难堪老去离愁。青山迢递水悠悠。明日扁舟病酒。

行　香　子

草色芊绵。雨点阑斑。糁飞花、还是春残。天涯万里,海上三年。试倚危楼,将远恨,卷帘看。　　举头见日,不见长安。漫凝眸、老泪凄然。山禽飞去,榕叶生寒。到黄昏也,独自个,尚凭阑。

醉桃园　送春

青春不与花为主。花正开时春暮。花下醉眠休诉。看取春归去。　　莺愁蝶怨春知否。欲问春归何处。只有一尊芳醑。留得青春住。

浪淘沙 九日会饮分得雁字

霜露日凄凉。北雁南翔。惊风吹起不成行。吊影苍波何限恨，日
暮天长。　　　为尔惜流光。还是重阳。故人何处舣危樯。寄我相
思千点泪，直过潇湘。

又

玉宇洗秋晴。凉月亭亭。梦回孤枕琐窗明。何处飞来三弄笛，风
露凄清。　　　曾看玉纤横。苦爱新声。由来百虑为愁生。此夜曲
中闻折柳，都是离情。以上四十五首四印斋所刻词本得全居士词

存　目　词

　　紫芝漫钞本得全居士词，有蝶恋花"绣幕茫茫罗帐卷"一首，乃宋
祁词，见唐宋诸贤绝妙词选卷三。

蒋　璨

　　　　璨字宣卿，之奇从子。生元丰八年(1085)。崇宁中，为兰溪主簿。
绍兴中，历平江、临江二府、敷文阁待制。绍兴二十九年(1159)卒，年七
十五。

青　玉　案

三年枕上吴中路。遣黄耳、随君去。欲过松江呼小渡。莫惊鸥鹭，
四桥都是，老子经行处。　　　辋川图上看春暮。长忆高人右丞句。
作个归期天未许。春衫犹是，小蛮针线，曾湿西湖雨。乐府雅词拾遗
卷上

按此首别又见曾慥本东坡词卷下。苕溪渔隐丛话前集卷五十九引桐江诗话云姚进道作;阳春白雪卷五作姚志道词。未知孰是。

李　邴

邴字汉老,济州任城(今山东济宁)人。生于元丰八年(1085)。崇宁五年(1106)进士。累官翰林学士。绍兴初,拜参知政事、资政殿学士,寓泉州。绍兴十六年(1146)卒,年六十二,谥文敏。有云龛草堂集,不传。

汉　宫　春

潇洒江梅,向竹梢疏处,横两三枝。东君也不爱惜,雪压霜欺。无情燕子,怕春寒、轻失花期。却是有,年年塞雁,归来曾见开时。

清浅小溪如练,问玉堂何似,茅舍疏篱。伤心故人去后,冷落新诗。微云淡月,对江天、分付他谁。空自忆,清香未减,风流不在人知。梅苑卷一

按此首乐府雅词卷上、玉照新志卷三、全芳备祖前集卷一、中兴以来绝妙词选卷一俱作李邴词;苕溪渔隐丛话前集卷五十九、直斋书录解题卷二十一则云晁冲之之作。未知孰是。

洞　仙　歌

一团娇软,是将春揉做,撩乱随风到何处。自长亭、人去后,烟草萋迷,归来了、装点离愁无数。　　飘扬无个事,刚被萦牵,长是黄昏怕微雨。记那回,深院静,帘幕低垂,花阴下、霎时留住。又只恐、伊家太轻狂,蓦地和春,带将归去。乐府雅词拾遗卷上

按四部丛刊本乐府雅词,此首无撰人姓名。兹从词学丛书本。

玉　蝴　蝶

壮岁分符方面,惠风草偃,禾稼春融。报政朝天,归去稳步鳌宫。

望尧夔、九重绛阙,颁汉诏、五色芝封。湛恩浓。锦衣槐里,重继三公。　　雍容。临歧祖帐,绮罗环列,冠盖云丛。满城桃李,尽将芳意谢东风。柳烟轻、万条离恨,花露重、千点啼红。莫匆匆。且陪珠履,同醉金钟。能改斋漫录卷十七

念　奴　娇

素光练净,映秋山、隐隐修眉横绿。鸡鹊楼高天似水,碧瓦寒生银粟。千丈斜晖,奔云涌雾,飞过卢仝屋。更无尘气,满庭风碎梧竹。　　谁念鹤发仙翁,当年曾共赏,紫岩飞瀑。对影三人聊痛饮,一洗离愁千斛。斗转参横,翩然归去,万里骑黄鹄。满川霜晓,叫云吹断横玉。苕溪渔隐丛话前集卷五十九

　　按乐府雅词卷中,以此首为徐俯作,胡仔云:误也。此首别又误入李吕澹轩集卷四。

小冲山 立春

谁劝东风腊里来。不知天待雪,恼江梅。东郊寒色尚徘徊。双彩燕,飞傍鬓云堆。　　玉冷晓妆台。宜春金缕字,拂香腮。红罗先绣踏青鞋。春犹浅,花信更须催。

　　按此首又见毛滂东堂词。

木兰花 美人书字

沉吟不语晴窗畔。小字银钩题欲遍。云情散乱未成篇,花骨欹斜终带软。　　重重说尽情和怨。珍重提携常在眼。暂时得近玉纤纤,翻羡缕金红象管。

　　按此首别又误入李吕澹轩集卷四。

清平乐 闺情

露花烟柳。春思浓如酒。几阵狂风新雨后。满地落红铺绣。
风流何处疏狂。厌厌恨结柔肠。又是危阑独倚，一川烟草斜阳。
以上三首见中兴以来绝妙词选卷一

满　庭　芳

又喜椒觞到手，宝胜里、仍剪金花。
　　　　　按吴则礼北湖集卷三有全篇，乃立春词，未知孰是。

玉　楼　春

一年适尽莲花漏，翠井屠苏沉冻酒。以上岁时广记卷五
　　　　　按毛滂东堂词有全篇，乃己卯岁元日词，未知孰是。

满　庭　芳

凉风吹帽，横槊试登高。想见征西旧事，龙山会、宾主俱豪。岁时广
记卷三十五
　　　　　按吴则礼北湖集卷三有全篇，乃九日词，未知孰是。

女冠子 上元

帝城三五。灯光花市盈路。天街游处。此时方信，凤阙都民，奢华
豪富。纱笼才过处。喝道转身，一壁小来且住。见许多、才子艳
质，携手并肩低语。　　　东来西往谁家女。买玉梅争戴，缓步香风
度。北观南顾。见画烛影里，神仙无数。引人魂似醉，不如趁早，
步月归去。这一双情眼，怎生禁得，许多胡觑。草堂诗馀后集卷上

调　笑　令

　　伏以长安丽人，杜工部水边瞥见；洛川神女，陈思王梦里相逢。虽

赋咏之尽工，亦纤秾之未备。若乃吟烟吐月，镂玉雕花。众中唤做百宜娇，诗里装成十样锦。汉鬓楚腰呈妙伎，竹枝桃叶换新声。彩袖初呈，传踏来至。

　　　　睡起斜痕印枕檀。弄羞未怕指尖寒。紫绵香软红膏滑，不惜春娇对舞鸾。袅鬓细鬟金翠钿，春工只在纤纤玉。却月弯环未要深，留著伊来画双绿。

双绿。淡匀拂。两脸春融光透玉。起来却怕东风触。本是一团香玉。飞鸾台上看未足。贮向阿娇金屋。永乐大典卷六千五百二十三妆字韵引李邴诗集

以上李邴词全篇九、断句三，用周泳先辑云龛草堂词，稍有增补。

存　目　词

调　　名	首　　句	出　　处	附　　　　　　　注
调　笑	相望。楚江 上	花草粹编卷一	毛滂词，见东堂词
又	何处。长安 路	古今词统卷三	又

向子諲

　　子諲字伯恭，临江(今江西清江)人。自号芗林居士。生于元丰八年(1085)。元符初，以恩补官。政和五年(1115)，知咸平县。宣和六年(1124)，淮南东路转运判官。高宗朝，历徽猷阁直学士，知平江府。寻致仕，号所居曰芗林。绍兴二十二年(1152)卒，年六十八。有酒边集。

江南新词

满庭芳　岩桂风韵高古，平生心醉其间。昔转漕淮南，
　　　尝手植堂下。芗林此花为多，戏作是词，当邀徐
　　　师川诸公同赋

月窟蟠根，云岩分种，绝知不是尘凡。琉璃剪叶，金粟缀花繁。黄

菊周旋避舍,友兰蕙、羞杀山樊。清香远,秋风十里,鼻观已先参。

酒阑。听我语,平生半是,江北江南。经行处、无穷绿水青山。常被此花相恼,思共老、结屋中间。不因尔,芗林底事,游戏到人寰。

又 岩桂　芗林改张元功所作

瑟瑟金风,团团玉露,岩花秀发秋光。水边一笑,十里得清香。疑是蕊宫仙子,新妆就、娇额涂黄。霜天晚,妖红丽紫,回首总堪伤。

中央。孕正色,更留明月,偏照何妨。便高如兰菊,也让芬芳。输与芗林居士,微吟罢、闲据胡床。须知道,天教尤物,相伴老江乡。

蓦山溪　绍兴乙卯,大雪行鄱阳道中

瑶田银海。浩色难为对。琪树照人间,晓然是、华严境界。万年松径,一带旧峰峦,深掩覆,密遮藏,三昧光无碍。　　金毛狮子,打就休惊怪。片片上红炉,且不可、将情作解。有无不道,泯绝去来今,明即暗,暗还明,只个长不昧。

又　王明之曲,芗林易置十数字歌之

挂冠神武。来作烟波主。千里好江山,都尽是、君恩赐与。风勾月引,催上泛宅时,泛宅,即公所赐舟也。上批云:泛宅可永充子諲乘坐。因名其舟曰泛宅。酒倾玉,鲙堆雪,总道神仙侣。　　蓑衣箬笠,更着些儿雨。横笛两三声,晚云中、惊鸥来去。欲烦妙手,写入散人图,蜗角名,蝇头利,着甚来由顾。

又　老妻生日作。十一月初七日

一阳才动,万物生春意。试与问宫梅,到东阁、花枝第几。疏疏淡
淡,冷艳雪中明,无俗调,有真香,正与人相倚。　　非烟非雾,瑞
色门阑喜。再拜引杯长,看两颊、红潮欲起。天教难老,风鬟绿如
云,对玉笥,与芗林,岁岁花前醉。

水龙吟　绍兴甲子上元有怀京师

华灯明月光中,绮罗弦管春风路。龙如骏马,车如流水,软红成雾。
太一池边,葆真宫里,玉楼珠树。见飞琼伴侣,霓裳缥缈,星回眼、
莲承步。　　笑入彩云深处。更冥冥、一帘花雨。金钿半落,宝钗
斜坠,乘鸾归去。醉失桃源,梦回蓬岛,满身风露。到而今江上,愁
山万叠,鬓丝千缕。

又　甲子季冬丁亥,冒雪与晁叔异、刘子驹兄弟,皆北客,同上雪台,登连辉观。梁使君遣酒,仍与北梨俱醉芗林堂上,相与联句云:西北通无路,东南偶共期,穿林行鸟路、踏雪噍鹅梨。吴大年方病起,不能同此乐。得大年水龙吟词,过之。夜归,月色如画,亦赋一首

梦回寒入衾裯,晓惊忽堕瑶林里。穿帷透隙,落花飞絮,难穷巧思。
着帽披裘,挈壶呼友,倚空临水。望琼田不尽,银涛无际,浮皓色、
来天地。　　遥想吴郎病起。政冷窗、微吟拥鼻。持笺赠我,新词
绝唱,珠零玉碎。馀兴追游,清芬坐对,高谈倾耳。晚归来,风扫停
云,万里月华如洗。

八声甘州　中秋前数夕,久雨方晴

恨中秋、多雨及晴景,追赏且探先。纵玉钩初上,冰轮未正,无奈婵

娟。饮客不来自酌,对影亦清妍。任笑芗林老,雪鬓霜髯。　　好在章江西畔,有凌云玉笋,空翠相连。懒崎岖林麓,则窈窕溪边。自断此生休问,愿瓮中、长有酒如泉。人间是,更谁得似,月下尊前。

又　丙寅中秋对月

扫长空、万里静无云,飞镜上天东。欲骑鲸与问,一株丹桂,几度秋风。取水珠宫贝阙,聊为洗尘容。莫放素娥去,清影方中。　　玄魄犹馀半璧,便笙簧万籁,尊俎千峰。况十分端正,更鼓舞衰翁。恨人生、时乎不再,未转头、欢事已沉空。多酌我,风华好处,浩意无穷。

水调歌头　大观庚寅闰八月秋,芗林老、顾子美、江彦章、蒲庭鉴,时在诸公幕府间。从游者,洪驹父、徐师川、苏伯固父子、李商老兄弟。是夕登临,赋咏乐甚。俯仰三十九年,所存者,余与彦章耳。绍兴戊辰再闰,感时抚事,为之太息。因取旧诗中师川一二语,作是词

闰馀有何好,一年两中秋。补天修月人去,千古想风流。少日南昌幕下,更得洪徐苏李,快意作清游。送日眺西岭,得月上东楼。

四十载,两人在,总白头。谁知沧海成陆,萍迹落南州。忍问神京何在,幸有芗林秋露,芳气袭衣裘。断送馀生事,惟酒可忘忧。

又　塵隐寄示与洛滨老人及筠翁过最乐堂醉中秋月,用鄙韵,有妙唱。复赋一首,庶异时不为堂上生客耳

我生六十四,四度闰中秋。碧天千里如水,明月更如流。照我洛滨诗伯,携手仙卿塵隐,阆苑与同游。人醉玉相倚,不肯下琼楼。

芗林老，章江上，几回头。剩欲控鹤瀛海，聊下越王州。直入白云深处，细酌仙人九酝，香雾尽侵裘。共看一笑粲，以写我心忧。

又 再用前韵答任令尹

飘飘任公子，爽气欲横秋。向日携诗过我，知不是凡流。筑室清江西畔，巧占一川佳处，胜士日追游。邀我出门去，桂月上新楼。

烂银盘，从树杪，出云头。好是风流从事，同醉入青州。须信人生如幻，七十古来稀有，销得几狐裘。谁似芗林老，无喜亦无忧。

洞仙歌 中秋

碧天如水，一洗秋容净。何处飞来大明镜。谁道斫却桂，应更光辉，无遗照，泻出山河倒影又云："表里山河见影"。　　人犹苦馀热，肺腑生尘，移我超然到三境。问姮娥、缘底事，乃有盈亏，烦玉斧、运风重整。教夜夜、人世十分圆，待拚却长年，醉了还醒。

满江红 奉酬曾端伯使君，兼简赵若虚监郡

雁阵横空，江枫战、几番风雨。天有意、作新秋令，欲鏖残暑。篱菊岩花俱秀发，清氛不断来窗户。共欢然、一醉得黄香，仍叔度。

尊前事，尘中去。拈花问原作"间"，据汲古阁本酒边词改，无人语。芗林顾灵照，笑抚庭树。试举似虎头城太守，想应会得玄玄处。老我来、懒更作渊明，闲情赋。

虞美人 与赵正之宛丘执别，俯仰十有馀年。匆谩相逢，又尔语别，作是词以送之。时正之被召

淮阳堂上曾相对。笑把姚黄醉。十年离乱有深忧。白髮萧萧同见、渚江秋。　　履声细听知何处。欲上星辰去。清寒初溢暮云

收。更看碧天如水、月如流。

又　明年过彭蠡，遇大风，行巨浪中。用前韵寄赵正之
　　及洪州李相公，兼示开元栖隐二老

银山堆里庐山对。舟子愁如醉。笑看五老了无忧。大觉胸中云
梦、气横秋。　　若人到得归元处。空一齐销去。直须闻见泯然
收。始知大江东注、不曾流。

又　中秋，与二三禅子方诵十玄谈，赵正之复以长短句
　　见寄，乃用其韵语答之，兼示栖隐宁老

澄江霁月清无对。鲁酒何须醉。人怜贫病不堪忧。谁识此心如
月、正含秋。　　再三涝漉方知处。试向波心去。迢迢空劫勿能
收。谩道从来天地、与同流。

又　梅花盛开，走笔戏呈韩叔夏司谏

江头苦被梅花恼。一夜霜须老。谁将冰玉比精神。除是凌风却
月、见天真。　　情高意远仍多思。只有人相似。满城桃李不能
春。独向雪花深处、露花身。

蝶恋花　和曾端伯使君，用李久善韵

推上百花如锦绣。水满池塘，更作溅溅溜。断送风光惟有酒。苦
吟不怕因诗瘦。　　寻壑经丘长是久。晚晚归来，稚子柴门候。
万事付之醒梦后。眉头不为闲愁皱。

又　百花洲老桂盛开，张师明、程德远携酒来醉花下，有
　　唱酬蝶恋花，亦次其韵

岩桂秋风南埭路。墙外行人，十里香随步。此是芗林游戏处。谁

知不向根尘住。　　今日对花非浪语。忆昨明光,早辱君王顾。生怕青蝇轻点污。思鲈何似思花去。

鹧鸪天　寿太夫人

戏彩堂深翠幕张。南飔特地作微凉。葵花向日枝枝似,萱草忘忧日日长。　　门有庆,福无疆。老人星与酒生光。殷勤更假天吴手,倾泻西江入寿觞。

按此首别误作谢懋词,见截江网卷六。

又　番禺齐安郡王席上赠故人

召埭初逢两妙年。瑶林玉树倚风前。疏梅影里春同醉,红芰香中月一船。　　长怅恨,短因缘。空馀胡蝶梦相连。谁知瘴雨蛮烟地,重上襄王玳瑁筵。

又　豫章郡王席上

两个鸳鸯波上来。一缃杨柳掌中回。已愁共雪因风去,更着繁弦急管催。　　含原作"合",据汲古阁本改浅笑,劝深杯。桃花气暖眼边开。司空常见风流惯,输与山翁醉玉摧。

又　绍兴己未归休后赋

露下风前处处幽。官黄如染翠如流。谁将天上蟾宫树,散作人间水国秋。　　香郁郁,思悠悠。几年魂梦绕江头。今朝得到芗一作"家"林醉,白发相看万事休。

又　旧史载白乐天归洛阳,得杨常侍旧第,有林泉之致,
占一都之胜。芗林居士卜筑清江,乃杨遵道光禄故
居也。昔文安先生之所可,而竹木池馆,亦甚似之。
其子孙与两苏、山谷从游。所谓百花洲者,因东坡而
得名,尝为绝句以纪其事。后戏广其声,为是词云

莫问清江与洛阳。山林总是一般香。两家地占西南胜,可是前人
例姓杨。　　石作枕,醉为乡。藕花菱角满池塘。虽无中岛霓裳
奏,独鹤随人意自长。

又　有怀京师上元,与韩叔夏司谏、王夏卿侍郎、曹仲谷
少卿同赋

紫禁烟花一万重。鳌山宫阙倚晴空。玉皇端拱彤云上,人物嬉游
陆海中。　　星转斗,驾回龙。五侯池馆醉春风。而今白髪三千
丈,愁对寒灯数点红。

又　戏韩叔夏

只有梅花似玉容。云窗月户几尊同。见来怨眼明秋水,欲去愁眉
淡远峰。　　山万叠,水千重。一双胡蝶梦能通。都将泪作梅黄
雨,尽把情为柳絮风。

按此首别误入赵长卿惜香乐府卷八。

又　老妻生日

玉篆题名在九天。而今且作地行仙。挂冠神武归休后,同醉芗林
是几年。　　龟游泳,鹤蹁跹。疏梅修竹两清妍。欲知福寿都多
少,阁皂清江可比肩。

又　咏红梅

江北江南雪未消。此花独步百花饶。青枝可爱难为杏，绿叶初无
不是桃。　　多态度，足风标。蕊珠仙子醉红潮。绝怜竹外横斜
处，似与芗林慰寂寥。

又　绍兴壬戌中秋前数夕，与杨谨仲、鲁子明、刘曼容及子驹兄弟待月新桥

驾月新成碧玉梁。青天万里泻银潢。广寒宫里无双树，无热池边
不尽香。　　承露液，酿秋光。直须一举累千觞。不知世路风波
恶，何似芗林气味长。

又　绍兴戊辰岁闰中秋

明月光中与客期。一年秋半两圆时。姮娥得意为长计，织女欢盟
可恨迟。　　瞻玉兔，倒琼彝。追怀往事记新词。浩歌直入沧浪
去，醉里归来凝不知。

又　曾端伯使君自处守移帅荆南，作是词戏之

赣上人人说故侯。从来文采更风流。题诗谩道三千首，别酒须拚
一百筹。　　乘画鹢，衣轻裘。又将春色过荆州。合江绕岸垂杨
柳，总学歌眉叶叶愁。

减字木兰花　绍兴辛未冬温，腊前梅花已谢去。明日立春，今夕大雪。程德远弟来自龙舒，张师言寄声相问，有怀其人

青松翠筱。一夜敲倾如醉倒。残腊能佳。落尽梅花见雪花。
诗崖酒岛。何日登临同笑傲。未老还家。饱历年华有鬓华。

又 绍兴壬申春,芗林瑞香盛开,赋此词。是年三月十
有六日辛亥,公下世。此词,公之绝笔也

斜红叠翠。何许花神来献瑞。粲粲裳衣。割得天孙锦一机。
真香妙质。不耐世间风与日。着意遮围。莫放春光造次归。

阮郎归 绍兴乙卯大雪行鄱阳道中

江南江北雪漫漫。遥知易水寒。同云深处望三关。断肠山又山。
　　天可老,海能翻。消除此恨难。频闻遣使问平安。几时鸾辂
还。

秦 楼 月

芳菲歇。故园目断伤心切。伤心切。无边烟水,无穷山色。
可堪更近乾龙节。眼中泪尽空啼血。空啼血。子规声外,晓风残
月。

少年游 别韩叔夏

去年同醉,酴醾花下,健笔赋新词。今年君去,酴醾欲破,谁与醉为
期。　　旧曲重歌倾别酒,风露泣花枝。章水能长湘水远,流不
尽、两相思。

西江月 番禺赵立之郡王席上

风响蕉林似雨,烛生粉艳如花。客星乘兴泛仙槎。误到支机石下。
　　欢喜地中取醉,温柔乡里为家。暖红香雾闹春华。不道风波
可怕。

又 吴穆仲与法喜以禅悦为乐，寄唱酬醉蓬莱示芗林居
士，有"见处即已，无心即了"之句，戏作是词答之

见处莫教认著，无心慎勿沉空。本无背面与初终。说了还同说梦。
　　欲识芗林居士，真成渔父家风。收丝垂钓月明中。总是神通
妙用。

又 绍兴丁巳，遍走浙东诸郡，遂作天台、雁荡之游，政
黄柑江鳜时，足慰平生。时拜御书芗林之赐，因成
长短句，寄朱子发、范元长、陈去非翰林三学士，以
资玉堂中一笑

得意穿云度水，及时斫玉分金。兹游了却未来心。怪我归迟一任。
　　居士何如学士，翰林休笑芗林。个中真味少知音。不是清狂
太甚。

又 政和间，余卜筑宛丘，手植众芗，自号芗林居士。建
炎初，解六路漕事，中原傥扰，故庐不得返，卜居清
江之五柳坊。绍兴癸丑，罢帅南海，即弃官不仕。
乙卯起，以九江郡复转漕江东，入为户部侍郎。辞
荣避谤，出守姑苏。到郡少日，请又力焉，诏可，且
赐舟曰泛宅，送之以归。己未暮春，复还旧隐。时
仲舅李公休亦辞春陵郡守致仕，喜赋是词

五柳坊中烟绿，百花洲上云红。萧萧白髮两衰翁。不与时人同梦。
　　抛掷麟符虎节，徜徉江月林风。世间万事转头空。个里如如
不动。

又 山谷作酴醾诗,极工,所谓"露湿何郎试汤饼,日烘荀令炷炉香"。取古人语以况此花,称为著题。余三十年前,与晁之道、狄端叔诸公醉皇建院东武襄家,酴醾甚盛,各赋长短句。独记余浣溪沙一首云:"翠羽衣裳白玉人。不将朱粉污天真。清风为伴月为邻。 枕上解随良夜梦,壶中别是一家春。同心小绾更尖新。"真成梦事。此垞此花不殊,而心情老懒,无复当时矣,勉强作是词云

红退小园桃杏,绿生芳草池塘。谁教芍药殿春光。不似酴醾官样。 翠盖更蒙珠幰,薰炉剩熨沉香。娟娟风露满衣裳。独步瑶台月上。

又 老妻生日,因取艺林中所产异物,作是词以侑觞

几见芙蓉并蒂,忽生三秀灵芝。千年老树出孙枝。岩桂秋来满地。 白鹤云间翔舞,绿龟叶上游戏。齐眉偕老更何疑。个里自非尘世。

南乡子 大雪韩叔夏坐中

梅与雪争妹。试问春风管得无。除却个人多样态,谁如。细把冰姿比玉肤。 一曲倒金壶。既醉仍烦翠袖扶。同向凌风台上看,何如。且与艺林作画图。

浣溪沙 宝林山间见兰

绿玉丛中紫玉条。幽花疏淡更香饶。不将朱粉污高标。 空谷佳人宜结伴,贵游公子不能招。小窗相对诵离骚。

又 渔父词,张志和之兄松龄所作也,有招玄真子归隐之意。居士为姑苏郡守,浩然有归志,因广其声为浣溪沙,示姑苏诸友

乐在烟波钓是闲。草堂松桂已胜攀。梢梢新月几回弯。　一碧太湖三万顷,屹然相对洞庭山。狂风浪起且须还。

又 戏呈牧庵舅

进步须于百尺竿。二边休立莫中安。要知玄露没多般。　花影镜中拈不起,蟾光空里撮应难。道人无事更参看。

又 荆公除日诗云:"爆竹声中一岁除。东风送暖入屠苏。千门万户瞳瞳日,争插新桃换旧符。"东坡诗云:"老去怕看新历日,退归拟学旧桃符。"古今绝唱也。吕居仁诗有"画角声中一岁除。平明更饮屠苏酒"之句,政用以为故事耳。艻林退居之十年,戏集两公诗,辄以鄙意足成浣溪沙,因书以遗灵照

爆竹声中一岁除。东风送暖入屠苏。瞳瞳晓色上林庐。　老去怕看新历日,退归拟学旧桃符。青春不染白髭须。

又 岩桂花开,不数日谢去,每恨不能挽留。近得海上方,可作炉薰,颇耐久

醉里惊从月窟来。睡馀如梦蕊宫回。碧云时度小崔嵬。　疑是海山怜我老,不论时节遣花开。从今休数返魂梅。

又 老妻生日

星头昭回自一天。疏梅池畔鬥清妍。蟠桃正熟藕如船。　叶上灵龟来瑞世,林间白鹤舞胎仙。春秋不记几千年。

又　堂前岩桂犯雪开数枝,色如杏黄,适当老妻生朝,作
此以侑觞

瑞气氤氲拂水来。金幢玉节下瑶台。江梅岩桂一时开。　不尽
秋香凝燕寝,无边春色入尊罍。临风嗅蕊共裴回。

又　和曾吉甫韵呈宋景晋待制。宋有二小姬,小桃、小兰

绿绕红围宋玉墙。幽兰林下正芬芳。桃花气暖玉生香。　谁道
广平心似铁,艳妆高韵两难忘。苏州老矣不能狂。

又　再用前韵寄曾吉甫运使

霭霭停云覆短墙。夭夭临水自然芳。猗猗无处着清香。　珍重
蓑山溪句好,尊前频举不相忘。濠梁梦蝶尽春狂。

又　简王景源、元渤伯仲

南国风烟深更深。清江相接是庐陵。甘棠两地绿成阴。　九日
黄花兄弟会,中秋明月故人心。悲欢离合古犹今。

又　绍兴辛未中秋,王景源使君乘流下萧滩,舍舟从陆。
芗林老人以长短句赠行

樽俎风流意气倾。一杯相属忍催行。离歌更作断肠声。　衮衮
大江前后浪,娟娟明月短长亭。水程山驿总关情。

生查子　绍兴戊午姑苏郡斋怀归赋

我爱木中犀,旧云:"天上得灵根。"不是凡花数。清似水沉香,色染蔷薇
露。　芗林月冷时,玉笋云深处。归梦托秋风,夜夜江头路。

又　与客醉岩桂下,落蕊忽堕酒杯中

月姊倚秋风,香度青林杪。吹堕酒杯中,笑靥撩人小。　　芗林万
事休,独此情未了。醉里又题诗,不觉花前老。

临江仙　绍兴庚申,老妻生日。幼女灵照生于是岁。
女子亦有弄璋之喜

新月低垂帘额,小梅半出檐牙。高堂开燕静无哗。麟孙凤女,学语
正咿哑。　　宝鼎剩熏沉水,琼彝烂醉流霞。芗林同老此生涯。
一川风露,总道是仙家。

七　娘　子

山围水绕高唐路。恨密云、不下阳台雨。雾阁云窗,风亭月户。分
明携手同行处。　　而今不见生尘步。但长江、无语东流去。满
地落花,漫天飞絮。谁知总是离愁做。

减字木兰花

维摩住处。竟日缤纷花似雨。更有难忘。十里清芬扑鼻香。
当年疏傅。借问赐金那用许。何似归艎。宝墨光芒万丈长。

又

年年岩桂。恰恰中秋供我醉。今日重阳。百树犹无一树香。
且倾白酒。赖有茱萸枝在手。可是清甘。绕遍东篱摘未堪。

清平乐 芗林之居,岩桂为最。比得公是先生清平乐
词云:"小山丛桂。最有留人意。拂叶攀花无限
思。露湿浓香满袂。　　别来过了秋光。翠帘
昨夜新霜。多少月宫闲地,姮娥与借馀芳。"因赋
一首

幽花无外。心与芗林会。绿髪相看今老矣。不作浅俗气味。
露叶巍巍生光。风梢泛泛飘香。称意中秋开了,馀情犹及重阳。

又 岩桂盛开,戏呈韩叔夏司谏

吴头楚尾。踏破芒鞋底。万壑千岩秋色里。不耐恼人风味。
而今老我芗林。世间百不关心。独喜爱香韩寿,能来同醉花阴。

又 奉酬韩叔夏

薄情风雨。断送花何许。一夜清香无觅处。却返云窗月户。
醉乡麴米为春。荆州富贵中人。肯入芗林净社,玉山屡倒芳茵。

又 赠韩叔夏

银钩虿尾。一似钟繇字。吏部文章麟角起。自是惊人瑞世。
西垣准拟挥毫。不须苦续离骚。政看翻阶红药,无忘丛桂香醪。

又 答赵彦正使君

人间尘外。一种寒香蕊。疑是月娥天上醉。戏把黄云授碎。
使君坐啸清江。腾芳飞誉无双。兴寄小山丛桂,诗成棐几明窗。

又　郑长卿资政惠以龙焙绝品。余方酿艼林春色,恨不
得持去,戏有此赠

艼林春色。杯面云腴白。醉里不知天地窄。真是人间欢伯。
风流玉友争妍。酪奴可与忘年。空诵少陵佳句,饮中谁与俱仙。

更漏子　雪中韩叔夏席上

小窗前,疏影下。鸾镜弄妆初罢。梅似雪,雪如人。都无一点尘。
　　暮江寒,人响绝。更着朦胧微月。山似玉,玉如君。相看一笑
温。

点绛唇　艼林老人,绍兴甲寅中秋,与二三禅子对月宝
林山中,戏作长短句,俗呼点绛唇

绿水青山,一轮明月林梢过。有谁同坐。妙德毗卢我。　　石女
高歌,古调无人和。还知麽。更没别个。且莫分疏破。

又　代净众老

此夜中秋,不向光影门前过。披衣得坐。无佛众生我。　　没鼓
打皮,借问今几和。还知麽。就中两个。鼻孔谁穿破。

又　代香严荣老

不昧本来,太虚明月流辉过。令行独坐。高下都由我。　　玉轸
无弦,谁对秋风和。还知麽。老庞一个。识得机关破。

又　代栖隐昙老

折脚铛中,二时粥饭随缘过。东行西坐。不识而今我。　　坏尽

田园,终日且婆和。还知麼。锥也无个。肘露衣衫破。

又　复自和

不挂一裘,世间万事如风过。忘缘兀坐。皮袋非真我。　　随色摩按"摩"原作"麼",改从汲古阁本尼,朱碧如何和。还知麼。从来只个。千古扑不破。

按"摩"原作"麼",改从汲古阁本尼,朱碧如何和。还知麼。从来只个。千古扑不破。

又　别代净众

荆棘林中,浪夸好手曾穿过。不起于坐。畐塞虚空我。　　问路台山,婆子随声和。还知麼。石桥老个。些子平窥破。

又　别代香严

春浪桃花,禹门三尺平跳过。死生不坐。变化须归我。　　山起南云,北雨声相和。还知麼。点点真个。块土何曾破。

又　别代栖隐

脱落皮肤,故人南岳峰前过。只知闲坐。千圣难窥我。　　明月澄潭,谁唱复谁和。还知麼。锦鳞没个。莫触清光破。

又　别自和

绿水池塘,笑看野鸭双飞过。正当呆坐。纫鼻须还我。　　尽日张弓,许久无人和。还知麼。难得全个。不免须明破。

又　世传水月观音词,徐师川恶其鄙俗,戏作一首似之

冰雪肌肤,靓妆喜作梅花面。寄情高远。不与凡尘染。　　玉立峰前,闲把经珠转。秋风便。雾收云卷。水月光中见。

又　重九戏用东坡先生韵

无热池南，岁寒亭上开新宴。青山芳甸。尽入真如观。举酒
高歌，人在秋天半。晴空远。寒江影乱。何处飞来雁。

又

病卧秋风，懒寻杯酒追欢宴。梦游都甸。不改当年观。故旧
凋零，天下今无半。烟尘远。泪珠零乱。怕问随阳雁。

又

今日重阳，强挼青蕊聊开宴。我家幾甸。试上连辉观。忆着
醑池，古塔烟霄半。愁心远。情随云乱。肠断江城雁。

又　重阳后数日，菊墩始有花。与诸友再登，赋第四首

莫问重阳，黄花满地须游宴。休论夷甸。且作江山观。百岁
光阴，屈指今过半。霜天晚。眼昏花乱。不见书空雁。

又　王景源使君宠示岩桂长短句，拟和一首

春蕙秋兰，断崖空谷终难近。何如逸韵。十里香成阵。倾盖
论交，白首情无尽。因君问。新声玉振。更觉花清润。

又　再赋示王景源使君

璧月光辉，万山不隔蟾宫树。金风玉露。水国秋无数。老子
情钟，欲向香中住。君王许。龙鸾飞舞。送到归休处。

又　再次王景源使君韵,赋第三首

明月山头,古香吹堕青林底。世情无味。伴我千岩里。　　诗老风流,也向花留意。歌新拟。调高难比。半坐分君醉。

采桑子　苇林为牧庵舅作

霜鬓七十期同老,云水之乡。总挂冠裳。闲里光阴一倍长。况逢菊圃篱边笑,风露中香。报答秋光。自有仙人九酝觞。

一 落 索

春风吹断前山雨。行云归去。暂来须信本无心,回首了无寻处。　　欲问个中玄路。阿谁能语。澄江霁月却深知,把此意、都分付。

如梦令　余以岩桂为炉薰,杂以龙麝,或谓未尽其妙。有一道人授取桂华真水之法,乃神仙术也。其香着人不灭,名曰苇林秋露。李长吉诗亦云:“山头老桂吹古香。”戏作二阕,以贻好事者

欲问苇林秋露。来自广寒深处。海上说蔷薇,何似桂华风度。高古。高古。不著世间尘污。

又

谁识苇林秋露。胜却诸天花雨。休更觅曹溪。自有个中玄路。参取。参取。滴滴要知落处。

卜 算 子

临镜笑春风,生怕梅花妒旧云:“不著铅华污”。疑是西湖处士家,疏影横斜处。　　江静竹娟娟,绿绕青无数。独许幽人子细看,全胜墙

东路。

> **又** 中秋欲雨还晴,惠力寺江月亭用东坡先生韵示诸禅
> 老,寄徐师川枢密

雨意挟风回,月色兼天静。心与秋空一样清,万象森如影。何
处一声钟,令我发深省。独立沧浪忘却归,不觉霜华冷。

> **又** 重阳后数日,避乱行双源山间,见菊,复用前韵。时
> 以九江郡恳辞,未报

时菊碎榛丛,地僻柴门静。谁道村中好客稀,明月和清影。天
地一蘧庐,梦事慵思省。若个知余懒是真,心已如灰冷。

> **又** 督战淝水,再用前韵第三首示青草堂

胶胶扰扰中,本体元来静。一段澄明绝点埃,世事如泡影。歇
即是菩提,此语须三省。古道无人著脚行,禾黍秋风冷。

> **又** 复自和赋第四首

千古一灵根,本妙元明静。道个如如已是差,莫认风番影。枯
木夜堂深,默坐时观省。月落乌鸡出户飞,万里关河冷。

三　字　令

春尽日,雨馀时。红薇薇,绿漪漪。花满地,水平池。烟光里,云影
上,画船移。　　纹鸳并,白鸥飞。歌韵响,酒行迟。将我意,入新
诗。春欲去,留且住,莫教归。

长相思　绍兴戊辰闰中秋

年重月,月重光。万瓦千林白似霜。扁舟入醉乡。　　山苍苍

水茫茫。严濑当时不是狂。高风引兴长。

南 歌 子

柳眼风前动,梅心雪后寒。年光浑似雾中看。报答风光无处、可为欢。　　一曲聊收泪,三杯强自宽。新愁不耐上眉端。怕见长安归路、懒凭栏。

减字木兰花

无穷白水。无限芰荷红翠里。几点青山。半在云烟晻霭间。移舟横截。卧看碧天流素月。此意虚徐。好把芗林入画图。

南 歌 子

江左称岩桂。吴中说木犀。水沉为骨郁金衣。却恨疏梅恼我、得香迟。　　叶借山光润,花蒙水色奇。年年勾引赋新诗。应笑芗林冷淡、独心知。

又　绍兴辛酉病起

病著连三月,谁能慰老夫。萧萧短髮不胜梳。风里支离欲倒、要人扶。　　秋月明如水,岩花忽起予。旋筹白酒入盘盂。报答风光不醉、更何如。

又　韩公圭近有提举广东市舶之命,假道清江,执别年馀,忽尔相逢,喜甚,因赋是词云

我入三摩地,人疑小有天。君王送老白云边。不用丹青图画、上凌烟。　　喜揽澄清辔,能同载酒船。相逢忽漫别经年。好是两身强健、在尊前。

桂　殿　秋

秋色里，月明中。红旌翠节下蓬宫。蟠桃已结瑶池露，桂子初开玉殿风。

朝中措　王景源使君生日坐上偶作

满城腊雪净无埃。触处是花开。天上琼林珠树，谁知夜半移来。　　黄堂荐寿，请君著意，和气潜回。化作一江春酒，都将注入尊罍。

菩　萨　蛮

天仙醉把真珠掷。荷翻写入玻璃碧。雨过酒尊凉。红蕖苒苒香。　　飞来双白鹭。屡作僛僛舞。山鸟起清歌。晚来情更多。

好事近　绍兴辛未病起见梅

多病卧江干，过尽春花秋叶。又见横斜疏影，弄阶前明月。　　呼儿取酒据胡床，尚喜知时节。宜与老夫情厚，有鬓边残雪又云："折得一枝清瘦，入鬓边残雪"。

又　用前韵答邓端友使君

风劲入平林，扫尽一林黄叶。惟有长松千丈，挂娟娟霜月。　　使君和气动江城，疑是芳菲节。忽到小园游戏，见南枝如雪。

减字木兰花　登望韶亭

两峰对起。象阙端门云雾里。千嶂排空。虎节龙旗指顾中。箫韶妙曲。我试与听音韵足。借问谁传。松上清风石上泉。

又

翠鬟双小。绿绮朱弦心未了。画戟森间。玉子纹楸手共谈。
不妨扶老。未说他年无限笑。且要忘忧。莫问今朝胜几筹。

又　梅花盛开，走笔戏呈韩叔夏

腊前雪里。几处梅梢初破蕊。年后江边。是处花开晚更妍。
绝知春意。不耐愁何心与醉。更有难忘。宋玉墙头婉婉香。

又　韩叔夏席上戏作

谁知莹澈。惟有碧天云外月。一见风流。洗尽胸中万斛愁。
剩烧蜜原作"密"，改从乐府雅词拾遗卷下炬。只恐夜深花睡去。想得横
陈。全是巫山一段云。

按此首别又误作曾惇词，见金绳武本花草粹编卷四。

又

千山万水。望极不知何处是。小院回廊。梦去相寻未觉长。
绝怜清瘦。雪里梅梢春未透。常记分携。雨后梨花晓尚啼。

又

去年端午。共结彩丝长命缕。今日重阳。同泛黄花九酝觞。
经时离缺。不为莱菔髭似雪。一笑逢迎。休觅空青眼自明。

江北旧词

满庭芳　政和癸巳滁阳作，其年京师大雪

天宇长闲，飞仙狂醉，挼云碎玉沉空。谢家庭院，争道絮因风。不

怕寒生宝粟,深调护、犀幕重重。瑶林里,疏梅献笑,小尊露轻红。

　瑞龙。香绕处,云间弦管,尘外帘栊。须烂醉流霞,莫诉千钟。闻道蟠桃正好,蓬瀛路、消息潜通。飞琼伴,偷将春色,分付入芳容。

水调歌头　赵伯山席上见梅

天公深藏巧,雪里放春回。不到闲花凡草,都付与疏梅。独立水边林下,萧萧冰容孤艳,清瘦玉腰支。触拨暗香动,风味欲愁谁。

　姮娥携,青女过,夜阑时。瑶冠琼珮,粲然一笑亦何奇。剩欲举觞对饮,不怕月明霜重,寒色著人衣。只恐邻笛起,化作玉尘飞。

梅花引　戏代李师明作

花如颊。梅如叶。小时笑弄阶前月。最盈盈。最惺惺。闲愁未识、无计定深情。十年空省春风面。花落花开不相见。要相逢。得相逢。须信灵犀,中自有心通。　　同杯勺。同斟酌。千愁一醉都推却。花阴边。柳阴边。几回拟待、偷怜不成怜。伤春玉瘦慵梳掠。抛掷琵琶闲处著。莫猜疑。莫嫌迟。鸳鸯翡翠,终是一双飞。

殢人娇　钱卿席上赠侍人轻轻

白似雪花,柔于柳絮。胡蝶儿、镇长一处。春风骀荡,蓦然吹去。得游丝、半空惹住。　　波上精神,掌中态度。分明是、彩云团做。当年飞燕,从今不数。只恐是、高唐梦中神女。

玉楼春　宛丘行□□□□之园见梅对雪

记得江城春意动。两行疏梅龙脑冻。佳人不用辟寒犀,踏雪穿花

云鬟重。　　真珠旋滴留人共。更蓺沉香暖金凤。只今梅雪可怜
时,都似绿窗前日梦。

又　与何文缜、倪巨济、王元衷、苏叔党宴张子实家。侍
人贺全真妙绝一时

云窗雾阁春风透。蝶绕蜂围花气漏。恼人风味恰如梅,倚醉腰肢
全是柳。　　细传一曲情偏厚。淡扫两山缘底皱。归时好月已沉
空,只有真香犹满袖。

鹧鸪天　与徐师川同过叶梦授家

小院深明别有天。花能笑语柳能眠。雪肌得酒于中暖,莲步凌波
分外妍。　　钗燕重,髻荷偏。两山斜叠翠连娟。朝云无限矜春
态,暮雨情知更可怜。

按此首别误入赵长卿惜香乐府卷八。

又　宣和己亥代人赠别

斗帐欢盟不计年。谁知蓦地远如天。何曾一霎离心上,怎得而今
在眼前。　　鱼不断,雁相连。可无小字寄芳笺。薄情已是抛人
去,更与新愁到酒边。

又　同前

说著分飞百种猜。泥人细数几时回。风流可惯曾孤冷,怀抱如何
得好开。　　垂玉箸,下香阶。凭肩小语更兜鞋。再三莫遣归期
误,第一频教入梦来。

又

浅浅妆成淡淡梅。见梅忆着傍妆台。书无鸿雁如何寄,肠断催归

作麼回。　　　千种恨,百般猜。为伊怀抱几时开。可堪江上风头恶,不放朝云入梦来。

又

几处秋千懒未收。花梢柳外出纤柔。霞衣轻举疑奔月,宝髻敧倾若坠楼。　　　争缥缈,鬥风流。蜂儿蛱蝶共嬉游。朝朝暮暮春风里,落尽梨花未肯休。

踏莎行　政和丙申九江道中

霭霭朝云,矜春态度。楚宫梦断寻无路。欲将尊酒遣新愁,谁知引到愁深处。　　　不尽长江,无边细雨。只疑都把愁来做。西山总不解遮栏,随春直过东湖去。

鹊　桥　仙

合香风流,擘钗情态,压倒痴牛骏按"骏"原作"骇",改从汲古阁本女。今年云外果深期,想却笑、人间离苦。　　　萦愁叠恨,青山绿水,杳杳重重无数。寻常犹有梦能来,到此夜、无寻梦处。

虞美人　政和丁酉下琵琶沟作

濛濛烟树无重数。不碍相思路。晚云分外欲增愁。更那堪按此处疑夺一字,汲古阁本有"疏"字疏雨、送归舟。　　　雨来还被风吹去。陨泪多如雨。拟题双叶问离忧。怎得水随人意、肯西流。

又

去年不到琼花底。蝶梦空相倚。今年特地趁花来。却甚不教同醉、过花开。　　　花知此恨年年有。也伴人春瘦。一枝和泪寄春风。应把旧愁新怨、入眉峰。

又 <small>宣和辛丑</small>

去年雪满长安树。望断扬州路。今年看雪在扬州。人在蓬莱深处、若为愁。而今不恨伊相误。自恨来何暮。平山堂下旧嬉游。只有舞春杨柳、似风流。

又

绮窗人似莺藏柳。巧语春心透。声声清切入人深。一夜不知两鬓、雪霜侵。　　何时月下歌金缕。醉看行云住。懒将幽恨寄瑶琴。却倩金笼鹦鹉、递芳音。

更漏子 <small>题赵伯山青白轩，时王丰父、刘长因同赋</small>

竹孤青，梅酽白。更着使君清绝。梅似竹，竹如君。须知德有邻。　　月同高，风同调。月底风前一笑。翻碎影，度微香。与人风味长。

又

鹊桥边，牛渚上。翠节红旌相向。承玉露，御金风。年年岁岁同。　　懒飞梭，停弄杼。遥想彩云深处。人咫尺，事关山。无聊独倚栏。

鹊桥仙 <small>七夕</small>

澄江如练，远山横翠，一段风烟如画。层楼杰阁倚晴空，疑便是、支矶石下。　　宝奁琼鉴，淡匀轻扫，纤手弄妆初罢。拟将心事问天公，与牛女、平分今夜。

南歌子 代张仲宗赋

碧落飞明镜,晴烟幂远山。扁舟夜下广陵滩。照我白蘋红蓼、一杯残。　　初望同盘饮,如何两处看。遥知香雾湿云鬟。凭暖琼楼十二、玉栏干。

鹊　桥　仙

飞云多态,凉飔微度,都到酒边歌处。冰肌玉骨照人寒,更做弄、一帘风雨。　　同槃风味,合欢情思,不管星娥猜妒。桃花溪水接银河,与占断、鹊桥归路。

南歌子 郭小娘道装

缥缈云间质,轻盈波上身。瑶林玉树出风尘。不是野花凡草、等闲春。　　翠羽双垂耳,乌纱巧制巾。经珠不动两眉颦。须信铅华销尽、见天真。

又

梁苑千花乱,隋堤一水长。眼前风物总悲凉。何况眉头心上、不相忘。　　因梦聊携手,凭书续断肠。已惊蝴蝶过东墙。更被风吹鸿雁、不成行。

卜算子 东坡先生尝作卜算子,山谷老人见之云:类不食烟火人语。芗林往岁见梅追和一首,终恨有儿女子态耳

竹里一枝梅,雨洗娟娟静。疑是佳人日暮来,绰约风前影。　　新恨有谁知,往事何堪省。梦绕阳台寂寞迥,沾袖馀香冷。

菩　萨　蛮

鸳鸯翡翠同心侣。惊风不得双飞去。春水绿西池。重期相见时。
　　长怜心共语。梦里池边路。相见不如新。花应解笑人。

又　政和丙申

娟娟明月如霜白。鳌山可是蓬山隔。恨不及春风。行云处处同。
　　暖香红雾里。一笑谁新喜。知得远愁无。春衫有泪珠。

又

袜儿窄剪鞋儿小。纹鸳并影双双好。微步巧藏人。轻飞洛浦尘。
　　前回深处见。欲近还相远。心事不能知。教人直是疑。

南　歌　子

雨过林峦静,风迥池阁凉。窥人双燕语雕梁。笑看小荷翻处、戏鸳
鸯。　　共饮菖蒲细,同分彩线长。今朝真不负风光。绝胜几年
飞梦、绕高唐。

减字木兰花　政和癸巳

几年不见。胡蝶枕中魂梦远。一日相逢。鹦鹉杯深笑靥浓。
欢心未已。流水落花愁又起。离恨如何。细雨斜风晚更多。

秦　楼　月

虫声切。柔肠欲断伤离别。伤离别。几行清泪,界残红颊。
玉阶白露侵罗袜。下帘却望玲珑月。玲珑月。寒光凌乱,照人愁
绝。

生查子　与王丰父、郑曼卿兄弟嵩山道中

月在两山间，人在空明里。山色碧于天，月色光于水。　　心闲物
物幽，心动尘尘起。莫向动中来，长愿闲如此。

又

春心如杜鹃，日夜思归切。啼尽一川花，愁落千山月。　　遥怜白
玉人，翠被馀香歇。可惯独眠寒，减动丰肌雪。

又

近似月当怀，远似花藏雾。好是月明时，同醉花深处。　　看花不
自持，对月空相顾。愿学月频圆，莫作花飞去。

又

春山和恨长，秋水无言度。脉脉复盈盈，几点梨花雨。　　深深一
段愁，寂寂无行路。推去又还来，没个遮栏处。

又　赠陈宋邻

娟娟月入眉，整整云归鬓。镜里弄妆迟，帘外花移影。　　斜窥秋
水长，软语春莺近。无计奈情何，只有相思分。

又

相思懒下床，春梦迷胡蝶。入柳又穿花，去去轻如叶。　　可堪岐
路长，不道关山隔。无赖是黄鹂，唤起空愁绝。

按此首别又误作清人束广词，见黄燮清国朝词综续编卷一。

望江南　八月十四日望为寿，近有弄璋之庆

微雨过，庭院净无尘。天上秋期明日是，人间月影十分清，真不负佳辰。　　称寿处，香雾绕花身。玉兔已成千岁药，桂华更与一枝新。喜气满重闉。

浣　溪　沙

冰雪肌肤不受尘。脸桃眉柳暖生春。手搓梅子笑迎人。　　欲语又休无限思，暂来还去不胜鞿。梦随胡蝶过东邻。

西　江　月

微步凌波尘起，弄妆满镜花开。春心掷处眼频来。秀色著人无耐。　　旧事如风无迹，新愁似水难裁。相思日夜梦阳台。减尽沈郎衣带。

点绛唇　南昌送范帅

丹凤飞来，细传日下丝纶语。使君归去。已近沙堤路。　　风叶露花，秋意浓如许。江天暮。离歌轻举。愁满西山雨。

丑奴儿　宣和辛丑

无双亭下琼花树，玉骨云腴。倾国称姝。除却扬州是无处。天教红药来参乘，桃李先驱。总作花奴。翠拥红遮到玉都。

如　梦　令

午夜凉生翠幔。帘外行云撩乱。可恨白蘋风，欲雨又还吹散。肠断。肠断。楚梦惊残一半。

好事近 　中秋前一日为寿

小雨度微云,快染一天新碧。恰到中秋佳处,是芳年华日。　　冰
轮莫做九分看,天意在今夕。先占广寒风露,怕姮娥偏得。

又 　怀安郡王席上

初上舞茵时,争看袜罗弓窄。恰似晚霞零乱,衬一钩新月。　　折
旋多态小腰身,分明是回雪。生怕因风飞去,放真珠帘隔。

采　桑　子

人如濯濯春杨柳,彻骨风流。脱体温柔。牵系多情尽未休。
最怜恰恰新眠起,云雨初收。斜倚琼楼。叶叶眉心一样愁。

清平乐 　滁阳寄邵子非诸友

云无天净。明月端如镜。乌鹊绕枝栖未稳。零露垂垂珠陨。
扁舟共绝潮河。秋风别去如梭。今夜凄然对影,与谁斟酌姮娥。

浣　溪　沙

花想仪容柳想腰。融融曳曳一团娇。绮罗丛里最妖娆。　　歌罢
碧天零影乱,舞时红袖雪花飘。几回相见为魂销。

又 　赵总怜以扇头来乞词,戏有此赠。赵能著棋、写字、
分茶、弹琴

艳赵倾燕花里仙。乌丝阑写永和年。有时闲弄醒心弦。　　茗碗
分云微醉后,纹楸斜倚髻鬟偏。风流模样总堪怜。

又 王称心效颦,亦有是请,再用前韵赠之

曾是襄王梦里仙。娇痴恰恰破瓜年。芳心已解品朱弦。　　浅浅
笑时双靥媚,盈盈立处绿云偏。称人心是尽人怜。

又

一夜凉飔动碧厨。晓庭飞雨溅真珠。玉人睡起倚金铺。　　云鬐
作堆初未整,柳腰如醉不胜扶。天仙风调世间无。

又 政和壬辰正月豫章龟潭作,时徐师川、洪驹父、汪彦
章携酒来作别

璧月光中玉漏清。小梅疏影水边明。似梅人醉月西倾。　　梅欲
黄时朝暮雨,月重圆处短长亭。旧愁新恨若为情。

按此首花草粹编卷二误作吴亿词。

又 连年二月二日出都门

人意天公则甚知。故教小雨作深悲。桃花浑似泪胭脂。　　理棹
又从今日去,断肠还似去年时。经行处处是相思。

又 政和癸巳仪真东园作

花样风流柳样娇。雪中微步过溪桥。心期春色到梅梢。　　折得
一枝归绿鬓,冰容玉艳不相饶。索人同去醉金蕉。

又

守得梅开著意看。春风几醉玉栏干。去时犹自惜馀欢。　　雨后
重来花扫地,叶间青子已团团。凭谁寄与蹙眉山。

又 酴醾和狄相叔韵赠陈宋邻

翡翠衣裳白玉人。不将朱粉污天真。清风为伴月为邻。　　枕上
解随良夜梦，壶中别是一家春。同心小绾更尖新。

又

两点春山入翠眉。一绹杨柳作腰肢。语音娇软带儿痴。　　犹省
当来求识面，隔帘清唱倒琼彝。真成相见说当时。

又

姑射肌肤雪一团。掺掺玉手弄冰纨。著人情思几多般。　　水上
月如天样远，眼前花似镜中看。见时容易近时难。

又

云外遥山是翠眉。风前杨柳入腰肢。凌波微步袜尘飞。　　倚醉
传歌留客处，佯嗔不语殢人时。风流态度百般宜。

又 许南叔席上

百斛明珠得翠蛾。风流彻骨更能歌。碧云留住劝金荷。　　取醉
归来因一笑，恼人深处是横波。酒醒情味却知麽。

相　见　欢

亭亭秋水芙蓉。翠围中。又是一年风露、笑相逢。　　天机畔。
云锦乱。思无穷。路隔银河犹解、嫁西风。

又

桃源深闭春风。信难通。流水落花馀恨、几时穷。　　水无定。花有尽。会相逢。可是人生长在、别离中。

又

腰肢一缕纤长。是垂杨。泥泥风中衣袖、冷沉香。　　花如颊。眉如叶。语如簧。微笑微颦相恼、过迴廊。以上双照楼本酒边集一百七十六首

最　高　楼

无双亭下,琼树正花敷。玉骨莹云腴。已知倾国无能比,除非天上有仙姝。到扬州才见,是处俱无。　　比碧桃、也无二朵,算丹桂、止是一株。千万卉,尽花奴。天教芍药来骖乘,一春桃李作先驱。尽红遮绿拥驻江都。扬州琼华集

存　目　词

调　名	首　句	出　处	附　　　注
六州歌头	凭深负阻	永乐大典卷一万五千一百三十九帅字韵	刘襄词,见中兴以来绝妙词选卷七
清平乐	秋光如水	历代诗馀卷十三	韩璜词,见乐府雅词拾遗卷上

吴穆仲

穆仲,不详其人。与向子諲同时唱和。

醉　蓬　莱

见处即已,无心即了。酒边集

杨　适

　　适字时可,棣州(今山东省惠民)人。年十八,登进士第。晚始出仕,为尚书比部员外郎。

南柯子　送淮漕向伯恭

怨草迷南浦,愁花傍短亭。有情歌酒莫催行。看取无情花草、也关情。　　旧日临岐曲,而今忍泪听。淮山何在暮云凝。待倩春风吹梦、过江城。唐宋诸贤绝妙词选卷六

莫　蒙

　　蒙字养正,雪川(今湖州)人。曾为县丞。绍兴年间,自右朝奉郎监饶州浮梁县景德镇税,擢知通化军。

江城子　贺人生子

长庚入梦夜何其。月波迟。露华滋。珠褓犀帷,生此宁馨儿晋王衍传。天上麒麟人不识,森碨砢,骏权奇。　　文章锦绣识新机。国风诗。楚人词。銮殿蓬莱,早晚奉论思。百岁归来如魏武,从老大,好威仪。翰墨大全丙集卷三

　　按此首原题莫养正作。

李 瑅

瑅字西美,汴(今河南开封)人。以荫补官。政和二年(1112),上舍及第。除国子博士,出知房州。宣和六年(1116),中书舍人。坐蔡絛党,提举亳州明道宫。绍兴四年(1134),以集英殿修撰知吉州。累迁徽猷阁直学士、四川安抚制置使、知成都府。二十一年(1151)卒。

满 庭 霜

白玉肌肤,清冰神彩,仙妃何事烟村。自然标韵,羞入百花群。不易盈盈瘦质,犯寒腊、独作春温。溪桥外,斜枝半吐,行客一销魂。

清香无处著,雪中暗认,月下空闻。算谁许幽人,相伴芳尊。莫放高楼弄笛,忍教看、雪落纷纷。堪调鼎,濛濛烟雨,滋养待和羹。梅苑卷三

存 目 词

花草粹编卷九载李瑅满庭芳"一种江梅"一首,乃无名氏词,见梅苑卷三。

韩 驹

驹字子苍,仁寿人,徙汝州(今河南临汝)。政和二年(1112)召试,赐进士,除秘书省正字,累迁至中书舍人。宣和六年(1124),坐为元祐曲学,以集英殿修撰、提举江州太平观。绍兴五年(1135),徽猷阁待制、提举江州太平观卒。有陵阳集。

念奴娇 月

海天向晚,渐霞收馀绮,波澄微绿。木落山高真个是,一雨秋容新沐。唤起嫦娥,撩云拨雾,驾此一轮玉。桂华疏淡,广寒谁伴幽独。

不见弄玉吹箫,尊前空对此,清光堪掬。雾鬟风鬓何处问,云雨巫山六六。珠斗斓斒,银河清浅,影转西楼曲。此情谁会,倚风三弄横竹。草堂诗馀后集卷上

按此首别又误作李吕词,见潀轩集卷四。又误作姜夔词,见洪正治本白石诗词集。

失调名 西湖会词

孤舟晚飏湖光里。衰草斜阳无限意。舆地纪胜卷二

按此二句又见西湖游览志馀卷十六陈袭善渔家傲词中。

存 目 词

调　名	首　句	出　处	附　　注
水调歌头	江山自雄丽	类编草堂诗馀卷三	张孝祥词,见于湖居士文集卷三十一
昭 君 怨	昨日樵村渔浦	词品卷三	完颜亮词,见夷坚志支景卷五,附录于后

昭 君 怨

昨日樵村渔浦。今日琼川银渚。山色卷帘看。老峰峦。　　锦帐美人贪睡。不觉天孙剪水。惊问是杨花。是芦花。

颜博文

博文字持约,德州人。政和八年(1118)进士。靖康初,官著作佐郎、中书舍人。金人立伪楚时,充事务官,草劝进表。南渡初,责授果州别驾、永不收叙,澧州安置,移贺州。

西江月 广帅席上

草草书传锦字,厌厌梦绕梅花。海山无计驻星槎。肠断芭蕉影下。

缺月旧时庭院，飞云到处人家。而今赢得鬓先华。说著多情已怕。乐府雅词拾遗卷上

品令　舟次五羊

夜萧索。侧耳听、清海楼头吹角。停归棹、不觉重门闭，恨只恨、暮潮落。　　偷想红啼绿怨，道我真个情薄。纱窗外、厌厌新月上，也应则、睡不著。能改斋漫录卷十七

沈与求

与求字必先，德清人。元祐元年(1086)生。政和五年(1115)进士。历知潭州、镇江府、荆湖南路、两浙西路安抚使，除参知政事、知枢密院事。绍兴七年(1137)卒，赠左银青光禄大夫，谥忠敏。有龟溪集。

浣溪沙　和郑庆袭雪中作

云幕垂垂不掩关，落鸿孤没有无间。雪花欺鬓一年残。　　欲把小梅还斗雪，冷香嫌怕乱沉檀。恼人归梦绕江干。

又

花信催春入帝关。玉霙争腊去留间。不禁风力又吹残。　　客舍不眠清夜冷，萦愁一缕袅梅檀。空庭月落斗阑干。

江城子　葛使君示书，有元夕寒厅孤坐之叹。昨日石林寄示所和长短句，辄亦次韵和呈，因以自见穷寂之态

华灯高宴水精宫。浪花中。意无穷。十载江湖，重绾汉符铜。应有青藜存往事，人缥缈，佩丁东。　　卧听萧寺响疏钟。渡溪风。

转空濛。月上孤窗，邻唱有渔翁。追念使君清坐久，歌一发，恨千
重。

　　　　　又 和叶左丞石林

鱼龙戏舞近幽宫。乱山中。似途穷。绿野堂深，门敞兽铺铜。无
限青瑶攒峭壁，花木老，映西东。　　消磨万事酒千钟。一襟风。
鬓霜濛。忧国平生，堪笑已成翁。惟有经纶心事在，承密诏，看重
重。以上沈忠敏公龟溪集卷三

陈　东

　　　　东字少阳，丹阳(今江苏省镇江)人。元祐元年(1086)生。以贡入
　　太学。钦宗立，上书请诛蔡京等。李纲罢守京城，复率诸生伏阙上书，
　　从者数万。赐迪功郎、同进士出身、补太学录，不受。建炎初，请用李
　　纲，罢黄潜善、汪伯彦，被斩于市。有少阳集。

　　　　　秦　刷　子

谁斫碧琅玕，影撼半庭风月。尚有岁寒心在，留得数根华发。
龙孙受戏碧波涛，喜动清风发。到得浪花深处，□按原无空格，据律补
一瓯香雪。

　　　　按此首别作刘过词，见龙洲词。

　　　　　西　江　月

风动一轩花竹，琅玕青锦薰笼。怜才自是宋墙东。更识琴心挑弄。
　　暮雨乍收寒浅，朝云又起春浓。冰肌玉骨信俱融。不比巫山
闲梦。

蓦山溪　元夕

半生羁旅,几度经元夜。长是竞虚名,把良宵、等闲弃舍。去年元夜,道得□身闲,依旧是,客长安,寂寞孤眠者。　　　今年元夜。也则非乡社。却有人□约,携手□、灯前月下。那知风雨,此事又参差,成怨恨,独凄惶,清泪潸然洒。

按此首原俱无空格,据律补。

西江月　七夕

我笑牛郎织女,一年一度相逢。欢情尽逐晓云空。愁损舞鸾歌凤。

牛女而今笑我,七年独卧西风。西风还解过江东。为报佳期入梦。以上四首见宋陈少阳先生文集卷五

姚孝宁

孝宁,宣和太学生。

念奴娇　咏月

素娥睡起,驾冰轮碾破,一天秋绿。醉倚高楼风露下,凛凛寒生肌粟。横管孤吹,龙吟风劲,雪浪翻银屋。壮游回首,会稽何限修竹。

今夜对月依然,尊前须快泻,山头鸣瀑。吸此清光倾肺腑,洗我明珠千斛。只恐婵娟,明年依旧,衰鬓先成鹄。举杯相劝,为予且挂团玉。草堂诗馀后集卷上

按此首别又误作姜夔词,见洪正治本白石诗词集。

胡松年

　　松年字茂老,海州怀仁(今江苏赣榆)人。元祐二年(1087)生。政和二年(1112)上舍释褐。累迁中书舍人。高宗朝,拜吏部尚书,权参知政事,提举洞霄宫。绍兴十六年(1146)卒。

石 州 词

月上疏帘,风射小窗,孤馆岑寂。一杯强洗愁怀,万里堪嗟行客。乱山无数,晚秋云物苍然,何如轻抹淮山碧。喜气拂征衣,作眉间黄色。　　役役。马头尘暗斜阳,陇首路回飞翼。梦里姑苏城外,钱塘江北。故人应念我,负吹帽佳时、同把金英摘。归路且加鞭,看梅花消息。

又

歌阕阳关,肠断短亭,惟有离别。画船送我薰风,瘦马迎人飞雪。平生幽梦,岂知塞北江南,而今真叹河山阔。屈指数分携,早许多时节。　　愁绝。雁行点点云垂,木叶霏霏霜滑。正是荒城落日,空山残月。一尊谁念我,苦憔悴天涯、陡觉生华髪。赖有紫枢人,共扬鞭丹阙。以上二首见云麓漫钞卷十四

李持正

　　持正字季秉,政和五年(1115)进士。历知德庆、南剑、潮阳三郡,终朝请大夫。

明月逐人来

星河明淡。春来深浅。红莲正、满城开遍。禁街行乐,暗尘香拂面。皓月随人近远。　　天半鳌山,光动风楼两观。东风静、珠帘不卷。玉辇待归,云外闻弦管。认得宫花影转。

人 月 圆 令

小桃枝上春风早,初试薄罗衣。年年乐事,华灯竞处,人月圆时。　　禁街箫鼓,寒轻夜永,纤手重携。更阑人散,千门笑语,声在帘帏。以上二首见能改斋漫录卷十六

　　按此首别又作王诜词,见唐宋诸贤绝妙词选卷三。

王道亨

　　道亨字逸民,郓人。初为僧,名绍祖。作画效周纯。

桃源忆故人

刘郎自是桃花主。不许春风闲度。春色易随风去。片片伤春暮。　　返魂不用清香炷。却有梅花淡伫。从此镇长相顾。不怨飘残雨。梅苑卷八

调　名	首　句	出　　处	附　　　　注
添字浣溪沙	密室蜂房别有香	永乐大典卷二千八百十梅字韵	无名氏词,见梅苑卷八
桃源忆故人	寒苞初吐黄金莹	又	又

江致和

致和,崇宁间太学生。

五福降中天

喜元宵三五,纵马御柳沟东。斜日映珠帘,瞥见芳容。秋水娇横俊眼,腻雪轻铺素胸。爱把菱花,笑匀粉面露春葱。　　徘徊步懒,奈一点、灵犀未通。怅望七香车去,慢辗春风。云情雨态,愿暂入阳台梦中。路隔烟霞,甚时还许到蓬宫。岁时广记卷三十一引古今词话

按此首刘毓盘辑三衢人词误作江汉词。

韩　璜

璜字叔夏。尝知上蔡县,御史台主簿。建炎四年(1130),赐进士出身,守监察御史,擢右司谏。责监浔州商税。起为广南西路转运判官,又为广南东路提点刑狱。

清平乐　向伯恭韵木犀

秋光如水。酿作鹅黄蚁。散入千岩佳树里。惟许修门人醉。
轻钿重上风鬟。不禁月冷霜寒。步障深沉归去,依然愁满江山。

乐府雅词拾遗卷上

按历代诗馀卷十三误以此为向子諲词。

李邦献

邦献字士举,河阳(在今河南省孟县)人。李邦彦之弟。宣和七年(1125),直秘阁、管勾万寿观。绍兴三年(1133),夔州路安抚司干办公事。五年(1135),特追职名。二十六年(1156),荆湖南路转运判官。又直秘阁、两浙西路转运判官。乾道二年(1166),夔州路提点刑狱。六年(1170),兴元路提点刑狱。

菩萨蛮 蜡梅

薰沉刻蜡工夫巧。蜜脾锁碎金钟小。别是一般香。解教人断肠。
　　冰霜相与瘦。清在江梅右。念我忍寒来。怜君特地开。梅苑卷七

宋齐愈

齐愈字文渊,一云字退翁。宣和三年(1121)上舍第一。靖康初,官右谏议大夫。建炎元年(1127),为左司员外郎,试起居郎。以推举伪楚张邦昌,论死。

眼　儿　媚

霏霏疏影转征鸿。人语暗香中。小桥斜渡,西亭深院,水月朦胧。
　　人间不是藏春处,玉笛晓霜空。江南树树,黄垂密雨,绿涨薰风。乐府雅词拾遗卷上

宋　江

江于政和中,领导农民起义,结寨于梁山泊。水浒传云:郓城人。

念　奴　娇

天南地北。问乾坤何处,可容狂客。借得山东烟水寨,来买凤城春
色。翠袖围香,鲛绡笼玉,一笑千金值。神仙体态,薄幸如何销得。

　　回想芦叶滩头,蓼花汀畔,皓月空凝碧。六六雁行连八九,只
待金鸡消息。义胆包天,忠肝盖地,四海无人识。闲愁万种,醉乡
一夜头白。词品拾遗引瓮天胜语

存　目　词

　　水浒传第三十九回有西江月"自幼曾攻经史"一首,乃小说依托。
附录于下。

西　江　月

自幼曾攻经史,长成亦有权谋。恰如猛虎卧荒丘。潜伏爪牙忍受。

　　不幸刺文双颊,那堪配在江州。他年若得报冤仇。血染浔阳
江口。

袁　绚

　　绚,政和中为教坊判官。靖康中,籍其家。

撒　金　钱

频瞻礼。喜升平、又逢元宵佳致。鳌山高耸翠。对端门、珠玑交
制。似嫦娥降仙宫,乍临凡世。　　恩露匀施,凭御栏、圣颜垂视。
撒金钱,乱抛坠。万姓推抢没理会。告官里。这失仪、且与免罪。
宣和遗事卷上

传 言 玉 女

眉黛轻分,惯学玉真梳掠。艳容可画,那精神怎貌。鲛绡映玉,钿
带双穿缨络。歌音清丽,舞腰柔弱。　　宴罢瑶池,御风跨皓鹤。
凤凰台上,有萧郎共约。一面笑开,向月斜赛珠箔。东园无限,好
花羞落。

> 此首原见乐府雅词拾遗卷上,无撰人姓名。据朱弁续恻散说,乃袁绹作。(词学
> 丛书本乐府雅词亦题袁绹作,殆从花草粹编补题。)

存 目 词

调　名	首　　句	出　　处	附　　注
鱼游春水	秦楼东风里	词综补遗卷二	无名氏词,见乐府雅词拾遗卷上
五彩结同心	珠帘垂户	又	又
清 平 乐	画堂晨起	又	李白词,见尊前集,附录于后

清 平 乐

画堂晨起。来报雪花坠。高卷帘栊看佳瑞。皓色远迷庭砌。
盛气光引炉烟。素草寒生玉佩。应是天上狂醉。乱把白云揉碎。

连仲宣

> 仲宣,贵溪(今江西省)人。宣和中,特免文解。

念 奴 娇

暗黄著柳,渐寒威收敛,日和风细。□□端门初锡宴,郁郁葱葱佳

气。太一行春,青藜照夜,夜色明如水。鳌山彩结,恍然移在平地。

　　曲盖初展湘罗,玉皇香案,近雕阑十二。夹道红帘齐卷上,两行绝新珠翠。清跸声乾,传柑宴罢,闪闪星球坠。下楼归去,觚棱月衔龙尾。岁时广记卷十一引本事词

邢俊臣

俊臣,汴京戚里子。忤梁师成,责越州钤辖。

临 江 仙　神运石

巍峨万丈与天高。物轻人意重,千里送鹅毛。

又　陈朝桧

远来犹自忆梁陈。江南无好物,聊赠一枝春。

又　咏梁师成诗

用心勤苦是新诗。吟安一个字,捻断数茎髭。

又　自叙寥落

扪窗摸户入房来。笙歌归院落,灯火下楼台。

又　妓有体气

酥胸露出白皑皑。遥知不是雪,为有暗香来。

又　妓体肥

只愁歌舞罢,化作彩云飞。以上见寓简卷十

幼　卿

幼卿，宣和时人。

浪淘沙 并序

幼卿少与表兄同研席，雅有文字之好。未笄，兄欲缔姻。父兄以兄未禄，难其请，遂适武弁。明年，兄登甲科，职教洮房，而良人统兵陕右，相与邂逅于此。兄鞭马略不相顾，岂前憾未平耶。因作浪淘沙以寄情云。

目送楚云空。前事无踪。谩留遗恨锁眉峰。自是荷花开较晚，孤负东风。　客馆叹飘蓬。聚散匆匆。扬鞭那忍骤花骢。望断斜阳人不见，满袖啼红。能改斋漫录卷十六

存　目　词

花草粹编卷五载有幼卿浪淘沙"帘外五更风"一首，据杨金本草堂诗馀前集卷下，乃无名氏作品。

蒋氏女

兴祖，靖康间阳武令。金人入侵，死之。女被掳去。

减字木兰花 题雄州驿

朝云横度。辘辘车声如水去。白草黄沙。月照孤村三两家。　飞鸿过也。万结愁肠无昼夜。渐近燕山。回首乡关归路难。梅磵诗话卷下

按词苑丛谈卷七引梅磵诗话误为蒋兴祖之父所作。金绳武本花草粹编卷四又误

作李令女词。

蔡　柟

　　柟字坚老,南城人。自号云壑道人。宣和以前人,没于乾道六年
(1170)。壮年以诗著,曾纡吕本中辈皆与之倡和。尝为袁州通判。有
云壑隐居集三卷,词有浩歌集一卷,今不传。赵万里有辑本浩歌集。

鹧　鸪　天

病酒厌厌与睡宜。珠帘罗幕卷银泥。风来绿树花含笑,恨入西楼
月敛眉。　　惊瘦尽,怨归迟。休将桐叶更题诗。不知桥下无情
水,流到天涯是几时。绝妙好词卷一

念奴娇　寄仙岩辛承旨

碧梧转影,正露冷天高,凉生襟袖。此夕清辉,谁信道、夜色居然如
昼。玉斧重修,宝奁初启,万里寒光透。将军高会,翠鬟争劝尊酒。
　　遥想地近仙丘,碧山高处,引手攀星斗。醉嘱姮娥,惟但愿、月
与佳人长久。罗覆银鞍,雨抛金甲,赢得诗千首。掀髯一笑,此怀
人解知否。永乐大典卷一万一百十六旨字韵引宋蔡柟浩歌集

满庭芳　寓向仲德宿云轩几两月,归南丰,道中寄

手染橙芗,杯摇烛影,夜阑人意醺酣。故人惜别,却酒更清谈。只
合相从老矣,知何事、还著征衫。流年晚,长途匹马,奔走亦何堪。
　　江潭。摇落后,云嘘绝壁,雪舞空岩。念行人归鬓,今已毵毵。
往事真成梦里,十年恨、江北江南。休凝伫,霜风卷地,寒日又西
衔。

摊破诉衷情 寄友

夕阳低户水当楼。风烟惨淡秋。乱云飞尽碧山留。寒沙卧海鸥。
　　浑似画，只供愁。相看空泪流。故人如欲问安不。病来今白
头。

又 和

栏干十二绕层楼。珠帘卷素秋。当年尊酒屡迟留。识公惟白鸥。
　　才得趣，又成愁。情钟我辈流。买山同隐肯来不。遥怜笑点
头。

凤栖梧 寄贺司户

狂滥生涯今几许。敕赐湖天，万顷烟波主。约我小舟同老去。要
前一叶风掀舞。　　邂逅同寻溪上路。淡墨题诗，正在云深处。
别后作书频寄语。无忘林下萧萧雨。以上四首永乐大典卷一万四千三百八
十一寄字韵引蔡枏浩歌集

　　以上蔡枏词六首用赵万里辑浩歌集增补。

李久善

　　　久善，蜀人。官至提刑。

念 奴 娇

东君试手，向南枝著意，争先时节。纵有丹青谁便忍，轻点肌肤冰
雪。色借琼瑰，香分兰麝，元自标孤洁。冲寒独秀，误他多少蜂蝶。
　　缟练不染缁尘，算来□合是，广寒宫阙。未问阳和先占取，前

村一溪风月。留取清芬,主张真态,驿使休轻折。梢头青子,异时风味甚别。梅苑卷一

蝶　恋　花

莺掷垂杨,一点黄金溜。能改斋漫录卷十七

宝　月

　　宝月,僧人,宋初功臣史珪之后,能为小词。绍兴五年(1135),以献兵书三十九种,特补下州文学。按僧仲殊有宝月集,各词题宝月撰者,旧多收入仲殊词中。惟既题宝月撰,未必非此僧作也,兹两收之。

蓦　山　溪

清江平淡,疏雨和烟染。春在广寒宫,付江梅、先开素艳。年年第一,相见越溪东,云体态,雪精神,不把年华占。　　山亭水榭,别恨多销黯。又是主人来,更不辜、香心一点。题诗才思,清似玉壶冰,轻回顾,落尊前,桃杏声华减。景宋本梅苑卷二

鹊　踏　枝

斜日平山寒已薄。雪过松梢,犹有残英落。晚色际天天似幕。一尊先与东风约。　　邀得红梅同宴乐。酒面融春,春满纤纤萼。客意为伊浑忘却。归船且傍花阴泊。景宋本梅苑卷九

点绛唇 题雪中梅

春遇瑶池,长空飞下残英片。素光围练。寒透笙歌院。　　莫把寿阳,妆信传书箭。掩香面。汉宫寻遍。月里还相见。梅苑卷十

失　调　名

遥想天孙离别后,一宵欢会,暂停机杼。岁时广记卷二十六

柳　梢　青

脉脉春心,情人渐远,难托离愁。此三句原作"岸草平沙,吴王故苑,柳袅烟斜"。话本窜改雨后寒轻,风前香软,春在梨花。　　　行人倚棹天涯。酒醒处、残阳乱鸦。门外秋千,墙头红粉,深院谁家。京本通俗小说西山一窟鬼

惜　双　双

庾岭香前亲写得。子细看、粉匀无迹。月殿休寻觅。姑射人来,知是曾相识。　　　不要青春闲用力。也会寄、江南信息。著意应难摘。留与梨花,比并真颜色。永乐大典卷二千八百十三梅字韵

洞　仙　歌

广寒晓驾,姑射寻仙侣。偷被霜华送将去。过越岭、栖息南枝,匀妆面、凝酥轻聚。爱横管孤度陇头声,尽拚得幽香,为君分付。

　水亭山驿,衰草斜阳,无限行人断肠处。尽为我、留得多情,何须待、春风相顾。任倒断深思向梨花,也无奈,寒食几番春雨。花草粹编卷八

　　按此首别见梅苑卷四,不著撰人。
　　按以上七首原俱题宝月撰。

苏仲及

念 奴 娇

问梅何事,对岩东微笑,暗中轻馥。韵绝姿高直下视,红紫端如童仆。绕树千回,临风三嗅,待与论心曲。何人还解,为伊特地青目。

　　潇洒些个精神,谁怜孤瘦,正无语幽独。不许春知应自负,一生风月心足。傲雪难陪,欺霜无伴,耿耿横修竹。纷纷桃李,□□□□□□。梅苑卷一

赵耆孙

远 朝 归

金谷先春,见乍开江梅,晶明玉腻。珠帘院落,人静雨疏烟细。横斜带月,又别是、一般风味。金尊里。任遗英乱点,残粉低坠。

　　惆怅杜陇当年,念水远天长,故人难寄。山城倦眼,无绪更看桃李。当时醉魄,算依旧、裴回花底。斜阳外。谩回首、画楼十二。
景宋本梅苑卷一

存　目　词

　　花草粹编卷八载赵耆孙远朝归"新律才交"一首,乃梅苑卷一无名氏词。

费时举

蓦山溪 蜡梅

黄苞初绽,谁向江头寄。天赋与清香,笑红颜、呈妖逞媚。低垂花

面,不与众争妍,春尚未。先群卉。独禀中央气。　　何须施巧,
点缀芳丛里。只恐暗寻香,误蜂儿、归来故垒。玉纤攀处,金钏色
相宜,朔风寒,空雪坠。痛赏休辞醉。<small>景宋本梅苑卷二</small>

存 目 词

调　名	首　　句	出　　处	附　　注
蓦山溪	当时曾见	永乐大典卷二千八百零八梅字韵	无名氏词,见梅苑卷二
又	梅梢破萼	永乐大典卷二千八百十一梅字韵	又
又	小小苍翠	又	又
又	江南春信	又	又

刘均国

均国,颍川人。

梅 花 引

千里月,千山雪。梅花正落寒时节。一枝昂。一枝藏。清香冷艳、
天赋与孤光。孤光似被珠帘隔。风度烟遮好颜色。粉垂垂。玉累
累。先春挺秀,不管百花知。　　似霜结。与霜别。莫使幽人容
易折。短墙边。矮窗前。横斜峭影,重叠鬥婵娟。黄昏惯听楼头
角。只恐听时零乱落。醉来看。醒来看<small>"醒来看"三字原无,据花草粹编卷
十二补</small>。萦绊丽人,潇洒倚阑干。<small>梅苑卷二</small>

权无染

凤凰台忆吹箫

水国云乡，冰魂雪魄，朝来新领春还。便未怕、天暄蜂蝶，笛转羌蛮。一树垂云似画，香暗暗、白浅红班。东风外，清新雪月，潇洒溪山。　　应是飞琼弄玉，天不管、年年谪向人间。占芳事，铅华一洗，红叶俱残。多少烟愁雨恨，空脉脉、意远情闲。无人见，翠袖倚竹天寒。梅苑卷三

乌　夜　啼

洗净铅华污，玉颜自发轻红。无言雪月黄昏后，别是个丰容。骨瘦难禁消瘦，香寒按"寒"原误作"蒙"，据永乐大典卷二千八百十梅字韵改不并芳秾。与君高却看按"看"字原缺，据永乐大典补花眼，红紫谩春风。梅苑卷九

南　歌　子

照水金莲小，披风宝麝浮。雪中开占百花头。一味潇潇洒洒、自风流。　　病态含春瘦，芳魂傍月愁。轻烟微雨更清幽。遮莫姚黄相并、也应羞。

又

一点檀心紫，千重粉翅光。蔷薇水浸淡鹅黄。别是一般风韵、断人肠。　　有艳难欺雪，无花可比香。寻思无计与幽芳。除是玉人清瘦、道家妆。以上二首见永乐大典卷二千八百十一梅字韵引梅苑

孤馆深沉

琼英雪艳岭梅芳。天付与清香。向腊后春前,解压万花,先占东阳。　　拟待折、一枝相赠,奈水远天长。对妆面、忍听羌笛,又还空断人肠。花草粹编卷四引梅苑

南山居士

永遇乐 梅赠客

满眼寒姿,桂蟾匀素,霜女同莹。野屋喷香,池波弄影,仿佛鸾窥镜。一枝堪寄,天涯远信,惆怅塞鸿难倩。这情怀、厌厌怎向,无人伴我孤另。　　风凄露冷。仙郎此夜,若许枕衾相并。解吐芳心,绸缪共约,学取双交颈。好天难遇,从今一去,荏苒后期无定。把柔肠、千萦万断,为伊薄幸。

又 客答梅

玉骨冰肌,野墙山径,烟雨萧索。公子豪华,贪红恋紫,谁分怜孤萼。想应窥见,潘毛相似,故把素怀相托。岂知人、年来闷损,被名利拘缚。　　当歌对酒,如痴如梦,欲笑啼痕先落。二十年前,欢娱一醉,不忍思量著。衾寒枕冷,不教孤另,不是自家情薄。枉将心、千尤万殢,算应殢著。以上二首见梅苑卷四

> 按此首梅苑原不著撰人,本书初版卷二百九十三旧编入无名氏作品内。今按此首与上首互为赠答,必同一人作。

郭仲宣

江　神　子

腊寒犹重见年芳。为花忙。倚按"倚"原误作"停",从花草粹编卷七改雕墙。
准拟巡檐,一笑但清狂。冷蕊疏枝浑不奈,凭折取,泛清觞。
扬州春梦两按"两"原作"雨",从花草粹编改微茫。记娥妆。耿冰肠。春
信全通,何用玉奁香。谁见月斜人去后,疏影乱,蘸寒塘。梅苑卷四

邵叔齐

连　理　枝

淡泊疏篱隔。寂寞官桥侧。绿萼青枝风尘外,别是一般姿质。念
天涯、憔悴各飘零,记初曾相识。　　雪里清寒逼。月下幽香袭。
不似薄情无凭准,一去音书难得。看年年、时候不逾期,报阳和消
息。

扑　蝴　蝶

兰摧蕙折,霜重晓风恶。长安何处,孤根谩自托。水寒断续溪桥,
月破黄昏院落按"院落"二字原空格,据花草粹编卷八补。相逢俨然瘦削。
　　最萧索。星星蓬鬓,杳杳家山路正邈。攀枝嗅按"嗅"原作"唤",据
花草粹编改蕊,露陪按"陪"原作"暗",改从花草粹编清泪阁。已无蝶使蜂
媒,不共莺期燕约。甘心伴人淡泊。以上二首见梅苑卷四

鹧鸪天　蜡梅

不比江梅粉作华。天香肯作俗香夸。高悬蜡蓓蜂房密,遍挂金钟

雁字斜。　　　侵月影,上窗纱。中央颜色自仙家。玉人插向乌云畔,浑似灵犀正透芽。梅苑卷六

李子正

减兰十梅 并序

　　窃以花虽多品,梅最先春。始因暖律之潜催,正直冰澌之初泮。前村雪里,已见一枝;山上驿边,乱飘千片。寄江南之春信,与陇上之故人。玉脸娉婷,如寿阳之傅粉;冰肌莹彻,逞姑射之仙姿。不同桃李之繁枝,自有雪霜之素质。香欺青女,冷耐霜娥。月浅溪明,动诗人之清兴;日斜烟暝,感行客之幽怀。偏宜浅蕊轻枝,最好暗香疏影。况是非常之标格,别有一种之风情。姮娥好景难拚,那更彩云易散。凭栏赏处,已遍南枝兼北枝;秉烛看时,休问今日与昨日。且辍龙吟之三弄,更停画角之数声。庾岭将军,久思止渴;傅岩元老,专待和羹。岂如凡卉之娇春,长赖化工而结实。又况风姿雨质,晓色暮云。日边月下之妖娆,雪里霜中之艳冶。初开微绽,欲落惊飞。取次芬芳,无非奇绝。锦囊佳句,但能仿佛芳姿;皓齿清歌,未尽形容雅态。追惜花之馀恨,舒乐事之馀情。试缀芜词,编成短阕。曲尽一时之景,聊资四座之欢。女伴近前,鼓子祗候。

总　　题

梅萼香嫩。雪里开时春粉润。雨蕊风枝。暗与黄昏取次宜。
日边月下。休问初开兼欲谢。却最妖娆。不似群花春正娇。

风

东风吹暖。轻动枝头娇艳颤。成片按“成片”原误作“片成”,从花草粹编卷
二改惊飞。不是城南画角吹。　　　　香英飘处。定向寿阳妆阁去。
莫损柔柯。今日清香远更多。

雨

潇潇细雨。雨歇芳菲犹淡伫。密洒轻笼。湿遍柔枝香更浓。
琼腮微腻。疑按"疑"原误作"凝",从花草粹编卷二改是凝酥初点缀。冷艳
相宜。不似梨花带雨时。

雪

六花飞素。飘入枝头无觅处。密缀轻堆。只似香苞次第开。
栏边欲坠。姑射山头人半醉。墙外低垂。窥送佳人粉再吹。

月

寒蟾初满。正是枝头开烂熳。素质笼明。多少风姿无限情。
暗香疏影。冰麝萧萧山驿静。浅蕊轻枝。酒醒更阑梦断时。

日

腾腾初照。半拆琼苞还似笑。莫近柔条。只恐凝酥暖欲消。
三竿已上。点缀胭脂红荡漾。刚道宜寒。不似前村雪里看。

晓

急催银漏。渐渐纱窗明欲透。点检花枝。晓笛吹时几片飞。
淡烟初破。仿佛夜来飞几朵。浅粉馀香。晨起佳人带晓妆。

晚

天寒欲暮。别有一般姿媚处。半载斜阳。宝鉴微开试晚妆。
淡烟轻处。渐近黄昏香暗度。休怕春寒。秉烛重来子细看。

早

阳和初布。入萼春红才半露。暖律潜催。与占百花头上开。
香英微吐。折赠一枝人已去。杨柳贪眠。不道春风已暗传。

残

香苞渐少。满地残英寒不扫。传语东君。分付南枝桃李春。
东风吹暖。南北枝头开烂熳。一任飘吹。已占东风第一枝。以上
十首并见梅苑卷六

　　按花草粹编卷二载此十首,不著撰人姓氏,只云梅苑,清金绳武本花草粹编卷四
遂误以为黄大舆作。

房舜卿

忆 秦 娥

与君别。相思一夜梅花发。梅花发。凄凉南浦,断桥斜月。
盈盈微步凌波袜。东风笑倚天涯阔。天涯阔。一声羌管,暮云愁
绝。梅苑卷六

玉 交 枝

蕙死兰枯待返魂。暗香梅上又重闻。粉妆额子,多少画难真。
　　竹外冰清斜倒影,江头雪里暗藏春。千钟玉酒,休更待飘零。梅
苑卷八

存　目　词

调　　名	首　　　　句	出　　　处	附　　　　　　注
捣　练　子	捣练子、赋梅红	永乐大典卷二千八百零九梅字韵	无名氏词，见梅苑卷八
独　脚　令（玉交枝）	蕙子兰孙小样儿	永乐大典卷二千八百十一梅字韵	无名氏词，见梅苑卷八
又	谁到花房采蜜脾	又	又

石耆翁

　　耆翁，蜀人。

鹧　鸪　天

借问枝头昨夜春。已传消息到柴门。频看秀色无多艳，拖得清香不见痕。　　山矗矗，水潾潾。村南村北冷销魂。人间不识春风面，羞见瑶台破月明。景宋本梅苑卷六

蝶　恋　花

半夜六龙飞海峤。混漾鳌波，露出珊瑚小。玉粉枝头春意早。东风未绿瀛洲草。　　姑射仙人真窈窕。净练明妆，如伴商岩老。梦入水云闲缥缈。一楼明月千山晓。梅苑卷八

存　目　词

永乐大典卷二千八百零九梅字韵载石耆翁蝶恋花"青玉枝头红类

吐"一首，乃王安中词，见初寮词。

杜安道

西 江 月

晓镜初妆玉粉，轻风暗递幽香。闲随月影到寒塘。忘却人间天上。

雪意空惊春意，孤芳已断年芳。从教驿使为伊忙。乞个寿阳宫样。_{梅苑卷八}

史远道

独 脚 令

墙头梅蕊一枝新。宋玉东邻算未真。折与冰姿绰约人。怯霜晨。桃李纷纷不当春。_{梅苑卷八}

郭仲循

玉 楼 春

靓妆才学春无价。腮粉额黄宫样画。妖娆闲倚曲阑边，孤净不胜微月下。　　牵情群蕊临风亚。惜恐苍苔和雨借。何如相傍玉楼人，芳酒绣筵红烛夜。_{景宋本梅苑卷八}

范梦龙

临江仙 _{成都西园}

试问前村深雪里，小梅未放云英。阳和先到锦官城。南枝初破粉，

东阁有馀清。　　　人在高楼横怨管,寄将陇客新声。西园下晚看飞琼。春风催结子,金鼎待调羹。梅苑卷九

薛几圣

渔家傲　梅影

雪月照梅溪畔路。幽姿背立无言语。冷浸瘦枝清浅处。香暗度。妆成处士横斜句。　　　浑似玉人常淡伫。菱花相对成清楚。谁解小图先画取。天欲曙。恐随月色云间去。梅苑卷九

按此首别作强至几圣词,见永乐大典卷二千八百十梅字韵引强祠部集,未知孰是。今本强祠部集从永乐大典辑出,故亦收有此词。

马　咸

咸,宣和间人,官大理少卿。

舆地纪胜中述及遂宁好词凡三处:一处作马成,两处作马咸。今从其多者作马咸,俟考。

遂宁好　并序

武信旧藩,遂宁新府。乃东川之会邑,据涪江之上游。人物富繁,山川洒落。……宴东馆之靓深,傲北湖之清旷。

遂宁好,胜地产糖霜。不待千年成琥珀,真疑六月冻琼浆。舆地纪胜卷一百五十五

洪　皓

皓字光弼,鄱阳人。元祐三年(1088)生。政和五年(1115)进士。

建炎三年(1129),以徽猷阁待制、假礼部尚书使金。不屈,被留十五年始还。除徽猷阁直学士,提举万寿观,兼权直学士院。忤秦桧,谪濠州团练副使,寻谪英州,徙袁州,卒。桧死,复官,谥忠宣。有鄱阳集。

点绛唇 咏梅

不假施朱,鹤翎初试轻红亚。为栽堂下。更咏樵人画。　　绿叶青枝,辨认诗亏价。休催也。忍寒郊野。留待东坡马。

又 腊梅

耐久芳馨,拟将蜂按"蜂"原作"绛",据永乐大典卷二千八百十梅字韵改蜡龙涎亚。化工裁下。风韵胜如画。　　鼻观先通,顿减沉檀价。思量也。梦游吴野。凭仗神为马。

减字木兰花 和腊梅

蜂房馀液。写就南枝凌正色。折干垂芳。点缀如生秘暗香。寿阳妆样。纤手拈来簪髻上。恍若还家。暂睹真花压百花。

蓦山溪 和赵粹文元宵

鳌山凤阙,多少飞琼侣。颙俟翠华临,庆新春、金波盈五。莲灯开遍,侍从尽登楼,簪花赴。传柑处。咫尺聆天语。　　厌厌欲罢,宣劝犹旁午。扶上玉花骢,更踟蹰、梨园四部。追思往事,一夕九回肠,皇恩溥。归期阻。引领江南路。

木兰花慢 中秋

属三秋正半,暮云敛、月舒圆。误警鹤鸣皋,栖乌绕树,魑魅惊旋。寻常对三五夜,纵清光、皎洁未精妍。须是风高气爽,一轮绝后光

前。　　　无偏。故国迢迢,千万里、共婵娟。但陟屺瞻驰,高楼念
远,宁不凄然。天涯更新雁过,□哀嗷、出塞影联翩。空俾骚人叹
羡,向隅耿耿无眠。

又　重阳

对金商暮节,此时客、意难忘。正卉木凋零,蛩螀韵切,宾雁南翔。
东篱有黄蕊绽,是幽人、最爱折浮觞。须信凌霜可赏,任他落帽清
狂。　　　　茫茫。去国三年,行万里、过重阳。奈眷恋庭闱,矜怜幼
稚,堕泪回肠。凭栏处空引领,望江南、不见转凄凉。羁旅登高易
感,况于留滞殊方。

浣溪沙　排闷

丧乱佳辰不易攀。四逢寒食尽投闲。踏青无处想家山。　　　麟殿
阻趋陪内宴,萱堂遥忆侍慈颜。感时双泪滴潺潺。

又　闻王侍郎复命

南北渝盟久未和。斯民涂炭死亡多。不知何日戢干戈。　　　赖有
兴王如世祖,况闻谋帅得廉颇。蔺卿全璧我蹉跎。

临江仙　怀归

冷落天涯今一纪,谁怜万里无家。三闾憔悴赋怀沙。思亲增怅望,
吊影觉敧斜。　　　兀坐书堂真可怪,销忧殢酒难赊。因人成事耻
矜夸。何时还使节,踏雪看梅花。

江 梅 引

顷留金国,四经除馆。十有四年,复馆于燕。岁在壬戌,甫临长至,张总侍御邀饮。众宾皆退,独留少款。侍婢歌江梅引,有"念此情、家万里"之句,仆曰:此词殆为我作也。又闻本朝使命将至,感慨久之。既归,不寝,追和四章,多用古人诗赋,各有一笑字,聊以自宽。如暗香、疏影、相思等语,虽甚奇,经前人用者众,嫌其一律,故辄略之。卒押吹字,非风即笛,不可易也。此方无梅花,士人罕有知梅事者,故皆注所出。(旧注:阙一首。此录示乡人者,北人谓之四笑江梅引。)

忆 江 梅

天涯除馆忆江梅。几枝开。使南来。还带馀杭、春信到燕台。准拟寒英聊慰远,隔山水,应销落,赴诉谁。　　空恁遐想笑摘蕊。断回肠,思故里。漫弹绿绮。引三弄、不觉魂飞阁本作"强弹绿绮。引三叠、恍若魂飞"。更听胡笳、哀怨泪沾衣。乱插繁花须异日,待孤讽,怕东风,一夜吹。

访 寒 梅

春还消息访寒梅。赏初开。梦吟来。映雪衔霜、清绝绕风台。可怕长洲桃李妒,度香远,惊愁眼,欲媚谁。　　曾动诗兴笑冷蕊。效少陵,惭下里。万株连绮。叹金谷、人坠莺飞。引领罗浮、翠羽幻青衣。月下花神言极丽,且同醉,休先愁,玉笛吹。

怜 落 梅

重闱佳丽最怜梅。牖春开。学妆来。争粉翻光、何遽落梳台。笑坐雕鞍歌古曲,催玉柱,金卮满,劝阿谁。　　贪为结子藏暗蕊。敛蛾眉,隔千里。旧时罗绮。已零散、沈谢双飞。不见娇姿、真悔著单衣。若作和羹休讶晚, 堕烟雨, 任春风, 片片吹。

按以上二首四库全书本鄱阳集原缺, 洪氏晦木斋刊本从容斋五笔卷三补。
又以上三首原有注, 注明梅事所出, 亦系从容斋五笔补者, 今不录。

□　□　□

去年湖上雪欺梅。片云开。月飞来阳春白雪二句误倒。雪月光中、无处认楼台。今岁梅开依旧雪, 人如月, 对花笑, 还有谁。　　　一枝两枝三四蕊。想西湖, 今帝里。彩笺烂绮。孤山外、目断云飞。坐久花寒、香露湿人衣。谁作叫云横短玉, 三弄彻, 对东风, 和泪吹。

按此首鄱阳集亦无, 彊村丛书本鄱阳词从阳春白雪卷七补。
吴昌绶云: 昌绶按: 阁本鄱阳集又佚二首。洪氏晦木斋校刊本从容斋五笔补。续检阳春白雪卷七洪忠宣江梅引, 题曰使北时和李汉老, 按其词正四笑之一, 惟阙标题及自注耳。前人皆未之及, 即容斋亦谓已阙, 岂当时语意有所讳耶? 此词湮翳已久, 今乃复完, 殊喜创获。(此注原在序后, 今移于此。)

渔家傲　重九良辰, 翻成感怆, 因用前韵, 少豁旅情

臂上茱囊悬已满。杯中菊蕊浮无限。纵使登高宁忍看。昏复旦。心肠似铁还须断。　　　岁月川流难把玩。平生万事思量遍。但对割愁山似剑。聊自劝。东坡海岛犹三见。

又

圃蕙庭桐凋大半。西风不借行人便。不用留题明月观。西园宴。颜酡浪说觞无算。　　　万斛羁愁推不远。千杯鲁酒何曾见。却羡南宾凫与雁。行不乱。哀鸣直到翻江岸。

又

□□□□□□□。□□□□□□□。□□□□□□□。□□□。□□□□□□□。　　　正念当筵人已换。疏砧又捣谁家练。独坐

愁吟搔首乱。肠欲断。凭高不见吴宫殿。

又

侍宴乐游游赏惯。今兹吊影难呼伴。欲上望乡台复倦。愁满眼。琵琶莫写昭君怨。　满目平芜无足玩。南冠未税徒增叹。万里庭闱安否断。形魄散。此身何暇穷游观。以上彊村丛书本鄱阳词

忆仙姿 游汪德邵园池,在饶州作

试问春归何处。蜂懒蝶忙来去。婉娩倦寻芳,偶遂涉园成趣。莺语。莺语。唤起小鱼吹絮。

又

乍到园亭清处。面面此君忘去。把酒挹幽人,仰止七贤高趣。吴语。吴语。弗见满城风絮。

又

小憩书斋胡处。闲取响泉调去。是事不关心,自得曲中深趣。无语。无语。回首暮云飞絮。

又

燕敞画堂深处。夜艾不知归去。忍醉作歌词,要引遏云奇趣。娇语。娇语。似劝老人休絮。以上四首永乐大典卷一千零五十六池字韵引洪光弼鄱阳集

　　以上洪皓词二十一首,用彊村丛书本鄱阳词增补。

蔡　伸

伸字伸道,莆田人。忠惠公襄之孙。元祐三年(1088)生。政和五年(1115)进士。宣和中,太学辟雍博士、知潍州北海县、通判徐州。历知滁州、徐州、德安府、和州。浙东安抚司参议官,秩满,提举台州崇道观。自号友古居士。绍兴二十六年(1156)卒,有友古居士词。

水调歌头　用卢赞元韵别彭城

醉击玉壶缺,恨写绿琴哀。悠悠往事谁问,离思渺难裁。绿野堂前桃李,燕子楼中歌吹,那忍首重回。唯有旧时月,远远逐人来。

小庭空,清夜永,独徘徊。伴人幽怨,一枝潇洒陇头梅。肠断云帆西去,目送烟波东注,千里接长淮。为我将双泪,好过楚王台。

又　时居莆田

亭皋木叶下,原隰菊花黄。凭高满眼秋意,时节近重阳。追想彭门往岁,千骑云屯平野,高宴古球场。吊古论兴废,看剑引杯长。

感流年,思往事,重凄凉。当时坐间英俊,强半已凋亡。慨念平生豪放,自笑如今霜鬓,漂泊水云乡。已矣功名志,此意付清觞。

又

相逢非草草,分袂太匆匆。征裘泪痕浥遍,眸子怯酸风。天际孤帆难驻,柳外香辀望断,云雨各西东。回首重城远,楼观暮烟中。

黯销魂,思陈事,已成空。东郊胜赏,归路骑马踏残红。月下一樽芳酒,凭阑几曲清歌,别后少人同。为问桃花脸,一笑为谁容。

满　庭　芳

烟锁长堤,云横孤屿,断桥流水溶溶。凭阑凝望,远目送征鸿。桃
叶溪边旧事,如春梦、回首无踪。难忘处,紫薇花下,清夜一尊同。

　　东城,携手地,寻芳选胜,赏遍珍丛。念紫箫声阒,燕子楼空。
好是卢郎未老,佳期在、端有相逢。重重恨,聊凭红叶,和泪寄西
风。

又

风卷龙沙,云垂平野,晚来密雪交飞。坐看阑槛,琼蕊遍寒枝。妆
点兰房景致,金铺掩、帘幕低垂。红炉畔,浅斟低唱,天色正相宜。

　　更阑,人半醉,香肌玉暖,宝髻云敧。又何须高会,梁苑瑶池。
堪笑子猷访戴,清兴尽、忍冻空回。仍休羡,渔人江上,披得一蓑
归。

又

鹦鹉洲边,芙蓉城下,迥然水秀山明。小舟双桨,特地访云英。惊
破兰衾好梦,开朱户、一笑相迎。良宵永,南窗皓月,依旧照娉婷。

　　别来,无限恨,持杯欲语,恍若魂惊。念霎时相见,又惨离情。
还是匆匆去也,重携手、密语叮咛。佳期在,宝钗鸾镜,端不负平
生。

又

秦洞花迷,巫阳梦断,夜来曾到蓝桥。洞房深处,重许见云翘。蕙
帐残灯耿耿,纱窗外、疏雨萧萧。双心字,重衾小枕,玉困不胜娇。

　　寻常,愁夜永,今宵更漏,弹指明朝。叙深情幽怨,泪裛香绡。

记取于飞厚约,丹山愿、别选安巢。骖鸾去,青霄路稳,明月共吹箫。

又

玉鼎翻香,红炉叠胜,绮窗疏雨潇潇。故人相过,情话款良宵。酒晕微红衬脸,横波浸、满眼春娇。云屏掩,鸳鸯被暖,敧枕听寒潮。

如今,成别恨,临风对月,总是无聊。念伤心南陌,执手河桥。还似一场春梦,离魂断、楚些难招。佳期在,踏青时候,花底听鸣镳。

苏　武　慢

雁落平沙,烟笼寒水,古垒鸣笳声断。青山隐隐,败叶萧萧,天际暝鸦零乱。楼上黄昏,片帆千里归程,年华将晚。望碧云空暮,佳人何处,梦魂俱远。　　忆旧游、邃馆朱扉,小园香径,尚想桃花人面。书盈锦轴,恨满金徽,难写寸心幽怨。两地离愁,一尊芳酒,凄凉危栏倚遍。尽迟留,凭仗西风,吹干泪眼。

飞雪满群山　又名扁舟寻旧约

冰结金壶,寒生罗幕,夜阑霜月侵门。翠筠敲竹,疏梅弄影,数声雁过南云。酒醒敧粲枕,怆犹有、残妆泪痕。绣衾孤拥,馀香未减,犹是那时熏。长记得、扁舟寻旧约,听小窗风雨,灯火昏昏。锦茵才展,琼签报曙,宝钗又是轻分。黯然携手处,倚朱箔、愁凝黛颦。梦回云散,山遥水远空断魂。

又

绝代佳人,幽居空谷,绮窗森玉猗猗。小舟双桨,重寻旧约,洞房宛是当时。夜阑红烛暗,黯相对、浑如梦里。旋烘鸳锦,尘生绣帐,香减缕金衣。　　须信有、盟言同皎日,□利牵名役,事与君违。□君已许,今生来世,两情到此奚疑。彩鸾须凤友,算何日、丹山共归。未酬深愿,绵绵此恨无尽期。

水龙吟 重过旧隐

画桥流水桃溪路,别是壶中佳致。南楼夜月,东窗疏雨,金莲共醉。人静回廊,并肩携手,玉芝香里。念紫箫声断,巫阳梦觉,人何在、花空委。　　寂寞危栏独倚。望仙乡、水云无际。芸房花院,重来空锁,苍苔满地。物是人非,小池依旧,彩鸳双戏。念当时风月,如今怀抱,有盈襟泪。

蓦山溪 登历〔阳〕(易)城楼

孤城暮角,落日边声静。醉袖拂危阑,对天末、孤云愁凝。吴津楚望,表里抱江山,山隐隐,水迢迢,满目江南景。　　羁怀易感,往事伤重省。罗袂浥残香,鬓星星、忍窥清镜。琼英好在,应念玉关遥,凝泪眼,下层楼,回首平林暝。

又

疏梅雪里,已报东君信。冷艳与清香,似一个、人人标韵。晚来特地,酌酒慰幽芳,携素手,摘纤枝,插向乌云鬓。　　老来世事,百种皆消尽。荣利等浮云,谩汲汲、徒劳方寸。花前眼底,幸有赏心人,歌金缕,醉瑶卮,此外君休问。

又

书云今旦,雪霁严凝候。玉辇想回銮,正花覆、千官锦绣。周南留滞,清梦绕觚棱,心耿耿,路迢迢,此际空回首。　　华堂荐寿。玉笋持椒酒。一曲啭春莺,更祝我、膺时纳祐。功名富贵,老去已灰心,唯只愿,捧觞人,岁岁长依旧。

又

金风玉露,时节清秋候。散髮步闲亭,对荧荧、一天星斗。悲歌慷慨,念远复伤时,心耿耿,髮星星,倚杖空搔首。　　区区恋豆。岂是甘牛后。时命未来间,且只得、低眉袖手。男儿此志,肯向死前休,无限事,几多愁,总付杯中酒。

念　奴　娇

凌空宝观,乍登临、多少伤离情味。淼淼烟波吴会远,极目江淮无际。槛外长江,楼中红袖,淡荡秋光里。一声横吹,半滩鸥鹭惊起。　　因念邃馆香闺,玉肌花貌,有盈盈仙子。弄水题红传密意,宝墨银钩曾寄。泪粉香销,碧云□杳,脉脉人千里。一弯新月,断肠危栏独倚。

又

岁华晼晚,念羁怀多感,佳会难卜。草草杯盘聊话旧,同剪西窗寒烛。翠袖笼香,双蛾敛恨,低按新翻曲。无情风雨,断肠更漏催促。　　匆匆归骑难留,鸾屏鸳被,忍良宵孤宿。回首幽欢成梦境,唯觉衣襟芬馥。海约山盟,云情雨意,何日教心足。不如不见,为君一味愁蹙。

又

画堂宴阕,望重帘不卷,轻哑朱户。悄悄回廊,惊渐闻、蟋蟀凌波微步。酒力融春，香风暗度，携手假金缕。低低笑问，睡得真个稳否。

　　因念隔阔经年，除非魂梦里，有时相遇。天意怜人心在了，岂信关山遐阻。晓色朦胧，柔情眷恋，后约叮咛语。休教肠断，楚台朝暮云雨。

又

当年豪放，况朋侪俱是，一时英杰。逸气凌云，佳丽地、独占春花秋月。冶叶倡条，寻芳选胜，是处曾攀折。昔游如梦，镜中空叹华发。

　　邂逅萍梗相逢，十年往事，忍尊前重说。茂绿成阴春又晚，谁解丁香千结。宝瑟弹愁，玉壶敲怨，触目堪愁绝。酒阑人静，为君肠断时节。

又

轻雷骤雨，洗千岩浓翠，层峦森列。衣袂凉生，丛竹外、时有飞萤明灭。云浪鳞鳞，兰舟泛泛，共载一轮月。五湖当日，未应此段奇绝。

　　归路横玉惊鸾，叫云清似水，悠飏天末。玉宇琼林凝望处，依约广寒宫阙。老去情钟，此心仍在，未肯甘华发。清欢留作，异时嘉话重说。

雨 中 花 慢

寓目伤怀，逢欢感旧，年来事事疏慵。叹身心业重，赋得情浓。况是离多会少，难忘雨迹云踪。断无锦字，双鳞杳杳，新雁雍雍。

　　良宵孤枕，人远天涯_{按原无"天涯"二字，从汲古阁本友古词}，除非梦里相逢。相逢处，愁红敛黛，还又匆匆。回首绿窗朱户，可怜明月清风。断肠风月，关河有尽，此恨无穷。

喜　迁　莺

青娥呈瑞。正惨惨暮寒,同云千里。剪水飞花,渐渐瑶英,密洒翠筠声细。邃馆静深,金铺半掩,重帘垂地。明窗外。伴疏梅潇洒,玉肌香腻。　　幽人当此际。醒魂照影,永漏愁无寐。强拊清尊,慵添宝鸭,谁会黯然情味。幸有赏心人,奈咫尺、重门深闭。今夜里。算忍教孤负,浓香鸳被。

忆瑶姬　南徐连沧观赏月

微雨初晴。洗瑶空万里,月挂冰轮。广寒宫阙近,望素娥缥缈,丹桂亭亭。金盘露冷,玉树风轻,倍觉秋思清。念去年,曾共吹箫侣,同赏蓬瀛。　　奈此夜、旅泊江城。漫花光眩目,绿酒如渑。幽怀终有恨,恨绮窗清影,虚照娉婷。蓝桥□按原无空格,毛校:"蓝桥"下脱一字杳,楚馆云深。拟凭归梦去,强就枕,无奈孤衾梦易惊。

丑　奴　儿　慢

明眸秀色,别是天真潇洒。更鬒发堆云,玉脸淡拂轻霞。醉里精神,众中标格谁能画。当时携手,花笼淡月,重门深亚。　　巫峡梦回,已成陈事,岂堪重话。漫赢得、罗襟清泪,鬓边霜华。念□按原无空格,毛校:"念"字下疑脱一字伤怀,凭阑烟水渺无涯。秦源目断,碧云暮合,难认仙家。

满　江　红

人倚金铺,翠翠黛、盈盈堕睫。话别处、留连无计,语娇声咽。十幅云帆风力满,一川烟暝波光阔。但回首、极目望高城,弹清血。

并兰舟,停画楫。曾共醉,津亭月。销魂处,今夜月圆人缺。楚岫云归空怅望,汉皋珮解成轻别。最苦是、拍塞满怀愁,无人说。

婆罗门引 再游仙潭薛氏园亭

素秋向晚,岁华分付木芙蓉。萧萧红蓼西风。记得当时撷翠,拥手绕芳丛。念吹箫人去,明月楼空。　　　遥山万重。望寸碧、想眉峰。翠钿琼珰谩好,谁适为容。凄凉怀抱,算此际、唯我与君同。凝泪际、目送征鸿。

青玉案 和贺方回韵

参差弱柳长堤路。柳外征帆去。皓齿明眸娇态度。回头一梦,断肠千里,不到相逢地按贺铸原韵作"处"。　　　来时约略春将暮。幽恨空馀锦中句。小院重门深几许。桃花依旧,出墙临水,乱落如红雨。

又

鸾凰本是和鸣友。奈无计、长相守。云雨匆匆分袂后。彩舟东去,橹声呕轧,目断长堤柳。　　　涓涓清泪轻绡透。残粉馀香尚依旧。独上南楼空回首。夜来明月,怎知今夜,少个人携手。

浣溪沙 壬寅五月西湖

双佩雷文拂手香。青纱衫子淡梳妆。冰姿绰约自生凉。　　　虚掉玉钗惊翡翠,缓移兰棹趁鸳鸯。鬤鬟风乱绿云长。

又

玉趾弯弯一折弓。秋波剪碧滟双瞳。浅颦轻笑意无穷。　　　夜静拥炉熏督褥,月明飞棹采芙蓉。别来欢事少人同。

又　仙潭二首

蘋末风轻入夜凉。飞桥画阁跨方塘。月移花影上回廊。　粲枕
随钗云鬓乱,红绵扑粉玉肌香。起来携手看鸳鸯。

又

窗外疏篁对节金。画桥新绿一篙深。沉沉清夜对横参。　酒晕
半消红玉脸,云鬟轻制小犀簪。梦回陈迹杳难寻。

又　昆山月华阁

沙上寒鸥接翼飞。潮生潮落水东西。征船鸣橹趁潮归。　望断
碧云无锦字,谩题红叶有新诗。黄昏微雨倚阑时。

又

漠漠新田绿未齐。柳阴阴下水平堤。竹间时有乳鸦啼。　云敛
屏山横枕畔,夜阑璧月转林西。玉芝香里彩鸳栖。

又

紫燕双双掠水飞。廉纤小雨未成泥。篱边开尽野蔷薇。　会少
离多终有恨,暂来还去益堪悲。后期重约采莲时。

又

窄窄霜绡稳称身。强临歌酒惨离魂。故人相遇益伤神。　断雨
残云千里隔,琼枝璧月四时新。为君留取镜中春。

又

且鬥尊前见在身。昔游如梦可销魂。玉容依约旧精神。　　千里
重来人事改，一杯相属意还新。韶华不减洞中春。

又　赋向伯恭芗林木犀二首

木似文犀感月华。寸根移种自仙家。春兰秋菊浪矜夸。　　玉露
初零秋夜永，幽香直入小窗纱。此时风月独输他。

又

叶剪玻璃蕊糁金。清香端不数琼沉。独将高韵冠芗林。　　千里
江山新梦后，一天风露小庭深。主人归兴已骎骎。伯恭时守平江府，署
中亦有木犀，开时大起归兴，余故有后词末韵。不数月，得请，归芗林旧隐。

又

浅褐衫儿寿带藤。碾花如意枕冠轻。凤鞋弓小称娉婷。　　约略
梳妆随事好，出尘标韵出尘清。一枝梅映玉壶冰。

又

窗外桃花烂熳开。年时曾伴玉人来。一枝斜插凤皇钗。　　今日
重来人事改，花前无语独徘徊。凄凉怀抱可怜哉。

虞　美　人

瑶琴一弄清商怨。楼外桐阴转。月华澄淡露华浓。寂寞小池烟
水、冷芙蓉。　　攀花撷翠当时事。绿叶同心字。有情还解忆人
无。过尽寒沙新雁、甚无书。

又

飞梁石径关山路。惨淡秋容暮。一行新雁破寒空。肠断碧云千
里、水溶溶。　　　鸳衾欲展谁堪共。帘幕霜华重。鸭炉香尽锦屏
中。幽梦今宵何许、与君同。

又

红尘匹马长安道。人与花俱老。缓垂鞭袖过平康。散尽高阳、零
落少年场。　　　朱弦重理相思调。无奈知音少。十年如梦尽堪
伤。乐事如今、回首做凄凉。

又　甲辰入燕

彩旗摇曳樯乌转。鹢首征帆展。高城楼观暮云平。叠鼓凝笳都
在、断肠声。　　　绿窗朱户空回首。明月还依旧。乱山无数水茫
茫。谁念塞垣风物、暵恓惶。

又

堆琼滴露冰壶莹。楼外天如镜。水晶双枕衬云鬟。卧看千山明
月、听潺湲。　　　渡江桃叶分飞后。马上犹回首。邮亭今夜月空
圆。不似当时携手、对婵娟。

又

碧溪曾寄流红字。忍话当时事。重来种种尽堪悲。有酒盈杯、聊
为故人持。　　　夜闲剪烛西窗语。怀抱今如许。尊前莫讶两依
依。绿鬓朱颜、不似少年时。

又

鸾屏绣被香云拥。平帖幽闺梦。觉来重试古龙涎。深炷玉炉、烧气不烧烟。　　匆匆人去三更也。月到回廊下。出门无语送郎时。泪共一天风露、湿罗衣。

生　查　子

画堂初见伊，明月当窗满。今夜月如眉，话别河桥畔。　　重见约中秋，莫负于飞愿。免使月圆时，两处空肠断。

又

霜寒月满窗，夜永人无寐。绛蜡有馀情，偏照鸳鸯被。　　看尽旧时书，洒尽今生泪。衙鼓已三更，还是和衣睡。

又

金壶插玉芝，人面交相照。花影满方床，翠叠屏山杳。　　风月亦多情，特地今宵好。尽道夜初长，弹指东窗晓。

又

几番花信风，数点笼丝雨。并辔踏香尘，选胜东郊路。　　韶华转首空，谁解留春住。幸到绿尊前，且作莺花主。

又

银缸委坠红，碧锁朦胧晓。别泪洒金徽，一曲情多少。　　邮亭今夜长，明月香帏悄。纵使梦相逢，何处寻蓬岛。

南　歌　子

萧寺疏钟断,虚堂夜气清。凉蟾偏向小窗明。露井碧梧寒叶、颤秋声。　　幽恨人谁问,孤衾泪独横。此时风月此时情。拟倩蓝桥归梦、见云英。

又

远水澄明绿,孤云黯淡愁。白蘋红蓼满汀洲。肠断圆蟾空照、木兰舟。　　节物伤羁旅,归程叹滞留。佳期已误小红楼。赖得今年犹有、闰中秋。

又

恨入眉峰翠,寒生酒晕红。临期凝泪洒西风。须信世间无物、似情浓。　　玉蹬敲霜月,金钲伴晓钟。凄凉古驿乱山重。今夜拥衾无寐、与君同。

南　乡　子

天外雨初收。风紧云轻已变秋。邂逅故人同一笑,迟留。聚散人生宜自谋。　　去路指南州。万顷云涛一叶舟。莫话太湖波浪险,归休。人在溪边正倚楼。

又　宣和壬寅,予与向伯恭俱为大漕属官,向有词云:"凭书续断肠。"因为此词

木落雁南翔。锦鲤殷勤为渡江。泪墨银钩相忆字,成行。滴损云笺小凤皇。　　陈事费思量。回首烟波卷夕阳。尽道凭书聊破恨,难忘。及至书来更断肠。

菩萨蛮 沐髮

鸳鸯枕上云堆绿。兰膏微润知新沐。开帐对华灯。见郎双眼明。
　锦衾香馥郁。槛竹敲寒玉。何物最无情。晓鸡咿喔声。

又

杏花零落清明雨。卷帘双燕来还去。枕上玉芙蓉。暖香堆锦红。
　翠翘金钿雀。蝉鬓慵梳掠。心事一春闲。黛眉颦远山。

又

飞英不向枝头住。等闲又送春归去。云幄翠阴浮。长随日脚流。
　玉箫吹凤怨。惊起楼中燕。飞去自双双。恼人空断肠。

又 广陵盛事

水光山影浮空碧。柳丝摇曳春无力。柳岸系行舟。吹箫忆旧游。
　旧游堪更忆。望断迷南北。千古恨悠悠。长江空自流。

又

当时携手今千里。可堪重到相逢地。触目尽关心。流莺尚好音。
　无人知我意。只有涓涓泪。寂寞到斜阳。罗衣裛旧香。

又

鸣箛叠鼓催双桨。扁舟稳泛桃花浪。别泪洒东风。前欢如梦中。
　梦魂无定据。不到相逢处。纵使梦相逢。香闺岂解同。

又

金铺半掩银蟾满。个人应恨归来晚。轧轧橹声迟。那知心已飞。
迎门一笑粲。娇困横波慢。偎倚绿窗前。今宵人月圆。

又

双双紫燕来华屋。雨馀芳草池塘绿。一夜摆花风。莺花满树红。
杯深君莫诉。醉袖歌金缕。无奈惜花心。老来情转深。

又

朝来一阵狂风雨。春光已作堂堂去。茂绿满繁枝。青梅结子时。
攀枝惊晼晚。乐事孤心眼。正是惜春归。那堪怨别离。

又

凝羞隔水抛红豆。嫩桃如脸腰如柳。心事暗相期。阳台云雨迷。
玉楼花似雪。花上朦胧月。挥泪执柔荑。匆匆话别时。

又

花冠鼓翼东方动。兰闺惊破辽阳梦。翠被小屏山。晓窗灯影残。
并头双燕语。似诉横塘雨。风雨晓寒多。征人可奈何。

忆秦娥 西湖

湖光碧。春花秋月无今昔。无今昔。十年往事，尽成陈迹。
玉箫声断云屏隔。山遥水远长相忆。长相忆。一生怀抱，为君牵
役。

又

花阴月。兰堂夜宴神仙客。神仙客。江梅标韵,海棠颜色。
良辰佳会诚难得。花前一醉君休惜。君休惜。楚台云雨,今夕何
夕。

清 平 乐

彩舟双橹。六月临平路。小雨轻风消晚暑。绕岸荷花无数。
玉人璨枕方床。遥知待月西厢。昨夜有情风月,今宵特地凄凉。

又

南窗月满。绣被堆香暖。苦恨春宵更漏短。应讶郎归又晚。
征帆初落桥边。迎门一笑嫣然。今夜流霞共酌,何妨金盏垂莲。

又

明眸秀色。肌理凝香雪。罗绮丛中标韵别。捧酒歌声清越。
不辞醉脸潮红。却愁归骑匆匆。回首绿窗朱户,断肠明月清风。

谒 金 门

溪声咽。溪上有人离别。别语叮咛和泪说。罗巾沾泪血。　　尽
做刚肠如铁。到此也应愁绝。回首断山帆影灭。画船空载月。

又

相思切。触目只供愁绝。好梦惊回清漏咽。烛残香穗结。　　长
恨南楼明月。只解照人离缺。同倚朱栏飞大白。今宵风月别。

忆　王　孙

凉生冰簟怯衣单。明月楼高空画栏。满院啼螀人未眠。掩重关。
乌鹊南飞风露寒。

阮　郎　归

烟笼寒水暝禽栖。满庭红叶飞。兰堂寂寂画帘垂。霜浓更漏迟。
　鸳被冷，麝香微。强欹单枕时。西窗看尽月痕移。此情君怎
知。

柳　梢　青

数声鹈鴂。可怜又是，春归时节。满院东风，海棠铺绣，梨花飘雪。
　丁香露泣残枝，算未比、愁肠寸结。自是休文，多情多感，不干
风月。

按此首别又误作贺铸词，见类编草堂诗馀卷一。

又

子规啼月。幽衾梦断，销魂时节。枕上斑斑，枝头点点，染成清血。
　凄凉断雨残云，算此恨、文君更切。老去情怀，春来况味，那禁
离别。

又

联璧寻春，踏青尚忆，年时携手。此际重来，可怜还是，年时时候。
　阴阴柳下人家，人面桃花似旧按此句应于"人面"上缺一字。汲古阁本
此句作"人面桃花似依旧"，疑妄增一"依"字。但愿年年，春风有信，人心长
久。

好　事　近

花露滴香红,花底漏声初歇。人似一枝梅瘦,照冰壶清彻。　　翠
蛾云鬓为谁容,虫丝宝奁结。可惜一春憔悴,负满怀风月。

又

十幅健帆风,天意巧催行客。极目五湖云浪,泛满空秋色。　　玉
人应怪误佳期,凝恨正脉脉。锦鳞为传尺素,报兰舟消息。

卜　算　子

风雨送春归,寂寞花空委。枝上红稀地上多,万点随流水。　　翠
黛敛春愁,照影临清泚。应念韶华惜蕣颜,洒遍胭脂泪。

又

小阁枕清流,一霎莲塘雨。风递幽香入槛来,枕簟全无暑。　　遐
想似花人,阅岁音尘阻。物是人非空断肠,梦入芳洲路。

又　题扇

玉斧斫冰轮,中有乘鸾女。鬓乱钗横襟袖凉,只恐轻飞举。　　青
冥缥缈间,自有吹箫侣。不向巫山十二峰,朝暮为云雨。

又

前度月圆时,月下相携手。今夜天边月又圆,夜色如清昼。　　风
月浑依旧。水馆空回首。明夜归来试问伊,曾解思量否。

又

重重雪外山,渺渺烟中路。路转山横无尽愁,正是分携处。　　望极锦中书,肠断鱼中素。锦素沉沉两未期,鱼雁空相误。

又

春事付莺花,曾是莺花主。醉拍春衫金缕衣,只向花间住。　　密意君听取。莫逐风来去。若是真心待于飞,云里千条路。

小重山　吴松浮天阁送别

楼外江山展翠屏。沉沉虹影畔,彩舟横。一尊别酒为君倾。留不住,风色太无情。　　斜日半山明。画栏重倚处,独销凝。片帆回首在青冥。人不见,千里暮云平。

又

澹澹秋容烟水寒。楼高清夜永,倚阑干。玉人不见坐长叹。箫声远,明月满空山。　　遐想绿云鬟。青冥风露冷,独乘鸾。别时容易见时难。凭孤枕,聊复梦婵娟。

又　宣和甲辰,余自彭城倅沿檄燕山,取道莫间。见所谓陈懿者于州治之筹边阁,诚不负所闻。明年归,则陈已入道矣。崔守呼之至,即席赠此

流水桃花小洞天。壶中春不老,胜尘寰。霞衣鹤氅并桃冠。新装好,风韵愈飘然。　　功行满三千。婴儿并姹女,炼成丹。刘郎曾约共升仙。十个月,养个小金坛。

又

楼上风高翠袖寒。碧云笼淡日，照阑干。绿杨芳草恨绵绵。长亭路，何处认征鞍。　　晓镜懒重看。鬓云堆凤髻，任阑珊。鸾衾鸳枕小屏山。人如玉，忍负一春闲。

踏　莎　行

珮解江皋，魂消南浦。人生惟有别离苦。别时容易见时难，算来却是无情语尽载席上语。　　百计留君，留君不住。留君不住君须去。望君频问梦中来，免教肠断巫山雨。

又　秦妓胡芳来常隶籍，以其端严如木偶，人因目之为佛，乃作是云

如是我闻，金仙出世。一超直入如来地。慈悲方便济群生，端严妙相谁能比。　　四众归依，悉皆欢喜。有情同赴龙华会。无忧帐里结良缘，摩诃修哩修修哩。

又

客里光阴，伤离情味。玉觞未举心先醉。临岐莫怪苦留连，樯乌转处人千里。　　恨写新声，云笺密寄。短封难尽心中事。凭君看取纸痕斑，分明总是离人泪。

又　题团扇

落日归云，寒空断雁。吴波浅淡山平远。丹青写出在霜缣，佳人特地裁团扇。　　渔艇孤烟，酒旗幽院。些儿景趣君休羡。五湖归去共扁舟，何如早早酬深愿。

又

水满青钱，烟滋翠葆。残英满地无人扫。先来羁思乱如云，无端更被春醒恼。　　叠叠遥山，绵绵远道。凭阑满目唯芳草。莫惊青鬓点秋霜，卢郎已分愁中老。

又　赠光严道人

玉质孤高，天姿明慧。了无一点尘凡气。白莲空殿锁幽芳，亭亭独占秋光里。　　一切见闻，不可思议。我今有分亲瞻礼。愿垂方便济众生，他时同赴龙华会。

定 风 波

一曲骊歌酒一钟。可怜分袂太匆匆。百计留君留不住。□按汲古阁本作"君"去。满川烟暝满帆风。　　目断魂销人不见。但见。青山隐隐水浮空。拟把一襟相忆泪。试□。云笺密洒付飞鸿。

又　丙寅四月吴门西楼之集

老去情钟不自持。篸花酹酒送春归。玉貌冰姿人窈窕。一笑。清狂岂减少年时。　　欲上香车俱脉脉，半帘花影月平西。待得酒醒人已去。凝伫。断云残雨尽堪悲。

点绛唇　登历阳连云观

水绕孤城，乱山深锁横江路。帆归别浦。苒苒兰皋暮。　　人在天涯，雁背南云去。空凝伫。凤楼何处。烟霭迷津渡。

又　和安行老韵

香雪飘零,暖风著柳笼丝雨。恼人情绪。春事还如许。　　宝勒
朱轮,共结寻芳侣。东郊路。乱红深处。醉拍黄金缕。

又

背壁灯残,卧听檐雨难成寐。井梧飘坠。历历蛩声细。　　数尽
更筹,滴尽罗巾泪。如何睡。甫能得睡。梦到相思地。

又

月缺花残,世间乐事难双美。夜来相对。把酒弹清泪。　　一点
情钟,销尽英雄气。樊笼外。五湖烟水。好作扁舟计。

又

玉笋持杯,敛红鞚翠歌金缕。彩鸳戢羽。未免群鸡妒。　　我为
情多,愁听多情语。君休诉。两心坚固。云里千条路。

又

人面桃花,去年今日津亭见。瑶琴锦荐。一弄清商怨。　　今日
重来,不见如花面。空肠断。乱红千片。流水天涯远。

又　丙寅

梅雨初晴,画栏开遍忘忧草。兰堂清窈。高柳新蝉噪。　　枕上
芙蓉,如梦还惊觉。匀妆了。背人微笑。风入玲珑罩。

又

帐外华灯,翠屏花影参差满。锦衣香暖。苦恨春宵短。　　画角
声中,云雨还轻散。河桥畔。月华如练。回首成肠断。

又

绿萼冰花,数枝清影横疏牖。玉肌清瘦。夜久轻寒透。　　忍使
孤芳,攀折他人手。人归后。断肠回首。只有香盈袖。

又　送常守陈正同应之还朝

解绂朝天,满城桃李繁阴布。彩舟难驻。忍听骊歌举。　　协赞
中兴,圣意方倾注。从今去。五云深处。稳步沙堤路。

又

云雨匆匆,洞房当日曾相遇。暂来还去。无计留春住。　　宝瑟
重调,静听鸾弦语。休轻负。绮窗朱户。好做风光主。

昭 君 怨

一曲云和松响。多少离愁心上。寂寞掩屏帷。泪沾衣。　　最是
销魂处。夜夜绮窗风雨。风雨伴愁眠。夜如年。

醉 落 魄

波纹如縠。池塘雨后添新绿。海棠初绽红生肉。双燕归来,还认
旧巢宿。　　凝情凭暖阑干曲。新愁无限伤心目。谁人月下吹横
玉。惊起鸳鸯,飞去自相逐。

又

霜华摇落。亭亭皓月侵朱箔。梦回敲枕听残角。一片寒声,风送
入寥廓。　　眼前风月都如昨。独眠无奈情怀恶。凭肩携手于飞
约。料想人人,终是赋情薄。

又

明眸秀色。双蛾巧画春山碧。盈盈标韵倾瑶席。一见尊前,宛是
旧相识。　　深期密语虽端的。良宵无奈成轻掷。忍教只恁空相
忆。得入手来,无限好则剧。

又

阳关声咽。清歌响断云屏隔。溪山依旧连空碧。昨日主人,今日
是行客。　　绿窗朱户应如昔。回头往事成陈迹。后期总便无端
的。月下风前,应也解相忆。

极　相　思

碧檐鸣玉玎玱。金锁小兰房。楼高夜永,飞霜满院,璧月沉缸。
　云雨不成巫峡梦,望仙乡、烟水茫茫。风前月底,登高念远,无限
凄凉。

又

相思情味堪伤。谁与话衷肠。明朝见也,桃花人面,碧藓回廊。
　别后相逢唯有梦,梦回时、展转思量。不如早睡,今宵魂梦,先到
伊行。

玉 楼 春

碧桃溪上蓝桥路。寂寞朱门闲院宇。粉墙疏竹弄清蟾,玉砌红蕉宜夜雨。　　个中人是吹箫侣。花底深盟曾共语。人生乐在两知心,此意此生君记取。

又

星河风露经年别。月照离亭花似雪。宝钗鸾镜会重逢,花里同眠今夜月。　　月华依旧当时节。细把离肠和泪说。人生只合镇长圆,休似月圆圆又缺。

长 相 思

我心坚。你心坚。各自心坚石也穿。谁言相见难。　　小窗前。月婵娟。玉困花柔并枕眠。今宵人月圆。

又

锦衾香。玉枕双。昨夜深深小洞房。回头已断肠。　　背兰缸。梦仙乡。风撼梧桐雨洒窗。今宵好夜长。

又

村姑儿。红袖衣。初发黄梅插稻时。双双女伴随。　　长歌诗。短歌诗。歌里真情恨别离。休言伊不知。

西 地 锦

寂寞悲秋怀抱。掩重门悄悄。清风皓月,朱阑画阁,双鸳池沼。　　不忍今宵重到。惹离愁多少。蓬山路杳,蓝桥信阻,黄花空老。

归　田　乐

风生蘋末莲香细。新浴晚凉天气。犹自倚朱阑,波面双双彩鸳戏。
　　鸳钗委坠云堆髻。谁会此时情意。冰簟玉琴横,还是月明人
千里。

七　娘　子

天涯触目伤离绪。登临况值秋光暮。手捻黄花,凭谁分付。雍雍
雁落兼葭浦。　　凭高目断桃溪路。屏山楼外青无数。绿水红
桥,锁窗朱户。如今总是销魂处。

感　皇　恩

酒晕衬横波,玉肌香透。轻袅腰肢妒垂柳。臂宽金钏,且是不干春
瘦。捻金双合字,无心绣。　　鬓云半堕,金钗欲溜。罗袂残香忍
重嗅。渡江桃叶,肠断为谁招手。倚阑凝望久,眉空鬥。

又

膏雨晓来晴,海棠红透。碧草池塘袅金柳。王孙何在,不念玉容消
瘦。日长深院静,帘垂绣。　　璨枕堕钗,粉痕轻溜。玉鼎龙涎记
同嗅。钿筝重理,心事谩凭纤手。素弦弹不尽,眉峰鬥。

减字木兰花 癸亥元日,秀守刘卿任有词。时余适至
　　　　　　秀,因用其韵二首,时初用乐

彤庭龙尾。礼备天颜知有喜。九奏初传。耳冷人间十七年。
盈成持守。仁德如春渐九有。三辅名州。好整笙歌结胜游。

又

船回沙尾。几误红窗听鹊喜。尺素空传。转首相逢又隔年。
寒灯独守。玉笋持杯宁复有。秀水南州。徒使幽人作梦游。

又

多情多病。玉貌疲按"疲"疑"瘦"字之误来愁览镜。门掩东风。零落桃
花满地红。　　重帘不卷。愁睹杏梁双语燕。强拂瑶琴。一曲幽
兰泪满襟。

又　庚申七夕

金风玉露。喜鹊桥成牛女渡。天宇沉沉。一夕佳期两意深。
琼签报曙。忍使飙轮容易去。明日如今。想见君心似我心。

又

锦屏人醉。玉暖香融春有味。今日兰舟。魂梦还随绿水流。
高城望断。无奈城中人不见。斜倚妆楼。恨入眉峰两点愁。

渔　家　傲

烟锁池塘秋欲暮。细细前香，直到双栖处。并枕东窗听夜雨。偎
金缕。云深不见来时路。　　晓色朦胧人去住。香覆重帘，密密
闻私语。目断征帆归别浦。空凝伫。苔痕绿印金莲步。

西　楼　子

楼前流水悠悠。驻行舟。满目寒云衰草、使人愁。　　多少恨，多
少泪，谩迟留。何似蓦然拚舍、去来休。

又

红靴玉带葳蕤。翠绡衣。并辔垂鞭妆影、照清溪。　　　长亭路。停骑处。晚凉时。空有许多明月、伴双栖。

御 街 行

东君不锁寻芳路。曾是莺花主。有情风月可怜宵，犹记绿窗朱户。十年空想，春风面杳，无计凭鳞羽。　　　凄凉怀抱今如许。天与重相遇。不应还向楚峰前，朝暮为云为雨。算来各把，平生分付，也不是、恶著处。

上阳春 柳

好在章台杨柳。不禁春瘦。淡烟微雨爇尘丝，锁一点、眉头皱。　　　忆自灞陵别后。青青依旧。万丝千缕太多情，忍攀折、行人手。

临 江 仙

繁杏枝头蜂蝶乱，香风阖坐微闻。靓妆浓艳任东君。无情风雨，春事已平分。　　　珍重主人留客意，夜阑秉烛开尊。何须歌韵遏行云。羽觞交劝，挥麈细论文。

又

昨夜中秋今夕望，十分桂影团圆。玉人相对绿尊前。素娥有恨，应是妒婵娟。　　　人静小庭风露冷，歌声特地清圆。醉红酺脸髻鬟偏。翠裙轻皱，端的为留仙。

又

帘幕深深清昼永，玉人不耐春寒。镂牙棋子缕金圆。象盘雅戏，相
对小窗前。　　　隔打直行尖曲路，教人费尽机关。局中胜负定谁
偏。饶伊使幸，毕竟我赢先。

又

仙品不同桃李艳，移来月窟云乡。幽姿绰约道家妆。绿云堆髻，娇
额半涂黄。　　　可但乍凉风月下，饶伊独占秋光。雨中别有恼人
香。错教萧史，肠断忆巫阳。

又

琪树鸾栖花露重，依稀兰洞风光。玉人相对自生凉。翠鬟琼珮，绰
约蕊珠妆。　　　宝瑟声沉清梦觉，夜阑明月幽窗。可堪襟袂惹馀
香。断云残雨，何处认高唐。

又　中秋和沈文伯

记得南楼三五夜，曾听凤管昭华。尊前此际重兴嗟。素娥端有恨，
烟霭等闲遮。　　　珍重主人留客意，厌厌缓引流霞。夜闲银汉淡
天涯。亭亭丹桂现，耿耿玉绳斜。

又　藏春石

青润奇峰名韫玉，温其质并琼瑶。中分瀑布泻云涛。双峦呈翠色，
气象两相高。　　　珍重幽人诚好事，绿窗聊助风骚。寄言俗客莫
相嘲。物轻人意重，千里赠鹅毛。

鹧鸪天 客有作北里选胜图,冠以曲子名,东风第一
　　　　枝,哀然居者,因作此词(调名原作瑞鹧鸪,依律
　　　　改)

脉脉柔情不自持。浅颦轻笑百般宜。尊前唱歇黄金缕,一点春愁
入翠眉。　　流蕙盼,捧瑶卮。借君歌扇写新诗。浮花谩说惊郎
目,不似东风第一枝。

惜　奴　娇

隔阔多时,算彼此、难存济。咫尺地、千山万水。眼眼相看,要说
话、都无计。只是。唱曲儿、词中讥意。　　雪意垂垂,更刮地、寒
风起。怎禁这几夜意。未散痴心,便指望、长偎倚。只替。那火桶
儿、与奴暖被。

行　香　子

珠露初零。天宇澄明。正闲阶、皎月亭亭。更阑人静,烟敛风清。
更井边桐,一叶叶,做秋声。　　斗帐鸾屏。翠被华茵。梦回时、
酒力初醒。绿云堆枕,红玉生春。且打叠起,龙牙簟,竹夫人。

一　剪　梅

堆枕乌云堕翠翘。午梦惊回,满眼春娇。嬛嬛一袅楚宫腰。那更
春来,玉减香消。　　柳下朱门傍小桥。几度红窗,误认鸣镳。断
肠风月可怜宵。忍使恹恹,两处无聊。

又

高宴华堂夜向阑。急管飞霜,羯鼓声乾。仙人掌上水晶盘。回按
凌波,舞袖弓弯。　　曲罢凝娇整翠鬟。玉笋持杯,巧笑嫣然。为

君一醉倒金船。只恐醒来,人隔云山。

又　甲辰除夜

夜永虚堂烛影寒。斗转春来,又是明年。异乡怀抱只凄然。尊酒
相逢且自宽。　　　　天际孤云云外山。梦绕觚棱,日下长安。功名
已觉负初心,羞对菱花,绿鬓成斑。

六　么　令

梅英飘雪,弱柳弄新绿。泠泠画桥流水,风静波如縠。长记扁舟共
载,偶近旗亭宿。渺云横玉。鸳鸯枕上,听彻新翻数般曲。　　　此
际魂清梦冷,绣被香芬馥。因念多感情怀,触处伤心目。自是今宵
独寐,怎不添愁蹙。如今心足。风前月下,赖有斯人慰幽独。

镇　西

秋风吹暗雨,重衾寒透。伤心听、晓钟残漏。凝情久。记红窗夜
雪,促膝围炉,交杯劝酒。如今顿孤欢偶。　　　念别后。菱花清镜
里。眉峰暗鬥。想标容、怎禁销瘦。忍回首。但云笺妙墨,鸳锦啼
妆,依然似旧。临风泪沾襟袖。

看花回　和赵智夫韵

夜久凉生,庭院漏声频促。念昔胜游旧地,对画阁层峦,雨馀烟簇。
新诗暗藏小字,霜刀刊翠竹。携素手、细绕回塘,芰荷香里彩鸳宿。
　　　别后想、香销腻玉。带围减、钏宽金粟。虽有鳞鸿锦素,奈事
与心违,佳期难卜。拟解愁肠万结,唯凭尊酒绿。望天涯断魂处,
醉拍阑干曲。

诉　衷　情

亭亭秋水玉芙蓉。天际水浮空。碧云望中空暮,人在广寒宫。
　双缕枕,曲屏风。小房栊。可怜今夜,明月清风,无计君同。

浪　淘　沙

楼下水潺湲。楼外屏山。淡烟笼月晚凉天。曾共玉人携素手,同
倚阑干。　　　云散梦难圆。幽恨绵绵。旧游重到忍重看。负你一
生多少泪,月下花前。

如　梦　令

人静重门深亚。朱阁画帘高挂。人与月俱圆,月色波光相射。潇
洒。潇洒。人月长长今夜。

又

今夜行云何处。还是月华当午。倚遍曲阑桥,望断锦屏归路。空
去。空去。梦到绿窗朱户。

愁　倚　阑

伤春晚,送春归。步云溪。绿叶同心双小字,记曾题。　　　楼外红
日平西。长亭路、烟草萋萋。云雨不成新梦后,倚阑时。

又

天如水,月如钩。正新秋。月影参差人窈窕,小红楼。　　　如今往
事悠悠。楼前水、肠断东流。旧物忍看金约腕,玉搔头。

又

一番雨，一番凉。夜初长。满院蛩吟人不寝，月侵廊。　　木犀微绽幽芳。西风透、窈窕红窗。恰似个人鸳被里，玉肌香。

望江南 感事

花落按"花落"原作"落花"，从朱居易校友古词尽，寂寞委残红。蝶帐梦回空晓月，凤楼人去漫东风。春事已成空。　　闲伫立，□□水溶溶。云锁乱山横惨淡，烟笼绿树晚溟濛。却在泪痕中。

春　光　好

鸳屏掩，翠衾香。小兰房。回首当时云雨梦，两难忘。　　如今水远山长。凭鳞翼、难叙衷肠。况是教人无可恨，一味思量。

风　流　子

韶华惊婉晚，青春老、倦客惜年芳。庭槲荫浓，半藏莺语，畹兰花减，时有蜂忙。粉墙低，嫩岚滋翠葆，零露湿残妆。风暖昼长，柳绵吹尽，澹烟微雨，梅子初黄。　　洛浦音容远，书空漫惘怅，往事悲凉。无奈锦鳞杳杳，不渡横塘。念蝴蝶梦回，子规声里，半窗斜月，一枕馀香。拟待自宽，除非铁做心肠。

朝　中　措

章台杨柳月依依。飞絮送春归。院宇日长人静，园林绿暗红稀。　　庭前花谢了，行云散后，物是人非。唯有一襟清泪，凭阑洒遍残枝。

又

雨馀清镜湛秋容。屏展九华峰。万里闲云散尽,半规凉月当空。

　　楼高夜永,凭阑笑语,此际谁同。端有妙人携手,翛然归路凌风。

侍 香 金 童

宝马行春,缓辔随油壁。念一瞬、韶光堪重惜。还是去年同醉日。客里情怀,倍添凄恻。　　记南城、锦径名园曾遍历。更柳下、人家似织。此际凭阑愁脉脉。满目江山,暮云空碧。

江城子 秋夜观牛女星作

碧厨文簟小窗前。乍更阑。□□□。乌鹊南飞,秋意渐凄然。满院蛩吟风露下,人窈窕,月婵娟。　　双星旧约又经年。信谁传。恨绵绵。□隔明河,长作断肠仙。争似秦楼萧史伴,瑶台路,共乘鸾。

西 江 月

翡翠蒙金衫子,镂尘如意冠儿。持杯轻按遏云词。别是出尘风味。

　　莫羡双星旧约,愿谐明月佳期。凭肩密语两心知。一棹五湖烟水。

苍 梧 谣

天。休使圆蟾照客眠。人何在,桂影自婵娟。

采桑子　孙仲益集于西斋,题侍儿作第一流,因以词谢之

奇花不比寻常艳,独步南州。往事悠悠。辽鹤重来忆梦游。
仙翁不改青青眼,一醉迟留。妙墨银钩。题作人间第一流。

　　　按此首别误作王之道词,见相山集卷十六。

洞　仙　歌

莺莺燕燕。本是于飞伴。风月佳时阻幽愿。但人心坚固后,天也
怜人,相逢处、依旧桃花人面。　　　绿窗携手,帘幕重重,烛影摇红
夜将半。对尊前如梦,欲语魂惊,语未竟、已觉衣襟泪满。我只为、
相思特特来,这度更休推,后回相见。

瑞　鹤　仙

玉猊香谩爇。叹瓶沉簪断,紫箫声绝。丹青挂寒壁。细端详,宛是
旧时标格。音容望极。奈弱水、蓬山路隔。似瑶林琼树,韶华正
好,一枝先折。　　　凄切。相思情味,镜中绿鬓,看成华髮。临风
对月。空罗袂,揾清血。待随群逐队,开眉一笑,除你心肠是铁。
看今生,为伊烦恼,甚时是彻。以上吴讷本友古居士词,误字据毛斧季校本友
古居士词改正

何　㮚

　　㮚字文缜,仙井监(今四川仁寿)人。元祐四年(1089)生。政和五
年(1115)进士第一。历官中书舍人、尚书右仆射、兼中书侍郎,死靖康
之难。建炎初,赠观文殿大学士。

采 桑 子

百花丛里花君子,取信东君。取信东君。名策花中第一勋。

结成宝鼎和羹味,多谢东君。多谢东君。香遍还应号令春。梅苑卷
七

虞 美 人

分香帕子揉蓝腻。欲去殷勤惠。重来直待牡丹时。只恐花知、知
后故开迟。　　　别来看尽闲桃李。日日阑干倚。催花无计问东
风。梦作一双蝴蝶、绕芳丛。碧鸡漫志卷二

失 调 名

便饶你、漫天索价,待我略地酬伊。三朝北盟会编卷六十八

又

细雨共斜风,作轻寒。建炎以来系年要录卷一

按三朝北盟会编、建炎以来系年要录所载断句,或为何橐所云,或为何橐所歌,未
知果为谁作,姑系于此。

郑刚中

刚中字亨仲,婺州金华人。元祐四年(1089)生。绍兴二年(1132)
进士。历秘书少监、四川宣抚副使。忤秦桧,责濠州团练副使、封州安
置。绍兴二十四年(1154)卒。有北山集。

一 剪 梅

汉粉重番内样妆。新染冰肌,浅浅莺黄。广寒宫迥阻归期,襟袖空

馀黯淡香。　　江路迢迢楚塞长。梦里题诗欲寄将。觉来斜月又沉西，一点檀心，半染微霜。永乐大典卷二千八百十梅字韵引郑宣抚词

韩世忠

世忠字良臣，晚号清凉居士，延安人。生于元祐四年(1089)。南渡，历太保、封英国公、兼河北诸路招讨使。秦桧收三大将权，拜枢密使。连疏乞骸，罢为醴泉观使、奉朝请。进封福国公。改封咸安郡王。绍兴二十一年(1151)卒，年六十三。进太师、通义郡王。孝宗时，追封蕲王，谥忠武。

临　江　仙

冬看山林萧疏净，春来地润花浓。少年衰老与山同。世间争名利，富贵与贫穷。　　荣贵非干长生药，清闲是不死门风。劝君识取主人公。单方只一味，尽在不言中。

南　乡　子

人有几何般。富贵荣华总是闲。自古英雄都如梦，为官。宝玉妻男宿业缠。　　年迈衰残。鬓髮苍浪骨髓干。不道山林有好处，贪欢。只恐痴迷误了贤。以上二首见梁溪漫志卷八

存　目　词

说岳全传第五回有韩世忠满江红"万里长江"一首，小说依托，附录于后。

满　江　红

万里长江，淘不尽、壮怀秋色。漫说道、秦宫汉帐，瑶台银阙。长剑

倚天氛雾外,宝弓挂日烟尘侧。向星辰、拍袖整乾坤,难消歇。

　　龙虎啸,风云泣。千古恨,凭谁说。对山河耿耿,泪沾襟血。汴
水夜吹羌笛管,鸾舆步老辽阳月。把唾壶敲碎问蟾蜍,圆何缺。

黄大舆

　　大舆字载万,自号岷山耦耕,蜀人。有词集号乐府广变风,今不传。

更　漏　子

怜宋玉、许王昌。东西邻短墙。<small>碧鸡漫志卷二</small>

虞　美　人

世间离恨何时了。不为英雄少。楚歌声起霸图休。玉帐佳人血泪
<small>按此六字原作"一似",缺四字。此据花草粹编卷六补改、</small>满东流。　　葛荒葵
老芜城暮。玉貌知何处。至今芳草解婆娑。只有当时魂魄、未消
磨。<small>碧鸡漫志卷四</small>

存　目　词

　　金绳武本花草粹编卷四载有黄大舆减字木兰花十首,乃李子正
词,见梅苑卷六。

王　灼

　　灼字晦叔,遂宁人。绍兴中,尝为幕官。有颐堂词。

水调歌头　长江二友令狐公才、桑仲文相继徂逝。七月壬午,予送客登妙高台绝顶,望明月山二十里许,有怀美人,归作此词。山附县郭,仲文居其下,公才居亦近之。贾浪仙诗云:"长江飞鸟外,主簿跨驴归。"又云:"长江频雨后,明月众星中。"予故取其语

长江飞鸟外,明月众星中。今来古往如此,人事几秋风。又对团团红树,独跨蹇驴归去,山水澹丰容。远色动愁思,不见两诗翁。

酒如渑,谈如绮,气如虹。当时痛饮狂醉,只许赏心同。响绝光沉休问,俯仰之间陈迹,我亦老飘蓬。望久碧云晚,一雁度寒空。

渔家傲　次韵赠戴时行

漠漠郊原荒宿草。黄花趁得秋风早。万里岷峨归梦到。东篱好。未应花似行人老。　　古往今来成一笑。为君醉里销沉了。不用登临敧短帽。愁绝□。吴霜点鬓教谁扫。

醉花阴　送夏立夫

平生五色江淹笔。合占金闺籍。桃李满城春,恨□屏□,只作三年客。　　画船暂系河桥侧。一醉分南北。惆怅酒醒时,雨笠风蓑,似旧无人识。

清平乐　填太白应制词

东风归早。已绿瀛洲草。紫殿红楼春正好。杨柳半和烟袅。玉舆遍绕花行。初闻百啭新莺。历历因风传去,千门万户春声。

又　妓诉状立厅下

坠红飘絮。收拾春归去。长恨春归无觅处。心事顾谁分付。
卢家小苑回塘。于飞多少鸳鸯。纵使东墙隔断，莫愁应念王昌。

点绛唇　赋登楼

休惜馀春，试来把酒留春住。问春无语。帘卷西山雨。　　一搦
愁心，强欲登高赋。山无数。烟波无数。不放春归去。

浣　溪　沙

一样婵娟别样清。眼明初识董双成。香风随步过帘旌。　　笑捧
玉觞频劝客，浣溪沙里转新声。花间侧听有流莺。

虞　美　人

别来杨柳团轻絮。摆撼春风去。小园桃李却依依。独自留花不
发、待郎归。　　枝头便觉层层好。信是花相恼。觥船一棹百分
空。拚了如今醉倒、闹香中。

又

姚黄真是花中主。个个寻芳去。春光能有几多时。莫遣无花空
折、断肠枝。　　蜂媒蝶使争撩乱。应妒传觞缓。问花端的为谁
开。拟作移春小槛、载归来。

菩萨蛮　和令狐公才

风柔日薄江村路。一鞭又逐春光去。胡蝶作团飞。竹间桃李枝。
　　醉魂招不得。一半随春色。桃李□无多。其如风日何。

好 事 近

小砑碧霞笺,不见近来消息。玉骨瘦无一把,又不成空忆。　　　炉熏歇尽烛花残,佳梦了难得。二十五声秋点,最知人端的。

长 相 思

来匆匆。去匆匆。短梦无凭春又空。难随郎马踪。　　　山重重。水重重。飞絮流云西复东。音书何处通。

酒泉子　送诣夫成都作。重九

锦水花林,前度刘郎行乐处,当时桃李卧莓苔。又重来。　　　今年菊蕊为君开。赖有诗情浑似旧,西风斜日上高台。醉千回。

恨 来 迟

柳暗汀洲,最春深处,小宴初开。似泛宅浮家,水平风软,咫尺蓬莱。　　　更劝君、吸尽紫霞杯。醉看鸾凤徘徊。正洞里桃花,盈盈一笑,依旧怜才。

春 光 好

和醉梦,上峥嵘。忆娉婷。回首锦江烟一色,不分明。　　　翻为离别牵情。娇啼外、没句丁宁。紫陌绿窗多少恨,两难平。

南歌子　早春感怀

命啸无人啸,含娇何处娇。江南烟水太迢迢。璧月琼枝空想、夜和朝。　　　目断肠随断,魂销骨更销。琐窗风雨不相饶。犹似西湖一枕、听寒潮。

画堂春　春思

暖风和雨暗楼台。馀寒巧作愁媒。半春怀抱向谁开。忍泪千回。
　　断梦已随烟篆,醉魂空殢琼杯。小窗瞥见一枝梅。疑误君来。

七　娘　子

花明雾暗非花雾。似春屏、短梦无凭据。夜月将来,晓灯催去。半
衾馀暖空留住。　　情柔意密愁千缕。想一声、鸡唱东城路。暂
作行云,暂为行雨。阳台望极人何处。

减字木兰花　政和癸丑

飞霞半缕。收尽一天风和雨。可惜黄昏。残角疏钟要断魂。
双鱼传信。只道横塘消息近。心事悠悠。同向春风各自愁。

一　落　索

昨夜封枝寒雪。暗堆残叶。佳人醉里插钗梁,更不问、眠时节。
　　绣被重重夜彻。烛光明灭。枕旁争听落檐声,更不问、醒时节。

丑　奴　儿

东风已有归来信,先返梅魂。雪閧纷纷。更引蟾光过璧门。
绿衣小凤枝头语,我有嘉宾。急泛清尊。莫待江南烂漫春。以上彊
村丛书本颐堂词二十一首

陈袭善

袭善,河朔掾。

减字木兰花

江南二月。犹有枝头千点雪。邀上芳尊。却占东君一半春。仲殊。

尊前眼底。南国风光都在此。移过江来。从此江南不复开。

陈袭善。　　　　苕溪渔隐丛话后集卷三十七引复斋漫录

　　按词品卷四以下半阕为刘泾作,非。

渔家傲 忆营妓周子文

鹫岭峰前阑独倚。愁眉蹙损愁肠碎。红粉佳人伤别袂。情何已。登山临水年年是。　　　常记同来今独至。孤舟晚飐湖光里。衰草斜阳无限意。谁与寄。西湖水是相思泪。西湖游览志馀卷十六

　　按“孤舟晚飐湖光里”二句,舆地纪胜卷二引作韩驹西湖会词。

曾乾曜

丑　奴　儿

蓦地厮看时。赤怕那、迪功郎儿。气岸昂昂因权县,厅子叫道,宣教请后,有无限威仪。　　　先自不相知。取奉著、划地胡挥。甚时得归京里去,两省八座,横行正任,却会嫌卑。鸡肋篇卷上

孙　惔

　　　惔字肖之。与李之仪、王铚等同时。王铚雪溪集有送孙肖之还缙云诗,疑是缙云人。

点　绛　唇

烟洗风梳，司花先放江梅吐。竹村沙路。脉脉摇寒雨。　　醉魄
吟魂，无著清香处。愁如缕。系春不住。又折冰枝去。乐府雅词拾遗
卷上

　　按此首别误入赵长卿惜香乐府卷九。

存　目　词

　　阳春白雪卷六有孙肖之长相思"云一窝"一首，乃李煜作，见南唐
二主词。又见乐府雅词拾遗卷上，无撰人姓名。别又误入刘过龙
洲词。附录于后。

长　相　思

云一窝。玉一梭。淡淡春衫薄薄罗。轻颦双黛蛾。　　风声多。
雨声和。窗外芭蕉三两窠。夜长人奈何。

如　晦

　　如晦名皎，居剡之明心寺，与汝阴王铚相酬答。

卜算子　送春

有意送春归，无计留春住。毕竟年年用著来，何似休归去。　　目
断楚天遥，不见春归路。风急桃花也似愁，点点飞红雨。唐宋诸贤绝
妙词选卷九

　　按此首别又误作僧挥(仲殊)词，见历代诗馀卷十。

存 目 词

孙　舣

　　舣字济师。

菩萨蛮 落梅

一声羌管吹呜咽。玉溪夜半梅翻雪。江月正茫茫。断桥流水香。

　　含章春欲暮。落日千山雨。一点著枝酸。吴姬先齿寒。苕溪渔隐丛话前集卷五十九

潘　汾

　　汾字元质,金华人。

倦寻芳 闺思

兽镮半掩,鸳甃无尘,庭院潇洒。树色沉沉,春尽燕娇莺姹。梦草池塘青渐满,海棠轩槛红相亚。听箫声,记秦楼夜约,彩鸾齐跨。

　　渐迤逦、更催银箭,何处贪欢,犹系骄马。旋剪灯花,两点翠眉谁画。香灭羞回空帐里,月高犹在重帘下,恨疏狂,待归来、碎揉花打。唐宋诸贤绝妙词选卷七

按此首别误作苏庠词，见类编草堂诗馀卷三。别又误作苏坚词，见词的卷四。

贺　新　郎

篆缕销香鼎。翠沉沉、庭阴转午，画堂人静。芳草王孙知何处，惟
有杨花糁径。正玉枕、蕈腾初醒。门外残红春已去，镇无聊、殢酒
厌厌病。云髻鬡，未忺整。　　江南旧事休重省。但天涯、寻消问
息，断鸿难倩。月满西楼凭阑久，依旧归期未定。便只恐、瓶沉金
井。嘶骑不来银烛暗，枉教人、立尽梧桐影。谁伴我，对鸾镜。

按此首别又作李玉词，见唐宋诸贤绝妙词选卷八，未知孰是。此首又误入赵长卿
惜香乐府卷四。

孟家蝉　蝶

向卖花担上，落絮桥边，春思难禁。正暖日温风里，鬭采遍香心。
夜夜稳栖芳草，还处处、先鬶春禽。满园林。梦觉南华，直到如今。

情深。记那人小扇、扑得归来，绣在罗襟。芳意赠谁，应费万
线千针。谩道滕王画得，枉谢客、多少清吟。影沉沉。舞入梨花，
何处相寻。

花　心　动

啼鸟惊心，怨年华，羞看杏梢桃萼。映柳小桥，芳草闲庭，处处旧游
如昨。断肠人在东风里，遮不尽、几重帘幕。旧巢稳，呢喃燕子，笑
人漂泊。　　应是素肌瘦削。空望断天涯，信音难托。半污泪痕，
重整馀香，夜夜翠衾寒薄。倦游只怕春归去，怎忍见、水流花落。
梦魂远，韶华又还过却。以上三首见阳春白雪卷一

玉　蝴　蝶

睡起日高莺啭，画帘低卷，花影重重。醉眼羞抬，娇困犹自未惺忪。

绣床近、强来描翠, 妆镜掩、不肯匀红。锦屏空。对花无语, 独怨春风。　　匆匆。庾郎去后, 香销玉减, 是事疏慵。纵蛮笺封了, 何处问鳞鸿。眼中泪、万行难尽, 眉上恨、一点偏浓。杳无踪。夜来惟有, 幽梦相逢。_{阳春白雪卷二}

丑 奴 儿 慢

愁春未醒, 还是清和天气。对浓绿阴中庭院, 燕语莺啼。数点新荷翠钿, 轻泛水平池。一帘风絮, 才晴又雨, 梅子黄时。　　忍记那回, 玉人娇困, 初试单衣。共携手、红窗描绣, 画扇题诗。怎有如今, 半床明月两天涯。章台何处, 应是为我, 蹙损双眉。_{阳春白雪卷三}

李重元

忆王孙 _{春词}

萋萋芳草忆王孙。柳外楼高空断魂。杜宇声声不忍闻。欲黄昏。雨打梨花深闭门。

又 _{夏词}

风蒲猎猎小池塘。过雨荷花满院香。沉李浮瓜冰雪凉。竹方床。针线慵拈午梦长。

又 _{秋词}

飕飕风冷荻花秋。明月斜侵独倚楼。十二珠帘不上钩。黯凝眸。一点渔灯古渡头。

又 冬词

彤云风扫雪初晴。天外孤鸿三两声。独拥寒衾不忍听。月笼明。窗外梅花瘦影横。以上四首见唐宋诸贤绝妙词选卷七

按此四首别又误作李甲词，见历代诗馀卷二。

第一首别又误作李煜词，见清绮轩词选卷一。又误作秦观词，见类编草堂诗馀卷一。

第二首别又误作李煜词，见清绮轩词选卷一。又误作周邦彦词，见类编草堂诗馀卷一。

第三首别又误作李煜词，见古今别肠词选卷一。又误作范仲淹词，见杨金本草堂诗馀前集卷下。又误作康与之词，见词林万选卷四。

第四首别又误作范仲淹词，见杨金本草堂诗馀前集卷下，又误作李煜词，见古今别肠词选卷一。又误作欧阳修词，见类编草堂诗馀卷一。

李　玉

贺新郎 春情

篆缕销金鼎。醉沉沉、庭阴转午，画堂人静。芳草王孙知何处，惟有杨花糁径。渐玉枕、腾腾春醒。帘外残红春已透，镇无聊、殢酒厌厌病。云鬓乱，未忺整。　　江南旧事休重省。遍天涯、寻消问息，断鸿难倩。月满西楼凭阑久，依旧归期未定。又只恐、瓶沉金井。嘶骑不来银烛暗，枉教人、立尽梧桐影。谁伴我，对鸾镜。唐宋诸贤绝妙词选卷八

按此首别作潘汾词，见阳春白雪卷一，未知孰是。此首别又误入赵长卿惜香乐府卷四。

存　目　词

明闵映璧词坛合璧刻杨慎评点本草堂诗馀卷五有李玉贺新郎"睡

起流莺语”一首,乃叶梦得作,见石林词。

吴淑姬

永乐大典卷八百零八诗字韵引张侃拙轩初虆载吴淑姬诗,用陆龟蒙诗“丈夫非无泪,不洒别离间”句,疑即此人。

小重山　春愁

谢了荼蘼春事休。无多花片子,缀枝头。庭槐影碎被风揉。莺虽老,声尚带娇羞。　　独自倚妆楼。一川烟草浪,衬云浮。不如归去下帘钩。心儿小,难著许多愁。

惜分飞　送别

岸柳依依拖金缕。是我朝来别处。惟有多情絮。故来衣上留人住。　　两眼啼红空弹与。未见桃花又去。一片征帆举。断肠遥指苕溪路。

祝英台近　春恨

粉痕销,芳信断,好梦又无据。病酒无聊,敧枕听春雨。断肠曲曲屏山,温温沉水,都是旧、看承人处。　　久离阻。应念一点芳心,闲愁知几许。偷照菱花,清瘦自羞觑。可堪梅子酸时,杨花飞絮,乱莺闹、催将春去。以上三首见唐宋诸贤绝妙词选卷十
按青泥莲花记卷十二误以以上三首俱为南宋之吴淑姬词。

失　调　名

尘满妆台。花草粹编卷二。朱秋娘集句词

存　目　词

本书初版卷二百九十引夷坚支志庚十误以南宋之吴淑姬长相思
"烟霏霏,雪霏霏"一首为此吴淑姬作。

柳　富

富字润卿,东都(今河南开封)人。

最高楼　别妓王幼玉

人间最苦,最苦是分离。伊爱我,我怜伊。青草岸头人独立,画船
东去橹声迟。楚天低,回望处,两依依。　　后会也知俱有愿,未
知何日是佳期。心下事、乱如丝。好天良夜还虚过,辜负我、两心
知。愿伊家,衷肠在,一双飞。青琐高议前集卷十

王幼玉

幼玉,衡阳妓。

失　调　名

粉面羞搽泪满腮。花草粹编卷二朱秋娘集句采桑子

李　生

李生,廪延(在今河南省延津县北)人。

渔家傲 <small>赠萧娘</small>

庭院黄昏人悄悄。两情暗约谁知道。咫尺蓬山难一到。明月照。潜身只得听言笑。　　特地嗟吁传密耗。芳衷要使郎心表。此际归来愁不少。萦怀抱。卿卿销得人烦恼。<small>云斋广录卷六</small>

谭意哥

　　　　意哥小字英奴,随亲生于英州。丧亲,流落长沙为妓,后适张正字。

极 相 思 令

湘东最是得春先。和气暖如绵。清明过了,残花巷陌,犹见秋千。　　对景感时情绪乱,这密意、翠羽空传。风前月下,花时永昼,洒泪何言。

长 相 思 令

旧燕初归,梨花满院,迤逦天气融和。新晴巷陌,是处轻车骏马,禊饮笙歌。旧赏人非,对佳时、一向乐少愁多。远意沉沉,幽闺独自颦蛾。　　正消黯、无言自感,凭高远意,空寄烟波。从来美事,因甚天教,两处多磨。开怀强笑,向新来、宽却衣罗。似恁他、人怪憔悴,甘心总为伊呵。<small>以上二首见青琐高议别集卷二</small>

李　氏

　　　　李氏,西洛(今河南洛阳)人,适张浩。话本宿香亭张浩遇莺莺云,名莺莺。

极相思　赠张浩

日红疏翠密晴暄。初夏困人天。风流滋味，伤怀尽在，花下风前。

后约已知君定，这心绪、尽日悬悬。鸳鸯两处，清宵最苦，月甚先圆。青琐高议别集卷四

花仲胤

仲胤官相州录事。

南　乡　子

顿首起情人。即日恭维问好音。接得彩笺词一首，堪惊。题起词名恨转按“转”字原无，据花草粹编卷三补生。　　展转意多情。寄与音书不志诚。不写伊川题尹字，无心。料想伊家不要人。彤管遗编后集卷十二

花仲胤妻

伊川令　寄外

西风昨夜穿帘幕。闺院添消索。最是梧桐零落。迤逦秋光过却。

人情音信难托。鱼雁成耽阁此句原无，据词谱卷九补。教奴独自守空房，泪珠与、灯花共落。

失调名　答外

奴启情人勿见罪。闲将小书作尹字。情人不解其中意。问伊间别几多时。身边少个人儿。以上二首见彤管遗编后集卷十二

刘　浚

浚,潞州(今山西省长治)人。

期　夜　月

金钩花绶系双月。腰肢软低折。揎皓腕,萦绣结。轻盈宛转,妙若
凤鸾飞越。无别。香檀急扣转清切。翻纤手飘瞥。催画鼓,追脆
管,锵洋雅奏,尚与众音为节。　　当时妙选舞袖,慧性雅资,名为
殊绝。满座倾心注目,不甚窥回雪。纤怯。逡巡一曲霓裳彻。汗
透鲛绡肌润,教人传香粉,媚容秀发。宛降蕊珠宫阙。绿窗新话卷下
引古今词话,文字据词谱校改

施酒监

卜算子　赠乐婉,杭妓

相逢情便深,恨不相逢早。识尽千千万万人,终不似、伊家好。
　　别你登长道。转更添烦恼。楼外朱楼独倚阑,满目围芳草。花草
粹编卷二引古今词话

乐　婉

卜算子　答施

相思似海深,旧事如天远。泪滴千千万万行,更使人愁肠断。
　　要见无因见,了拚终难拚。若是前生未有缘,待重结、来生愿。花草
粹编卷二引古今词话

虞　某

虞策子弟,不知其名。虞策字经臣,钱塘(今浙江杭州)人。嘉祐八年进士。官至吏部尚书。

江　神　子

相逢只怕有分离。许多时。暗为期。常是眉来眼去、惹猜疑。何似总休拈弄上,轻咳嗽、有人知。　　终须买个小船儿。任风吹。尽东西。假使天涯海角、也相随。纵被江神收领了,离不得、我和伊。花草粹编卷七引古今词话

　　按本书初版卷一百零五误以此首为虞策词。

巴　谈

失调名　送穷鬼词

正月月尽夕。芭蕉船一只。灯盏两只明辉辉,内里更有筵席。奉劝郎君小娘子。饱吃莫形迹。每年只有今日日。愿我做来称意。奉劝郎君小娘子。空去送穷鬼。空去送穷鬼。岁时广记卷十三引古今词话

杨师纯

师纯,庐陵(今江西吉安)人。

清　平　乐

羞蛾浅浅。秋水如刀剪。窗下无人自针线。不觉郎来身畔。

相将携手鸳帏。匆匆不许多时。耳畔告郎低语，共郎莫使人知。

又

小庭春院。睡起花阴转。往事旧欢离思远。柳絮随风难管。
等闲屈指当时。阑干几曲谁知。为问春风桃李，而今子满芳枝。
绿窗新话卷上引古今词话

杨端臣

渔　家　傲

有个人人情不久。而今已落他人手。见说近来伊也瘦。好教受。
看谁似我能捆就。　　莲脸能匀眉黛皱。相思泪滴残妆透。总是
自家为事谬。从今后。这回断了心先有。

又

楼鼓数声人迹散。马蹄不响街尘软。门户深深扃小院。帘不卷。
背灯尽烛红条短。　　归路恍如春梦断。千愁万恨知何限。昨夜
月华明似练。花影畔。算来惟有嫦娥见。

阮　郎　归

□□今日那人家。琐窗红影斜。髻云散乱不胜花。偷匀残脸霞。
　　梁燕老，石榴花。佳期今已差。凭阑思想入天涯。暮云重叠
遮。以上三首绿窗新话卷上引古今词话

聂胜琼

胜琼,都下妓,归李之问。

失　调　名

无计留君住。奈何无计随君去。

鹧鸪天　寄李之问

玉惨花愁出凤城。莲花楼下柳青青。尊前一唱阳关后,别个人人第五程。　　寻好梦,梦难成。况谁知我此时情。枕前泪共帘前雨,隔个窗儿滴到明。以上见绿窗新话卷下引古今词话

赵才卿

才卿,成都妓。

燕　归　梁

细柳营中有亚夫。华宴簇名姝。雅歌长许佐投壶。无一日、不欢娱。　　汉王拓境思名将,捧飞诏欲登途。从前密约尽成虚。空按"空"字原缺,据古今女史卷十二补赢得、泪流珠。绿窗新话卷下引古今词话

任　昉

昉字少明,太学生。

雨 中 花 慢

事往人离，还似暮峡归云，陇上流泉。奈向分罗带，已断么弦。长记歌时酒畔，难忘月夕花前。相携手处，琼楼珠户，触目依然。

从来惯共，锦衾屏枕，长效比翼文鸳。谁念我、而今清夜，常是孤眠。入户_{按"入户"原作"□夜"，从玉照新志}不如飞絮，傍怀争及炉烟。这回休也，一生心性，为你萦牵。_{绿窗新话卷下引古今词话}

　　按此首玉照新志卷一作张生。本书初版卷八十三作张泰词，非。

都下妓

朝中措 改欧阳修词

屏山栏槛倚晴空。山色有无中。手种庭前桃李，别来几度春风。

文章宰相，挥毫万字，一饮千钟。行乐不须年少，尊前看取仙翁。_{绿窗新话卷下引古今词话}

李弥逊

　　弥逊字似之，号筠溪翁，连江人，居吴县。元祐四年（1089）生。大观三年（1109），登进士第。累官起居郎、试中书舍人、户部侍郎。以争和议，忤秦桧意，乞归。遂以徽猷阁直学士知漳州。绍兴十二年（1142），落职。晚岁隐连江西山。绍兴二十三年（1153）卒。有筠溪集。

沁园春 寄张仲宗（原无题，据筠溪乐府补）

敧枕深轩，散帙虚堂，畏景屡移。渐披襟临水，搘床就月，莲香拂面，竹色侵衣。压玉为醪，折荷当盏，卧看银潢星四垂。人归后，伴饥蝉自语，宿鸟相依。　　痴儿。莫蹈危机。悟四十九年都尽非。

任纡朱拖紫,围金佩玉,青钱流地,白璧如坻。富贵浮云,身名零露,事事无心归便归。秋风动,正吴淞月冷,莼长鲈肥。

按此首又见张元幹芦川词卷上。

永遇乐 初夏独坐西山钓台新亭

曲径通幽,小亭依翠,春事才过。看笋成竿,等花著果,永昼供闲坐。苍苍晚色,临渊小立,引首暮鸥飞堕。悄无人,一溪山影,可惜被渠分破。　　百年似梦,一身如寄,南北去留皆可。我自知鱼,翛然濠上,不问鱼非我。隔篱呼取,举杯对影,有唱更凭谁和。知渊明,清流临赋,得似恁么。

又 用前韵呈张仲宗、苏粹中

五十劳生,紫髯霜换,白日驹过。闭户推愁,缘崖避俗,壁角团蒲坐。提壶人至,竹根同卧,醉帽尽从敧堕。梦惊回,满身疏影,露滴月斜云破。　　无人自酌,有邀皆去,我笑两翁多可。忍冻吟诗,典衣沽酒,二子应嗤我。两忘一笑,调同今古,谁道郢歌无和。后之人,犹今视昔,有能继么。

念 奴 娇

瑶池倒影,露华浓、群玉峰峦如洗。明镜平铺秋水净,寒锁一天空翠。荷芰风摇,蘋蘩波动,惊起鱼龙戏。扶疏桂影,十分光照人世。　　谁似。老子痴顽,胡床危坐,自引壶觞醉。斗转参横歌未彻,屋角乌飞星坠。对影三人,停杯一问,谁会骑鲸意"意"原作"去",据筼溪乐府改。金牛何处,玉楼高耸十二。

又　坐上次王伯开韵

风帘弄影,正闲堂永昼,香销人寂。轧轧邻机芳思乱,愁入回文新织。燕蹴巢泥,莺喧庭柳,好梦无踪迹。那堪春事,背人何计留得。

　　谁似爱酒南邻,岸巾坦腹,醉踏西山碧。彩笔阳春传雁足,催我飞觞浮白。老去情怀,凭君试看,鬓上秋霜色。故园千里,月华空照相忆。

又　癸卯亲老生辰寄武昌

楚天木落,际平芜千里,寒霜凝碧。鄂渚波横何处是,当日孙郎赤壁。黄耳音稀,白云望远,又见春消息。嘉辰长记,谢池梅蕊初摘。

　　遥想黄鹤楼高,兰阶丝管沸,传觞如织。倦客心驰归路绕,不及南飞双翼。固著斑衣,重翻锦字,寄远供新拍"新拍"原作"甘旨",据筠溪乐府改。明年欢侍,寿期应献千百。

三段子　次韵苏粹中寄咏筠庄

层林烟霁,巨壁天半,鸿飞无路。云断处、两山之间,十万琅玕环翠羽。转秀谷、枕蘋花汀溆。短柳疏篱向暮。看卧垄牛归,横舟人去,平芜鸥鹭。　　并游不见鞭鸾侣。只僧前、松子随步。回径险、凌风遐想,小憩清泉敧茂树。正笋蕨、过如苏新雨。矶下游鱼可数。纵窈窕、云关长启,寂寂谁争子所。　　世上丹毂朱缨,春梦觉、南柯何许。况荣枯无定,中有欢离愁聚。尽笑我、诧盘中趣。为续昌黎赋。会有人,秣马膏车,相属一尊清醑。

水调歌头　横山阁对月

清夜月当午,轩户踏层冰。楼高百尺,缥缈天阙敞云扃。万里风摇玉树，吹我衣裾零乱、寒入骨毛轻。径欲乘之去，高兴送"送"原作"绕"，据四印斋刻本筠溪词改青冥。　　　神仙说，功名事，两难成。苇汀筠岫深处、端可寄馀龄。身外营营姑置，对景掀髯一笑，引手接飞萤。且尽杯中物，日出事还生。

又　次李伯纪韵趣开东阁

安石寓丝竹，方朔杂诙谐。昂霄气概，古来无地可容才。不见骑鲸仙伯，唾手功名事了，猿鹤与同侪。有意谢轩冕，无计避嫌猜。

静中乐，山照座，月浮杯。忘形湛辈，一笑丘壑写高怀。只恐天催玉斧，为破烟尘昏翳，人自日边来。东阁动诗兴，莫待北枝开。

又　次李伯纪春日韵

松柏渐成趣，红紫勿齐开。花神靳惜芳事，日日待公来。遥想金葵侧处，素月华灯相照，妆影满歌台。馀韵写宫徵，飞落远山隈。

逃禅客，尊中尽，厌长斋。且愁风絮，断送春色揽离怀。命驾何妨千里，只恐行云碍辙，直礙插崔嵬。手拍阳春唱，隔岸借残杯。

又　次向伯恭芗林见寄韵

不见隐君子，一月比三秋。惊涛如许，梦魂无路绝横流。安得如云长翮，命驾不须千里，上下逐君游。此计杳难就，注目倚江楼。

西风里，多少恨，寄歌头。飞奴接翼，为我三度下南州。三得伯恭佳词。正是天寒日暮，独钓一江残雪，风猎碧莎裘。和子浩然句，一酹散千忧。

又　再用前韵

不上长安道，霜鬓几惊秋。故人何在，时序欺我去如流。赏对洛滨仙伯,共说芎林佳致,魂梦与追游。更唱中秋句,得月上东楼。

云岩底,秋香下,楚江头。十年笑傲、真是骑鹤上扬州。却忆金门联辔,晓殿催班同到,高拱翠云裘。明月今千里,何计缓离忧。

又 八月十五夜集长乐堂,月大明,常岁所无,众客皆欢。戏用伯恭韵作

白髪闽江上,几度过中秋。阴晴相半,曾见玉塔卧寒流。不似今年三五,皎皎冰轮初上,天阙恍神游。下视人间世,万户水明楼。

贤公子,追乐事,占鳌头。酒酣喝月、腰鼓百面打凉州。沉醉尽扶红袖,不管风摇仙掌,零露湿轻裘。但恐尊中尽,身外复何忧。

蓦山溪 次李伯纪梅花韵

冲寒山意,未放江头树。老去恨春迟,数花期、朝朝暮暮。疏英冷蕊,也为有情忙,深夜月,小庭中,绝胜西城路。 调元妙手,便是春来处。酝造十分香,更暖借、毫端烟雨。狂歌醉客,小摘问东风,花谢后,子成时,趁得和羹否。

又 宣城丞厅双梅

竹边柳外,两两寒梅树。疏影上帘栊,似却□"□"原作"那",据筠溪乐府改、一枝横暮。玉肌瘦损,有恨不禁春,萦冰珮,整风裳,怅望瑶台路。 我来胜赏,持酒花深处。天晓酿幽香,正一霎、如酥小雨。江山得助,臭味许谁同,长安远,故人疏,梦到江南否。

昆明池 次韵尚书兄春晚

帐锦笼庭,囊香飘榭,过了芳时强半。觅残红、蜂须趁日,占新绿、莺喉咤暖。数花期、望得春来,春据词谱补去也、把酒南山谁伴。更

帘幕垂垂,恼人飞絮,乱落一轩风晚。　　手拍狂歌挥醉碗。笑浪
走江头,几逢归燕。忆黄华、曾吹纱帽,诧彩楼、催放纨扇。功名
事、于我如云,谩赢得星星,满簪霜换。向棠棣华间,鹡鸰原上,莫
厌尊罍频来见。

十月桃 二首,同富季申赋梅花

浮云无定,任春风万点,吹上寒枝。砌外珑璁,暗香夜透帘帏。闲
情最宜酒伴,胜黄昏、冷月清溪。风流谢傅,梦到华胥,长是相随。
　　似凝愁、不语谁知。芳思乱微酸,已带离离。传语花神,任教
横竹三吹。枝头要看如豆,趁和羹、百卉开时。十分金蕊,先与东
君,一笑相期。

又

一枝三四,弄疏英秀色,特地生寒。刻楮三年,谩夸煮石成丹。梨
花带雨难并,似玉妃、寂寞微湆。瑶台空阔,露下星坠,零乱风鬟。
　　记前回、拥盖西园。花信被山烟,著意邀阑。盏面横斜,大家
月底颓然。如今万点难缀,共苍苔、打合成班。诗翁何似,劝春莫
交,粉淡香残。

声声慢 木犀

龙涎染就,沉水薰成,分明乱屑琼瑰。一朵才开,人家十里须知。
花儿大则不大,有许多、潇洒清奇。较量尽,谂胜如末利,赛过酴
醾。　　更被秋光断送,微放些月照,著阵风吹。恼杀多情,猛拚
沉醉酬伊。朝朝暮暮守定,尽忙时、也不分离。睡梦里,胆瓶儿、枕
畔数枝。

永遇乐 学士兄筑室南山拒梗峰下,与西山相对。因
生日,以词见意

一水如绳,两山如翼,绿野如绣。松院干霄,筠庄枕浪,揽尽溪山秀。水南水北,竹舆兰棹,来往月宵花昼。问人间、天上何处,更寻大围小有。　　人言拒梗,功成仙去,丹鼎夜寒光透。唤取云英,炼成石髓,日月齐长久。烦君挟我,朝元真阙,两翼羽轻风骤。此时看,小茅峰顶,有云贯斗。

满庭芳 中秋次刘梦弼韵

荷背翻黄,蕉心滴翠,雨洗庭院无尘。断云缺处,矫首望冰轮。迤逦天垂四幕,星杓淡、河汉横银。笙歌散,风帘自上,寒水满楼明。　　刘郎方得计,钗摇绣户,枕并华茵。笑狂客无眠,坐听钟鲸。明月中秋一梦,临鸳鸯、三绕殷勤。清光里,持杯对影,风月两兼并。

水龙吟 上巳

化工收拾芳菲,晕酥剪彩迎春禊。江山影里,泰阶星聚,重寻古意。曲水流觞,晚林张宴,竹边花外。倩飞英衬地,繁枝障日,游丝驻,羲和旆。　　云避清歌自止。放一钩、玉沉寒水。西园飞盖,东山携妓,古今无愧。闻道东君,商量花蕊,作明年计。待公归,独运丹青妙手,忆山阴醉。

洞仙歌 登临漳城咏梅

断桥斜路,又是春来也。仙掌接云半开谢。尽凝酥砌粉,不似真香,分明对、冰雪肌肤姑射。　　天涯伤老大,万斛新愁,一笑端须问花借。纵广平冷淡,铁石心肠,未拼得、花里风前月下。为传语、

游蜂缓经营，且留与山翁，醉吟清夜。

又 次李伯纪韵

残烟薄雾，仗东风排遣。收拾轻寒做轻暖。问墙隅屋角，多少青红，春不语，行处随人近远。　　穿帘花影乱。金鸭香温，幽梦醒时午禽啭。任抛书推枕，嚼蕊攀条，暗消了、清愁一半。且莫放、浮云蔽晴晖，怕惹起羁人，望中凝恋。

江神子 临安道中

梦中北去又南来。饱风埃。鬓华衰。浮木飞蓬，踪迹为谁催。自笑自悲还自误，一杯酒，鼻如雷。　　晓舆行处觉春回。屑琼瑰。糁□苔（"□苔"原作"残灰"，据筠溪乐府改）。病眼冲寒，欲闭又还开。近水人家篱落畔，遥认得，一枝梅。

　　按此首又见芦川词卷下。

感皇恩 次韵尚书兄老山堂作

入夜月华清，中天方好。更著山光两相照。星稀云净，玉树惊乌三绕。广寒风露近，秋光老。　　老山高胜，飞尘不到。亭上仙翁自昏晓。短封新唱，字字令人绝倒。待凭书寄恨，归鸿少。

花心动 七夕

水馆风亭，晚香浓、一番荷芰经雨。簟枕乍闲，襟裾初试，散尽满轩祥暑。断云却送轻雷去，疏林外、玉钩微吐。夜未阑，秋生败叶，暗摧（"摧"原作"催"，据四印斋刻本筠溪词改庭树）。　　天上佳期久阻。星河畔，仙车缥缈云路。旧恨未平，幽欢难驻，洒落半天风露。绮罗人散金猊冷，醉魂到、华胥深处。洞户悄，南楼画角自语。

按此首又见张元幹芦川词卷下。

一寸金 尚书生日光州作。光州芍药甚盛,尚书为品
次图之,故末句云

仙李盘根,自有雲仍霭芳裔。更溜雨霜皮,临风玉树,紫髯丹颊,长
生久视。鹤帐琅书至。长庚梦、当年暗记。佳辰近,回首西风,渐
喜秋英弄霜蕊。　　暂卷双旌,鸣金吹竹,萱堂伴新戏。对璧月流
光,屏山供翠,碧云乍合,飞觞如缀。早晚岩廊侍。终不负、黄楼一
醉。丹青手、先与翻阶,万叶增春媚。此首文字据词谱卷三十四改。

蝶恋花 拟古

百尺游丝当绣户。不系春晖,只系闲愁住。拾翠归来芳草路。避
人蝴蝶双飞去。　　困脸羞眉无意绪。陌上行人,记得清明否。
消息未来池阁暮。濛濛一饷梨花雨。

又 游南山过陈公立后亭作

足力穷时山已晦。却上轻舟,急棹穿沙背。云影渐随风力退。一
川月白寒光碎。　　唤客主人陶谢辈。拂石移尊,不管游人醉。
罗绮丛中无此会。只疑身在烟霞外。

又 新晴用前韵

清晓天容争显晦。溪上群山,戢戢分驼背。谁似浮云知进退。疏
林嫩日黄金碎。　　夜枕不眠憎鼠辈。困眼贪晴,拚被风烟醉。
天意有情人不会。分明置我风波外。

又 福州横山阁

百叠青山江一缕。十里人家,路绕南台去。榕叶满川飞白鹭。疏

帘半卷黄昏雨。　　楼阁峥嵘天尺五。荷芰风清，习习消袢暑。老子人间无著处。一尊来作横山主。

又 西山小湖，四月初，莲有一花

小小芙蕖红半展。占早争先，不奈腰肢软。罗袜凌波娇欲颤。向人如诉闺中怨。　　把酒与君成眷恋。约束新荷，四面低"低"原作"舞"，据筼溪乐府改歌扇。不放游人偷眼盼。鸳鸯叶底潜窥见。

虞美人 咏古

上阳迟日千门锁。花外流莺过。一番春去又经秋。惟有深宫明月、照人愁。　　暗中白髮随芳草。却恨容颜好。更无魂梦到昭阳。肠断一双飞燕、在雕梁。

又 东山海棠

海棠开后春谁主。日日催花雨。可怜新绿遍残枝。不见香腮和粉、晕燕脂。　　去年携手听金缕。正是花飞处。老来先自不禁愁。这样愁来欺老、几时休。

又

金泥捍拨春声碎。恨入相思泪。醉欺秋水绿云斜。浑似梦中重到、阿环家。　　主人著意留春住。不醉无归去。只愁银烛晓生寒。明日落花飞絮、满长安。

又 赠富季申别

年年江上清秋节。盏面分霜月。不堪对月已伤离。那更梅花开后、海棠时。　　剑溪难驻仙游路。直上云霄去。藕花恰莫碍行舟。要趁潮头八月、到扬州。

又 次韵叶少蕴怀隐庵作

方壶小有人谁到。底事春知早。使君和气粲如花。更筑百花深
处、驻春华。　　云关远枕苕溪浅。未放归怀展。看残红紫绿阴
斜。鸾凤干霄却上、玉皇家。

青 玉 案

杨花尽做难拘管。也解趁、飞红伴。骢马无情人渐远。沙平浅渡,
雨湿孤村,何处长亭晚。　　欲凭桃叶传春怨。算不似、斜风情双
燕。纵得书来春又换。只将心事,分付眉尖,寂寞梨花院。

菩萨蛮 管邦惠家小鬟善讴

小山娇翠低歌扇。雏莺学语春犹浅。无力响方檀。声随玉笋翻。
　　垂鬟云乍染。媚靥香微点。未解作轻颦。凝情已动人。

又 新秋

凉飙轻散余霞绮。疏星冷浸明河水。敧枕画檐风。秋生草际蛩。
　　雁门离塞晚。不道衡阳远。归恨隔重山。楼高莫凭栏。

又

风庭瑟瑟灯明灭。碧梧枝上蝉声歇。枕冷梦魂惊。一阶寒水明。
　　鸟飞人未起。月露清如洗。无语听残更。愁从两鬓生。

又 富季申见约观月，以病不能往。夜分独卧横山阁，
作此寄之

馀霞收尽寒烟绿。江山一片团明玉。敧枕画楼风。愁生草际蛩。

金茎秋未老。两鬓吴霜早。忍负广寒期。清尊对语谁_{"对语谁"原作"对谁思"，据四印斋刻本筠溪词改。}

浣 溪 沙

小小茅茨隐翠微。桥平双手弄涟漪。好风还动去年枝。　　得雨
疏梅肥欲展，人家次第有芳菲。惜花恰莫探春迟。

又 和蒋丞端午竞渡

箫鼓哀吟乐楚臣。牙樯锦缆簇江滨。调高彩笔逞尖新。　　海角
逢时伤老大，莫辞卮酒话情亲。与君同是异乡人。

又

向日南枝不奈晴。无风绛雪自飘零。画楼更作断肠声。　　小侧
金荷迎落蕊，高烧银烛照残英。生愁斜月酒初醒。

临江仙 次韵尚书兄送别

枝上子规催去旆，柳条偏系离情。片云留雨锁愁城。不堪明月夜，
寂寞照南荣。　　莫作东山今日计，风雷已促鹏程。功成来伴赤
松行。却寻鸿雁侣，尊酒会如星。

又 次韵富季申九月菊未开

燕去莺来昏又晓，劳生莫负心期。菊花何必待开时。十分浮玉蚁，

一拍贯珠词。　　少借笔端烟雨力,不须露染风披。芳心微露定
因谁。风流今太傅,萧洒古东篱。

又　次李伯纪韵

多病渊明刚止酒,不禁秋蕊浮香。饮船歌板已兼忘。吴霜羞鬓改,
无语对红妆。　　小捻青枝撩鼻观,绝胜娇额涂黄。独醒滋味怕
新凉。归来烛影乱,敧枕听更长。

又　杏花

一片花飞春已减,那堪万点愁人。可能春便负闲身。细思愁不饮,
却是自辜春。　　且共一尊追落蕊,犹胜陌上成尘。杯行到手莫
辞频。杏花须记取,曾与此翁邻。

又　次韵叶少蕴惜春

试问花枝馀几许,卷帘细雨随人。风光犹恋苦吟身。海棠浑怯冷,
为我强留春。　　细听惜花歌白雪,不知盏面生尘。吹开吹谢漫
惊频。少陵真有味,爱酒觅南邻。

醉　花　阴

翠箔阴阴笼画阁。昨夜东风恶。香径漫春泥,南陌东郊,惆怅妨行
乐。　　伤春比似年时觉。潘鬓新来薄。何处不禁愁,雨滴花腮,
和泪胭脂落。

　　　按此首又见张元幹芦川词卷上。

又　木犀

紫菊红萸开犯早。独占秋光老。酝造一般清,比著芝兰,犹自争多

少。　　　霜刀剪叶呈纤巧。手捻迎人笑。云鬓一枝斜,小阁幽窗,是处都香了。

清平乐 登第

烛花催晓。醉玉颓春酒。一骑东风消息到。占得鳌头龙首。
长安去路骎骎。明朝跃马芳阴。应是花繁莺巧,东君著意琼林。

又 春晚

一帘红雨。飘荡谁家去。门外垂杨千万缕。不把东风留住。
旧巢燕子来迟。故园绿暗残枝。肠断画桥烟水,此情不许春知。

浪淘沙 林仲和送芍药,再以词为寄,次韵谢之

把酒挽芳时。醉袖淋漓。多情楚客为秋悲。未抵香飘红褪也,独绕空枝。　　　天女宝刀迟。露染风披。翠云叠叠拥铢衣。知道筼溪春寂寞,来慰相思。

又 连("连"字原无,据筼溪乐府补)鹏举坐上次康平仲 留别韵

乐事信难逢。莫放匆匆。飞红撩乱减春容。临水不禁频送客,风袖龙钟。　　　小阁画堂东。绮绣相重。尊前谁唱夏云峰。醒后欲寻溪上路,烟水无穷。是日歌姬首唱夏云峰。

谒金门 寄远

春又老。愁似落花难扫。一醉一回才忘了。醒来还满抱。　　　此恨欲凭谁道。柳外数声啼鸟。只恐春风吹不到。断云连碧草。

滴滴金 次韵尚书兄老山堂雪

广平未拚心如铁。恨梅花、隔年别。化工剪水鬥春风,似南枝和月。　　长鲸一饮宁论石。想高歌、醉瑶席。几时归去共尊罍,看寒花连陌。

诉衷情 次韵李伯纪桃花

小桃初破两三花。深浅散馀霞。东君也解人意,次第到山家。　　临水岸,一枝斜。照笼纱。可怜何事,苦爱施朱,减尽容华。

好事近 同前

春苑杂花芳,诗老剩夸梅格。谁道武陵深处,便不如姑射。　　莫分红浅与红深,点点是春色。生怕一番风雨,半飘零江国。

鹤冲天 张仲宗以秋香酒见寄并词,次其韵

笒玉液,酿花光。来趁北窗凉。为君小摘蜀葵黄。一似嗅枝香。　　饮中仙,山中相。也道十分宫样。一般时候最宜尝。竹院月侵床。

天仙子 次富季申韵

飞盖追春春约仵。繁杏枝头红未雨。小楼翠幕不禁风,芳草路。无尘处。明月满庭人欲去。　　一醉邻翁须记取。见说新妆桃叶女。明年却对此花时,留不住。花前语。总向似花人付与。

清平乐 次韵叶少蕴和程进道梅花

断桥缺月。点点枝头雪。画角吹残声未歇。早是一年春别。

寿阳弄粉成妆。柔肠结结丁香。可怕真梅轻妒，游蜂说与何妨。

又

推愁何计。车下忘乘坠。日上南枝春有意。已讶红酥如缀。
儿童缓整馀杯。芒鞋午夜重来。素面应憎月冷，真香不逐风回。

又

长红小白。何处寻梅格。日日南山云满额。暗老一分春色。
广平赋罢瑶香。细□ "□"原作"嚼"，据笕溪乐府改 花蕊商量。留得笔端
雨露，后来收拾群芳。二月始得此词，故于末章见意。

点绛唇 奉酬富季申

剪剪疏花，托根宛在长松底。蔓柯相倚。便有凌霄志。　　丹凤
忽来，小队迎秋起。留无计。待公归侍。重与分红翠。

虞美人 宜人生日

梨花院落溶溶雨。弱柳低金缕。画檐风露为谁明。青翼来时试
问、董双成。　　去年春酒为眉寿。花影浮金斗。不须更觅老人
星。但愿一年一上、一千龄。

醉花阴 学士生日

池面芙蕖红散绮。鹊噪朱门喜。环佩响天风，香霭杯盘，更约麻姑
侍。　　尘寰不隔蓬莱水。束带岩廊戏。瘦鹤与长松，且伴臞仙，
久住人间世。

又 硕人生日

帘卷西风轻雨外。揖数峰横翠。楼上地行仙,压玉为醪,旋摘黄金蕊。　　一觞一阕千秋岁。不愿封侯贵。长伴紫髯翁,踏月吹箫,笑咏云山里。

感皇恩 学士生日

花院小回廊,庭萱成行。水面红妆翠绡帐。蓬莱云近,风露一番清旷。星郎来碧落,长庚象。　　素志未酬,丹心益壮。且醉真珠小槽酿。不须皓齿,拍手狂歌清唱。一尊为寿庆,羲皇上。

又 端礼节使生日

密竹剪轻绡,华堂初建。卷上虾鬚待开宴。寿期春聚,芍药一番开遍。砌成锦步帐,笼弦管。　　绛节近颁,丹雏重见。花里双双乍归燕。重重乐事,凭仗东风拘管。一时分付与,金荷劝。

小重山 学士生日

鞭凤骖鸾自斗杓。老君亲抱送,下层霄。人间仙李占春饶。千秋里,松月伴吹箫。　　故国水云遥。谪仙丹荔熟,剥红绡。南山影转卧金蕉。倾寒绿,眉寿比山高。

又 同前

星斗心胸锦绣肠。厌随尘土客,逐炎凉。江山风月伴行藏。无人识,高卧水云乡。　　肘后有仙方。假饶丹未就,寿须长。儒冠多误莫思量。十分酒,菡萏小池塘。

花心动　夫人生日

红日当楼,绣屏开、风裀舞花随步。绛拂"拂"原作"佛",据笋溪乐府改珮兰,香染妆梅,仿佛紫烟真侣。雪消池馆年年会,玻璃泛、小槽新注。弄箫语。云璈未彻,暖回芳树。　　瑶检曾敓寿缕。好系日萦春,驭鸾深驻。桂殿影寒,蓬山波阔,未似彩衣庭户。坐看鹤鬓云来戏,重重拜、天阶雨露。纵游处。人间遍寻洞府。

渔家傲　博士生日

海角秋高风力骤。楼台四面山容瘦。季子貂裘寒欲透。悬弧昼。高歌棣萼聊卮酒。　　且共追欢宽白首。清闲赢得身长久。世上功名翻覆手。为君寿。腰间要看悬金斗。

阮郎归　硕人生日

黄花犹未拆霜枝。今年秋较迟。六幺催泛玉东西。登高庆诞时。　　神仙事,古来稀。且为千岁期。戏莱堂上两庞眉。何妨举案齐。

醉落托　同前

霜林变绿。画帘桂子排香粟。一声檀板惊飞鹜。弦管楼高,谁在阑干曲。　　人生一笑难相属。满堂何必堆金玉。但求身健儿孙福。鹤发年年,同泛清尊菊。

柳梢青　赵端礼生日

寿烟笼席。采莲新按,舞腰无力。占尽风光,人间天上,今夕何夕。　　蓝袍换了莱衣,庆岁岁、君恩屡锡。连夜欢声,满城佳气,和春留得。

点绛唇 富季申生日

花信争先,暗将春意传桃李。寿卿同醉。绿野连珠履。　　　麟阁
丹青,眷注耆英裔。眉间喜。日边飞骑。来促东山起。

十　样　花

陌上风光浓处。第一寒梅先吐。待得春来也,香销减,态凝伫。百
花休谩妒。

陌上风光浓处。繁杏枝头春聚。艳态最娇娆,堪比并,东邻女。红
梅何足数。

陌上风光浓处。日暖山樱红露。结子点朱唇,花谢后,君看取。流
莺偏嘱付。

陌上风光浓处。忘却桃源归路。洞口水流迟,香风动,红无数。吹
愁何处去。

陌上风光浓处。最是海棠风措。翠袖衬轻红,盈盈泪,怨春去。黄
昏微带雨。

陌上风光浓处。自有花王为主。富艳压群芳,蜂蝶戏,燕莺语。东
君都付与。

陌上风光浓处。红药一番经雨。把酒绕芳丛,花解语。劝春住。
莫教容易去。以上四库珍本筠溪集八十七首

菩　萨　蛮

江城烽火连三月。不堪对酒长亭别。休作断肠声。老来无泪倾。
　　　风高帆影疾。目送舟痕碧。锦字几时来。薰风无雁回。中兴
以来绝妙词选卷二

按此首又见乐府雅词拾遗卷上，无撰人姓名。此首又误入赵长卿惜香乐府卷九。

王以宁

　　以宁字周士，湘潭人。宣和三年(1121)，以成忠郎换文资为从事郎。建炎初，以枢密院编修官出守鼎州。建炎二年(1128)，京西制置使。升直显谟阁。寻落职降三官责监台州酒税。绍兴二年(1132)，责永州别驾，潮州安置。五年(1135)，特许自便。十年(1140)，复右朝奉郎、知全州。有词一卷。

水调歌头　裴公亭怀古

岁晚橘洲上，老叶舞愁红。西山光翠，依旧影落酒杯中。人在子亭高处，下望长沙城郭，猎猎酒帘风。远水湛寒碧，独钓绿蓑翁。

　　怀往事，追昨梦，转头空。孙郎前日，豪健颐指五都雄。起拥奇才剑客，十万银戈赤帻，歌鼓壮军容。何似裴相国，谈道老圭峰。

又　呈汉阳使君

大别我知友，突兀起西州。十年重见，依旧秀色照清眸。常记鲑碕狂客，邀我登楼雪霁，杖策拥羊裘。山吐月千仞，残夜水明楼。

　　黄粱梦，未觉枕，几经秋。与君邂逅，相逐飞步碧山头。举酒一觞今古，叹息英雄骨冷，清泪不能收。鹦鹉更谁赋，遗恨满芳洲。

满　庭　芳

山耸方壶，潮通碧海，江东自昔名家。玉真仙子，珰佩粲朝霞。一种天香胜味，笑杨梅、不数枇杷。难模写，牟尼妙质，光透紫丹砂。

　　咨嗟。如此辈，不知何为，留滞天涯。料甘心远引，无意纷华。一任姚黄魏紫，供吟赏、银烛笼纱。南游士，日餐千颗，不愿九霞车。

又　邓州席上

千古南阳，刘郎乡国，依约楚俗秦风。英姿豪气，耆旧笑谈中。珰佩来从帝所，许洲花、潭菊从容。霜秋晓，凉生日观，极目送飞鸿。

主公。天下士，挥毫万字，一饮千钟。醉高歌起舞，唤醒人龙。我自人间漫浪，平生事、南北西东。辞公去，寒眸激电，曾识小安丰。

又　陈觉叟雪中见过

五十七年，侵寻老矣，小庵初筑林坰。故人相过，喜雪舞祥霙。遍野跳珠溅玉，纵儿童、收满金瓶。明年待，洗光银海，袖手看升平。

先生。齐物久，蚁丘罢战，蜗角休征。趁尊前身健，有酒须倾。随分村歌社舞，何须问、武宿文星。忘怀矣，未能忘酒，相与醉忘形。

又　重午登霞楼

千古黄州，雪堂奇胜，名与赤壁齐高。竹楼千字，笔势压江涛。笑问江头皓月，应曾照、今古英豪。菖蒲酒，爬尊无恙，聊共访临皋。

陶陶。谁晤对，粲花吐论，宫锦纟刃袍。借银涛雪浪，一洗尘劳。好在江山如画，人易老、双鬓难袾。升平代，凭高望远，当赋反离骚。

蓦山溪　和虞彦恭寄钱逊叔

平山堂上，侧盏歌南浦。醉望五州山，渺千里、银涛东注。钱郎英远，满腹贮精神，窥素壁，墨栖鸦，历历题诗处。　　风裘雪帽，踏遍荆湘路。回首古扬州,沁天外、残霞一缕。德星光次,何日照长沙,渔父曲,竹枝词,万古歌来暮。

又　游南山

雕弓绣帽。戏马秦淮道。风入马蹄轻,曾踏遍、淮堤芳草。飞英点点,春事已阑珊,风雨横,别离多,断送英雄老。　　功名终在,休惜芳尊倒。谈笑下燕云,看千里、风驱电扫。男儿此事,莫待鬓丝焚,汉都护,万年觞,玉殿春风早。

念奴娇　淮上雪

天工何意,碎琼珰玉佩,书空千尺。箬笠蓑衫扁舟下,淮口烟林如织。飞观嶙峋,子亭突兀,影浸澄淮碧。纶巾鹤氅,是谁独笑携策。　　遥想易水燕山,有人方醉赏,六花如席。云重天低酣歌罢,胆壮乾坤犹窄。射雉归来,铁鳞十万,踏碎千山白。紫箫声断,唤回春满南陌。

又

云收天碧。渐风高露冷,群喧初寂。远浦归舟荒渡口,搴篷横棹堤侧。一带澄江,十分蟾影,千里寒光白。襟怀迎爽,有人独步携策。　　遥想帘卷琼楼,凭阑凝望,此意知何极。声断秦箫双凤驾,凌厉飞仙同籍。问汉乘槎,采珠临海,往事空踪迹。莫辞吟赏,终宵清景难得。

又

晚烟凝碧。渐渔村山市,人归寂寂。有客飞舟还顾访,应讶纶巾欹侧。得意忘年,推诚投分,高论追元白。英标逸气,笑予穷抱真策。

兴尽又复言归，秋风分袂，浩荡思无极。咫尺昭山明翠壁，那知中隐咸籍。说梦难听，闭门寻梦，肯念栖萍迹。浪吟狂醉，几时还共重得。

鹧鸪天 寿刘方明

昔有书生荐寿杯。清词妙绝贺方回。黄花也欲为君寿，先向重阳六日开。　　跻楚俗，上春台。政成归去位三台。明年寿酒君王劝，知有传宣敕使来。

又 寿杜士美

帝乙何年骑玉龙。武夷仙伯笑相从。长庚瑞应游仙梦，碧藕花开解愠风。　　歌既醉，乐元丰。明良相悦寿无穷。野人更有深深祝，笑指三台十八公。三台寿松在南岳。

又 寿张徽猷

桃李纷纷春事催。桐花风定牡丹开。天麟下作人间瑞，玉燕清宵入梦来。　　红玉酎，紫霞杯。五云深处望三台。君家况有庭前柏，好个擎天八柱材。

临江仙 和子安

眼看西园红与紫，年来几度芳菲。吾生四十渐知非。祗思青箬笠，江上雨霏霏。　　饮酒但知寻夏季，不须远慕安期。丹成仙去是何时。龟藏何必学，春日正迟迟。

又

此理循环如引锯，春来百草菲菲。道人一笑悟前非。功名真长物，夕霭与朝霏。　　梦褵清孙今禄隐,漫郎自许风期。江楼景物得句时。平芜三百里,天阔夕阳迟。

又　与刘拐

闻道洛阳花正好,家家遮户春风。道人饮处百壶空。年年花下醉,看尽几番红。　　此拐又从何处去,飘蓬一任西东。语声虽异笑声同。一轮清夜月,何处不相逢。

按此首别作陈瓘词,见乐府雅词卷中,疑非王以宁作。

浣溪沙　舣舟洪江步下

起看船头蜀锦张。沙汀红叶舞斜阳。杖擎惊起睡鸳鸯。　　木落群山凋玉□,霜和冷月浸澄江。疏篷今夜梦潇湘。

又　寿赵倅

艾胜迎薰寿缕长。碧筒酒泛绿蒲香。万家喜气在都梁。　　小阁幽轩新料理,舞衫歌扇且传觞。看君飞步上明光。

又　张金志洗儿

招福宫中第几真。餐花辟谷小夫人。天翁新与玉麒麟。　　我识外家西府相,玉壶冰雪照青春。小郎风骨已凌云。

踏　莎　行

梦褵光宗,河东右族。向来到耳声华熟。游从两世记金兰,风流二阮居南北。　　今夕何辰,相亲灯烛。一廛我愿依韦曲。长君未可赋骊驹,山人莫为蒲轮促。

又

我自山中，渔樵冷族。一丘一壑平生熟。揭来江海寄馀生，心兵语阱频奔北。　　九里灵河，十分光烛。分辉借润须邻曲。柳家兄弟莫瞋人，狂奴小户元低促。

又

位正三槐，光生九族。人间一梦黄粱熟。迩来荆楚地行仙，卜居深在延原北。　　笑问从前，谁调玉烛。当筵鲍老那能曲。山中饮酒是生涯，欲归未果成烦促。

感皇恩　和才仲西山子

千古洞庭湖，百川争注。雪浪银涛正如许。骑鲸诗客，浩气决云飞雾。背人歌欸乃，凌空去。　　我欲从公，翩然鹄举。未愿人间相君雨。筊箸短棹，是我平生真语。个中烟景好，烦公句。

庆双椿　汪周佐夫妇五月六日同生

问政山头景气嘉。仙家绿酒荐菖芽。仙郎玉女共乘槎。　　学士文章舒锦绣，夫人冠帔烂云霞。寿香来是道人家。

渔　家　傲

往事闲思人共怕。十年塞上烟尘亚。百万铁衣驰铁马。都弄罢。八风断送归莲社。　　卖药得钱休教化。归来醉卧蜗牛舍。一颗明珠元不夜。非待借。神光穿透诸天下。

好　事　近

诗客少微家,世有斗南人杰。一段素襟清韵,似玉壶冰雪。　怀中卿相饱经纶,况是好时节。我有太平歌颂,待形容贤业。

又

白石读书房,世有斗南人杰。一段素襟清韵,似玉壶冰雪。　仙家赤酒荐交梨,道眼况超越。来往十洲三岛,跨一轮新月。

虞美人 宿龟山夜登秋汉亭

归来峰下霜如水。明月三千里。幽人独立瞰长淮。谁棹扁舟一叶、趁潮来。　洞庭湖上银涛观。忆我烟蓑伴。此身天地一浮萍。去国十年华髪、欲星星。

浣溪沙 张国泰生日

快雨疏风六月凉。貂蝉人著彩衣裳。肃然心拜玉炉香。　相国趣还调鼎鼐,潘舆指日下潇湘。秋来江上接归航。

南歌子 李左司生日

未折江南柳,先开陇上梅。绿情红意到根荄。昨夜春随和气、已归来。　忠力扶昌运,冲和保圣胎。阳功阴德好栽培。他日骑鲸仙路、指蓬莱。

鹧鸪天 刘运判生日

瑞雪当空舞素英。玳筵收得满金瓶。洗教双眼明如镜,看取黄河几度清。　龟昇寿,鹤为形。年年长愿见仪刑。他年林下逢彭

祖,唤作谁家小后生。以上彊村丛书本王周士词

陈与义

与义字去非,号简斋。本蜀人,后徙居河南叶县。生于元祐五年
(1090)。登政和三年(1113)上舍甲科。绍兴中,历中书舍人,拜翰林学
士,寻参知政事。以病乞祠,提举洞霄宫。绍兴八年(1138)卒,年四十
九。有无住词。

法驾导引 世传顷年都下市肆中,有道人携乌衣椎髻
女子,买斗酒独饮。女子歌词以侑,凡九阕,皆非
人世语。或记之以问一道士,道士惊曰:"此赤城
韩夫人所制水府蔡真君法驾导引也,乌衣女子疑
龙"云。得其三而亡其六,拟作三阕

朝元路,朝元路,同驾玉华君。千乘载花红一色,人间遥指是祥云。
回望海光新。

又

东风起,东风起,海上百花摇。十八风鬟云半动,飞花和雨著轻绡。
归路碧迢迢。

又

帘漠漠,帘漠漠,天澹一帘秋。自洗玉舟斟白醴,月华微映是空舟。
歌罢海西流。

按词品卷一误以此三首为赤城韩夫人作。

虞美人 亭下桃花盛开,作长短句咏之

十年花底承朝露。看到江南树。洛阳城里又东风。未必桃花得

似、旧时红。　　　胭脂睡起春才好。应恨人空老。心情虽在只吟
诗。白髮刘郎孤负、可怜枝。

忆秦娥　五日移舟明山下作

鱼龙舞。湘君欲下潇湘浦。潇湘浦。兴亡离合,乱波平楚。
独无尊酒酬端午。移舟来听明山雨。明山雨。白头孤客,洞庭怀
古。

临 江 仙

高咏楚词酬午日,天涯节序匆匆。榴花不似舞裙红。无人知此意,
歌罢满帘风。　　　万事一身伤老矣,戎葵凝笑墙东。酒杯深浅去
年同。试浇桥下水,今夕到湘中。

虞美人　大光祖席醉中赋长短句

张帆欲去仍搔首。更醉君家酒。吟诗日日待春风。及至桃花开
后、却匆匆。　　　歌声频为行人咽。记著尊前雪。明朝酒醒大江
流。满载一船离恨、向衡州。

点绛唇　紫阳寒食

寒食今年,紫阳山下蛮江左。竹篱烟锁。何处求新火。　　　不解
乡音,只怕人嫌我。愁无那。短歌谁和。风动梨花朵。

虞美人　邢子友会上

超然堂上闲宾主。不受人间暑。冰盘围坐此州无。却有一瓶和
露、玉芙蕖。　　　亭亭风骨凉生牖。消尽尊中酒。酒阑明月转城
西。照见纱巾藜杖、带香归。

渔家傲 福建道中

今日山头云欲举。青蛟素凤移时舞。行到石桥闻细雨。听还住。风吹却过溪西去。　　我欲寻诗宽久旅。桃花落尽春无所。渺渺篮舆穿翠楚。悠然处。高林忽送黄鹂语。

虞美人 余甲寅岁,自春官出守湖州。秋杪道中,荷花无复存者。乙卯岁,自琐闼以病得请奉祠。卜居青墩。立秋后三日行,舟之前后,如朝霞相映,望之不断也。以长短句记之

扁舟三日秋塘路。平度荷花去。病夫因病得来游。更值满川微雨、洗新秋。　　去年长恨拏舟晚。空见残荷满。今年何以报君恩。一路繁花相送、过青墩。

浣溪沙 离杭日,梁仲谋惠酒,极清而美。七月十二日晚卧小阁,已而月上,独酌数杯

送了栖鸦复暮钟。栏干生影曲屏东。卧看孤鹤驾天风。　　起舞一尊明月下,秋空如水酒如空。谪仙已去与谁同。

玉楼春 青镇僧舍作

山人本合居岩岭。聊问支郎分半境。残年藜杖与纶巾,八尺庭中时弄影。　　呼儿汲水添茶鼎。甘胜吴山山下井。一瓯清露一炉云,偏觉平生今日永。

清平乐 木犀

黄衫相倚。翠葆层层底。八月江南风日美。弄影山腰水尾。楚人未识孤妍。离骚遗恨千年。无住庵中新事,一枝唤起幽禅。

定风波　重阳

九日登临有故常。随晴随雨一传觞。多病题诗无好句。孤负。黄花今日十分黄。　　记得眉山文翰老。曾道。四时佳节是重阳。江海满前怀古意。谁会。阑干三抚独凄凉。

菩萨蛮　荷花

南轩面对芙蓉浦。宜风宜月还宜雨。红少绿多时。帘前光景奇。　　绳床乌木几。尽日繁香里。睡起一篇新。与花为主人。

按此首别误作康与之词,见历代诗馀卷九。

南柯子　塔院僧阁

矫矫千年鹤,茫茫万里风。阑干三面看秋空。背插浮屠千尺、冷烟中。　　林坞村村暗,溪流处处通。此间何似玉霄峰。遥望蓬莱依约、晚云东。

临江仙　夜登小阁,忆洛中旧游

忆昔按"忆昔"原作"昨夜",从彊村丛书本无住词午桥桥上饮,坐中多是豪英。长沟流月去无声。杏花疏影里,吹笛到天明。　　二十馀年如一梦,此身虽在堪惊。闲登小阁看新晴。古今多少事,渔唱起三更。宋本无住词

按弇州山人词评引"杏花疏影里"二句,误作苏轼词。

存　目　词

调　名	首　　　句	出　　处	附　　　注
如 梦 令	落日霞绡一缕	杨金本草堂诗馀前集卷下	无名氏词,见乐府雅词拾遗卷下

调　名	首　句	出　处	附　　注
木兰花慢	北归人未老	金绳武本花草粹编卷二十一	陈参政(元人)作,见浩然斋视听钞。词附录于后

木 兰 花 慢

北归人未老,喜依旧、著南冠。正雪暗滹沱,云迷芒砀,梦绕邯郸。乡心促、日行万里,幸此身、生入玉门关。多少秦烟陇雾,西湖净洗征衫。　　　燕山。望不见吴山。回首一归鞍。慨故宫离黍,故家乔木,那忍重看。钧天紫微何处,问瑶池、八骏几时还。谁在天津桥上,杜鹃声里阑干。

杜大中妾

临 江 仙

彩凤随鸦。苕溪渔隐丛话前集卷六十引今是堂手录

刘　彤

彤字文美,江宁(今江苏南京市)章文虎妻。工诗词。

临 江 仙

千里长安名利客,轻离轻散寻常。难禁三月好风光。满阶芳草绿,一片杏花香。　　　记得年时临上马,看人眼泪汪汪。如今不忍更思量。恨无千日酒,空断九回肠。苕溪渔隐丛话后集卷四十

僧 儿

僧儿,广汉营妓。

满 庭 芳

团菊苞金,丛兰减翠,画成秋暮风烟。使君归去,千里倍潸然。两度朱幡雁水,全胜得、陶侃当年。如何见,一时盛事,都在送行篇。

愁烦。梳洗懒,寻思陪宴,把月湖边。有多少、风流往事萦牵。闻道霓旌羽驾,看看是、玉局神仙。应相许,冲云破雾,一到洞中天。苕溪渔隐丛话后集卷四十

胡 仔

仔字仲任,舜陟子。仕为建安主簿、晋陵令。绍兴十二年(1142),右从事郎,广西路经略安抚司书写机宜文字。卜居吴兴,号苕溪渔隐。著有苕溪渔隐丛话一百卷行于世。

满 江 红

泛宅浮家,何处好、苕溪清境。占云山万叠,烟波千顷。茶灶笔床浑不用,雪蓑月笛偏相称。争不教、二纪赋归来,甘幽屏。 红尘事,谁能省。青霞志,方高引。任家风胙胙,生涯笭箵。三尺鲈鱼真好脍,一瓢春酒宜闲饮。问此时、怀抱向谁论,惟箕颍。苕溪渔隐丛话前集卷五十五

水龙吟 以李长吉美人梳头歌填

梦寒绡帐春风晓,檀枕半堆香髻。辘轳初转,阑干鸣玉,咿哑惊起。

眠鸭凝烟,舞鸾翻镜,影开秋水。解低鬟试整,牙床对立,香丝乱、
云撒地。　　纤手犀梳落处,腻无声、重盘鸦翠。兰膏匀渍,冷光
欲溜,鸾钗易坠。年少偏娇,鬐多无力,恼人风味。理云裾下阶,含
情不语,笑折花枝戏。_{苕溪渔隐丛话后集卷十二}

存　目　词

调　名	首　句	出　处	附　注
感　皇　恩	乞得梦中身	中兴以来绝妙 词选卷三	胡舜陟词,见苕溪渔隐 丛话后集卷三十九
渔　家　傲	几日北风江 海立	湖州词征卷二 十六	又
念　奴　娇	炎精中否	金绳武本花草 粹编卷二十二	黄中辅作,见金华黄先 生文集卷三

王　昂

　　昂字叔兴,王珪之侄,或云王珪侄仲孜之子。元祐五年(1090)生。
重和元年(1118)进士第一人。绍兴二年(1132),秘书少监。除起居舍
人,以疾不拜。改秘阁修撰,主管江州太平观。

好事近 催妆词

喜气拥朱门,光动绮罗香陌。行到紫薇花下,悟身非凡客。　　不
须脂粉浼天真,嫌怕太红白。留取黛眉浅处,画章台春色。_{陶朱新录}
_{按此首别误入赵长卿惜香乐府卷八。别又误作王益词,见历代诗馀卷十二。}

张元幹

　　元幹字仲宗,长乐人。自号芦川居士。向子諲之甥。生于元祐六
年(1091)。曾为李纲行营属官。官至将作少监。四十一岁致仕。绍兴

中,坐以词送胡铨,得罪除名。绍兴末尚在,约寿七十馀。有芦川归来
集。

贺新郎 寄李伯纪丞相

曳杖危楼去。斗垂天、沧波万顷,月流烟渚。扫尽浮云风不定,未
放扁舟夜渡。宿雁落、寒芦深处。怅望关河空吊影,正人间、鼻息
鸣鼍鼓。谁伴我,醉中舞。　　　十年一梦扬州路。倚高寒、愁生故
国,气吞骄虏。要斩楼兰三尺剑,遗恨琵琶旧语。谩暗涩一作"拭"、
铜华尘土。唤取谪仙平章看,过苕溪、尚许垂纶否。风浩荡,欲飞
一作"轻"举。

又 送胡邦衡待制

梦绕神州路。怅秋风、连营画角,故宫离黍。底事昆仑倾砥柱。九
地黄流乱注。聚万落、千村狐兔。天意从来高难问,况人情、老易
悲如许。更南浦,送君去。　　　凉生岸柳催残暑。耿斜河、疏星淡
月,断云微度一作"雨"。万里江山知何处。回首对床夜语。雁不
到、书成谁与。目尽青天怀今古,肯儿曹、恩怨相尔汝。举大白,听
金缕。

满江红 自豫章阻风吴城山作

春水迷天,桃花浪、几番风恶。云乍起、远山遮尽,晚风还作。绿卷
芳洲生杜若。数帆带雨烟中落。傍向来、沙觜共停桡,伤飘泊。
　　寒犹在,衾偏薄。肠欲断,愁难著。倚篷窗无寐,引杯孤酌。寒
食清明都过却。最怜轻负年时约。想小楼、终日望归舟,人如削。

兰　陵　王

卷珠箔。朝雨轻阴乍阁。阑干外,烟柳弄晴,芳草侵阶映红药。东

风妒花恶。吹落。梢一作"枝"头嫩萼。屏山掩,沉水倦熏,中酒心
情怕杯勺。　　寻思旧京洛。正年少疏狂,歌笑迷著。障泥油壁
催梳掠。曾驰道同载,上林携手,灯夜初过早共约。又争信漂泊。

寂寞。念行乐。甚粉淡衣襟,音断弦索。琼枝璧月春如昨。
怅别后华表,那回双鹤。相思除是,向醉里、暂忘却。

又

绮霞散。空碧留晴向晚。东风里,天气困人,时节秋千闭深院。帘
旌翠波飐。窗影残红一线。春光巧,花脸柳腰,勾引芳菲闹莺燕。

闲愁费消遣。想娥绿轻晕,鸾鉴新怨。单衣欲试寒犹浅。羞
衮凤空展,塞鸿难托,谁问潜宽旧带眼。念人似天远。　　迷恋。
画堂宴。看最乐王孙,浓艳争劝。兰膏宝篆春宵短。拥檀板低唱,
玉杯重暖。众中先醉,谩倚槛、早梦见。

念 奴 娇

江天雨霁,正露荷擎翠,风槐摇绿。试问秦楼今夜里,愁到阑干几
曲。笑捻黄花,重题红叶,无奈归期促。暮云千里,桂华初绽寒玉。

有谁伴我凄凉,除非分付与,杯中醽醁。水本无情山又远,回
首烟波云木。梦绕西园,魂飞南浦,自古情难足。旧游何处,落霞
空映孤鹜。

又 丁卯上巳,燕集叶尚书蕊香堂赏海棠,即席赋之

蕊香深处,逢上巳、生怕花飞红雨。万点胭脂遮翠袖,谁识黄昏凝
伫。烧烛呈妆,传杯绕槛,莫放春归去。垂丝无语,见人浑似羞妒。

修禊当日兰亭,群贤弦管里,英姿如许。宝靥罗衣,应未有、许
多阳台神女。气涌三山,醉听五鼓,休更分今古。壶中天地,大家

著意留住。

又　代洛滨次石林韵

吴松初冷,记垂虹南望,残日西沉。秋入青冥三万顷,蟾影吞尽湖阴。玉斧为谁,冰轮如许,宫阙想寒深。人间奇观,古今豪士悲吟。

苍弁丹颊仙翁,淮山风露底,曾赋幽寻。老去专城仍好客,时拥歌吹登临。坐揖龙江,举杯相属,桂子落波心。一声猿啸,醉来虚籁千林。

又　题徐明叔海月吟笛图

秋风万里,湛银潢清影,冰轮寒色。八月灵槎乘兴去,织女机边为客。山拥鸡林,江澄鸭绿,四顾沧溟窄。醉来横吹,数声悲愤谁测。

飘荡贝阙珠宫,群龙惊睡起,冯夷波激。云气苍茫吟啸处,鼍吼鲸奔天黑。回首当时,蓬莱方丈,好个归消息。而今图画,谩教千古传得。

又

寒绡素壁,露华浓、群玉峰峦如洗。明镜池开秋水净,冷浸一天空翠。荷芰波生,菰蒲风动,惊起鱼龙戏。山河影里,十分光照人世。

谁似老子痴顽,胡床欹坐,自引壶觞醉。醉里悲歌歌未彻,屋角乌飞星坠。对影三人,停杯一问,谁解骑鲸意。玉京何处,翠楼空锁十二。

又　己卯中秋和陈丈少卿韵

垂虹望极,扫太虚纤翳,明河翻雪。一碧天光波万顷,涌出广寒宫阙。好事浮家,不辞百里,俱载如花颊。琴高双鲤,鼎来同醉孤绝。

浩荡今夕风烟，人间天上，别似寻常月。陶冶三高千古恨，赏我中秋清节。八十仙翁，雅宜图画，写取横江楫。平生奇观，梦回犹竦毛髮。

石　州　慢

寒水依痕，春意渐回，沙际烟阔。溪梅晴照生香，冷蕊数枝争发。天涯旧恨，试看几许消魂，长亭门外山重叠。不尽眼中青，是愁来时节。　　情切。画楼深闭，想见东风，暗销肌雪。辜负枕前云雨，尊前花月。心期切处，更有多少凄凉，殷勤留与归时说。到得却相逢，恰经年离别。

按此首别误作周邦彦词，见草堂诗馀隽卷二。

又　己酉秋吴兴舟中作

雨急云飞，惊散暮鸦，微弄凉月。谁家疏柳低迷，几点流萤明灭。夜帆风驶，满湖烟水苍茫，菰蒲零乱秋声咽。梦断酒醒时，倚危樯清绝。　　心折。长庚光怒，群盗纵横，逆胡猖獗。欲挽天河，一洗中原膏血。两宫何处，塞垣只隔长江，唾壶空击悲歌缺。万里想龙沙，泣孤臣吴越。

永遇乐　宿鸥盟轩

月仄金盆，江萦罗带，凉飙天际。摩诘丹青，营丘平远，一望穷千里。白鸥盟在，黄粱梦破，投老此心如水。耿无眠、披衣顾影，乍闻绕阶络纬。　　百年倦客，三生习气，今古到头谁是。夜色苍茫，浮云灭没，举世方熟寐。谁人著眼，放神八极，逸想寄尘寰外。独凭栏、鸡鸣日上，海山雾起。

又 为洛滨横山作

飞观横空,众山绕甸,江面相照。曲槛披风,虚檐挂月,据尽登临要。有时巾屦,访公良夜,坐我半天林杪。揽浮丘、飘飘衣袂,相与似游蓬岛。　　　主人胜度,文章英妙,合住北扉西沼。何事十年,风洒露沐,不厌江山好。曲屏端有,吹箫人在,同倚暮云清晓。乘除了、人间宠辱,付之一笑。

八声甘州 陪筦翁小酌横山阁

倚凌空飞观,展营丘卧轴恍移时。渐微云点缀,参横斗转,野阔天垂。草树萦回岛屿,杳霭数峰低。共此一尊月,顾影为谁。　　　俯仰乾坤今古,正嫩凉生处,浓露初霏。据胡床残夜,唯我与公知。念老去、风流未减,见向来、人物几兴衰。身长健,何妨游戏,莫问栖迟。

又 西湖有感寄刘晞颜

记当年共饮,醉画船、摇碧胃花钗。问苍颜华发,烟蓑雨笠,何事重来。看尽人情物态,冷眼只堪哈。赖有西湖在,洗我尘埃。　　　夜久波光山色,间淡妆浓抹,冰鉴云开。更潮头千丈,江海两崔嵬。晓凉生、荷香扑面,洒天边、风露逼襟怀。谁同赏,通宵无寐,斜月低回。

水调歌头 同徐师川泛太湖舟中作

落景下青嶂,高浪卷沧洲。平生颇惯,江海掀舞木兰舟。百二山河空壮。底事中原尘涨。丧乱几时休。泽畔行吟处,天地一沙鸥。　　　想元龙,犹高卧,百尺楼。临风酹酒,堪笑谈话觅封侯。老去

英雄不见。惟与渔樵为伴。回首得无忧。莫道三伏热,便是五湖
秋。

又　和芎林居士中秋

闰馀有何好,一岁两中秋。滕王高阁曾醉,月涌大江流。今夜钓龙
台上,还似当时逢闰,佳句记英游。看山兼看月,登阁复登楼。

别离久,今古恨,大刀头。老来长是清梦,宛在旧神州。遐想芎
林风味,瓮里自倾春色,不用贳貂裘。笑我成何事,搔首谩私忧。

又　陪福帅宴集口占以授官奴

缥缈九仙阁,壮观在人间。凉飙乍起,四围晴黛入阑干。已过中秋
时候。便是菊花重九。为寿一尊欢。今古登高意,玉帐正清闲。

引三巴,连五岭,控百蛮。元戎小队,旧游曾记并龙山。闽峤
尤宽南顾。闻道天边雨露。持橐诏新颁。且拥笙歌醉,廊庙更徐
还。

又

平日几经过,重到更留连。黄尘乌帽,觉来眼界忽醒然。坐见如云
秋稼,莫问鸡虫得失,鸿鹄下翩翩。四海九州大,何地著飞仙。

吸湖光,吞蟾影,倚天圆。胸中万顷空旷,清夜炯无眠。要识世
间闲处,自有尊前深趣,且唱钓鱼船。调鼎他年事,妙手看烹鲜。

又

雨断翻惊浪,山暝拥归云。麦秋天气,聊泛征棹泊江村。不羡腰间
金印,却爱吾庐高枕,无事闭柴门。搔首烟波上,老去任乾坤。

白纶巾,玉麈尾,一杯春。性灵陶冶,我辈犹要个中人。莫变姓

名吴市,且向渔樵争席,与世共浮沉。目送飞鸿去,何用画麒麟。

又　过后柳故居

露下菱歌远,萤傍藕花流。临溪堂上,望中依旧柳边洲。晚暑冰肌沾汗,新浴香绵扑粉,湘簟月华浮。长记开朱户,不寐待归舟。

恍重来,思往事,搅离愁。天涯何处,未应容易此生休。莫问吴霜点鬓,细与蛮笺封恨,相见转绸缪。云雨阳台梦,河汉鹊桥秋。

又　癸酉虎丘中秋

万里冰轮满,千丈玉盘浮。广寒宫殿,西望湖海冷光流。扫尽长空纤翳,散乱疏林清影,风露迫人愁。徐步行歌去,危坐莫眠休。

问孤蓬,缘底事,苦淹留。倦游回首,向来云卧两星周。此夜此生长好,明月明年何处,归兴在南州。老境一伧父,异县四中秋。

又　赠汪亻(按此字原缺一半)秀才

袖手看飞雪,高卧过残冬。飘然底事春到,先我逐孤鸿。挟取笔端风雨,快写胸中丘壑,不肯下樊笼。大笑了今古,乘兴便西东。

一尊酒,知何处,又相逢。奴星结柳,与君同送五家穷。好是橘封千户,正恐楼高百尺,湖海有元龙。目光在牛背,马耳射东风。

又

放浪形骸外,憔悴山泽癯。倒冠落佩,此心不待白髭须。聊复脱身鵷鹭,未暇先寻水竹,矫首汉庭疏。长夏啖丹荔,两纪傲闲居。

忽风飘,连雨打,向西湖。藕花深处,尚能同载麹生无。听子谈天舌本,浇我书空胸次,醉卧踏冰壶。毕竟凌烟像,何似辋川图。

又　丁丑春与钟离少翁、张元鉴登垂虹

拄策松江上,举酒酹三高。此生飘荡,往来身世两徒劳。长羡五湖烟艇,好是秋风鲈鲙,笠泽久蓬蒿。想像英灵在,千古傲云涛。

俯沧浪,舌空旷,恍神交。解衣盘礴,政须一笑属吾曹。洗尽人间尘土,扫去胸中冰炭,痛饮读离骚。纵有垂天翼,何用钓连鳌。

又

今夕定何夕,秋水满东瓯。悲凉怀抱,何事还倍去年愁。万里碧空如洗,寒浸十分明月,帘卷玉波流。非是经年别,一岁两中秋。

坐中庭,风露下,冷飔飔。素娥无语相对,尊酒且迟留。琴罢不堪幽怨,遥想三山影外,人倚夜深楼。矫首望霄汉,云海路悠悠。

又　为赵端礼作

最乐贤王子,今岁好中秋。夜深珠履,举杯相属尽名流。宿雨乍开银汉,洗出玉蟾秋色,人在广寒游。浩荡山河影,偏照岳阳楼。

露华浓,君恩重,判扶头。霓旌星节,已随丝管下皇州。满座烛光花艳,笑冒乌巾同醉,谁问负薪裘。月转檐牙晓,高枕更无忧。

又　追和

举手钓鳌客,削迹种瓜侯。重来吴会三伏,行见五湖秋。耳畔风波摇荡,身外功名飘忽,何路射旄头。孤负男儿志,怅望故园愁。

梦中原,挥老泪,遍南州。元龙湖海豪气,百尺卧高楼。短髪霜粘两鬓,清夜盆倾一雨,喜听瓦鸣沟。犹有壮心在,付与百川流。

又　送吕居仁召赴行在所

戎虏乱中夏，星历一周天。干戈未定，悲咤河洛尚腥膻。万里两宫无路。政仰君王神武。愿数中兴年。吾道尊洙泗，何暇议伊川。

吕公子，三世相，在凌烟。诗名独步，焉用儿辈更毛笺。好去承明谠论。照映金狨带稳。恩与荔枝偏。回首东山路，池阁醉双莲。

风流子　政和间过延平，双溪阁落成，席上赋

飞观插雕梁。凭虚起、缥缈五云乡。对山滴翠岚，两眉浓黛，水分双派，满眼波光。曲栏干按此处衍一字外，汀烟轻冉冉，莎草细茫茫。无数钓舟，最宜烟雨，有如图画，浑似潇湘。　　使君行乐处，秦筝弄哀怨，云鬓分行。心醉一缸春色，满座疑香。有天涯倦客，尊前回首，听彻伊川，恼损柔肠。不似碧潭双剑，犹解相将。

鱼 游 春 水

芳洲生蘋芷。宿雨收晴浮暖翠。烟光如洗，几片花飞点泪。清镜空馀白发添，新恨谁传红绫寄。溪涨岸痕，浪吞沙尾。　　老去情怀易醉。十二栏干慵遍倚。双凫人惯风流，功名万里。梦想浓妆碧云边，目断归帆夕阳里。何时送客，更临春水。

宝鼎现　筠翁李似之作此词见招，因赋其事，使歌之者想像风味，如到山中也

山庄图画，锦囊吟咏，胸中丘壑。年少日、如虹豪气，吐凤词华浑忘却。便袖手、向岩前溪畔，种满烟梢雾箨。想别墅平泉，当时草木，风流如昨。　　瘦藤闲倚看锄药。双芒鞋、雨后常著。目送处、飞

鸿灭没,谁问蓬嵩争燕雀。乍霁月、望松云南渡,短艇欹沙夜泊。
正万里青冥,千林虚籁,从渠缯缴。　　携幼尚有筹丁,谁会得、人
生行乐。岸帻纶巾归去,深户香迷翠幕。恐未免、上凌烟阁。好在
秋天鹗。念小山丛桂,今宵狂客,不胜杯勺。

祝　英　台　近

枕霞红,钗燕坠。花露殢云髻。粉淡香残,犹带宿醒睡。画檐红日
三竿,慵窥鸾鉴,长是倚、春风无力。　　又经岁。玉腕条脱轻松,
羞郎见憔悴。何事秋来,容易又分袂。可堪疏雨梧桐,空阶络纬,
背人处、偷弹珠泪。

朝中措 　次聪父韵

花阴如坐木兰船。风露正娟娟。翠盖匝庭芳影,青蛟平地飞涎。
　　春撩狂兴,香迷痛饮,中圣中贤。携取一枝同梦,从他五夜如
年。

　　　按此首别误作王之道词,见花草粹编卷四。

蝶　恋　花

窗暗窗明昏又晓。百岁光阴,老去难重少。四十归来犹赖早。浮
名浮利都经了。　　时把青铜闲自照。华髪苍颜,一任傍人笑。
不会参禅并学道。但知心下无烦恼。

又

燕去莺来春又到。花落花开,几度池塘草。歌舞筵中人易老。闭
门打坐安闲好。　　败意常多如意少。著甚来由,入闹寻烦恼。
千古是非浑忘了。有时独自掀髯笑。

沁园春 绍兴丁巳五月六夜,梦与一道人对歌数曲,遂成此词

神水华池,汞铅凝结,虎龙往来。问子前午后,阳销阴长,自然炉鼎,何用安排。灵宝玄门,烟萝真境,三日庚生兑户开。泥丸透,尽周天火候,平步仙阶。　　蓬莱。直上瑶台。看海变桑田飞暮埃。念尘劳良苦,流光易度,明珠谁得,白骨成堆。位极人臣,功高今古,总蹈危机吞祸胎。争知我,办青鞋布袜,雁荡天台。

又

敧枕深轩,散帙虚堂,畏景屡移。渐披襟临水,挤床就月,莲香拂面,竹色侵衣。压玉为醪,折荷当盏,卧看银潢星四垂。人归后,任饥蝉自啸,宿鸟相依。　　痴儿。莫蹈危机。悟三十九年都尽非。任纡朱拖紫,围金珮玉,青钱流地,白璧如坻。富贵浮云,身名零露,事事无心归便归。秋风动,正吴松月冷,莼长鲈肥。

按此首别见李弥逊筠溪乐府。

临江仙 送王叔济

玉立清标消晚暑,胸中一段冰壶。画船归去醉歌珠。微云收未尽,残月炯如初。　　鸳鹭行间催阔步,秋来乘兴凫趋。烦君为我问西湖。不知疏影畔,许我结茅无。

又 荼蘼有感

莺唤屏山惊睡起,娇多须要郎扶。荼蘼斗帐罢熏炉。翠穿珠落索,香泛玉流苏。　　长记枕痕销醉色,日高犹倦妆梳。一枝春瘦想如初。梦迷芳草路,望断素鳞书。

又　赵端礼重阳后一日置酒,坐上赋

十日篱边犹袖手,天教冷地藏香。王孙风味最难忘。逃禅留坐客,
度曲出宫妆。　　判却为花今夜醉,大家且泛鹅黄。人心休更问
炎凉。从渠簪鬓短,还我引杯长。

又　送宇文德和被召赴行在所

露坐榕阴须痛饮,从渠叠鼓频催。暮山新月两徘徊。离愁秋水远,
醉眼晓帆开。　　泛宅浮家游戏去,流行坎止忘怀。江边鸥鹭莫
相猜。上林消息好,鸿雁已归来。

醉落魄

浮家泛宅。旧游记雪溪踪迹。此生已是天涯隔。投老谁知,还作
三吴客。　　故人怪我疏髯黑。醉来犹似丁年日。光阴未肯成虚
掷。蜀魄声中,著处有春色。

又

绿枝红萼。江南芳信年年约。竹舆路转溪桥角。晴日烘香,的𣌾
疏篱落。　　玉台粉面铅华薄。画堂长记深罗幕。惜花老去情犹
著。客里惊春,生怕东风恶。

又

一枝冰萼。鬓云低度横波约。醉扶曾胃乌巾角。长是春来,肠断
宝钗落。　　罗衣乍怯香风薄。夜深花困遮垂幕。不堪往事寻思
著。休问尊前,客恶主人恶。

又

云鸿影落。风吹小艇欹沙泊。津亭古木浓阴合。一枕滩声，客睡何曾著。　　天涯万里情怀恶。年华垂暮犹离索。佳人想见猜疑错。莫数归期，已负当时约。

南歌子　中秋

凉月今宵满，晴空万里宽。素娥应念老夫闲。特地中秋著意、照人间。　　香雾云鬟湿，清辉玉臂寒。休教凝伫向更阑。飘下桂华闻早、大家看。

又

远树留残雪，寒江照晚晴。分明江上数峰青。倚槛旧愁新恨、一时生。　　春意来无际，归舟去有程。道人元自没心情。楚梦只因沉醉、等闲成。

又

玉露团寒菊，秋风入败荷。缭墙南畔曲池涡。天迥遥岑倒影、落层波。　　月转檐牙短，更传漏箭多。醉来归去意如何。只为地偏心远、惯弦歌。

又

桂魄分馀晕，檀香破紫心。高鬟松绾鬓云侵。又被兰膏香染、色沉沉。　　指印纤纤粉，钗横隐隐金。更阑云雨风帷深。长是枕前不见、媸人寻。

按此首别误作周邦彦词，见片玉集补抄。

卜算子 梅

的皪数枝斜,冰雪萦馀态。烛外尊前满眼春,风味年年在。　　老去惜花深,醉里愁多瞇。冷蕊孤芳底处愁,少个人人戴。

又

凉气入熏笼,暗影欹花砌。紫玉谁人三弄寒,细吹断、江梅意。　　花底湿春衣,隔坐风轻递。却笑笙箫缑岭人,明月偷垂泪。

又

风露湿行云,沙水迷归艇。卧看明河月满空,斗挂苍山顶。　　万古只青天,多事悲人境。起舞闻鸡酒未醒,潮落秋江冷。

又

芳信着寒梢,影入花光画。玉立风前万里春,雪艳江天夜。　　谁折暗香来,故把新笒泻。记得偎人并照时,鬓乱斜枝惹。

浣 溪 沙

曲室明窗烛吐光。瓦炉灰暖烛瓢香。夜阑茗碗间飞觞。　　坐稳蒲团凭柴几,熏馀纸帐掩梨床。个中风味更难忘。

又

一枕秋风两处凉。雨声初歇漏声长。池塘零落藕花香。　　归梦等闲归燕去,断肠分付断云行。画屏今夜更思量。

　　　按此首别误作王之道词,见花草粹编卷二。

又　王仲时席上赋木犀

翡翠钗头缀玉虫。秋蟾飘下广寒宫。数枝金粟露华浓。　　花底
清歌生皓齿，烛边疏影映酥胸。恼人风味冷香中。

又　武林送李似表

燕掠风樯款款飞。艳桃秾李闹长堤。骑鲸人去晓莺啼。　　可意
湖山留我住，断肠烟水送君归。三春不是别离时。

又

云气吞江卷夕阳。白头波上电飞忙。奔雷惊雨溅胡床。　　玉节
故人同壮观，锦囊公子更平章。榕阴归梦十分凉。

又

山绕平湖波撼城。湖光倒影浸山青。水晶楼下欲三更。　　雾柳
暗时云度月，露荷翻处水流萤。萧萧散髮到天明。

又

目送归州铁瓮城。隔江想见蜀山青。风前团扇仆频更。　　梦里
有时身化鹤，人间无数草为萤。此时山月下楼明。

又　蔷薇水

月转花枝清影疏。露华浓处滴真珠。天香遗恨罥花鬚。　　沐出
乌云多态度，晕成娥绿费工夫。归时分付与妆梳。

又 笃耨香

花气天然百和芬。仙风吹过海中春。龙涎沉水总销魂。　　清润
巧紫金缕细,氤氲偏傍玉脂温。别来长是惜馀熏。

又 范才元自酿,色香玉如,直与绿萼梅同调,宛然京洛气味也,因名曰萼绿春,且作一首。谑以窃尝为吹笙云

萼绿华家萼绿春。山瓶何处下青云。浓香气味已醺人。　　竹叶
传杯惊老眼,松醪题赋倒纶巾。须防银字暖朱唇。

又 戏简宇文德和求相香

花气蒸浓古鼎烟。水沉春透露华鲜。心清无暇数龙涎。　　乞与
病夫僧帐座,不妨公子醉茵眠。普熏三界扫腥膻。

又 求年例贡馀香

花气薰人百和香。少陵佳句是仙方。空教蜂蝶为花忙。　　和露
摘来轻换骨,傍怀闻处恼回肠。去年时候入思量。

又

残腊晴寒出众芳。风流勾引破春光。年年长为此花忙。　　夜久
莫教银烛爁,酒边何似玉台妆。冰肌温处觅馀香。

又

棐几明窗乐未央。熏炉茗碗是家常。客来长揖对胡床。　　蟹眼
汤深轻泛乳,龙涎灰暖细烘香。为君行草写秋阳。

又　书大同驿壁

榕叶桃榔驿枕溪。海风吹断瘴云低。薄寒初觉到征衣。　　岁晚
可堪归梦远,愁深偏恨得书稀。荒庭日脚又垂西。

柳 梢 青

清山浮碧。细风丝雨,新愁如织。慵试春衫,不禁宿酒,天涯寒食。
　　归期莫数芳辰,误几度、回廊夜色。入户飞花,隔帘双燕,有谁
知得。

又

小楼南陌。翠辂金勒,谁家春色。冷雨吹花,禁烟怯柳,伤心行客。
　　少年百万呼卢,拥越女、吴姬共掷。被底香浓,尊前烛灭,如今
消得。

醉 花 阴

紫枢泽笏趋龙尾。平入钧衡位。春殿听宣麻,争喜登庸,何似今番
喜。　　昆台宜有神仙裔。奕世貂蝉贵。玉砌长兰芽,好拥笙歌,
长向花前醉。

又

翠箔阴阴笼画阁。昨夜东风恶。芳径满香泥,南陌东郊,惆怅妨行
乐。　　伤春比似年时恶。潘鬓新来薄。何处不禁愁,雨滴花腮,
和泪胭脂落。
　　　按此首又见李弥逊筠溪乐府。

长 相 思 令

香暖帏。玉暖肌。娇卧嗔人来睡迟。印残双黛眉。　　虫声低。
漏声稀。惊枕初醒灯暗时。梦人归未归。

又

花下愁。月下愁。花落月明人在楼。断肠春复秋。　　从他休。
任他休。如今青鸾不自由。看看天尽头。

如梦令　七夕

雨洗青冥风露。云外双星初度。乞巧夜楼空，月妒回廊私语。凝
伫。凝伫。不似去年情绪。

又

潮退江南晚渡。山暗水西烟雨。天气十分凉，断送一年残暑。归
去。归去。香雾曲屏深处。

又

卧看西湖烟渚。绿盖红妆无数。帘卷曲栏风，拂面荷香吹雨。归
去。归去。笑损花边鸥鹭。

春 光 好

疏雨洗，细风吹。淡黄时。不分小亭芳草绿，映檐低。　　楼下十
二层梯。日长影里莺啼。倚遍阑干看尽柳，忆腰肢。

又

吴绫窄，藕丝重。一钩红。翠被眠时_{按"时"下原有"常"字，据汲古阁本芦川}按"时"下原有"常"字，据汲古阁本芦川词删要人暖，著怀中。　　六幅裙窣轻风。见人遮尽行踪。正按"正"原作"止"，据汲古阁本芦川词改是踏青天气好，忆弓弓。

虞 美 人

开残桃李春方到。谁送东风早。杖藜幽径踏馀花。却对绿阴青子、问年华。　　迢迢云水横清浅。不遣愁眉展。数竿修竹自横斜。犹有小窗朱户、似侬家。以上双照楼本芦川词卷上

> 按此下原有江神子"银涛无际卷蓬瀛"一首，乃叶梦得作，见苕溪渔隐丛话前集卷五十九引西清诗话，今不录。

青玉案　燕赵端礼堂成

华裾玉珥青丝鞚。记年少、金吾从。花底朝回珠翠拥。晓钟初断，宿醒犹带，绿锁窗中梦。　　天涯相遇鞭鸾凤。老去堂成更情重。月转檐牙云绕栋。凉吹香雾，酒迷歌扇，春笋传杯送。

又　再和

王孙陌上春风鞚。蕊珠宴、云轩从。归去笙歌常醉拥。蜡残花炬，月侵冰簟，惯作凉堂梦。　　玉人劝客钗斜凤。条脱擎杯腕嫌重。燕子入帘飞画栋。雨馀深院，漏催清夜，更轧秦筝送。

又　生朝

花王独占春风远。看百卉、芳菲遍。五福长随今日宴。粉光生艳，宝香飘雾，方响流苏颤。　　寿祺堂上修篁畔。乳燕双双贺新院。

玉斝明年何处劝。旌幢满路,貂蝉宜面,归觐黄金殿。

又　筠翁生朝

水芝香远摇红影。泛瑞霭、横山顶。缥缈笙歌云不定。玉钩斜挂,
素蟾初满,醉惬浮瓜冷。　　庭兰戏彩传金鼎。小袖青衫更辉映。
谁道筠溪归计近。秋风催去,凤池难老,长把中书印。

又　生朝

银潢露洗冰轮皎。谪仙下、蓬莱岛。帘卷横山珠翠绕。生朝香雾,
玳筵丝管,长醉壶天晓。　　金銮夜锁麻新草。入辅明光拜元老。
看取明年人总道。中兴贤相,太平时世,分外风光好。

又

月华冷沁花梢露。芳意恋、香肌住。心字龙涎饶济楚。素馨风味,
碎琼流品,别有天然处。　　围炉屈曲宜深坫。留取春光向朱户。
绿绮声中谁暗许。小窗归去,梦回犹记,金鼎分云缕。

又　贺方回所作,世间和韵者多矣。余经行松江,何啻百回,念欲下一转语,了无好怀。此来偶有得,当与吾宗椿老子载酒浩歌西湖南山间,写我滞思,二公不可不入社也

平生百绕垂虹路。看万顷、翻云去。山澹夕晖帆影度。菱歌风断,
袜罗尘散,总是关情处。　　少年陈迹今迟暮。走笔犹能醉时句。
花底目成心暗许。旧家春事,觉来客恨,分付疏篷雨。

点绛唇　丙寅秋社前一日溪光亭大雨作

山暗秋云,暝鸦接翅啼榕树。故人何处。一夜溪亭雨。　　梦入

新凉,只道消残暑。还知否。燕将雏去。又是流年度。

<h2 style="text-align:center">又</h2>

水驿凝霜,夜帆风驶潮生晓。酒醒寒悄。枕底波声小。　　好去
归舟,有个人风调。君行了。此欢应少。索共梅花笑。

<h2 style="text-align:center">又</h2>

春晓轻雷,采蘋洲上清明雨。乱云遮树。暗淡江村路。　　今夜
归舟,绿润红香处。遥山暮。画楼何许。唤取潮回去。

<h2 style="text-align:center">又</h2>

画阁深围,暖红光里芳林影。暗香成阵。上下花相映。　　倒挂
疏枝,月落参横冷。休装景。要人酒醒。除是花枝并。

<h2 style="text-align:center">又　生朝</h2>

嵩洛云烟,间生真相耆英裔。要知鲐背。难老中和气。　　报道
玉堂,已草调元制。华夷喜。绣裳貂珥。便向东山起。

<h2 style="text-align:center">又　呈洛滨、筠溪二老</h2>

清夜沉沉,暗蛩啼处櫩花落。乍凉帘幕。香绕屏山角。　　堪恨
归鸿,情似秋云薄。书难托。尽交寂寞。忘了前时约。

<h2 style="text-align:center">又</h2>

醉泛吴松,小舟谁怕东风大。旧时经过。曾向垂虹卧。　　月淡
霜天,今夜空清坐。还知么。满斠高和。只有君知我。

又

减塑冠儿,宝钗金缕双绥结。怎教宁帖。眼恼儿里劣。　　韵底
人人,天与多磨折。休分说。放灯时节。闲了花和月。

又

水鹢风帆,两眉只解相思皱。悄然难受。教我怎唧嚼。　　待得
书来,不管归时瘦。娇痴后。是事捆就。只这难依口。

虞　美　人

广寒蟾影开云路。目断愁来处。菊花轻泛玉杯空。醉后不知星
斗、乱西东。　　今宵入梦阳台雨。谁忍先归去。酒醒长是五更
钟。休念旧游吹帽、几秋风。

又

西郊追赏寻芳处。闻道冲寒去。雨肥红绽向南枝。岁晚才开应
是、恨春迟。　　天涯乐事王孙贵。花底还君醉。有人风味胜疏
梅。醉里折花归去、更传杯。

又

菊坡九日登高路。往事知何处。陵迁谷变总成空。回首十年秋
思、吹台东。　　西窗一夜萧萧雨。梦绕中原去。觉来依旧画楼
钟。不道木犀香撼、海山风。

渔家傲 题玄真子图

钓笠披云青嶂绕。橛头细雨春江渺。白鸟飞来风满棹。收纶了。

渔童拍手樵青笑。　　明月太虚同一照。浮家泛宅忘昏晓。醉眼
冷看城市闹。烟波老。谁能惹得闲烦恼。

又

楼外天寒山欲暮。溪边雪后藏云树。小艇风斜沙觜露。流年度。
春光已向梅梢住。　　短梦今宵还到否。苇村四望知何处。客里
从来无意绪。催归去。故园正要莺花主。

又　奉陪富公季申探梅有作

寒日西郊湖畔路。天低野阔山无数。路转斜冈花满树。丝吹雨。
南枝占得春光住。　　藉草携壶花底去。花飞酒面香浮处。老手
调羹当独步。须记取。坐中都是芳菲侣。

谒　金　门

鸳鸯渚。春涨一江花雨。别岸数声初过橹。晚风生碧树。　　艇
子相呼相语。载取暮愁归去。寒食烟村芳草路。愁来无着处。
　　按此首类编草堂诗馀卷一误作秦湛词。

又　道山亭饯张椿老赴行在

风露底按"底"原作"低"，从吴讷本芦川词。石上岸巾愁起。月到房心天似
水。乱峰清影里。　　此去登瀛须记。今夕道山同醉。春殿明年
人共指。玉皇香案吏。
　　按此首别又误入朱翌灊山集补遗。

又　送康伯桧

清光溢。影转画檐凉入。风露一天星斗湿。无云天更碧。　　　满

引送君何惜。记取吾曹今夕。目断秋江君到日。潮来风正急。

瑞　鹧　鸪

雏莺初啭斗尖新。双蕊花娇掌上身。总解满斟偏劝客,多生俱是
绮罗人。　　　回波偷顾轻招拍,方响底敲更合簧。豆蔻梢头春欲
透,情知巫峡待为云。

<h3>又 彭德器出示胡邦衡新句次韵</h3>

白衣苍狗变浮云。千古功名一聚尘。好是悲歌将进酒,不妨同赋
惜馀春。　　　风光全似中原日,臭味要须我辈人。雨后飞花知底
数,醉来赢取自由身。

好　事　近

老去更思归,芳草正薰南陌。上巳又逢寒食,叹三年为客。　吹
花小雨湿秋千,闲却好春色。天甚不怜人老,早教人归得。

又

梅润乍晴天,帘卷画堂风月。珠翠共迷香雾,是长年时节。　瑶
池清夜宴群仙,鸾笙未吹彻。西母醉中微笑,看蟠桃初结。

又

春色到花房,芳信一枝偏好。勾引万红千翠,为化工呈巧。　花
姑玉貌笑东风,今朝放春早。看取鬓边幡胜,永宜春难老。

又

斗帐炷炉熏,花露裛成芗泽。紫透雪儿金缕,醉玉壶春色。　非

烟菲雾锁窗中,王孙倦留客。不道粉墙南畔,也有人闻得。

怨 王 孙

小院春昼。晴窗霞透。把雨燕脂,倚风翠袖。芳意恼乱人多。暖
金荷。　　多情不分群葩后。伤春瘦。浅黛眉尖秀。红潮醉脸,
半掩花底重门。怨黄昏。

> **又** 绍兴乙丑春二月既望,李文中置酒溪阁。日暮雨
> 过,尽得云烟变态,如对营丘著色山。坐客有歌怨
> 王孙者,请予赋其情抱,叶子谦为作三弄,吹云裂
> 石,旁若无人,永福前此所未见也。老子于此,兴复
> 不浅

霁雨天迥。平林烟暝。灯闪沙汀,水生钓艇。楼外柳暗谁家。乱
昏鸦。　　相思怪得今番甚。寒食近。小研鱼笺信。屏山交掩,
微醉独倚栏干。恨春寒。

喜迁莺令 送何晋之大著兄趋朝,歌以侑酒

文倚马,笔如椽。桂殿早登仙。旧游册府记当年。衮绣合貂蝉。
　　庆天申,瞻玉座,鹓鹭正陪班。看君稳步过花砖。归院引金
莲。

又 呈富枢

云叶乱,月华光。罗幕卷新凉。玉醅初泛嫩鹅黄。花露滴秋香。
　　地行仙,天上相。风度世间人样。悬知洗盏径开尝。谁醉伴
禅床。

喜迁莺慢 鹿鸣宴作

雁塔题名,宝津赐宴,盛事簪绅常说。文物昭融,圣代搜罗,千里争

趋丹阙。元侯劝驾,乡老献书,发轫龟前列。山川秀,圜冠众多,无如闽越豪杰。　　姓标红纸,帖报泥金,喜信归来俱捷。骄马芦鞭醉垂,蓝绶吹雪。芳月素娥情厚,桂华一任郎君折。须满引,南台又是,合沙时节。

鹧　鸪　天

不怕微霜点玉肌。恨无流水照冰姿。与君著意从头看,初见东南第一枝。　　人散后,雪晴时。陇头春色寄来迟。使君本是花前客,莫怪殷勤为赋诗。

　　　　按此首又见叶梦得石林词。

忆　秦　娥

桃花萼。雨肥红绽东风恶。东风恶。长亭无寐,短书难托。
征衫辜负深闺约。禁烟时候春罗薄。春罗薄。多应消瘦,可忺梳掠。

明月逐人来　灯夕赵端礼席上

花迷珠翠。香飘罗绮。帘旌外、月华如水。暖红影里,谁会王孙意。最乐升平景致。　　长记宫中五夜,春风鼓吹。游仙梦、轻寒半醉。凤帏未暖,归去熏浓被。更问阴晴天气。

小　重　山

谁向晴窗伴素馨。兰芽初秀发,紫檀心。国香幽艳最情深。歌白雪,只少一张琴。　　新月冷光侵。醉时花近眼,莫频斟。薛涛笺上楚妃吟。空凝睇,归去梦中寻。

上 西 平

卧扁舟,闻寒雨,数佳期。又还是、轻误仙姿。小楼梦冷,觉来应恨我归迟。鬓云松处,枕檀斜、露泣花枝。 名利空萦系,添憔悴,谩孤恓。得见了,说与教知。偎香倚暖,夜炉围定酒温时。任他飞雪洒江天,莫下层梯。

春光好　为杨聪父侍儿切鲙作

花恨雨,柳嫌风。客愁浓。坐久霜刀飞碎雪,一尊同。 劳烦玉指春葱。未放箸、金盘已空。更与个中寻尺素,两情通。

又

寒食近,踏青时。画堂西。可是春来偏倦绣,乍生儿。 香绵轻拂胭脂。加文褓、初试班衣。消没工夫存问我,且怜伊。

清 平 乐

乱山深处。雪拥溪桥路。晓日乍明催客去。惊起玉鸦翻树。
翠衾香暖檀灰。一枝想见疏梅。凭仗东风说与,画眉人共春回。

又

明珠翠羽。小绾同心缕。好去吴松江上路。寄与双鱼尺素。
兰桡飞取归来。愁眉待得伊开。相见嫣然一笑,眼波先入郎怀。

菩 萨 蛮

天涯客里秋容晚。妖红聊戏思乡眼。一朵醉深妆。羞渠照鬓霜。
开时谁断送。不待司花共。有脚号阳春。芳菲属主人。

又　戏呈周介卿

拍堤绿涨桃花水。画船稳泛东风里。丝雨湿苔钱。浅寒生禁烟。
江山留不住。却载笙歌去。醉倚玉搔头。几曾知旅愁。

又　三月晦送春有集，坐中偶书

春来春去催人老。老夫争肯输年少。醉后少年狂。白髭殊未妨。
插花还起舞。管领风光处。把酒共留春。莫教花笑人。

又

雨馀翠袖琼肤润。一枝想像伤春困。老眼见花时。惜花心未衰。
酿成谁与醉。应把流苏缀。泪沁枕囊香。恼侬归梦长。

又　政和壬辰东都作

黄莺啼破纱窗晓。兰缸一点窥人小。春浅锦屏寒。麝煤金博山。
梦回无处觅。细雨梨花湿。正是踏青时。眼前偏少伊。

又

甘林玉蕊生香雾。游蜂争采清晨露。芳意著人浓。微烘曲室中。
春来瀛海外。沉水迎风碎。好事富馀熏。频分几缕云。

楼 上 曲

楼外夕阳明远水。楼中人倚东风里。何事有情怨别离。低鬟背立
君应知。　　东望云山君去路。断肠迢迢尽愁处。明朝不忍见云
山。从今休傍曲阑干。

又

清夜灯前花报喜。心随社燕凉风起。云路修成宝月时。东楼怅望君先归。　　沉瀣秋香生玉井。画檐深转梧桐影。看君西去侍明光。杯中丹桂一枝芳。

豆叶黄　唐腔也,为伯南赋早梅,复和韵

冰溪疏影竹边春。翠袖天寒炯暮云。雪里精神澹伫人。隔重门。宝粟生香玉半温。

又

疏枝冷蕊忽惊春。一点芳心入鬓云。风韵情知似玉人。笑迎门。香暖红炉酒未温。

满庭芳　寿

梁苑春归,章街雪霁,柳梢华蕚初萌。非烟非雾,新岁乐升平。京兆雍容报政,金狨过、九陌尘轻。朝回处,青霄路稳,黄色起天庭。　　东风。吹绿鬓,薄罗剪彩,小绾流莺。比渭滨甲子,尚父难兄。满泛椒觞献寿,斑衣侍、云母分屏。明年会,双衣对引,谈笑秉钧衡。

又　寿富枢密

韩国殊勋,洛都西内,名园甲第相连。当年绿鬓,独占地行仙。文彩风流瑞世,延朱履、丝竹喧阗。人皆仰,一门相业,心许子孙贤。　　中兴。方庆会,再逢甲子,重数天元。问千龄谁比,五福俱全。此去沙堤步稳,调金鼎、七叶貂蝉。香檀缓,杯传鹦鹉,新月正娟

娟。

又 为赵西外寿

玉叶联芳,天潢分润,寿筵长对熏风。间平襟度,濮邸行尊崇。忠
孝家传大雅,无喜愠、一种宽容。芝兰盛,彩衣嬉戏,亲睦冠西宗。
　　丝纶膺重寄,遥防迁美,本镇恩隆。应萱堂齐福,诞月仍同。
花蕊香浓气暖,凝瑞露、满酌金钟。龙光近,星飞驿马,宣入嗣王
封。

又

三十年来,云游行化,草鞋踏破尘沙。遍参尊宿,曾记到京华。衲
子如麻似粟,谁会笑、瞿老拈花。经离乱,青山尽处,海角又天涯。
　　今宵闲打睡,明朝粥饭,随分僧家。把木佛烧却,除是丹霞。
撞著门徒施主,蓦然个、喜舍由他。庐陵米,还知价例,毫髮更无
差。

瑞鹤仙 寿

倚格天峻阁。舞庭槐阴转,盆榴红烁。香风泛帘幕。拥霞裾琼珮,
真珠璎珞。华阳庆渥。诞兰房、流芳秀萼。有赤绳系足,从来相
门,自然媒妁。　　游戏人间荣贵,道要元微,水源清浊。长生大
药。彩鸾韵,凤箫鹤。对木公金母,子孙三世,妇姑为寿满酌。看
千龄,举家飞升,玉京更乐。

又 寿

喜西园放钥。对燕寝香润,棠阴寒薄。东风夜来恶。禁烟时天气,
莺啼花落。新晴共约。怕韶光、容易过却。把铜壶、缓浮金杯,禊

游行乐。　　　弦索。笙簧声里,还记兰房,正垂罗幕。初眠柳弱。梅如豆,玉如琢。向凤凰池上,鸳鸯影里,他年何啻紫橐。看流芳,继踵韦平,盛传巩洛。

瑶台第一层

宝历祥开飞练上,青冥万里光。石城形胜,秦淮风景,威凤来翔。腊馀春色早,兆钓璜、贤佐兴王。对熙旦,正格天同德,全魏分疆。

　　荧煌。五云深处,化钓独运斗魁旁。绣裳龙尾,千官师表,万事平章。景钟文瑞世,醉尚方、难老金浆。庆垂芳。看云屏间坐,象笏堆床。

又

江左风流钟间气,洲分二水长。凤凰台畔,投怀玉燕,照社神光。豆花初秀雨,散暑空、洗出秋凉。庆生旦,正圆蟾呈瑞、仙桂飘香。

　　肝肠。掞文摛锦,驾云乘鹤下鹓行。紫枢将命,紫微如绰,常近君王。旧山同梓里,荷月旦、久已平章。九霞觞。荐刀圭丹饵,衮绣朝裳。

望海潮　癸卯冬为建守赵季西赋碧云楼

苍山烟澹,寒溪风定,玉簪罗带绸缪。轻霭暮飞,青冥远净,珠星璧月光浮。城际踊层楼。正翠帘高卷,绿琐低钩。影落尊罍,气和歌管共清游。　　　　史君冠世风流。拥香鬟凭槛,雾鬓凝眸。银烛暖宵,花光照席,谯门莫报更筹。逸兴醉无休。赋探梅芳信,翻曲新讴。想见疏枝冷蕊,春意到沙洲。

又　为富枢生朝寿

麒麟图画，貂蝉冠冕，青毡自属元勋。绿野旧游，平泉雅咏，霞舒烟卷朝昏。风月小阳春。照玳筵珠履，公子王孙。雪度崧高，影横伊水庆生申。　　早梅长醉芳尊。况中兴盛际，宥密宗臣。琳馆奉祠，金瓯覆字，和羹妙手还新。光射紫微垣。看五云朝斗，千载逢辰。开取八荒寿域，一气转洪钧。

十　月　桃

年华催晚，听尊前偏唱，冲暖欺寒。乐府谁知，分付点化金丹。中原旧游何在，频入梦、老眼空潸。撩人冷蕊，浑似当时，无语低鬟。　　有多情多病文园。向雪后寻春，醉里凭阑。独步群芳，此花风度天然。罗浮淡妆素质，呼翠凤、飞舞斓斑。参横月落，留恨醒来，满地香残。

又　为富枢密

蟠桃三熟，正清霜吹冷，爱日烘香。小试芳菲，时候无限风光。洛滨老人星见，□按原无空格，据汲古阁本补少室、云物开祥。丹青万汇，熊兆昆台，风举朝阳。　　向元枢曾辅岩廊。记名著金瓯，位入中堂。梦熟钧天，屡惊颠倒衣裳。黄发更宜补衮，归去定、军国平章。管弦珠翠，兰玉簪缨，岁岁称觞。

感皇恩　寿

绿发照魁星，平康争看。锦绣肝肠五千卷。出逢熙运，早侍玉皇香案。禁涂扬历遍，纡宸眷。　　安养老成，十年萧散。天要中兴相公健。生朝开宴，长是通宵弦管。藕花香不断，南风远。

又 寿

年少太平时,名园甲第。谈笑雍容万钟贵。姚黄重绽,长对小春天气。绮罗丛里惯,今朝醉。　　台衮象贤,元枢虚位。壮岁青云自曾致。流霞麟脯,难老洛滨风味。谢公须再为,苍生起。

又 寿

荔子著花繁,清微庭院。贺厦双飞画梁燕。绮罗丛里,百和炉烟祝愿。愿从今日去,身长健。　　檀板竞催,榕阴初转。舞袖风前翠翘颤。明年开府,锡宴金钟宣劝。寿星朝北斗,君王眷。

又 寿

豹尾引黄幡,宣麻金殿。雨露恩浓自天遣。搢绅交誉,最乐至诚为善。信知宗姓喜,君王眷。　　宝炬密香,玉卮波滟。醉拥笙歌夜深院。西清班近,雅称元戎同燕。要看茅土相,貂蝉面。

夏云峰 丙寅六月为筠翁寿

涌冰轮,飞沆瀣,霄汉万里云开。南极瑞占象纬,寿应三台。锦肠珠唾,钟间气、卓荦天才。正暑,有祥光照社,玉燕投怀。　　新堂深处捧杯,乍香泛水芝,空翠风回。凉送艳歌缓舞,醉胃瑶钗。长生难老,都道是、柏叶仙阶。笑傲,且山中宰相,平地蓬莱。

千秋岁 寿

相门出相,和气浓春酿。传家冠珮云台上。庞眉扶寿杖。绿发披仙氅。星两两。泰阶已应升平象。　　玉砌兰芽长。定向东风赏。添彩袖,褰罗幌。丝簧俱妙手,珠翠争宫样。江海量。年年醉里翻新唱。

水龙吟 周总领生朝

水晶宫映长城,藕花万顷开浮蕊。红妆翠盖,生朝时候,湖山摇曳。珠露争圆,香风不断,普熏沉水。似瑶池侍女,霞裾缓步,寿烟光里。　　霖雨已沾千里。兆丰年、十分和气。星郎绿鬓,锦波春酿,碧筒宜醉。荷橐还朝,青毡奕世,除书将至。看巢龟戏叶,蟠桃著子,祝三千岁。

南乡子 寿

山寺辋川图。霜叶云林锦绣居。寿斝浮春珠翠拥,欢娱。满院流泉绕绮疏。　　道气自肤腴。几席轻尘一点无。天要耆英修相业,清都。已有泥书降玉除。

卷珠帘 寿

祥景飞光盈按"盈"字原缺,据汲古阁本补衮绣。流庆昆台,自是神仙胄。谁遣阳和放春透。化工重入丹青手。　　云璈锦瑟争为寿。玉带金鱼,共愿人长久。偷取蟠桃荐芳酒。更看南极星朝斗。

醉蓬莱 寿

对小春桃艳,曲室炉红,乍寒天气。七叶蕙开,应金章通贵。梦草银钩,灿花珠唾,是素来风味。满腹经纶,回天议论,昆台仙裔。　　秘殿升华,紫枢勋旧,退步真祠,简心端扆。迎日天元,听正衙宣制。尽洗中原,遍为霖雨,宴后堂歌吹。柏子千秋,丹砂九转,今宵长醉。

陇　头　泉

少年时,壮怀谁与重论。视文章、真成小技,要知吾道称尊。奏公车、治安秘计,乐油幕、谈笑从军。百镒黄金,一双白璧,坐看同辈上青云。事大谬,转头流落,徒走出修门。三十载,黄粱未熟,沧海扬尘。　　念向来、浩歌独往,故园松菊犹存。送飞鸿、五弦寓目,望爽气、西山忘言。整顿乾坤,廓清宇宙,男儿此志会须伸。更有几、渭川垂钓,投老策奇勋。天难问,何妨袖手,且作闲人。

天仙子　三月十二日,奉同苏子陪富丈访筠翁于旧居,
遂为杏花留饮。欢甚,命赋长短句,乃得天仙子,
写呈两公,末章并发一笑

楼外轻阴春澹伫。数点杏梢寒食雨。少年油壁记寻芳,梁苑路。今何处。千树红云空梦去。　　惊见此花须折取。明日满城传侍女。情知醉里惜花深,留春住。听莺语。一段风流天赋与。

鹊　桥　仙

靓妆艳态,娇波流盼,双靥横涡半笑。尊前烛畔粉生光,更低唱、新翻转调。　　花房结子,冰枝清瘦。醉倚香浓寒峭。雏莺新啭上林声,惊梦断、池塘春草。

渔　父　家　风

八年不见荔枝红。肠断故园东。风枝露叶新采,怅望冷香浓。　　冰透骨,玉开容。想筠笼。今宵归去,满颊天浆,更御泠风。

生　查　子

天生几种香,风味因花见。旖旎透香肌,仿佛飞花片。　　雨润惜

馀熏,烟断犹相恋。不似薄情人,浓淡分深浅。

减字木兰花

客亭小会。可惜无欢容易醉。归去更阑。细雨鸣窗一夜寒。
昏然独坐。举世疏狂谁似我。强拨炉烟。也道今宵是上元。

眼　儿　媚

萧萧疏雨滴梧桐。人在绮窗中。离愁遍绕,天涯不尽,却在眉峰。　　娇波暗落相思泪,流破脸边红。可怜瘦似,一枝春柳,不奈东风。

昭　君　怨

春院深深莺语。花怨一帘烟雨。禁火已销魂。更黄昏。　　衾暖麝灯落炧。雨过重门深夜。枕上百般猜。未归来。

夜　游　宫

半吐寒梅未拆。双鱼洗、冰澌初结。户外明帘风任揭。拥红炉,洒窗间原无“间”字,据汲古阁本补,闻霰雪。　　比去年时节。这心事、有人忺说。斗帐重熏鸳被叠。酒微醺,管灯花,今夜别。

杨柳枝 席上次韵曾颖士

深院今宵枕簟凉。烛花光。更筹何事促行觞。恼刚肠。　　老去一蓑烟雨里,钓沧浪。看君鸣凤向朝阳。且腰黄。

彩鸾归令 为张子安舞姬作

珠履争围。小立春风趁拍低。态闲不管乐催伊。整铢衣。　　　　粉融香润随人劝,玉困花娇越样宜。凤城灯夜旧家时。数他谁。

江 神 子

梦中北去又南来。饱风埃。鬓华衰。浮木飞蓬,踪迹为谁催。自笑自悲还自语,一杯酒,鼻如雷。　　晓舆行处觉春回。屑琼瑰。糁莓苔。病眼冲寒,欲闭又还开。水近人家篱落畔,遥认得,一枝梅。

按此首又见李弥逊筠溪乐府。

西江月　和苏庭藻

小阁劣容老子,北窗仍递南风。维摩丈室久空空。不与散花同梦。　　且作大真游戏,未甘金粟龙钟。怜君病后颊颧隆。识取小儿戏弄。

诉衷情　予儿时不知有荔子,自呼为红蕊。父母赏其名新,昔所未闻,殊尽形似之美。久欲记之而因循。比与诸公和长短句,故及之以诉衷情。盖里中推星球红、鹤顶红,皆佳品。海舶便风,数日可到

儿时初未识方红。学语问西东。对客呼为红蕊,此兴已偏浓。　　嗟白首,抗尘容。费牢笼。星球何在,鹤顶长丹,谁寄南风。

采桑子　奉和秦楚材史君荔枝词

华堂清暑榕阴重,梦里江寒。火齐星繁。兴在冰壶玉井栏。　风枝露叶谁新采,欲饱防悭。遗恨空槃。留取香红满地看。

菩萨蛮　送友人还富沙

山城何岁无风雨。楼台底事随波去。归棹望谯门。沙痕炯断云。

诗成空吊古。想像经行处。陵谷有馀悲。举觞浇别离。

又

微云红衬馀霞绮。明星碧浸银河水。攲枕画檐风。愁生草际蛩。
雁行离塞晚。不道衡阳远。归恨隔重山。楼高莫凭栏。

浣溪沙 咏木香

睡起中庭月未蹉。繁香随影上轻罗。多情肯放一春过。　　比似
雪时犹带韵,不如梅处却缘多。酒边枕畔奈愁何。

好 事 近

华烛炯离觞,山吐四更寒月。公子唾花枝玉,尽一时豪杰。　　三
冬兰若读书灯,想见太清绝。纸帐地炉香暖,傲一窗风月。

南 歌 子

玉斧修圆了,冰轮分外清。共看星向绣衣明。元是生朝为寿、对难
兄。　　鸿雁翻秋影,埙篪和笑声。他年中令彩衣荣。记取今宵
丹荔、醉瑶觥。

醉花阴 咏木犀

紫菊红萸开犯早。独占秋光老。酝造一般清,比著芝兰,犹自争多
少。　　霜刀剪叶呈纤巧。手捻迎人笑。云鬓一枝斜,小阁幽窗,
是处都香了。

点 绛 唇

小雨忺晴,坐来池上荷珠碎。倬眉浓翠。怎不交人醉。　　美盼

流觞,白鹭窥秋水。天然媚。大家休睡。笑倚西风里。

花心动　七夕

水馆风亭,晚香浓、一番芰荷新雨。簟枕乍闲,襟裾初试,散尽满天祥暑。断云却送轻雷去。疏林外、玉钩微吐。夜渐永,秋惊败叶,凉生亭户。　　天上佳期久阻。银河畔、仙车缥缈云路。旧怨未平,幽欢驻按此句原缺一字。汲古阁本“驻”上有一空格,恨入半天风露。绮罗人散金猊冷,醉魂到、华胥深处。洞户悄、南楼画角自语。

按此首又见李弥逊筠溪乐府。

蓦　山　溪

一番小雨,陡觉添秋色。桐叶下银床,又送个、凄凉消息。故乡何处,搔首对西风,衣线断,带围宽,衰鬓添新白。　　钱塘江上,冠盖如云积。骑马傍朱门,谁肯念、尘埃墨客。佳人信杳,日暮碧云深,楼独倚,镜频看,此意无人识。以上双照楼本芦川词卷下

西楼月　即春晓曲

瑶轩倚槛春风度。柳垂烟,花带露。半闲鸳被怯馀寒,燕子时来窥绣户。花草粹编卷一

按历代诗馀卷一误以此首为张元祥词。

存　目　词

调　名	首　句	出　处	附　　　　　注
江 神 子	银涛无际卷蓬瀛	芦川词卷上	叶梦得作,见苕溪渔隐丛话前集卷五十九
满江红断句	蝶粉蜂黄都退却	野客丛书卷二十四	周邦彦词,见片玉集卷二

调　名	首　　　句	出　　　处	附　　　　注
阿　那　曲	西楼月落鸡声急	词品卷一	朱敦儒词,见樵歌卷下
踏　莎　行	芳草平沙	词品卷三	元人张翥词,见蜕岩词卷下,附录于后
豆　叶　黄	轻罗团扇掩微羞	词林万选卷一	吕渭老词,见圣求词
惜　分　钗	春将半	又	又
鼓　笛　慢	拍肩笑别洪崖	又	又
阮　郎　归	长杨风软弄腰肢	花草粹编卷四	王之道词,见相山居士词

踏　莎　行

芳草平沙,斜阳远树,无情桃叶江头渡。醉来扶上木兰舟,将愁不去将人去。　　薄劣东风,夭斜落絮。明朝重觅吹笙路。碧云香雨小楼空,春光已到销魂处。

邓　肃

肃字志宏,沙县人。生于元祐六年(1091)。靖康元年(1126)赐进士第,召对,补承务郎。张邦昌僭位,奔赴南京,自鸿胪寺主簿,擢左正言。罢,主管江州太平观。绍兴三年(1133)卒,年四十二。有栟榈集。

瑞　鹧　鸪

北书一纸惨天容。花柳春风不敢秾。未学宣尼歌凤德,姑从阮籍哭途穷。　　此身已落千山外,旧事回思一梦中。何日中兴烦吉甫,洗开阴翳放晴空。栟榈先生文集卷二

临江仙 登泗州岭九首

带雨梨花看上马，问人底事匆匆。于飞有愿恨难从。大鹏抟九万，鹦鹉锁金笼。　　忽忽按"忽忽"原作"匆匆"，从四印斋本栟榈词便为千里隔，危岑已接高穹。回头那忍问前踪。家留烟雨外，人在斗牛中。

右一

百尺危楼初过雨，清风凛作轻寒。一声渔笛在云端。黄昏帘幕卷，新月半阑干。　　青翼不来音信断，云窗杳隔三山。何当携手便骖鸾。今宵同胜景，玉斝不留残。

右二

春雪一瓯扶醉玉，翩翩两腋生风。柳腰无力殢云踪。陈郎投辖意，分袂忍匆匆。　　白玉琢杯龙麝泛，瀼瀼天酒争浓。何妨一饮上青骢。晴空行夜月，缓辔水晶宫。

右三

剑水泠泠行碧玉，扁舟一叶吹风。玉人招手画桥东。浩歌随月去，春在小楼中。　　帘幕低垂围笃耨，雕觞笑捧春葱。谩将雨意作云浓。单于吹未彻，门外响玲珑。

右四

雨过荼蘼春欲放，轻寒约住馀芳。南园今日被朝阳。琼葩开万点，尘世满天香。　　百卉丛中红紫乱，玉肌自笑孤光。清风剪剪过纱窗。馀酲空一洗，不数寿阳妆。

右五

独宿禅房清梦断，鸡声唤起晨钟。出门晓月耿寒空。小池凝翡翠，
竹外跨飞虹。　　梅坞不知何处了，傍篱临水重重。啸歌都在冷
香中。人间那有此，天上广寒宫。

右六

夜饮不知更漏永，馀酣困染朝阳。庭前莺燕乱丝簧。醉眠犹未起，
花影满晴窗。　　帘外报言天色好，水沉已染罗裳。檀郎欲起趁
春狂。佳人嗔不语，劈面噗丁香。

右七

夜静黄云承宝袜，九疑人到羊家。蕊宫仙曲送流霞。东陵分玉井，
远胜隔荷花。　　绰约旗亭沾一笑，众惊食枣如瓜。画桥烟柳忽
翻鸦。醉鬟倾绿醑，参月共横斜。

右八

楼北楼南青不断，晴空总是春容。先来无处问郎踪。那堪风不定，
雨尽一窗红。　　初恨水中徒捉月，而今水月俱空。谩将雨意伴
云浓。临风千点泪，不到浙江东。

右九

浣溪沙 八首

雨入空阶滴夜长。月行云外借孤光。独将心事步长廊。　　深锁
重门飞不去，巫山何日梦襄王。一床衾枕冷凄香。

其　　二

傍竹柴门俯碧流。见人无语眼横秋。鸣机轧轧弄纤柔。　　定有
回文传窦子，何时银汉渡牵牛。归来风雨夜飕飕。

其　　三

宿雨潜回海宇春。晓风徐散日边云。熙熙人意一番新。　　破睡
海棠能媚客，舞风垂柳似招人。春衫归去马蹄轻。

其　　四

阑外彤云已满空。帘旌不动石榴红。谁将秋色到楼中。　　玛瑙
一泓浮翠玉，瓠犀终日凛天风。炎洲人到广寒宫。

其　　五

高会横山酒八仙。烟云不减九华妍。暖风琼树倚楼前。　　妙唱
一声尘暗落，靓妆四座玉相连。骖鸾何日共翩翩。

其　　六

二八佳人宴九仙。华堂清静鬭春妍。琼枝相倚妙无前。　　良夜
黄云来缥缈，东风碧酒意留连。花间蝶梦想翩翩。

其　　七

半醉依人落珥簪。天香不数海南沉。时倾秋水话春心。　　已觉
吹箫归碧落，从今禊饮笑山阴。金杯休惜十分深。

其 八

海畔山如碧玉簪。天涯消息叹鱼沉。赖逢倾国洗愁心。 莫为
世情生旅况,且因乐事惜光阴。明朝红雨已春深。

菩萨蛮 十首

隔窗瑟瑟闻飞雪。洞房半醉回春色。银烛照更长。罗屏围夜香。
玉山幽梦晓。明日天涯杳。倚户黯芙蓉。涓涓秋露浓。

又

萋萋欲遍池塘草。轻寒却怕春光老。微雨湿昏黄。梨花啼晚妆。
低垂帘四面。沉水环深院。太白困鸳鸯。天风吹梦长。

又

飞红欲带春风去。柳丝却织春风住。去住任春风。只愁尊俎空。
今朝鞭马去。又得高阳侣。半醉踏花归。霜蹄骄欲飞。

又

帘旌不动薰馀热。高堂谁送能言雪。一笑下人间。天风袭坐寒。
歌声云外去。句句苏仙语。曲罢一尊空。飘然欲驭风。

又

廉纤细雨连天远。纱窗不隔斜风冷。花柳自生春。无聊空闭门。
双双携手处。回首烟汀暮。嬉笑在高楼。知人牢落否。

又

垂杨袅袅腰肢软。寒溪练练琉璃浅。短艇卧吹风。生涯一叶中。
五湖须径去。何用若耶女。烟雨暝沙汀。花香唤酒醒。

又

腰肢欲趁杨花去。歌声能遏行云住。杯酒醉东风。羁愁一洗空。
谪仙清饮露。意在飞琼侣。未醉即求归。新词句欲飞。

又

归心谩逐飞云去。欢情却为芳菲住。翠袖拥香风。宁辞玉罋空。
主人承湛露。元是皋夔侣。早晚定遄归。商霖四海飞。

又　和李状元

骑鲸好向云端去。踏花偶为狂朋住。笑语凛生风。眼高四海空。
羊裘冲雨露。我是渔樵侣。已趁白鸥归。长江自在飞。

又

一心唯欲南园去。东山著意留难住。曾惯识追风。马群今已空。
金盘盛玉露。情绝鸳鸯侣。破贼凯还归。冲天看一飞。

南歌子　四首

竹影窥灯暗，泉声语夜长。小窗无梦到高唐。独引三杯长啸、步修廊。　月午衣衫冷，莲开风露香。阑干西角下银潢。我欲乘槎天上、泛寒光。

右一

皓月明腮雪,泠风乱鬓云。高楼帘幕夜生春。半醉依人秋水、欲斜
倾。　　晓雨双溪涨,归舟一叶轻。杳无青翼寄殷勤。目断烟波
渔火、又黄昏。

右二

云绕风前鬓,春开槛里妆。凤屏清昼蔼龙香。浅画娥眉新样、远山
长。　　比翼曾同梦,双鱼隔异乡。玉楼依旧暗垂杨。楼下落花
流水、自斜阳。

右三

驿畔争捋草,车前自喂牛。凤城一别几经秋。身在天涯海角、忍回
头。　　旅梦惊残月,劳生寄小舟。都人应也望宸游。早晚葱葱
佳气、满皇州。

右四

诉衷情　送李状元三首

乘鸾缥缈过三山。游戏下人间。金尊不辞频倒,春色上朱颜。
　　依暖玉,掠风鬟。语关关。惟愁漏短,雨散云飞,骑月空还。

其　　二

龙头一语定闽山。黄色上眉间。诏书促归金阙,玉带侍天颜。
　　拢象板,鞾宫鬟。唱阳关。从容禁闼,若念林泉,应寄书还。

其　　三

从来云雨过巫山。只托梦魂间。何如醉逢倾国,春到一瓢颜。　　歌窈窕,舞双鬟。掩云关。重城五鼓,月下西楼,不忍轻还。

长相思令　三首

一重山。两重山。山远天高烟水寒。相思枫叶丹。　　菊花开,菊花残。雁已西飞人未还。一帘风月闲。

按此首别误作李煜词,见类编草堂诗馀卷一。

又

一重溪。两重溪。溪转山回路欲迷。朱阑出翠微。　　梅花飞。雪花飞。醉卧幽亭不掩扉。冷香寻梦归。

又

红花飞。白花飞。郎与春风同别离。春归郎不归。　　雨霏霏。雪霏霏。又是黄昏独掩扉。孤灯隔翠帷。

西江月　二首

腊雪犹埋石巇,春风已入梅梢。冷香随马上琼瑶。不与时人同到。　　拍手恐惊星斗,高歌已在烟霄。醉呼玉女解金貂。笑问何如蓬岛。

　　　　　　　　　　右一

风荐荷香剪剪,月行竹影徐徐。微闻环佩过庭除。恐是阳台行雨。　　玉笋轻笼乐句,流莺夜转诗馀。酒酣风劲露凝珠。我欲骖鸾归去。

右二

生 查 子

执手两潸然,情极都无语。去马更匆匆,一息迷回顾。　　孤馆得村醪,一醉空离绪。酒醒却无人,帘外三更雨。

感 皇 恩

翠竹谩连云,天风不到。帘幕重重自热恼。冷香忽至,爱惜当同芝草。井花浮碧玉,炎威扫。　　酒渴想东邻,忧心如捣。纳履生疑谩悔懊。未容沈李,相对尊前倾倒。报君惟短句,琼琚好。

一剪梅 题泛碧斋

雨过春山翠欲浮。影落寒溪碧玉流。片帆乘兴挂东风,夹岸花香拥去舟。　　尊酒时追李郭游。醉卧烟波万事休。梦回风定斗杓寒,渔笛一声天地秋。

蝶恋花 代送李状元

执手长亭无一语。泪眼汪汪,滴下阳关句。牵马欲行还复住。春风吹断梨花雨。　　海角三千千叠路。归侍玉皇,那复回头顾。旌旆已因风月驻。何妨醉过清明去。

江 城 子

酒阑携手过回廊。夜初凉。月如霜。笑问木樨,何日吐天香。待插一枝归斗帐,和云雨,殢襄王。　　如今满目雨新黄。绕高堂。自芬芳。不见堂中,携手旧鸳鸯。已对秋光成感慨,更夜永,漏声

长。以上枅桐先生文集卷十一

谢明远

邓肃枅桐先生文集卷三有"次韵谢明远和"诗。

菩　萨　蛮

春风春雨花经眼。石泉槐火春容晚。流水自无情。回波聚落英。

　　问春何处去。春向天边住。举酒欲销愁。酒阑愁更愁。阳春
白雪卷一

踏　莎　行

楚树芊绵,江云芜漫。晓风吹堕梅千片。惊禽飞去响春空,平沙月
落光零乱。　　人意伤离,物华惊换。武夷此去如天远。临分为
我少留连,柳条独在江南岸。阳春白雪卷四

张　焘

焘字子功,德兴人。元祐七年(1092)生。宣和进士。官兵部侍郎。
以上疏力诋和议,忤秦桧,出知成都府。桧死,累迁参知政事。乾道二
年(1166)卒,谥忠定。

踏　莎　行

阳复寒根,气回枯杆。前村昨夜梅初绽。谁言造化没偏颇,半开何
独南枝暖。　　素艳幽轻,清香远散。雪中岂恨和羹晚。不知何
处误东君,至今不使春拘管。梅苑卷九

恨 欢 迟

淡薄情怀。浅缀胭脂。独占江梅。最好是、严凝苦寒天气,却是开
时。　　也不许、桃杏斗妍媸。也不许、雪霜相欺。又只恐、谁家
一声羌笛,落尽南枝。花草粹编卷五

　　按花草粹编此首原题张尚书撰。
　　又按此首别又误作张行信词,见金绳武本花草粹编卷九。

存　目　词

　　本书初版卷八十三有张焘雨中花慢"事往人离"一首,乃张生或任
昉作,见玉照新志卷一或绿窗新话卷下引古今词话。

姚述尧

　　　　述尧字进道,华亭(今江苏松江)人。号何山道人。卒于北宋。

青 玉 案

三年枕上吴中路。遣黄耳、随君去。君到松江呼小渡。莫惊鸥鹭,
四桥尽是,老子经行处。　　辋川图上看春暮。长记高人右丞句。
作个归期天已许。春衫犹是,小蛮针线,曾湿西湖雨。苕溪渔隐丛话
前集卷五十九引桐江诗话

　　按此首别又作苏轼词,见曾慥本东坡词卷下。别又作蒋璨词,见乐府雅词拾遗卷
　　上。阳春白雪卷五又作姚志道词。未知孰是。桐江诗话云姚进道作。

存　目　词

　　按历代诗馀卷四十四载姚进道青玉案"东风夜放花千树"一首,乃
辛弃疾作,见稼轩词甲集。

吕渭老

渭老一作滨老,字圣求,嘉兴人,宣靖间朝士。有圣求词。

薄　　幸

青楼春晚。昼寂寂、梳匀又懒。乍听得、鸦啼莺弄,惹起新愁无限。记年时、偷掷春心,花间隔雾遥相见。便角枕题诗,宝钗贳酒,共醉青苔深院。　　　怎忘得、回廊下,携手处、花明月满。如今但暮雨,蜂愁蝶恨,小窗闲对芭蕉展。却谁拘管。尽无言、闲品秦筝,泪满参差雁。腰支渐小,心与杨花共远。

望　海　潮

侧寒斜雨,微灯薄雾,匆匆过了元宵。帘影护风,盆池见日,青青柳叶柔条。碧草皱裙腰。正昼长烟暖,蜂困莺娇。望处凄迷,半篙绿水浸斜桥。　　　孙郎病酒无聊。记乌丝醉语,碧玉风标。新燕又双,兰心渐吐,嘉期趁取花朝。心事转迢迢。但梦随人远,心与山遥。误了芳音,小窗斜日对芭蕉。

按此首别又误作李纲词,见古今别肠词选卷四。

选　冠　子

雨湿花房,风斜燕子,池阁昼长春晚。檀盘战象,宝局铺棋,筹画未分还懒。谁念少年,齿怯梅酸,病疏霞盏。正青钱遮路,绿丝明水,倦寻歌扇。　　　空记得、小阁题名,红笺青制,灯火夜深裁剪。明眸似水,妙语如弦,不觉晓霜鸡唤。闻道近来,筝谱慵看,金铺长掩。瘦一枝梅影,回首江南路远。

又

风约晴云，花干宿露，帘幕万家清晓。青帘赛酒，小坞藏春，冶叶艳枝相照。羊驾小车，笑逐游人，远迷芳草。更红英飞舞，绣茵连接，雾台烟沼。　　年少日、细马戎鞯，红靴玉带，同指软尘西笑。珍珠戏掷，彩笔搜奇，不觉暮春莺老。谁见这迥，霜点鬒衰，事萦怀抱。诉一春心事，燕子周遮来了。

念奴娇 赠希文宠姬

暮云收尽，霁霞明、高拥一轮寒玉。帘影横斜房户静，小立啼红蔌蔌。素鲤频传，蕉心微展，双蕊明红烛。开门疑是，故人敲撼窗竹。　　长记那里西楼，小寒窗静，尽_{陆敕先校汲古阁本圣求词云："尽"字应衍}掩风筝鸣屋。泪眼灯光情未尽，尽觉语长更促。短短霞杯，温温罗帊，妙语书裙幅。五湖何日，小舟同泛春绿。

情　久　长

锁窗夜永，无聊尽作伤心句。甚近日、带红移眼，梨脸择雨。春心偿未足，怎忍听、啼血催归杜宇。暮帆挂、沉沉暝色，衮衮长江，流不尽、来无据。　　点检风光，岁月今如许。趁此际、浦花汀草，一棹东去。云窗雾阁，洞天晓、同作烟霞伴侣。算谁见、梅帘醉梦，柳陌晴游，应未许、春知处。

又

冰梁跨水，沉沉雾色遮千里。怎向我、小舟孤楫，天外飘逐_{陆校："逐"字疑应用韵。}夜寒侵短发，睡不稳、窗外寒风渐起。岁华暮、蟾光射雪，碧瓦飘霜，尘不动、寒无际。　　鸡咽荒郊，梦也无归计。拥绣

枕、断魂残魄,清吟无味。想伊睡起,又念远、楼阁横枝对倚。待归
去、西窗剪烛,小阁凝香,深翠幕、饶春睡。

满　江　红

晚浴新凉,风蒲乱、松梢见月。庭阴尽、暮蝉啼歇。萤绕井阑帘入
燕,荷香兰气供摇箑。赖晚来、一雨洗游尘,无些热。　　　心下事,
峰按原作"蜂"。陆校:"蜂"疑"峰"重叠。人甚处,星明灭。想行云应在,
凤凰城阙。曾约佳期同菊蕊,当时共指灯花说。据眼前、何日是西
风,凉吹叶。

又

笑语移时,风影乱、半帘寒日。鲜明是、晚来妆饰。共说西园携手
处,小桥深竹连苔色。到如今、梧叶染清霜,封行迹。　　　春未透,
梅先拆。人纵健,时难得。想明年虚过,上元寒食。数著佳期愁入
眼,雨珠零乱梨花湿。任翠鬟、欹侧背斜阳,鸣瑶瑟。

又

燕拂危樯,斜日外、数峰凝碧。正暗潮生渚,暮风飘席。初过南村
沽酒市,连空十顷菱花白。想故人、轻箑障游丝,闻遥笛。　　　鱼
与雁,通消息。心与梦,空牵役。到如今相见,怎生休得。斜抱琵
琶传密意,一襟新月横空碧。问甚时、同作醉中仙,烟霞客。

又　次杨子耕韵

山绕吴城,修竹外、满林围碧。任孤樯百丈,远牵江色。政简民闲
无一事,同游仍是鸳鸯按"鸯"原作"鸢",从陆校本客。到晚年、遗爱续新
题,都堪说。　　　修门赋,今谁续。痛饮士,天应惜。正彩霞垂岐,

暮风飘瑟。笑疾禅痴今在否,风灯石火同飘忽。去醉乡、深处著身
心,休铭栉。

醉　蓬　莱

任落梅铺缀,雁齿斜桥,裙腰芳草。闲伴游丝,过晓园庭沼。厮近
清明,雨晴风软,称少年寻讨。碧缕墙头,红云水面,柳堤花岛。

　　谁信而今,怕愁憎酒,对著花枝,自疏歌笑。莺语丁宁,问甚时重
到。梦笔题诗,帊绫封泪,向凤箫人道。处处伤心,年年远念,惜春
人老。

齐天乐 观竞渡

香红飘没明春水,寒食万家游舫。整整斜斜,疏疏密密,帘缬旗红
相望。江波荡漾。称彩舰龙舟,绣衣霞桨。舞楫争先,歌笑箫鼓乱
清唱。　　重来刘郎又老,对故园桃红<small>陆校:"对故园"下多二字</small>春晚,尽成
惆怅。泪雨难晴,愁眉又结,翻覆十年手掌。如今怎向。念舞板歌
尘,远如天上。斜日回舟,醉魂空舞飑。

沁　园　春

复把元宵,等闲过了,算来告谁。整二年三岁,尊前笑处,知他陪
了,多少歌诗。岂信如今,不成些事,还是无聊空皱眉。争知道,冤
家误我,日许多时。　　心儿。转更痴迷。又疑道、清明得共伊。
但自家晚夜,多方遣免,不须烦恼,雨月为期。用破身心,博些欢
爱,有后不成人便知。从来是,这风流伴侣,有分双飞。

满路花 同柳仲修在赵屯

西风秋日短,小雨菊花寒。断云低古木,暗江天。星娥尺五,佳约

误当年。小语凭肩处,犹记西园。画桥斜月阑干。　　鸟啼花落,春信遣谁传。尚容清夜梦、小留连。青楼何处,宝镜注婵娟。应念红笺事,微晕春山。背窗愁枕孤眠。

蓦　山　溪

韵高格妙。不数闲花草。向晚小梳妆,换一套、新衣始了。横钗整鬓,倚醉唱清词,房户静,酒杯深,帘幕明残照。　　扬州一梦,未尽还惊觉。自恁在心头,拈不出、何时是了。吴霜点鬓,春色老刘郎,云路远,晚溪横,谁见桃花笑。

又

元宵灯火。月淡游人可。携手步长廊,又说道、倾心向我。归来一梦,整整十年馀,人似旧,去无因,牵惹情怀破。　　章台杨柳,闻道无关锁。行客挽长条,悄不似、当初些个。而今休也,摇落任东风,但恣意,尽留情,我也知无那。

千　秋　岁

宝香盈袖。约腕金条瘦。裙儿细裥如肩皱。笑多簪珥侧,语小丝〔簧〕(篁)奏。洞房晚,千金未直横波溜。　　缘短欢难又。人去春如旧。枝上月,谁携手。宿云迷远梦,泪枕中残酒。怎奈向,繁阴乱叶梅如豆。

早　梅　芳　近

画帘深,妆阁小。曲径明花草。风声约雨,暝色啼鸦暮天杳。染眉山对碧,匀脸霞相照。渐更衣对客,微坐自轻笑。　　醉红明,金叶倒。恣看还新好。莹汪粉泪,滴烁波光射庭沼。犀心通密语,珠唱翻新调。陆校:"佳期"上脱一字佳期、定约秋陆校:"秋"下脱一字了。

醉 落 魄

明窗读易。时才人地俱超轶。偶然一堕槐安国。说利谈功,这事
怎休得。　　　何时置酒图书室。挥弦目送西飞翼。夜来已觉春笃
溢。月影三人,一醉旧相识。

又

纤鞋窄袜。红茵自称琵琶拍。明衣妆脸春梳掠。好好亭亭,那得
恁标格。　　　匆匆一醉霜华白。归来偏记蓝桥宅。五更残梦迷蝴
蝶。觑著花枝,只被绣帘隔。

惜分飞 元夕

白玉花骢金络脑。十里华灯相照。帘映春窈窕。雾香残腻桃花
笑。　　　一串歌珠云外裛。饮罢玉楼寒悄。归去城南道。柳梢猎
猎东风晓。

浣 溪 沙

烟柳濛濛鹊做巢。青青弱草带斜桥。莺声多在杏花梢。　　　逐伴
不知春路远,见人时著小词招。阿谁有分伴吹箫。

又

彩选骰儿隔袖拈。整钗微见玉纤纤。夜寒窗外更垂帘。　　　好事
灯花双作蕊,照人月影入斜檐。新愁日日座中添。

又

做得因缘不久长。惊风枝上偶成双。归来魂梦带幽香。　　灯下揉花春去早,竹间影月索归忙。十年前事费思量。

渔家傲　作浮图语送深上人游庐山

闻道庐山横广泽。晴空万顷波涛白。上有至人营窟宅。经游客。古今多是烟霞谪。　　一钵上人轻六翮。选场要射如来策。点化黄金非妙药。难堪酌。三生一口都吞却。

又

昨夜山空流石乳。道人妙手亲抇取。未欲凌云归洞府。清风举。大千一叶同掀舞。　　笑把须弥挝破鼓。东山云作西山雨。我欲住庵无拄斧。君相许。三更明月湖心午。

又

潦倒瞿昙饶口悄。拈花冤道头陀笑。鸡足山中眠未觉。谁知道。至今功业犹分剖。　　唇口周遮何日了。禅床四面藤萝绕。有个路头君试讨。梅花老。南园蝴蝶飞芳草。

又

高绊袈裟挑纸帔。一杯茶罢成行计。路入庐山风细细。轻弹指。百千三昧俱游戏。　　法椅何曾烧两臂。谁知纸上无穷意。欲识普贤真实际。蒭蒭地。小炉雪夜和衣睡。

又

顶上铁轮飞火焰。防身细按威神剑。体用双行谁敢觇。光闪闪。
何须更把茶林撼。　　衲子家风存古俭。一条栗柳如天埊。粥鼓
未鸣灯火暗。无恩念。断崖古木横藤篸。

又

落月杜鹃啼未了。粥鱼忽报千山晓。笠子盖头衣钵少。穿林表。
回头高刹空中小。　　官路旧多林木绕。露浓花蕊皆颠倒。渡水
登山排草草。庐山好。香炉峰下湖波渺。

思　佳　客

江上何人一笛横。倚楼吹得月华生。寒风堕指倾三弄,小市收灯
欲二更。　　持蟹股,破霜橙。玉人水调品篜筝。细看桃李春时
面,共尽玻璃酒一舼。

又

微点胭脂晕泪痕。更衣整鬓立黄昏。春风搅树花如雨,夕霭迷空
燕趁门。　　题往事,锦回纹。春心无定似行云。深屏绣幌空愁
独,明月梨花殢一尊。

好　事　近

别酒带愁酸,千里失群黄鹄。行到小桥梯下,便飞云南北。　　不
妨垂手小徘徊,日影转阑曲。从此贺囊佳制,有新奇题目。

又

飞雪过江来,船在赤栏桥侧。惹报布帆无恙,著两行亲札。　　从今日日在南楼,鬓自此时白。一咏一觞谁共,负平生书册。

又

年少万函书,朱紫只应低拾。更赖主人明眼,作青云梯级。　　归来应是印累累,箫鼓闹乡邑。若访老人生计,贩谢郎蓑笠。

又

云影护梅枝,短短未禁飞雪。彩幅自题新句,作催妆佳阕。　　西楼昨夜五更寒,恐一枝先发。元是素娥无寐,驾半轮明月。

又

小饮破清寒,坐久困花颓玉。两行艳衣明粉,听阿谁拘束。　　丽华百媚坐来生,仙韵动群目。一曲凤箫同去,倦人间丝竹。

天仙子　代人送希文

楼下辘轳横露井。楼上婵娟开晓镜。下楼难忘上楼时,风未定。帆不正。簌簌珍珠挥麈柄。　　眉上新愁吹不醒。别酒未斟歌未忍。雪中梅下定重来,烟暝暝。肠寸寸。莫放笛声吹落尽。

燕 归 梁

楼外东风杜宇声。双枕细眉颦。女郎番马小山屏。金笼冷、梦魂惊。　　起来重绾双罗髻,无个事、泪盈盈。杨花蝴蝶乱分身。飞不定、暮云晴。

小重山　七夕病中

半夜灯残鼠上檠。上窗风动竹，月微明。梦魂偏记水西亭。琅玕
碧，花影弄蜻蜓。　　　千里暮云平。南楼催上烛，晚来晴。酒阑人
散斗西倾。天如水，团扇扑流萤。

河　传

斜红照水。似晴空万里。明霞相倚。逐伴笑歌，小立绿槐阴里。
诮没些，春气味。　　　纷纷觑著闲桃李。浅浅深深，不满游人意。
幽艳一枝，向晚重帘深闭。是青君、爱惜底。

清平乐　上元赵仲能窗下

水瓶石砚。败壁蜗书篆。窗下日舒缝衲线。屋角晚风飞霰。
上元灯火佳时。长廊语笑追随。高卧一番纸帔，觉来月贯南枝。

握　金　钗

风日困花枝，晴蜂自相趁。晚来红浅香尽。整顿腰肢晕残粉。弦
上语，梦中人，天外信。　　　青杏已成双，新尊荐樱笋。为谁一和
销损。数著佳期又不稳。春去也，怎当他，清昼永。

又

向晚小妆匀，明窗倦裁剪。见花清泪遮眼。开尽繁桃又春晚。心
下事，比年时，都较懒。　　　胡蝶入帘飞，郎声似莺啭。见来无计
拘管。心似芭蕉乍舒展。归去也，夕阳斜，红满院。

南　歌　子

策杖穿荒圃,登临笑晚风。无穷秋色蔽晴空。遥见夕阳江上、卷飞蓬。　　雁过菰蒲远,山遥梦寐通。一林枫叶堕愁红。归去暮烟深处、听疏钟。

又

远色连朱阁,寒鸦噪夕阳。小炉温手酌鹅黄。掩乱一枝清影、在寒窗。　　念远歌声小,嗔归泪眼长。纤腰今属冶游郎。朝暮楚宫云雨、恨茫茫按"茫茫"原作"忙忙",从朱居易校圣求词。

蝶　恋　花

风洗游丝花皱影。碧草初齐,舞鹤闲相趁。短梦乍回慵理鬓。惊心忽数清明近。　　逐伴强除眉上恨。趁蝶西园,不觉鞋儿褪。醉笑眼波横一寸。微微酒色生红晕。

又

花色撩人红入眼。可是东君,要得人肠断。欲诉深情春不管。风枝雨叶空撩乱。　　谩插一枝飞一盏。小赏幽期,破我平生愿。珍约未成春又短。但凭蝴蝶传深怨。

品　令

绣衣未整。傍窗格、临清镜。新霜薄雾,这下几日,阴晴不定。欲插黄花,心事又还记省。　　去年香径。共粉蝶、闲相趁。宝香玉珮,暗解付与,多情荀令。何日西楼,重见暮帆烟艇。

祝 英 台

宝蟾明,朱阁静,新燕近帘语。还记元宵,灯火小桥路。逢迎春笋
柔微,凌波纤稳,诮不顾、斗斜三鼓。　　甚无据。谁信一霎是春,
莺声留不住。柳色苔痕,风雨暗花圃。细看罗带银钩,绡巾香泪,
算不枉、那时分付。

水调歌头　十月初十日,同周元发谒姚氏昆季,多不
遇。因与说道小饮,出其兄进道作水调歌头一
韵,几二十首,读之,殆不胜情。次其韵作一篇,
怀其人,亦以赠元发、说道

扁舟思独往,樯影划晴烟。要伴人随明月,踏破水中天。谁信骑鲸
高逝,空对笔端风雨,如泛楚江船。老子穷无赖,端欲把降竿。

白蘋汀,归老计,似高闲。平生爱我,一言相置二刘间。准拟何
山松桂,折足铛能安稳,芋火对阑残。何必少林语,立雪问心安。

又　明日,纯中以酒见贶,约即见过。徘徊江上,久不
至,复次其韵

江湖堪极目,非雾亦非烟。故人相见,纵横高义薄云天。已具蒦尊
茗话,怅望云中江树,不见子猷船。日色隐林表,十里认帆竿。

百年间,无个事,且安闲。功名两字,茫然都堕有无间。且尽身
前一醉,休问古来今往,及取菊花残。仙事占无据,竹帛笑刘安。

又　壬寅九月,谒季修,题其书室壁曰秋斋梦谒,复以进
道韵续之

秋斋多梦谒,舌本欲生烟。独步一庭明月,雁字已横天。作个生涯
不遂,松竹雨荒三径,却忆五湖船。小阮贫尤甚,犊鼻挂长竿。

白鸥汀，风共水，一生闲。横琴唤鹤，要携妻子老云间。灯火荧荧深夜，高卧南窗折几，杯到不留残。莫遣江湖手，遮日向长安。

又　壬寅十月二十四日饮少酒径醉，拥案而寝。中夜酒
　　醒，次其韵，作一篇

心肝皆锦绣，落笔尽云烟。诗狂酒兴，要骑赤鲤上青天。织女回车相劳，指点虚无征路，翻动月明船。举手谢同辈，岂复念渔竿。

我平生，心正似，白云闲。衣冠污我，偶逢游戏到人间。常念孤云高妙，若作辘轳俯仰，谁复食君残。拜尘金谷辈，都是卧崇安。

又　哭进道。"飞桥自古双溪合，桤柳如今夹岸垂"。么
　　金店别业诗

诗人翻水尽，寂寞五侯烟。醉魂何在，应骑箕尾列青天。记得平生谈笑，夹岸手栽杨柳，同泛夜深船。溪水还依旧，深浅半青竿。

小神仙，殷七七，许闲闲。黄粱未熟，经游都在梦魂间。我厌嚣尘浊味，几欲凌云羽化，鸡犬不留残。俗事丹砂冷，且抱一枝安。

又　陈性孺不相见十年矣。今在云间，欲〔襆〕（撲）被访
　　之。大病，遂已。次其韵而寄之

暮云遮远眼，叠叠入青烟。十年不见，醯鸡同舞瓮中天。闻道山阴回棹，相去都无百里，李郭可同船。行止皆天意，端欲自操竿。

功名事，须早计，真安闲。高才妙手，不当留意市廛间。俄已山林长往，尘面时时拂镜，齿髪甚衰残。廊庙非吾事，茅屋且安安。

又　与小饮

抚床多感慨，白髪困风烟。出门有碍，更堪寒暮雪飞天。君弃一盂一衲，奔走五湖清海，杯度不乘船。来访山中友，□□□□竿。

看人间,谁得似,谪仙闲。生涯不问,留情多在酒杯间。剪烛西
风谈笑,零落一尊相对,不觉已更残。回首功名事,笺记谢任安。

又　送季修同希文去秀

十年禅榻畔,风雨飏茶烟。跳丸日月,未甘白髪困尧天。江左风流
才子,要伴江湖张翰,同泛洛阳船。酌酒情无尽,海燕绕船竿。

逼人来,功业事,不教闲。男儿三十,定当谈笑在堂间。老子婆
娑贫态,闭户长鬜赤脚,他日要分残。禹浪桃花影,归棹正轻安。

何山道人水调歌头二十首一韵,余和之,计前后凡八首。道人之语,如谢康乐诗,
出水芙蓉,自然可爱,余诚不足以继其后。呜呼,道人死矣,仙耶人耶,皆不知。
俟如其数,焚香烧以与之。魂如有灵,当凌云一笑。

江　城　子

晓参垂户宿醒按“醒”原作“醒”,从陆校本醒。坐南亭。对疏星。点点萤
光,偏向竹梢明。望断长空何处是,云叶乱,彩霞横。　　西楼依
旧抱重城。小银屏。此时情。鸦阵翻丛,枯柳两三声。欹枕欲寻
初夜梦,鸡唱远,晓蟾倾。

又

闻君见影已堪怜。短因缘。偶同筵。相见无言,分散倍依然。做
梦杨花随去也,妆阁畔,绣床前。　　觉来离绪意绵绵。写蛮笺。
情谁传。鱼雁悠悠,门外水如天。欲上西楼还不忍,难著眼,望秋
千。

水龙吟　寄竹西

五湖春水茫茫,梦魂夜逐杨花去。汀花岸草,佳人微笑,眼波横注。
借问刘郎,心期则甚,一成无据。自春来泪满,捼蓝袖口,没整顿,

心情处。　　闻道相如病渴,念文君、白头新句。相思两地,无穷烟水,一庭花雾。锦字藏头,织成机上,一时分付。问他年,更有微云淡月,重来分否。

减字木兰花

雨帘高卷。芳树阴阴连别馆。凉气侵楼。蕉叶荷枝各自秋。
前溪夜舞。化作惊鸿留不住。愁损腰肢。一桁香销旧舞衣。

又

明眸巧笑。坐久更宜灯烛照。小醉辞归。怀抱明明只自知。
琐窗重见。桃李春风三月面。怎不思量。折柳孤吟断杀肠。

江 城 子 慢

新枝媚斜日。花径霁、晚碧泛红滴。近寒食。蜂蝶乱、点检一城春色。倦游客。门外昏鸦啼梦破,春心似、游丝飞远碧。燕子又语斜檐,行云自没消息。　　当时乌丝夜语,约桃花时候,同醉瑶瑟。甚端的。看看是、榆角杨花飞掷。怎忘得。斜倚红楼回泪眼,天如水、沉沉连翠壁。想伊不整啼妆影帘侧。

如 梦 令

百和宝钗香珮。短短同心霞带。清镜照新妆,巧画一双眉黛。多态。多态。偷觑榴花窗外。

极 相 思

拂墙花影飘红。微月辨帘栊。香风满袖,金莲印步,狭径迎逢。
　　笑靥乍开还敛翠,正花时、却恁西东。别房初睡,斜门未锁,且更从容。

又

西园鬥草归迟。隔叶啭黄鹂。阑干醉倚,秋千背立,数遍佳期。

　　寒食清明都过了,趁如今、芍药蔷薇。衩衣吟露,归舟缆月,方解
开眉。

贺新郎　别竹西

斜日封残雪。记别时、檀槽按舞,霓裳初彻。唱煞阳关留不住,桃
花面皮似热。渐点点、珍珠承睫。门外潮平风席正,指佳期、共约
花同折。情未忍,带双结。　　钗金未断肠先结。下扁舟、更有暮
山千叠。别后武陵无好梦,春山子规更切。但孤坐、一帘明月。蚕
共茧、花同蒂,甚人生要见,底多离别。谁念我,泪如血。

浪　淘　沙

倚枕数更筹。清夜悠悠。竹风荷露小窗秋。往事迷人浑不省,总
是离愁。　　无赖是横眸。济楚风流。一时搂揽著心头。调数梦
魂将我去,明月重楼。

思　佳　客

深夜槐风析醒惺。露荷凉气满西庭。凭栏小语花梢月,缓步偷拈
石上萤。　　秋意早,暑衣轻。殢人索酒复同倾。大家沉醉还高
枕,一任西楼报五更。

二　郎　神

西池旧约。燕语柳梢桃萼。向紫陌、秋千影下,同绾双双凤索。过

了莺花休则问,风共月、一时闲却。知谁去、唤得秋阴,满眼败垣红叶"得"字"垣"字原缺,从明钞本补。　　飘泊。江湖载酒,十年行乐。甚近日、伤高念远,不觉风前泪落。橘熟橙黄堪一醉,断未负、晚凉池阁。只愁被、撩拨春心,烦恼怎生安著。

百　宜　娇

隙月垂筵,乱蛩催织,秋晚嫩凉房户。燕拂帘旌,鼠窥窗网,寂寂飞萤来去。金铺镇掩,谩记得、花时南浦。约重阳、莫惨菊英,小楼遥夜歌舞。　　银烛暗、佳期细数。帘幕渐西风,午窗秋雨。叶底翻红,水面皱碧,灯火裁缝砧杵。登高望极,正雾锁、官槐归路。定须相将,宝马钿车,访吹箫侣。

醉　思　仙

断人肠。正西楼独上,愁倚斜阳。称鸳鸯鸂鶒,两两池塘。春又老,人何处,怎惯陆校:"怎惯"上脱一字不思量。到如今,瘦损我,又还无计禁当。　　小院呼卢夜,当时醉倒残缸。被天风吹散,凤翼难双。南窗雨,西廊月,尚未散、拂天香。听莺声,悄记得,那时舞板歌梁。

眼　儿　媚

晓钗催鬓语南风。碧涧小桥通。榆阴短短,露光炯炯,满地花红。　　天涯不见归帆影,蜂蝶尽西东。宿醒渐解,残妆犹在,晓日帘栊。

又

循槛琅玕粉沾衣。一片子规啼。蓬壶梦短,蜀衾香远,愁损腰肢。

石城堂上双双燕,应傍莫愁飞。春江艇子,雪中梅下,知与谁期。

梦 玉 人 引

上危梯尽,尽_{陆校:下"尽"字应误}画阁迥,昼帘垂。曲水飘香,小园莺唤春归。舞袖弓弯,正满城、烟草凄迷。结伴踏青,趁蝴蝶双飞。

　　赏心欢计,从别后、无意到西池。自检罗囊,要寻红叶留诗。懒约无凭,莺花都不知。怕人问,强开怀、细酌酴醾。

倾 杯 令

枫叶飘红,莲房肥露,枕席嫩凉先到。帘外蟾华如扫。枝上啼鸦催晓。　　秋风又送潘郎老。小窗明、疏萤浅照。登高送远惆怅,白髪至今未了。

又

隔座藏钩,分曹射覆_{按"射覆"原作"覆射",陆校:"覆射"应倒},烛艳渐催三鼓。筝按教坊新谱。楼外月生_{原作"上",陆校:"上"应"生"}春浦。
徘徊争忍忙归去。怕明朝、无情风雨。珍花美酒团坐,且作尊前笑侣。

生 查 子

摊钱临小窗,扑蝶穿斜径。醉戏晚风前,吹乱连枝影。　　别来秋夜长,梦到金屏近。肠断一声鸡,残月悬朝镜。

又

裙长步渐迟,扇薄羞难掩。鞋褪倚郎肩,问路眉先敛。　　踏青南陌回,倚醉开娇靥。今夜更同行,忍笑匀妆脸。

又

双鬟绿髪齐,多笑蔫红落。穿竹过西斋,问字时偷学。　　娇慵不
惯羞,同倚阑干角。屈指数元宵,灯火堪行乐。

扑蝴蝶近

分钗绾髻,洞府难分手。离舫短闋,啼痕冰舞袖。马嘶霜滑,桥横
路转,人依古柳。晓色渐分星斗。　　怎分剖。心儿一似,倾入离
愁万千斗。垂鞭伫立,伤心还病酒。十年梦里婵娟,二月花中豆
蔻。春风为谁依旧。

又

风荷露竹,秋意侵疏鬓。微灯曲几,有帘通桂影。乍凉衣著,轻明
微醉,歌声听按"听"上原有"审"字,陆校:应衍"审"字稳。新愁殢人方寸。
　　怎不闷。当初欲凭,燕翼西飞寄归信。小窗睡起,梁间都去
尽。夜长旅枕先知,秋杪黄花渐近。一成为伊销损。

一落索

蝉带残声移别树。晚凉房户。秋风有意染黄花,下几点、凄凉雨。
　　渺渺双鸿飞去。乱云深处。一山红叶为谁愁,供不尽、相思
句。

又

宫锦裁书寄远。意长辞短。香兰泣露雨催莲,暑气昏池馆。
向晚小园行遍。石榴红满。花花叶叶尽成双,浑似我、梁间燕。

又

鸟散馀花飞舞。满地风雨。长江衮衮接天流,夜送征帆去。
今夜行云何处。断肠南浦。残灯不剪五更寒,独自与、馀香语。

谒金门 甲子年同寅伯题于壁

人已老。春亦不留些少。花尽叶长蚕又抱。子规啼未了。　　往
事不论多少。且向尊前一笑。白髮满头愁已到。路长波渺渺。

鼓　笛　慢

拍肩笑别洪崖,共看紫海还清浅。蓬壶旧约,人间舒笑,桃红千遍。
去岁争春,今年逼腊,满空飘霰。渐横枝照水,清绿弄日,都点缀、
江南岸。　　须吸百川为寿,卷恩波、已倾银汉。戎袍拥戟,万钉
围带,天孙新眷。十里尘香,五更弦月,未收弦管。正秦筝续谱,宫
箫定拍,候来冬按。

　　按词林万选卷一此首误作张元幹词。

西 江 月 慢

春风淡淡,清昼永、落英千尺。桃杏散平郊,晴蜂来往,妙香飘掷。
傍画桥、煮酒青帘,绿杨风外,数声长笛。记去年、紫陌朱门,花下
旧相识。　　向宝帕、裁书凭燕翼。望翠阁、烟林似织。闻道春衣
犹未整,过禁烟寒食。但记取、角枕情题,东窗休误,这些端的。更
莫待、青子绿阴春事寂。

思佳客 竹西从人去数年矣,今得归,偶以此烦全美达
　　之

曾醉扬州十里楼。竹西歌吹至今愁。燕衔柳絮春心远,鱼入晴江
水自流。　　情渺渺,梦悠悠。重寻罗带认银钩。挂帆欲伴渔人
去,只恐桃花误客舟。

又 全美久不通,偶伯禧去,间录前所赋,复作一首

薄薄山云欲湿花。双双燕子入帘斜。西楼尚记垂垂雪,酌酒犹残
片片霞。　　人已远,鬓成华。小楼疏竹宅谁家。试凭去雁通消
息,仙子当乘八月槎。

夜游宫 生日代人献江宰

帘外繁霜未扫。楼角动、玉绳横晓。百和交焚瑞烟绕。霁霞明,画
屏深,天渺渺。　　喜色连池沼。荐眉寿、玉儿娇小。早晚除书下
天表。日初长,莫等闲,孤一笑。

浣　溪　沙

风扫长林雪压枝。纷纷冻鹊傍帘飞。一尊聊作破寒威。　　春意
正愁梅漏泄,客情尤怕病禁持。曲阑干外日初迟。

南　歌　子

片片云藏雨,重重雾隐山。可怜新月似眉弯。今夜断肠凝望、小楼
寒。　　梦断云房远,书长蜡炬残。夜妆应罢短屏间。都把一春
心事、付梅酸。

如　梦　令

珠阁雨帘高卷。望断碧梧墙院。短梦有幽寻,晓枕一峰云乱。谁
见。谁见。风散菊英千片。

浣　溪　沙

微绽樱桃一颗红。断肠声里唱玲珑。轻罗小扇掩酥胸。　　惹鬟
蛛丝新有喜,窥窗月彩旧相从。清宵一醉许谁同。

浪　淘　沙

凉露洗秋空。菊径鸣蛩。水晶帘外月玲珑。烛蕊双悬人按"人"字原
脱,从明钞本补似玉,簌簌啼红。　　宋玉在墙东。醉袖摇风。心随
月影入帘栊。戏著锦茵天样远,一段愁浓。

醉　桃　源

椶香新染砑红绫。腰肢瘦不胜。合欢小幌掩馀酲。芙蓉入梦频。
　　山不尽,水无情。锦河隔锦茵。刘郎仙骨未应轻。桃花已误
人。

思　佳　客

梦里相逢不记时。断肠多在杏花西。微开笑语兜鞋急,远有灯光
掠鬓迟。　　辞按"辞"原作"乱",从陆校本永夜,失深期。一枝黄菊对
伤悲。夜凉窗外闻裁剪,应熨沉香制舞衣。

小　重　山

雨洗檐花湿画帘。知他因甚地,瘦厌厌。玉人风味似冰蟾。愁不

见,烟雾晓来添。　　烦恼旧时谙。新来一段事,未心甘。满怀离绪过春蚕。灯残也,谁见我眉尖。

柳　梢　青

远帘笼月。谁见南陌,子规啼血。萸糁菊英,整冠落帽,一时虚说。　　五湖自有深期,曾指定、灯花细说。燕子巢空,秋鸿程远,音书中绝。

卜　算　子

云破月高悬,照我双双泪。人在朱桥转曲西,翠幕重重闭。　　要见索商量,见了还无计。心似长檠一点灯,到晓清清地。

又

眉为占愁多,镇日长长敛。试问心中有底愁,泪早千千点。　　莫唱短因缘,缘短犹伤感。谁信萧郎是路人,常有深深念。

又

一日抵三秋,半月如千岁。自夏经秋到雪飞,一向都无计。　　续续说相思,不尽无穷意。若写幽怀一段愁,应用天为纸。

又

得酒解愁烦,多病还疏酒。本是多情失意人,此味如何受。　　沉醉且高歌,不饮心常有。守著残灯鬥著眉,怎不腰肢瘦。

如　梦　令

多谢西池桃李。伴我一春沉醉。能有儿多香,陪了一江来泪。憔悴。憔悴。又是落花铺地。

木 兰 花 慢

石榴花谢了,正荷叶、盖平池。试玛瑙杯深,琅玕簟冷,临水帘帷。知他故人甚处,晚霞明、断浦柳枝垂。唯有松风水月,向人长似当时。　　依依。望断水穷,云起处、是天涯。奈燕子楼高,江南梦断,虚费相思。新愁暗生旧恨,更流萤、弄月入纱衣。除却幽花软草,此情未许人知。

又　重午

对修篁万个,更疏雨、洗琅玕。望燕外晴丝,鸥边水叶,胡蝶成团。榴红劝人把酒,泛菖蒲、对客不成欢。金缕新番彩索,始知今岁衣宽。　　年年。此日青楼,花缺处、倚阑干。记小扇清歌,蛮笺妙墨,不觉更残。可怜旧游似梦,向人人、未减一枝兰。纵有千金莫惜,大家沉醉花间。

又　七夕

桂乡云万缕,更飞雨、洗香车。念密会经年,银潢浪阻,玉露期赊。灵星瑞桥对展,散匆匆、喜色满天涯。回首丁宁晓角,未宜吹动梅花。　　家家。竞赏彩茸,穿桂影、醉流霞。渐舞袖翻鸾,歌声缀凤,钗影交加。人间共饶宴乐,算天孙、怎忍遣河斜。莫惜西楼剪烛,大家同到啼鸦。

恋 香 衾

记得花阴同携手,指定日、许我同欢。唤做真成,耳按"耳"字原脱,据词谱卷二十二补热心安。打叠从来不成器,待做个、平地神仙。又却不成些事,蓦地心残。　　　据我如今没投奔,见著你、泪早偷弹。对月临风,一味埋冤。笑则人前不妨笑,行笑里、斗觉心烦。怎生按"生"字原脱,据词谱补分得烦恼,两处匀摊。

豆　叶　黄

芰荷香外一声蝉。风撼琅玕惊昼眠。刻烛题诗花满笺。小神仙。对倚阑干月正圆。

又

晚妆新试碧衫凉。金鸭犹残昨夜香。柳际风来月满廊。一双双。人对鸳鸯浴小塘。

又

轻罗团扇掩微羞。酒满玻璃花满头。小板齐声唱石州。月如钩。一寸横波入鬓流。

　　　　按此首别误作张元幹词,见词林万选卷一。

又

林花著雨褪胭脂。叶底双桃结子迟。对镜凭郎略皱眉。笑微微。燕子羞人必懒归。

又

玉箫风外一声清。粉面婵娟月对明。紫府楼台夜不扃。羽衣轻。稳驾双鸾谒帝庭。

千 秋 岁

宝蟾悬镜。露颗倾荷柄。飞萤点点明花径。凝愁情不展,宿酒风
还醒。天似晓,银河半落星相趁。　　心事都无定。才致元相称。
春过了,秋将近。小窗通竹圃,野色连金井。得仗个,多情燕子分
明问。

好 事 近

心事已成空,春尽百花零落。谁见黄鹂百啭,索东君评泊。　　晓
来枝上语绵蛮,应悔向来错。看则绿阴青子,却恓惶无托。

南 乡 子

小雨阻行舟。人在烟林古渡头。欲挈一尊相就醉,无由。谁见横
波入鬓流。　　百计不迟留。明月他时独上楼。水尽又山山又
水,温柔。占断江南万斛愁。

又

樊子唤春归。梦逐杨花满院飞。吹过西家人不见,依依。萍点荷
钱又满池。　　屈指数佳期。何日凭肩对展眉。倾尽十分应不
醉,迟迟。何惜樱桃杏子时。

浪 淘 沙

纤指捧玻璃。莫惜重持。自离阆苑失回期。门掩东风桃著子,帘
影迟迟。　　楼上正横箎。荷气沾衣。谁将名玉碾花枝。不比寻
常红与紫,取次芳菲。

卜算子 余每为歌诗,使李莲歌之,即解人深意。自去
年七月,亲往华亭,□□矣,余为之辍笔。昨夜酒
醒,卧不能稳,试作卜算子以寄之

渡口看潮生,水满兼葭浦。长记扁舟载月明,深入红云去。　　　荷
尽覆平池,忘了归来路。谁信南楼百尺高,不见如莲步。

小　重　山

云护柔条雪压枝。斜风吹绛蜡,点胭脂。蔷薇柔水麝分脐。园林
晚,脉脉带斜晖。　　　深阁绣帘低。宝奁匀泪粉,晚妆迟。一枝屏
外对依依。清宵永,谁伴破寒厄。

惜　分　钗

春将半。莺声乱。柳丝拂马花迎面。小堂风。暮楼钟。草色连
云,暝色连空。重重。　　　秋千畔。何人见。宝钗斜照春妆浅。
酒霞红。与谁同。试问别来,近日情悰。忡忡。

按词林万选卷一此首误作张元幹词。

又

重帘挂。微灯下。背兰同说春风话。月盈楼。泪盈眸。觑著红
茵,无计迟留。休休。　　　莺花谢。春残也。等闲泣损香罗帕。
见无由。恨难收。梦短屏深,清夜悠悠。悠悠。

如　梦　令

花趁清明争展。白白红红满院。莫怪泪痕多,爱底不能得见。凝
恋。凝恋。门外雨飞帘卷。

水 龙 吟

年年九月西湖,绣船继日笙箫拥。五云深处,红帘一桁,语莺歌凤。群玉峰头,影娥池畔,烟霞飞动。认蓬瀛仙子,云程路远,贪人世、瑶池梦。　　要看黄尘清海,戏真珠、麻姑清纵。曲门自有,菊金芳砌,月筦浮栋。子著宫桃,舞翻官柳,霞杯纤捧。待明年更把,西风妙曲,按成新弄。

鹊 桥 仙

西风不落,薄衾孤枕,记起花时些个。宿愁新恨两关心,说道理、分疏不可。　　别愁如絮,佳期何在,古屋萧萧灯火。打窗风雨又何消,梦未就、依前惊破。

点绛唇 圣节鼓子词

扇列红鸾,赭黄日色明金殿。御香葱茜。宝仗香风暖。　　咫尺天颜,九奏朝阳管。群臣宴。醉霞凝面。午漏传宫箭。

又

俊眼犀心,尊前如有乘鸾便。过愁传怨。只许灯光见。　　见了重休,河汉明遮断。深深院。乱风飘霰。揉了双罗燕。

水 调 歌 头

解衣同一笑,聊复起厨烟。醉乡何处,与君舒啸入壶天。长怪时情狭隘,杯酒岂容我辈,不上谪仙船。雅志念湖海,小艇一丝竿。　　夜迢迢,灯烛下,几心闲。平生得处,不在内外及中间。点检春风欢计,惟有诗情宛转,馀事尽疏残。彩笔题桐叶,佳句问平安。

好　事　近

世事莫牵萦,乐取这闲时节。且恁醉来醒去,免光阴虚设。　　　有
则有个泼心儿,不敢汲古阁本圣求词"敢"作"放",陆校:"不放"句多一字被利
名啜。却待两手分付,与风花雪月。

又

长记十年前,彼此玉颜云髪。尊酒几番相对,乐春花秋月。　　　而
今各自困飘零,憔悴几年别。说著大家烦恼,且大家休说。

青　玉　案

一尊聊对西风醉。况九日、明朝是。曾与茱萸论子细。江天虚旷,
暮林横远,人隔银河水。　　　碧云渐展天无际。吹不断、黄昏泪。
若作欢期须早计。如何得似,鬓边新菊,双结黄金蕊。以上吴讷唐宋
名贤百家词本圣求词。

存　目　词

调　　名	首　　句	出　　处	附　　　　　　　　注
品　　令	霜蓬零乱	词律卷五	周紫芝作,见竹坡老人词卷三
东风第一枝	老树浑苔	词品卷二	元人张翥词,见蜕岩词卷上,词附录于后
夜　游　宫	半吐红梅未拆	历代诗馀卷三十四	张元幹作,见芦川词卷下

东风第一枝 咏梅

老树浑苔,横枝未叶,青春肯误芳约。背阴未返冰魂,阳梢已含红
萼。佳人寒怯,谁惊起、晓来梳掠。是月斜窗外栖禽,霜冷竹间幽

鹤。　　　云澹澹、粉痕渐薄。风细细、冻香又落。叩门喜伴金尊，倚阑怕听画角。依稀梦里，半面浅窥珠箔。甚时重写鸾笺，去访旧游东阁。

林季仲

季仲字懿成，永嘉人。宣和三年(1121)上舍。绍兴三年(1133)，秘书郎，四年(1134)，祠部员外郎。七年(1137)，直龙图阁知泉州。八年(1138)，知婺州。有竹轩杂著，自永乐大典辑出。

倾杯乐　宠庆主人寿，代作

璧月初圆，彩云轻护，散雪叠冰凉馆。张眉竞巧，赵瑟新成，整顿戏衫歌扇。寿酒殷勤，娇语温柔，只愁杯浅。正连山玉枕，回波瑶席，漏长更款。　　　良会久、细拥香肩，瑶庭闲步，共指渡河星点。今朝此日，同祝卿卿，福寿禄星齐转。但愿与君，歌舞常新，欢娱无算。看河桥鹊架，重会双星嬝婉。截江网卷六

按调名原作满庭芳，据律改。又此首原题竹轩作，宋人号竹轩者不仅林季仲一人，此首或非林氏作，姑列于此。

王之道

之道字彦猷，濡须(今安徽省合肥市)人。生于元祐八年(1093)。宣和六年(1124)进士。绍兴六年(1136)，守开州。十年(1140)，降一官，与小监当差遣。二十三年(1153)，通判安丰军。三十一年(1161)，提举荆湖北路常平茶盐公事，除湖南转运判官致仕。乾道五年(1169)卒，年七十七。有相山居士词。

庆清朝　追和郑毅夫及第后作

晓日彤墀，春风黄伞，天颜咫尺清光。恩袍初赐，一时玉质金相。

济济满廷鹓鹭,月卿映、日尹星郎。鸣鞘绕,锦鞯归路,醉舞醒狂。

追随宝津琼苑,看穿花帽侧,拂柳鞭长。临流夹径,参差绿荫红芳。宴罢西城向晚,歌呼笑语溢平康。休相恼,争揭疏帘,半出新妆。

谒金门 追和冯延巳

春睡起。金鸭暖消沉水。笑比梅花鸾鉴里。嗅香还嚼蕊。　　琼户倚来重倚。又见夕阳西坠。门外马嘶郎且至。失惊心暗喜。

蝶恋花 和张文伯魏园行春

春入花梢红欲半。水外绿杨,掩映笙歌院。霁日迟迟风扇暖。天光上下青浮岸。　　归去画楼烟暝晚。步拾梅英,点缀宫妆面。美目碧长眉翠浅。消魂正值回头看。

又 和张文伯上巳雨

檐溜潺潺朝复暮。燕子衔泥,穿幕来还去。素锦青袍知有处。花光草色迷汀渚。　　春不负人人自负。君看流觞,只恁良宵度。厌浥小桃如泣诉。东风莫漫飘红雨。

又

城上春旗催日暮。柳絮沾泥,花蕊随流去。记得前时行乐处。小桥水渌初平渚。　　玉子纹楸谁胜负。不道光阴,暗向闲中度。天若有情容我诉。春来底事多阴雨。

又 和王冲之木犀

庭院雨馀秋意晚。一阵风来,到处清香遍。把酒对花情不浅。花前敢避金杯满。　　蓍萄酴醾虽惯见。常恨搀先，不是君徒伴。
莫把龙涎轻鬥远。流芳肯逐炉烟断。

又　和张文伯海棠

碧雾暗消香篆半。花影穿帘，厌浥苍苔院。鹢鹈一双塘水暖。浮
沉时近垂杨岸。　　雨过不知春事晚。但怪朱唇，得酒红潮面。
野蔌山肴三四盏。携尊更向花前看。

又　和鲁如晦围棋

玉子纹楸频较路。胜负等闲，休冶黄金注。黑白斑斑乌间鹭。明
窗净几谁知处。　　逼剥声中人不语。见可知难，步武来还去。
何日挂冠宫一亩。相从识取棋中趣。

又　和鲁如晦梅花二首

曾向水边云外见。争似霜蕤，照映苍苔院。檀口半开金裛线。端
相消得纶巾岸。　　点缀南枝红旋旋。准拟杯盘，日向花前宴。
飞雪飘飘云不卷。何人览镜凭阑看。

又

杏靥桃腮俱有觍。常避孤芳，独鬥红深浅。犯雪凌霜芳意展。玉
容似带春寒怨。　　分得数枝来小院。依倚铜瓶，标致能清远。
淡月帘栊疏影转。骚人为尔柔肠断。

又　追和东坡，时留滞富池

寒雨霏霏江上路。不见书邮，病目空凝注。沙觜尽头飞白鹭。篙
师指似人来处。　　自笑自怜还自语。钝滞如君，只合归田去。

竹屋数间环畎亩。个中自有无穷趣。

宴山亭 海棠

微雨斑斑,晕湿海棠,渐觉燕脂红褪。迟日短垣,娇怯和风,摇曳一成春困。玉软酴酥,扶不起、晚妆慵整。愁恨。对佳时媚景,可堪重省。　　曾约小桃新燕,有蜂媒蝶使,为传芳信。西蜀杜郎,东坡苏老,道也道应难尽。一朵风流,雅称且、凤翘云鬓。相映。眉拂黛、梅腮弄粉。

风流子 和桐城魏宰

扁舟南浦岸,分携处、鸣佩忆珊珊。见十里长堤,数声啼鴂,至今清泪,襟袖斓斑。谁信道,沈腰成瘦减,潘鬓就衰残。漫把酒临风,看花对月,不言拄笏,无绪凭阑。　　相逢复相感,但凝情秋水,送恨春山。应念马催行色,泥溅征衫。况芳菲将过,红英婉娩,追随正乐,黄鸟间关。争得此心无著,浑似云闲。

玉连环 题载安僧舍

流水细通何处。柳溪新雨。清风十里送篮舆,行不尽、山无数。一簇楼台窣堵。老僧常住。悬知俗客不曾来,门外苍苔如许。

江城子 和彦时兄

新篁初上箨龙陂。绿阴稀。绿阴稀。墙外石榴,花放两三枝。裙褶绛纱还半皱,追往事,惜佳期。　　流莺娇婉燕双飞。雨晴时。雨晴时。卢橘攒金,梅子更红肥。浊酒一杯从径醉,家纵远,梦中归。

又　追和东坡雪

寒光凌乱六花纤。巧穿帘。不鸣檐。十里黄垆,遥望辨青帘。玉树参差何处觅,吟雪曲,捻霜髯。　　坐来令我看无厌。拟名盐。试尝甜。飞入深潭,应照老蛟潜。三白频占来岁稔,良可喜,更何嫌。

水调歌头　赵帅圣用生日

颢气遍寰宇,风露逼衣裳。中秋昨夜,明月千里满西楼。人道当年今日,海上骑鲸仙客,乘兴下瀛州。雅志在扶世,来佐紫宸游。

庙堂上,须早计,要嘉谋。牙床锦帐,三岁江北叹淹留。好在蟹螯如臂,判取兵厨百斛,与客醉瑶舟。待得蟠桃熟,相约访浮丘。

又　追和东坡

湖上有佳色,黄菊傲霜秋。一尊相属,谈咏彼此得无愁。何处鲈鱼初荐,错俎金虀点鲙,令我忆东州。双鹭带斜日,飞下白蘋洲。晚风劲,吹残酒,袭破裘。故人俱在,江左底事独淹留。归去草堂侵夜,一点青荧灯火,得句可忘忧。欲识无穷意,终日倚城楼。

又　和张文伯对月词

斜阳明薄暮,暗雨霁凉秋。弱云狼藉,晚来风起,席卷更无留。天外老蟾高挂,皎皎寒光照水,金璧共沉浮。宾主一时杰,倾动庚公楼。　　渡银汉,泻玉露,势欲流。不妨吟赏,坐拥红袖舞还讴。暗祝今宵素魄,助我清才逸气,稳步上瀛洲。欲识瀛洲路,雄据六鳌头。

又　张文伯生日

琼树挂初日,珠箔卷清霜。夜来溪上微雨,佳节过重阳。共庆当年此际,曾见天麟协梦,华阀挂蓬桑。人作鲁侯祝,俾尔寿而臧。

保疲瘵,旌德善,致吉祥。会看报政,朝夕芝检趣征黄。不藉灵丹九转,不用蟠桃三窃,源远自流长。愿借沧溟富,斟酌荐瑶觞。

又　用王冲之韵赠僧定渊

败屋拥破衲,惊飙漫飕飗。不离当处人见,操彗上蓝游。弹指九州四海,浪说其来云聚,其去等风休。莫作裌裟看,吾道惯聃丘。

齐死生,同宠辱,泯春秋。高名厚利,眇若天地一蜉蝣。闲举前人公案,试问把锄空手,何似步骑牛。会得个中语,净土在阎浮。

又　秦寿之生日

暑雨湿修竹,凉吹入高檐。鹭洲钟阜如画,霁色为秾纤。槛外藕花无数,妆点休祥嘉应,不觉有秋炎。谪仙堕人世,香雾郁重帘。

富才艺,强记览,三万签。须信公侯有种,道义自相渐。此去腰金佩玉,回视依莲泛水,岁月亦何淹。称觞还戏彩,无惜醉厌厌。

青玉案　对雪追和谢幼槃

金尊照坐红裙绕。怪一饷、歌声悄。乱扑珠帘风絮晓。香薰笑语,酒烘颜色,莫逐流年老。　　诗涛入笔悬河倒。快万里、云天为君扫。检点春容何处早。柳条青眼,梅梢粉面,得恁于人好。

又　送无为守张文伯还朝

逢人借问钱塘路。我亦欲、西湖去。目送兰桡知几度。鳌峰浮玉,鲸波飞雪，正是潮来处。　　海棠花下春将暮。缓唱新词味佳句。见说东君曾梦许。柏台冠豸，金銮视草，便作商岩雨。

又　有怀轩车山旧隐

半年不踏轩车路。仿佛过、长桥去。贴水行云风送度。两行高柳，一坡修竹，是我尝游处。　　黄鹂休叹青春暮。出谷迁乔旧家句。天意从人还许诉。凝寒和气，沉阴霁色，大旱滂沱雨。

凤箫吟　和彦时兄重九

雨溟濛。年年今日，农夫共卜新丰。登高随处好，银瓶突兀，南峙对三公。真珠汴露菊，更芙蓉、照水匀红。但华发衰颜，不堪频鉴青铜。　　相逢。行藏休借问，且徘徊、目送飞鸿。十年湖海，千里云山，几番残照凄风。蟹螯粗似臂，金英碎、虎珀香浓。请细读离骚，为君一饮千钟。银瓶、三公，皆山名。

卜算子　和兴国守周少隐饯别万山堂

拄颊看西湖，屡对纶巾岸。江上相从醉万山，六见年华换。　　君唱我当酬，我醉君休管。明日醒时小艇东，莫负传书雁。

又

堂下水浮天，人指山为岸。水落寒沙只见山，暗被天偷换。　　堂上老诗翁，客至劳相管。风喘西头客自东，目送云中雁。

又

今日富川滨，后夜溢江岸。千里西湖指顾间，未怕新年换。　　再见复何时，此意凭吟管。应有新诗当尺书，日望南来雁。

丑奴儿　对雪和彦逢弟

青腰似诧天公富,奔走风云。银界无痕。委巷穷山草木春。
玉楼不怕歌茵湿,笑语纷纷。须放他们。醉里冰姿光照人。

桃源忆故人　追和东坡韵呈曾倅子修三首

逢人借问春归处。遥指芜城烟树。收尽柳梢残雨。月闯西南户。
　　游丝不解留伊住。漫惹闲愁无数。燕子为谁来去。似说江头
路。

又

不知春色归何处。但见茂林芳树。庭巷落花如雨。鬥乱穿窗户。
　　晚行溪上东风住。荷点青钱无数。蛱蝶飞来还去。错认花间
路。

又

南园最是花多处。门掩绿杨千树。别后几番风雨。碧藓侵苔户。
　　侬家旧在郊西住。门外远山无数。谁道不如归去。咫尺长安
路。

又　和张文伯送春二首

依依杨柳青青草。梦断画桥春晓。风里落花如扫。莫厌寻芳早。
　　酴醿芍药看来好。恰似江湖遗老。锦段荷□传到。愧乏琼瑶
报。

又

望中风絮迷烟草。愁结几番昏晓。花径有时亲扫。载酒应须早。

　　人情曷似春山好。山色不随春老。旧隐何当重到。迎得平安报。

沁园春　和彦时兄

城郭萧条,风雨霏微,酝造春愁。况鸳群雕鹗,未谐荐祢,棘栖鸾凤,犹叹栖仇。世路如棋,人情似纸,厚薄高低何日休。逢殷浩,会披云对月,同赋南楼。　　堪嗟日月如流。甚首夏、朅来今半秋。纵荻花枫叶,强撩归思,有莼羹菰饭,归更何忧。三板松舟,一篙秋水,百里淮山无暂留。何须问,蘧蘧栩栩,孰是庄周。

惜　奴　娇

不厮知名,怎奈向、前缘注定。一时书、便成媒娉。千里相从,恰似寻盟合姓。泥泞。尚隔个、轿儿难近。　　薄薄纱厨,小驿夜凉人静。红一点、暗通犀晕。花月多情,摇碎半窗清影。安稳。悄不知、人痛损。

又

甚么因缘,恰得一年相聚。和闰月、更无剩数。说著分飞,背面偷弹玉箸。好去。记取许时言语。　　旧爱新人,后夜一时分付。从前事、不堪回顾。怎奈冤家,抵死牵肠惹肚。愁苦。梦断五更风雨。

南乡子 陈南仲生日

遗爱满南州。千骑曾为万里游。琳馆归来,无责更无忧。坐听笙
歌醉玉舟。　　香雾郁金虬。春入梅花助献酬。请祝遐年,长笑
抱浮丘。何止莘君一百筹。有人梦莘彭年遗公九十六筹,故及之。

又 寄和潘教授元宾喜晴

天际彩虹垂。风起痴云快一吹。原隰畇畇,春水更弥弥。布谷期
从野鸟知。　　初霁卷帘时。巷陌泥融燕子飞。午醉醒来,红日
欲平西。一碗新茶乳面肥。

又 和张元助通判赋雪

出户绣帘垂。拂面从他细细吹。乘兴有谁招访戴,难为。暖帐薰
炉醉不知。　　闲看逐风时。欲著梅花又却飞。雅兴佳人回舞
袂,相宜。试比冰肌可煞肥。

又 用韵赋杨花

春霁柳花垂。娇软轻狂不待吹。圆欲成球还复碎,谁为。习习和
风却旧知。　　深院日长时。乱扑珠帘入坐飞。试问获芽生也
未,偏宜。出网河豚美更肥。

又 追和东坡重九

风急断虹收。孤鹜摇摇下获洲。醉帽尽从吹落去,飕飕。幸有黄
花插满头。　　君唱我当酬。千里湖山照眼秋。不见故人思故
国,休休。一阕清歌听解愁。

又 赠何彦道侍儿

翠袖熨沉香。黛拂修蛾淡淡妆。消得多情钟傅粉,何郎。风动珠帘月半床。　　素手捧瑶觞。谁念苏州已断肠。夜雨不随歌扇歇,浪浪。归去无心赋海棠。

减字木兰花 和鲁如晦立春

彩幡金胜。一笑酬春聊适性。呆女痴儿。半挽梅花半柳枝。追欢何计。幸对绿尊环皂髻。欲舞还羞。美盼娇回碧水秋。

又 和张文伯对雪四首

诗成呵手。欲写已输君赋就。寒粟生肤。一盏浇肠可得无。回风弄巧。比似婆娑尤敏妙。似个人人。嗅认梅花孰是真。

又

尊前放手。铜钵声穷诗已就。姑射肌肤。舞罢缠头怎得无。青腰更巧。搓粉团酥来斗妙。不敢方人。容色依稀似太真。

又

玉奴招手。来看前山琼琢就。透骨侵肤。似恁清寒更有无。春工纵巧。只许梅花称独妙。花底逢人。逐马银杯误认真。

又

鳌头龟手。孤坐书生能意就。暖体温肤。绣被春寒想见无。雪词工巧。高压君房天下妙。白髮欺人。甚矣吾衰懒是真。

又　赠孙兴宗侍儿四首

修眉山远。娇抹乌云秋水畔。酒里花前。坐拥斯人怎得寒。
酴醾浮满。须索空缸仍覆盏。正恐相妨。归去如闻笑语香。

又

江梅清远。潇洒一枝尊俎畔。雪里风前。照水窥檐巧耐寒。
多情美满。共饮自应渠釂盏。醉赏何妨。倾国天教抵死香。

又

笑中声远。走向曲房花树畔。拥在尊前。顿觉春温却夜寒。
愿酬心满。只得教伊频劝盏。缓唱何妨。贴体衫儿扑扑香。

又

仙姿凝远。半出新妆琼户畔。缓步来前。正值东风料峭寒。
钗头花满。舞罢梅英飞入盏。一釂何妨。花与佳人巧鬥香。

又　和孔纯老别

离筵暂住。君在龙舒曾是主。今作行人。卧辙何妨借寇恂。
清歌妙舞。断送吟鞭乘醉去。一釂休辞。捧爵佳人玉箸垂。

又　和孔纯老送郑深道移守严州

金尊频倒。照坐梅花清更好。春到长杨。宠拜三公入郑庄。
月城两载。千里生灵蒙惠爱。舞彻歌词。并立新妆绿带垂。

又　和董令升正月五日会客

蛾眉蝶首。舞雪娇迴开冻候。尽道今年。千里风光萃绮筵。

坐来新月。照我苍颜并白髮。酒到休辞。自有黄芽介寿祺。

阮郎归　和广济王宰二首

玉绳低转斗阑干。欠温春酒寒。夜长风劲怯衣单。有人哦二山。

蟾欲满，雁初还。桃花微破颜。枕痕犹带断红残。无言心自闲。

又

长杨风软弄腰肢。日长胡蝶飞。雨馀新绿细通池。玉钩悬妓衣。

鸿雁远，子规啼。此情谁得知。一尊聊与故人持。醉来悲别离。

按此首别误作张元幹词，见花草粹编卷四。

长相思　相山集题作恨别

雨濛濛。日昽昽。洗出远山三四重。分明眉黛浓。　　野桥西，官路东。小驿夜凉风入松。梦魂谁与同。

又

花一枝。酒一卮。举酒对花君莫辞。人生多别离。　　行相随。坐相随。更有何人得似伊。春融胡蝶飞。

又

天四垂。山四围。山色天容入坐帷。清风吹我衣。　　湖水东，江水西。东去西来无尽期。不如君共伊。

又

吴江枫。吴江风。索索秋声飞乱红。晚来归兴浓。　　淮山西，
淮山东。明月今宵何处同。相寻魂梦中。

又

风凄凄。雨霏霏。风雨夜寒人别离。梦回还自疑。　　蛩声悲。
漏声迟。一点青灯明更微。照人双泪垂。

又　相山集题作美人

桃花春。杏花春。桃杏妖娆如个人。歌声清遏云。　　酒醺醺。
烛荧荧。眼尾微红无限情。相逢堪断魂。

满庭芳　伯父仲球生日

紫角初繁，青裳正好，充闾清露飘香。悬弧何早，乌箤上扶桑。试
问椿龄几许，逾万计、才满三章。佳辰乐，林塘增气，菡萏拥红妆。
　　称觞。人共庆，盘中白李，来自华阳。倩壶中日月，特地舒长。
定见霜毫换绿，天荐祉、家庆延昌。情千万，辞悭思窘，聊献满庭
芳。

又　代人上高太尉，时在太学

蔡水西来，于门南峙，天波拥入华楹。芝兰争秀，难弟遇难兄。欲
说随龙雨露，庆千载、河海初清。良辰好，榴花照眼，绿柳隐啼莺。
　　君恩，隆横赐，冰桃火枣，来自蓬瀛。正雾横玉篆，泉泻金鲸。
四座香和酒泛，对妙舞、弦索铿锵。椿难老，年年今日，论报祝长

生。

又　和王常令双莲堂

翠盖千重,青钱万叠,雨馀绿涨银塘。藕花无数,高下鬥芬芳。浑
似华清赐浴,温泉滑、洗出真香。何妨更,合欢连理,高压万芝祥。

　　风流,贤太守,当年奏瑞,盛事名堂。好是琉璃池上,一片宫
妆。况有薰风解愠,流霞泛、丝竹成行。依莲暇,联珠唱玉,应不愧
金相。

又　立春日呈刘春卿

天驷呈祥,土牛颁政,欢呼万井春来。雕轮丹毂,杂逻展轻雷。风
动珠帘不卷,香散处、半露梅腮。东郊好,波澜浸绿,萌蘗上条枚。

　　徘徊。应共怪,十年豹隐,一旦鸾台。问康时术业,混俗情怀。
过雪湖山清丽,笙歌沸、舞袖萦回。兵厨富,酒肠似海,莫惜醉金
杯。

又　和同漕彦约送秦寿之

雪霁风温,霜消日暖,一时笑语烘春。草堂何幸,四座德星邻。聊
借红妆侑爵,兰膏腻、高髻盘云。清歌妙,贯珠馀韵,犹振画梁尘。

　　熙朝,卿相种,扁舟东去,入侍严宸。忆当年擢桂,连见三秦。
休说参军俊逸,应难过、开府清新。从今去,八州都督,端不困无
津。

又　和元发弟秋日对酒

露溢金茎,风翔玉宇,嫩凉初霁秋容。山肴野蔌,聊快一尊同。正
值大田多稼,临邛隘、酒客憧憧。追随处,杯盘狼藉,野草荫长松。

新词，何所似，金声应铎，玉气腾虹。时来终宦达，休怨苍穹。顾我蹉跎老矣，飘素髮、衰态龙钟。心犹壮，会看文度，独步大江东。

又　和王冲之西城郊行

麦野青深，桃溪红暗，浪游何处芳园。清明初过，门巷霭晴烟。柳外池塘绿遍，溪流细、终日溅溅。东风软，谁家儿女，墙里送秋千。

花前。从醉倒，吾当尽量，君盍忘年。纵杯盘草草，随分开筵。自有高谈雄辩，何须问、急管繁弦。身长健，少陵如在，应赋饮中仙。

又　和富宪公权饯别

歌彻骊驹，酒斟醽醁，帆樯高映城楼。绣衣携具，开宴话离愁。两岸橙黄橘绿，一行雁、几点沙鸥。情千万，相看无语，送我上孤舟。

悠悠。冬向晚，梅花潜暖，随处香浮。奈长亭饮散，无计淹留。归路淮山百舍，空梦想、连岁清游。烦双鲤，频将尺素，来往寄江流。

醉蓬莱　追和东坡重九呈彦时兄

对黄芦卧雨，苍雁横秋，江天重九。千载渊明，信风流称首。吟绕东篱，白衣何处，谁复当年偶。蓝水清游，龙山胜集，怅然依旧。

芡实嫩红，菊团馀馥，付与佳人，比妍争嗅。一曲婆娑，看舞腰萦柳。举世纷纷名利逐，罕遇笑来开口。慰我寂寥，酬君酩酊，不容无酒。

又 代人上高御带，时在太学

正薰风解愠，萱草忘忧，黄梅新霁。缥缈歌台，半金衣公子，丹桂香
中，碧梧枝上，两两飞还止。似说当年，而今时候，长庚诞贵。
恩厚随龙，官崇御带，二十横金，玉阶寸地。须信骅骝，一日能千
里。况遇王良伯乐，算九万、何劳睥睨。磊落金盘，华阳白李，休辞
沉醉。

浣溪沙 和陈德公酴醾

一样檀心半卷舒。淡黄衫子衬冰肤。细看全似那人姝。　　枕里
芳蕤薰绣被，酒中馀馥溢金壶。不须频嗅惹罗裾。

又 和张文伯木犀

晓日晖晖玉露光。枝头一样鬥宫妆。可怜娇额半涂黄。　　衣与
酝酿新借色，肌同蔷薇更薰香。风流荀令雅相当。

又 和张文伯海棠

过雨花容杂笑啼。淡妆深注半开时。娇娆情态自天姿。　　新浴
太真增艳丽，微风新燕鬥清奇。绿窗朱户雅相宜。

又 赋春雪追和东坡韵四首

阳气初升土脉苏。东郊人散欲回车。一时春雪十年无。　　鱼枕
蕉深浮酒蚁，鹿胎冠子粲歌珠。题诗不觉烛然鬚。

又

体粟须烦鼎力苏。流涎正值麴盈车。坐来兽炭拨还无。　　一阕

可能酬一绝,双银端不换双珠。松毛粉白老翁鬏。　　　清坐

又

春到衡门病滞苏。力强犹可驾柴车。少年狂望一时无。
不堪肌起粟,高谈还喜唾成珠。红裙痴笑雪如鬏。

又

冻卧袁安已复苏。闭门那患出无车。似渠人物到今无。　　可笑
昆山夸片玉,须怜沧海叹遗珠。时来应许捋君鬏。

又 阻风铜陵,追和东坡游泗州南山韵

残雪笼晴作沍寒。北风吹浪过前滩。远山云气尚漫漫。　　睡起
阳乌窥破牖,坐怜香雾蔼雕盘。一尊聊佐旅中欢。

又 代人作

玉骨冰肌软更香。一枝丹棘映青裳。相逢归去未须忙。　　曲里
春山情不浅,尊前秋水意何长。酒酺颜色粉生光。

又 和张文伯长至

寒透珠帘怯晓霜。灰飞缇室验回阳。坐看红日上修廊。　　泉泻
龙头深泛酒,烟凝象口暖吹香。及时歌舞意何长。

又 春日

水外山光淡欲无。堤边草色翠如铺。绿杨风软鸟相呼。　　牛蒡
叶齐罗翠扇,鹿黎花小隘真珠。一声何处叫提壶。

东风第一枝 梅

玉骨冰肌,绛跌檀口,玲珑亚竹当户。嫣然照雪精神,消得东君眷
与。群芳退舍,顾凡下、并伊朋侣。却自有、薝萄酴釄,次第效颦追
步。　　寓心赏、还须吟醉,赴目成、便依歌舞。情钟束素无华,意
在含情不语。纷纷桃李,亦何用、轻猜轻妒。觅一枝、欲寄相思,伴
取个人书去。

西江月 和张文伯谢曾子修送酒

黄菊正怀彭泽,白衣俄致江州。登高馀醉快扶头。此贶义兼情厚。
　　痛饮还须酒对,清吟况值诗流。轻投无惜万金酬。木李旧先
琼玖。

又 和张文伯腊日席上

北陆藏冰欲竟,东风解冻非遥。一时芳意巧相撩。入眼绿娇红小。
　　柳色轻摇弱线,梅英纷缀枯梢。觥筹醉里赖君饶。归去斜阳
尚早。

又 和董令升燕宴分茶

磨急锯霏琼屑,汤鸣车转羊肠。一杯聊解水仙浆。七日狂醒顿爽。
　　指点红裙劝坐,招呼岩桂分香。看花不觉酒浮觞。醉倒宁辞
鼠量。

又 赏梅

雪后千林尚冻,城边一径微通。柳梢摇曳转东风。来看梅花应梦。
　　酒面初潮蚁绿,歌唇半启樱红。冰肌绰约月朦胧。仿佛暗香

浮动。

又 春归

春色荒荒别浦,春潮滟滟长堤。绿杨风喘客帆迟。肠断江南双鲤。

　　短梦当年楚雨,扁舟后夜秦溪。一声啼鸟怨春归。人在酴醾
花底。

又 相山集题作别思

一霎轻云过雨,半篙新绿横舟。梅花池馆暗香浮。酒入朱唇红透。

　　有恨尤怜别恨,多愁不惯春愁。舞馀何惜更迟留。肠断断肠
更后。

又

一别清风北牖,几番明月西楼。断肠千里致书邮。借问近来安否。

　　归路淮山过雨,归舟江水澄秋。佳人应已数程头。准拟到家
时候。

归朝欢 对雪追和东坡词

透隙敲窗风撼撼。坐见广庭飞缟白。长安道上正骑驴,蔡州城里
谁坚壁。表表风尘物。瑶林琼宇三豪客。对分毫、连珠唱玉,竞把
诗笺掷。　　草草杯盘还促席。痛饮狂歌话胸臆。前村昨夜访梅
花,东邻休更夸容色。清欢那易得。明朝乌辔升南极。带随车、黄
垆咫尺,莫作山河隔。

宴春台 追和张子野韵赠陈德甫侍儿

翠竹扶疏,丹葵隐映,绿窗朱户萦回。帘卷虾鬚,清风时自南来。

题舆好客筵开。俨新妆、深出云街。歌珠累贯,一时倾坐,全胜腰雷。　　金猊袅碧,玉児浮红,令传三杏,情寄双梅。楼头漏促,笼纱暗落花煤。锦里遗音,忆当年、曾赋春台。醉蓬莱。归欤无寐,想馀韵徘徊。

朝中措　和张文伯元夕

江城春霁雪初融。楼观瑞烟中。向晚金莲无数,一时开遍东风。　　多情太守,行携红袖,坐引金钟。时出阳春绝唱,才名不减诗翁。

又　和张文伯寒食日雨

从来寒食半阴晴。花底听歌声。昨夜满城风雨,惜花还系心情。　　海棠枝上,朱唇翠袖,欲鬥轻盈。须藉嫣然一笑,醉吟同过清明。

又　和张文伯清明日开霁

朝阳淡淡宿云轻。风入管弦声。十里碧芜幽步,一枝丹杏柔情。　　佳人何处,酒红沁眼,秋水盈盈。诗曲羡君三绝,湖山增我双明。

又　和张文伯芍药

老穷无赖事成丛。短髮自鬅鬆。坐想帝城当日,万花绣出天宫。　　几时临赋,深浮绿蚁,缓唱黄钟。莫获追陪胜赏,虚烦恼乱衰翁。

又　和张文伯海棠

暖风迟日透香肌。春到柳边枝。曾见酒红潮颊,玉人初出罗帏。

东坡何处,朱唇翠袖,空想芳姿。争似濡须太守,看花仍赋佳词。

又　董令升待制生日

天庭丹熟在何时。铅汞适投机。四海方思霖雨,未容驾鹤先飞。

当年今日,谪仙初降,庭露霏霏。愿对良辰好景,称觞为醉芳菲。

又　魏倅定甫生日

州闾庠序少追随。俯仰鬓成丝。仕宦孰逾君达,恩施遍及庭芝。

溪头春日,欢声和气,如见生时。好对高堂寿母,献酬同醉金卮。

又　王守正仲生日

满庭岩桂蔼香风。人在画堂中。欲验鲁侯难老,欢声千里攸同。

台分金石,源钟淮水,流庆无穷。好继汉朝循吏,从兹入拜三公。

又　和孔倅郡斋新栽竹

君心节直更心虚。移植并庭除。好在红蕖相映,卷帘如见吴姝。

清风明月,君无我弃,我不君疏。况有骚人墨客,时来同醉兵厨。

又 和张文伯远亭

晴烟漠漠日晖晖。天际远山低。槛外碧芜千里,坐来目送鸥飞。　　诗笺谈麈,珠盘落落,玉屑霏霏。更把登临馀兴,翻成白雪歌词。

玉楼春 和令升正月五日会客

年来六十增三岁。却忆去年趋盛会。风流人物胜斜川,灼灼有同前日事。　　不知弦管催新水。但见飘飘萦舞袂。主人情厚酒行频,酩酊莫辞今夕醉。

又 和李宜仲

少年心性消磨尽。三斗烂肠浑是闷。看书聊复强寻行,属句不妨闲趁韵。　　此生自断天休问。富贵时来还有分。一卮芳酒送清歌,楼下玉人相去近。

石州慢 和董令升岁除

磔攘送寒,燔烈兴岁,又颁尧历。青霭烧痕,绿浮风皱,暖回春色。地天交泰,时当倾否,五鬼休相厄。何妨笑倚东风,一饮杯三百。　　长忆。苻坚入寇,功高晋室,无如安石。义概雄心,辄莫等闲抛掷。盖壤声名,鼎彝勋业。朋溪虽好,未放终闲逸。喈喈黄鸟,更看壶中春日。

鹊 桥 仙

霜风擢霁,云涛涨晚,更觉我心弥壮。一尊谁与醉西风,辄莫负、高吟胜赏。　　致君才术,康时事业,到底不容闲放。十年湖海哄樵歌,何幸出、阳春绝唱。

又　七夕

断虹霁雨,馀霞送日,帘卷西楼月上。银河风静夜无波,天亦为、云
轩相访。　　蛛丝有恨,鹊桥何处,回首又成惆怅。长江滚滚向东
流,写不尽、别离情状。

菩萨蛮　和赵见独佳人睡起

香鬟倭堕兰膏腻。睡起搔头红玉坠。秋水不胜情。盈盈横沁人。
朱阑频徙倚。笑与花争媚。眉黛索重添。春醒意未怢。

又

绿杨低映深深院。春风不动珠帘卷。乳燕引雏飞。流苏尽日垂。
绮窗开小宴。娅姹莺声啭。一饷不闻声。罗衣香汗轻。

又

小庭过雨莓苔滑。碧波滟滟池光阔。睡起□雕阑。不言神思闲。
晚来调瑟罢。笑语秋千下。高枕绿杨风。隔帘花映红。

又

晴窗睡起炉烟直。香云堕髻娇无力。溪水碧涵空。拒霜深浅红。
坠鞭还驻马。缥缈珠帘下。自是意中人。临风休障尘。

千秋岁　伯母刘氏生日

薰风散雾。帘幕清无暑。萱草径,荷花坞。幽香浮几席,秀色侵庭
庑。微雨过,绿杨枝上珠成缕。　　双燕飞还语。似庆良辰遇。

酾美酒,烹肥荠。何妨饮且醉,共作斑衣舞。人竞报,蟠桃已实君
知否。

又　癸亥重九舟次吴江

斜风横雨。咫尺高城路。红蓼岸,苍葭浦。滞留春色晚,栖泊邮亭
暮。信杳杳,鹊声近有无凭据。　　肠断家何处。又见重阳度。
多少恨,从谁诉。黄鸡斟白酒,自促供搜句。归去好,人生莫被浮
名误。

又　彦时教授兄生日

金风玉宇。庭院新经雨。香有露,清无暑。溪光摇几席,岚翠横尊
俎。烘笑语,佳时聊复乡人聚。　　门外荷花浦。秋到花无数。
红鲙鲤。青浮醁。何妨文字饮,更得江山助。从此去。蒲轮入佐
中兴主。

　　　按此首别误作石孝友词,见词谱卷十六。

又　追和秦少游

山前湖外。初日浮云退。荷气馥,槐阴碎。葵花红障锦,萱草青垂
带。谁得似,黄鹂求友新成对。　　忆昔东门会。千古同倾盖。
人已远,歌如在。银钩虽可漫,琬琰终难改。愁浩荡,临风令我思
淮海。

又　张文伯生日

晓霜初肃。秋色团芳菊。榴转紫,柑犹绿。昨朝吹帽会,未快登临
目。须信道,兵厨准拟三千斛。　　采采香盈掬。泛泛纷浮玉。
红袖捧,清歌逐。何妨倾坐客,共献长生祝。归去好,北门夜引金

莲烛。

又　郑帅清卿生日

熙熙台上。秋色增清壮。和气溢,祥烟飐。淮山供杂俎,湖水浮新
酿。人共仰,貔貅坐拥诗书将。　　箫鼓声嘹亮。珠翠环相向。
回妙舞,迟妍唱。竞斟长命斝,同试沧溟量。锋车往,东归遂继华
原相。

胜胜慢　冬至日,用刘春卿韵,送彦逢弟赴官西兴

鲁云书瑞,周日迎长,晓占缇室飞灰。玉勒朝天,千门禁钥齐开。
帘卷扇分雉尾,香风远、人到蓬莱。霞觞满,□万年献祝,宫殿昭
回。　　况有金瓯名姓,一任名园萧散,元自徘徊。门外锋车,又
连凤沼相催。酒到莫辞频举,听清歌、一阕倾杯。功成日,渺五湖
烟月,堪赋归来。

又　和刘春卿有怀金溪

凌云气节,贯日精忠,艰难未许心灰。芳酒一尊,对君聊为君开。
要识治安非晚,乐得贤、新赋台莱。愁似雪,喜青天万里,晓霁春
回。　　须信赤绳系足,朱衣点额终在,休叹淹徊。梅实槐花,看
看便是相催。座上觥筹交错,玉山崄、莫遣停杯。濡须好,倘他时
富贵,犹冀重来。

又　和张文伯木犀

菊团封绿,莲萼凋红,萧然独见芳姿。短墙高榭,疏筠怪石偏宜。
香遍秋风到处,微雨过、清露零时。花阴下,称笺毫唱和,杖屦追
随。　　曷似江头竹外,凌霜犯雪,岁晚争奇。夕赏朝吟,劝秋莫

放离披。细看石楠玉茗，叶纵似、风韵输伊。最好处，拥新妆、临鉴碧溪。

宴桃源 和张文伯雪

飞雪舞稀还骤。高阁下临群岫。独立遂移时，归去黄昏前后。知否。知否。落笔骚人赋就。

又

风急柳花飞骤。白尽千林万岫。樵担晚来归，正在栖鸦啼后。知否。知否。语到谢娘诗就。

又 乌江路中二首

黄叶声迟风歇。焭火夜寒明灭。残月却多情，来照先生归辙。清绝。清绝。透隙飞霜似雪。

又

遥指汤泉西路。隐约碧云天暮。宿鸟择深枝，两两相呼如语。凝伫。凝伫。今夜梦魂何处。

又 海棠

水外漫山桃李。那得个中风味。一种最怜渠，酒著佳人半醉。还似。还似。惊起午窗春睡。

折丹桂 送蘧、著、迈三子庚辰年省试

照人何处双瞳碧。欲去江城北。过江风顺莫迟留，快雁序、飞联翼。　　西湖花柳传消息。知是东君客。家书须办写泥金，报科

名、题淡墨。

又 <small>用前韵送彦开弟省试</small>

风漪欲皱春江碧。予寄江城北。子今东去赴春官,挽不住、逫风翼。　　修程应过天池息。何处堪留客。预知仙籍桂香浮,语祝史、休占墨。

又 <small>用前韵送赵彦翔省试</small>

雪晴山色分遥碧。辉映江南北。子今东去步蟾宫,看少展、垂天翼。　　晚来江上西风息。算不是新丰客。明年三月见君时,庆章绶、纡铜墨。

八声甘州 <small>和张漕进彦</small>

叹关河在眼、孰雌雄,兴废古犹今。问中原何处,黄尘千里,远水平林。闻说讴谣思汉,人有望霓心。想垂髫戴白,泣涕盈襟。　　流水高山还会,意不烦挥按,如见虞琴。□逶迟周道,四牡骎骎骎。尽诹谋询度归来,聊缓辔、岁晚雪霜深。西湖好,光风迟日,同快吴吟。

渔家傲 <small>和余子美对雪</small>

风揭珠帘寒乍透。青娥不住添香兽。火暖画檐鸣线溜。人醉后。锦堂丝竹烘残昼。　　势合湖山增地厚。孤高但觉修篁瘦。回策如萦今在手。骄马骤。吾家金埒新编就。

又 <small>和孔纯老三首</small>

岩电晶荧君未老。看看门外锋车到。一点眉间黄色好。人尽道。

从今次第登三少。　左右青娥来巧笑。注唇涂额新妆了。斜插梅花仍鬥妙。歌窈窕。醉来容我相嘲傲。

又

岁月漂流人易老。东郊又报春来到。梅靥柳眉还鬥好。君信道。衰颜得酒重年少。　对酒邀宾同燕笑。莫教虚过芳菲了。欵唾珠玑夸笔妙。人窈窕。新声倾坐渔家傲。

又

灯火熙熙来稚老。喜逢灯夕都齐到。花市绮楼随处好。人竞道。今年天气常年少。　五马行游还坐笑。公堂帘卷东风了。箫鼓喧阗歌舞妙。人窈窕。也应引动南窗傲。

又　和董舍人令升三首

系国安危还故老。鹤书赴陇行当到。多谢不遗孰雅好。应信道。年高德劭如公少。　尊酒论文聊一笑。肯将苦语夸危了。落笔君房天下妙。环窈窕。清歌一曲渔家傲。

又

海岱惟青遗一老。禁垣清切亲曾到。独直固劳非所好。谁信道。才如权相从来少。　把酒自歌还自笑。醉中万事都齐了。绝唱清歌仍敏妙。声窈窕。行云初遏渔家傲。禁垣清切并独直,权德舆事。

又

爵齿俱尊惟此老。诗词笔力谁能到。奇字古文仍笃好。须信道。如公宁复忧才少。　剩费黄金应买笑。穷通得丧都忘了。坐对瑶觞看舞妙。携窈窕。南窗聊得渊明傲。

又　太后庆八十,诏书到,再和孔纯老

老老恩波今及老。诏书前日新颁到。视膳慈宁先嗜好。隆孝道。
慕逾五十前王少。　　想见天颜温色笑。东朝上寿称觞了。易俗
功深神且妙。来窈窕。德齐任姒消骄傲。

浪淘沙　和鲁如晦

高髻堕香鬟。遗恨眉山。老年花似梦中看。厌浥一枝污晓露,珠
泪阑干。　　卮酒发酡颜。休更留残。满城风雨麦秋寒。馀馥尚
能消酒恶,谁敢包弹。

忆东坡　追和黄鲁直

雪霁柳舒容,日薄梅摇影。新岁换符来,天上初见颁桃梗。试问我
酬君唱,何如博塞欢娱,百万呼卢胜。投珠报玉,须放骚人遣春兴。
　　诗成谈笑,写出无穷景。不妨时作颠草,驰骋张芝圣。谁念杜
陵野老,心同流水必东,与物初无竞。公侯应有种哉,倾否由天命。

又

虚堂响应声,皎月形和影。春到也须还,长红多紫啼条梗。况有光
风丽日,能消积雪繁霜,青女休言胜。扶摇借便,请看天池发鹏兴。
　　人言强汉,治道夸文景。谁能尧舜其君,远继阿衡圣。富贵吾
所自,宰相时来则为,自不烦趋竞。欲寻文会诗盟,得酒且相命。

六州歌头　和张安国舍人韵呈进彦

燧堿勋业,何敢望西平。观当日,清大憝,震天声。绩其凝。追配

汾阳郭,临淮李,扫妖孽,植颠仆,复疆宇,洗膻腥。堪叹中原久矣,长淮隔、胡骑纵横。问何时,风驱电扫,重见文明。宾雁宵鸣。梦初惊。　　念吾君复古,修攘两尽,早晚功成。岁云暮,冰腹壮,雪花零。怅神京。谁信汉家陵阙,呵护有神兵。罄寰海,重回首,镇关情。想见皇华咨度,望淮北、心曲摇旌。愿变夷用夏,荆狄是惩膺。补弊支倾。

好事近　何希渊生日

春色到梅梢,人在东风清嚏。曾见少微初降,蔼龙泉佳气。　功名富贵属多才,如子已无几。造物恰同予意,放骅骝千里。

又　程继诚生日

霞影入瑶觞,酒与馀霞同色。人共昌朝方永,过觚筹三百。　一枝红皱石榴裙,帘卷篆烟碧。约我他年湖上,看九华终日。

又　彦逢弟生日

秋色到东篱,金散菊团香馥。预借浮觞高会,为作长年祝。　蟹螯如臂酒如渑,橙橘半黄绿。唱我新词一阕,听尊前丝竹。

又　王昭美生日

花影到酴醾,风过玉卮摇碧。坐上酒豪诗敌,尽骑鲸仙客。　主人名姓在金瓯,归去定前席。要见碧桃千岁,看壶中春日。

又　董令升生日

春色到酴醾,人在酴醾花底。花扑尊罍香透,远胜烧沉水。　一杯聊复对东风,为祝千千岁。作楫和羹事了,归去骑箕尾。

木兰花慢 追和晁次膺

对春光淡泡,烟冉冉、日迟迟。渐红入桃溪,青回柳陌,莺刷金衣。差池。竞求友去,恼佳人、幽恨上蛾眉。应念年时追逐,妆馀为带交枝。　　芳菲。谁共赏游嬉。何处马如飞。□不道新来,牵肠惹肚,暗减腰肢。须知。乍寒乍暖,褪朱唇、又过海棠时。已约姚黄魏紫,留花等待伊归。

感皇恩 彦逢弟生日

宿雾霁晨霜,江山明秀。照眼黄花乱晴昼。当年今日,正是悬弧时候。一杯聊献祝,同亲旧。　　莫问穷通,休论贫富。且趁良辰醉醇酎。扬珠捣玉,况值西成多收。饱餐歌至治,天垂祐。

石州慢 和赵见独书事,见独善鼓琴

天迥楼高,日长院静,琴声幽咽。眤眤恩情,切切言语,似伤离别。子期何处,漫高山流水,又逐新声彻。仿佛江上移舟,听琵琶凄切。　　休说。春寒料峭,夜来花柳,弄风摇雪。大错因谁,算不翅六州铁。波下双鱼,云中乘雁,嗣音无计,空叹初谋拙。但愿相逢,同心再绾重结。

一剪梅 和董令升赠魏定甫侍儿

风揭珠帘夜气清。香扑尊罍,初见云英。蓝桥何处旧知名。今夕相逢,此恨消停。　　劝酒嫣然一笑倾。细意端相,无限娉婷。曲终犹带绕梁声。莫辞沉醉,为覆金觥。

汉宫春 雪

欢动江城，快风声震地，云势颓山。半年不雨，玉霙来溉冬干。飘飘弱絮，杂檐花、飞上宾筵。疏林表，数行征雁，翱翔欲下清湾。

何处梅梢点白，弄横斜疏影，竹外溪边。天寒日暮，含香脉脉无言。朱唇玉颊，映碧梧、峙鹄停鸾。最好是，携壶挈榼，相期同醉霜天。

点绛唇 和鲁如晦酴醿二首

一撮檀心，春来还对东君吐。莫随春去。我欲花间住。　　燕子衔泥，似向吾人诉。烦相语。九龄风度。流落今何处。

又

珠幰霜蕤，晚来芬馥清香吐。流莺飞去。应上花梢住。　　一曲阳春，聊对东风诉。无多语。韶光暗度。恨到分携处。

又 和张文伯

宿雨朝寒，芳时又过酴醿了。舞环歌绕。应恨金杯小。　　零乱霜蕤，点缀青青草。花间道。曾遭花恼。把酒呼晴昊。

又 和朱希真

短棹西来，追随不及桃花宴。薰风庭院。明月裁纨扇。　　睡起娇慵，想见云鬟乱。双鱼远。欲凭春唤。一觇韦娘面。

又 和张文伯除夜雪

透幕穿帘，回风舞态能轻妙。不须相恼。江上春来了。　　一阕清歌,唱彻琼楼晓。春工巧。柳鬞梅笑。点缀芳菲早。

又 和张文伯

竹外梅花,檀心玉颊春初透。一池风皱。妙语天生就。有个人人,袅娜灵和柳。君知否。目成心授。何日同携手。

又 社日雨

春意催花,片云又作朝来雨。淡匀深注。红紫纷无数。　　社日人家,准拟行春去。痴儿女。倚门凝伫。借问东郊路。

又 冬日江上

古屋衰杨,淡烟疏雨江南岸。几家村疃。酒旆还相唤。　　短棹扁舟,风横河频转。柔肠断。寒鸦噪晚。天共蒹葭远。

虞美人 和孔倅郡斋莲花

酪浆冷浸金盘粉。玉友浮新酝。如君真是酒中仙。一斗百篇、吟到小池莲。　　清风拂拂来纨素。独擅江南步。红裙无用妒芳姿。且把绿罗、争学画长眉。

又 和孔纯老送郑深道守严州

郑侯美政推仁厚。何独高淮右。分携令我预颦眉。只恐桐庐民望、怪来迟。　　一尊聊罄金蕉叶。更语半时霎。青娥罗列竞消凝。阁定眼边珠泪、做红冰。

小重山 詹德秀生日

要识长生辈赤松。朱颜和绿髮,正丰茸。当年今日堕仙宫。佳气

郁，香霭菊花风。　　　一醉拚千钟。小槽新酿美，玉泉浓。酒酣诗
思浩无穷。云烟烂，题破锦笺红。

又　彦逢弟生日

花艳嫣然照坐红。池光高下见，木芙蓉。相从款款莫匆匆。新酿
熟，浮瓮碧香浓。　　　倚槛送飞鸿。登高时节近，菊披风。笑谈今
喜一杯同。揉金蕊，和露入杯中。

秦楼月　和张文伯雪

云不卷。浇愁莫放金杯浅。金杯浅。新词丽句，要人裁剪。
酒酣思致天同远。临风捉笔纶巾岸。纶巾岸。诗成归去，寒光照
晚。

满江红　和张守仲及送孔纯老守历阳

竹马来迎，留不住、寸心如结。□历湖、须坞相望，近同吴越。阙里
风流今未减，此行报政看期月。已验康沂富国，千古曾无别。
多谢润沾枯辙。令我神思清发。□新命欢浃，两邦情惬。明日西
风帆卷席。高樯到处旌麾列。忽相思，吾当往，谁谓三墩隔。

望海潮　重九和彦时兄

宝山烟霏，金湖波渺，珠帘高卷清霜。枫叶露痕，荻花风色，人言今
日重阳。芳菊袅秋香。更榴房閧紫，柑实传黄。观阁凌空，杯盘照
坐独醒狂。　　　良辰乐事难忘。正少年游冶，人在任庄。铜钵探
题，金钗当酒，一时绿鬓红妆。故国黯凄凉。漫情随水远，兴与云
长。要是致君尧舜，千古继垂裳。

如梦令 和张文伯芍药

绰约一枝红怨。疏雨淡烟池馆。梅子欲黄时,日倚朱阑几遍。争看。争看。人在沉香亭畔。

又 和张文伯木犀

叶底芳蕤如缀。坐对广庭忘味。娇呆最怜伊,乱糁舞馀风袂。贪喜。贪喜。不觉宝钗斜坠。

又 江上对雨

一饷凝情无语。手捻梅花何处。倚竹不胜愁,暗想江头归路。东去。东去。短艇淡烟疏雨。

临江仙 和陈德公

红楼缥缈光风里,熙熙和气欢声。遏云馀韵最关情。春山闲淡淡,秋水醉盈盈。　　老去自怜心尚在,相逢殊慰劳生。纹楸聊复戏同枰。试烦歌一曲,须借酒三行。

又 追和东坡,送李公恕入浙韵

鼓棹正逢江雪霁,是行应快吴吟。透云寒日半晴阴。烟岚凝翠重,霜树溅红深。　　案上文书闲展读,圣贤踪迹重寻。不堪华髪故骎骎。三旌还有分,万事付无心。

又 和刘南伯

怪得举头闻鹊喜,果然都骑相过。柳阴乘月倒金荷。疏星明耿耿,银汉静无波。　　总角追随今老矣,相逢无惜婆娑。夜阑馀兴到狂歌。长鲸方正渴,应不厌倾河。

南歌子　戊午重九

朱实盈盈露,黄花细细风。龙山胜集古今同。断送一年秋色、酒杯中。　　鸭脚供柔白,鸡头荐嫩红。量吞云梦正能容。试问具区何处、浙江东。

又　和陈勉仲

老懒诗才退,春融醉眼昏。青山终日对柴门。柳外断桥流水、几家村。　　桃李添新意,池塘失旧痕。一尊聊复为君温。倾倒年来酬唱、细论文。

又　赵叔全生日

扇里薰风细,壶中化日长。榴花高下照红妆。花外飞云馥郁、水沉香。　　新竹轻储粉,流莺巧弄簧。不知何处是华阳。应有千年白李、荐霞觞。

又　安丰守章彦辅生日

玉露澄天宇,金风净月华。满庭秋色木犀花。记得谪仙初下、五云车。　　才业追前辈,人门属当家。寿觞无惜醉流霞。闻说姓名潜护、有笼纱。

又　端午二首

角簟横龟枕,兰房挂艾人。一尊菖歜泛清醇。好在佳人如玉、映长春。　　冰彻杯盘莹,香和笑语薰。莲花衫子入时新。挂起南窗一榻、晚风清。

又

玉斝浮菖虎,金盘馈鲙鱼。研丹聊作厌兵符。何必城头一女、当千夫。　　雨过山如洗,风来草似梳。佳人不惯手谈输。却道如今重赌、选官图。

又 书所见

露竹舒新绿,风荷递暗香。谁家池馆睡鸳鸯。还有玉人相对、坐传觞。　　角簟清冰滑,纱厨薄雾凉。晚来行雨过巫阳。强整罗衣临镜、学宫妆。

念奴娇 和鲁如晦中秋

碧天无际,乍雨清烟霭,风开云月。人在南楼,剧谈胜咏,拥碧油旌节。银阙腾辉,冰轮驾彩,颢气资高洁。大星不见,更容萤火明灭。

须烦翠杓琼杯,华笺象管,与我酬清绝。谁使琵琶声到耳,轻赋荻花枫叶。露脚斜飞,河阴低转,香篆环三杰。莫辞终日,舞腰重看回雪。

又 和张文伯重阳前雨

黄花照眼,对西风庭槛,为渠凝伫。准拟登高酬一醉,底事晚来微雨。蟋蟀声中,芭蕉叶上,怎得争如许。龙山何处,无言暗想烟树。

须知天意随人,重阳晴未晚,不须频诉。幸有兵厨三万斛,足助赏心欢趣。千里江山,两行珠翠,端为骚人付。层楼飞观,应容老子追步。以上紫芝漫抄本相山居士词,异文从劳格校本。

贺新郎 送郑宗承

又是春残去。倚东风、寒云淡日,堕红飘絮。燕社鸿秋人不问,尽
管吴笙越鼓。但短髪、星星无数。万事惟消彭泽醉,也何妨、袖卷
长沙舞。身与世,只如许。　　阑干拍手闲情绪。便明朝、苍烟白
鹭,北山南浦。笑指午桥桥畔路,帘幕深深院宇。尚趁得、柳烟花
雾。我亦故山猿鹤怨,问何时、归棹双溪渚。歌一曲,恨千缕。

菩萨蛮 采莲女

藕丝衫剪轻红窄。衫轻不碍琼肤白。缦鬓小横波。花楼东是家。
　　上湖闲荡桨。粉艳芙蓉榜。湖水亦多情。照妆天底清。以上
二首见四库全书本相山居士集卷十八

存　目　词

调　名	首　　句	出　　处	附　　　　注
采 桑 子	奇花不比寻常艳	四库全书本相山集卷十六	蔡伸词,见友古居士词
浣 溪 沙	一种秋风两处凉	花草粹编卷二	张元幹词,见芦川词卷上
朝 中 措	花阴如坐木兰船	花草粹编卷四	又

董　颖

颖字仲达,德兴人。宣和六年(1124)进士。绍兴初从汪藻、徐俯
游。有霜杰集。

薄媚 西子词

排 遍 第 八

怒潮卷雪，巍岫布云，越襟吴带如斯。有客经游，月伴风随。值盛世。观此江山美。合放怀、何事却兴悲。不为回头，旧谷天涯。为想前君事。越王嫁祸献西施。吴即中深机。　　　阖庐死。有遗誓。勾践必诛夷。吴未干戈出境，仓卒越兵，投怒夫差。鼎沸鲸鲵。越遭劲敌，可怜无计脱重围。归路茫然，城郭丘墟，飘泊稽山里。旅魂暗逐战尘飞。天日惨无辉。

排 遍 第 九

自笑平生，英气凌云，凛然万里宣威。那知此际。熊虎涂穷，来伴麋鹿卑栖。既甘臣妾，犹不许，何为计。争若都燔宝器。尽诛吾妻子。径将死战决雄雌。天意恐怜之。　　　偶闻太宰，正擅权，贪赂市恩私。因将宝玩献诚，虽脱霜戈，石室囚系。忧嗟又经时。恨不如巢燕自由归。残月朦胧，寒雨萧萧，有血都成泪。备尝险厄返邦畿。冤愤刻肝脾。

第 十 撷

种陈谋，谓吴兵正炽。越勇难施。破吴策，唯妖姬。有倾城妙丽。名称西子。岁方笄。算夫差惑此。须致颠危。范蠡微行，珠贝为香饵。苎萝不钓钓深闺。吞饵果殊姿。　　　素肌纤弱，不胜罗绮。鸾镜畔、粉面淡匀，梨花一朵琼壶里。嫣然意态娇春，寸眸剪水。斜鬟松翠。人无双、宜名动君王，绣履容易。来登玉陛。

入 破 第 一

窣湘裙,摇汉佩。步步香风起。敛双蛾,论时事。兰心巧会君意。
殊珍异宝,犹自朝臣未与。妾何人,被此隆恩,虽令效死。奉严旨。

　　隐约龙姿忻悦。重把甘言说。辞俊雅,质娉婷,天教汝、众美
兼备。闻吴重色,凭汝和亲,应为靖边陲。将别金门,俄挥粉泪。
靓妆洗。

第 二 虚 催

飞云驶。香车故国难回睇。芳心渐摇,迤逦吴都繁丽。忠臣子胥,
预知道为邦祟。谏言先启。愿勿容其至。周亡褒姒。商倾妲己。

　　吴王却嫌胥逆耳。才经眼、便深恩爱。东风暗绽娇蕊。彩鸾
翻妒伊。得取次、于飞共戏。金屋看承,他宫尽废。

第 三 衮 遍

华宴夕,灯摇醉。粉菡萏,笼蟾桂。扬翠袖,含风舞,轻妙处,惊鸿
态。分明是。瑶台琼榭,阆苑蓬壶,景尽移此地。花绕仙步,莺随
管吹。　　宝帐暖留春,百和馥郁融鸳被。银漏永,楚云浓,三竿
日、犹褪霞衣。宿醒轻腕,嗅宫花,双带系。合同心时。波下比目,
深怜到底。

第 四 催 拍

耳盈丝竹,眼摇珠翠。迷乐事。宫闱内。争知。渐国势凌夷。奸
臣献佞,转恣奢淫,天谴岁屡饥。从此万姓离心解体。　　越遣
使。阴窥虚实,蚤夜营边备。兵未动,子胥存,虽堪伐、尚畏忠义。
斯人既戮,又且严兵卷土,赴黄池观衅,种蠡方云可矣。

第 五 衮 遍

机有神,征鼙一鼓,万马襟喉地。庭喋血,诛留守,怜屈服,敛兵还,
危如此。当除祸本,重结人心,争奈竟荒迷。战骨方埋,灵旗又指。
　　　　势连败。柔荑携泣。不忍相抛弃。身在兮,心先死。宵奔兮,
兵已前围。谋穷计尽,唳鹤啼猿,闻处分外悲。丹穴纵近,谁容再
归。

第 六 歇 拍

哀诚屡吐,甫东分赐。垂暮日,置荒隅,心知愧。宝锷红委。鸾存
风去,辜负恩怜,情不似虞姬。尚望论功,荣还故里。　　　降令曰,
吴亡赦汝,越与吴何异。吴正怨,越方疑。从公论、合去妖类。蛾
眉宛转,竟殒鲛绡,香骨委尘泥。渺渺姑苏,荒芜鹿戏。

第 七 煞 衮

王公子。青春更才美。风流慕连理。耶溪一日,悠悠回首凝思。
云鬟烟鬓,玉珮霞裾,依约露妍姿。送目惊喜。俄迁玉趾。　　同
仙骑。洞府归去,帘栊窈窕戏鱼水。正一点犀通,遽别恨何已。媚
魄千载,教人属意。况当时。金殿里。以上乐府雅词卷上

卜算子　子平席上赋

春浅借和风,吹绿庭皋树。依约屏间出紫云,入格风流处。　　便
做铁心肠,也为梅花语。欲去东君更挽留,巧栈烟霞路。

满庭芳　元礼席上用少游韵

红鬥风桃,绿肥烟草,杨柳春暗重门。五陵佳兴,酿酝付芳尊。窈

宛笙箫丛里,金猊篆、雾绕云纷。勾情也,歌眉低翠,依约鹧鸪村。

　　人生须快意,十分春事,才破三分。况点检年时,胜客都存。更把馀欢卜夜,从彻晓、蜡泪流痕。花阴昼,朱帘未卷,犹自醉昏昏。以上二首见永乐大典卷二万零三百五十三席字韵引董霜杰先生集

潘良贵

　　良贵字义荣,一字子贱,号默成居士,金华人。生绍圣元年(1094)。政和五年(1115)进士第二。历辟雍博士、提举淮东茶盐、右司谏、工部员外郎、秘书少监、起居郎。绍兴九年(1139),出知明州。绍兴二十年(1150),终徽猷阁待制、提举江州太平兴国宫。有默成文集。

满庭芳　中秋

夹水松篁,一天风露,觉来身在扁舟。桂花当午,云卷素光流。起傍篷窗危坐,飘然竟、欲到瀛洲。人世乐,那知此夜,空际列琼楼。

　　休休。闲最好,十年归梦,两眼乡愁。谩赢得、萧萧华发盈头。往事不须追谏,从今去、拂袖何求。一尊酒,持杯顾影,起舞自相酬。默成文集卷四

董德元

　　德元字体仁,永丰人。生于绍圣三年(1096)。累试不第,特奏补文学。绍兴十八年(1148)中进士举。历官秘书省正字、校书郎、监察御史、殿中侍御史、吏部侍郎。二十五年(1155),参知政事。秦桧死,罢为资政殿学士提举江州太平兴国宫,寻被论落职。隆兴元年(1163)卒,年六十八。

柳梢青

满腹文章,满头霜雪,满面埃尘。直至如今,别无收拾,只有清贫。

功名已是因循。最懊恨、张巡李巡。几个明年,几番好运,只是瞒人。夷坚三志己卷七

按此首原题"董参政"作。

冯时行

时行字当可,巴县人。绍兴中知万州。以斥和议免勘勒停。绍兴末,历守蓬州、黎州、彭州。隆兴元年(1163),提点成都刑狱卒。有缙云集。

青玉案 和贺方回青玉案寄果山诸公

年时江上垂杨路。信拄杖、穿云去。碧涧步虚声里度。疏林小寺,远山孤渚,独倚阑干处。　　别来无几春还暮。空记当时锦囊句。南北东西知几许。相思难寄,野航蓑笠,独钓巴江雨。

虞美人 咏荼蘼

东君已了韶华媚。未快芳菲意。临居倾倒向荼蘼。十万宝珠璎珞、带风垂。　　合欢翠玉新呈瑞。十日傍边醉。今年花好为谁开。欲寄一枝无处、觅阳台。

又

芳菲不是浑无据。只是春收取。都将酝造晚风光。百尺瑶台、吹下半天香。　　多愁多病疏慵意。也被香扶起。微吟小酌送花

飞。更拚小屏幽梦、到开时。

又 重阳词

去年同醉黄花下。采采香盈把。今年仍复对黄花。醉里不羞斑
鬓、落乌纱。　　劝君莫似阳关柳。飞伴离亭酒。愿君只似月常
圆。还使人人一月、一回看。

渔家傲 冬至

云覆衡茅霜雪后。风吹江面青罗皱。镜里功名愁里瘦。闲袖手。
去年长至今年又。　　梅逼玉肌春欲透。小槽新压冰溅溜。好把
升沉分付酒。光阴骤。须臾又绿章台柳。

天仙子 荼䕷已凋落赋

风幸多情开得好。忍却吹教零落了。弄花衣上有馀香,春已老。
枝头少。况又酒醒鹈鸩晓。　　一片初飞情已悄。可更如今纷不
扫。年随流水去无踪,恨不了。愁不了。楼外远山眉样小。

点绛唇 闲居十七年,或除蓬州。二月到官,三月罢归。同官置酒,为赋点绛唇作别

十日春风,吹开一岁闲桃李。南柯惊起。归踏春风尾。　　世事
无凭,偶尔成忧喜。歌声里。落花流水。明日人千里。

玉 楼 春

杏花微露春犹浅。春浅愁浓愁送远。山拖馀翠断行踪,细雨疏烟
迷望眼。　　暮云浓处轻吹散。往事时时心上见。不禁慵瘦倚东
风,燕子双双花片片。

点 绛 唇

江上新晴,闲撑小艇寻梅去。自知梅处。香满鱼家路。   路尽
疏篱,一树开如许。留人住。留人不住。黯淡黄昏雨。

又

眉黛低颦,一声春满流苏帐。却从檀响。渐到梅花上。   归卧
孤舟,梅影舟前飏。劳心想。岸横千嶂。霜月铺寒浪。

梦兰堂 送史谊伯倅潼川

小雨清尘淡烟晚。官柳残花待暖。君愁入伤阙眼。芳草绿、断云
归雁。   酒重斟,须再劝。今夕近、明朝乍远。到时暗花飞乱。
千里断肠春不管。

蓦山溪 村中闲作

艰难时世。万事休夸会。官宦误人多,道是也、终须不是。功名事
业,已是负初心,人老也,髪白也,随分谋生计。   如今晓得,更
莫争闲气。高下与人和,且觅个、置锥之地。江村僻处,作个老渔
樵,一壶酒,一声歌,一觉醺醺睡。以上缙云文集卷四

醉 落 魄

点酥点蜡。凭君尽做风流骨。汉家旧样宫妆额。流落人间,真个
没人识。   佳人误拨龙香觅。一枝初向烟林得。被花惹起愁难
说。恰恨西窗,酒醒乌啼月。永乐大典卷二千八百十梅字韵

朱 松

　　松字乔年,婺源人。生于绍圣四年(1097)。政和八年(1118)同上
舍出身。历秘书省正字、校书郎、吏部员外郎,出知饶州。绍兴十三年
(1143)卒,年四十七。有韦斋集。

蝶恋花　醉宿郑氏阁

清晓方塘开一镜。落絮飞花,肯向春风定。点破翠奁人未醒。馀
寒犹倚芭蕉劲。　　拟托行云医酒病。帘卷闲愁,空占红香径。
青鸟呼君君莫听。日边幽梦从来正。南溪书院志卷三

朱 翌

　　翌字新仲,舒州(今安徽省潜山县)人。号瀹山居士,又号省事老
人。生于绍圣四年(1097)。政和八年(1118)同上舍出身。南渡后,为
秘书少监、中书舍人。绍兴十一年(1141),忤秦桧,责授将作少监,韶州
安置。二十五年(1155),桧死,充秘阁修撰。三十年(1160),知宣州,移
平江府,授敷文阁待制。三十一年(1161)罢。乾道三年(1167)卒,年七
十一。有瀹山集、猗觉寮杂记。

点绛唇　梅

流水泠泠,断桥横路梅枝亚。雪花飞下。浑似江南画。　　白璧
青钱,欲买春无价。归来也。西风平野。一点香随马。

　　按此首别误作释惠洪词,见梅苑卷十。又作孙和仲词,见苕溪渔隐丛话前集卷五
十九。

朝中措　五月菊

玉台金盏对炎光。全似去年香。有意庄严端午,不应忘却重阳。

菖蒲九节,金英满把,同泛瑶觞。旧日东篱陶令,北窗正卧羲
皇。

按此首别误作元张可久词,见尧山堂外纪卷七十一。

生查子　咏折叠扇

宫纱蜂趁梅,宝扇鸾开翅。数折聚清风,一捻生秋意。　　摇摇云
母轻,袅袅琼枝细。莫解玉连环,怕作飞花坠。以上三首瀣山集补遗

按此首别误入王安中初寮词,又误入张孝祥于湖先生长短句卷三。

存　目　词

调　名	首　句	出　处	附　注
桃源忆故人	催花一霎清明雨	瀣山集补遗	王庭珪词,见卢溪词
谒金门	风露底	又	张元幹词,见芦川词卷下

陈康伯

康伯字长卿,弋阳人。生于绍圣四年(1097)。登宣和三年(1121)
进士。绍兴二十七年(1157),自吏部尚书除参知政事。二十九年
(1159),右仆射。三十一年(1161),左仆射同平章事。金主亮南侵,力
赞抗敌。隆兴元年(1163)罢相,除少保、观文殿大学士判信州,进封福
国公,二年(1164),复拜左仆射同中书平章事,兼枢密使,进封鲁国公。
乾道元年(1165)卒,年六十九。初谥文恭,后改谥文正。

阮　郎　归

闲来溪上有云飞。溪光接翠微。江南三月落花时。春波去棹迟。
　　寻竹路,破林扉。苍台旧钓矶。欲归回首未成归。黄尘满素
衣。钓台集卷六

浪淘沙 云藏鹅湖山

台上凭阑干。犹怯春寒。被谁偷了最高山。将谓六丁移取去，不在人间。　　却是晓寒闲。特地遮拦。与天一样自漫漫。喜得东风收卷尽，依旧追还。江西通志卷一百五十八

按此首别又作章谦亨词，见铅山县志卷十五。

欧阳澈

澈字德明，崇仁人。生于绍圣四年(1097)。建炎元年(1127)，徒步走行在，伏阙上封事，请诛汪、黄等。与陈东俱死于市。年三十一。绍兴中，赠秘阁修撰。有飘然先生集。

踏莎行

雁字书空，橘星垂槛。江天水墨秋光晚。香丝袅袅祝尧年，公庭锡宴挥金碗。　　醉索蛮笺，狂吟象管。珠玑灿灿惊人眼。遏云更倩雪儿歌，从教拍碎红牙板。

蝶恋花 拉朝宗小饮

红叶飘风秋欲暮。送目层楼，帘卷西山雨。解榻聚宾挥玉麈。风流只欠王夷甫。　　质剑为公沽绿醑。涤濯吟魂，拟摘黄花句。醉眼昏腾携手处。谢池风月谁分付。

玉楼春

个人风韵天然俏。入鬓秋波常似笑。一弯月样黛眉低，四寸鞋儿莲步小。绝缨尝宴琼楼杪。软语清歌无限妙。归时桂影射帘旌，

沉水烟消深院悄。

又

年时醉倚温温玉。妒月精神疑可掬。香丝篆袅一帘秋,潋滟十分浮蚁绿。　　兴来笑把朱弦促。切切含情声断续。曲中依约断人肠,除却梨园无此曲。

踏莎行

罗幕风轻,水沉烟细。杯行笑拥东山妓。酬歌何惜锦缠头,清音暗绕梁尘起。　　银甲弹筝,碧桃荐味。举觞飞白拚沉醉。花窗弄月晚归来,门迎蜡炬笙箫沸。

小重山

红叶伤心月午楼。袭人风细细,远烟浮。甞腾醉眼不禁秋。追旧事,拍塞一怀愁。　　心绪两悠悠。东阳消瘦损,甚风流。拟凭仙枕梦中游。无眠久,通夕数更筹。

虞美人

玉楼缥缈孤烟际。徙倚愁如醉。雁来人远暗消魂。帘卷一钩新月、怯黄昏。　　那人音信全无个。幽恨谁凭破。扑花蝴蝶若知人。为我一场清梦、去相亲。以上飘然集卷下

曾　惇

　　惇字谹父,纡之子。绍兴中,守台州、黄州。十八年(1148),知镇江府。二十六年(1156),知光州。曾以寿词谀秦桧。有曾谹父诗词一卷,

皆在台州所作,直斋书录解题卷二十著录,今不传。周泳先辑有曾使君
新词。

朝中措

幽芳独秀在山林。不怕晓寒侵。应笑钱塘苏小,语娇终带吴音。
　　乘槎归去,云涛万顷,谁是知心。写向生绡屏上,萧然伴我寒
衾。

又

绿华居处渺云深。不受一尘侵。细看宣州新句,平生才是知音。
　　凌波一去,平山梦断,谁是关心。惟有青天碧海,知渠夜夜孤
衾。以上二首见全芳备祖前集卷二十一水仙花门

念奴娇　送淮漕钱处和

绣衣直指,问凌风一笑,翩然何许。诏出层霄持汉节,千里秋风淮
浦。鉴远江山,竹西歌吹,曾被腥膻污。须君椽笔,为渠一洗尘土。
　　休厌共倒金荷,翠眉重为唱,渭城朝雨。看即扬鞭归骑稳,还
指郁葱深处。宝带兼金,华鞯新绣,直上云霄去。回头莫忘,玉霄
今夜风露。

诉衷情　别意

鄞江云气近蓬莱。花柳满城隈。风流谢守相遇,应覆故人杯。
　　烟浪暖,锦帆回。莫徘徊。玉霄亭下,芍药荼蘼,都望归来。

浣溪沙

无数春山展画屏。无穷烟柳照溪明。花枝缺处小舟横。　　　　紫禁

正须红药句,清江莫与白鸥盟。主人元自是仙卿。以上三首见中兴以
来绝妙词选卷一

点绛唇 重九饮栖霞

九月传杯,要携佳客栖霞去。满城风雨。记得潘郎句。　　　　紫菊
红萸,何意留侬住。愁如许。暮烟一缕。正在归时路。词综卷十二

以上曾惇词六首,用周泳先辑曾使君新词。

张表臣

表臣字正民,单父(今山东省单县)人。绍兴十二年(1142),以右迪
功郎为敕令所删定官,右承务郎。绍兴十三年至十五年(1143—1145)
间,通判常州。又为司农丞。有珊瑚钩诗话。

菩萨蛮 过吴江

垂虹亭下扁舟住。松江烟雨长桥暮。白纻听吴歌。佳人泪脸波。
劝倾金凿落。莫作思家恶。绿鸭与鲈鱼。如何可寄书。

蓦 山 溪

楼横北固,尽日厌厌雨。欸乃数声歌,但渺漠、江山烟树。寂寥风
物,三五过元宵,寻柳眼,觅花英,春色知何处。　　　　落梅呜咽,吹
彻江城暮。脉脉数飞鸿,杳归期、东风凝伫。长安不见,烽起夕阳
间,魂欲断,酒初醒,独下危梯去。以上二首见珊瑚钩诗话

吴 亿

亿字大年,蕲春人。父择仁,官尚书。亿于南渡初为靖江倅,居馀

干。著有溪园自怡集。

南 乡 子

江上雪初消。暖日晴烟弄柳条。认得裙腰芳草路，魂消。曾折梅
花过断桥。　　　潘鬓为谁凋。长恨金闺闭阿娇。遥想晚妆呵手
罢，夭饶。更傍珠唇暖玉箫。

烛影摇红　上晁共道

楼雪初消，丽谯吹罢单于晚。使君千炬起班春，歌吹香风暖。十里
珠帘尽卷。正人在、蓬壶阆苑。卖薪买酒，立马传觞，升平重见。
　　　谁识鳌头，去年曾侍传柑宴。至今衣袖带天香，行处氤氲满。
已是春宵苦短。且莫遣、欢游意懒。细听归路，璧月光中，玉箫声
远。以上二首乐府雅词拾遗卷上

存　目　词

调　　名	首　　句	出　　处	附　　　　　注
浣溪沙	白玉楼中白雪歌	花草粹编卷二	无名氏词，见乐府雅词拾遗卷上
又	璧月光中玉漏清	又	向子䜭词，见酒边集
减字木兰花	蔷薇叶暗	又	无名氏词，见乐府雅词拾遗卷上

刘　衮

衮字延仲，南北宋间人。卒于绍兴年间。

临江仙　补李后主词

樱桃结子春归尽，蝶翻金粉双飞。子规啼月小楼西。玉钩罗幕，惆

怅卷金泥。　　门巷寂寥人去后,望残烟草低迷。李煜。何时重听玉骢嘶。扑帘飞絮,依约梦回时。刘袤。墨庄漫录卷七

李　鼐

　　鼐字仲镇,号嬾窝,宣城人。隆兴初为栗阳令。工词章。累官迪功郎、淮西安抚司准备差遣。

清　平　乐

乱云将雨。飞过鸳鸯浦。人在小楼空翠处。分得一襟离绪。
片帆隐隐归舟。天边雪卷云浮。今夜梦魂何处,青山不隔人愁。
阳春白雪卷四
　　按此首别误作李泳词,见各本绝妙好词卷二,汲古阁抄本绝妙好词未误。

杨无咎

　　无咎字补之,清江人。生绍圣四年(1097)。高宗累征不起,自号清夷长者。以画梅名。乾道七年(1171)卒,年七十五。有逃禅词。

水　龙　吟

当年谁种官梅,自开自落清无比汲古阁本作“地”。一朝惊见,危亭岑立,繁华丛里。知是贤侯,有难兄弟,素书时寄。纵舞携如意,吟搔短髪,无从诉、心中喜。　　　却对斜枝冷蕊。似于人、不胜风味。冰姿斜映原空格,据汲古阁本逃禅词补,朱唇浅破,欣然会意。青子垂垂,翠阴密密,尤堪频憩。待促归禁近,邦人指点,作甘棠比。

又　武宁瑞莲

晓来雨歇风生，素商乍入鸳鸯浦。红蕖翠盖，不知西帝，神游何处。罗绮丛中，是谁相慕，凭肩私语。似汉皋珮解，桃源人去，成思忆、空凝伫。　　肯为风流令尹，把芳心、双双分付。碧纱对引，朱衣前导，应须此去。好揖清香，盛邀嘉客，杯行无数。唤瑶姬并立，如花并蒂，唱黄金缕。

又　赵祖文画西湖图，名曰总相宜

西湖天下应如是。谁唤作、真西子。云凝山秀，日增波媚，宜晴宜雨。况是深秋，更当遥夜，月华如水。记词人解道，丹青妙手，应难写、真奇语。　　往事输他范蠡。泛扁舟、仍携佳丽。毫端幻出，淡妆浓抹，可人风味。和靖幽居，老坡遗迹，也应堪记。更凭君画我，追随二老，游千家寺。

又　雪

小轩潇洒清宵午，风正紧、门深闭。藜床危坐，竹窗频听，春虫扑纸。灯烬垂红，篆烟消碧，衣轻如水。料飞花未止，堆檐已满，时摧折、琅玕尾。　　骨冷魂清无寐。这身在、广寒宫里。暗怀千古，浑疑一夜，冰生肠胃。岁事峥嵘，故园睽阻，归期犹未。向寒乡、不念丰年，只忆青天万里。

又

夜来六出飞花，又催寂寞袁门闭。幽斋无寐，寒欺衾布，明吞窗纸。起步闲庭，月华交映，长空如水。便乘风欲去，凌云直上，青冥际、骑箕尾。　　谁信团成和气。在贤侯、笑谈声里。咸惊句琢琼瑰，端是锦缠肠胃。宿麦连云,遗蝗入地,田家知未。更明年看取,东阡北陌,黄云万里。

又 木樨

智琼娇额涂黄,为谁种作秋风蕊。寒香半露,绿帏深护,犹闻十里。山麝生脐,水沉削蜡,一时羞避。向钱塘江上,中秋月下,有人暗寻遗子。　　不奈书生习气。对群花、领略风味。骚人已去,欲纫幽佩,重为湘醮。天赋风流,友梅兄蕙,舆桃奴李。向明窗棐几,纤枝未老,眼明如水。

念 奴 娇

单于吹罢,望西山乞得,斜阳收脚。素魄旋升,听桂子、风里时时飘落。莹彻杯盘,冷侵毛发,浑不胜衣著。天公有意,为人掀尽云幕。　　童稚犹也多情,广庭扫净草,不容纤恶。步绕周遭,疑便是、踏雪当年东郭。慢引歌声,响穿云际,直使姮娥觉。一尊重酹,为言千载同约。

扫 花 游

乳莺啭午。□好梦初醒汲古阁本作"好梦正初醒",疑是"正好梦初醒"之讹,小轩清楚。水沉细缕。趁游丝落絮,缓随风舞。胃起春心,又是愁云怨雨。玉人去。遍徙倚旧时,曾并肩处。　　相望知几许。纵远隔云山,不遮愁路。捧杯荐俎。记低歌丽曲,共论心素。薄恨斜阳,不道离情最苦。正凝伫。向谯门、又催笳鼓。

隔 浦 莲

墙头低荫翠幄。格磔鸣乌鹊。好梦惊回处,馀醒推枕犹觉。新晴人意乐。云容薄。丽日明池阁。卷帘幕。　　　披衣散策,闲庭吟绕红药。残英几许,尚可一供春酌。天气今宵怕又恶。凭托。东风且慢吹落。

品　　令

水寒江静。浸一抹、青山影。楼外指点渔村近。笛声谁喷。惊起宾鸿阵。　　　往事总归眉际恨。这相思、□□<small>汲古阁本作"情味"</small>谁问。泪痕空把罗襟印。泪应尽。争奈情无尽。

阳　　春

蕙风轻,莺语巧,应喜乍离幽谷。飞过北窗前,递晴晓,丽日明透翠帏縠。篆台芬馥。初睡起、横斜簪玉。因甚自觉腰肢瘦,新来又宽裙幅。　　　对清镜、无心忺<small>原作"欣",据词谱卷三十三改</small>梳裹,谁问著、馀醒带宿。寻思前欢往事,似惊回、好梦难续。花亭遍倚槛曲。厌满眼、争春凡木。尽憔悴、过了清明候,愁红惨绿。

白　　雪

檐<small>原作"蟾",据词谱改</small>收雨脚,云乍敛、依然<small>原作"旧",据词谱改</small>又满长空。纹蜡焰低,熏炉烬冷,寒衾拥尽重重。隔帘栊。听撩乱、扑漉春虫。晓来见、玉楼珠殿,恍若在蟾宫。　　　长爱越水泛舟,蓝关立马,画图中。怅望几多诗□<small>词谱卷二十四作"思"</small>,无句可形容。谁与问、已经三白,讵是报年丰。未应真个,情多老却天公。<small>亦作"扫除阴翳,惟祈红日生东"。</small>

垂　丝　钓

燕将旧侣。呢喃终日相语。似惜别离情,知几许。谁与度。为向人代诉。空朝暮。　　漫千言百句。怎生会得，争如作个青羽。
又闻院宇。不在当时住。飞去无寻处。肠万缕。寄暴风横雨。

又 邓端友席上赠吕倩倩

玉纤半露。香檀低应鼍鼓。逸调响穿空，云不度。情几许。看两
眉碧聚。为谁诉。　　听敲冰戛玉。恨云怨雨。声声总在愁处。
放杯未举。倾坐惊相顾。应也肠千缕。人欲去。更画檐细雨。

解蹀躞 吕倩倩吹笛

金谷楼中人在，两点眉鬟绿。叫云穿月，横吹楚山竹。怨断忧忆因
谁，坐中有客，犹记在、平阳宿。　　泪盈目。百转千声相续。停
杯听难足。漫夸天海风涛旧时曲。夜深烟惨云愁，倩君沉醉，明日
看、梅梢玉。

醉落魄 龙涎香

双心小蔁。瑞炉慢炷轻烟初著按此句衍一字，汲古阁本无"轻"字。清香已
透红绡幄。底事多情，玉笋更轻掠。　　鬖云侧畔□汲古阁本作"蛾"
眉角。妆成曾印铅华薄。几回殢酒襟怀恶。莺舌偷传，低语教人
嚼。

青玉案 徐侍郎生辰

芝兰桃李环围著。拥和气、浮帘幕。寿斝交飞争满酌。一声珠串，
数敲牙板，应有梁尘落。　　腰金虽重何曾觉。更看悬鱼上麟阁。
不用祖洲寻灵药。平时阴德，几人今日，额手称安乐。

又

南州独数多名士。谁富贵、归桑梓。昼锦如公难比似。傍湖开径,
雨帘云栋,平地居仙子。　　行须勋业超青史。再侍宸帏任非次。
醉袖尽教春酒渍。明年此会,寿觞欲举,百拜君王赐。

又 次了翁韵

奇葩珍树丛丛绕。望仙隐、蓬莱小。前枕湖光秋色晓。荷花今岁,
也如人意,不逐西风老。　　霞觞献寿频频倒。瑞霭浮空凝不扫。
定自日边飞诏早。芝庭呈秀,桂宫得意,更看明年好。

又 次贺方回韵

五云楼阁蓬瀛路。空相望、无由去。弱水渺茫谁可渡。君家徐福,
荡舟寻访,却是曾知处。　　群仙应问来何暮。说与荣归锦封句。
句里丁宁天已许。要教强健,召还廊庙,永作商岩雨。

望江南 张节使生辰

钟陵好,佳节庆元正。瑞色潜将春共到,台星遥映月初升。贤帅为
时生。　　人意乐,天宇亦清明。淡薄梅腮娇倚暖,依微柳眼喜窥
晴。和气满江城。

又

钟陵好,和气满江城。忆昨旌麾初至止,到今政令只宽平。仍岁兆
丰登。　　称庆旦,遐迩一般情。共信我公跻寿考,从来阴德被生
灵。襦袴听欢声。

又

钟陵好，襦袴听欢声。薰入管弦增亮响，唤教罗绮亦光荣。引满劝金觥。　　谁信是，元自悟长生。铃阁才投公事笔，云章惟读道家经。家世仰仙卿。

又

钟陵好，家世仰仙卿。衣带不须藏贝叶，集贤何用化金瓶。且欲佐中兴。　　期早晚，丹诏下天庭。不许南州犹弭节，促归东府共和羹。膏泽遍寰瀛。

选冠子　许倅生辰

海上楼台，壶中日月，乍觉挈来平地。熙熙鸡犬，簇簇僮奴，亦自有登天志。知是仙官，出应亨期，因识前修风味。看纵横才美，雍容谈笑，一团和气。　　钟秀处、雪洁霜□，梅清竹瘦，占尽小春佳致。笙歌韵溢，锦绣香浓，饮少未妨欢醉。好在双椿，伫看丹桂分折，芝庭兰砌。向游惟功行，和羹勋业，共传家世。

满庭芳　彭守生辰

节物争妍，江山改观，已闻春到萧滩。瑞烟和气，葱茜接螺川。元是使君诞日，半千运、来踵三贤丞相刘公诗云，四百年间出三相。争相竞，谁知胜地，拜相有前山。　　芳筵。开富寿，罗绮间按此处缺一字，簪组骈阗。正雪梅迎腊，霜月将圆。看取霜髯秀颊，人人道、平世神仙。调元手，阴功在继，八百定长年。

二郎神　清源生辰

炎光欲谢，更几日、薰风吹雨。共说是天公，亦嘉神贶，特作澄清海宇。灌口擒龙，离堆平水，休问功超前古。当中兴、护我边陲，重使四方安堵。　　新府。祠庭占得，山川佳处。看晓汲双泉，晚除百病，奔走千门万户。岁岁生朝，勤勤称颂，可但民无灾苦。□愿得、地久天长，佐绍兴□□□。

水调歌头　次向芗林韵

闰馀有何好，一岁两中秋。霁云卷尽，依旧银汉截天流。长记芗林堂上，静对小山丛桂，尊俎许从游。遥想此时兴，不减上南楼。引玉觞，看金饼，水云头。醉听哦响，宁羡王粲赋荆州。此夕翻成愁绝，未斫广寒丹桂，犹衣敝貂裘。万事付谈笑，斗酒且宽忧。

又　再用前韵为生日词

芗林有何好，花蕊毛校：周本作“药”，疑“蕊”为是不惊秋。千章云木，长见密叶翠光流。中有三朝勋旧，早岁辞荣轩冕，归伴赤松游。不羡鸳鸯侣，钟听景阳楼。　　问向来，麟阁上，凤池头。有谁能继，向来解印似苏州。自是英姿绝俗，非我与时违异，何用衣羊裘。况得长生趣，千岁肯怀忧。

又　徐侍郎生辰

寥亮度弦管，笑语集簪缨。又逢华旦争庆，豪杰为时生。犹对中秋月影，渐放重阳菊蕊，万宝正西成。爽气知多少，天赋满襟灵。擅词华，追鲍谢，踵斯冰。入趋禁近，出镇藩辅早辞荣。休恋平湖佳致，好为苍生重起，归去侍宸庭。一德及元□，千载致升平。

又 韩倅九月八日生辰

帝里记当日,赐第富相联。惟君家最称著,桐木老参天。三相勋庸才业,一代风流人物,继世赖君贤。自合跻清要,小屈佐平川。下车初,逢庆旦,听欢传。冰清玉润,仁爱终始被江埂。满泛黄花称寿,细看红蕤枝健,和气蔼芳筵。隔日醉重九,千岁似今年。

传言玉女 许永之以水仙、瑞香、黄香梅、幽兰同坐,名生四和,即席赋此

小院春长,整整绣帘低轴。异葩幽艳,满千瓶百斛。珠钿翠珮,尘袜锦笼环簇。日烘风和,奈何芬馥。　凤髓龙津,觉从前、气味俗。夜阑人醉,引春葱兢□。只愁飞去,暗与行云相逐。月娥好在,为歌新曲。

又 王显之席上

料峭寒生,知是那番花信。算来都为,惜花人做恨。看犹未足,早觉枝头吹尽。曲栏幽榭,乱红成阵。　酾酒花前,试停杯、与细问。褪香销粉,问东君怎忍。韶华过半,谩赢得、几场春困。厌厌空自,为花愁损。"细"字原作"为","自"字原作"似",据永乐大典卷二万零三百五十三席字韵改。

于 中 好

墙头艳杏花初试。绕珍丛、细捼红蕊。欲知占尽春明媚。诮无意、看桃李。　持杯准拟花前醉。早一叶、两叶飞坠。晚来旋旋深无地。更听得、东风起。

又

溅溅不住溪流素。忆曾记、碧桃红露。别来寂寞朝朝暮。恨遮乱、当时路。　　仙家岂解空相误。嗟尘世、自难知处。而今重与春为主。尽浪蕊、浮花妒。

又

梅花摘索穿疏竹。荫纹禽、喜欢相逐。坐中已自清堪掬。更潇洒、人如玉。　　新声爱度周郎曲。捧霞杯、再三相嘱。无情有恨重分北。也撩得、双眉蹙。

瑞　云　浓

睽离谩久，年华谁信曾换。依旧当时似花面。幽欢小会，记永夜、杯行无算。醉里屡忘归，任虚檐月转。　　能变新声，随语意、悲欢感怨。可更馀音寄羌管。倦游江浙，问似伊、阿谁曾见。度已无肠，为伊可断。

一　丛　花

娟娟□_{汲古阁本作"微"}月可庭方。窗户进新凉。美人为我歌新曲，翻声调、韵超_{此字疑衍}出宫商。犀箸细敲，花瓷清响，馀韵绕红梁。　　风流难似我清狂。随处占烟光。怜君语带京华样，纵娇软、不似吴邦。拚了醉眠，不须重唱，真个已无肠。

好事近　黄琼

花里爱姚黄，琼苑旧曾相识。不道风流种在，又一枝倾国。　　拟图遮断倚阑人，休教妄攀摘。其奈老来情减，负十分春色。

殢人娇 李莹

恼乱东君,满目千花百卉。偏怜处、爱他秾李。莹然风骨,占十分春意。休漫说、唐昌观中玉蕊。　　妒雪凝霜,凌红掩翠。看不足、可人情味。会须移种,向曲栏幽碱。愁绿叶成阴,道傍人指。

又 曾韵寿词

露下天高,最是中秋景胜。喜小名银蟾、十分增晕名。嫦娥飞下,见雾鬓风鬟。念八第行景园中,画谁能尽。　　慢奏云韶,美字斟仙酝。清不寐、桂香成阵。只愁来夕,又阴晴无准。却待约重圆,后期难问。

蝶恋花 曾韵鞋词

端正纤柔如玉削。窄袜宫原校："宫"疑"弓"鞋,暖衬吴绫薄。掌上细看才半搦。巧偷强夺尝春酌。　　稳称身材轻绰约。微步盈盈,未怕香尘觉。试问更谁如样脚。除非借与嫦娥著。

又 牛楚

春睡腾腾长过午。楚梦云收,雨歇香风度。起傍妆台低笑语。画檐双鹊尤偷顾。　　笑指遥山微敛处。问我清癯,莫是因诗苦。不道别来愁几许。相逢更忍从头诉。

又

昔在仁皇当极治。南极星宫原校："宫"疑"官",曾降为嘉瑞。犹有画图传好事。身材只恐君今是。　　对酒不妨同看戏。他日功名,晏子堪为比。更愿远孙逢九世。安排君在鸡窠里。

又

万里无云秋色静。上下天光,共水交辉映。坐对冰轮心目莹。此身不在尘寰境。　　扑漉文禽飞不定。勾引离人,分外添归兴。来往悠悠重记省。夜阑人散花移影。

锯解令

送人归后酒醒时,睡不稳,衾翻翠缕。应将别泪洒西风,尽化作、断肠夜雨。　　卸帆浦溆。一种恓惶两处。寻思却是我无情,便不解、寄将梦去。

忆秦娥

情难足。不堪黄帽催行速。催行速。扁舟一叶,别愁千斛。
津亭送客惊相嘱。举杯欲唱眉先蹙。眉先蹙。背人掩面,不能终曲。

倾杯　上梁帅上元词

瑞日凝晖,东风解冻,峭寒犹浅。正池馆、梅英粉淡,柳梢金软,兰芽香暖。滕城谁种芙蕖满。浸银蟾影,一夜万花开遍。翠楼朱户,是处重帘竞卷。　　罗绮簇、欢声一片。看五马行春旌旆远。拥襦袴、千里歌谣,都入太平弦管。且莫厌、瑶觞屡劝。闻凤诏、催归非晚。愿岁岁今夜里,端门侍宴。

望海潮　上梁帅生辰

菊暗荷枯,橙黄橘绿,嘉时记得今朝。欢蔼十州,香飘万井,春容小试梅梢。星昴耀层霄。庆诞生元德,出佐明朝。雅奏声中,彩旆光里仰英标。　　　　遐年已卜民谣。最招徕瘵俗,洗尽奸骄。东府政声,北门治绩,流芳况自迢遥。莫惜拚今宵。听缓敲牙板,引满金蕉。看即泥封峻召,无计驻华驄。

齐天乐 和周美成韵

后堂芳树阴阴见。疏蝉又还催晚。燕守朱门,萤粘翠幕,纹蜡啼红慵剪。纱帏半卷毛校:周原韵作"掩"。记云鬓瑶山,粉融珍簟。睡起援毫,戏题新句谩盈卷。　　　　瞵离鳞雁顿阻,似闻频念我,愁绪无限。瑞鸭香销,铜壶漏永,谁惜无眠展转。蓬山恨远。想月好风清,酒登琴荐。一曲高歌,为谁眉黛敛。

又 端午

疏疏数点黄梅雨。殊方又逢重五原作"午"。毛校:"午"字重,疑从刻。角黍包金,菖蒲泛玉,风物依然荆楚。衫裁艾虎。更钗袅朱符,臂缠红缕。扑粉香绵,唤风绫扇小窗午。　　　　沉湘人去已远,劝君休对酒,感时怀古。慢啭莺喉,轻敲象板,胜读离骚章句。荷香暗度。渐引入陶陶,醉乡深处。卧听江头,画船喧叠鼓。

按此首别误作周邦彦词,见诗馀图谱卷三。岁时广记卷二十一又引"衫裁艾虎"三句误作欧阳修词。

蓦山溪 端午有怀新淦

去年今日,踪迹留金水。乘兴挈朋侪,游赏遍、南峰佳致。崇仙岸左,争看竞龙舟,人汹汹,鼓冬冬,不觉金乌坠。　　　　而今寂寞,独处山林里。欲去恨无因,奈阻隔、川途百里。香蒲角黍,对暑悄无言,梅雨细,麦风轻,怅望空垂泪。

又 和鹜(疑婺字误)州晏倅醝醵

天姿雅素,不管群芳妒。微笑倚春风,似窥宋、墙头凝伫。一春花草,陡觉更无香,悬绣帐,结罗巾,谁更熏沉炷。　　可堪开晚,未放韶光去。生怕糁庭阶,直不忍、苍苔散步。会须开宴,满摘蘸瑶觞,何况有,绮窗人,娇鬓相宜处。

又 同前

玉英檀蕊,细意凭君看。青帝忒多情,费几许、春风暗剪。晓来欹枕,不觉嫩香飘,披宿雾,启幽窗,不道开初遍。　　无穷风味,乍可蜂莺占。莫遣俗人知,怕毒眼、急须遮断。倚墙压架,娇困卧枝头,心绪里,阿谁知,似个人撩乱。

又 和徐侍郎木犀

蟾宫仙种,几日飘鸳鸯。密叶绣团栾,似剪出、佳人翠袖。叶间金粟,蔌蔌糁枝头,黄菊嫩,碧莲披,独对秋容瘦。　　浓香馥郁,庭户宜熏透。十里远随风,又何必、凭阑细嗅。明犀一点,暗里为谁通,秋夜永,月华寒,无寐听残漏。

醉　蓬　莱

见恩荣故里。□著贤关,特然超诣。满腹诗书,洗膏粱馀味。羞挽乌号,换将蓝绶,向广庭亲试。磊落胸襟,雍容人物,于今谁比。争许才猷,合跻严禁,行看横飞,少将清议。喜对生朝,且陶陶欢醉。太华莲开,海山桃熟,况是当佳致。满引瑶觞,相期眉寿,君家重耳。

又

正才过七夕,又近中元,素秋时候。月皎风高,渐凉生襟袖。灏气澄凝,是谁清白,应此□□秀。味洗膏粱,才侔沈谢,三朝勋旧。好是新来,日临连帅,化格黔黎,政归仁厚。早祷群祠,有雨随车骤。愿与寰区,共资膏泽,岁岁称眉寿。孝感灵泉,涓涓不绝,斟为醇酎。

又

见禾山凝秀,禾水澄清,地灵境胜。天与珍奇,产凌霄峰顶。嫩叶森枪,轻尘飞雪,冠中州双井。绝品家藏,武陵有客,清奇相称。坐列群贤,手呈三昧,云逐瓯圆,乳随汤进。珍重殷勤,念文园多病。毛孔生香,舌根回味,助苦吟幽兴。两液风生,从教飞到,蓬莱仙境。

朝中措

杯盘狼藉烛参差。欲去未容辞。春雪看飞金碾,香云旋涌花瓷。 雍容四座,矜夸一品,重听新词。归路清风生腋,不妨轻捻吟髭。

又 熟水

打窗急听□然汤。沉水剩熏香。冷暖旋投冰碗,荤膻一洗诗肠。 酒醒酥魂,茶添胜致,齿颊生凉。莫道淡交如此,于中有味尤长。

点绛唇　紫苏熟水

宝勒嘶归，未教佳客轻辞去。姊夫屡鼠。笑听殊方语。　清入
回肠，端助诗情苦。春风路。梦寻何处。门掩桃花雨。

又

瓦枕藤床，道人劝饮鸡苏水。清虽无比。何似今宵意。　红袖
传持，别是般情味。歌筵起。绛纱影里。应有吟鞭坠。

又　和向芗林木犀

借问嫦娥，当初谁种婆娑树。空中呈露。不坠凡花数。　却爱
芗林，便似蟾宫住。清如许。醉看歌舞。同在高寒处。

又

散策芗林，几回来绕团团树。月明风露。平地神仙数。　准拟
归来，移近东家住。应相许。为君起舞。直到高寒处。

卜　算　子

婆娑月里枝，隐约空中露。拟访嫦娥高处看，一夜心生羽。　仙
种落人间，群艳难俦侣。恼乱骚人有底香，欲赋无奇语。

又

平分月殿香，碎点金盘露。占断秋光独自芳，端称觞飞羽。　谢
了却重开，若个花同侣。谁识灵心一点通，手捻空无语。

又 李宜人生辰

昨夜月初圆,今日春才半。自是元君并旦生,岂在称遐算。　　花诰看加封,玉斝休辞满。绮席来年谁与同,笑揖麻姑伴。

滴滴金 同前

当初本合蟾宫里。谩容易、到尘世。表里冰清谁与比。占无双两地。　　诜诜已是多孙子。看将来、总荣贵。岁岁今朝捧瑶觞,劝南园桃李。

又

相逢未尽论心素。早容易、背人去。忆得歌翻断肠句。更惺惺言语。　　萋萋芳草迷南浦。正风吹、打船雨。静听愁声夜无眠,到水村何处。

上林春令 鲁师文生辰

秾李夭桃堆绣。正暖日、如熏芳袖。流莺恰恰娇啼。似为劝、百觞进酒以上十三字原缺,据词谱补。　　少年未用称遐寿。愿来岁、如今时候。相将得意皇都,同携手、上林春昼。

瑞 鹤 仙

看灯花尽落。更欲换,门外初听剥啄。一尊赴谁约。甚不知早暮,忒贪欢乐。嗔人调谑。饮芳容、索强倒恶。渐娇慵不语,迷奚带笑,柳柔花弱。　　难藐。扶归鸳帐,不褪罗裳,要人求托。偷偷弄搦。红玉软,暖香薄。待酒醒枕臂,同歌新唱,怕晓愁闻画角。问昨宵、可噇归迟,更休道著。

又

听梅花再弄。残酒醒,无寐寒衾愁拥。凄凉谁与共。谩赢得、别恨
离怀千种。拂墙树动。更晓来、云阴雨重。对伤心好景,回首旧
游,恍然如梦。　　欢纵。西湖曾是,画舫争驰,绣鞍双控。归来
夜中。要银烛,卸金凤。到而今,谁拣花枝同载,谁酌酒杯笑捧。
但逢花对酒,空只自歌自送。

又

见兰枯菊悴。□寂寞,天与春风来至。梅梢弄晴蕊_{原作"叶",原校:}
_{"叶"疑"蕊"。}似于人,装点十分和气。吴头楚尾。听民谣、欢声鼎
沸。总扶携□_{汲古阁本作"拍"}手,嬉游鼓腹,顿忘愁悴。　　谁比。
承流宣化,问俗观风,一时双美。笙歌宴启。交酬献,尽沉醉。
□□□,行看宸庭同拜_{原作"行同拜宸庭飞",毛校云:有误。此从汲古阁刊本。}
归向天街并辔。对西湖把酒,应须共谈旧治。

又

数文章翰墨。前辈远,稍□风流岑寂。公才万夫敌。嗣家声,不坠
江西人物。凝脂点漆。向鸳行、神峰秀出。况襟怀倜傥,词华洒
落,未容俦匹。　　均逸。妙龄识退,故国怀归,问安亲戚。屏风
坐隔。看除召,在晨夕。对生朝,且趁清明时节,痛饮无妨堕帻。
著莱衣戏舞,千春永如是日。

雨　中　花

海宇澄明,天气宴温,人情物态昭苏。喜分付揽辔,来与春俱。潇
洒兰亭醉墨,丁宁黄石传书。到如今几载,不坠风流,世有名儒。

　　山川瑞色，樵牧欢声，尽随弦管虚徐。判醉笑、频挥玉麈，共□ 汲古阁本作“挈”金壶。濡袯聊勤大手，谋谟宜佐皇图。定知朝暮，未容温席，已促锋车。

又　七夕

漠漠云轻，涓涓露重，西风特地飕飕。觉良宵初永，祥暑微收。乘鹤猴山，浮槎银汉，尚想风流。笑人间儿戏，瓜果堆盘，缯彩为楼。

　　广庭净扫，露坐披衣，细看新月如钩。谁道是、嫦娥不嫁，独守清秋。雅有骚人伴侣，长交清影夷犹。举杯相属，却应羞杀，呆女痴牛。

又　中秋

雨霁云收，风高露冷，银河万里波澄。正冰轮初见，玉斧修成。还是一年，凭栏望处，对景愁生。想姮娥应念，待久西厢，为可中庭。

　　翻思皓彩，未如微暗，向人多少深情。长记得、墙阴密语，花底潜行。饮散频羞烛影，梦馀常怯窗明。此时此意，有谁曾问，月白风清。

鹊　桥　仙

云容掩帐，星辉排烛，待得鹊成桥后。匆匆相见夜将阑，更应副、家家乞巧。　　经年怨别，霎时欢会，心事如何可了。朝朝暮暮是佳期，乍可在、人间先老。

洞　仙　歌

痴牛呆女，谩恩深情远。一岁惟能一相见。纵金风玉露，胜却人间，争奈向、雪月花时阻间。　　幽欢犹未足，催度桥归，乌鹊无端便惊散。别后欲重来,杳杳银河,空怅望、不胜凄断。最可惜、当初泛槎人,甚不问、天边这些磨难。

此首草堂诗馀续集卷上误作毛滂词。

多丽　中秋

晚风清,淡云卷尽轻罗。看银蟾、初离海上,万里碧汉澄波。碾云衢、玉轮缓驾,照山影、宝镜新磨。光彻庭除,寒生绮席,无聊清兴助吟哦。共宴赏、明宵天气,晴晦又知他。无眠处,衣濡湛露,目断明河。　　念年来、青云失志,举头羞见嫦娥。且高歌、细敲檀板,拚痛饮、频倒金荷。断约他年,重挥大手,桂枝须斫最高柯。恁时节、清光比似,今夕更应多。功名事,到头须在,休用忙呵。

卓牌子慢　中秋次田不伐韵

西楼天将晚。流素月、寒光正满。楼上笑揖姮娥,似看罗袜尘生,鬓云风乱。　　珠帘终夕卷。判不寐、阑干凭暖。好在影落清尊,冷侵香幄,欢馀未教人散。

倒垂柳　重九

晓来烟露重,为重阳、增胜致。记一年好处,无似此天气。东篱白衣至,南陌芳筵启。风流曾未远,登临都在眼底。　　人生如寄。谩把茱萸看子细。击节听高歌,痛饮莫辞醉。乌帽任教,颠倒风里坠。黄花明日,纵好无情味。

惜 黄 花 慢

霁空如水。衬落木坠红,遥山堆翠。独立闲阶,数声□"蝉"度风前,几点雁横云际。已凉天气未寒时,问好处、一年谁记。_{汲古阁本作}

笑声里。摘得半钗，金蕊来至。横斜为插乌纱，更碎揉、泛入金尊琼蚁。满酌霞觞，愿原校："愿"上脱一字。词谱卷三十五作"愿教"人寿百千，可奈此时情味。牛山何必独沾衣，对佳节、惟应欢醉。看睡起。晓蝶也愁花悴。

醉 花 阴

满城风雨无端恶。孤负登高约。佳节若为酬，盛与歌呼，胜却秋萧索。　　菊花旋摘揉青萼。满满浮杯杓。老鬓未侵霜，醉里乌纱，不怕风吹落。

又

捧杯不管馀醒恶。玉腕宽金约。宛转一声清，戛玉敲冰，浑胜鸣弦索。　　朱唇浅破桃花萼。重注鸬鹚杓。夜永醉归来，细想罗襟，犹有梁尘落。

又

楚乡易得天时恶。风雨长如约。不道有幽人，衣带秋深，犹自悬鹑索。　　招呼朋侣如花萼。有酒须同酌。世态任凋疏，却爱黄花，不似群花落。

又 鸳鸯菊

金铃玉屑嫌非巧。生作文鸳小。西帝也多情，偷取佳名，分付闲花草。　　渊明手把谁携酒。羞把簪乌帽。寄与绮窗人，百种妖娆，不似酴釄好。

又

淋漓尽日黄梅雨。断送春光暮。目断向高楼,持酒停歌,无计留春住。　　扑人飞絮浑无数。总是添愁绪。回首问春风,争得春愁,也解随春去。

解 蹀 躞

迤逦韶华将半。桃杏匀于染。又还撩拨、春心倍凄黯。准拟□□_{花草粹编作"剧饮"。汲古阁本作"酩酊"}狂吟,可怜无复当年,酒肠文胆。　　倦游览。憔悴羞窥鸾鉴。眉端为谁敛。可堪风雨、无情暗亭槛。触目千点飞红,问春争得春愁,也随春减。

琐 窗 寒

柳暗藏鸦,花深见蝶,物华如绣。情多思远,又是一番清瘦。忆前回、庭榭来春,个人预约同携手。恨迟留,载酒期程,孤负踏青时候。　　搔首。双眉暗斗。况无似今年,一春晴昼。风僝雨僽。直得□_{汲古阁本作"恁"}时迤逗。想闲窗、针线倦拈,寂寞细捻酴醾嗅。待还家、定自冤人,泪粉盈襟袖。

玉楼春 许运干生辰

朱帘碧瓦干云际。占尽潇滩形势地。傍墙人唤状元家,想见华堂融瑞气。　　寿杯莫惜团栾醉。跳虎转龟寻旧喜。小邦只恐久难留,异日君王重赐第。

又 为童四十寿

娉婷标格神仙样。几日珮环离海上。小春只隔一旬期,菊蕊包香犹未放。　霞觞满酌摇红浪。慢引新声云际响。玉颜长与姓相宜,寿数三回排第行。

又 茶

酒阑未放宾朋散。自拣冰芽教旋碾。调膏初喜玉成泥,溅沫共惊银作线。　已知于我情非浅。不必宁宁书碗面。满尝乞得夜无眠,要听枕边言语软。

清平乐 熟水

开心暖胃。最爱门冬水。欲识味中犹有味。记取东坡诗意。笑看玉笋双传。还思此老亲煎。归去北窗高卧,清风不用论钱。

又

花阴转午。小院清无暑。雪碗冰瓯凝灏露。自涤紫毫鸡距。麝煤落纸生春。只应李卫夫人。我亦前身逸少,莫嗔太逼君真。

渔家傲 十月二日老妻生辰

昨日小春才得信。明宵新月初生晕。又对寿觞斟九酝。香成阵。欢声点破梅梢粉。　琪树长青资玉润。鸳鸯不老眠沙稳。此去期程知远近。君休问。山河有尽情无尽。

又 同前

菊暗荷枯秋已满。柹黄橘绿冬初暖。草草杯盘成小宴。殷勤劝。尊前莫遣霞觞浅。　两鬓从教霜点半。人生最要长为伴。举酒岂徒称寿算。深深愿。来年更看门风换。

又 同前

梅晕渐开红蜡垒。菊篱尚耀黄金蕊。正是小春风物美。宜家喜。
生朝颜巷犹和气。　　古鼎氤氲云缕细。霞觞潋滟红鳞起。听取
殷勤歌里意。千秋气。北堂同我供甘旨。

又

事事无心闲散惯。有时独坐溪桥畔。雨密波平鱼曼衍。鱼曼衍。
轮轻钓细随风卷。　　忆昔故人为侣伴。而今怎奈成疏间。水远
山长无计见。无计见。投竿顿觉肠千断。

双雁儿 除夕

穷阴急景暗推迁。减绿鬓，损朱颜。利名牵役几时闲。又还惊，一
岁圆。　　劝君今夕不须眠。且满满，泛觥船。大家沉醉对芳筵。
愿新年，胜旧年。

又

休惊明日岁华新。且喜得，又逢春。北堂歌舞奉慈亲。愿遐龄，等
大椿。　　□□□□□□□。□□□，□□□。□□□□□□□□。
□□□，□□□。

迎 春 乐

新来特特更门地。都收拾、山和水。看明年、事事都如意。迎福
禄、俱来至。　　莫管明朝添一岁。尽同向、尊前沉醉。且唱迎春
乐，祝慈母、千秋岁。

永　遇　乐

鸳瓦霜明,绣帘烟暖,和气容与。云想衣裳,风清环珮,拥翠娥扶
步。蓬山远别,仙班知是,有客旧同俦侣。谒来到、人间又也,爱他
相门荣遇。　　　清秋菊在,小春梅绽,正是年华好处。酒满瑶觞,
歌翻金缕,莫放行云去。已随夫贵,仍因儿显,两国看封齐楚。此
时对、生朝听我,却称寿语。

又

黄叶缤纷,碧江清浅,锦水秋暮。画鼓冬冬,高牙飐飐,离棹无由
驻。波声箫韵,芦花蓼砌,翻作别离情绪。须知道、风流太守,未尝
恝情来去。　　　那堪对此,来时单骑,去也文鸳得侣。绣被薰香,
蓬窗听雨,还解知人否。一川风月,满堤杨柳,今夜酒醒何处。调
疏呵、双栖正稳,慢摇去橹。

又　梅子

风褪柔英,雨肥繁实,又还如豆。玉核初成,红腮尚浅,齿软酸微
透。粉墙低亚,佳人惊见,不管露沾襟袖。折一枝、钗头未插,应把
手揉频嗅。　　　相如病酒,只因思此,免使文君眉皱。入鼎调羹,
攀林止渴,功业还依旧。看看飞燕,衔将春去,又是欲黄时候。争
如向、金盘满捧,共君对酒。

　　按此首别见全芳备祖后集卷五梅子门,作王冠卿词。

玉　烛　新

荒山藏古寺。见傍水梅开,一枝三四。兰枯蕙死。登临处_{原空格,据}
_{词谱补}、慰我魂消惟此。可堪红紫。曾不解、和羹结子。高压尽、百

卉千葩,因君合修花史。　　　韶华且莫吹残,待浅揾松煤,写教形似。此时胸次。凝冰雪、洗尽从前尘滓。吟安个字。判不寐、勾牵幽思。谁伴我、香宿蜂媒,光浮月姊。

御　街　行

平生厌见花时节。惟只爱、梅花发。破寒迎腊吐幽姿,占断一番清绝。照溪印月,带烟和雨,傍竹仍藏雪。　　　松煤淡出宜孤洁。最嫌把、铅华说_{原校:"说"疑"设"}。暗香销尽欲飘零,须得笛声呜咽。这些风味,自家领略,莫与傍人说。

柳　梢　青

傲雪凌霜。平欺寒力,搀借春光。步绕西湖,兴馀东阁,可奈诗肠。　　　娟娟月转回廊。悄无处、安排暗香。一夜相思,几枝疏影,落在寒窗。

又

雪艳烟痕_{原空格,铁网珊瑚作"痕"}。又要春色,来到芳尊。却忆年时,月移清影,人立黄昏。　　　一番幽思谁论。但永夜、空迷梦魂。绕遍江南,缭墙深苑,水郭山村。

又

茅舍疏篱。半飘残雪,斜卧低枝。可更相宜,烟笼修竹,月在寒溪。　　　亭亭伫立移时。判瘦损、无妨为伊。谁赋才情,画成幽思,写入新诗。

　　　按此首误入朱淑真断肠词。

又

月堕霜飞。隔窗疏瘦，微见横枝。不道寒香，解随羌管，吹到屏帏。

　　个中风味谁知。睡乍起、乌云任欹。嚼蕊揆英，浅颦轻笑，酒半醒时。

按此首误入朱淑真断肠词。

又

月转墙东。几枝寒影，一点香风。清不成眠，醉凭诗兴，起绕珍丛。

　　平生只个情钟。渐老矣、无愁可供。最是难忘，倚楼人在，横笛声中。

又

玉骨冰肌。为谁偏好，特地相宜。一段风流，广平休赋，和靖无诗。

　　绮窗睡起春迟。困无力、菱花笑窥。嚼蕊吹香，眉心贴处，鬓畔簪时。

按此首误入朱淑真断肠词。

又

为爱冰姿，画看不足，吟看不足。已恨春催，可堪风里，飞英相逐。

　　只应自惜高标，似羞伴、妖红媚绿。藏白收香，放他桃李，漫山粗俗。

又

水曲山傍。寒梢冷蕊，隐映修篁。细细吹香，疏疏沉影，恼断回肠。

　　为伊驻马横塘。漫立尽、烟村夕阳。空袅吟鞭，几多诗句，不入思量。

又

天付风流。相时宜称,著处清幽。雪月光中,烟溪影里,松竹梢头。
　　却憎吹笛高楼。一夜里、教人鬓秋。不道明朝,半随风远,半
逐波浮。

又

屋角墙隅。占宽闲处,种两三株。月夕烟朝,影侵窗牖,香彻肌肤。
　　群芳欲比何如。癯儒岂、膏粱共途。因事顺心,为花修史,从
记中书。

又

瑞鸭烟浓。晓来弦管,声在霜空。却退寒威,借回春色,满苑香风。
　　几时人下瑶宫。记千载、今朝庆逢。满捧瑶觞,芝兰丛里,锦
绣光中。

又

江月轩中。拍堤新涨,绕院薰风。深注瑶觞,低歌金缕,声在晴空。
　　新词尽索无穷。断酩酊、衰颜为红。愿得年年,繁枝子满,绿
叶阴浓。

又　步观察生辰二首

槐夏风清。霁天欲晓,武曲增明。元是今朝,曾生名将,力佐中兴。
　　朝家息马休兵。享逸乐、嬉游太平。忧国胸襟,平戎材略,分
付瑶觚。

又

灼灼红榴,垂垂绿柳,庭户清和。罗绮香中,十分春酒,几叠高歌。

遐龄欲问如何。记平日、阴功数多。千载今朝,笑看池面,龟戏青荷。

又　李莹

小阁深沉,酒醺香暖,容易眠熟。梦入仙源,桃红似火,李莹如玉。

觉来几许悲凉,记永夜、传杯换烛。绣被薰香,宝钗落枕,同论心曲。

又　癸未秋社有怀故山

送雁迎鸿,未寒时节,已凉天气。针线倦拈,帘帏低卷,别般风味。

欹眠梦到山中,共老幼、扶携笑喜。桑柘影深,鸡豚香美,家家人醉。

又

暴雨生凉。做成好梦,飞到伊行。几叶芭蕉,数竿修竹,人在南窗。

傍人笑我恓惶。算除是、铁心石肠。一自别来,百般宜处,都入思量。

解 连 环

素书谁托。嗟鳞沉雁断,水遥山邈。问别来、几许离愁,但只觉衣宽,不禁消薄。岁岁年年,又岂是、春光萧索。自无心、强陪醉笑,负他满庭花药。　　援琴试弹贺若。尽清于别鹤,悲甚霜角。怎似得、斜拥檀槽,看小品吟商,玉纤推却。旋暖薰炉,更自炷、龙津双莩。正怀思、又还夜永,烛花自落。

踏　莎　行

灯月交光,笙簧_{原空格}递响。繁华依旧升平样。心期休卜紫姑神,
文章曾照青藜杖。　　歌落梁尘,酒摇鳞浪。暂还南国同邀赏。
明年侍辇向端门,却瞻日表青霄上。

探　春　令

梅英粉淡,柳梢金软,兰芽依旧。见万家、灯火明如昼。正人月、圆
时候。　　挨香傍玉偷携手。尽轻衫寒透。听一声、画角催残漏。
惜归去、频回首。

又

雪梅风柳,弄金匀粉,峭寒犹浅。又还近、三五银蟾满。渐玉漏、声
初短。　　尊前重约年时伴。拣灯词先按。便直饶、心似蛾儿撩
乱。也有春风管。

又

搦儿身分,测儿鞋子、捻儿年纪。著一套、时样不肯红,甚打扮、诸
馀济。　　回头一笑千娇媚。知儿多深意。奈月华、灯影交相照,
消没个、商量地。

又　刘伯玉生辰

东风初到,小梅枝上,又惊春近。料天台不比,人间日月,桃萼红英
晕。　　刘郎浪迹凭谁问。莫因诗瘦损。怕桑田变海,仙源重返,
老大无人认。

人 月 圆

风和日薄馀烟嫩,测测透鲛绡。相逢且喜,人圆玳席,月满丹霄。

烂游胜赏,高低灯火,鼎沸笙箫。一年三百六十日,愿长似今宵。

又

月华灯影光相射。还是元宵也。绮罗如画,笙歌递响,无限风雅。

闹蛾斜插,轻衫乍试,闲趁尖耍。百年三万六千夜,愿长如今夜。

眼 儿 媚

柳腰花貌天然好,聪慧更温柔。千娇百媚,一时半霎,不离心头。

是人总道新来瘦,也著甚来由。假饶薄命,因何瘦了,划地风流。

倒 垂 柳

南州初会遇。记惺惺、说底语。而今精神□,倾下越风措。雍门人独夜,客舍停杯处。馀香应未泯,凭君重唱金缕。　　移宫易羽。纵有离愁休怨诉。客里□汲古阁本作"忒"凄凉,怕听断肠句。情山曲海,君已心相许。骖鸾乘月,正好同归去。

南 歌 子

露宠妆成态,风扶醉里身。谩劳驿使走征尘。岭外陇头何处、不知春。　　诗思清如水,毫端妙入神。可怜徒效越娘颦。为问吟哦摹写、几曾真。

又　次东坡端午韵

小雨疏疏过，长江滚滚流。落霞残照晚明楼。又是一番重午，身寄南州。　　罗绮纷香陌，鱼龙漾彩舟。不堪回首凤池头。谁道于今霜鬓，犹自淹留。

又　己未和韵

波静明如染，山光翠欲流。晚来乘兴上章楼。楼外谁歌新唱，知有黄州。　　拟泛银河浪，聊乘藕叶舟。蓬山应自隐鳌头。借问谪仙何在，今为谁留。

又

笛喷风前曲，歌翻意外声。年来老子厌风情。可是于君一见、眼双明。　　枕臂听残漏，停杯对短檠。直教笔底有文星。欲状此时情味、若为成。

又

巾染乌烟碧，衣拖晓露鲜。盈盈风骨小神仙。特地勾牵处士、梦巫山。　　星宿罗胸次，牙签弄指端。凭君为算小行年。试问与伊结得、几生缘。

又

彩缕牵肠断，明珠暗滴圆。从头颗颗手亲穿。寄与仙卿同结、此生缘。　　和串拢瑜臂，连云坠雪肩。循环密数对沉烟。似我真情不断、永相联。

西　江　月

沙上鸥群□_{汲古阁本作"轻"}戏,云端雁阵斜铺。殷勤特为故人书。写尽衷肠情素。　　名字纵非俦匹,夤缘自合欢娱。尽教涂抹费工夫。到底翻成吃醋。

又

态度雪香花瘦,情怀雨润云温。故将淡墨写精神。记得洗妆_{原作"章",校语云:"章"疑"妆"}馀晕。　　只恐妖娆未似,谁云彼此难分。别来憔悴不堪论。相对无言有恨。

生　查　子

秋深郎未归,月上人初静。无语意迟迟,步转梧桐影。　　罗衣宽莫裁,云鬓松还整。谁与问相思,立尽清宵永。

又

秋来愁更深,黛拂双蛾浅。翠袖怯春寒,修竹萧萧晚。　　此意有谁知,恨与孤鸿远。小立背西风,又是重门掩。

又

妖娆百种宜,总在春风面。含笑又和嗔,莫作丹青现。　　问著却无言,觑了还回盼。底处奈思量,卷了还重展。

甘　草　子

秋暮。永夜西楼,冷月明窗户。梦破橹声中,忆在松江路。攲枕试寻曾游处。记历历、风光堪数。谁与浮家五湖去。尽醉眠秋雨。

鹧 鸪 天

湖上风光直万金。芙蓉并蒂照清深。须知花意如人意，好在双心同一心。　　词共唱，酒俱斟。夜阑扶醉小亭阴。当时比翼连枝愿，未必风流得似今。

又

休倩傍人为正冠。披襟散髮最宜闲。水云况得平生趣，富贵何曾著眼看。　　低拍棹，称鸣銮。一尊长向枕边安。夜深贪钓波间月，睡起知他日几竿。

又

不学真空不学仙。不居廛市不居山。时沽鲁酒供诗兴，莫管吴霜点鬓斑。　　只么去，几时还。岂知魂梦□□间。凭君休作千年调，到处惟□〔汲古阁本作“知”〕一味闲。

又

蕙性柔情忒可怜。盈盈真是女中仙。披图一见春风面，携手疑同玳瑁筵。　　挥象管，擘蛮笺。等闲写就碧云篇。风流意态犹难画，潇洒襟怀怎许传。

天 下 乐

雪后雨儿雨后雪。镇日价、长不歇。今番为寒忒太切。和天地、也来厮虐。　　睡不著、身心自暗撅。这况味、凭谁说。枕衾冷得浑似铁。只心头、些个热。

玉　抱　肚

同行同坐。同携同卧。正朝朝暮暮同欢,怎知终有抛躲。记江皋惜别,那堪被、流水无情送轻舸。有愁万种,恨未说破。知重见、甚时可。　　见也浑闲,堪嗟处、山遥水远,音书也无个。这眉头、强展依前锁。这泪珠、强拔_{词谱作"拭"}依前堕。我平生、不识相思,为伊烦恼忒大。你还知么。你知后、我也甘心受摧挫。又只恐你,背盟誓、似_{词谱作"如"}风过。共别人、忘著我。把洋澜左_{词谱作"把扬澜左蠡"},都卷尽_{与词谱作"也",属下句},杀不得、这心头火。

雨　中　花　令

惆怅红尘千里。恨死拨、浮名浮利。欠我温存,少伊捆就,两处悬悬地。　　拟待归来伏不是。更与问、孤眠子细。月照纱窗,晓灯残梦,可瞭恶滋味。

又

已是花魁柳冠。更绝唱、不容同伴。画鼓低敲,红牙随应,著个人勾唤。　　慢引莺喉千样转。听过处、几多娇怨。换羽移宫,偷声减字,不顾人肠断。

又

自是云温雨润。诮不解、佯嗔偷闷。倾坐精神,忺人情性,眉际生春晕。　　语带京华清更韵。听娅姹、莺喉娇稳。别后相思,心头欲见,觅个灯花信。

夜行船 白玉

不假铅华嫌太白。玉搓成、体柔腰搦。明月堂深，莲花杯软，情重自斟琼液。　　寄语砆砆休并色。信秦城、未教轻易。绛阙楼成，蓝桥药就，好吹箫共乘鸾翼。

又 吕倩

醉袖轻拢檀板转_{原空格}。听声声_{原空格}、晓莺初_{原无"初"字嗵}。花落江南，柳青客舍，多少旧愁新怨。　　我也寻常听见惯。浑不似、这翻撩乱。调少情多，语娇声咽，曲与寸肠俱断。

又 周三五

宝髻双垂烟一缕。年纪小、未周三五。压一精神，出群标格，偏向众中翘楚。　　记得谯门初见处。禁不定、乱魂飞去。掌托鞋儿，肩拖裙子，悔不做、闲男女。

又

怪被东风相误。落轻帆、暂停烟渚。桐树阴森，茅檐潇洒，元是那回来处。　　相与狂朋沽绿醑。听胡姬、隔窗言语。我既痴迷，君还留恋，明日慢移船去。

又

夹岸绮罗欢聚。看喧喧、彩舟来去。晴放湖光，雨添山色，谁识总相宜处。　　输与骚人知胜趣。醉临流、戏评坡句。若把西湖比西子，这东湖、似东邻女。

两 同 心

行看不足。坐看不足。柳条短、斜倚春风,海棠睡、醉欹红玉。清堪掬。桃李漫山,真成粗俗。　　遥夜几番相属。暗魂飞逐。深酌酒、低唱新声,密传意、解回娇目。知谁福。得似风流,可伊心曲。

又

秋水明眸、翠螺堆髪。却扇坐、羞落庭花,凌波步、尘生罗袜。芳心发。分付春风,恰当时节。　　渐解愁花怨月。忒贪娇劣。宁宁地、情态于人,惺惺处、语言低说。相思切。不见须臾,可堪离别。

又

月可中庭,夜凉初燕。见个人人、越格风流,饶济济、入时打扮。小从容,不似前回,匆匆得见。　　坐上不禁肠断。捧杯深劝。争敢望、白雪新声,唯啜得、秋波一眄。告从今,休要教人,千呼万唤。

又 梦牛楚

枕簟凉生秋早。梦魂忒好。见玉人、且喜且悲,挨琼脸、厮偎厮抱。信言多磨,刚被山禽,一声催晓。　　觉来满船清悄。愁恨多少。知是我、怜你心微,知是你、与我情厚。谢殷勤,不易山遥水远寻到。

乌 夜 啼

不禁枕簟新凉。夜初长。又是惊回好梦、叶敲窗。　　江南望。江北望。水茫茫。赢得一襟清泪、伴馀香。

朝天子　周师从小阁

小阁宽如掌。占螺浦、山川夷旷。千奇万状。见云烟收放。
更永夜、风生明月上。用取真成无尽藏。谁共赏。徙倚抚、危栏吟望。

步蟾宫　九月二十六夜宿周师从家。睡觉,风雨起,有
怀木犀

桂花馥郁清无寐。觉身在、广寒宫里。忆吾家、妃子旧游,瑞龙脑、
暗原空格藏叶底。　　　不堪午夜西风起。更飔飔、万丝斜坠。向晓
来、却是给孤园,乍惊见、黄金布地。

又

一斑两点从初起。这手脚、渐不灵利。背人只待暗搔爬,腥臭气、
薰天炙地。　　　下梢管取好脓水。要洁净、怎生堪洗。自身作坏
匹如闲,更和傍人带累。

长相思　己卯岁留淦上,同诸友泛舟,至卢家洲登小
阁,追用贺方回韵,以资坐客歌笑

急雨回风,淡云障日,乘闲携客登楼。金桃带叶,玉李含朱,一尊同
醉青州。福善桥头。记檀槽凄绝,春笋纤柔。窗外月西流。似浔
阳、商妇邻舟。　　　况得意原空格情怀,倦妆模样,寻思可奈离愁。
何妨乘逸兴,甚征帆、只抵芦洲。月却花羞。重见想、欢情更稠。
问何时,佳期卜夜,如今双鬓惊秋。

曲　江　秋

前山雨歇。爱竹树低阴,轩窗无热。珠箔半垂,清风细绕,萧萧吹

华髮。珍簟粲枕设。珊瑚瘦,琉璃滑。永日欹枕,知谁是伴,旧书重揭。　　清绝。轻云淡月。梦同泛、沧波万叠。杯盘狼藉处,相扶就枕,欢笑歌翻雪。转棹小溪湾,人家灯火断明灭。正携手,无端惊回,槛外数声鶗鴂。

又

香消烬歇。换沉水重燃,薰炉犹热。银汉坠怀,冰轮转影,冷光侵毛髮。随分且宴设。小槽酒,真珠滑。渐觉夜阑,乌纱露濡,画帘风揭。　　清绝。轻纨弄月。缓歌处、眉山怨叠。持杯须我醉,香红映脸,双腕凝霜雪。饮散晚归来,花梢指点流萤灭。睡未稳,东窗渐明,远树又闻鶗鴂。

又

鸣鸠怨歇。对急雨过云,暗风吹热。漠漠稻田,差差柳岸,新沐青丝髮。楼上素琴设。爱流水,随弦滑。深炷龙津,浓熏绛帏,博山频揭。　　超绝。遥岑吐月。照苍茜、重重叠叠。恍然身在处,浑疑同泛,花舫波喷雪。滉漾醉魂醒,惊呼不是沤生灭。伫望久,空叹无才可赋,厌听鶗鴂。
<small>原空格</small>

点绛唇 <small>赵育才席上用东坡韵赠歌者</small>

小阁清幽,胆瓶高插梅千朵。主宾欢坐。不速还容我。　　换羽移宫,绝唱谁能和。伊知么。暂听些个。已觉丝成裹。<small>以上毛校本逃禅词一百七十三首</small>

柳 梢 青

渐近青春,试寻红瑞,经年疏隔。小立风前,恍然初见,情如相识。

为伊只欲颠狂，犹自把、芳心爱惜。传与东君，乞怜愁寂，不须
要勒。

又

嫩蕊商量。无穷幽思，如对新妆。粉面微红，檀唇羞启，忍笑含香。
　　休将春色包藏。抵死地、教人断肠。莫待开残，却随明月，走
上回廊。

又

粉墙斜搭。被伊勾引，不忘时霎。一夜幽香，恼人无寐，可堪开匣。
　　晓来起看芳丛，只怕里、危梢欲压。折向胆瓶。移归芸阁，休
薰金鸭。

又

目断南枝。几回吟绕，长怨开迟。雨浥风欺，雪侵霜妒，却恨离披。
　　欲调商鼎如期。可奈向、骚人自悲。赖有毫端，幻成冰彩，长
似芳时。范端伯要余画梅四枝：一未开、一欲开、一盛开、一将残，仍各赋词一首。画
可信笔，词难命意，却之不从，勉徇其请。予旧有柳梢青十首，亦因梅所作，今再用此声
调，盖近时喜唱此曲故也。端伯奕世勋臣之家，了无膏粱气味，而胸次洒落，笔端敏捷，
观其好尚如许，不问可知其人也。要须亦作四篇，共夸此画，庶几衰朽之人，托以俱不
泯耳。乾道元年七夕前一日癸丑，丁丑人扬无咎补之书于豫章武宁僧舍。

　　以上四首见铁网珊瑚画品卷一杨补之四梅卷。

存　目　词

曹　勋

勋字功显,阳翟(今河南省禹县)人。元符元年(1098)生。组之子。宣和五年(1123)赐同进士出身。靖康初,从徽宗北迁,遁归。忤秦桧,被出于外。后拜昭信军节度使。绍兴三十二年(1162)加太尉。淳熙元年(1174)卒。有松隐集。

法曲 道情

散　序

飞金走玉常奔驰。日上还西。自古待著长绳系。算尘心、谩劳役堪悲。盘古到此际。桑田变海,海复成陆高低。噫嘻。下土是凡质容仪。寿考能消,几日支持。念一世。真若朝荣暮落难期。幸有志、日传得神仙希夷。希夷。堪为千古人师。

歌　头

柱史乘车,青牛驾軛,紫云覆顶,函关令已前知。西升稍驻,尹喜虔恭誓。求老子。亲谈道德微旨。五千馀言,俱救末俗,度脱令咸归生理。体元机。人间方解道术,兼明治身,与国阶梯。更有黄庭,专分二境,内外皆举璇题。羽客见者,倾诚恳诵合彝仪。万神潜礼。密奉二经,炷香静默,心无竞,靡端倪。得失扫去,意海澄流要体。内景防愆失。外景忘疲。阆风蓬岛岂能移。念诵灵辞。指群迷。

遍　第　一

丽景早春时。正花漏初迟。东君出震,太和应物,恍惚中立丹基。天风卦成随象,记合成□□□□□□□必相契。三千六百火候,密

运精微。蒸入肌肤,嫩红潮颊,自然旧容生辉。情志。鄙凡尘,瑶
圃满眼,都看桃李。晴云万叠开异色。灵光湛湛增秀逸。与道合。
真境丹房,随时沐浴,亦向朝夕。

遍　第　二

向虚靖晨起。朝元意达,冲漠怡怡。三天澄映,九光霁碧,如有鹤
舞鸾飞。泛空际。瑶室明辉。动与真期。至理常寂,户庭无远,欣
欣端比。侍宴日在瑶池。师友多闲,抱琴沽酒度曲,笑采华芝。九
节倚筇时。何须钓月眠石,寻觅占渊静逸。乐修持。澹然灵府泳
真谛。怡养丹光里。春已收功,自育火枣交梨。

遍　第　三

珠星璧月,昼景夜色相催。正阳炎序火府,龙珠蕴照,冰海融澌。
洞天春常好,日日琪花,琼蕊芳菲。绛景无别,惟似琉璃。平地环
绕清沚。火中生莲,会成真物,更取海底龟儿。胜热涤暑风,全形
莹若冰肌。常存道意。铄石流金无畏。共协混元一气。入冲极。
觉自己。乾体还归。

第　四　攧

南薰殿阁,卷窗户新翠。池沼十顷净,俯桥影横霓。龟鱼自乐,潺
潺螭口,流水照碧,芰荷绿满长堤。柳烟水色,一派涟漪。松竹阴
中,细风缓引凉吹。琴韵响,玉德凤轸,声转瑶徽。疏襟曳履。或
行或凭几。待饮彻、玉鼎云英,怎更有炎曦。

入　破　第　一

秋容应节,渐肃景入窗扉。碧洞连翠微。商律回岩桂。金精壮盛

时。拥蟾轮、生素辉。启口天为侣,是列仙行缀。心均太上,欲度
世缘无亏。用定力坚持。奉真常,惟凝寂。忱诚贯斗极。赐长生,
仍久视。洞达虚皇位。德寿高与天齐。

入 破 第 二

清昼静居香冷,风动万年枝。凉应兑卦体。秋色鸣轻飔。冥心运
正一。御铁牛、耕寸地。都种金钱花,秀色照戊己。新霜万物凋
谢,我常无为。冲起浩然气。抱冲和,人间世。登高共赏宴,泛东
篱。菊尽醉。谁会。登高意表、迥出凡尘外。

入 破 第 三

光铺晓曦。云影拂霜低。空阔飞鸿过,两三行、向天际。晴景乍
升,晃疏棂,蜂翅迷。密障红炉暖,香缕飘烟细。超然坐久,幽径试
寻寒梅。酥点竹间稀。正疏〔蓓〕(菩)吐南枝。微阳动细蕊。任斜
日、沉澹晖。惨惨寒威。晚知皓雪欲垂垂。

入 破 第 四

黄钟正严凛,飞舞屑琼瑰。清赏丰年瑞。云液喜传杯。阴爻会见
复,动一阳、生浩气。谁问添宫线,炼功在金液。晴檐试暖,表里莹
如无疵。庭柳漏春信,更萱色、侵苔砌。优游岁向晚,叹人间时序
疾。还捧椒觞,羽衣礼无极。

第 五 煞

多景推移。便似风灯里。将尘寰喻,尘里白驹过隙。今世过却,来
生何处觅。失时节。生死到来嗟何及。勤而行之。竞力待与、钟
吕相期。三千行满,连环脱下已。驾青鸾素鹤朝太微。

大椿 太母庆七十

梅拥繁枝，香飘翠帘，钧奏严陈华宴。诚孝感南极，老人星垂眷。东朝功崇庆远，享五福、长乐金殿。兹时寿协七旬，庆古今来稀见。　　慈颜绿髪看更新，玉色粹温，体力加健。导引冲和气，觉春生酒面。龙章亲献龟台祝，与中宫、同诚欢忭。亿万斯年，当蓬莱、海波清浅。

花心动 同前

椒柏称觞，抚寰瀛佳辰，正临端月。瑞应屡臻，宫籥多祥，气候暖回微冽。圣母七旬寿，复无前、天心昭格。溥庆处，坤珍效祉，宴开清切。　　金殿箫韶备设。锵钧奏留云，舞容回雪。赭袍绣拥，袆翟同诚，递捧玉杯欢悦。愿将亿万喜，祝亿万、从兹无缺。太平主，永隆圣孝凤阙。

保寿乐 同前

和气暖回元日，四海充庭琛贡至。仗卫俨东朝，郁郁葱葱，响传环佩。凤历无穷，庆慈闱上寿，皇情与天俱喜。念永锡难老，在昔难比。　　六宫嫔嫱罗绮。奉圣德、坤宁俱备。箫韶动钧奏，花似锦，广筵启。同祝宴赏处，从教月明风细。亿载享温清，长生久视。

宴清都 太母诞辰

画幕明新晓。晴日薄，小春微动花柳。宸闱荐祉，东朝诞育，载光坤厚。朱颜内鼎丹就。喜自得、长生妙有。奉冕旒、衣彩坤珍，同耀帕罗珠袖。　　钧奏。翠羽帘垂，三千粉色，花明如绣。歌声缓引，梁尘暗落，五云凝昼。龙香绕斝芳酒。尽夜饮、何妨禁漏。万万载、常向慈宁,俱献圣寿。

又 贵妃生日

凤苑东风软。春容早,岁端新律初转。宫云丽晓,人日应钟,庆符闺范。元妃懿德尊显。位四圣、晋芳避辇。佐圣主、美化重宣,光被海宇弥远。　　香满。帝渥恩隆,歌珠舞雪,俱陈丝管。彤闱共悦,天颜有喜,看寿觞亲劝。今年外家华焕。拥使节、新班侍宴。愿万载、永冠椒房,常奉舜殿。

一寸金 太母诞辰

霜落鸳鸯,绣隐芙蓉小春节。应运看,月魄分辉,坤顺同符,文母徽音芳烈。诞育乾坤主,均慈爱、练裙岂别。经沙塞、涉履烟尘,瑞色怡然更英发。　　上圣中兴,严恭问寝,宫庭正和悦。看寿筵高启,龙香低转,声入霓裳,檀槽新拨。翠衮同行乐,钧韶奏、喜盈绛阙。倾心愿、亿载慈宁,醉赏闲风月。

国香 同前

十月新阳。喜桃杏秀发,宫殿春香。宝历开图,文母协应时康。诞庆欣逢令旦,向花闱、罄列嫔嫱。欢荣是九五,侍膳芳筵,翠扆龙章。　　天心人共喜,拱三钗瑞彩,同捧瑶觞。禁中和气,都入法部丝簧。一片神仙锦绣,正珠帘、高卷云光。遐龄祝亿载,永奉慈颜,地久天长。

又 中宫生辰

红染芙蓉。似晓霞丽日,秋满珠宫。瑞彩朝来,都做和气葱葱。共庆龟台降祉,化均风历同风。升平助阴化,奉养馀闲,翰墨鸾龙。

群仙移彩仗,尽红妆玉带,乐震霜空。响入千岩,芳桂香散房
栊。劝寿天颜有喜,奉觞雁序雍容。蟠桃待从此,岁岁今朝,荐酒
瑶钟。

齐天乐 同前

芙蓉凝露青霞护,朝日绮疏风细。正是中秋,时候喜逢,中宫葱葱
佳气。云龙庆会。赞真主当阳,辅成天地。暇日琴书,暂闲蚕馆见
贤志。　　　嫔嫱衣罗乍试。尽趋椒殿,喜芳绣筵初启。酒面腾红,
香烟罩碧,恩满六宫金翠。何妨绛烛。任花欹玉侧,劝教沉醉。凤
阙龙楼,夜色凉如水。

透碧霄 同前

阆苑喜新晴。正桂华、飘下太清。宝籁凉秋,梦祥明月,天开辅盈
成。宫闱女职遵慈训,见海宇仪型。奉东朝、晨夕趋承。化内外、
咸知柔顺,已看彤管赋和平。　　　宴坤宁。香腾金猊,烟暖秘殿彩
衣轻。六乐丝竹,绕云萦水,总按新声。天临帝幄,亲颁寿酒,恩意
兼勤。雁行缀、宰府殊荣。愿万亿斯年,南山并永,坤厚赞尧明。

芰荷香 同前

彩云间。正西瑶阿母,初驻非烟。晓空吹静,暑气清度薰弦。母仪
万国,配帝德、直切天垣。阴化从此俱宣。六宫内壶,欣拜新班。
　　　况是关雎咏懿美,奉东朝晨夕,甘旨芳鲜。上赓慈训,下齐海
宇均欢。坤宁暇日,庆盛旦、且款芳筵。永赞二圣当天。雍和化
洽,亿万斯年。

玉连环　天申寿词

庆云开霁,清华明昼,殿阁风度薰弦。电虹敷瑞,应炎运当千。端景命、符圣德,三阶正、万国归化,远胜文思睿藻,问寝格中天。

深严。邃启芳筵。正花拥绛帟,瑶殿神仙。缓闻钧韶奏下,歌舞云边。宫闱馨和气,浃南山。罩翠霭、上寿烟。祝无疆御历万万年。

夏云峰　圣节

绍洪基,抚万宇,中兴宝运符千。枢电瑞绕,景命燕及云天。挺生真主,平四海、复禹山川。班列立、瞻云就日,职贡衣冠。　　欢均鳌禁鹓鸾。望花城粉黛,金兽祥烟。笙箫缓奏,化国日永留连。宝觞亲劝,须纵饮、歌舞韶妍。都是祝、南山圣寿,亿万斯年。

凤凰台上忆吹箫　同前

碧玉烟塘,绛罗艳卉,朱清炎驭升旸。正应运、真人诞节,宝绪灵光。海宇均颁湛露,环佩拱、北极称觞。欢声浃,三十六宫,齐奉披香。　　　芬芳。宝薰如霭,仙仗捧椒扆,秀绕嫔嫱。上万寿、双鬟妙舞,一部丝簧。花满蓬莱殿里,光照坐、尊俎生凉。南山祝,常对化日舒长。

安平乐　圣节

圣德如尧,圣心如舜,欣逢出震昌期。中兴继体,抚有寰瀛,三阳方是炎曦。万国朝元,奉崇严宸扆,咫尺天威。瑞色满三墀。渐嵩呼、均庆彤闱。　　　正金屋妆成,翠围红绕,香霭高散狻猊。东朝移雕辇,与坤仪、同奉瑶卮。阆殿花明,亿万载、咸歌寿祺。视天民,永祈宝历,垂衣端拱无为。

夜合花 <small>同前</small>

星拱尧眉,日临云幄,晓天初静炎曦。香凝翠宸,花笼禁殿风迟。彩山高与云齐。奉明主、玉辇交挥。庆天申旦,九州四海,同咏昌时。　　今年麦有双歧。别有琅玕并节,深秀联枝。丰世瑞物,嘉祥效祉熙熙。坐中莫惜沉醉,仰三圣、玉德光辉。献南山寿,严宸万载,永奉垂衣。

绿头鸭 <small>同前</small>

喜雨薰泛景,翠云低柳。正凉生殿阁,梅润晓天,暑风时候。应乘乾、彩虹流渚,惊电绕、璇霄枢斗。大业辉光,益建火德,梯航四海尽奔走。六府焕修,多方平定,寰宇歌元首。凝九有。三辰拱北,万邦孚佑。　　对祥烟、雾色清和,凤韶九成仪昼。听山声、响传呼舞,腾紫府、香浓金兽。禁籞升平,慈闱燕适,祎衣共上玉觞酒。齐奉舜图,南山同永,合殿备金奏。祝圣寿。圣寿无疆,两仪并久。

赏松菊 <small>寿圣诞辰</small>

凉飙应律惊潮韵,晓对彩蟾如水。庆霄占梦月,已祥开天地。圣主中兴大业,二南化、恭勤辅翊。抚宫闱,看仪型,海宇尽成和气。禁掖西瑶宴席。泛天风、响钧韶空外。贵是至尊母,极人间崇贵。缓引长生丽曲,翠林正、香传瑞桂。向灵华,奉光尧,同万万岁。

瑞鹤仙 <small>贵妃生辰</small>

小梅凝秀色,泛雾霭晴和,春容初透。璇霄降仙格,觉葱葱佳气,先惊花柳。芝兰户牖。庆禀质、天长地久。有当熊避辇,嘉声懿德,

六宫居右。　　清昼。文箫仪凤,妙舞低云,缓锵钧奏。香传绣
幄,腾非雾,上金兽。愿千龄遐算,三宫慈爱,长享兹辰劝酒。向瑶
台阆苑,芳音永嫔万寿。

水龙吟　会庆节

翠帘迟晚,龙楼丽日,海宇明新霁。枢旋大电,虹流华渚,阳春天
气。出震乘乾,保民立政,垂衣裳治。诞恩均九有,功兼七制,恢图
抚、四荒外。　　威动殊邻万里。拥衣冠、称觞玉陛。虞韶缓度,
龙香飞下,晴云如水。行见冰天,版图来上,诸侯盟会。奉怡颜宴
罢,归移宝辇,向瑶池醉。

又　东宫寿词

嫩凉微裛,秋容乍肃,迥觉凉如水。重阳已近,岩华增秀,一钩天
际。香动前星,气横文圃,荣光呈瑞。仰宸心密眷,行都正牧,兵民
奉、神明治。　　金殿朝回燕适。肆武功、文德咸备。萧闲翰墨,
惟亲书史,不寻罗绮。欢动宸严,宴开鹤禁,生朝和气。愿青宫布
政,龙楼问寝,同千万岁。

又　庆王诞辰

傍阶红药,新梢翠竹,榭阁薰风静。维神降岳,维熊占梦,姿仪玉
聘。金殿趋庭,禁严衣彩,寝门温清。是宗藩帝子,天潢宝牒,当神
武、侍明廷。　　为善先知最乐,咏诗书、存存成性。亲师讲道,擒
华挥藻,水云高兴。一代荣观,觊尧显舜,古今难并。看青华蕊简,
松乔比寿,佐南风政。以上彊村丛书本松隐乐府卷一

月上海棠慢 咏题

东风飐暖,渐是春半,海棠丽烟径。似蜀锦晴展,翠红交映。嫩梢
万点胭脂,移西溪、浣花真景。濛濛雨,黄鹂飞上,数声宜听。
风定。朱阑夜悄,蟾华如水,初照清影。喜浓芳满池,暗香难并。
悄如彩云光中,留翔鸾、静临芳镜。携酒去、何妨花边露冷。

松　梢　月

院静无声。天边正、皓月初上重城。群木摇落,松路径暖风轻。喜
揖蟾华当松顶,照榭阁、细影纵横。杖策徐步空明里,但襟袖皆清。
　　恍若如临异境,漾风沼岸阔,波净鱼惊。气入层汉,疑有素鹤
飞鸣。夜色徘徊迟宫漏,渐坐久、露湿金茎。未忍归去,闻何处、重
吹笙。

隔帘花 咏题

宿雨初晴,花艳迎阳,槛前如绣如绮。向晓峭寒轻,窣真珠十二。
正朝曦、桃杏暖,透影帘栊烘春霁。似暂隔、祥烟香雾,朝仙侣庭
际。　　更值迟迟丽日。且休约寻芳,与开瑶席。未拟上金钩,尽
围红遮翠。命佳名、坤殿喜,为写新声传新意。待向晚、迎香临月
须卷起。

东风第一枝 元夕

宝苑明春,青霞射晚,六幕云闲风静。茂林修竹昂霄,素月照人澄
莹。梅花十顷,递暗香、琼瑶真景。散万斛金莲,崇山秀岭,尽开花
径。　　真个好、月灯相映。真个乐、圣驾游幸。四部箫韶,群仙
奏乐,万光耀境。玉华不夜,向洞天、暖烟回冷。好大家、酒色醺

醺,任教漏移花影。

水龙吟 初夏

鉴天云敛壶中,昼暖乍喜薰风永。轻纱渐试,香罗初褪,梅阴又□。广殿窗虚,翠帘卷起,一番清影。正新篁绿嫩,池光涨雨、鱼吹浪、燕飞径。　　好是九重邃密,有岚光、烟溪深静。升平暇日,长廊别院,笙歌缓整。宝辇迟留,玉觞时举,何妨乘兴。况一年好处,犹寒未暖,是清和景。

夏云峰 端午

五云开,过夜来、初收几阵梅雨。画罗携芳扇,正喜逢重午。角黍星团,巧萦臂、龙纹轻缕。细祝降福天中,列箫韶歌舞。　　薰风凉殿开处。称绡裙雾縠,莲步俦侣。翠铺交枝艾,便手香微度。菖丝浮玉,向台榭、留连欢聚。笑语。自有冰姿消烦暑。

忆吹箫 七夕

烦暑衣襟,乍凉院宇,梧桐吹下新秋。望鹊羽、桥成上汉,绿雾初收。喜见西南月吐,帘尽卷、玉宇珠楼。银潢晚,应是绛河,已度牵牛。　　何妨翠烟深处,佳丽拥缯筵,鬥巧嬉游。是向夕、穿针竞立,香霭飞浮。别有回廊影里,应钿合、钗股空留。江天晓,萧萧雨入潮头。

尾犯 中秋

秋空过雨静,晚景澄明,天淡如水。渐看蟾彩,东山旋升,金饼上云际。轻烟散尽,莹皓色、消尘翳。倚琼楼,皎若瑶台阆风,翠阑十二。　　正好登临无外。满斟与、清光对。虽桂华飘下,玉轮移影,归兴犹未。待继日同宴赏,听秘乐、广寒宫里。惟怕却,明月阴晴未定,且宜欢醉。

秋蕊香 重阳

秋色宫庭,黄花禁籞,西风乍透罗衣。龙山意渐爽,瑶砌叶初飞。喜天宇、明洁晓晴时。翠楼都卷帘帷。奉宴赏,菊英环坐,金玉成围。　　凭阑海山万里,登望处,休论戏马台池。揽幽芳、泛酒面香凝,携手与、仙姿共游嬉。从他纱帽频欹。并宝马,何妨归路,月挂天西。

十六贤 闲暇

拱皇图,御宝历,上圣垂衣。旰食亲万机。海宇熙熙。登寿域,瑞霞彩云常捧日。花阴麦垅四民齐。宫卫仗肃,阆苑瑶池。台殿倚晴晖。　　当盛际。风俗美。寻胜事。人物总游嬉。太平何处,知不摇征旗摇酒旗。四方感格臻上瑞。官家闲暇宴芳菲。千万岁。嘉会明盛时。

金盏倒垂莲 牡丹

谷雨初晴,对晓霞乍敛,暖风凝露。翠云低映,捧花王留住。满阑嫩红贵紫,道尽得、韶光分付。禁籞浩荡,天香巧随天步。　　群仙倚春似语。遮丽日、更著轻罗深护。半开微吐,隐非烟非雾。正宜夜阑秉烛,况更有、姚黄娇妒。徘徊纵赏,任放濛濛柳絮。

庆清朝 牡丹

绛罗紫色,葺金丽蕊,秀格压尽群芳。人间第一娇妩,深紫轻黄。乍过夜来谷雨,盈盈明艳惹天香。春风暖,宝幄竞倚,名称花王。

朝槛五云拥秀，护晓日、偏宜翠幕高张。秾姿露叶，临赏须趁韶光。最喜鉴鸾初试，数枝姚魏插宫妆。然绛蜡，共花拚醉，莫靳瑶觞。

花心动　芍药

密幄阴阴，正嘉花嘉木，尽成新翠。蕙圃过雨，牡丹初歇，怎见浅深相倚。好称花王侍。秀层台、重楼明丽。九重晓，狂香浩态，暖风轻细。　　堪想诗人赠意。喜芳艳卿云，嫩苞金蕊。要看秀色，收拾韶华，自做殿春天气。与持青梅酒，趁凝伫、晚妆相对。且频醉，芳菲向阑可惜。

又　瑞香

玉井生寒，正枫落吴江，冷侵罗幕。翠云剪叶，紫锦攒花，暗香遍熏珠阁。瑞非兰麝比，氤氲清彻寥廓。向燕寝，团团秀色，巧宜围却。　　宝槛浓开对列，蜂共蝶多情，未知花萼。爱玩置向窗几，时时更碾，建春浇著。最是关情处，惊梦回、酒醒初觉。楚梅早，前村任他暗落。

杏花天慢　杏花

桃蕊初谢，双燕来后，枝上嫩苞时节。绛萼滋浩露，照晓景、裁剪冰绡标格。烟传靓质。似淡拂、妆成香颊。看暖日、催吐繁英，占断上林风月。　　坛边曾见数枝，算应是真仙，故留春色。顿觉偏造化，且任他、桃李成蹊谁说。晴霁易雪。待对饮、清赏无歇。更爱惜、留引鹓禽，未须再折。

念奴娇 林檎

禁烟过也，正东风浓拂，来禽奇绝。翠叶修条千万点，轻染微红香雪。霁景烘云，暖梢吹绽，浩荡春容阔。棠阴已静，此花标韵终别。

犹记宝帖开缄，如何青李，与佳名齐列。秀实甘芳莫待看，叶底匀圆堪折。且赏琼苞，繁英插鬓，淡伫留风月。宜将图画，有时凝想重阅。

风流子 海棠

中春膏雨歇，雕阑晓，最好海棠时。正新梢吐绿，万苞凝露，暖铺云锦，香点胭脂。向枝上，绪风开秀色，桃李尽成蹊。朱唇晕酒，脸红微透，翠纱轻卷，红映丰肌。　　严宸风光主，临赏处，玉殿丽日迟迟。天与造化西蜀，浓艳芳菲。待绣帘卷起，欢奉长乐，内梱多闲，同宴椒闱。须是对花满酌，不醉无归。

蜀溪春 黄海棠

蜀景风迟，浣花溪边，谁种芬芳。天与蔷薇，露华匀脸，繁蕊竞拂娇黄。枝上标韵别，浑不染、铅粉红妆。念杜陵、曾见时，也为赋篇章。　　如今盛开禁掖，千万朵莺羽，先借朝阳。待得君王，看花明艳，都道赭袍同光。须趁排宴席，偏宜带、疏雨笼香。占上苑，留住春，奉玉觞。

倚阑人 荼䕷

清明池馆，芳菲渐晚，晴香满架笼永昼。翠拥柔条，玉铺繁蕊，袅袅舞低襟袖。秀蓓凝浩露，疑挂六铢衣绉。檀点芳心，体薰清馥，粉容宜捻春风手。　　肯与芝兰共嗅。向夜阑凝月，洞花户、别是素

芳依旧。剪取长梢,青蛟喷雪,挽住晓云争秀。楼上人未去,常恐
风欺雨瘦。红绡收取,举觞犹喜,窨得醺醺酒。

夹竹桃花 咏题

绛彩娇春,苍筼静锁,掩映夭姿凝露。花腮藏翠,高节穿花遮护。
重重蕊叶相怜,似青帔艳妆神仙侣。正武陵溪暗,淇园晓色,宜望
中烟雨。　　向暖景、谁见斜枝处。喜上苑韶华渐布。又似瑞霞
低拥,却恐随风飞去。要留最妍丽,须且闲凭佳句。更秀容、分付
徐熙,素屏画图取。

峭寒轻 赏残梅

照溪流清浅,正万梅都开,峭寒天气。才过了元宵,渐昼长禁宇,迤
逦佳时。断肠枝上雪,残英已、片影初飞。苒苒随风,送春到、便烂
漫香迟。　　凝睇。迎芳菲至。觉欣欣桃李,嫩色依微。应是有
新酸,向嫩梢定须,一点藏枝。乍晴还又冷,从尊前、自落轻细。寄
语高楼,夜笛声、且缓吹。

竹马子 柳

喜韶景才回,章台向晓,官柳舒香缕。正和烟带雨,遮桃映杏,东君
先与。乍引柔条萦路。娇黄照水,经渭城朝雨。翠惹丝垂,玉阑干
风静,轻轻搭住。　　到此曾追想,陶潜旧隐,忆隋堤津渡。三眠
昼永凝露。更许黄鹂娇语。似怕日暖,飞花成絮,拟雪堆绣户。待
放教婆娑,如眉处、笼歌舞。

二色莲 咏题

凤沼湛碧,莲影明洁,清泛波面。素肌鉴玉,烟脸晕红深浅。占得

薰风弄色,照醉眼、梅妆相间。堤上柳垂轻帐,飞尘尽教遮断。

　　重重翠荷净,列向横塘暖。争映芳草岸。画船未桨,清晓最宜遥
看。似约鸳鸯并侣,又更与、春锄为伴。频宴赏,香成阵、瑶池任
晚。

八音谐 赏荷花,以八曲声合成,故名

芳景到横塘,官柳阴低覆,新过疏雨。望处藕花密,映烟汀沙渚。
波静翠展琉璃,似伫立、飘飘川上女。弄晓色,正鲜妆照影,幽香潜
度。　　水阁薰风对万姝,共泛泛红绿,闹花深处。移棹采初开,
嗅金缨留取。趁时凝赏池边,预后约、淡云低护。未饮且凭阑,更
待满、荷珠露。

清风满桂楼 丹桂

凉飙霁雨。万叶吟秋,团团翠深红聚。芳桂月中来,应是染、仙禽
顶砂匀注。晴光助绛色,更都润、丹霄风露。连朝看、枝间粟粟,巧
裁霞缕。　　烟姿照琼宇。上苑移时,根连海山佳处。回看碧岩
边,薇露过,残黄韵低尘污。诗人谩自许。道曾向、蟾宫折取。斜
枝戴,惟称瑶池伴侣。

雁侵云慢 咏题

晓云低。是残暑渐消,凉意初至。翠帘燕去,觉商飙天气。凝华
吹、动绣额,乍殿阁、金茎风细。夜雨笼微阴,满绮窗、疏影响清吹。

　　轻飔嫩细透衣。想宵长漏迟,香动罗袂。戏曾计日,忆宾鸿来
期。杯盘排备宴适,乍好景、心情先喜。待淡月疏烟里,试寻岩桂
蕊。

锦标归 待雪

风搅长空,冷入寒云,正是严凝初至。围炉坐久,珠帘卷起,准拟六花飞砌。渐苒苒晴烟,更暗觉、远天开霁。阻琼瑶、不舞蓝田,但有蟾华铺地。　　想像如今剡溪,应误幽人访客,轻舟闲舣。翠幕登临处,散无限清兴,顿孤沉醉。念好景佳时,谩望极、祥霙为瑞。却梅花、知我心情,故把飞英飘坠。

索酒 四时景物须酒之意

乍喜惠风初到,上林翠红,竞开时候。四吹花香扑鼻,露栽烟染,天地如绣。渐觉南薰,总冰绡纱扇避烦昼。共游凉亭消暑,细酌轻讴须酒。　　江枫装锦雁横秋,正皓月莹空,翠阑侵斗。况素商霜晓,对径菊、金玉芙蓉争秀。万里彤云,散飞霙、炉中焰红兽。便须点水傍边,最宜著酉。

凤箫吟 郊祀庆成

列旌常。中宵天净,郊丘展采圆苍。肇禋三岁礼,圣天子为民,致福穰穰。凝旒亲奠玉,粲珠联、星斗垂芒。渐月转燔柴,露重烟断坛旁。　　欢康。青霞催晓,六乐均调,响逐新阳。辇回天仗肃,庆千官抃舞,绣锦成行。鸡竿双凤阙,肆颁宣、恩动荣光。赞永御,萝图霈泽,常抚殊方。

六花飞 册宝

寅杓乍正,瑞云开晓,罩紫府宫殿。圣孝虔恭,率宸庭冠剑。上徽称、天明地察,奉玉检、璇耀金辉,仰吾君,亲被衮龙,当槛俯旒冕。　　中兴明天子,舜心温清,示未尝闲燕。礼无前比,出渊衷深念。

赞木父金母至乐,万亿载、日月荣光俱欢忭。罗绮管弦开寿宴。

浣溪沙 赏柑

禁籞芙蓉秋气凉。新柑岂待满林霜。旨甘初荐摘青黄。　　乍剖
金肤藏嫩玉,吴盐兼味发清香。圣心此意与天长。

又 赏灯

春到皇居景晏温。冰轮驾玉上祥云。烛龙衔耀九重门。　　宫掖
两仪临舜殿,金莲万斛奉尧尊。官家慈孝格乾坤。

又 赏丹桂

初过西风烟雨微。霓光留景正团枝。月中新彩与增辉。　　霞影
分丹乘浩露,珊瑚秀色满彤墀。凉飙吹上赭红衣。

又 西园赏牡丹,寿圣亲见双花,臣下皆未睹,折以劝酒,词亦继成

春晓于飞彩仗明。西园嘉瑞格和鸣。花王特地献双英。　　并蒂
轻黄宜淡淡,联芳竞秀巧盈盈。飞琼萼绿两倾城。

临江仙 中秋夜,禁中待月退观,清风袭人,嘉气满坐。前夕连阴,至此顿解。少间,月出云静,瞻天容如鉴。上喜,以诗句书扇,臣谨以临江仙歌之

连夜阴云开晓景,中秋胜事偏饶。十分晴莹碧天高。台升吴岫顶,乐振海门潮。　　桂影一庭香渐远,四并都向今朝。宸欢得句付风骚。围棋消白日,赏月度清宵。

又 赏芍药

嫩绿阴阴台榭映,南风初送清微。扬州花市进芳菲。丝头开万朵,

玉叶衬繁枝。　　自是诗人佳赠意,花王香借馀姿。翠红深展奉瑶卮。何妨沉醉赏,天与绊春晖。

西江月　丹桂

霞绮浓披翡翠,晨光巧上珊瑚。丹林偏许下清都。香占深岩烟雨。　　秋到九华宫殿,赭袍红借繁珠。广寒桂与世花殊。不带人间风露。

又　西园雪后

连夜六花飞舞,清晨玉境瑶阶。湖山寒雾隐楼台。难画西园真态。　　月殿九华同到,雕舆乘兴俱来。浮春帘密锦筵开。不是山阴访戴。

诉衷情　宫中牡丹

西都花市锦云同。谷雨贡黄封。天心故偏雨露,名品满深宫。　　开国艳,正春融。露香中。绮罗金殿,醉赏浓春,贵紫娇红。

武陵春　禁中元夕

元夕晴和中禁好,梅影玉阑干。峭窄春衫试嫩寒。金翠会群仙。　　移下一天星斗璨,喜色动宸颜。行乐风光莫放闲。月在凤凰山。以上松隐乐府卷二

四槛花

鸳瓦霜浓,兽炉烟冷,琐窗渐明。芙蓉红晕减,疏篁晓风清。睡觉犹眠,怯新寒,仍宿酒,尚有馀醒。拥闲衾。先记早梅糁糁,流水泠泠。　　须记岁月堪惊。最难管、苍华满镜生。心地常自乐,谁能

问枯荣。一味情尘、揩摩尽，人间世，更没亏成。惟萧散，眠食外，
且乐升平。

花　心　动

绿结阴浓，渐南风初到、旧家庭院。细麦落花，圆荷浮叶，翠径受风
新燕。乍晴还雨香罗怯，惜柳絮、已将春远。最好处，清和气暖，喜
拈轻扇。　　好对层轩邃馆。供极目晴云，晓江横练。煮酒试尝，
梅子团青，草草也休辞劝。待等闲暇寻胜去，又闲事、有时萦绊。
且趁取良辰，醉后莫管。

胜　胜　令

梅风吹粉，柳影摇金。渐看春意入芳林。波明草嫩，据征鞍，晚烟
沉。向野馆、愁绪怎禁。　　过了烧灯，醉别院，阻同寻。琐窗还
是冷瑶琴。灯花炧也，拥春寒，掩闲衾。念翠屏、应倚夜深。

玉蹀躞 从军过庐州作

红绿烟村惨淡，市井初经虏。舍馆人家，凄凄但尘土。依旧春色撩
人，柳花飞处，犹听几声莺语。　　黯无绪。匹马三游西楚。行路
漫怀古。可惜风月，佳时尚羁旅。归处应及荼蘼，与插云鬓，此恨
醉时分付。

水龙吟 曾相生日

海榴红暖。圆荷翠小，榭阁薰风浅。真人抚运，云龙相际，真贤载
诞。鲁国元勋，相门接踵，传家非远。辅中兴大业，折冲邻壤，扶红
日、上霄汉。　　端是清明重见。范陶镕、咸收群彦。垂绅正笏，
炉烟不动，宸廷闲燕。天地平成，父尧子舜，永膺宸眷。赐我公岁

岁,恩荣锡命,向黄金殿。

又 送戴郎中漕荆襄

晓云阁雨。疏梅缀玉,麈尾闻谈吐。精忠许国,才华摛锦,尘劳释去。六印雄图,百川明辩,苏张谁数。有奇谋欲下,阴山族帐,惟英卫、可接武。　　想见临戎丰度。慨然定、中原疆土。果惊一坐,折冲遐裔,嘉言循古。安抚疲民,静摧骄虏,无烦旗鼓。看功成、入辅中兴,永佐乾坤主。

宴　清　都

野水澄空,远山随眼,笋舆乘兴庐阜。天池最极,云溪最隐,翠迷归路。三峡两龙翔矗。尽半月、犹贪杖屦。闲引杯,相赏好处奇处,险处清处。　　凝伫。道友重陪,西山胜迹,玉隆风御。滕阁下临,晴峰万里,水云千古。飞觞且同豪举。喜醉客、龙吟度曲。待记成佳话,归时从头细数。

江神子 兹父以昔年梦诗寄为长短句,因韵叙谢

帝俞赓载下方壶。雨随车。旷时无。尽道南丰,仙骨秀而都。光照丹丘人快睹,金骒裛,玉蟾蜍。　　自怜老景病仍臞。苁微躯。驻安舆。暗润赤城,风露喜踟蹰。行矣相门还入相,看惠爱,咏猗欤。

满　庭　芳

白氎行缠,青巾包结,几年且混常流。寰中谁见,心地自清幽。雨散昆仑顶上,香润遍、琼圃无忧。灵芽长,如今寒暑,饥渴总何愁。　　诸公,须著力,尘缘扫尽,师旨坚求。看天边、飞金走玉难留。

住个庵儿不大,争恋得、月馆青楼。台山里,从人一任,说个好苏州。

又

玉景明心,木鸡修性,要须和会三家。未知头面,何处认摩耶。自有身中异境,藏巨浪、一点笼纱。升沉际,难将赋得,有限逐无涯。

时时,须点检,随缘遣性,何更兴嗟。那浩然独得,迥绝痕瑕。妙占熙风惠日,乘正气、三缕明霞。真机运,连环放下,无处不光华。

又

风搅长空,霜飞平野,冷云常带遥山。乱鸦声断,烟霭有无间。气与寒威共凛,深绣户、帘幕重关。梅枝亚,纤纤秀色,疏影小阑干。

相携,同好景,窥檐望雪,呵手低鬟。笑语里、都言雪意非悭。有个红炉暖处,围兽炭、不管宵残。从教醉,添香倚玉,门外任清寒。

选冠子　淮上兀坐,等待取接,因得汉使一词,他日歌之

细柳排空,高榆拥岸,乍觉楚天秋意。凉随夜雨,望极长淮,孤馆漫成留滞。天净无云,浪痕清影,窗户闲临烟水。叹驱驰尘事,殊喜萧散,暂来闲适。　　常念想、圣主垂衣,临朝北顾,泛遣聊宽忧寄。辒轩载揽,虎节严持,谈笑挂帆千里。凭仗皇威,滥陪枢笼,一语折冲遐裔。待归来,瞻对龙颜,须知有喜。

又　宿石门

秀木撑空,凝云藏岫,处处群山横翠。霜风冽面,酒力潜消,征辔暂

指天际。红叶黄花,水光山色,常爱晓云晴霁。念尘埃眯眼,年华易老,觉远行非易。　　常自感、羽客难寻,蓬莱难到,强作林泉活计。鱼依密藻,雁过烟空,家信渐遥千里。还是关河冷落,斜阳衰草,苇村山驿。又鸡声茅店,鸦啼露井重唤起。

定　风　波

雪后篱边冷未晴。江天浓淡暗还明。断续流香传玉蓓。心醉。临风嗅蕊不胜清。　　映竹幽姿深有思。何似。照溪真色更多情。待得微酸藏傅粉。黄嫩。湿云潜放雨轻轻。

祝　英　台

晚寒浓,残雪重,春意在何许。萼绿仙姿,海上未飞去。粲粲玉立丰标,天寒日暮,笑东风、不曾轻付。　　几凝伫。闲为写出横斜,无声断肠句。常对幽情,何事更重赋。待约他日貂裘,玉溪清夜,喷龙吟、月明徐步。

二　郎　神

半阴未雨。霁晓寒、轻烟薄暮。乍过了挑青,名园深院,把酒偏宜细步。满槛梅花,绕堤溪柳,径暖迁莺相语。春澹澹,渐觉清明,相傍小桃才吐。　　凝伫。山村水馆,难堪羁旅。甚觑著花开,频惊屈指,谩写奚奴丽句。幸有家山,青鸾应报,为我整齐歌舞。一任待,醉倚群红,花沾酒污。

满　路　花

清都山水客,何事入临安。珍祠天赐与,半生闲。曲池人静,水击赤乌蟠。飞上烟岚顶,三缕明霞照晚,时对胎仙。　　圃中有个小

庭轩。才到便翛然。坐来闲看了，篆香残。道人活计，休道出尘
难。归去后、安排著，一輛麻鞋，定期踏遍名山。

木 兰 花 慢

断虹收霁雨，卷帘幕、与风期。正燕子将雏，莺儿弄巧，日影迟迟。
荼蘼。牡丹过也，但游丝、上下网晴晖。三月韶华，转头易失，密荫
匀齐。　　　常思。入夏景偏奇。是梅雨霏微。更乍著轻纱，凉摇
素羽，翠点清池。还思。故山旧隐，想葱茏、翠竹锁窗扉。独倚西
楼谩久，此怀冷淡谁知。

念奴娇　送李士举

公家世德，建凌烟勋业，中兴长策。三十年来，皆帝宸殊选，金瓯名
迹。眷倚江南，澄清一道，遴柬惟公得。西清严秘，龙光高动奎壁。
　　　深殿衣惹天香，皇华原野，接萧萧秋色。六筦均输行奏课，唐
室家声皆识。老我相逢，萍蓬飘转，晚景俱头白。西山南浦，溯风
衰泪横臆。

又

璆冰铸雪，赋神情天壤，无伦香泽。月女霜娥，直是有如许，清明姿
色。细玉钗梁，温琼环佩，语好新音发。相逢一笑，桂宫连夜寒彻。
　　　应是第一瑶台，水晶宫殿里，飞升仙列。小谪尘寰缘契合，同
饮银浆凝结。醉里归来，魂清骨醒，乍向层城别。晓风吹袂，冷香
犹带残月。

又　持节道京城中秋日

五门照日，是真人膺箓，炎图家国。二百年来，抚四海安乐，六服承

德。虎旅横江，胡尘眯眼，恨有中原隔。宫城缺处，望来消尽金碧。

征辔暂款神州，期宽北顾，且驰驱朝夕。皓彩流天宁忍见，双阙笼秋月色。欲饮无憀，还成长叹，清泪空横臆。请缨无路，异时林下犹忆。

沁园春　早春

春点烟红，露晞新绿，土膏渐香。散懒慵情性，寻幽选静，一筇烟雨，几处松篁。恨我求闲，已成迟暮，石浅泉甘难屡尝。犹堪去，向清风皓月，南涧东冈。　　　如今雁断三湘。念酒伴、不来梅自芳。幸隐居药馆，孙登啸咏，从容云水，无负年光。且共山间，琴书朋旧，时饮无何游醉乡。归常是，趁前村桑柘，犹挂残阳。

又　赠清虚先生

五老横峰，二林云衲，自古洞天。喷玉龙飞，下三峡水，望香炉暗霭，如起非烟。有个真人，拨云峰下，宴坐修真不记年。明廷诏，看龙翔凤翥，宸制奎篇。　　　君臣际会诚难。耸翠阁、频颁宝墨鲜。众妙门皆向，微言显启，两朝天德，甘涌神泉。道化承平，应稽升举，且向人间寻有缘。掀髯笑，做庐山隐逸，大宋神仙。

青　玉　案

东风冉冉迟芳昼。渐黄缀、疏疏柳。为惜春来通安否。可能相就，径须图醉，莫问伤春瘦。　　　陶然共酌新醅酒。咏好句、须还凤楼手。唱了新词归来后。琐窗香暗，语声和笑，喜入灯花秀。

又

尘埃踏遍长安道。念云水、归来好。趁得梅花先春到。冷云疏雨，

暗香寒艳，万玉明清晓。　　青鞋黄帽从渠笑。粲十里、冰姿步时
绕。正怕和风都过了。已输高士，锦囊翻句，醉后先倾倒。

虞　美　人

风流贺监栽培好。梅最妍姿巧。娟娟占得入时妆。秀影横斜香
并、彩鸳鸯。　　汉皋解佩当时遇。绿满经行处。如今清梦已惊
残。赖向君家窗户、得重看。

又

芙蓉露下闲庭晚。犹觉秋容浅。惊心莫道岁华赊。已有官梅轻
放、小春花。　　西风河汉溪流月。月下疏疏雪。新妆喜是寿阳
人。鸾鉴不劳呵手、对寒云。

阮　郎　归

谁将春信到长安。江南腊向残。玉妃何事在人间。冰肌莹素颜。
　　新月上，怯轻寒。香心破紫檀。数枝斜傍小亭闲。黄昏人倚
阑。

又

玉宸赐得水云身。初欣不佩绅。烟霞一任著衣巾。朝中散祖人。
　　湖水静，了无尘。语兼天上春。道人相见肯情亲。银钩墨尚
新。

菩　萨　蛮

乱山影直危楼起。天涯目断雕阑倚。寂寞过东风。行宫烟雨中。
　　长安何处日。城郭今寒食。谁待翠华归。片云天际飞。

又

天台不是登长道。浑如弱水烟波渺。楼上指归程。春风无限情。
　　石桥书不到。雁阵横空杳。愁绪比遥峰。依依千万重。

又　和贺子忱

琴堂窗户清无暑。宫妆争捧黄金注。劝我醉秋风。难辞两脸红。
　　别来三堕叶。同是修门客。十载叹萍蓬。方欣一笑同。

清　平　乐

去年春破。强半途中过。日日篷窗眠了坐。饱听吴音楚些。
今年犹在天涯。客情触处思家。柳密何人深院，竹疏特地桃花。

又

风休雨罢。三五春寒夜。翠额重帘何妨下。一炷非兰非麝。
红莲开遍吴宫。华灯小试房栊。客里愁须强遣，从来我辈情钟。

又

春前别后。常是双眉皱。生怕莺声催残漏。梦破闲衾堆绣。
又还玉露金风。秋声先到房栊。川上不传尺素，云间犹望飞鸿。

点　绛　唇

秋雨弥空，冷侵窗户琴书润。四檐成韵。孤坐无人问。　　壮志
消沉，喜入清闲运。常安分。炷烟飘尽。更拨馀香烬。

又

惨惨春阴,画桡寒漾梅风去。冷风吹度。愁入淮山路。　　歌扇
归期,只恐春城暮。人何处。柳汀烟渚。听尽篷窗雨。

又

晓日浓阴,冷云遮断山无数。雁飞筝柱。都向愁边去。　　帘影
沉沉,一缕芳香度。深庭户。且寻欢聚。雪意还成雨。

又

昏旦交时,个中已有甘香味。咽同真液。便觉温温地。　　八一
高蟠,光动重楼外。但留意。自然和气。香满昆仑水。

浣　溪　沙

翠袖携持婉有情。湘筠犀轴巧装成。声随一苇更分明。　　倚竹
双丝明玉细,低眉数曲语莺轻。转移新韵几多声。

又

玉柱檀槽立锦筵。低眉信手曲初传。凤凰飞上四条弦。　　杨柳
已吹三叠韵,何须人在九江船。夜凉人与月婵娟。

酒　泉　子

霜护云低,竹外斜枝初璀璨,仙风吹堕玉钿新。度清芬。　　叹寒
冰艳了无尘。不占纷纷桃李径,一庭疏影冷摇春。月黄昏。朱希真
常跋此词及谒金门"春待去"词云:读二词,洒然变俚耳之焰烟,还古风之丽则,宛转有
馀味也。盖治世安乐之音欤。恨无韩娥曼声长歌,以释予幽忧穷厄之疾。但诵数过,

增老夫暮年之叹。

又

爱景催暄。初向晴梢舒玉点，修筠霭霭隔婵娟。更清妍。　　东风欲到冷霜天。常记孤山残雪路，一枝流水小桥边。卧疏烟。

又

惨惨西风。人与两州俱不见，一江残照落霞红。橹声中。　　汀花蘋草六朝空。人向赏心增远恨，闲云犹绕建康宫。古今同。

又

帘幕闲垂。密密围毡红兽暖，有人陌上冷征衣。未成归。　　檐间鹊语卜归期。应是疑人犹驻马，琐窗日影又还西。翠眉低。

朝　中　措

一封清诏下金銮。临遣讲邻欢。谁问火云挥汗，要看易水摇寒。　　何妨谈笑，平生志节，可障狂澜。预约黄花前后，殊庭瞻对宸颜。

又

宝筝偏劝酒杯深。歌舞乍沉沉。秀指十三弦上，挑吟击玉锵金。　　牙台锦面，轻移雁柱，低转新音。妙是不须银甲，向人说尽芳心。

又 送袁提举

鸣珂揽辔玉霄东。持节散陈红。子舍已先多士，一鞭同袅春风。

西瓯旧治,棠阴秀茂,竹马迎逢。正焙行驰金殿,仙班看缀夔龙。

西江月　琵琶

弦泛龙香细拨,声回花底莺雏。低眉信手巧工夫。犹带巫烟楚雨。　　人占东风秀色,花笼宝髻真珠。锦绦金凤要人扶。只恐乘鸾飞去。

又　贺子忱家赏瑞香

春绣东风疑早,映檐翠箔低笼。氤氲不是梦云空。叶密香繁侵冻。　　折桂广寒手段,移来点检珍丛。醉归满载紫云浓。抱膝庵中仙种。

谒　金　门

春待去。帘外连天飞絮。老大心情慵纵步。草迷池上路。　　春去不知何处。欲问谁能分付。但有清阴遮院宇。晚莺和暮雨。

按此下原有玉楼春“秋闺思入江南远”一首,乃王寀作,见能改斋漫录卷十七,不录。

玉　楼　春

昔年曾到神清洞。笑领希夷非凤梦。看时须到月边乌,养处且论铅与汞。　　土膏仍有黄芽动。神水浇香灵气种。夜深谁伴玉琴闲,鹤在九华松露重。

饮马歌　此腔自房中传至边,饮牛马即横笛吹之,不鼓不拍,声甚凄断。闻兀术每遇对阵之际,吹此则鏖战无还期也

边头春未到。雪满交河道。暮沙明残照。塞烽云间小。断鸿悲。

陇月低。泪湿征衣悄。岁华老。以上松隐乐府卷三

长寿仙促拍　太母生辰

舜德日辉光，正初冬盛期。东朝喜、诞生时。向彤闱、清净均化有，
自然和气。长生久视，金殿熙熙。宴瑶池。　　袆衣俱侍、玳筵
启。花如锦、耀朝晖。太平际天子，天下养、共瞻诚意。南山虔祝，
亿万同岁。

又　贵妃生日

绛阙昭峣，正春光到时。当人日、诞芳仪。向宫壶、雅著徽誉美，懿
德无亏。深被恩荣，金殿宴嬉。气融怡。　　贤均樛木，宜颂二南
诗。天心喜、锦筵启。阃部奏笙箫，祝寿处、愿与山齐。年年常奉，
明主禁掖。

浣　溪　沙

西苑烟光倚槛新。桃花艳艳静无尘。照溪红映一天云。　　肯放
落红流出水，且寻歌舞赏明春。持杯知是洞中人。

又　赏梅

日上龙城散晓阴。琼芳堂下玉成林。江梅开未十分深。　　随处
锦亭穹帐暖，冷香邀住入衣襟。酒肠判断付频斟。

酒　泉　子

连面霜风。野馆山村逢至日，开怀欲斸酒杯空。与谁同。　　一
缄来信托飞鸿。信里催归无限意，黄昏应是出房栊。夜香浓。

诉 衷 情

人情世态饱经过。眼也见来多。忙中掉得便去,不是有人唆。

云似舞,水如歌。笑呵呵。这回还我,半世偓促,一味磨跎。

又

得抽头处好抽头。等待几时休。贤且广张四至,我早已优游。

黄道服,布钱绉。煞风流。往来熟后,也没惊怕,也没忧愁。

朝 中 措

酝酿芳架引繁英。香远透帘清。更与洛阳花市,一齐移在宫庭。

琉璃万朵,娇红嫩紫,总是嘉名。殿阁真仙同赏,天颜喜入欢
声。

又 咏雪

斜斜整整暗江湾。蓑笠有无间。应与君家却暑,冷看白满群山。

想来何处,金炉焰兽,玉斝酡颜。好是溪涵寒影,山阴一棹人
还。

谒金门 咏木樨

香乍起。满院垂垂岩桂。未卷珠帘香已至。酒杯言笑里。　　　叶
下茸金繁蕊。别是清妍风致。更远随人闻细细。月华天似水。

又

春渐至。雪染梅梢轻细。试路新芜殊可喜。冷云闲照水。　　　白
苎今年不寄。最好且寻幽会。不怕清寒侵紫绮。看灯同晚醉。

玉 蹀 躞

雨过池台秋静,桂影凉清昼。槁叶喧空,疏黄满堤柳。风外残菊枯荷,凭阑一饷,犹喜冷香襟袖。　　少欢偶。人道消愁须酒。酒又怕醒后。这般光景,愁怀煞难受。谁念千种秋情,乍凉虽好,还恨夜长时候。

水 调 歌 头

江影浮空阔,江水拍天流。山藏地秘、伟观须是伟人收。闻道烟斜雨暗,还留月底风边,墨客一凝眸。阑槛随指顾,江海远生秋。　　绣帘卷,开绮宴,翠香浮。邹枚宾从俱咏,韵闲出嘉谋。点点群山吴楚,历历三州灯火,潮落没沙鸥。老子会心处,应已付南楼。

醉 思 仙

记华堂。对宝台绛蜡,红艳成行。鬖鬖乌云髻映,浅浅宫妆。江梅媚,生嫩脸,莹素质、自有清香。歌喉稳,按镂版缓拍,娇倚银床。　　天外行云驻,轻尘暗落雕梁。似晓莺历历,琼韵锵锵。别来久,春将老,但梦里、也思量。仗何人,细说与,为伊潘鬓成霜。

江神子　兹父生日

南丰诗将驻灵江。下明光。惹天香。十雨五风,连岁致丰穰。初夏清和才四日,开寿席、宴华堂。　　严宸已奏二南章。眷循良。比龚黄。玉笋班联,宜冠紫微郎。从此锋车宣室召,摅相业、寿而康。

满　庭　芳

老不求名，心惟耽静，旧缘历过艰难。杜门无事，一味放痴顽。只藉炉香上彻，与天地、平直交关。真人喜，扶晨遣客，时暂下仙班。

　　矜怜。身已病，九疑凤驾，来顾台山。看神超清境，玉炼朱颜。为向芝田桂圃，收妙有、与作真丹。他年报，冲融朝礼，香火紫云间。

又

秋色澄晖，蟾波增莹，桂华宫殿香凝。夜凉天半，横管度新声。应是齐吹万指，岩谷震、石裂霜清。天如水，飞云散尽，江月照还明。

　　人间，何处有，祥风缓引，飘下层城。想广寒光冷，妙舞轻盈。愿上君王万寿，空伫忆、酒海吞鲸。归来也，惊涛隐隐，馀韵入青冥。

武陵春　重阳

今岁重阳经闰早，金蕊粲繁枝。玉殿珠楼步辇随。高兴在东篱。

　　且泛金英同潋滟，休与傲霜期。只恐秋香一夜衰。须插满头归。

又

玉露金风寻胜去，一月看三州。红叶黄花满意秋。真是巧装愁。

　　我在天台山下住，松菊占深幽。归趁梅花映小楼。应问久迟留。

又

惨惨江云浑不动，玉雪耿孤芳。萼绿仙人带暗香。风韵冷尤长。　　陇信不来寒日晚，疏影照澄江。肯借横斜伴酒舫。应共月商量。

又

春到小园春草绿，烟雨湿云山。池上梅花已半残。无奈晚来寒。　　不怕醉多只怕醒，花影上阑干。人在东风缥缈间。谁与伴幽闲。

玉楼春 后宴词

九重盛旦薰风候。佳气氤氲横永昼。眉心烟彩拥群仙，华宴重开同圣后。　　箫韶宫殿锵金奏。香绕祥云腾宝兽。三千嫔御奉严宸，亿万斯年祈圣寿。

又

佳时莫放游鞍倦。梅润清薰随处宴。不妨一半雨兼风，况对有情莺与燕。　　琼觞百桮花千点。肯使笙歌容易转。兴来人事酒消磨，谁问蚁雷和蚁战。

浪　淘　沙

归意逐飞鸿。点点书空。爱渠南去晓烟中。不似老人尘土里，一似痴聋。　　庭院晚来风。还过秋容。旧时与客绕珍丛。有酒不曾无客醉，欢与秋浓。

又　木樨开时雨

秋杪喜新凉。烟淡池塘。团团岩桂作风光。多少水云萧散意，都付芬芳。　　雨逐漏声长。小院回廊。枕边清梦几悠扬。只恐四檐声未断，洗褪幽香。

鹧鸪天　咏柑

枫落吴江肃晓霜。洞庭波静耿云光。芳苞照眼黄金嫩，纤指开新白玉香。　　盐胜雪，喜初尝。微酸历齿助新妆。直须满劝三山酒，更喜持杯云水乡。

又

准拟中秋快客情。新亭雨后喜登临。彩蟾特地中宵出，吹散层云十日阴。　　松露重，月烟深。祥云捧玉到天心。金波动是经年别，为酌金荷醉碧琳。

又

曾到东风最上头。低云阁雨接溪流。只应缟袂闺房秀，尚带天香汗漫游。　　当日暇，从贤侯。冲寒迎翠小迟留。归骖白凤来何处，更指玉霄城畔楼。

又　席上作，期子忱、季相之酒

雪后疏香一两枝。高轩乘兴访春时。金蕉酌酒应须醉，玉指传觞岂易辞。　　嗟老大，喜追随。南楼宵漏任迟迟。已闻水部神仙语，更诵骑鲸短李诗。

好　事　近

花动两山春,绿绕翠围时节。雨涨晓来湖面,际天光清彻。　　移
尊兰棹压深波,歌吹与尘绝。应向断云浓淡,见湖山真色。

又

密密偃蜂房,香远未应时霎。薇露紫烟浥尽,任风欺雪压。　　老
人曾饮百川空,相对肯微呷。揽取占先风度,醉高烧红蜡。

又

潮尽海波平,赏尽绿烟凉月。罗袂乍迎风快,悄喜欢不彻。　　一
年好处记如今,朝暮更无热。庭院晚来些雨,是开尊时节。

胜　胜　慢

素商吹景,西真赋巧,桂子秋借蟾光。层层翠葆,深隐幽艳清香。
占得秀岩分种,天教薇露染娇黄。珍庭晓,透肌破鼻,细细芬芳。
　　应是月中倒影,喜馀叶婆娑,灏色迎凉。移根上苑,雅称曲槛
回廊。趁取蕊珠密缀,与收花雾著宫裳。帘栊静,好围四坐,对赏
瑶觞。

一　剪　梅

不占前村占宝阶。芳影横斜积渐开。水边竹外冷摇春,一带冲寒,
香满襟怀。　　管领东风要有才。频携歌酒上春台。直须日日玉
花前,金殿仙人,同赏同来。

御街行 和陆判院梅词

凌寒架雪知春近。闲探处、如相问。溪流清浅暮云低,玉蓓横斜风定。晚枝雀啅,幽姿方展,还映疏篁冷。　镜鸾妆罢明梢嫩。犹记宜相并。如今却月别传香,知引何人幽兴。不堪楼上,昭华吹断,声与愁肠尽。

行　香　子

也爱休官。也爱清闲。谢神天、教我愚顽。眼前万事,都不相干。访好林峦。好洞府,好溪山。　日月如盘。缺又还圆。自然他、虎踞龙蟠。河东上下,一撞三关。看也非悭。也非易,也非难。

蓦山溪 李次仲诞日

乌龙云洞,神护红尘外。金鼎养丹砂,有仙乡、清修名世。三千功行,活字少人知,松露闷,紫烟深,知是聃翁裔。　吹箫后约,岂慕穿青紫。八十在人间,比当日、何须指李。相逢一笑,酒量海同宽,拔宅隐,玉霄寒,升举应新岁。

千　秋　岁

洞房秀韵,结绮临春后。都压尽,名花柳。锦堂笼翡翠,璨枕同清昼。谁似得,佳时占断长欢偶。　我昔闻名久。欲见成消瘦。寻不遇,空回首。征涂难驻马,坐想冰姿秀。凭寄语,南归更趁酴醾酒。

水　龙　吟

冻云阁雨,长风送雪,万里无凝滞。斜斜整整,纯白入素,应同太

始。袁巷萧条,冷光寒透,有人曾至。但圆虚上下,澄明莹洁,如
□□、混元气。　　　时听松篁泻坠。任山川、珠联玉缀。一尘不
染,一毫不现,真空妙冶。祥应三白,润归多稼,已成丰岁。待收拾
大翁,茶盐贺喜,兴村东醉。

念　奴　娇

烘帘昼暖,正飞花堆锦,风迟烟暮。绿叶成阴春又老,甲子谁能重
数。梅已青圆,雪深犹记,曾捻疏枝否。须知物外,这些光景常驻。
　　　闻道江水东头,同门相过,不作儿女语。醉墨凌波歌数阕,心
迹都忘逆旅。胸次扶摇,壶中光景,肯与人同趣。栖尘功就,浩然
俱待飞去。

又

半阴未雨,洞房深、门掩清润芳晨。古鼎金炉,烟细细,飞起一缕轻
云。罗绮娇春。争拢翠袖,笑语惹兰芬。歌筵初罢,最宜斗帐黄
昏。　　　楼上念远佳人。心随沉水,学兰炧俱焚。事与人非,争似
此、些子香气常存。记得临分。罗巾徐赠,尽日把浓熏。一回开
看,一回肠断重闻。

沁　园　春

浓绿交阴,脆圆经雨,夏景正新。遽紫泥封检,红幢建钺,飘然吹
起,一片闲云。禁殿趋班,玉音亲诏,并遣皇华通宝邻。凌歊去,任
重霄温暑,万里风薰。　　　炎曦正斡天钧。更午气均齐天地根。
运至精感化,千和万合,涤除旁说,必自成真。已约归期,秋风前
后,梨枣黄花满地匀。阊阖晚,待朝元紫府,上达明君。

菩　萨　蛮

稽山鉴水无寒暑。荷香莲露相倾注。堂拟揖樵风。山围晚照红。
桃根随秀叶。玉麈频招客。客况不言蓬。回船逸兴同。

又

萧萧还是秋容暮。炉薰已冷氤香注。犹记踏香尘。东风满院春。
冷烟迷望处。声断阑干雨。无计问行云。黄昏空掩门。

又

花飞零乱随风舞。花梢犹带虚檐雨。帘幕映黄昏。江天日暮云。
有人楼上望。生怕褰虚幌。冷落对炉薰。一春常怨春。

又　回文

等闲将度三春景。景春三度将闲等。愁怕更高楼。楼高更怕愁。
弄花梅已动。动已梅花弄。梅看几年催。催年几看梅。

又

雨昏连夜催炎暑。暑炎催夜连昏雨。长簟水波凉。凉波水簟长。
翠鬟双倚醉。醉倚双鬟翠。香枕印红妆。妆红印枕香。

又

玉珰摇素腰如束。束如腰素摇珰玉。宜更醉春期。期春醉更宜。
绣鸳闲永昼。昼永闲鸳绣。归念不曾稀。稀曾不念归。

清　平　乐

秋凉破暑。暑气迟迟去。最喜连日风和雨。断送凉生庭户。
晚来灯火回廊。有人新酒初尝。且喜薄衾围暖,却愁秋月如霜。

又

一春老病。空过春光永。药鼎煎炉朝暮景。只是医方药性。
经旬日色云遮。山高寒透窗纱。常恨檐头倾雨,犹能枕上看花。

又

赵家燕燕。宜在昭阳殿。春入馆娃深宫宴。秀色从来未见。
浅颦轻笑都宜。临风好是腰肢。今夜松江归路,月明愁满清辉。

点　绛　唇

怯雨羞云,翠鬟初按檀槽就。赏心时候。常劝花间酒。　慢捻
轻拢,怨感随纤手。胡沙奏。几行红袖。都道谁家有。

又　奉旨西湖探梅

不厌频来,探梅选胜湖山里。瑶林琼蕊。真是游方外。　玉殿
珠楼,不并人间世。何妨醉。都无寒意。满坐惟和气。

又

有个庵儿,做来不大元非小。阳光常照。坐卧谁知道。　炼得
丹砂,不是人间灶。冲和妙。鹤鸣猿啸。一任西风老。

又

一气冲融，浩然识取生缘处。敛归灵府。便作真铅柱。　　九任玄归，行处龙先虎。山头雨。散成清露。玛瑙生玄圃。

又

石洞清寒，柳烟吹散松风静。日华光映。翠水环云径。　　道境多闲，不是人间景。谈清净。道师歌咏。花转云房影。以上松隐乐府补遗五十六首

失调名 赠皇甫坦

自叹孤身早岁，黄河渡口蒙情。历世真仙体道通鉴卷三十六

存　目　词

调　名	首　句	出　处	附　　　　注
玉　楼　春	城上风光莺语乱	松隐文集卷三十九	钱惟演词，见湘山野录卷上
又	秋闺思入江南远	又	王寀词，见能改斋漫录卷十七
又	晚妆初了明肌雪	又	李煜词，见南唐二主词。词附录于后
清　平　乐	别来春半	松隐文集卷四十	又

玉　楼　春

晚妆初了明肌雪。春殿嫔娥鱼贯列。笙箫吹断水云闲，重按霓裳歌遍彻。　　临风谁更飘香屑。醉拍阑干情味切。归时休照烛花红，待放马蹄清夜月。

清 平 乐

别来春半。触目愁肠断。砌下落梅如雪乱。拂了一身还满。
雁来音信无凭。路遥归梦难成。离恨恰如春草,更行更远还生。

胡　寅

寅字明仲,建宁崇安人。元符元年(1098)生。宣和三年(1121)进
士甲科,历起居郎、中书舍人、礼部侍郎兼侍读、兼直学士院。忤秦桧,
以徽猷阁直学士提举江州太平观。寻落职,贬果州团练副使,新州安
置。桧死,自便,复官。绍兴二十六年(1156)卒,年五十九。

水 调 歌 头

不见严夫子,寂寞富春山。空留千丈危石,高出暮云端。想象羊裘
披了,一笑两忘身世,来插钓鱼竿。肯似林间翮,飞倦始知还。
中兴主,功业就,鬓毛斑。驱驰一世人物,相与济时艰。独委狂奴
心事,未羡痴儿鼎足,放去任疏顽。爽气动星斗,终古照林峦。

此首见晦庵题跋卷三,不云何人所作。祝穆方舆胜览卷四作朱熹词。陈霆渚山
堂词话卷一云:姑依旧本定为胡明仲作,不知何本,疑非。渚山堂词话未载原词,
此自晦庵题跋录出。

吴舜选

舜选,休宁人,儆父。元符三年(1100)生,淳熙十六年(1189)卒,年
九十。

蓦 山 溪

园林何有,修竹摇苍翠。春到小桃蹊,看绿满、一池春水。花开日

暖,儿侄竞追随,挑野薇,网溪鱼,有酒多且旨。　　去来聚散,无必亦无意。说地或谈天,更休问、语言粗细。谁强谁弱,谁是又谁非,过去事,未来事,一枕腾腾睡。<small>附见吴儆竹洲词内</small>

赵　桓

桓即钦宗,徽宗长子。元符三年(1100)生。政和五年(1115)立为皇太子。宣和七年(1125),诏嗣位,改元靖康,在位二年。金人围汴,胁上皇及帝北行。康王即位于南京,遥上尊号曰孝慈渊圣皇帝。绍兴三十年(1160)卒。

西　江　月

历代恢文偃武,四方晏粲无虞。奸臣招致北匈奴。边境年年侵侮。
　　一旦金汤失守,万邦不救銮舆。我今父子在穹庐。壮士忠臣何处。

又

塞雁嗈嗈南去,高飞难寄音书。只应宗社已丘墟。愿有真人为主。
　　岭外云藏晓日,眼前路忆平芜。寒沙风紧泪盈裾。难望燕山归路。<small>以上二首见张氏可书</small>

眼　儿　媚

宸传三百旧京华。仁孝自名家。一旦奸邪,倾天拆地,忍听琵琶。
　　如今在外多萧索,迤逦近胡沙。家邦万里,伶仃父子,向晓霜花。<small>南烬纪闻卷下</small>

刘子翚

子翚字彦冲,崇安人。生于建中靖国元年(1101)。以父铪任授承
务郎、通判兴化军,辞不就,归隐武夷山,学者称为屏山先生。绍兴十七
年(1147)卒,年四十七,谥文靖。有屏山集附词。

蓦山溪　寄宝学

浮烟冷雨,今日还重九。秋去又秋来,但黄花、年年如旧。平台戏
马,无处问英雄,茅舍底,竹篱东,伫立时搔首。　客来何有。草
草三杯酒。一醉万缘空,莫贪伊、金印如斗。病翁老矣,谁共赋归
来,芟垅麦,网溪鱼,未落他人后。

满庭芳　和明仲木犀花词(此首原不著调名,据律补)

秋入微阴,凉生平远,小山愁绝天南。似闻还断,飞策遍千岩。叶
底轻黄纂纂,恼人是、微裂芳缄。翛然胜,清真冷淡,无艳寄尘凡。
　澄潭。欹两岸,波光摇动,碧影相参。任西风十里,吹度松杉。
我自寒灰槁木,□神处、不觉醺酣。归来晚,飞花无迹,明月满空
函。

南歌子　和章潮洲二首

卜夜容三献,微欢极一时。风流太守未庞眉。放出笔头光焰、压金
闺。　藻丽花骈蕊,清高雪亚枝。曼声恰与贯珠宜。听此直教
抃得、醉翻巵。

又

伎俩无多子,逍遥自许时。闲愁且莫著双眉。恰有梅香一点、到幽

闺。　　　宠辱棋翻局,光阴鸟度枝。颓然径醉是便宜。拟倩潭风吹绿、涨瑶卮。以上屏山集卷二十

何大圭

　　大圭字晋之,广德人。年十八登政和八年(1118)进士。宣和元年(1119),太学录,六年(1124),秘书省正字。迁秘书省著作郎。建炎四年(1130),为滕康、刘珏属官,坐失洪州除名岭南编管。绍兴五年(1135),放逐便。二十年(1150),左朝请郎、直秘阁。二十七年(1157),主管台州崇道观,旋落职。隆兴元年(1163),由浙西安抚司参议官主管台州崇道观。

小重山　惜别

绿树莺啼春正浓。钗头青杏小,绿成丛。玉船风动酒鳞红。歌声咽,相见几时重。　　　车马去匆匆。路随芳草远,恨无穷。相思只在梦魂中。今宵月,偏照小楼东。唐宋诸贤绝妙词选卷八

　　按此首别又误作林仰词,见古今词选卷三。

水 调 歌 头

今夕出佳月,银汉泻高寒。风缠云卷,转觉天陛玉楼宽。疑是金华仙子,又喜经年药就,倾出玉团团。收拾江河影,都向镜中蟠。横霜笛,吹明影,到中天。要令四海瞻望,千古此轮安。何岁何年无月,唯有谪仙著语,高绝不能攀。我欲唤空起,云海路漫漫。岁时广记卷三十一引本事词

　　按此首别又误入吴讷本片玉集抄补。

蝶 恋 花

鱼尾霞收明远树。翠色粘天,一叶迎风举。一笑相逢蓬海路。人

间风月如尘土。　　剪水双眸云鬟吐。醉倒天瓢，笑语生香雾。此会未阑须记取。蟠桃几度吹红雨。阳春白雪卷二

按此首别见汲古阁本片玉词，惟宋本片玉集未载。

胡　铨

铨字邦衡，江宁（今南京市）人。避地居庐陵。生于崇宁元年（1102）。高宗建炎二年（1128）进士甲科。绍兴五年（1135），除枢密院编修官。上封事诋和议，被贬，和议成，十二年（1142），除名新州编管，十八年（1148），移吉阳军。秦桧必欲杀之，会桧死，得免，量移衡州。孝宗即位，擢起居郎，历官至权兵部侍郎，以资政殿学士致仕。淳熙七年（1180）卒，年七十九。谥忠简。有澹庵文集。

浣　溪　沙

忽忽春归没计遮。百年都似散馀霞。持杯聊听浣溪沙。　　但觉暗添双鬓雪，不知落尽一番花。东风寒似夜来些。

转调定风波　和答海南统领陈康时

从古将军自有真。引杯看剑坐生春。扰扰介鳞何足扫。谈笑。纶巾羽扇典刑新。　　试问天山何日定。伫听。雅歌长啸静烟尘。解道汾阳是人杰。见说。如今也有谪仙人。

菩萨蛮　辛未七夕戏答张庆符

银河牛女年年渡。相逢未款还忧去。珠斗欲阑干。盈盈一水间。　　玉人偷拜月。苦恨匆匆别。此意愿天怜。今宵长似年。

减字木兰花　庆符引赦自便，已脱去，至东界，又遭郡
中勾回，遂有弄璋之喜。庆符云：尝梦舅氏如梦

囡也。予尝占庆符当弄瓦,赌主人。庆符来督,
故词中具之

渭阳佳梦。瓦变成璋真妙弄。不是勾回。汤饼冤家唤得来。
不分利市。要我开尊真倒置。试问坡翁。此事如何著得侬。

醉落魄　辛未九月望和答庆符

百年强半。高秋犹在天南畔。幽怀已被黄花乱。更恨银蟾,故向
愁人满。　　招呼诗酒颠狂伴。羽觞到手判无算。浩歌箕踞巾聊
岸。酒欲醒时,兴在卢仝碗。

又　和答陈景卫望湖楼见忆

千岩竞秀。西湖好是春时候。谁知梅雪飘零久。藏白收香,空袖
和羹手。　　天涯万里情难逗一作“透”。眉峰岂为伤春皱。片愁
未信花能绣。若说相思,只恐天应瘦。

鹧鸪天　癸酉吉阳用山谷韵

梦绕松江属玉飞。秋风莼美更鲈肥。不因入海求诗句,万里投荒
亦岂宜。　　青箬笠,绿荷衣。斜风细雨也须归。崖州险似风波
海,海里风波有定时。

又　和陈景卫忆西湖

一忆西湖太瘦生。十年不到梦曾行。空濛山色烟霏晚,淡沲湖光
雾縠轻。　　芳草远,暮云平。雨馀空翠入帘明。梦回一饷原作
“曻”,据永乐大典卷二千二百六十五湖字韵改难存济,这错都因自打成。

朝中措 黄守座上用六一先生韵

崖州何有水连空。人在浪花中。月屿一声横竹,云帆万里雄风。
多情太守,三千珠履,二肆歌钟。日下即归黄霸,海南长想文翁。

采桑子 甲戌和陈景卫韵

山浮海上青螺远,决眦归鸿。闲倚东风。叠叠层云欲荡胸。
弄琴细写清江引,一洗愁容。木杪黄封。贤圣都堪日日中。

临江仙 和陈景卫忆梅

我与梅花真莫逆,别来长恐因循。几年不见岭头春。栩然蝴蝶梦,魂梦竟非真。　　浪蕊浮花空满眼,愁眉不展长颦。此君还似不羁人。月边风畔,千里淡相亲。

如　梦　令

谁念新州人老。几度斜阳芳草。眼雨欲晴时,梅雨故来相恼。休恼。休恼。今岁荔枝能好。

玉楼春 赠李都监侍儿,是夕歌六么

十年目断鲸波阔。万里相逢歌怨咽。髻鬓春雾翠微重,眉黛秋山烟雨抹。　　小槽旋滴真珠滑。断送一生花十八。醉中扶上木肠儿,酒醒梦回空对月。

清平乐 和曾检法海棠

深深花院。雨虐风饕遍。只欠画屏并羽扇。谁领略春风面。

愁须诗酒相禁。少陵底事慵吟。不是为梅牵兴,怕渠恼乱春心。
王介甫梅诗云:"少陵为尔牵诗兴,可是无心赋海棠。"故云。

青玉案　乙酉重九葛守坐上作

宜霜开尽秋光老。感节物、愁多少。尘世难逢开口笑。满林风雨,
一江烟水,飒爽惊吹帽。　　玉堂金马何须道。且鬥取、尊前玉山
倒。燕寝香清官事了。紫萸黄菊,皂罗红袂,花与人俱好。以上四印
斋所刻词本涧庵词十五首

好　事　近

富贵本无心,何事故乡轻别。空使猿惊鹤怨,误薜萝风月。　　囊
锥刚要出头来,不道甚时节。欲驾巾车归去,有豺狼当辙。挥麈后录
卷十

按此首又见高登东溪词,疑非。

存　目　词

永乐大典卷二千八百零九梅字韵载胡铨滴滴金"断桥雪霁闻啼
鸟"一首,乃陈亮作,见全芳备祖前集卷一梅花门。

俞处俊

处俊字师郝,新淦(今江西省)人。建炎二年(1128)进士乙科。授
左从事郎筠州军事推官。

百　字　令

残蝉断雁,政西风萧索,夕阳流水。落木无边幽眺处,云拥登山屐
齿。岁月如驰,古今同梦,惟有悲欢异。绿尊空对,故人相望千里。

追念淮海当年，五云行殿，咫尺天颜喜。清晓胪传仙仗里，衣染玉龙香细。今日天涯，黄花零乱，满眼重阳泪。艰难多病，二陵无奈秋思。独醒杂志卷六

岳　飞

飞字鹏举，相州汤阴人。生于崇宁二年(1103)。与金人战，累立战功。历少保、河南北诸路招讨使，进枢密副使，封武昌郡开国公。罢为万寿观使，以不附和议，绍兴十一年(1141)，为秦桧所陷，殒大理寺狱，年三十九。孝宗初，复飞官。淳熙六年(1179)，赐谥武穆。嘉定四年(1211)，追封鄂王。淳祐六年(1146)改谥忠武。有集，后人所编。

小　重　山

昨夜寒蛩不住鸣。惊回千里梦，已三更。起来独自绕阶行。人悄悄，帘外月胧明。　　白首为功名。旧山松竹老，阻归程。欲将心事付瑶琴。知音少，弦断有谁听。金陀粹编卷十九

满江红　写怀

怒发冲冠，凭栏处、潇潇雨歇。抬望眼、仰天长啸，壮怀激烈。三十功名尘与土，八千里路云和月。莫等闲、白了少年头，空悲切。

靖康耻，犹未雪。臣子恨，何时灭。驾长车踏破，贺兰山缺。壮志饥餐胡虏肉，笑谈渴饮匈奴血。待从头、收拾旧山河，朝天阙。

岳集卷五

又　登黄鹤楼有感

遥望中原，荒烟外、许多城郭。想当年、花遮柳护，凤楼龙阁。万岁山前珠翠绕，蓬壶殿里笙歌作。到而今、铁骑满郊畿，风尘恶。

兵安在,膏锋锷。民安在,填沟壑。叹江山如故,千村寥落。何日请缨提锐旅,一鞭直渡清河洛。却归来、再续汉阳游,骑黄鹤。岳武穆墨迹

见近人徐用仪所编五千年来中华民族爱国魂一书卷端,原系照片,并有元统甲戌谢升孙跋及宋克、文徵明诸跋。

邵　缉

缉字公序,号荆溪。李弥逊筠溪集卷二十二有送邵公序还乡序。

满　庭　芳

落日旌旗,清霜剑戟,塞角声唤严更。论兵慷慨,齿颊带风生。坐拥貔貅十万,衔枚勇、云櫜交横。笑谈顷,匈奴授首,千里静欃枪。

荆襄。人按堵,提壶劝酒,布谷催耕。芝夫荛子,歌舞威名。好是轻裘缓带,驱营阵、绝漠横行。功谁纪,风神宛转,麟阁画丹青。金陀续编卷二十八。文字从渚山堂词话卷一

吴　芾

芾字明可,自号湖山居士,台州仙居人。生崇宁三年(1104)。绍兴二年(1132)进士。为秘书省正字,以不附秦桧劾罢。后官礼部侍郎,历守数郡,以龙图阁学士致仕。淳熙十年(1183)卒,年八十。谥康肃。

水调歌头　寿徐大参　九月二十六

九月二十六,公相纪生辰。橙黄橘绿时候、天气暖于春。奎画有堂辉焕,中著台星一点,长伴寿星明。衮衮有家庆,未羡古徐卿。谢元枢,营绿野,避洪名。六年裁刬止衮切国事、曾费几精神。歇了

傅岩霖雨，闲了孤舟野渡，疏冕合知心。吾道苟尊尚，元不在蒲轮。

翰墨大全丁集卷四

　　按此首原题湖山作。

孙道绚

　　　　道绚号冲虚居士，黄铢之母。

滴滴金　梅

月光飞入林前屋。风策策，度庭竹。夜半江城击柝声，动寒梢栖宿。　　等闲老去年华促。只有江梅伴幽独。梦绕夷门旧家山，恨惊回难续。

醉蓬莱　力修宝学贤表宴胡明仲侍郎，遣歌姬来乞词，
　　　　　作醉蓬莱令歌之

看鸥翻波溅，蘋末风轻，水轩消暑。云叠奇峰，破桐阴亭午。列岫连环，溜泉鸣玉，对幅巾芒屦。况有清时，风流故人，剧谈挥麈。才冠一时，论高两汉，昼扇豪踪，吐凤辞语。昼锦归来，庆长年老母。且尽绿尊，莫怀归兴，听扇歌高举。会见登庸，泥封诏下，促朝天去。

菩　萨　蛮

栏干六曲天围碧。松风亭下梅初白。腊尽见春回。寒梢花又开。　　曲琼闲不卷。沉燎看星转。凝伫小徘徊。云间征雁来。

少年游 葛氏侄女子告归,作少年游送之(按朱彝尊词
　　　　　综收录此词调名订正为忆少年,是)

雨晴云敛,烟花澹荡,遥山凝碧。驱车问征路,赏春风南陌。
正雨后、梨花幽艳白。悔匆匆、过了寒食。归家渐春暮,探酴醾消
息。

忆秦娥 季温老友归樵阳,人来闲书,因以为寄

秋寂寞。秋风夜雨伤离索。伤离索。老怀无奈,泪珠零落。
故人一去无期约。尺书忽寄西飞鹤。西飞鹤。故人何在,水村山
郭。

醉思仙 寓居妙湛悼亡作此(原无题,据唐宋诸贤绝妙
　　　　　词选卷十补)

晚霞红。看山迷暮霭,烟暗孤松。动翩翩风袂,轻若惊鸿。心似
鉴,鬓如云,弄清影,月明中。谩悲凉,岁冉冉,蕣华潜改衰容。
　前事销凝久,十年光景匆匆。念云轩一梦,回首春空。彩凤远,
玉箫寒,夜悄悄,恨无穷。叹黄尘久埋玉,断肠挥泪东风。以上六首
见游宦纪闻卷八

如梦令 宫词

翠柏红蕉影乱。月上朱栏一半。风自碧空来,吹落歌珠一串。
　不见。不见。人被绣帘遮断。诗人玉屑卷二十

清平乐 雪

悠悠扬扬。做尽轻模样。半夜萧萧窗外响。多在梅边竹上。

朱楼向晓帘开。六花片片飞来。无奈熏炉烟雾,腾腾扶上金钗。

唐宋诸贤绝妙词选卷十

按此首别作赵彦端词,见宝文雅词卷四。别又误作郑文妻词,见彤管遗编后集卷十二。

以上孙道绚词八首,用赵万里辑本冲虚居士词。

存　目　词

调　名	首　　句	出　　处	附　　　　注
忆 秦 娥	花深深	历代诗馀卷十五	郑文妻词,见古杭杂记
风 中 柳	销减芳容	本书初版卷二百九十	孙夫人词,见类编草堂诗馀卷二
烛影摇红	乳燕穿帘	刘毓盘辑冲虚词	无名氏作,见草堂诗馀后集卷下
南 乡 子	晓日压重檐	又	无名氏作,见乐府雅词拾遗卷下

何蓑衣道人

道人,淮阳朐山(今江苏省东海县)人。避乱渡江,举进士不第。居平江。孝宗时,赐号通神先生。庆元六年(1200)卒。

临　江　仙

在世为仙须有分,不须素食持斋。寸丝不著挂形骸。蓑衣为伴侣,箬笠作家怀。　　行满三千按此处缺一字上界,奉敕宣至金台。传言问汝有何哉。人生长富贵,阴骘种将来。湖海新闻夷坚续志后集卷一

陆凝之

凝之字子才,一名维之,字永仲,号石室,馀杭人。隐居洞霄。高宗

以布衣召见，辞不赴。

夜游宫 (按词律调名当作步蟾宫)

东风捏就腰儿细。系滴粉一作"六幅"裙儿不起。从来只惯掌中看，怎忍在、烛花影里。　　酒红应是铅华褪。暗蹙损、眉峰双翠。夜深点一作"着"觚两绣鞋儿，靠那个、屏风立地。阳春白雪卷三

　　按此首别见□郎中词，见豹隐纪谈。又作无名氏词，见瑞桂堂暇录。别又误作苏轼词，见词林万选卷二。

念　奴　娇

远山一带，溯晴空、极目天涯浮白。枫落鸦翻谈笑处，不觉云涛横席。酒病方苏，睡魔犹殢，一扫无留迹。吴帆越棹，恍然飞上空碧。

　　长记草赋梁园，凌云笔势，倒三江秋色。对此惊心空怅望，老作红尘闲客。别浦烟平，小楼人散，回首千波寂。西风归路，为君重喷霜笛。咸淳临安志卷六十九

史　浩

　　浩字直翁，明州鄞县(今浙江省宁波市)人。生于崇宁五年(1106)。绍兴十五年(1145)进士。孝宗朝，累擢中书舍人，翰林学士、知制诰，历右丞相，封魏国公，进太师。绍熙五年(1194)卒，年八十九，赠会稽郡王，谥文惠。有鄮峰真隐漫录。

采莲 寿乡词

延　遍

霞霄上，有寿乡广袤无际。东极沧海，缥缈虚无，蓬莱弱水。风生屋浪，鼓楫扬旌，不许凡人得至。甚幽邃。　　试右望金枢外。西

母楼阁，玉阙瑶池。万顷琉璃。双成倩巧，方朔诙谐。来往徜徉，
霓裳飘摇宝砌。更希奇。

撷　　遍

南邻幄丹宫，赤伏显符记。朱陵曜绮绣，箕翼炯、瑞光腾起。每岁
秋分老人见，表皇家、袭庆迎祺。　　　天子当膺，无疆万岁。北窥
玄冥，魁杓拥佳气。长拱极、终古无移。论南北东西。相直何啻千
万里。信难计。

入　　破

璇穹层云上覆，光景如梭逝。惟此过隙缓征辔。垂象森列昭回，
碧落卓然躔度，炳曜更腾辉。永永清光晔炜。绵四野、金璧为地。
蕊珠馆，琼玖室，俱高峙。千种奇葩，松椿可比。暗香幽馥，岁岁长
春，阳乌何曾西委。

衮　　遍

遍此境，人乐康，挟难老术，悟长生理。尽阿僧祗劫，赤松王令安
期。彭篯盛矣。尚为婴稚。鹤算龟龄，绛老休夸甲子。鲐背耸、黄
发垂髫。更童颜，长鼓腹、同游戏。真是华胥。行有歌，坐有乐，献
笑都是神仙，时见群翁启齿。

实　　催

露华霞液，云浆椒醑，恣玉斝金罍。交酬成雅会。拚沉醉。中山千
日，未为长久，今此陶陶一饮，动经万祀。　　　陈果蔬，皆是奇异。
似瓜如斗尽备。三千岁。一熟珍味。钉坐中，莹似玉、爽口流涎，
三偷不枉，西真指议。

衮

有珍馔,时时馈。滑甘丰腻。紫芝荧煌,嫩菊秀媚。贮玛瑙琥珀精
器。延年益寿莫拟。人间烹饪徒费。休说龙肝凤髓。动妙乐、仙
音鼎沸。玉箫清,瑶瑟美。龙笛脆。杂遝飞鸾,花茵上、趁拍红牙,
馀韵悠扬,竟海变桑田未止。

歇　拍

其间有洞天侣,思游尘世。珠葆摇曳。华表真人,清江使者,相从
密议。此老邀嬉。我辈应须随侍。正举步、忽思同类。十八公、方
耸壑,宜邀致。凤驾星言,人争图绘。暍来鄞山甬水。因此崇成,
四明里第。

煞　衮

吾皇喜。光宠无贰。玉带金鱼荣贵。或者疑之。岂识圣明,曾主
斯乡,尝相与尽缱绻,胶漆何可相离。今日风云合契。此实天意。
吾皇圣寿无极,享晏粲千载相逢,我翁亦昌炽。永作升平上瑞。

采 莲 舞

　　五人一字对厅立,竹竿子勾念:伏以浓阴缓辔,化国之日舒以长;清
奏当筵,治世之音安以乐。霞舒绛彩,玉照铅华。玲珑环佩之声,绰约
神仙之伍。朝回金阙,宴集瑶池。将陈倚棹之歌,式侑回风之舞。宜邀
胜伴,用合仙音。女伴相将,采莲入队。

　　勾念了,后行吹双头莲令,舞上,分作五方。竹竿子又勾念:伏以波
涵碧玉,摇万顷之寒光;风动青蘋,听数声之幽韵。芝华杂遝,羽幰飘
摇。疑紫府之群英,集绮筵之雅宴。更凭乐部,齐迓来音。

　　勾念了,后行吹采莲令,舞转作一直了,众唱采莲令:

练光浮,烟敛澄波渺。燕脂湿、靓妆初了。绿云伞上露滚滚,的皪
真珠小。笼娇媚、轻盈伫眺。无言不见仙娥,凝望蓬岛。　　　玉阙
葱葱,镇锁佳丽春难老。银潢急、星槎飞到。暂离金砌,为爱此、极
目香红绕。倚兰棹。清歌缥缈。隔花初见,楚楚风流年少。

唱了,后行吹采莲令,舞分作五方。竹竿子勾念:伏以遏云妙响,初
容与于波间;回雪奇容,乍婆娑于泽畔。爱芙蕖之艳冶,有兰芷之芳馨。
躞蹀凌波,洛浦未饶于独步;雍容解佩,汉皋谅得以齐驱。宜到阶前,分
明祇对。

花心出,念:但儿等玉京侍席,久陟仙阶;云路驰骖,乍游尘世。喜
圣明之际会,臻夷夏之清宁。聊寻泽国之芳,雅寄丹台之曲。不惭鄙
俚,少颂升平。未敢自专,伏候处分。

竹竿子问,念:既有清歌妙舞,何不献呈。

花心,答问:旧乐何在。

竹竿子再问,念:一部俨然。

花心答,念:再韵前来。

念了,后行吹采莲曲破,五人众舞。到入破,先两人舞出,舞到茵上
住,当立处讫。又二人舞,又住,当立处。然后花心舞彻。竹竿子念:伏
以仙裙摇曳,拥云罗雾縠之奇;红袖翩翩,极鸾翔凤翰之妙。再呈献瑞,
一洗凡容。已奏新词,更留雅咏。

念了,花心念诗:我本清都侍玉皇。乘云驭鹤到仙乡。轻舠一叶烟
波阔,嗜此秋潭万斛香。

念了,后行吹渔家傲。花心舞上,折花了,唱渔家傲:

蕊沼清泠涓滴水。迢迢烟浪三千里。微孕青房包绣绮。薰风里。
幽芳洗尽闲桃李。　　　羽氅飘萧尘外侣。相呼短棹轻偎倚。一片
清歌天际起。声尤美。双双惊起鸳鸯睡。

唱了,后行吹渔家傲。五人舞,换坐,当花心立人念诗:我昔瑶池饱
宴游。归来乐国已三秋。水晶宫里寻幽伴,菡萏香中荡小舟。

念了,后行吹渔家傲。花心舞上,折花了,唱渔家傲:

翠盖参差森玉柄。迎风浥露香无定。不著尘沙真体净。芦花径。
酒侵酥脸霞相映。　　　掉拨木兰烟水暝。月华如练秋空静。一曲

悠扬沙鹭听。牵清兴。香红已满兼葭艇。

　　　唱了,后行吹渔家傲。五人舞,换坐,当花心立人念诗:我弄云和万
古声。至今江上数峰青。幽泉一曲今凭棹,楚客还应著耳听。

　　　念了,后行吹渔家傲。花心舞上,折花了,唱渔家傲:

草软沙平风掠岸。青蓑一钓烟江畔。荷叶为茵花作幔。知谁伴。
醇醪只把鲈鱼换。　　　盘缕银丝杯自暖。篷窗醉著无人唤。逗得
醒来横脆管。清歌缓。彩鸾飞去红云乱。

　　　唱了,后行吹渔家傲。五人舞,换坐,当花心立人念诗:我是天孙织
锦工。龙梭一掷度晴空。兰桡不逐仙槎去,贪撷芙蕖万朵红。

　　　念了,后行吹渔家傲。花心舞上,折花了,唱渔家傲:

太华峰头冰玉沼。开花十丈干云杪。风散天香闻四表。知多少。
亭亭碧叶何曾老。　　　试问霏烟登鸟道。丹崖步步祥光绕。折得
一枝归月峤。蓬莱岛。霞裾侍女争言好。

　　　唱了,后行吹渔家傲。五人舞,换坐,当花心立人念诗:我入桃源避
世纷。太平才出报君恩。白龟已阅千千岁,却把莲巢作酒尊。

　　　念了,后行吹渔家傲。花心舞上,折花了,唱渔家傲:

珠露汿汿清玉宇。霞标绰约消烦暑。时驭清风之帝所。寻旧侣。
三千仙仗临烟渚。　　　舴艋飘摇来复去。渔翁问我居何处。笑把
红蕖呼鹤驭。回头语。壶中自有朝天路。

　　　唱了,后行吹渔家傲。五人舞,换坐如初。竹竿子勾念:伏以珍符
洊至,朝廷之道格高深;年谷屡丰,郡邑之和薰遐迩。式均欢宴,用乐清
时。感游女于仙衢,咏奇葩于水国。折来和月,露浥霞腮;舞处随风,香
盈翠袖。既徜徉于玉砌,宜宛转于雕梁。爰有佳宾,冀闻清唱。

　　　念了,众唱画堂春:

彤霞出水弄幽姿。娉婷玉面相宜。棹歌先得一枝枝。波上画鲸
飞。　　　向此画堂高会,幽馥散、堪引瑶卮。幸然逢此太平时。不
醉可无归。

　　　唱了,后行吹画堂春。众舞,舞了又唱河传:

蕊宫阆苑。听钧天帝乐,知他几遍。争似人间,一曲采莲新传。柳腰轻,莺舌啭。　　逍遥烟浪谁羁绊。无奈天阶,早已催班转。却驾彩鸾,芙蓉斜盼。愿年年,陪此宴。

唱了,后行吹河传,众舞。舞了,竹竿子念遣队:浣花一曲湄江城,雅合凫鹥醉太平。楚泽清秋馀白浪,芳枝今已属飞琼。歌舞既阑,相将好去。

念了,后行吹双头莲令。五人舞转作一行,对厅杖鼓出场。

太　清　舞

后行吹道引曲子,迎五人上,对厅一直立。乐住,竹竿子勾念:洞天门阙锁烟萝。琼室瑶台瑞气多。欲识仙凡光景异,欢谣须听太平歌。

花心念:伏以兽炉缥缈喷祥烟,玳席荧煌开邃幄。谛视人间之景物,何殊洞府之风光。恭惟衮绣主人,簪缨贵客。或碧瞳漆发,或绿鬓童颜。雄辩风生,英姿玉立。曾向蕊宫贝阙,为道逍遥;俱膺丹篆玉书,作神仙伴。故今此会,式契前踪。但儿等偶到尘寰,欣逢雅宴;欲陈末艺,上助清欢。未敢自专,伏候处分。

竹竿问,念:既有清歌妙舞,何不献呈。

花心答,念:旧乐何在。

竹竿子问,念:一部俨然。

花心答,念:再韵前来。

念了,后行吹太清,众舞讫,众唱:

武陵自古神仙府。有渔人迷路。洞户迸寒泉,泛桃花容与。
寻花迤逦见灵光,舍扁舟、飘然入去。注目渺红霞,有人家无数。

唱了,后行吹太清歌,众舞,舞讫,花心唱:

须臾却有人相顾。把肴浆来聚。礼数既雍容,更衣冠淳古。
渔人方问此何乡,众颦眉、皆能深诉。元是避嬴秦,共携家来住。

唱了,后行吹太清歌,众舞,换坐,当花心一人唱:

当时脱得长城苦。但熙熙朝暮。上帝锡长生,任跳丸乌兔。
种桃千万已成阴,望家乡、杳然何处。从此与凡人,隔云霄烟雨。

　　　　唱了,后行吹太清歌,众舞,换坐,当花心一人唱:

渔舟之子来何所。尽相猜相语。夜宿玉堂空,见火轮飞舞。
凡心有虑尚依然,复归指、维舟沙浦。回首已茫茫,叹愚迷不悟。

　　　　唱了,后行吹太清歌,众舞,换坐,当花心一人唱:

我今来访烟霞侣。沸华堂箫鼓。疑是奏钧天,宴瑶池金母。
却将桃种散阶除,俟华实、须看三度。方记古人言,信有缘相遇。

　　　　唱了,后行吹太清歌,众舞,换坐,当花心一人唱:

云辒羽幰仙风举。指丹霄烟雾。行作玉京朝,趁两班鹓鹭。
玲珑环佩拥霓裳,却自有、箫韶随步。含笑嘱芳筵,后会须来赴。

　　　　唱了,后行吹太清歌,众舞,舞讫,竹竿子念:欣听嘉音,备详仙迹。
固知玉步,欲返云程。宜少驻于香车,伫再闻于雅咏。

　　　　念了,花心念:但儿等暂离仙岛,来止洞天。属当嘉节之临,行有清
都之觐。芝华羽葆,已杂遝于青冥;玉女仙童,正逢迎于黄道。既承嘉
命,聊具新篇。

　　　　篇曰:仙家日月如天远,人世光阴若电飞。绝唱已闻惊列坐,他年
同步太清归。

　　　　念了,众唱破子:

游尘世、到仙乡。喜君王。跻治虞唐。文德格遐荒。四裔尽来王。
干戈偃息岁丰穰。三万里农桑。归去告穹苍。锡圣寿无疆。

　　　　唱了,后行吹步虚子,四人舞上,劝心酒,花心复劝。劝讫,众舞列
作一字行。竹竿子念遣队:仙音缥缈,丽句清新。既归美于皇家,复激
昂于坐客。桃源归路,鹤驭迎风。抃手阶前,相将好去。

　　　　念了,后行吹步虚子,出场。

柘　枝　舞

　　　　五人对厅一直立,竹竿子勾念:伏以瑞日重光,清风应候。金石丝
竹,闲六律以皆调;僸佅兜离,贺四夷之率伏。请翻妙舞,来奉多欢。鼓
吹连催,柘枝入队。念了,后行吹引子半段入场,连吹柘枝令,分作五方
舞。舞了,竹竿子又念:适见金铃错落,锦帽蹁跹。芳年玉貌之英童,翠

袂红绡之丽服。雅擅西戎之舞,似非中国之人。宜到阶前,分明祗对。

念了,花心出,念:但儿等名参乐府,幼习舞容。当芳宴以宏开,属雅音而合奏。敢呈末技,用赞清欢。未敢自专,伏候处分。

念了,竹竿子问,念:既有清歌妙舞,何不献呈。

花心答,念:旧乐何在。

竹竿问,念:一部俨然。

花心答,念:再韵前来。

念了,后行吹三台一遍,五人舞拜,起舞,后行再吹射雕遍连歌头。

舞了,众唱歌头:

□人奉圣□□朝□□□□主□□□□□留伊。得荷云戏、幸遇文明、尧阶上、太平时。□□□□何不罢岁□征舞柘枝。

唱了,后行吹朵肩遍。吹了,又吹扑胡蝶遍,又吹画眉遍。舞转,谢酒了,众唱柘枝令:

我是柘枝娇女。□□多风措。□□□、□住深□,妙学得柘枝舞。□□头戴凤冠□,□□纤腰束素。□□遍体锦衣装,来献呈歌舞。

又唱:

回头却望尘寰去。喧画堂箫鼓。整云鬟、摇曳青绡,爱一曲柘枝舞。好趁华封盛祝笑,共指南山烟雾。蟠桃仙酒醉升平,望凤楼归路。

唱了,后行吹柘枝令,众舞了,竹竿子念遣队:雅音震作,既呈仪凤之吟;妙舞回翔,巧著飞鸾之态。已洽欢娱绮席,暂归缥缈仙都。再拜阶前,相将好去。

念了,后行吹柘枝令出队。

以上彊村丛书本鄮峰真隐大曲卷一

花　　舞

两人对厅立,自勾,念:伏以骚赋九章,灵草喻如君子;诗人十咏,奇花命以佳名。因其有香,尊之为客。欲知标格,请观一字之褒;爰藉品题,遂作群英之冠。适当丽景,用集仙姿。玉质轻盈,共庆一时之会;金尊潋滟,式均四坐之欢。女伴相将,折花入队。

念了,后行吹折花三台。舞,取花瓶。又舞上,对客放瓶,念牡丹花诗:花是牡丹推上首。天家侍宴为宾友。料应雨露久承恩,贵客之名从此有。

念了,舞,唱蝶恋花,侍女持酒果上,劝客饮酒。

贵客之名从此有。多谢风流,飞驭陪尊酒。持此一卮同劝后。愿花长在人长寿。

舞唱了,后行吹三台。舞转,换花瓶。又舞上,次对客放瓶,念瑞香花诗:花是瑞香初擢秀。达人鼻观通庐阜。遂令声价满寰区,嘉客之名从此有。

念了,舞,唱蝶恋花,侍女持酒果上,劝客饮酒。

嘉客之名从此有。多谢风流,飞驭陪尊酒。持此一卮同劝后。愿花长在人长寿。

舞唱了,后行吹三台。舞转,换花瓶。又舞上,次对客放瓶,念丁香花诗:花是丁香花未剖。青枝碧叶藏琼玖。如居翠幄道家妆,素客之名从此有。

念了,舞,唱蝶恋花,侍女持酒果上,劝客饮酒。

素客之名从此有。多谢风流,飞驭陪尊酒。持此一卮同劝后。愿花长在人长寿。

舞唱了,后行吹三台。舞转,换花瓶。又舞上,次对客放瓶,念春兰花诗:花是春兰栖远岫。竹风松露为交旧。仙家剑佩羽霓裳,幽客之名从此有。

念了,舞,唱蝶恋花,侍女持酒果上,劝客饮酒。

幽客之名从此有。多谢风流,飞驭陪尊酒。持此一卮同劝后。愿花长在人长寿。

舞唱了,后行吹三台。舞转,换花瓶。又舞上,次对客放瓶,念蔷薇花诗:花是蔷薇如绮绣。春风满架晖晴昼。为多规刺少拘挛,野客之名从此有。

念了,舞,唱蝶恋花,侍女持酒果上,劝客饮酒。

野客之名从此有。多谢风流,飞驭陪尊酒。持此一卮同劝后。愿花长在人长寿。

> 舞唱了,后行吹三台。舞转,换花瓶。又舞上,次对客放瓶,念酴醿花诗:花是酴醿纤翠袖。酿泉曾入真珠溜。更无尘气到杯盘,雅客之名从此有。

> 念了,舞,唱蝶恋花,侍女持酒果上,劝客饮酒。

雅客之名从此有。多谢风流,飞驭陪尊酒。持此一卮同劝后。愿花长在人长寿。

> 舞唱了,后行吹三台。舞转,换花瓶。又舞上,次对客放瓶,念荷花诗:花是芙蕖冰玉漱。人间暑气何曾受。本来泥滓不相关,净客之名从此有。

> 念了,舞,唱蝶恋花,侍女持酒果上,劝客饮酒。

净客之名从此有。多谢风流,飞驭陪尊酒。持此一卮同劝后。愿花长在人长寿。

> 舞唱了,后行吹三台。舞转,换花瓶。又舞上,次对客放瓶,念秋香花诗:花是秋香偏郁茂。姮娥月里亲栽就。一枝平地合登瀛,仙客之名从此有。

> 念了,舞,唱蝶恋花,侍女持酒果上,劝客饮酒。

仙客之名从此有。多谢风流,飞驭陪尊酒。持此一卮同劝后。愿花长在人长寿。

> 舞唱了,后行吹三台。舞转,换花瓶。又舞上,次对客放瓶,念菊花诗:花是菊英真耐久。长年只有临风嗅。东篱况是见南山,寿客之名从此有。

> 念了,舞,唱蝶恋花,侍女持酒果上,劝客饮酒。

寿客之名从此有。多谢风流,飞驭陪尊酒。持此一卮同劝后。愿花长在人长寿。

> 舞唱了,后行吹三台。舞转,换花瓶。又舞上,次对客放瓶,念梅花诗:花是寒梅先节候。调羹须待青如豆。为于雪底倍精神,清客之名从此有。

> 念了,舞,唱蝶恋花,侍女持酒果上,劝客饮酒。

清客之名从此有。多谢风流，飞驭陪尊酒。持此一卮同劝后。愿花长在人长寿。

  舞唱了，后行吹三台。舞转，换花瓶。又舞上，次对客放瓶，念芍药花诗：芍药来陪群客后。矜其未至当居右。奇姿独许侍花王，近客之名从此有。

  念了，舞，唱蝶恋花，侍女持酒果上，劝客饮酒。

近客之名从此有。多谢风流，飞驭陪尊酒。持此一卮同劝后。愿花长在人长寿。

  舞唱了，后行吹三台。舞转，换花瓶。又舞上花茵，背花对坐，唱折花三台：

算仙家，真巧数，能使众芳长绣组。羽辂芝葆，曾到世间，谁共凡花为伍。 桃李漫夸艳阳，百卉又无香可取。岁岁年年长是春，何用芳菲分四序。

  又唱：

对芳辰，成良聚，珠服龙妆环宴俎。我御清风，来此纵观，还须折枝归去。 归去蕊珠绕头，一一是东君为主。隐隐青冥怯路遥，且向台中寻伴侣。

  唱了，起舞，后行吹折花三台一遍。舞讫，相对坐，取盆中花插头上，又唱：

叹尘寰，乌兔走，花谢花开能几许。十分春色，一半遣愁，那堪飘零风雨。 争似此花自然，悄不待、根生下土。花既无凋春又长，好带花枝倾寿醑。

  又唱：

是非场，名利海，得丧炎凉徒自苦。至乐陶陶，唯有醉乡，谁向此间知趣。 花下一杯一杯，且莫把、光阴虚度。八极神游长寿仙，蜾蠃螟蛉休更觑。

  唱了，侍女持酒果置茵上，舞相对自饮。饮讫，起舞三台一遍，自念遣队：伏以仙家日月，物外烟霞。能令四季之奇葩，会作一筵之重客。

莫不香浮绮席,影覆瑶阶。森然群玉之林,宛在列真之府。相逢今日,不醉何时。敢持万斛之流霞,用介千春之眉寿。欢腾丝竹,喜溢湖山。观者虽多,叹未曾有。更愿九重万寿,四海一家。屡臻年谷之丰登,永锡田庐之快乐。于时花骢嘶晚,绛蜡迎宵。饮散瑶池,春在乌纱帽上;醉归蕊馆,香分白玉钗头。式因天上之芳容,流作人间之佳话。尚期再集,益侈遐龄。歌舞既终,相将好去。

念了,后行吹三台出队。

剑　舞

二舞者对厅立茵上。竹竿子勾,念:伏以玳席欢浓,金尊兴逸。听歌声之融曳,思舞态之飘摇。爰有仙童,能开宝匣。佩干将莫邪之利器,擅龙泉秋水之嘉名。鼓三尺之莹莹,云间闪电;横七星之凛凛,掌上生风。宜到芳筵,同翻雅戏。

二舞者自念:伏以五行擢秀,百炼呈功。炭炽红炉,光喷星日;㓞新雪刃,气贯虹霓。斗牛间紫雾浮游,波涛里苍龙缔合。久因佩服,粗习回翔。兹闻阆苑之群仙,来会瑶池之重客。辄持薄技,上侑清欢。未敢自专,伏候处分。

竹竿子问:既有清歌妙舞,何不献呈。

二舞者答:旧乐何在。

竹竿子再问:一部俨然。

二舞者答:再韵前来。

乐部唱剑器曲破,作舞一段了,二舞者同唱霜天晓角:

荧荧巨阙。左右凝霜雪。且向玉阶掀舞,终当有、用时节。　　　唱彻。人尽说。宝此制无折。内使奸雄落胆,外须遣、豺狼灭。

乐部唱曲子,作舞剑器曲破一段。(舞罢,二人分立两边。别两人汉装者出,对坐,卓上设酒果)竹竿子念:伏以断蛇大泽,逐鹿中原。佩赤帝之真符,接苍姬之正统。皇威既振,天命有归。势虽盛于重瞳,德难胜于隆准。鸿门设会,亚父输谋。徒矜起舞之雄姿,厥有解纷之壮士。想当时之贾勇,激烈飞扬;宜后世之效颦,回旋宛转。双鸾奏技,四坐腾欢。

乐部唱曲子,舞剑器曲破一段。(一人左立者上茵舞,有欲刺右汉

装者之势。又一人舞进前翼蔽之。舞罢,两舞者并退,汉装者亦退。复
有两人唐装出,对坐。卓上设笔砚纸,舞者一人换妇人装立茵上。)竹竿
子勾,念:伏以云鬟耸苍璧,雾縠罩香肌。袖翻紫电以连轩,手握青蛇而
的皪。花影下、游龙自跃;锦茵上、跹凤来仪。轶态横生,瑰姿谲起。倾
此入神之技,诚为骇目之观。巴女心惊,燕姬色沮。岂唯张长史草书大
进,抑亦杜工部丽句新成。称妙一时,流芳万古。宜呈雅态,以洽浓欢。

　　乐部唱曲子,舞剑器曲破一段,(作龙蛇蜿蜒曼舞之势。两人唐装
者起。二舞者、一男一女对舞,结剑器曲破彻。)竹竿子念:项伯有功扶
帝业,大娘驰誉满文场。合兹二妙甚奇特,堪使佳宾醼一觞。霍如羿射
九日落,矫如群帝骖龙翔。来如雷霆收震怒,罢如江海凝清光。歌舞既
终,相将好去。

　　念了,二舞者出队。

渔 父 舞

　　四人分作两行迎上,对筵立。渔父自勾,念:鄞城中有蓬莱岛。不
是神仙那得到。万顷澄波舞镜鸾,千寻叠嶂环旌纛。光天圆玉夜长清,
衬地湿红朝不扫。宾主相逢欲尽欢,升平一曲渔家傲。

　　勾念了,二人念诗:渺渺平湖浮碧满,奇峰四合波光暖。绿蓑青笠
镇相随,细雨斜风都不管。

　　念了,齐唱渔家傲。舞,戴笠子。

细雨斜风都不管。柔蓝软绿烟堤畔。鸥鹭忘机为主伴。无羁绊。
等闲莫许金章换。

　　唱了,后行吹渔家傲,舞。舞了,念诗:喜见同阴垂匝地。琼珠簌簌
随风絮。轻丝圆影两相宜,好景侬家披得去。

　　念了,齐唱渔家傲。舞,披蓑衣。

好景侬家披得去。前村雪屋云深处。一棹清歌归晚浦。真佳趣。
知谁画得归缣素。

　　唱了,后行吹渔家傲,舞。舞了,念诗:波面初惊秋叶委。风来又觉
船头起。滔滔平地尽知津,济涉还渠渔父子。

　　念了,齐唱渔家傲。舞,取楫鼓动。

济涉还渠渔父子。生涯只在烟波里。练静忽然风又起。赢得底。
吹来别浦看桃李。

　　　唱了,后行吹渔家傲,舞。舞了,念诗:碧玉粼粼平似掌。山头正吐
　　冰轮上。水天一色印寒光,万斛黄金迷俯仰。

　　　念了,齐唱渔家傲,将楫作摇橹势。

万斛黄金迷俯仰。轻舠不碍飞双桨。光透碧霄千万丈。真堪赏。
恰如镜里人来往。

　　　唱了,后行吹渔家傲,舞。舞了,念诗:手把丝纶浮短艇。碧潭清泚
　　风初静。未垂芳饵向沧浪,已见白鱼翻翠荇。

　　　念了,齐唱渔家傲,取钓竿作钓鱼势。

已见白鱼翻翠荇。任公一掷波千顷。不是六鳌休便领。清昼永。
悠扬要在神仙境。

　　　唱了,后行吹渔家傲,舞。舞了,念诗:新月半钩堪作钓。钓竿直欲
　　干云表。鱼虾细碎不胜多,一引修鳞吾事了。

　　　念了,齐唱渔家傲。钓,出鱼。

一引修鳞吾事了。棹船归去歌声杳。门俯清湾山更好。眠到晓。
鸣榔艇子方云扰。

　　　唱了,后行吹渔家傲,舞。舞了,念诗:提取赪鳞归竹坞。儿孙迎笑
　　交相语。西风满袖有馀清,试倩霜刀登玉缕。

　　　念了,齐唱渔家傲,取鱼在杖头,各放鱼,指酒尊。

试倩霜刀登玉缕。银鳞不忍供盘俎。掷向清波方囿囿。休更取。
小槽且听真珠雨。

　　　唱了,后行吹渔家傲,舞。舞了,念诗:明月满船唯载酒。渔家乐事
　　时时有。醉乡日月与天长,莫惜清尊长在手。

　　　念了,齐唱渔家傲,取酒尊,斟酒对饮。

莫惜清尊长在手。圣朝化洽民康阜。说与渔家知得否。齐稽首。
太平天子无疆寿。起,面外稽首祝圣。

　　　唱了,后行吹渔家傲,舞。舞了,渔父自念遣队:湖山佳气霭纷纷。
　　占得风光日满门。宾主相陪欢意足,却横烟笛过前村。歌舞既终,相将

好去。

　　念了,后行吹渔家傲,舞者两行引退,出散。
　以上彊村丛书本鄅峰真隐大曲卷二

望海潮 叔父知县庆宅并章服

烟笼香径,霞舒花砌,东君绣出芳辰。蝶羽弄轻,莺声啭巧,嬉嬉舞态歌唇。纶制出严宸。曳耀春品服,荣锡绯银。向此华涂要路,颜色倍精神。　　珠帘碧甃方新。有兰堂快目,水榭通津。玉塛蘸清,金虬蔼翠,轮蹄尽集簪绅。偕老指双椿。望武林咫尺,同上青云。异日重为此会,应羡凤池人。

又 汪漕庆寿

烟浓柳径,霞蒸花砌,春深特地芳辰。蝶侣鬥狂,莺雏弄巧,嬉嬉舞态歌唇。西圃集簪绅。正桂薰兰玉,天寿松椿。竞捧瑶觥潋滟,来祝纵怀人。　　当年辍侍严宸。有星轺问俗,熊轼临民。康阜政成,蕃宣治美,归休燕处申申。行庆紫泥新。起钓璜国老,东海之滨。屈指重开此宴,应已拜平津。

又 庆八十

熊罴嘉梦,风云享会,磻溪应卜之年。黄菊萃英,红原作“经”,朱校:疑“红”误蕊酿馥,安排预赏芳筵。环佩拥神仙。向粉额两字,金缕红鲜。最好花茵展处,双凤舞翩翩。　　人人竞擘香笺。璨珠玑溢目,祝颂无边。彭祖一分,庄椿十倍,千秋未足多言。日驭且停鞭。把燕闲欢乐,分付壶天。笑享亲朋岁岁,春酒庆团圆。

感皇恩 叔父庆宅并章服代作

健卒走红尘,芝封飞到。金缕斜斜印三道。舞鸾翔凤,犹带御炉烟裘。茜衣新象笏,银章好。　对此况当,莺花缭绕。画栋翚翚映蓬岛。绣帘初卷,共指松椿偕老。浩歌拚烂醉,金尊倒。

又

风雨揽元宵,收灯方了。深院红莲尚围绕。德星同聚,更有祥光临照。始知真洞府,春长好。　应是化工,偏怜衰老。剩把青藜作荣耀。正须沉醉,拚却玉山频倒。寄声更漏子,休催晓。

满庭芳 叔父庆宅并章服代作

烘锦花堤,铺绵柳巷,晓来膏雨初晴。画堂初建,碧沼映朱楹。最好芙蓉绣褥,交辉敞、孔雀金屏。那堪更,华裾满坐,和气动欢声。

冰清。真美行,棠阴善政,槐市高名。今朝消受得,茜服光荣。况是齐眉并寿,谁云道、乐事难并。相将见,飞凫过阙,除目下彤庭。

又 立春词,时方狱空

爱日轻融,阴云初敛,一番雪意阑珊。柳摇金缕,梅绽五腮寒。知是东皇翠葆,飞星汉、来止人间。开新宴,笙歌逗晓,和气满尘寰。

风光,偏舜水,贤侯政美,棠荫多欢。更圜扉草鞠,木索长闲。休向今朝惜醉,红妆映、群玉颓山。相将见,宜春帖子,清夜写金銮。

又 次韵姚令威雪消

微霰疏飘,骄云轻簇,短檠黯淡笼纱。冷禁兰帐,清晓忽飞花。已是平芜步阔,那堪更、折竹如蓑。凭栏处,关心一叶,归兴渺无涯。

为瑞,已多少,适从狼子,来自龙沙。赖吾皇神武,薄海为家。

尽扫腥风杀气,依然放、红日光华。回头看,山蹊水坞,缟带不随
车。

又 四明尊老会劝乡大夫酒

鲸海波澄,棠阴日永,正宜坐啸雍容。岁丰民乐,无讼到庭中。试
数循良自古,龚黄外、谁可追踪。那堪更,恩均耄寿,良会此宵同。

璇穹。占瑞处,荧煌五马,璀璨群公。盛笙歌罗绮,共引髯翁。
只恐芝泥趣召,双旌展、猎猎飞红。须知道,君王渴见,名久在屏
风。

又 劝乡老众宾酒

十载江湖,一朝簪组,宠荣曷称衰容。圣恩不许,归卧旧庐中。慨
念东山伴侣,烟霞外、久阔仙踪。今何幸,相逢故里,谈笑一尊同。

吾州,真幸会,湖边贺监,海上黄公。胜渭川遗老,绛县仙翁。
纵饮何辞烂醉,脸霞转、一笑生红。从今后,婆娑化国,千岁乐皇
风。

又 代乡大夫报劝

油幕初开,驿旌前导,暂归梓里春容。致身槐揆,功在鼎彝中。自
是襟怀绝俗,今犹记、笔砚陈踪。张高会,君恩厚赐,乐与故人同。

把麾,鄞水上,相看青眼,谁复如公。况亲陪尊俎,笑接群翁。
坐上笙歌屡合,须拚到、晓日酣红。公今去,恩波四海,桃李尽东
风。

按永乐大典卷一万二千零四十三酒字韵作李渭词。

又　代乡老众宾报劝

玉阙朝回,沙堤烟晓,碧幢光动军容。虎符熊轼,行指七闽中。假
道吾乡我里,挥金事、思躅前踪。倾怀处,萤窗雪案,犹说昔年同。

　　相看,俱老大,襟期道义,不为王公。念儿时聚戏,今已成翁。
敢借玉壶美酒,还为寿、金盏翻红。仍频祝,中书二纪,寰海振淳
风。

又　代乡老众宾劝乡大夫

复拥旌麾,重歌襦袴,满城长自春容。搢绅耆旧,欢溢笑谈中。尽
道邦君恺悌,逍遥遂、湖海遐踪。今朝会,公真乐善朱校:疑误,屈意
与人同。　　恩朱校:疑误勤,东道主,挥金汉傅,怀绶朱公。引群仙
环拱,欲寿吾翁。春瓮初澄盎绿,春衫更、轻染香红。持杯愿,归登
绛阙,花萼醉春风。

又　雪

鹤冷风亭,鸿迷烟渚,晓来雪意填空。酿成嘉瑞,端为兆年丰。况
有神娲妙手,调和得、云彩皆同。楼台上,铺琼缀玉,随步广寒宫。

　　天公。开地轴,八纮混一,莫辨提封。又须教、归禽狡兽沉踪。
坐见花敷万木,谁知道、春已输工。三杯酒,西湖父老,相与话时
雍。

庆清朝　梅花

翠竹茎疏,碧溪流浅,绮窗为尔时开。依稀远岸,才见一点寒梅。
冷定半疑是雪,因风还度暗香来。醉朱校:疑误清兴,瘦策过桥,黄帽
青鞋　　繁枝正微雨后,似怨人知晚,泪浥冰腮。殷勤百绕,留

连踏遍莓苔。报道玉人睡觉，菱花初试晓妆台。携归去，粉额殢
人，比并轻抬。

蓦山溪　次韵贝守柔幽居即事

清谈无限，林下逢人少。骑马踏红尘，恁区区、何时了。名场利
海，毕竟白头翁，山簇翠，水拖蓝，只个生涯好。　　君侯洒落，卜
筑开冰沼。三径直危楼，遍岩隈、幽花香草。风勾月引，馀事作诗
人，词歌雪，气凌云，寒瘦伦郊岛。

青玉案　生日

玉姬曾向瑶池舞。轻掷霓裳忤王母。从此烟霄飞鹤驭。一来人
世，有缘相遇，得得为鸳侣。　　年年此际霞觞举。彩笔香笺染新
句。休饵灵砂奔月去。齐眉不老，直须携手，同上青冥路。

又　用贺方回韵

涌金斜转青云路。溯衮衮、红尘去。春色勾牵知几度。月帘风幌，
有人应在，唾线馀香处。　　年来不梦巫山暮。但苦忆、江南断肠
句。一笑匆匆何尔许。客情无奈，夜阑归去，簌簌花空雨。

又　为戴昌言歌姬作

年来减却风情大。百样收心待不作。恰恨仙翁停画舸。雪中把
酒，美人频为，浅破樱桃颗。　　清歌谁许阳春和。悄不放、遥空
片云过。惊落梁尘浑可可。一声啭处，故园春近，桃李还知么。

西江月　即席答官伎得我字

红蓼千堤挺蕊，苍梧一叶辞柯。夜阑清露泻银河。洗出芙蓉半朵。

解带初开粉面,绕梁还听珠歌。心期端的在秋波。想得今宵
只我。

喜迁莺 叔父生日

凤阙朱旂展,弄罢五弦,南薰敲竹。雨糁桃蹊,钱浮荷沼,一瞬染成
新绿。玉皇香案吏,曾是时、鹤飞江国。对此际,每丹霄效瑞,非烟
郁郁。　　卜筑。陶山曲,风榭月台,图画应难足。绿绮春浓,青
蛇星烂,肯便稳栖烟麓。玳筵称寿,清皓齿、霏霏珠玉。竞屈指,看
芝封紫检,鸣驺入谷。

又 癸酉岁元宵与绍兴守曹景游

征鸿回北。正雪洗烧痕,千岩匀绿。鱼纵新漪,梅繁断岸,春到鉴
湖一曲。满城绣帘珠幌,暖响聒天丝竹。渐向晚,放芙蕖千顷,交
辉华烛。　　贤牧。棠阴静,康阜政成,褒诏来黄屋。玉笋光寒,
紫荷香润,人道此装须趣。且出催花银漏,恣饮宝觥醽醁。向明
岁,看传柑归去,腰横金粟。

又 收灯后会客

才过元夕。送宴赏未阑,欢娱无极。且莫收灯,仍休止酒,留取凤
笙龙笛。金马玉堂学士,当此同开华席。最堪爱,是兰膏光在,金
钉连璧。　　难觅。交欢处,杯吸百川,雅量皆勍敌。老子衰迟,
居然怀感,厚意怎生酬得。况已倦游客路,一志归安泉石。但屈
指,愿诸贤衮绣,联飞鹏翼。

又 立春

谯门残月。正画角晓寒,梅花吹彻。瑞日烘云,和风解冻,青帝乍

临东阙。暖响土牛箫鼓,夹路珠帘高揭。最好是,看彩幡金胜,钗头双结。　　奇绝。开宴处,珠履玳簪,俎豆争罗列。舞袖翩翩,歌声缥缈,压倒柳腰莺舌。劝我应时纳祜,还把金炉香爇。愿岁岁,这一厄春酒,长陪佳节。

按此首别作胡浩然词,见草堂诗馀后集卷上。

又　守岁

雪消春浅。听爆竹送穷,椒花待旦。系马合簪,鸣鸦列炬,几处玳筵开宴。介我百千眉寿,齐捧玉壶金盏。最奇绝,是小桃新坼,争妍粉面。　　女伴。频告语,守岁通宵,莫放笙歌散。酒晕朝霞,寒欺重翠,却忆凤屏香暖。笑拂满身花影,遥指珠帘深院。待到了,道一声稳睡,明年相见。

又　四明洞天

凭高寓目。爱屹起四窗,云南云北。缥缈烟霞,萧森松竹,多少洞天岩谷。著向十洲三岛,入海何妨登陆。要知处,在皇家新赐,西湖一曲。　　林麓。真胜概,樊榭鹿亭,百卉生幽馥。绿绮春浓,青蛇星烂,隔断世间尘俗。笑呼羡门俦侣,时引宝觞醽醁。醉和醒,但南山之寿,难忘勤祝。

点　绛　唇

我为劳生,自怜浪迹天涯遍。如今春换。又是孤萍断。　　谁信年时,老子情非浅。思量见。画楼天远。花倚夕阳院。

又

千里欢谣,使君美政高三辅。沸天箫鼓。笑拥锋车去。　　卧辙攀辕,漫拟双旌住。还知否。禁林深处。已辟金闺路。

又

翠幄园林,火云方绽南薰起。玉轮天外。夜色凉如水。　况有
清歌,劝我尊浮蚁。拚沉醉。万花丛里。一枕朦胧睡。

又

曾到蟾宫,玉轮乞得长随手。数声轻叩。已自锵琼玖。　最好
长清,浑不惊秋候。歌阑后。那回辞酒。笑把遮檀口。

木兰花慢　有序　知明州王侍郎生日

伏审帝永萝图,天开人杰。乃祖乃父,忠劳久笃于王家;维熊维罴,吉梦是生于男子。彩绚朝阳之鹭鵷,光腾天上之麒麟。岂维相阁之英,抑亦圣朝之瑞。椒花柏叶,王正初过于三朝;凤蜡星球,灯夕匪遥于十日。懿兹盛旦,宜溢欢声。恭维某官、昴宿储神,长庚孕瑞。五百年之名世,王国克生;八千岁而为春,帝心简在。繇甘泉之法从,作鄞水之民师。暂离玉立之班,聊践人生之贵。公平政教,揽回六邑之阳和;洒落文章,改观十洲之风月。萃其阴德,获是遐龄。紫府茂万福之祺,黑头仁三公之拜。某一廛受地,千指戴天。虽居原宪之贫,实感文翁之化。式逢庆诞,辄献邑歈。寄调于木兰花,侑欢于金蕉叶。仰祈青瞩,少见丹衷。干冒台严,不任愧汗。

喜阳和应律,启佳气、满寰瀛。正雪洗疏梅,云浮淡月,昨夜生明。熊罴信占梦好,当年相阁再蟠英。收拾仙风道韵,萃兹一点台星。

功名。壮岁逢真。主紫橐、耀西清。向玉笋光中,瑶林宴里,来拥双旌。青毡家旧物,看长参、鼎鼐乐升平。春醥休辞介寿,鹤书已播彤廷。

临江仙　宰执得旨移庖复会报劝

袅绣蝉联三重客,朝回晓日曈昽。绿杨门巷拥花骢。喜承天上语,

来作主人公。　　况值瑶林风露爽，冰轮碾上晴空。桂香和影堕
金钟。莫辞通夕醉，明日是秋中。

又 赠妇人写字

槛竹敲风初破睡，楚台梦雨精神。背屏斜映小腰身。山明双剪水，
香满一钗云。　　炉袅金丝帘窣地，绮窗秋静无尘。半钩春笋带
湘筠。兰亭初写就，愁杀卫夫人。

又 倚坐

绣幕罗裙风冉冉，象床毡幄低垂。兽炉香袅锦屏围。不贪欹钿枕，
偏爱倚花枝。　　软玉红绡轻暖透，温温翠袖扶持。正怜安稳坐
移时。雨云忘峡梦，身境是瑶池。

鹧鸪天 昙少云丈室观李子永见赠佳阕，走笔次韵

画角梅花曲未终。霜严飞落五更风。谁知林外鸡三唱，推出红轮
海上峰。　　官一品，禄千钟。此时分付荷重瞳。更教赐子云南
境，绝胜湖边九里松。

又 次韵陆务观贺东归

我本飘然出岫云。挂冠归去岸纶巾。但教名利休缰锁，心地何时
不是春。　　竹叶美，菊花新。百杯且听绕梁尘。故乡父老应相
贺，林下方今见一人。

又 祝寿

孔雀双飞敞画屏。锦花茵上舞娉婷。红绡袖暖琉璃滑，金鸭炉香
椒桂馨。　　丹脸涅，秀眉青。平生阴德在遐龄。如今便好添龟

鹤,元是南箕一寿星。

又 送试

晓日曈昽花露稀。明光已报敞金扉。三千彩仗翔鸾舞,数百银袍振鹭飞。　　开雉扇,正垂衣。奏篇初得上彤墀。胪传绕殿天颜喜,先折东风第一枝。

蝶恋花 扇鼓

桂影团团光正满。更似菱花,齐把匀娇面。非镜非蟾君细看。元来却是吴姬扇。　　一曲阳春犹未遍。惊落梁尘,不数莺喉啭。好著红绡笼玉腕。轻敲引入笙歌院。

宝鼎现 昔姑苏士人系囹圄,元夕以词求免。守一见,破械延之上坐。至今乐府多传之。惜其止叙藩方宴游之盛,而不及皇都。真隐居士用韵以补其遗

霞霄丹阙,瑞霭佳气,青葱如绮。才半月、东君雨露,无限韶华生宝砌。渐向晚、放烛龙掀舞,周匝红蕖绀蕊。况对峙、鳌峰赑屃,不隔蓬莱弱水。　　圣主有乐升平意。引芝华、双辇凝翠。纷万俗朱校:疑误、歌谣弦管,声混莺吟喧凤吹。更漏永、正冰轮掩映,光接康衢万里。似移下、一天星斗,妆点都城表里。　　清警跸、忽登楼,簇彩仗、锦襦丝履。看柑传万颗,恩浃王公近侍。散异卉覆千官醉。竞捧瑶觞起。愿岁岁、今宵宴赏,春满山河百二。

最高楼 乡老十人皆年八十,淳熙丁酉三月十九日,作庆劝酒

当年尚父,一个便兴周。今十倍,更何忧。冲融道貌丹为脸,扶疏

漆髮黑盈头。世方知，非熊老，聚吾州。　　有智略、可从兹日用，有志愿、可从兹日酬。天付我，怎教休。琼浆且共飞千斛，蟠桃应得见三偷。谅吾皇，恢复后，尽封侯。

明月逐人来　寿仙翁

莫嫌春浅。寒威俱敛。阳和至此时方见。木君敷令，把雪霜扫断。要集德星胜伴。　　为有仙翁，正尔名喧蕃汉。眉寿比、聃彭更远。兼资勋业，已中双雕箭。清步槐庭影满。

踏莎行　郑开府出示诸公所赋琵琶词，即席次韵

歌舌莺娇，舞腰蜂细。华堂是处皆颐指。四弦独擅席中春，移船出塞声能继。　　慢捻幽情，轻拢柔思。其在有口传心事。主人灯火下楼时，偏渠领略深深意。

生查子　即席次韵陆务观

双蛟画鼓催，一水银蟾满。见夺锦标回，却倚花枝看。　　已擘冷金笺，更釂玻璃碗。归去诧乡关，不负平生眼。

江　城　子

片帆初落甬勾东。碧湖空。满汀风。回首一川，银浪舣孤篷。且驾两橼烟雨里，凭曲槛，泛空濛。　　闲移挂杖上晴峰。莫匆匆。伴冥鸿。笑指家山，蘋叶藕花中。脚力倦时呼小艇，归棹稳，月朦胧。

浪淘沙令　祝寿

祝寿祝寿。筵开锦绣。拈起香来玉也似手。拈起盏来金也似酒。

祝寿祝寿。　　命比乾坤久。长寿长寿。松椿自此碧森森底茂。
乌兔从他汩辘辘底走。长寿长寿。

瑞鹤仙 元日朝回

霁光春未晓。拥绛蜡攒星，霜蹄轻袅。皇居耸云杪。霭祥烟瑞气，
青葱缭绕。金门羽葆。听胪唱、千官并到。庆三朝、雉扇开时，拜
舞仰瞻天表。　　荣耀。万方图籍，四裔明王，照睬珍宝。椒盘颂
好。称寿斝，祝难老。更传宣锡坐，钧天妙乐，声遏行云缥缈。逗
归来、酒晕生霞，此恩怎报。

水龙吟 洞天

翠空缥缈虚无，算唯海上蓬瀛好。琼瑶宫阙，蕊珠台榭，玲珑缭绕。
弱水沉冥，瑞云遮隔，几人曾到。四明中，自有神仙洞府，烟霞里、
知多少。　　堪笑当年狂客，爱休官、何须入道。婆娑绿髮垂肩，
著甚黄冠乌帽。花底金船，月边玉局，尽能迟老。待丹成九转，飘
然驾鹤，却游三岛。

又 湖山胜概金沙酴醾同架

平湖渺渺烟波，是中只许神仙住。人间空爱，夭桃繁李，雪飞红雨。
谁信壶天，靓妆玉貌，春光容与。似佳人才子，青冥步稳，同携手、
成欢聚。　　老子时来宴赏，拥笙歌、留连尊俎。乌纱压倒，香云
簪遍，知他几度。多谢东君，肯教满架，长情相处。更须拚痛饮，年
年此际，作芳菲主。

永遇乐 洞天

鄞有壶天，景传图画，声著海县。四面攒峰，皆七十二，各在窗中

见。祥云拥蔽，飞泉缭绕，咫尺似天涯远。如今向、仙家觅得，挈来十洲东畔。　　虚无缥缈，蓬莱方丈，所喜只居隔岸。羽幰垂珠，琼车织翠，长是陪嘉宴。豺狼远迹，风波不作，日月御轮须缓。且衔杯、称贤乐圣，度兹岁晚。

迎仙客 洞天

瑞云绕。四窗好。何须隔水寻蓬岛。日常晓。春不老。玉蕊楼台，果是无尘到。　　没智巧。没华妙。个中只喜风波少。清尊倒。朱颜笑。回首行人，犹在长安道。

南浦 洞天

一箭舜弦风，向晓来、轻寒初报麦秀。蝶股歇花须，韶光老，莺声倦闻呼友。池塘绿暗，数竿粉节天然瘦。对兹美景，爱清歌妙曲，千钟芳酒。　　谁知别是壶中，缭画阁朱栏，烟谷云岫。三岛十洲东，青霄上，神工幻成岩窦。瑶台阆苑，翠旌羽葆频相就。世凡洗断，教乌兔从今，迟迟飞走。

夜合花 洞天

三岛烟霞，十洲风月，四明古号仙乡。萦纡雉堞，中涵一片湖光。绕岸异卉奇芳。跨虹桥、隐映垂杨。玉楼珠阁，冰帘卷起，无限红妆。　　龙舟两两飞扬。见飘翻绣旗〔朱校：疑误〕，歌杂笙簧。清尊满泛，休辞饮到斜阳。直须画蜡荧煌。况夜深、不阻城隍。且拚沉醉，归途便教，彻晓何妨。

人月圆 元宵

夕阳影里东风软，骄马趁香车。看花妆镜，藏春绣幕，百万人家。

夜阑归去,星繁绛蜡,珠翠鲜华。笙歌不散,疏钟隐隐,月在梅桠。

又　咏圆子

骄云不向天边聚,密雪自飞空。佳人纤手,霎时造化,珠走盘中。
六街灯市,争圆鬥小,玉碗频供。香浮兰麝,寒消齿颊,粉脸生红。

粉蝶儿　元宵

一箭和风,秾熏许多春意。闹蛾儿、满城都是。向深闺,争剪碎、吴绫蜀绮。点妆成,分明是、粉须香翅。　　玉容似花,全胜故园桃李。最相宜、鬒云秋水。怎教他,却去与、庄周同睡。愿年年,伴星球、烂游灯市。

又　咏圆子

玉屑轻盈,鲛绡霎时铺遍。看仙娥、骋些神变。咄嗟间,如撒下、真珠一串。火方然,汤初滚、尽浮锅面。　　歌楼酒垆,今宵任伊索唤。那佳人、怎生得见。更添糖,拚折本、供他几碗。浪儿门,得我这些方便。

教池回　竞渡

云淡天低,疏雨乍霁,桃溪嫩绿蒙茸。珠帘映画毂,金勒耀花骢。绕湖上、罗衣隘香风。擘波双引蛟龙。寻奇处,高标锦段,各骋英雄。　　缥缈初登彩舫,箫鼓沸,群仙玉佩丁东。夕阳中、拚一饮千钟。看看见、璧月穿林杪,十洲三岛春容。醉归去,双旌摇曳,夹路金笼。

如梦令 酴醿金沙同架

小院春风不老。鹊碧霓裳缥缈。雪脸间朱颜，各自一般轻妙。忒
掉。忒掉。真个一双两好。

洞仙歌 茉莉花

琼肌太白，浅著鹅黄罩。金缕檀心更天巧。算同时、虽有似火红
榴，争比得、淡妆伊家轻妙。　　兴来清赏处，无限真香，可惜生教
生朱校：疑"在"误闽峤。这消息、纵使移向蒸沉，终不似凭栏，披襟一
笑。若归去长安诧标容，单道胜、酴醿水仙风貌。

醉蓬莱 拟人贺生日

纪今辰高会，屈指三朝，更逢重九。珠履瑶簪，聚一天星斗。菊蕊
含芳，桂花笼艳，有美容争秀。衮绣堂中，蓬壶影里，异香喷兽。
　　况是清朝，太平真主，治享雍熙，眷深耆旧。恩锡兼金，遣星轺东
走。咫尺威光，下拜归美，愿我皇眉寿。自此重裁，谢笺千纸，年年
回奏。

声声慢 喜雪锡宴

风收淅沥，雾隐森罗。群山万玉嵯峨。禁街车马，银杯缟带相过。
胥涛晚来息怒，练光浮、都不扬波。最好处，是渔翁归去，鼓棹披
蓑。　　况是东堂锡宴，龙墀骤，貂珰宣劝金荷。庆此嘉瑞，明岁
黍稌应多。天家预知混一，把琼瑶、铺遍山河。这宴饮，罄华戎、同
醉泰和。

秋蕊香 生日

玉露瀼瀼,秋色似画,东堂宴席初开。红黄泛寿罍,紫菊上妆台。倚栏见、新雁已南来。落霞孤鹜徘徊。最奇处,重阳将近,凉满襟怀。　　萧洒秀眉,华发丹脸,映双瞳、的皪如孩。擘香笺、听丽句新裁。池上三回蟠桃熟,玉纤时捧琼杯。但愿得,年年此会满蓬莱。

渔家傲 留别孙表材

春恨不禁听杜宇。买舟忽觅东鄞路。一笑轻帆同野渡。频回顾。吴山越岫俱眉妩。　　何事匆匆分袂去。夫君小隐临烟渚。明夜月华来竹坞。相思处。还应梦属清江橹。以上彊村丛书本鄮峰真隐词曲卷一

花心动 竞渡

迟日轻阴,雨初收,花枝湿红犹滴。玉镫绣鞯,才得新晴,柳岸往来如织。画楼几处珠帘卷,风光遍、神仙瑶席。萃佳景,分明管领,一陂澄碧。　　忽见波涛喷激。苍烟际、双龙起为劲敌。桂楫拨云,鼍鼓轰雷,竞夺锦标千尺。恁时彩舰虹桥畔,春容引、宝舷霞液。兴浓处,笙歌又还竟夕。

水龙吟 次韵弥大梅词

雪中蓓蕾嫣然,美人莫恨春容少。化工消息,只须些子,阳和便了。文杏徒繁,牡丹虽贵,敢夸妍妙。看冰肌玉骨,诗家漫道,银蟾莹、白驹皎。　　楼上角声催晓。是东皇、丝纶新草。青旂苍辂,欲临东阙,遣伊先到。排斥风霜,扫除氛雾,直教闻早。算功高调鼎,不

如竹外，一枝斜好。

瑞　鹤　仙

是花堪爱惜。谢天教、花信添花颜色。花红衬花碧。灿朝阳花露，鲛珠频滴。花光的皪。映花下、□茵百尺。趁花时，手捻花枝，饱嗅此花消息。　　常恐，一番花褪，失了花容，怎生寻觅。花神效力。将花貌，尽留得。更移花并植，仙家玉圃，不许花阴过隙。向花前，长把蕉花，为花主席。

喜迁莺　清明

三春正美。是霁景融和，韶华如绮。夹岸香红，登墙粉白，开遍故园桃李。画舸绣帘高卷，锦毂朱轩低倚。对此际，向池台好处，争倾绿蚁。　　醉里。须醒悟，些子芳菲，造物都谩你。一瞬光阴，霎时蜂蝶，还付落花流水。我有大丹九转，真个长春不死。待得了，把高歌清赏，随缘而已。

菩萨蛮　清明

提壶漫欲寻芳去。桃红柳绿年年事。唯有列仙翁。清明本在躬。　　何须从外讨。皮里阳秋好。堪羡个中人。无时不是春。

南浦　四月八日

天气正清和，庆西乾、释迦如来出世。毓质向金盆，祥云布、层霄九龙喷水。东传震旦，正令此日人人记。露盘百卉拥金容，香汤争来拂洗。　　谁知这个因缘，化众生令求，尘埃脱离。一点本昭昭，当须向、兹时便知瞥地。何烦费手，自然作个惺惺底。若犹未晤，且管令师僧，八丈十二。

青玉案 入梅用贺方回韵

银涛渐溢江南路。泛短棹、轻帆去。破块跳珠知几度。竹窗新粉，
藕池香碧，应在云深处。　　　萧萧鹤发虽云暮。曾得神仙悟真句。
久视长生亲见语。离愁扫尽，更无慵困，怕甚黄梅雨。

花心动 端午

槐夏阴浓，笋成竿、红榴正堪攀折。菖歜碎琼，角黍堆金，又赏一年
佳节。宝觥交劝殷勤愿，把玉腕、彩丝双结。最好是，龙舟竞夺，锦
标方彻。　　　此意凭谁向说。纷两岸，游人强生区别。胜负既分，
些个悲欢，过眼尽归休歇。到头都是强阳气，初不悟、本无生灭。
见破底，何须更求指诀。

卜算子 端午

符箓玉搔头，艾虎青丝鬓。一曲清歌倒酒莲，尚有香蒲晕。　　　角
簟碧纱厨，挥扇消烦闷。唯有先生心地凉，不怕炎曦近。

永遇乐 夏至

日永绣工，减却一线，节临短至。幸有杯盘，随分快乐，□得醺醺
醉。寻思尘世，寒来暑往，冻极又还热炽。恰如个、脾家虐疾，比著
略长些子。　　　人生百岁，一年一发，且是不通医治。两鬓青丝，
皆伊染就，今已星星地。除非炉内，龙盘虎绕，养得大丹神水。却
从他、阴阳自变，卦分泰否。

鹊桥仙 七夕

金乌玉兔，时当几望，只是光明相与。天孙河鼓事应同，又岂比、人

间男女。　　精神契合,风云交际,不在一宵欢聚。乘槎曾得问星津,为我说、因缘如此。

瑞鹤仙 七夕

雾天风露好。乍暑退西郊,凉生秋早。银潢炯云杪。拥香车鹊翅,凌波初到。清歌缥缈。凭危阁、新蟾吐曜。有盈尊美酒,蛛丝钿合,拜舞竞分天巧。　　堪笑。世间痴绝,不识人中,拙是珍宝。多愁易老。都缘是,不闻道。骋些儿机智,遭他驱使,毕竟辛勤到了。又何如,百事无能,是非较少。

念奴娇 中秋

碧天似水,看常娥摩出,一轮寒璧。桂魄扶疏光照耀,尘界都成银色。万象森罗,羞明卷彩,黯淡唯今夕。风高露重,井梧湿翠时滴。　　谁信鹤髪婆娑,郧峰真隐,对影为三益。虎绕龙蟠丹就后,一颗清辉的国。不养银蟾,不关玉兔,到处无亏蚀。三千行满,也能飞上璇极。

芰荷香 中秋

过横塘。见红妆翠盖,柄柄擎香。月娥有意,暮霭收尽银潢。一轮高挂,且“且”字原脱放同、千里清光。秋中气爽天凉。露凝玉臂,风拂云裳。　　老子通宵不忍睡,把青尊小酌,仍更思量。自家活计,幸有无限珍藏。大千世界,静极后、普现十方。圆明不损毫芒。精神会处,独坐胡床。

清平乐 李漕生日

池台非雾。缥缈双溪路。家在江南佳丽处。看取谢公风度。

蟠桃酒酝千秋。金焦欲上迟留。笑待锦花茵上，双鸾舞彻梁州。

又　同前

翠蛾雪柳。鬓影春风透。灯火千门辉绮绣。移下一天星斗。
剩拚连夜欢游。金波欲上迟留。且看香梅影底，双鸾舞彻梁州。

又　游石头城

石头虎踞。骄虏何能渡。曾是六朝雄胜处。瑞绕碧江云路。
当时霸国多贤。风流只解遗鞭。便好扬舲北伐，举头即见长安。

又　枢密叔父生日

万花如绣。淑景熏晴昼。一曲齐称千岁寿。欢拥两行红袖。
当年西府横翔。急流稳上仙乡。笑阅磻溪日月，行看尚父鹰扬。

又　代宰执劝赵丞相酒

槐庭元老。四海真师表。曲为故人敦久要。隔巷不嫌时到。
虚堂已入凉飔。一觞为寿何辞。看即关河恢复，千秋永辅淳熙。

又　劝王枢使

当年桂籍。同展摩云翼。位冠洪枢情似昔。肯共一尊瑶席。
经纶素韫胸中。筹帷小试成功。已殄黄池小丑，行收沙漠肤功。

又　劝陈参政

吾皇睿哲。廷有真三杰。同向清时扬茂烈。掩迹皋陶夔契。
联镳忽访山樊。凉生花底清尊。太史明朝日奏，台星皆聚柴门。

又 代使相劝酒

南阳宾友。道旧须尊酒。一曲为公千岁寿。弦索春风纤手。
忠谋黼黻明昌。英词锦绣肝肠。帝所盛推颇牧，人间尤重班扬。

朝中措 雪

冻云著地静无风。簌簌坠遥空。无限人间险秽，一时为尔包容。
　　凭高试望，楼台改观，山径迷踪。唯有碧江千里，依然不住流
东。

七娘子 重阳

东篱寿菊金犹浅。对南山、把酒开新宴。绛阙丛霄，玉书丹篆。坐
间俱是神仙伴。　　童颜绿髪何曾变。喜婴儿姹女交相恋。寄语
诗翁，茱萸重看。明年此会人人健。

惜黄花 重阳

秋光将老。黄花开早。露浥清晓，金钱万叠犹小。簪遍碧云鬟，压
倒乌纱帽。更把来、玉觞同釂。　　过□添炉鼎，朱颜愈少。壮道
骨，长仙风，养成灵宝。今日去登高，谩说龙山好。悄不如、自家蓬
岛。

浣　溪　沙

翠馆朱校:疑"管"误银罌下紫清。内家闻说庆嘉平。柳条萱草眼偏
明。　　小阁数杯成酩酊，醒来不爱佩环声。为通幽梦到蓬瀛二字
原缺。

临江仙 除夜

腊月正当三十夜,几人到此惺惺。一轮明月本圆明。朗然无挂碍,何用问前程。　　况有长生真秘□,岁华虽换休惊。但将歌酒乐升平。尘缘如未了,明日贺新正。

感皇恩 除夜

结柳送穷文,驱傩吓鬼。爆火熏天漫儿戏。自家炉鼎,有却冷清清地。腊月三十日,如何避。　　且与做些,神仙活计。铅汞收^{朱校:}疑误添结灵水。跳丸日月,一任东生西委。玉颜长向此,迎新岁。

满庭芳 立春

梅萼冰融,柳丝金浅,绪风还报初春。木君青旆,猎猎下苍旻。亲奉虚皇妙旨,将枯朽、咸与维新。须臾见,芳郊乐圃,生气遍无垠。　　青丝,行白玉,一杯介寿,红浪粼粼。便安排歌舞,蝶翅莺唇。别有神仙窟宅,乾坤内、充满氤氲。功成处,花开不老,酒熟镇甘醇。

扑胡蝶 劝酒

光阴转指。百岁知能几。儿时童稚,老来将耄矣。就中些子强壮,又被浮名牵系。良辰尽成轻弃。　　此何理。若有惺惺活底,必解自为计。清尊在手,且须拚烂醉。醉乡不涉风波地。睡到花阴正午,笙歌又还催起。

蝶　恋　花

玉瓮新醅翻绿蚁。滴滴真珠,便有香浮鼻。欲把盈尊成雅会。更须寻个无愁地。　　况是赏心多乐事。美景良辰,又复来相值。料得天家深有意。教人长寿花前醉。

临江仙 劝酒

自古圣贤皆寂寞,只教饮者留名。万花丛里酒如渑。池台仍旧贯,歌管有新声。　　欲识醉乡真乐地,全胜方丈蓬瀛。是非荣辱不关情。百杯须痛饮,一枕拚春醒。

粉蝶儿 劝酒

一盏阳和,分明至珍无价。解教人、啰哩哩啰。把胸中,些磊块,一时熔化。悟从前,恁区区,总成虚假。　　何妨竟夕,交酬玉觥金罍。更休辞、醉眠花下。待明朝,红日上,三竿方罢。引笙歌,拥珠玑,笑扶归马。

瑞鹤仙 劝酒

瑞烟笼绣幕。正玳席欢燕,觥筹交错。高情动寥廓。恣清谈雄辩,珠玑频落。锵锵妙乐。且赢取、升平快乐。又何辞、醉玉颓山,是处有人扶著。　　追念抟风微利,画饼浮名,久成离索。输忠素约。没材具,漫担阁。怅良辰美景,花前月下,空把欢游蹉却。到如今、对酒当歌,怎休领略。

永　遇　乐

桃李繁华,芰荷清净,景物相继。霜后橙黄,雪中梅绽,迤逦春还至。寻思天气,寒暄凉燠,各有一时乐地。如何被,浮名牵役,此欢遂成抛弃。　　如今醒也,扁舟短棹,更有篮舆胡倚。到处为家,山肴社酒,野老为宾侣。三杯之后,吴歌楚舞,忘却曳金穿履。虽逢个、清朝贵客,也须共来一醉。

青玉案　劝酒

闲忙两字无多子。叹举世、皆由此。逐利争名忙者事。廛中得丧,
仕中宠辱,无限非和是。　　谁人解识闲中味。雪月烟云自能致。
世态只如风过耳。三杯两盏,眼朦胧地,长向花前醉。

满庭芳　游湖

和靖重湖,知章一曲,浙江左右为邻。绣鞯彩舰,只许日寻春。正
好厌厌夜饮,都寂静、没个游人。夫何故,欢阑兴阻,只为隔城闉。
　　堪嘉,唯甬水,回环雉堞,中峙三神。更楼台缭岸,花柳迷津。
不惜频添画烛,更深看、舞上华茵。拚沉醉,从他咿喔,金距报凌
晨。

又　茅舍

柴作疏篱,茅编小屋,绕堤苦竹黄芦。老翁蜗处,却自乐清虚。理
钓何妨钩直,据琴又、不管弦无。逍遥处,都捐世虑,忘我亦忘渠。
　　雨馀。添美景,眉横山妩,脸媚花腴。笑凡间粉黛,浓抹轻涂。
客至三杯薄酒,欲眠后、一枕蘧蘧。起来见,龟翻鹤舞,却是寿星
图。

临江仙　戏彩堂立石名曰瑞雪,弥大作词,因用其韵

曾向泗滨浮玉质,也居十二峰前。飞来藓髪尚如拳,郁纷因出岫,
巧镂是谁镌。　　挈榼凭栏成胜赏,老夫亦自颓然。坐疑霭霭上
瑶天。已为苏旱雨,却放老龙眠。

好事近 梅花

欹枕不成眠,得句十分清绝。一夜酸风阁花,酝江天飞雪。　　晓来的皪看枝头,老蚌剖明月。帝所待调金鼎,莫教人轻折。

又 次韵弥大梅花

对竹擘吟笺,正是赏梅时节。便把这些清致,作东湖三绝。　　帝家金鼎待调羹,何似且休折。却爱玉楼清弄,褪霏霏香雪。

念奴娇 次韵商筑叟秋香

银潢耿耿,正露零仙掌,尘空天幕。碧玉扶疏□万朵,偏称水村山郭。巧酝檀英,密包金粟,只待清秋著。三春桃李,自应束在高阁。

好是月窟奇标,东堂幽韵,不管西风恶。独立盈盈回首笑,白苇丹枫索索。折向冰壶,莫教纱帽,醉里轻簪却。浓芳长在,□疑身在云壑。

又 亲情拾得一婢,名念奴,雪中来归

枝头蓓蕾,褪红绡微露,江南春色。多谢东风吹半朵,来入骚人瑶席。粉脸轻红,芳心羞吐,别有真消息。妆台帘卷,寿阳著意留得。

好是雪满群山,玉纤频捻,泛清波文鹢。深院相逢人尽道,标格都从天锡。梦蝶徒劳,霜禽休妒,争奈伊怜惜。高楼谁倚,寄言休为横笛。

又 次韵楼友(原作"夷",朱校:"友"作"夷",疑误)观潮

银塘江上,展鲛绡初见,长天一色。风拭菱花光照眼,谁许红尘轻积。转盼冯夷,奔云起电,两岸惊涛拍。振空破地,水龙争喷吟笛。

客有步屟江干,胸吞奇观,寄英词元白。素壁淋浪翻醉墨,飘洒神仙踪迹。好待波匀,横飞小艇,快引香筒碧。烟消月出,不眠拚了通夕。

白苎　次韵真书记梅花

腊天寒,晓风劲,幽香频吐。精神绰约,谁羡姑射居处。江南探春独步。恨无侣。微语。又谁管、雪势霜威埋妒。且图少陵东阁作诗苦。拟烦玉纤轻拗、宁相许。　　　惜取。栏干遍倚,月淡黄昏,水边清浅,不放红尘染污。似名画手丹青,罢施缃素。不随艳卉,强媚韶光一瞬,飘荡无据。只恐金门,宝鼎方调,时时来觑。便把枝头,豆颗朝天去。

浣溪沙　即席次韵王正之觅迁哥鞋

一握钩儿能几何。弓弓珠蹙杏红罗。即时分惠谢奴哥。　　香压幽兰兰尚浅,样窥初月月仍多。只堪掌上恹朱校:疑误琼波。

又　夜饮咏足即席

珠履三千巧斗妍。就中弓窄只迁迁。恼伊划袜转堪怜。　　舞罢有香留绣褥,步馀无迹在金莲。好随云雨楚峰前。

又

湿翠湖山收晚烟。月华如练水如天。兴来催上钓鱼船。　　青箬一尊汀草畔,霜筠数曲渚花边。更于何处觅神仙。

又

梁武憨痴达摩呆。个中消息岂容猜。九年面壁口慵开。　　只履却寻归路止,一花原不是君栽。这回枉了一遭来。

又

索得玄珠也是呆。人人有分莫胡猜。顶门一眼镇长开。　　路断
玉关无辙迹,雪埋葱岭没根栽。始称达摩不曾来。

又

胜概朱楹俯碧湖。萧萧风月一尘无。只堪绿蚁满尊浮。　　况是
小春天正爽,杖藜相与探梅初。半皱枝上未成珠。

又

远岫数堆苍玉髻。平湖千顷碧琉璃。笙歌催我上船时。　　载月
有如浮玉鉴,采莲还复拥燕脂。更于何处觅瑶池。

武陵春 戴昌言家姬供春盘

报道东皇初弭节,芳思满凌晨。争看钗头彩胜新。金字写宜春。
　　四坐行盘堆白玉,纤手自和匀。恰似蟾宫妙丽人。将月出浮
云。

千秋岁 戴丈夫妇庆八十

吾乡我里。偕老真无比。宴席展,欢声起。蕊宫仙子绕,玉砌莱衣
戏。称贺处,眉心竞指朱书字。　　忆昔西周吕。年纪虽相似。
独自个,谁为侣。如今双凤老,堪引同螺醉。彭祖寿,十分方一从
头纪。

新荷叶

真隐先生，家居近在东湖。茅屋三椽，自有一种清虚。秋来酿酒，便无后、也解赊沽。只愁客至，不能拚此芳壶。　　且乐天真，醉乡里、无限欢娱。时倚花枝，困来著枕蘧蘧。回观昨梦，徒然使、心剿形瘣。始知今日，得闲却是良图。

醉蓬莱　劝酒

喜泉通碧甃。秋刈黄云，酿成芳酎。瑞霭凝香，更阳和钟原作“种”，从永乐大典卷一万二千零四十三酒字韵改秀。晓瓮寒光，夜槽清响，听颔珠频溜。昼锦堂深，聚星筵启，一觥为寿。　　况此神仙，蕊宫俦侣，玉殿英游，尽皆亲旧。赢得开怀，对良辰握手。醉席淋漓笑语，都不问、欲残更漏。绣幕春风，轻丝美韵，明朝还又。

瑶台第一层

寥廓澄清。人正在、瑶台第一层。瑞霭深处，蕊宫掩映，金碧觚棱。异花非世种，蔼剩馥、紫雾飞腾。有仙驾，过吾庐环堵，少驻云軿。　　俄惊。重壶叠巘，顿然潇洒俗尘清。佩环声里，宝觥潋滟，舞态娉婷。祝言千岁寿，仍更予、五福川增。返蓬瀛。问今朝兹会，昔日谁曾。

如梦令　饮妇人酒

摘索衣裳宫样。生得脸儿福相。容止忒精神，一似观音形像。归向。归向。见者擎拳合掌。

又

粉脸霞生一缕。掩映绿云秋水。言语更雍容，具足十分娇美。无
比。无比。要比除非镜里。

又

红杏白梨肌理。时样新妆淡伫。真个是观音，少个杨枝净水。欢
喜。欢喜。尽此一钟醇美。

又

罗袜半钩新月。更把凤鞋珠结。步步著金莲，行得轻轻瞥瞥。难
说。难说。真是世间奇绝。

又

试把珠帘低卷。宛见梅妆粉面。绿绕更红围，齐捧瑶卮来劝。堪
羡。堪羡。此是神仙阆苑。

又

一笑尊前相语。莫遣良辰虚度。饮兴正浓时，兔碗聊分春露。留
住。留住。催办后筵歌舞。

南歌子　熟水

藻涧蟾光动，松风蟹眼鸣。浓熏沉麝入金瓶。泻出温温一盏、涤烦
膺。　　爽继云龙饼，香无芝术名。主人襟韵有馀清。不向今宵
忘了、淡交情。

画堂春　茶词

小槽春酿香红。良辰飞盖相从。主人着意在金钟。茗碗作先容。

欲到醉乡深处,应须仗、两腋香风。献酬高兴渺无穷。归骑莫匆匆。以上彊村丛书本鄮峰真隐词曲卷二　朱祖谋刻彊村丛书,史浩词曲四卷,原据传写四库本,后借缪艺风所藏天一阁底本校勘,始知四库本已经妄人窜改,写有校记一百四十馀条。今悉依校记改正。

杏　花　天

梦魂飞过屏山曲。见依旧、如花似玉。天寒翠袖依修竹。两点春山鬬绿。　披衣起、闲愁万斛。正月澹、梅花照屋。重温绣被薰清馥。不管明烧画烛。

临　江　仙

忆昔来时双髫小,如今云鬓堆鸦。绿窗冉冉度年华。秋波娇殢酒,春笋惯分茶。　居士近来心绪懒,不堪老眼看花。画堂明月隔天涯。春风吹柳絮,知是落谁家。以上二首见阳春白雪卷三

又　题道隆观

试凭阑干春欲暮,桃花点点胭脂。故山凝望水云迷。数堆苍玉髻,千顷碧琉璃。　我本清都闲散客,蓬莱未是幽奇。明朝归去鹤齐飞。三山乘缥缈,海运到天池。大德昌国州图志卷七

按本书初版卷一百二十一此首误作史弥远词。

仲　并

并字弥性,江都(今江苏扬州)人。绍兴二年(1132)进士。通判京

口、湖州。孝宗时，擢光禄寺丞，晚知蕲州。有浮山集十六卷，不传。四
库全书自永乐大典辑出者十卷。

忆王孙　秋闺

庭梧叶密未惊秋。风雨潇潇特地愁。愁绪如丝无尽头。思悠悠。
怅望王孙空倚楼。

点绛唇　赠外孙猷

秀出群儿，柳眉濯濯春庭院。不亲歌扇。弄笔勤书篆。　　翁已
无能，老退惭赪面。欣同宴。坐来喜见。痛饮惊无算。

按此下原有浣溪沙春闺即事"淡荡春光寒食天"一首，乃李清照作，见乐府雅词卷
下，今未录。

浣溪沙　示孟氏女

举案家风未肯低。清心端自秀深闺。芝兰玉树宁馨儿。　　早岁
安禅灵照女，静中经卷手常携。声名要与断机齐。

又

雅称诗人美孟都。清新幽韵比来无。新来学得绣工夫。　　经卷
但知从阿母，醉来翁已要人扶。尚能把盏劝屠苏。

又　和李达才韵

说似当年老季伦。君家虽富客常贫。何曾一笑任吾真。　　酒满
罢留天下士，词新空赋坐中春。谁能绝笔更书麟。

菩萨蛮　和赵有逸坐上韵

宛如姑射人冰雪。知公不负佳风月。莫放漏声残。清风生坐间。

赏春心未足。剪尽尊前烛。此乐自难忘。一觞还一觞。

好事近 宴客七首。时留平江，俾侍儿歌以侑觞

二陆起云间，千载风流人物。未似一门三凤，向层霄联翼。　贞
元朝士苦无多，公今未华发。重向紫宸朝路，立鹓鸾前列。右朱参议

又

今古满胸中，韬略一时人杰。高卧溪山好处，迟十年斋钺。　朱
辖休傍武陵溪，梅花记曾别。早晚殿前归侍，总周庐千列。右刘鼎州

又

淮上五分符，名在图书东壁。坐对书成多暇，写青箱千帙。　一
杯先为祝东风，丹诏来朝夕。何处称公挥翰，定北扉西掖。右郑直阁

又

阀阅盛中州，冠冕共推华族。耐久松筠交契，更襟怀金玉。　诸
儒皆自愧卢前，小试暂符竹。行看世官入践，继西枢前躅。右卢楚州

又

分手又三秋，犹记花时歌别。每念征帆归晚，误五湖风月。　清
江休望使君来，指日趋天阙。婿玉翁冰相映，看紫薇花发。右朱临江

又

襟韵绝纤尘，炯炯夜光明月。合是紫荷持橐，侍丹墀清切。　暗
香疏影想公家，人与梅超绝。酒罢帝城早去，占百花先发。右林删定

又

今雨几人来,冰霰更凝寒色。门外车多长者,顿光生蓬荜。　　缤
纷飞雪更初梅,特特为留客。惟恨坐无华馔,只平时真率。

忆秦娥　木樨

隈岩侧。怪生小院香来别。香来别。嫩黄细细,商量齐发。
佳人敛笑贪先折。重新为剪斜斜叶。斜斜叶。钗头常带,一秋风
月。

画堂春　和秦少游韵

春波浅碧涨方池。池台深锁烟霏。缓歌争胜早莺啼。客忍轻归。
　　合坐香凝宿雾,垫巾梅插寒枝。渐西蟾影漾馀辉。醉倒谁知。

大圣乐令　赠小妓

豆蔻梢头春正早。敛修眉、未经重扫。湖山清远,几年牢落,风韵
初好。　　慢绾垂螺最娇小。是谁家、舞腰袅袅。而今莫谓,春归
等闲,分付芳草。

浪淘沙　赠妓

趁拍舞初筵。柳袅春烟。街头桃李莫争妍。家本凤楼高处住,锦
瑟华年。　　不用抹繁弦。歌韵天然。天教独立百花前。但愿人
如天上月,三五团圆。

又

倾国与倾城。袅袅盈盈。歌喉巧作断肠声。看尽风光花不语,却

是多情。家近董双成。三妙齐名。谁教蜂蝶漫经营。留取无双风味在，真是琼英。

又 即事

草圣与诗馀。清韵谁如。生绡团扇倩谁书。月湛素华天似水，深院凉初。　　人散晚钟疏。后约还虚。良宵忍放枕鸾孤。要得相逢除是梦，有梦来无。

鹧鸪天 为鲍子山侍妾燕燕作

小泊横塘日欲斜。一枝犹有未残花。几年燕子无消息，今日飞来王谢家。　　歌水调，韵琵琶。声声都是怨年华。钗头杏子今如许，剪烛裁诗莫问他。

又 赠外孙夔

间世麒麟降自天。光辉列宿灿初躔。他年身致夔龙列，少日心存翰墨边。　　簪彩笔，照金莲。词华当使思如泉。未论耸壑昂霄事，且与衰翁慰暮年。

蓦山溪 有赠

冰清玉映，自是闺房秀。十里卷朱帘，好紫陌、家家未有。天然情素，高压一城春，花艳丽，月精神，梅韵腰肢瘦。　　曲屏虚幌，枉著鸳鸯绣。不是不相逢，泪空滴、年年别袖。从他兰菊，秋露与春风，终不似，玉人人，一片心长久。

水调歌头 赵制置见招，归用东坡中秋韵，以见微意

华栋一何丽，移下小壶天。几多曲房新户，缥缈似当年。曾是使君

风度,元有胸中丘壑,六月竹风寒。一洗筝笛耳,歌舞粲筵间。
坐中客,醒复醉,听无眠。已回归梦,犹复袅袅记清圆。尚想饮中
仙子,来处馀香飘坐,胜韵此双全。为寄月华语,难与并婵娟。

###　芰荷香　中秋在毗陵,不见月,作数语未成。后一日来
澄江,途中先寄赵智夫

醉凝眸。正行云遮断,澄练江头。皓月今宵何处,不管中秋。朱阑
倚遍,又微雨、催下危楼。秋风空响更筹。不将好梦,吹过南州。

　　浮远轩窗异日到,山空云净,江远天浮。别去客怀,无赖准拟
开愁。冰轮好在,解随我、天际归舟。何须舞袂歌喉。一觞一咏,
谈笑风流。

###　八声甘州　木樨和韵

正西山、雨过弄晴景,竹屋贯斜晖。问谁将千斛,霏瑛落屑,吹上花
枝。风外青鞵未熟,鼻观已先知。挠损江南客,诗面难肥。　　两
句林边倾盖,笑化工开落,尤甚儿嬉。叹额黄人去,还是隔年期。
渺飞魂、凭谁招取,赖故人、沉水煮花瓷。犹堪待,岭梅开后,一战
雄雌。

###　念奴娇　冬至夜作

灰飞嶰竹。庆群阴消尽,新阳来复。云物呈祥连瑞霭,烟气纷纷馥
馥。紫陌香衢,朱檐影里,罗绮花成簇。岭梅惊暖,数枝争绽寒玉。

　　有人袅袅盈盈,今朝特地,为我新妆束。娇倚银床添绣线,长
喜修眉舒绿。不道多情,锦屏罗幌,难得欢生足。谁知今夜,玉壶
银漏催促。

又　和耿时举赋雪韵

江南春早,尚馀寒门巷,杨花飘逐。一色初梅开尽也,不数芳园红绿。珍重骚人,幽怀分寄,高韵歌黄竹。六花羞避,满笺凌乱琼玉。

应念有客长安,履穿东郭,无与怜穷独。鼓棹前溪非兴尽,寒怯水栖岩宿。咫尺君家,瑶田无径,冰柱排银屋。瓮头春到,唤回晚梦清熟。

又　王守生辰

金縢事业。庆丹青千载,勋在王室。圣主英明平万国,天产非常人物。岳渎分灵,熊罴符梦,五百年方出。致君尧舜,要须纯用经术。

须信凤阁仙人,风流文采,蔼家声如昔。献纳司存持禁橐,合历三台清秩。倦宿承明,乞麾临郡,暂辍金闺直。五云深处,一星今在南极。

瑞鹤仙　春日咏怀

试六花院落。正柳绵飘坠,因风无著。吴王旧城郭。记乌衣门巷,小桥帘幕。他州寥索。漫等闲、桃英杏萼。认幽香来处,群芳尽掩,蕙心先觉。　　行乐。燕雏莺友,浪语狂歌,休休莫莫。兰房绣幄。添新恨,念前约。殢十分芳景,十分春意,休惜十分共酌。任十分、吹老寒梅,戍楼画角。

水调歌头　浮远堂

静练平千顷,华栋俯中流。凌晨画戟,来看宿雨断虹收。八九胸中云梦,三千笔端风月,无处快凝眸。笑咏一堂上,挥麈气横秋。

俯危阑,红日下,暮云稠。无穷伟观,只应天意为君谋。容我时醒时醉,独泛微烟微雨,浩荡逐轻鸥。不羡岳阳胜,丹碧耸层楼。

念奴娇 同上

练江风静,卧冰奁百尺,朱阑飞入。江远浮天天在水,水满半天云湿。白鸟明边,青山断处,眼冷江头立。月明潮上,苇间渔唱声急。

　　几度吹老蘋花,野香无数,欲寄应难及。天借诗人供醉眼,尊俎一时收拾。竹里行厨,花间步障,风雨生呼吸。酒阑歌罢,钓船先具蓑笠。以上浮山集卷三

画堂春 即席

溪边风物已春分。画堂烟雨黄昏。水沉一缕袅炉薰。尽醉芳尊。

　　舞袖飘摇回雪,歌喉宛转留云。人间能得几回闻。丞相休嗔。

浣溪沙 即席

清远湖山佳丽人。柳边花下复清晨。向前犹有几多春。　　　被褉秋千时节近,管弦歌舞一回新。未嗔狂客污车茵。

眼儿媚 同孙尚书赴孟信安平江郡宴席上

铃阁寻盟未肯寒。鹢首驻江干。云烟翰墨,风流尊俎,不放更残。

　　金声掷地西清老,天未许终闲。知音素赏,当筵一曲,流水高山。

武陵春 元若虚总管席上

门巷乌衣应好在,风韵尚依然。知是蓬瀛第几仙。秀色粲当筵。

　　索句濡毫云阁里,清坐袅炉烟。谁赋回文第二篇。除是见娟娟。以上四首见永乐大典卷二万零三百五十三席字韵引仲并浮山集

存　目　词

浮山集卷三载有浣溪沙"淡荡春光寒食天"一首,乃李清照作,见乐府雅词卷下。劳格读书杂识卷十二早已指出。

赵　构

构即高宗,字德基,徽宗第九子。大观元年(1107)生。宣和三年(1121)封康王。靖康元年(1126),使金见留,得还。徽宗、钦宗被掳北去,帝即位,建元建炎、绍兴。绍兴三十二年(1162),内禅皇太子,尊为太上皇帝,累上尊号曰光尧。淳熙十四年(1187)卒。

渔父词 并序

绍兴元年七月十日,余至会稽,因览黄庭坚所书张志和渔父词十五首,戏同其韵,赐辛永宗。

其　　一

一湖春水夜来生。几叠春山远更横。烟艇小,钓丝轻。赢得闲中万古名

其　　二

薄晚烟林澹翠微。江边秋月已明晖。纵远柂,适天机。水底闲云片段飞。

其　　三

云洒清江江上船。一钱何得买江天。催短棹,去长川。鱼蟹来倾酒舍烟。

其　　四

青草开时已过船。锦鳞跃处浪痕圆。竹叶酒, 柳花毡。有意沙鸥伴我眠。

其　　五

扁舟小缆荻花风。四合青山暮霭中。明细火, 倚孤松。但愿尊中酒不空。

其　　六

侬家活计岂能明。万顷波心月影清。倾绿酒, 糁藜羹。保任衣中一物灵。

其　　七

骇浪吞舟脱巨鳞。结绳为网也难任。纶乍放, 饵初沉。浅钓纤鳞味更深。

其　　八

鱼信还催花信开。花风得得为谁来。舒柳眼, 落梅腮。浪暖桃花夜转雷。

其　　九

暮暮朝朝冬复春。高车驷马趁朝身。金拄屋, 粟盈困。那知江汉独醒人。

其　十

远水无涯山有邻。相看岁晚更情亲。笛里月，酒中身。举头无我
一般人。

其　十　一

谁云渔父是愚翁。一叶浮家万虑空。轻破浪，细迎风。睡起篷窗
日正中。

其　十　二

水涵微雨湛虚明。小笠轻蓑未要晴。明鉴里，縠纹生。白鹭飞来
空外声。

其　十　三

无数菰蒲间藕花。棹歌轻举酌流霞。随家好，转山斜。也有孤村
三两家。

其　十　四

春入渭阳花气多。春归时节自清和。冲晓雾，弄沧波。载与俱归
又若何。

其　十　五

清湾幽岛任盘纡。一舸横斜得自如。惟有此，更无居。从教红袖
泣前鱼。以上十五首见宝庆会稽续志卷六

存　目　词

调　　名	首　　句	出　　处	附　　　　　注
舞 杨 花	牡丹半坼初经雨	词林纪事卷三	康与之词,见贵耳集卷下
望 江 南	江南柳	词苑萃编卷四引荤下纪事	欧阳修词,见钱氏私志

崔若砺

　　若砺字公治,新兴人。大观元年(1107)生。绍兴八年(1138)进士。官真阳尉、河源令。绍兴十九年(1149)卒,年四十三。

失 调 名

愁殚有兵尊,老怕能言李。<small>永乐大典卷二千七百四十四引胡铨澹庵集河源县令崔从政墓志铭(见今本胡澹庵先生文集卷二十九)</small>

高　登

　　登字彦先,漳浦人。宣和间为太学生。绍兴二年(1132)登第,授富川主簿,迁古田县令。后以事忤秦桧,编管漳州。绍兴十八年(1148)卒。有东溪集。

多　丽

人间世,偶然攘臂来游。何须恁、乾坤角抵,又成冷笑俳优。且宽心、待他天命,谩鼓舌、夸吾人谋。李广不侯,刘蒉未第,千<small>按“千”原作“十”,从东溪集改</small>年公论合谁羞。往矣瓦飘无意,甑堕懒回头。真堪笑,直钩论议,圆枘机筹。　　　幸斯道、元无得丧,壮心岂有沉浮。

好温存、困中节概，莫冷落、穷里风流。酒滴真珠，饭钞云子，醉饱卧信缘休。归去也，幅巾谈笑，卒岁且优游。循环事，亡羊须在，失马何忧。

阮郎归　过武仙县，谒许宰不遇，作此寄之

武仙花县谒凫仙。急招横渡船。重门昼掩讼庭闲。虚檐群雀喧。　　金屋畔，玉阑边。新春桃李妍。主人情重客无缘。销魂空黯然。

蓦山溪　容州病起作

黄茅时节，病恼南来客。瘦得不胜衣，试腰围、都无一搦。东篱兴在，手种菊方黄，摘晚艳，泛新苔，谁道乾坤窄。　　百年役役，乐事真难得。短髪已无多，更何劳、霜风染白。儿曹齐健，扶□一翁孱，龙山帽，习池巾，归路从欹侧。

行　香　子

瘴气如云。暑气如焚。病轻时、也是十分。沉疴恼客，罪罟萦人。叹槛中猿，笼中鸟，辙中鳞。　　休负文章，休说经纶。得生还、已早因循。菱花照影，筇竹随身。奈沈郎尫，潘郎老，阮郎贫。

渔家傲　绍兴甲子潮州考官作

名利场中空扰扰。十年南北东西道。依旧缘山尘扑帽。空懊恼。羡他陶令归来早。　　归去来兮秋已杪。菊花又绕东篱好。有酒一尊开口笑。虽然老。玉山犹解花前倒。

好事近 黄义卿画带霜竹

潇洒带霜枝,独向岁寒时节。触目千林憔悴,更幽姿清绝。　　多才应赋得天真,落笔惊风叶。从此绿窗深处,有一梢秋月。

又 再和钱别

送客过江村,况值重阳佳节。向晚西风萧瑟,正离人愁绝。　　尊前相顾惜参商,引十分蕉叶。回首高阳人散,负西楼风月。

又 又和纪别

饮兴正阑珊,正是挥毫时节。霜干银钩锦句,看壁间三绝。　　西风特地飒秋声,楼外触残叶。匹马翩然归去,向征鞍敲月。

浪淘沙 王宰母生日,寓居道州,勉其来富州

璧月挂秋宵。丹桂香飘。广寒宫殿路迢迢。试问嫦娥缘底事,欲下层霄。　　兰玉自垂髫。拜命当朝。神仙会里且逍遥。分取壶中闲日月,来伴王乔。

西　江　月

渺渺西江流水,翩翩北客征帆。清秋月影浸人寒。云净碧天澄淡。　　飘泊道途零按“零”原作“寒”,从东溪集落,疏慵鬓髲鬑鬑。从来涉世戒三缄。只好随时饮啖。

南　歌　子

菊捻黄金嫩,杯倾琥珀浓。良辰何处寄萍踪。短艇飘摇一叶、浪花中。　　凤阙游娃馆,幽坡赏梵宫。当年乐事总成空。目断天边

想像、意何穷。

好　事　近

富贵本无心,何事故乡轻别。空惹猿惊鹤怨,误松萝风月。　　囊锥刚强出头来,不道甚时节。欲命巾车归去,恐豺狼当辙。以上四印斋所刻词本东溪词

按此首别作胡铨词,见挥麈后录卷十。

闻人武子

闻人武子,号蓬池先生,寓居丹徒。绍兴三年(1133),特补从政郎、江东宣抚司干办公事,特改京官。张纲有闻人武子改官制。

菩　萨　蛮

晴风吹暖枝头雪。露华香沁庭中月。屏上小江南。雨昏天际帆。　　翠钗香雾湿。侧鬓云松立。灯背欲眠时。晓莺还又啼。阳春白雪卷一

关　注

注字子东,钱塘(今浙江省杭州市)人。绍兴五年(1135)进士。官湖州教授,绍兴十二年(1142)为太学正,自号香岩居士。

桂　华　明

缥缈神京开洞府。遇广寒宫女。问我双鬟梁溪舞。还记得、当时否。　　碧玉词章教仙侣。为按歌宫羽。皓月满窗人何处。声永断、瑶台路。墨庄漫录卷四

水调歌头

　　吾乡陆永仲,博学高才。自其少时,有声场屋,今栖白鹿洞下,绝荤酒,屏世事,自放尘埃之外。行将六十,而有婴儿之色,非得道者能如是乎。

凤舞龙蟠处,玉室与金堂。平生想望真境,依约在何方。谁信许君丹灶,便与吴君遗剑,只在洞天傍。若要安心地,便是远名场。

　　几年来,开林麓,建山房。安眠饱馆清坐、无事可思量。洗尽人间忧患,看尽仙家风月,和气满清扬。一笑尘埃外,云水远相望。

洞霄图志卷五

剔　银　灯

小院烟凉雨细。正好恹恹春睡。蓦被金枝,连推绣枕,报道皇都书至。良人得意。集英殿、首攀仙桂。　　斗帐重襟惊起。斜倚屏山偷喜。宝髻慵梳,香笺折破,果见中、高高名第。秦楼十二。知他向、谁家沉醉。

　　按此首见云自在龛随笔卷三,乃石刻词,题宣和五年子东作,未知即关注否,姑附于此,俟考。

存　目　词

　　沈雄古今词话词辨卷上载关注太平乐"玄衣仙子从双鬟"一首,乃诗而非词,原见墨庄漫录卷四。附录于后。

太　平　乐

玄衣仙子从双鬟。缓节长歌一解颜。满引铜盆效鲸吸,低徊舞袖作弓弯。　　舞留月殿春风冷,乐奏钧天晓梦还。行听新声太平乐,犹留五拍到人间。

李　石

　　石字知几,号方舟,资阳槃石人。大观二年(1108)生。举绍兴二十
一年(1151)进士乙科,成都户掾。绍兴二十七年(1157)太学录。二十
九年(1159),太学博士。旋罢为成都学官,倅彭州,知黎州。入为都官
员外郎。复出知合州、眉州,除成都路转运判官,淳熙二年(1175)放罢。
有方舟集,从永乐大典辑出。

如　梦　令

桥上水光浮雪。桥下柳阴遮月。梦里去寻香,露冷五更时节。胡
蝶。胡蝶。飞过闲红千叶。

又　忆别

忆被金尊劝倒。灯下红香围绕。别后有谁怜,一任春残莺老。烦
恼。烦恼。肠断绿杨芳草。

生查子　春情

小桃小杏红,和雨和烟瘦。不是点燕脂,素面偏宜酒。　　也是惯
伤春,可惜闲时候。正要画眉人,与作双蛾鬥。

又

新花上苑枝,枝上娇莺语。日日抱花心,啄破燕脂雨。　　莺飞莺
去时,谁与花为主。守等却飞来,再见花开处。

又

今年花发时,燕子双双语。谁与卷珠帘,人在花间住。　　明年花

发时,燕语人何处。且与寄书来,人往江南去。

又

荷花人面红,月影波心见。扇子倒拈来,敲落红香片。　　窗下剪灯花,今日眉深浅。留得镜中看,蹙破春山远。

捣练子　送别

斟别酒,问东君。一年一度一回新。看百花,飘舞茵。　　斟别酒,问行人。莫将别泪裛罗巾。早归来,依旧春。

又

腰束素,鬓垂鸦。无情笑面醉犹遮。扇儿扇,瞥见些。　　双凤小,玉钗斜。芙蓉衫子藕花纱。戴一枝,薔薇花。

长相思　暮春

花飞飞。絮飞飞。三月江南烟雨时。楼台春树迷。　　双莺儿。双燕儿。桥北桥南相对啼。行人犹未归。

又　重午

红藕丝。白藕丝。艾虎衫裁金缕衣。钗头双荔枝。　　鬓符儿。背符儿。鬼在心头符怎知。相思十二时。

又　佳人

花深红。花浅红。桃杏浅深花不同。年年吹暖风。　　莺语中。燕语中。唤起碧窗春睡浓。日高花影重。

乌夜啼

红软榴花脸晕,绿愁杨柳眉疏。日长院宇闲消遣,荔子赌抟捕。

莹雪凉衣乍浴,裁冰素扇新书。绣香熏被梅烟润,枕簟碧纱厨。

又

鸾镜愁添眉黛,罗裙瘦减腰肢。一回见了一回病,弹指误佳期。

醉里惜腾泪洗,梦中著摸魂飞。一春多少闲风雨,亭院落花时。

又　送春

绣阁和烟飞絮,粉墙映日吹红。花花柳柳成阴处,休恨五更风。

絮点铺排绿水,红香收拾黄蜂。留春尽道能留得,长在酒杯中。

朝中措　闻莺

飘飘仙袂缕黄金。相对弄清音。几度教人误听,当窗绿暗红深。

一声梦破,槐阴转午,别院深沉。试问绿杨南陌,何如紫椹西林。

又　赠赵牧仲歌姬

绿杨庭院觉深沉。曾听一莺吟。今夜却成容易,双莲步步摇金。

歌声暂驻,颦眉又去,无计重寻。应恨玉郎殢酒,教人守到更深。

又　赠别

凌波庭院藕香残。银烛夜生寒。两点眉尖新恨,别来谁画遥山。

南楼皓月,一般瘦影,两处凭阑。莫似桃花溪畔,乱随流水人间。

一剪梅 忆别

红映阑干绿映阶。闲闷闲愁,独自徘徊。天涯消息几时归,别后无
书有梦来。　　后院棠梨昨夜开。雨急风忙次第催。罗衣消瘦却
春寒,莫管红英,一任苍苔。

又

百濯香残恨未消。万绪千丝,莲藕芭蕉。临岐犹自说前时,轻剪乌
云解翠翘。　　雨意重来风已飘。南陌行人折柳条。此间无计可
留连,枕上今宵。马上明朝。

醉落魄 春云

天低日暮。清商一曲行人住。著人意态如飞絮。才泊春衫,却被
风吹去。　　朝期暮约浑无据。同心结尽千千缕。今宵魂梦知何
处。翠竹芭蕉,又下黄昏雨。

临江仙 佳人

烟柳疏疏人悄悄,画楼风外吹笙。倚阑闻唤小红声。熏香临欲睡,
玉漏已三更。　　坐待不来来又去,一方明月中庭。粉墙东畔小
桥横。起来花影下,扇子扑飞萤。

又 醉饮

八曲阑干垂手处,烛光花影疏疏。一尊共饮记当初。彩毫浓点,双
带要人书。　　日暮不来朱户隔,碧云高挂蟾蜍。琴心密约总成
虚。醉中言语,醒后忆人无。

又

有宅一区家四壁,年年花柳深村。父兄随处宴鸡豚。折腰归去,何苦傍侯门。　　拟射九乌留白日,假饶立到黄昏。卧龙老矣及三分。不如把手,堂上宴芳尊。

又　老母太恭人三月二十一日生,是日仍遇己卯本命,
　作千岁会祝寿,子孙三十八人

九九之年逢降庆,生年生日同时。金花紫诰鬓银丝。乞身香火地,日戏老莱衣。　　浑舍集成千岁会,子孙三世庭闱。共将春酒祝金卮。蟠桃三月暮,莫怪看花迟。

满庭芳　送别

江草抽心,江云弄碧,江波依旧东流。别筵初散,行客上兰舟。休唱阳关旧曲,青青柳、无限轻柔。应争记,三年乐事,珠翠拥鳌头。　　离愁。知几许,花梢著雨,红泪难收。看烟火吴天,万里悠悠。一望珠宫绛阙,蓬莱路、应在皇州。仍回首,蜀山万点,明月满南楼。

木　兰　花

辘轳轳轳门前井。不道隔窗人睡醒。柔弦无力玉琴寒,残麝彻心金鸭冷。　　一莺啼破帘栊静。红日渐高槐转影。起来情绪寄游丝,飞绊翠翘风不定。

又

一春闲却花时候。小阁幽窗长独守。晴云南浦梦还空,初月西楼

眉也皱。　　马嘶何日门前柳。脉脉盈盈相见后。心头有事不难知,面上看谁真个瘦。

南乡子 十月海棠

十月小春天。红叶红花半雨烟。点滴红酥真耐冷,争先。夺取梅魂斗雪妍。　　坐待晓莺迁。织女机头蜀锦川。枝上绿毛幺凤子,飞仙。乞与双双作被眠。

　　　　按广群芳谱卷三十六此首误作李廌词。

又 醉饮

裹帽捻吟须。我是蓬莱旧酒徒。除了茅君谁是伴,麻姑。洞里仙浆不用沽。　　弱水渺江湖。醉里笙歌醉里扶。纵饮菊潭餐菊蕊,茱萸。医得人间瘦也无。

西江月 渔父

一脉分溪浅绿,数枝约岸敧红。小船横系碧芦丛。似我江湖春梦。　　晒网渔归别浦,举头雁度晴空。短蓑独宿月明中。醉笛一声风弄。

八声甘州 怀归

向吴天万里、一叶归舟。岁月尽悠悠。有清歌一曲,醉中自笑,酒醒还愁。几度春〔莺〕(鹦)啭午,塞雁横秋。渔笛蓑衣底,依旧勾收。　　多谢飞来双鹤,□按原无空格,据彊村丛书本方舟词补水边林下,伴我遨游。笑老莱晨昏,色笑为亲留。有向来、素琴三尺,枕一编、周易在床头。君知否,家山梦寐,浑胜瀛洲。

雨中花慢 次宇文吏部赠黄如圭韵

潋滟云霞，空濛雾雨，长堤柳色如茵。问西湖何似，粉面初匀。尽道软红香土，东华风月俱新。旧游如梦，尘缘未断，几度逢春。

蓬莱阁上，风流二老，相携把酒论文。最好是、四娘桃李，约近东邻。别后使君须鬓，十分白了三分。是人笑道，醉中文字，更要红裙。

醉　蓬　莱

望长江东去，逐客西来，几逢秋杪。江草江花，约鬓丝俱老。朝士红葵，佳人雪藕，别后忍孤欢笑。楚水楼台，巫山宫殿，五湖烟渺。

又是征帆，万里行去，旧恨鲈鱼，昔盟鸥鸟。九日江南，上蓬莱仙岛。三度刘郎，黄花醉里，问我几时来到。寄语西风，饶他老子，莫欺乌帽。

渔家傲 赠鼎湖官妓

西去征鸿东去水。几重别恨千山里。梦绕绿窗书半纸。何处是。桃花溪畔人千里。　　瘦玉倚香愁黛翠。劝人须要人先醉。问道明朝行也未。犹自记。灯前背立偷弹泪。以上方舟集卷六

卜　算　子

密叶蜡蜂房，花下频来往。不知辛苦为谁甜，山月梅花上。　　玉质紫金衣，香雪随风荡。人间唤作返魂梅，仍是蜂儿样。全芳备祖前集卷四蜡梅门

按广群芳谱卷四十一此首误作李芸子词。

捣　练　子

心自小,玉钗头。月娥飞下白蘋洲。水中仙,月下游。　　江汉
佩,洞庭舟。香名薄幸寄青楼。问何如,打泊浮。全芳备祖前集卷二十
一水仙门

又

红粉里,绛金裳。一卮仙酒艳晨妆。醉温柔,别有乡。　　清暑
殿,藕风凉。鸡头擘破误君王。泣梨花,春梦长。全芳备祖后集卷一龙
眼门

　　　　按广群芳谱卷六十三此首误作李芸子词。

谢　池　春

烟雨池塘,绿野乍添春涨。凤楼高、珠帘卷上。金柔玉困,舞腰肢
相向。似玉人、瘦时模样。　　离亭别后,试问阳关谁唱。对青
春、翻成怅望。重门静院,度香风屏障。吐飞花、伴人来往。全芳备
祖后集卷十七杨柳门

出塞 夜梦一女子引扇求字,为书小阕

花树树。吹碎胭脂红雨。将谓郎来推绣户。暖风摇竹坞。　　睡
起栏干凝伫。漠漠红楼飞絮。划踏袜儿垂手处。隔溪莺对语。花
庵中兴以来绝妙词选卷四

康与之

　　　　与之字伯可,号顺庵,滑州(今河南省滑县)人。谄事秦桧,为秦门
下十客之一,官军器监丞。桧死后,编管钦州。绍兴二十八年(1158)移

雷州,复送新州牢城。玉海卷七十六云:绍兴十五年(1145),康与之为
藉田令。有顺庵乐府五卷,今不传,有赵万里辑本。

望 江 南

重阳日,四面雨垂垂。戏马台前泥拍肚,龙山路上水平脐。淹浸倒
东篱。　　茱萸胖,黄菊湿蔗蔗。落帽孟嘉寻蒻笠,漉巾陶令买蓑
衣。都道不如归。二老堂诗话

满江红　婺女潘子贱席上作

叹诗书、万卷致君人,番沉陆。……且置请缨封万户,径须卖剑酬
黄犊。恸当年、寂寞贾长沙,伤时哭。桯史卷三

　　按此首别见辛弃疾稼轩词乙集。

鹧 鸪 天

解将天上千年艳,换得人间九日黄。百菊集谱补遗

　　按此首又见张孝祥于湖先生长短句拾遗。

忆 秦 娥

春寂寞。长安古道东风恶。东风恶。胭脂满地,杏花零落。
臂销不奈黄金约。天寒犹怯春衫薄。春衫薄。不禁〔珠〕(朱)泪,为
君弹却。全芳备祖前集卷十杏花门

洞 仙 歌 令

若耶溪路。别岸花无数。欲敛娇红向人语。与绿荷、相倚恨,回首
西风,波淼淼、三十六陂烟雨。　　新妆明照水,汀渚生香,不嫁东
风被谁误。遣踟蹰、骚客意,千里绵绵,仙浪远、何处凌波微步。想

南浦、潮生画桡归，正月晓风清，断肠凝伫。全芳备祖前集卷十一荷花门

西江月

名与牡丹联谱，南珍独比江瑶。闽山入贡冠前朝。露叶风枝袅袅。　　香玉满苞仙液，绉红圆戢鲛绡。华清宫殿蜀山遥。一骑红尘失笑。全芳备祖后集卷一龙眼门

曲游春

脸薄难藏泪，恨柳风，不与吹断行色。……但掩袖转面面啼红，无言应得。……哭得浑无气力。拙轩集卷五及乐府指迷引

舞杨花

牡丹半坼初经雨，雕槛翠幕朝阳。娇困倚东风，羞谢了群芳。洗烟凝露向清晓，步瑶台、月底霓裳。轻笑淡拂宫黄。浅拟飞燕新妆。　　杨柳啼鸦昼永，正秋千庭馆，风絮池塘。三十六宫，簪艳粉浓香。慈宁玉殿庆清赏，占东君、谁比花王。良夜万烛荧煌。影里留住年光。贵耳集卷下

　　按词林纪事卷三此首误作宋高宗赵构词。

瑞鹤仙　上元应制

瑞烟浮禁苑。正绛阙春回，新正方半。冰轮桂华满。溢花衢歌市，芙蓉开遍。龙楼两观。见银烛、星球有烂。卷珠帘、尽日笙歌，盛集宝钗金钏。　　堪羡。绮罗丛里，兰麝香中，正宜游玩。风柔夜暖。花影乱，笑声喧。闹蛾儿满路，成团打块，簇著冠儿斗转。喜皇都、旧日风光，太平再见。

又　别恨

薄寒罗袖怯。教小玉添香,被翻宫襜。兰缸半明灭。听几声归雁,
一帘微月。情波恨叶。索新词、犹自怨别。梦回时、雪暖酥凝,掠
鬓宝鸳钗折。　　凄切。纹窗描绣,旧谱寻棋,变成虚设。同心对
结。重来是,甚时节。怅姑苏台上,征帆何许,隐隐遥山万叠。袖
红绡、独立无言,偷弹泪血。

汉宫春　慈宁殿元夕被旨作

云海沉沉,峭寒收建章,雪残鸦鹊。华灯照夜,万井禁城行乐。春
随鬓影,映参差、柳丝梅萼。丹禁杳,鳌峰对耸,三山上通寥廓。
　　春衫绣罗香薄。步金莲影下,三千绰约。冰轮桂满,皓色冷浸楼
阁。霓裳帝乐,奏升平、天风吹落。留凤辇、通宵宴赏,莫放漏声闲
却。

喜迁莺　丞相生日

腊残春早。正帘幕护寒,楼台清晓。宝运当千,佳辰馀五,嵩岳诞
生元老。帝遣阜安宗社,人仰雍容廊庙。尽总道,是文章孔孟,勋
庸周召。　　师表。方眷遇,鱼水君臣,须信从来少。玉带金鱼,
朱颜绿鬓,占断世间荣耀。篆刻鼎彝将遍,整顿乾坤都了。愿岁
岁,见柳梢青浅,梅英红小。

又　秋夜闻雁

秋寒初劲。看云路雁来,碧天如镜。湘浦烟深,衡阳沙远,风外几
行斜阵。回首塞门何处,故国关河重省。汉使老,认上林欲下,徘
徊清影。　　江南烟水暝。声过小楼,烛暗金猊冷。送目鸣琴,裁

诗挑锦,此恨此情无尽。梦想洞庭飞下,散入云涛千顷。过尽也,奈杜陵人远,玉关无信。

丑奴儿令 促养直赴雪夜溪堂之约

冯夷剪碎澄溪练,飞下同云。著地无痕。柳絮梅花处处春。
山阴此夜明如昼,月满前村。莫掩溪门。恐有扁舟乘兴人。

又 自岭表还临安作

红楼紫陌青春路,柳色皇州。月澹烟柔。袅袅亭亭不自由。
旧时扶上雕鞍处,此地重游。总是新愁。柳自轻盈水自流。

诉衷情令 登郁孤台,与施德初同读坡诗作

郁孤台上立多时。烟晚暮云低。山川城郭良是,回首昔人非。
今古事,只堪悲。此心知。一尊芳酒,慷慨悲歌,月堕人归。

又 长安怀古

阿房废址汉荒丘。狐兔又群游。豪华尽成春梦,留下古今愁。
君莫上,古原头。泪难收。夕阳西下,塞雁南飞,渭水东流。

菩萨蛮令 长安怀古

秦时宫殿咸阳里。千门万户连云起。复道亘西东。不禁三月风。
汉唐乘王气。万岁千秋计。毕竟是荒丘。荆榛满地愁。

又 金陵怀古

龙蟠虎踞金陵郡。古来六代豪华盛。缥凤不来游。台空江自流。
下临全楚地。包举中原势。可惜草连天。晴郊狐兔眠。

感皇恩 幽居

一雨一番凉,江南秋兴。门掩苍苔锁寒径。红尘不到,尽日鸟啼人静。绿荷风已过,摇香柄。　　澹阴未解,园林清润。一片花飞堕红影。残书读尽,袖手高吟清咏。任从车马客,劳方寸。

卖花声 闺思

蹙损远山眉。幽怨谁知。罗衾滴尽泪胭脂。夜过春寒愁未起,门外鸦啼。　　惆怅阻佳期。人在天涯。东风频动小桃枝。正是销魂时候也,撩乱花飞。

又 闺思

愁捻断钗金。远信沉沉。秦筝调怨不成音。郎马不知何处也,楼外春深。　　好梦已难寻。夜夜馀衾。目穷千里正伤心。记得当初郎去路,绿树阴阴。

江　城　子

南溪二月雨初晴。四郊明。暖风轻。一雨一风,铺地落红英。枝上流莺啼劝我,春欲去,且留春。　　登临行乐慰闲情。过长亭。暮潮平。四面青芜,中是越王城。信马行吟归路晚,山簇簇,柳阴阴。

风入松 春晚

一宵风雨送春归。绿暗红稀。画楼整日无人到,与谁同捻花枝。门外蔷薇开也,枝头梅子酸时。　　玉人应是数归期。翠敛愁眉。塞鸿不到双鱼远,叹楼前、流水难西。新恨欲题红叶,东风满院花飞。

又 闺思

碧苔满地衬残红。绿树阴浓。晓莺啼破眉心事,旧愁新恨重重。翠黛不忺重扫,佳时每恨难同。　　花开花谢任东风。此恨无穷。梦魂拟逐杨花去,殢人休下帘栊。要见只凭清梦,几时真个相逢。

谒金门 暮春

春又晚。风劲落红如剪。睡起绣床飞絮满。日长门半掩。　　不管离肠欲断。听尽梁间双燕。试上小楼还不见。楼前芳草远。

长相思 游西湖

南高峰。北高峰。一片湖光烟霭中。春来愁杀侬。　　郎意浓。妾意浓。油壁车轻郎马骢。相逢九里松。

应天长 闺思

管弦绣陌,灯火画桥,尘香旧时归路。肠断萧娘,旧日风帘映朱户。莺能舞,花解语。念后约、顿成轻负。缓雕鞚、独自归来,凭栏情绪。　　楚岫在何处。香梦悠悠,花月更谁主。惆怅后期,空有鳞鸿寄纨素。枕前泪,窗外雨。翠幕冷、夜凉虚度。未应信、此度相思,寸肠千缕。

玉 楼 春 令

青笺后约无凭据。误我碧桃花下语。谁将消息问刘郎,怅望玉溪溪上路。　　春来无限伤情绪。拟欲题红都寄与。东风吹落一庭花,手把新愁无写处。以上中兴以来绝妙词选卷一

风 入 松

画桥流水欲平阑。雨后青山。去年芳草今年恨,恨香车、不逐雕鞍。红杏墙头院落,绿杨楼外秋千。　　谢娘别后忆前欢。泪滴春衫。柔荑共折香红处,劝东风、且与流连。早是相思瘦损,梅花谢了春寒。

忆少年令 元夕应制(按词律调名当作少年游)

双龙烛影,千门夜色,三五宴瑶台。舞蝶随香,飞蝉扑鬓,人自蕊宫来。　　太平箫鼓宸居晓,清漏玉壶催。步辇归时,绮罗生润,花上月徘徊。以上二首见阳春白雪卷一

风流子 昔贺方回作此道都城旧游。仆谪居岭海,醉中忽有歌之者,用其声律,再赋一阕。恨方回久下世,不见此作

结客少年场。繁华梦,当日赏风光。红灯九街,买移花市,画楼十里,特地梅妆。醉魂荡,龙跳拏万字,鲸饮吸三江。娇随钿车,玉骢南陌,喜摇双桨,红袖横塘。　　天涯归期阻,衡阳雁不到,路隔三湘。难见谢娘诗好,苏小歌长。漫自惜鸾胶,朱弦何在,暗藏罗结,红绶消香。歌罢泪沾宫锦,襟袖淋浪。

瑞鹤仙令 补足李重光词

樱桃落尽春归去,蝶翻金粉双飞。子规啼恨小楼西。曲屏珠箔晚,惆怅卷金泥。　　门巷寂寥人去后,望残烟草低迷。闲寻旧曲玉笙悲。关山千里恨,云汉月重规。

杏花天 慈宁殿春晚出游

帝城柳色藏春絮。嫩绿满、游人归路。残红剩蕊留春住。无奈霏
微细雨。　　南陌上、玉辔钿车,怅紫陌、青门日暮。黄昏院落人
归去。犹有流莺对语。

卜　算　子

潮生浦口云,潮落津头树。潮本无心落又生,人自来还去。　　今
古短长亭,送往迎来处。老尽东西南北人,亭下潮如故。以上四首见
阳春白雪卷三

金菊对芙蓉 秋怨

梧叶飘黄,万山空翠,断霞流水争辉。正金风西起,海燕东归。凭
栏不见南来雁,望故人、消息迟迟。木樨开后,不应误我,好景良
时。　　只念独守孤帏。把枕前嘱付,一旦分飞。上秦楼游赏,酒
殢花迷。谁知别后相思苦,悄为伊、瘦损香肌。花前月下,黄昏院
落,珠泪偷垂。草堂诗馀前集卷下

满江红 杜鹃

恼杀行人,东风里、为谁啼血。正青春未老,流莺方歇。蝴蝶枕前
颠倒梦,杏花枝上朦胧月。问天涯、何事苦关情,思离别。　　声
一唤,肠千结。闽岭外,江南陌。正长堤杨柳,翠条堪折。镇日叮
咛千百遍,只将一句频频说。道不如归去不如归,伤情切。草堂诗馀
后集卷下

失　调　名

玉楼人静。高卷疏帘情迥。郑元佐新注断肠诗集卷九

满庭芳 冬景

霜幕风帘，闲斋小户，素蟾初上雕笼。玉杯醽醁，还与可人同。古鼎沉烟篆细，玉笋破、橙橘香浓。梳妆懒，脂轻粉薄，约略淡眉峰。

清新，歌几许，低随慢唱，语笑相供。道文书针线，今夜休攻。莫厌兰膏更继，明朝又、纷冗匆匆。酩酊也，冠儿未卸，先把被儿烘。类编草堂诗馀卷三

减字木兰花

杨花飘尽。云压绿阴风乍定。帘幕闲垂。弄语千般燕子飞。

小楼深静。睡起残妆犹未整。梦不成归。泪滴斑斑金缕衣。京本通俗小说十二西山一窟鬼

采桑子

晚来一霎风兼雨，洗尽炎光。理罢笙簧。却对菱花淡淡妆。

绛绡缕薄冰肌莹，雪腻酥香。笑语檀郎。今夜纱厨枕簟凉。花草粹编卷二

按此首别作李清照词，见词林万选卷四。赵万里云：词意儇薄，或为康与之作。此首别又误作魏大中作，见古今别肠词选卷一。

荷叶铺水面 春游

春光艳冶，游人踏绿苔。千红万紫竞香开。暖风拂鼻籁，蓦地暗香透满怀。　　荼蘼似锦裁。娇红间绿白，只怕迅速春回。误落在尘埃。折向鬓云间、金凤钗。花草粹编卷六

菩萨蛮

弱柳小腰身。双双蛾翠颦。历代词人考略引苇杭识小录

以上康与之词全篇三十八,断句五,用赵万里辑顺庵乐府。

存　目　词

调　　名	首　　句	出　　处	附　　注
忆　王　孙	飕飕风冷荻花秋	词林万选卷四	李重元词,见唐宋诸贤绝妙词选卷七
江城梅花引	娟娟霜月冷侵门	类编草堂诗馀卷二	程垓作,见书舟词
大　圣　乐	千朵奇峰	类编草堂诗馀卷四	无名氏词,见草堂诗馀前集卷下
宝　鼎　现	夕阳西下	又	范周作,见中吴纪闻卷五
女　冠　子	火云初布	草堂诗馀正集卷六	柳永作,见类编草堂诗馀卷四
声　声　慢	寻寻觅觅	草堂诗馀别集卷三李清照词注	李清照作,见词品卷二
菩　萨　蛮	南轩面对芙蓉浦	历代诗馀卷九	陈与义作,见无住词
杜　韦　娘	华堂深院	刘毓盘辑顺庵乐府	乐府雅词拾遗卷下无名氏词
摸　鱼　儿	被谁家、数声弦管	又	又

曾　觌

　　觌字纯甫,汴(今河南开封)人。生大观三年(1109)。绍兴中,以寄班祗候,与龙大渊同为建王内知客。孝宗受禅,以潜邸旧人除权知阁门事。淳熙初,除开府仪同三司,加少保、醴泉观使。淳熙七年(1180)卒。有海野词。

水　龙　吟

楚天千里无云,露华洗出秋容净。银蟾台榭,玉壶天地,参差桂影。
鸳瓦寒生,画檐光射,碧梧金井。听韶华半夜,江梅三弄,风袅袅、
良宵永。　　携手西园宴罢,下瑶台、醉魂初醒。吹箫仙子,骖鸾
归路,一襟清兴。鸂鶒楼高,建章门迥,星河耿耿。看沧江潮上,丹
枫叶落,浸关山冷。

念　奴　娇

霁天湛碧,正新凉风露,冰壶清彻。河汉无声□□□,涌出银蟾孤
绝。岩桂香飘,井梧影转,冷浸宫袍洁。西厢往事,一帘幽梦凄切。
　　肠断楚峡云归,尊前无绪,只有愁如发。此夕姮娥应也恨,冷
落琼楼金阙。禁漏迢迢,边鸿杳杳,密意凭谁说。阑干星汉,落梅
三弄初阕。

又　席上赋林檎花

群花渐老,向晓来微雨,芳心初拆。拂掠娇红香旖旎,浑欲不胜春
色。淡月梨花,新晴繁杏,装点成标格。风光都在,半开深院人寂。
　　刚要买断东风,袅栾枝低映,舞茵歌席。记得当时曾共赏,玉
人纤手轻摘。醉里妖饶,醒时风韵,比并堪端的。谁知憔悴,对花
空恁思忆。

又　赏芍药

人生行乐,算一春欢赏,都来几日。绿暗红稀春已去,赢得星星头
白。醉里狂歌,花前起舞,拚罚金杯百。淋漓宫锦,忍辜妖艳姿色。
　　须信殢得韶光,只愁花谢,又作经年别。嫩紫娇红还解语,应

为主人留客。月落乌啼,酒阑烛暗,离绪伤吴越。竹西歌吹,不堪老去重忆。

又　<small>余年十八寓符离,临行,作此词</small>

媚容素态,比群花、赢了风流颜色。昵枕低帏销受得,□□轻怜深惜。怎望如今,瓶沉簪折,蓦地成疏隔。□□夕雨,甚时重见踪迹。

　　门外暂泊兰舟,一行霜树,□一重山碧。泪眼相看争忍望,天际孤村寒驿。〔汴〕(卞)水无情,催人东去,去也添愁寂。鳞鸿方便,为人传个消息。

瑞　鹤　仙

陡寒生翠幕。冻云垂,缤纷飞雪初落。萦风度池阁。袅馀妍,时趁舞腰纤弱。江天漠漠。认残梅、吹散画角。正貂裘乍怯,黄昏院宇,入檐飘泊。　　依约。银河迢递,种玉群仙,共骖鸾鹤。东君未觉。先春绽,万花萼。向尊前、已喜丰年呈瑞,人间何事最乐。拥笙歌、绣阁低帷,纵欢细酌。

倾杯乐　<small>仙吕　席上赏雪</small>

锦帐寒添,画檐雀噪,冻云布野。望空际、瑶峰微吐,琼花初绽,江山如画。裁冰剪水装鸳瓦。杳旗亭路,依稀管弦台榭。倚小楼佳兴,一行珠帘不下。　　随缕板、歌声闲暇。傍翠袖云鬟、怜艳冶。似伴醉、不耐娇羞,浓欢旋学风雅。向暝色、双鸾舞罢。红兽暖、春生金斝。但殢饮,香雾卷、壶天不夜。

木兰花慢　<small>长乐台晚望偶成</small>

正枝头荔子,晚红皱、袅熏风。对碧瓦迷云,青山似浪,返照浮空。

高台称吟眺处，□原校:"繁"字上疑脱一字。据补空格繁华、清胜两无穷。帘卷榕阴暮合，万家香霭溟濛。　　　年光冉冉逐飞鸿。叹雨迹云踪。渐暑退兰房，凉生象簟，知与谁同。临鸾晚妆初罢，怨清宵、好梦不相逢。看即天涯秋也，恨随一叶梧桐。

水调歌头 书怀

溪山多胜事，诗酒辨清游。主人为我，增葺台榭足凝眸。仿佛玉壶天地，隐见瀛洲风月，千首傲王侯。谁与共登眺，公子气横秋。

记当年，曾共醉，庾公楼。一杯此际，重话前事逐东流。多谢兼金清唱，更拟重阳佳节，揉菊任扶头。但愿身长健，浮世拚悠悠。

又

图画上麟阁，莫使鬓先秋。壮年豪气，无奈黯黯阵云浮。常记青油幕下，一矢聊城飞去，谈笑静边头。勋业出无意，非为快恩仇。

卷龙韬，随凤诏，与时谋。朱幡皂盖南下，聊试海山州。邂逅故人相见，俯仰浮生今古，蝼蚁共王侯。万事偶然耳，风月恣嬉游。

又 和南剑薛倅

长乐富山水，杖屦足追游。故人千里，西望双剑黯回眸。多谢扁舟乘兴，慰我天涯羁思，何必羡封侯。暮雨疏帘卷，爽气飒如秋。

送征鸿，浮大白，倚危楼。参横月落，耿耿河汉近人流。堪叹人生离合，后日征鞍西去，别语却从头。老矣江边路，清兴漫悠悠。

醉蓬莱 侍宴德寿宫应制赋假山

向逍遥物外，造化工夫，做成幽致。杳霭壶天，映满空苍翠，耸秀峰峦，媚春花木，对玉阶金砌。方丈瀛洲，非烟非雾，恍移平地。

况值良辰，宴游时候，日永风和，暮春天气。金母龟台，傍碧桃阴里。地久天长，父尧子舜，灿绮罗佳会。一部仙韶，九重鸾仗，年年同醉。

满庭芳 赏牡丹

冶态轻盈，香风摇荡，画栏淑景初长。彩霞深处，明艳夺昭阳。试问沉香旧事，应劝我、莫负韶光。多情是，低徊顾影，云幕淡微凉。

人间，春更好，一枝斜插，犹记疏狂。到如今潘鬓，暗点吴霜。乐事直须年少，何妨拚、一饮千觞。醺醺醉，壶天向晚，春思正悠扬。

燕山亭 中秋诸王席上作

河汉风清，庭户夜凉，皓月澄秋时候。冰鉴乍开，跨海飞来，光掩满天星斗。四卷珠帘，渐移影、宝阶鸳甃。还又。看岁岁婵娟，向人依旧。　　朱邸高宴簪缨，正歌吹瑶台，舞翻宫袖。银管竞酬，棣萼相辉，风流古来谁有。玉笛横空，更听彻、裳霓三奏。难偶。拚醉倒、参横晓漏。

又 杨廉访生日

玉立明光，才业冠伦，汉历方承休运。江左奏功，塞垒宣威，紫绶几垂金印。岁晚归来，望丹极、新清氛祲。忠愤。著挠节朋俦，便成嘉遁。　　千载云海茫茫，记举目新亭，壮怀难尽。蝴蝶梦惊，化鹤飞还，荣华等闲一瞬。七十尊前，算畴昔、都无可恨。休问。长占取、朱颜绿鬓。

沁园春 初冬夜坐闻淮上捷音次韵

更漏迢迢,乍寒天气,画烛对床。正井梧飘砌,边鸿度月,故人何处,水远山长。老去功名,年来情绪,宽尽寒衣销旧香。除非是,仗蛮笺象管,时伴吟窗。　　词章。莫话行藏。且喜见、捷书来帝乡。看锐师云合,妖氛电扫,随堤宫柳,依旧成行。梦绕他年,青门紫陌,对酒花前歌正当。空成恨,奈潘郎两鬓,新点吴霜。

喜迁莺 福唐平荡海寇宴犒将士席上作

七闽形胜。镇南纪会府,山川交映。箫鼓喧天,绮罗盈市,不负四时风景。共喜太平无事,岂料潢按"潢"原作"横"。毛校:"横"疑"潢"。池不逞。殄群丑,看一鼓雷奔,沧溟波静。　　指纵诗书帅,曾到凤池,密勿陪几政。暂淹筹帏,催分战舰,总出智谋先定。想见捷书初上,尽道臣贤主圣。正图旧,听重宣丹诏,归调金鼎。

金人捧露盘 庚寅岁春奉使过京师感怀作

记神京、繁华地,旧游踪。正御沟、春水溶溶。平康巷陌,绣鞍金勒跃青骢。解衣沽酒醉弦管,柳绿花红。　　到如今、馀霜鬓,嗟前事、梦魂中。但寒烟、满目飞蓬。雕栏玉砌,空锁三十六离宫。塞笳惊起暮天雁,寂寞东风。

传 言 玉 女

凤阙龙楼,清夜月华初照。万点星球,护花梢寒峭。华胥梦里,老去欢情终少。花愁醉闷,总消除了。　　紫陌嬉游,不似少年怀抱。珠帘十里,听笙箫声杳。幽期密约,暗想浅颦轻笑。良时莫负,玉山频倒。

好事近　仰赓圣制

摇飏杏花风,迟日淡阴双阙。丝管缓随檀板,看舞腰回雪。　　龙
舟闲舣画桥边,须趁好花折。频劝御杯宜满,正清歌初阕。

又　严陵柳守席上

一梦别长安,山路雨斜风细。行到子陵滩畔,谢主人深意。　　多
情低唱下梁尘,拚十分沉醉。去也为伊消瘦,悄不禁思忆。

又

霁雪好风光,恰是相逢时节。酒量不禁频劝,便醉倒人侧。　　严
城更漏夜厌厌,应有断肠客。莫问落梅三弄,喜一枝曾折。

柳梢青　侍宴禁中〔和〕(贺)张知阁应制作

梅粉轻匀。和风布暖,香径无尘。凤阁凌虚,龙池澄碧,芳意鳞鳞。
　　清时酒圣花神。对内苑、风光又新。一部仙韶,九重鸾仗,天
上长春。

又　临安春会,泛舟湖中,胡帅索词,因赋

花柳争春。湖山竞秀,恰近清明。绮席从容,兰舟摇曳,稳泛波平。
　　君恩许宴簪缨。密座促、仍多故情。一部清音,两行红粉,醉
入严城。

又　山林堂席上以主人之意解嘲

品雅风流,端端正正,堪人怜惜。因甚新来,眉儿不展,愁情如织。
　　倡条冶叶无情,犹为他、千思万忆。据恁当初,真心实意,如何

亏得。

春光好 侍宴苑中赏杏花

胭脂腻，粉光轻。正新晴。枝上闹红无处著，近清明。　仙娥进酒多情。向花下、相闹盈盈。不惜十分倾玉斝，惜凋零。

又 感旧

心下事，不思量。自难忘。花底梦回春漠漠，恨偏长。　闲日多少韶光。雕阑静、芳草池塘。风急落红留不住，又斜阳。

又

槐阴密，蔗浆寒。荔枝丹。珍重主人怜客意，荐雕盘。　多情翠袖凭栏。晚妆罢、谁与共欢。帘卷玉钩风细细，敛眉山。

减字木兰花 席上赏宴赐牡丹之作

一声杜宇。满地落红愁不语。国色春娇。不逐风前柳絮飘。珠帘休卷。爱惜龙香藏粉艳。胜友俱来。同醉君恩倒玉杯。

点绛唇 庆即席上

璧月香风，万家帘幕烟如昼。闹〔蛾〕(娥)雪柳。人似梅花瘦。行乐清时，莫惜笙歌奏。更阑后。满斟金斗。且醉厌厌酒。

又

细雨斜风，上元灯火还空过。下帘孤坐。老去知因果。　风月词情，冷落教谁和。今忘我。静中看破。万事空花堕。

浣溪沙 奉诏次韵张池州赏杏听琵琶

艳杏红芳透粉肌。沉香亭宴太真妃。新晴庭馆燕来迟。　　试抹
么弦妆半掩,满斟绿醑袖交飞。九重天上捧金卮。

又 郑相席上赠舞者

元是昭阳宫里人。惊鸿宛转掌中身。只疑飞过洞庭云。　　按彻
凉州莲步紧,好花风袅一枝新。画堂香暖不胜春。

又

绮陌寻芳惜少年。长楸走马著金鞭。玉楼春醉杏花前。　　憔悴
如今谁作伴,别离还近养花天。碧云凝处忆婵娟。

又

一扇熏风入座凉。轻云微雨弄晴光。绿团梅子未成黄。　　渐近
日长愁闷处,更堪羁旅送归艎。乱山重叠水茫茫。

钗 头 凤

华灯闹。银蟾照。万家罗幕香风透。金尊侧。花颜色。醉里人
人,向人情极。惜惜惜。　　春寒峭。腰肢小。鬓云斜軃蛾儿袅。
清宵寂。香闺隔。好梦难寻,雨踪云迹。忆忆忆。

诉衷情 夜直殿庐,晚雪,因作

建章宫殿晚生寒。飞雪点朱阑。舞腰缓随檀板,轻絮殢春闲。
　　愁思乱,酒肠悭。漏将残。玉人今夜,滴粉搓酥,应敛眉山。

又 赵德大还延平，因语旧游，作此以赠之

半钩珠箔小扬州。春色在重楼。曾醉玳筵歌舞，楚梦苦难留。　情脉脉，恨悠悠。几时休。大都人世，会少离多，总是闲愁。

又

晚妆初试蕊珠宫。随步异香浓。檀槽缓垂鸾带，纤指捻春葱。　莺语巧，上林中。正娇慵。暂教花下，帘影微开，多谢东风。

又 史丞相宴曲水席上作

兰亭曲水擅风流。移宴向清秋。黄花未应憔悴，盏面尚堪浮。　围艳质，发歌喉。细相酬。明年此会，主人还是，在凤池头。

踏莎行

翠幄成阴，谁家帘幕。绮罗香拥处、觥筹错。清和将近，□按原无空格。毛校："春"字上疑脱一字春寒更薄。高歌看簌簌、梁尘落。　　好景良辰，人生行乐。金杯无奈是、苦相虐。残红飞尽，袅垂杨轻弱。来岁断不负、莺花约。

眼儿媚 闺思

花近清明晚风寒。锦幄兽香残。醺醺醉里，匆匆相见，重听哀弹。　春情入指莺声碎，危柱不胜弦。十分得意，一场轻梦，淡月阑干。

又

重劝离觞泪相看。寂寞上征鞍。临行欲话，风流心事，万绪千端。

春光漫漫人千里,归梦绕长安。不堪向晚,孤城吹角,回首关山。

蝶恋花 惜春

翠箔垂云香喷雾。年少疏狂,载酒寻芳路。多少惜花春意绪。劝人金盏歌金缕。　　桃李飘零风景暮。只有闲愁,不逐流年去。旧事而今谁共语。画楼空指行云处。

又 三月上巳应制

御柳风柔春正暖。紫殿朱楼,赫奕祥光远。十二玉龙迎凤辇。香腾锦绣闻弦管。　　扇却双鸾开宝宴。绿绕红围,宣劝金卮满。万岁千秋流宠眷。此身欲备昭阳燕。

隔浦莲 咏白莲

凉秋湖上过雨。作意回商素。暗绿翻轻盖,萧然姑射俦侣。妆脸宜淡伫。红衣妒。步袜凌波去。　　异香度。天教占断,风汀月浦烟渚。纤尘不到,梦绕玉壶清处。多少芳心待怨诉。无语。飞来一片鸥鹭。

浪淘沙 观潮作

一线海门来。雪喷云开。昆山移玉下瑶台。卷地西风吹不断,直到蓬莱。　　羯鼓噪春雷。罍舞蛟回。歌楼鼓吹夕阳催。今古清愁流不尽,都一樽罍。以上海野老人长短句卷上

蓦山溪 坤宁殿得旨次韵赋照水梅花

催花小雨,轻把香尘洒。帘卷水亭风,梅影转、夕阳初下。靓妆窥

鉴,鸳鸯湛清漪,浮暗麝,剪芳琼,消得连城价。　　玉楼十二,寒
怯铢衣挂。曾是绿华仙、眷馀情、新词如画。花随人圣,须信世无
双,腾凤吹,驻鸾舆,堪与瑶池亚。

又　暮秋赏梨花

凋红减翠,正是清秋杪。深院袅香风,看梨花、一枝开早。珑璁映
面,依约认娇鞏,天淡淡,月溶溶,春意知多少。　　清明池馆,芳
信年年好。更向五侯家,把江梅、风光占了。休教寂寞,辜负向人
心,檀板响,宝杯倾,潘鬓从他老。

感皇恩　重到临安

依旧惜春心,花枝常好。只恐尊前被花笑。少年青鬓,耐得几番重
到。旧欢重记省,如天杳。　　绮陌青门,斜阳芳草。今古销沉送
人老。帝城春事,又是等闲来了。乱红随过雨,莺声悄。

阮郎归　上苑初夏侍宴,池上双飞新燕掠水而去,得旨赋之

柳阴庭馆占风光。呢喃清昼长。碧波新涨小池塘。双双蹴水忙。
　　萍散漫,絮飘飏。轻盈体态狂。为怜流去落红香。衔将归画
梁。

鹧鸪天　选德殿赏灯,先宴梅堂,侍两宫,沾醉口占

龙驭亲迎玉辇来。江梅枝上雪培堆。东风上苑春光到,更放金莲
匝地开。　　腾凤吹,进瑶杯。两宫交劝正欢谐。父慈子孝从今
数,准拟开筵一万迴。

又　奉和伯可郎中席上见赠

桃李飘零春已深。可怜轻负惜花心。尊前赖有红千叠,窗外休惊绿满林。　　灯灼灼,醉沉沉。笙歌丛里酒频斟。留欢且莫匆匆去,怅望春归何处寻。

又　了堂净惠师示予寒食感怀二阕,因次其韵

每上春泥向晓乾。花间幽鸟舞姗姗。年华不管人将老,门外东风依旧寒。　　投簪易,息机难。鹿门归路不曾关。羡君早觉无生法,识破南柯一梦间。

又

故乡寒食醉酡颜。秋千彩索眩斓斑。如今头上灰三斗,赢得疏慵到处闲。　　钟已动,漏将残。浮生犹恨别离难。镬汤转作清凉地,只在人心那样看。

定风波　应制听琵琶作

捍拨金泥雅制新。紫檀槽映小腰身。姹姹雏莺相对语。欣睹。上林花底暖生春。　　飒飒胡沙飞指下。休讶。一般奇绝称精神。向道曲终多少意。须记。昭阳殿里旧承恩。

又　赏牡丹席上走笔

上苑秾芳初雨晴。香风袅袅泛轩楹。犹记洛阳开小宴。娇面。粉光依约认倾城。　　流落江南重此会。相对。金蕉蘸甲十分倾。怕见人间春更好。向道。如今老去尚多情。

又 题续宅江楼

极目秋光夕照开。潮头初自海门来。杳杳江天横一线。如练。疾驱千骑鼓声催。　　杰槛翠飞争徙倚。一行新雁去仍回。翠袖半空歌笑迥。低映。十分沉醉劝金杯。

又

天语丁宁对未央。少摅素志向荆襄。烜赫家声今不坠。英伟。风姿飒爽紫髯郎。　　别酒一杯君莫阻。烛前粉艳俨成行。领略大堤花好处。无绪。也应回首水云乡。

南乡子 文叔开尊席上作

霜月晚云收。萧瑟西风满院秋。雅会难期嗟易散,迟留。把酒听歌且劝酬。　　万事拚悠悠。只有情亲意未休。后夜扁舟烟浪里,回头。叶叶丹枫总是愁。

忆秦娥

晴空碧。吴山染就丹青色。丹青色。西风摇落,可堪凄恻。世情冷暖君应识。鬓边各自侵寻白。侵寻白。江南江北,几时归得。

又

西风节。碧云卷尽秋宵月。秋宵月。关河千里,照人离别。尊前俱是天涯客。那堪三载遥相忆。遥相忆。年光依旧,渐成华发。

又　赏雪席上

暮云蹩。小亭带雪斟醹酥。斟醹酥。一声羌管，落梅蔌蔌。
舞衣旋趁霓裳曲。倚阑相对人如玉。人如玉。锦屏罗幌，看成不
足。

又

正飞雪。园林一样梨花白。梨花白。画堂帘卷，暖生春色。
嵇康转轴声幽噎。新来多病娇无力。娇无力。浅红转黛，自然标
格。

又　邯郸道上望丛台有感

风萧瑟。邯郸古道伤行客。伤行客。繁华一瞬，不堪思忆。
丛台歌舞无消息。金尊玉管空尘迹。空尘迹。连天草树，暮云凝
碧。

鹊桥仙　同舍郎载酒见过，醉后作

菊花小摘，西风斜照，帘影轻笼暝色。玉尊侧倒莫辞空，□毛校："空"
字宜在"满座"上下满座、宾朋弁侧。　　乡邦万里，北来年少，几个如
今在得。扶头一任且留连，叹人世、光阴半百。

清　平　乐

松姿不老。独立蓬莱杪。风卷流苏香雾晓。又是江梅开了。
丹青早画麒麟。貂蝉自属王门。闻道碧桃花绽，一枝枝祝千春。

长　相　思

清夜长。泛玉觞。照座江梅花正芳。风传细细香。　　围艳妆。留醉乡。一曲清歌声绕梁。尊前人断肠。

虞美人　中秋前两夜作

芙蓉池畔都开遍。又是西风晚。霁天碧净暝云收。渐看一轮冰魄、冷悬秋。　　闽山层叠迷归路。把酒宽愁绪。旧欢新恨几凄凉。暗想瀛洲何处、梦悠扬。

采桑子　清明

清明池馆晴还雨,绿涨溶溶。花里游蜂。宿粉栖香锦绣中。玉箫声断人何处,依旧春风。万点愁红。乱逐烟波总向东。

朝中措　赵知阁生日

画堂帘卷兽香浓。花上雪玲珑。平地十洲三岛,蟠桃已试春红。　　清朝旧德,仙姿难老,主眷方隆。烂醉笙歌丛里,年年先占春风。

又　山父赏牡丹,酒半作

画堂栏槛占韶光。端不负年芳。依倚东风向晓,数行浓淡仙妆。　　停杯醉折,多情多恨,冶艳真香。只恐去为云雨,梦魂时恼襄王。

又

金沙架上日璁珑。浓绿衬轻红。花下两行红袖,直疑春在壶中。

如今尚觉，惜花爱酒，依旧情浓。无限少年心绪，从教醉倒东风。

又

休论社燕与秋鸿。时节太匆匆。海上一番微雨，朱门浓绿阴中。

主人情厚，金杯满泛，且共从容。莫问莺花俱老，今朝犹是春风。

又

西湖南北旧游空。谁料一尊同。回首四年间事，浑如飞絮濛濛。

林花谢了，明年春到，依旧芳容。惟有朱颜绿鬓，暗随流水常东。

又 席上赠南〔剑〕（釰）翟守

双溪楼上凭栏时。潋滟泛金卮。醉到闹花深处，歌声遏住云飞。

风流太守，鸾台家世，玉鉴丰姿。行奉紫泥褒诏，要看击浪天池。

又 维扬感怀

雕车南陌碾香尘。一梦尚如新。回首旧游何在，柳烟花雾迷春。

如今霜鬓，愁停短棹，懒傍清尊。二十四桥风月，寻思只有消魂。

又 同前代御带作

功名虽未压英游。一种旧风流。人世百年须到，如今七十春秋。

当时帷幄，貂珰贵重，誉蔼朋俦。赢得尊前沉醉，浮华付去悠悠。

南柯子　元夜书事

璧月窥红粉,金莲映彩山。东风丝管满长安。移下十洲三岛、在人间。　　两两人初散,厌厌夜向阑。倦妆残醉怯春寒。手捻玉梅无绪、倚阑干。

又　次韵南〔剑〕(釗)赵倅

粉黛娉婷艳,芝兰笑语香。延平春色斗芬芳。不管清宵更漏、听霓裳。　　烛暗人方醉,杯传意更长。可堪羁客九迴肠。萧瑟一檐风雨、过横塘。

又　将出行,陆丈知府置酒,出姬侍,酒半索词

绿荫侵檐净,红榴照眼明。主人开宴出倾城。正是雨馀天气、暑风清。　　别酒殷勤竟,危弦要妙声。年年相见岂无情。后日暮云回首、奈乘行。

又　浩然与予同生己丑岁,月日时皆同。秋日,见席上出新词,且命小姬歌以侑觞,次韵奉酬

共禀阴阳数,谁知造化工。安闲百计总输公。掩映芙蓉花径、郡城东。　　风月三秋兴,尊罍一笑同。新词佳丽见情通。更唤雪儿、低唱慰衰容。

玉楼春　雪中无酒,清坐寒冷,承观使大尉与宾客酬唱谨和

江天暝色伤心目。冻鹊争投林下竹。四垂云幕一襟寒,片片飞花轻镂玉。　　美人试按新翻曲。点破舞裙春草绿。融尊侧倒也思

量，清坐有人寒起粟。

江神子 　赠章邃道

故人情分转绸缪。小窗幽。话离愁。海阔天遥，鸿雁两悠悠。今日相逢谁较健，应怪我、鬓先秋。　　功名渐米在刀头。壮心休。弊貂裘。何事留欢，不竟漾扁舟。桃李春风将近也，如后会、醉青楼。

踏莎行 　和材甫听弹琵琶作

凤翼双双，金泥细细。四弦斜抱拢纤指。紫檀香暖转春雷，嘈嘈切切声相继。　　弱柳腰肢，轻云情思。曲中多少风流事。红牙拍碎少年心，可怜辜负尊前意。

生　查　子

温柔乡内人，翠微阁中女。颜笑洛阳花，肌莹荆山玉。　　东君深有情，解与花为主。移傍楚峰居，容易为云雨。

青　玉　案

蒲葵佳节初经雨。正栏槛、薰风度。满泛香蒲斟酴醿。故人情厚，艳歌娇舞。总是留宾处。　　榴花照眼江天暮。醉里春情荡轻絮。岂止卷帘通一顾。今宵酒醒，一襟风露。梦指高唐去。

又

乘鸾影里冰轮度。秋空净、南楼暮。袅袅天风吹玉兔。今宵只在，旧时圆处。往事难重数。　　天涯几见新霜露。怎得朱颜旧如故。对酒临风慵作赋。蓝桥烟浪，故人千里，梦也无由做。

菩萨蛮　次韵龙深甫春日即事

杏花寒食佳期近。一帘烟雨琴书润。砌下水潺潺。玉笙吹暮寒。
阳台云易散。往事寻思懒。花底醉相扶。当时人在无。

又

云烟漠漠秋容老。茅檐映水人家好。林叶未凋疏。远山横有无。
平生耕钓事。若个安身是。劝君早归来。碧香新瓮开。

西江月　元夕醉中走笔

焕烂莲灯高下，参差梅影横斜。凭栏一目尽天涯。雪月交辉清夜。
　　莫惜柔荑劝酒，从教醉脸红霞。烂银宫阙对仙家。一段风光如画。

又

桂苑旋生凉思，银河左界秋高。纤尘不动湛清霄。皓月照人偏好。
　　诗为情多却减，酒因愁里难销。一声羌管梦魂劳。可惜风光虚老。

又

醉伴三千珠履，如登十二琼楼。壶天澄爽露华秋。滟滟金波酾酒。
　　罗扇不随恩在，佳时须要人酬。麒麟阁画为谁留。只见浮生白首。

绣带儿　客路见梅

潇洒陇头春。取次一枝新。还是东风来也，犹作未归人。　　　微月淡烟村。谩伫立、惆怅黄昏。暮寒香细,疏英几点,尽奈销魂。

卜算子 湖州砖墙吴氏女失身于土山张氏作妾

数尽万般花,不比梅花韵。雪压风欺恁地寒,划地清香喷。　　半
醉折归来,插向乌云鬓。不是愁人闷带花,花带愁人闷。

柳梢青 咏海棠

雨过风微。温泉浴倦,妃子妆迟。翠袖牵云,朱唇得酒,脸晕胭脂。
　　年年海燕新归。怎奈向、黄昏恁时。倚遍琼干,烧残银烛,花
又争知。

又 春祺锡宴

□杏堂前,清深窗外,宛似蓬瀛。珠翠分行,笙歌争奏,音韵清新。
　　玉皇金母情亲。劝酥醑、更酬嗣君。地久天长,花朝月夕,天
上长春。

又

小宴清秋。霎时见了,雨散云收。柳絮轻柔,梅花闲澹,宫院风流。
　　空教梦绕青楼。待说个、相思又休。无奈情何,不来眼底,常
在心头。

醉落魄

情深恨切。忆伊诮没些休歇。百般做处百厮惬。管是前生,曾负
你冤业。　　临岐不忍匆匆别。两行珠泪流红颊。关山渐远音书
绝。一个心肠,两处对风月。

鹊　桥　仙

娇波媚靥，尊前席上，只是寻常梳裹。温柔伶俐总天然，没半掭、教
人看破。　　从来可恁，痴迷著相，百计消除不过。烟花不是不曾
经，放不下、唯他一个。

清　平　乐

艳苞初拆。偏借东君力。上苑梨花风露湿。新染胭脂颜色。
玉人小立帘栊。轻匀媚脸妆红。斜插一枝云鬓，看谁剩□春风。

诉　衷　情

闲窗静院漏声长。金鸭冷残香。几番梦回枕上，飞絮恨悠扬。
　　身在此，意伊行。谩思量。不言不语，几许闲情，月上回廊。

浣溪沙　樱桃

谷雨郊园喜弄晴。满林璀璨缀繁星。筠篮新采绛珠倾。　　樊素
扇边歌未发，葛洪炉内药初成。金盘乳酪齿流冰。以上海野老人长短
句卷下(海野老人长短句二卷，从毛扆校汲古阁本海野词录出)

壶　中　天　慢

素飙漾碧，看天衢稳送、一轮明月。翠水瀛壶人不到，比似世间秋
别。玉手瑶笙，一时同色，小按霓裳叠。天津桥上，有人偷记新阕。
　　当日谁幻银桥，阿瞒儿戏，一笑成痴绝。肯信群仙高宴处，移
下水晶宫阙。云海尘清，山河影满，桂冷吹香雪。何劳玉斧，金瓯
千古无缺。武林旧事卷七

黄公度

公度字师宪,莆田人。生于大观三年(1109)。绍兴八年(1138)进士第一,签书平海军节度判官。秦桧诬以事罢归。桧死复起,仕至尚书考功员外郎。卒于绍兴二十六年(1156),年四十八。有知稼翁集。

点 绛 唇

汪藻彦章出守泉南,移知宣城,内不自得,乃赋词云:新月娟娟,夜寒江净山含斗。起来搔首。梅影横窗瘦。　　好个霜天,闲却传杯手。君知否。乱鸦啼后。归思浓如酒。公时在泉南签幕,依韵作此送之。又有送汪内翰移镇宣城长篇,见集中。比有能改斋漫录载汪在翰苑,娄致言者,尝作点绛唇云云。最末句,晚鸦啼后,归梦浓如酒。或问曰:归梦浓如酒,何以在晚鸦啼后。汪曰:无奈这一队畜生何。不惟事失其实,而改窜二字,殊乖本义。

嫩绿娇红,砌成别恨千千斗。短亭回首。不是缘春瘦。　　一曲阳关,杯送纤纤手。还知否。凤池归后。无路陪尊酒。

千秋岁 贺莆守汪待举怀忠生日,汪报政将归,因以送之

郁葱佳气。天降麒麟瑞。回首处,江城外。一麾遗爱在,万口欢声沸。人乍远,危楼目断天无际。　　五马徘徊地。春色随归旆。寿水绿,壶山翠。风轻香篆直,日暖歌喉脆。椒觞举,人人尽祝千秋岁。

菩 萨 蛮

公时在泉幕,有怀汪彦章而作。以当路多忌,故托玉人以见意。

高楼目断南来翼。玉人依旧无消息。愁绪促眉端。不随衣带宽。

萋萋天外草。何处春归早。无语凭栏杆。竹声生暮寒。

青　玉　案

公之初登第也，赵丞相鼎延见款密，别后以书来往。秦益公闻而憾之。及泉幕任满，始以故事召赴行在，公虽知非当路意，而迫于君命，不敢俟驾，故寓意此词。道过分水岭，复题诗云：谁知不作多时别。又题崇安驿诗云：睡美生憎晓色催。皆此意也。既而罢归，离临安有词云：湖上送残春，已负别时归约。则公之去就，盖夤定矣。

邻鸡不管离怀苦。又还是、催人去。回首高城音信阻。霜桥月馆，水村烟市，总是思君处。　　衮残别袖燕支雨。谩留得、愁千缕。欲倩归鸿分付与。鸿飞不住。倚栏无语。独立长天暮。

卜　算　子

公赴召命，道过（"过"原作"遇"，从集本改）延平，郡宴有歌妓，追诵旧事，即席赋此。

寒透小窗纱，漏断人初醒。翡翠屏间拾落钗，背立残釭影。　　欲去更踟蹰，离恨终难整。陇首流泉不忍闻，月落双溪冷。

好　事　近

公到阙，除秘书省正字。未几，言者迎合秦益公意，腾章于上，谓公尝贻书台官，欲著私史以谤时政。盖（"盖"原作"益"，从集本改）公之在泉幕也，尝有启贺李侍御文会云，虽莫〔陪〕（倍）宾客后尘，为大厦之贺，固将续山林野史，记朝阳之鸣。因是罢归。将离临安，作此词，所谓故园桃李，盖指二侍儿也。

湖上送残春，已负别时归约。好在故园桃李，为谁开谁落。　　还家应是荔支天，浮蚁要人酌。莫把舞裙歌扇，便等闲抛却。

菩　萨　蛮

公罢归抵家，赋此词。先是公有二侍儿，曰倩倩，曰盼盼，在五羊

时,尝出以侑觞。洪丞相适景伯为赋眼儿媚词云:瀛仙好客过当时。锦
幌出蛾眉。体轻飞燕,歌欺樊素,压尽芳菲。　花前一盼嫣然媚。滟
滟举金卮。断肠狂客,只愁径醉,银漏催归。倩倩先公而卒,四印居士
有悼侍儿倩倩诗,其一曰:兰质蕙心何所在,风魂云魄去难招。子规叫
断黄昏月,疑是佳人恨未消。其二曰:含怨衔辛情脉脉,家人强遣试春
衫。也知不作坚牢玉,衹向人间三十三。四印于公为兄行,名泳,字宋
永,徽庙时以童子召见,赐五经及第,官止郢州通守。

眉尖早识愁滋味。娇羞未解论心事。试问忆人不。无言但点头。
　　嗔人归不早。故把金杯恼。醉看舞时腰。还如旧日娇。

卜算子　别士季弟之官

公之从弟童,士季其字也。以绍兴戊午同榜乙科及第。有和章云:
不忍更回头,别泪多于雨。肺腑相看四十秋,奚止朝朝暮暮。　何事
值花时,又是匆匆去。过了阳关更向西,总是思兄处。

薄宦各东西,往事随风雨。先自离歌不忍闻,又何况、春将暮。
　　愁共落花多,人逐征鸿去。君向潇湘我向秦,后会知何处。

眼儿媚　梅词二首,和傅参议韵

公时为高要倅,傅参议雱彦济寓居五羊,尝遗示梅词。公依韵和
之。初公被召命而西过分水岭,有诗云:呜咽泉流万仞峰,断肠从此各
西东。谁知不作多时别,依旧相逢沧海中。及公遭谤归莆,赵丞相鼎先
已谪居潮阳,谗者傅会其说,谓公此诗指赵而言,将不久复偕还中都也。
秦益公愈怒,至以岭南荒恶之地处之,此词盖以自况也。

一枝雪里冷光浮。空自许清流。如今憔悴,蛮烟瘴雨,谁肯寻搜。
　　昔年曾共孤芳醉,争插玉钗头。天涯幸有,惜花人在,杯酒相
酬。

朝　中　措

幽香冷艳缀疏枝。横影卧霜溪。清楚浑如南郭,孤高胜似东篱。

岁寒风味,黄花尽处,密雪飞时。不比三春桃李,芳菲急在人知。

又 梅词("词"原作"调",从集)二首,贺方帅生朝,并序

　　方务德滋时帅广东,以启谢云:俾尔黄髪,欲三寿之作朋;遗我绿琴,顾双金之何报。尝邀公至五羊,特为开宴,令洪丞相适代为乐语云:云外神仙,何拘弱水。海隅老稚,始识魁星。又寄调临江仙以侑觞云:北斗南头云送喜,人间快睹魁星。向来平步到蓬瀛。如何天上客,来佐海边城。　　方伯娱宾香作穗,风随歌扇凉生。且须滟滟引瑶觥。十年迟凤沼,万里寄鹏程。及高要倅满,权帅置酒,令洪内相景卢迈作乐语,有云:三山宫阙,早窥云外之游;五岭烟花,行送日边之去。小驻南州之别业,肯临东道之初筵。时二洪迭居帅幕下,又云:欲远方歆艳于大名,故高会勤渠于缛礼。洪时摄帅司机宜。

　　玄冥司柄,雪敷南亩之丰登;庾岭生辉,梅报东君之消息。当一阳之来复,庆维岳之降神。某官节莹冰霜,家传清白。暨荒草木之细,皆知威名;调和鼎鼐之功,终归妙手。愿乘縠旦,即奉芝函。某望棨戟以趋风,适桑蓬之纪瑞。自惟弱植,方沾雨露之深恩;强缀芜辞,用祝椿松之遐算。敢靳采览,第切兢惶。

屑瑶飘絮满层空。人在广寒宫。已觉楼台改观,渐看桃李春融。一城和气,宾筵不夜,舞态回风。正是为霖手段,南来先做年丰。

一　剪　梅

冷艳幽香冰玉姿。占断孤高,压尽芳菲。东君先暖向南枝。要使天涯,管领春归。　　不受人间莺蝶知。长是年年,雪约霜期。嫣然一笑百花迟。调鼎行看,结子黄时。

满　庭　芳

　　公自高要倅摄恩平郡事,郡有西园,乃退食游息之地,先尝赋诗,其

一曰:清樾才十亩,炎陬别一天。华堂依怪石,老木插飞烟。长夏绝无
暑,乘风几欲仙。心闲境自胜,底处觅林泉。其二曰:意得壶觞外,心清
杖屦间。簿书休吏早,花鸟向人闲。旧隐在何许,倦游殊未还。天涯赖
有此,退食一开颜。和者甚多。

一径叉分,三亭鼎峙,小园别是清幽。曲阑低槛,春色四时留。怪
石参差卧虎,长松偃蹇拏虬。携筇晚,风来万里,冷撼一天秋。

优游。销永昼,琴尊左右,宾主风流。且偷闲,不妨身在南州。
故国归帆隐隐,西昆往事悠悠。都休问,金钗十二,满酌听轻讴。

浣溪沙　时在西园偶成

风送清香过短墙。烟笼晚色近修篁。夕阳楼外角声长。　　欲去
还留无限思,轻匀淡抹不成妆。一尊相对月生凉。

满　庭　芳

　　　　高要太守章元振重九日为生朝,公以此词贺(“贺”原作“和”,从集
本改)之。并序。公尝有和章守三咏,所谓包公堂、清心堂、披云楼,诗
见集中。　　　熊罴入梦,当重九之佳辰;贤哲间生,符半千之休运。弧
桑纪瑞,篱菊泛金。辄敢取草木之微,以上配君子之德。虽词无作者之
妙,而意得诗人之遗。式殚卑悰,仰祝遐寿。

枫岭摇丹,梧阶飘冷,一天风露惊秋。数丛篱下,滴滴晓香浮。不
趁桃红李白,堪匹配、梅淡兰幽。孤芳晚,狂蜂戏蝶,长负岁寒愁。

年年,重九日,龙山高会,彭泽清流。向尊前一笑,未觉淹留。
况有甘滋玉铉,佳名算、合在金瓯。功成后,夕英饱饵,相伴赤松
游。以上汲古阁本知稼翁词十五首

存　目　词

　　清道光重刊本知稼翁集附有菩萨蛮“牡丹含露真珠颗”一首,乃唐
无名氏作品,见樀简赘笔。词已见前张先存目附录。

黄　童

童字士季,莆田人。公度从弟。绍兴八年(1138)同榜乙科及第。历知永春、福清二县,主管台州崇道观,卒赠中大夫。

卜算子 和思宪兄韵

不忍更回头,别泪多于雨。肺腑相看四十秋,奚止朝朝暮暮。
何事值花时,又是匆匆去。过了阳关更向西,总是思兄处。附知稼翁词内

倪　偁

偁字文举,吴兴人。绍兴八年(1138)进士。官常州教授、太常寺主簿。有绮川词。

临　江　仙

结束征鞍临驿路,长林积雪消初。天回春色到平芜。不禁杯酒罢,便与故人疏。　　一曲阳关歌未彻,仆夫催驾修途。非君思我更谁软。西风吹过雁,应有寄来书。

又

万里凉风收积雨,一天晴碧新开。暮云归尽绝纤埃。金波明静夜,玉露湿苍苔。　　坐有霜髯诗酒客,平生见月衔杯。传闻丹诏日边来。莫辞通夕醉,对景且徘徊。

又

竹里轩窗真可爱,况当暑退新凉。檐前岩桂向人芳。清阴团翠盖,

金粟淡微黄。　　坐到夜深明月出,好风时度幽香。莫辞沉醉倒
霞觞。一枝聊赠子,早冠绿衣郎。

又

木落西风秋已半,正当璧月圆时。为登绝岭赋新诗。酒摇金凿落,
波净碧琉璃。　　细看冰轮还有意,要君把盏休辞。看看两鬓欲
成丝。明年当此夜,千里共相思。

又

茅屋三间临木杪,门前流水潺潺。林泉得趣喜身闲。开窗延翠竹,
剪树纳青山。　　行乐政须筋力健,莫令白髪衰颜。与君藜杖极
跻攀。岭头舒望眼,天末数烟鬟。

又

湖上青山千万叠,倏如阵马交驰。平湖百顷却逶迟。晴光相荡激,
倒影落沧漪。　　何日漾舟深碧处,细听羌笛高吹。多君起我以
新诗。未能同寓目,聊复一伸眉。

又

鸟语朝来新雨霁,杖藜呼我闲行。天晴腰脚上山轻。清风收积润,
斜日弄新晴。　　最爱飞泉鸣野涧,清如万壑松声。回风溅沫湿
冠缨。归来魂梦冷,幽响杂瑶琼。

南 歌 子

佳月当今夕,清尊尽客欢。参横斗转夜将阑。试泛小溪深处、与重
看。　　野水从磨激,群山势郁盘。殷勤照我一杯残。更有谪仙

奇句、鬥清寒。

又

置酒临清夜,狂歌尽一欢。主人幽兴未渠阑。不负一天明月、卷帘看。　　影动黄金阙,光摇承露盘。君今双鬓未凋残。明岁玉堂兹夕、赏高寒。

又

对月中秋夜,传觞一笑欢。飘然逸兴未应阑。步向望湖桥上、倚阑看。　　松径风萧瑟,山腰路屈盘。南飞惊鹊五更残。小立水云光里、葛衣寒。

又

露下衣微湿,杯深意甚欢。西风吹暑十分阑。月满中秋、仍共故人看。　　酒好鹅黄嫩,茶珍小凤盘。醉吟不觉曙钟残。犹记归来扑面、井花寒。

又

嫩竹呈新绿,幽花露浅红。一檐苍翠落杯中。更有飞泉鸣珮、响丁东。　　乐事知难并,良辰得暂逢。晚风林下一尊同。便觉飘然身在、广寒宫。

又

积水凝深碧,斜阳散满红。扁舟轻漾白蘋风。曲港孤村萦绕、路相通。　　野色浮尊净,荷香入座浓。胜游聊复五人同。恰似辋川当日、画图中。

水 调 歌 头

昨夜狂雷怒，鞭起卞山龙。怪见朝来急雨，万木偃颠风。试看潭头
落涧，一片练波飞出，河汉与天通。向晚馀霏落，巾已垫林宗。

　　向高岩，凭曲槛，抚孤松。为雕好句，快倾桑落玉壶空。借问庐
山三峡，与此飞流溅沫，今日定谁雄。乞与丹青手，写入紫微宫。

又

风卷暮云尽，镜净一天秋。试把鹅黄新酒，细酌散闲愁。西望群山
千叠，眇眇飞鸿没处，爽气与俱浮。且尽尊中绿，不用叹淹留。

　　对西风，歌妙曲，意绸缪。万顷烟云奇变，所得过封侯。何事苦
萦名利，便合绿蓑青笠，投绂早归休。他日君寻我，小艇钓寒流。

念奴娇 八月十三夜，与宋卿对月赏桂花于光远庵，和
　　　李汉老词

素秋向晚，正洞庭木落，疏林凋绿。惟有岩前双桂树，翠叶香浮金
粟。皓月飞来，徘徊树杪，光射林间屋。夜深人静，好风忽起庭竹。

　　俄顷万籁号鸣，清寒疑乍，听高岩悬瀑。起看碧天澄似洗，应
费明河千斛。细酌鹅黄，宴搜奇句，逸气凌鸿鹄。浩歌归去，却愁
踏碎琼玉。

减字木兰花 和文伯兄咏新亭

凭高一览。紫翠相围光照眼。下瞰平湖。鹭立鸥飞意自如。
天清境胜。云澹烟横鱼动镜。不是公诗。谁写新亭一段奇。

又

超然远览。是我辈人方具眼。默想江湖。何处山川略得如。

凉秋最胜。万顷芙蕖盖明镜。更乞清诗。要见胸中一吐奇。

又

新晴眺览。空翠相磨明老眼。水满溪湖。来往风帆得自如。
天公济胜。明月当空开宝镜。咏谪仙诗。醉里骑鲸也大奇。

又

岭头独览。诗料森然纷满眼。倒影摇湖。西子新妆定不如。
溪南更胜。一片寒光明泻镜。赖有新诗。不负西山万叠奇。

又

新诗细览。满纸骊珠光眩眼。高论倾湖。倒峡词源世不如。
园池日胜。只恨孤鸾犹舞镜。陶写须诗。怪得连篇字字奇。

又

雨馀还览。隐隐遥岑花病眼。嫩绿浮湖。百顷蒲萄染不如。
晨光绝胜。不许纤尘微点镜。满目皆诗。莫怪骚人语益奇。

蝶恋花　读东坡蝶恋花词,有会于予心,依韵和之。予
方贸地筑亭于光远庵之侧,他日将老焉。植梅种
竹,以委肖韩,故句尾及之,使知鄙意未尝一日不
在兹亭也

长羡东林山下路。万叠云山,流水从倾注。两两三三飞白鹭。不
须更觅神仙处。　　　夜久望湖桥上语。欸乃渔歌,深入荷花去。
修竹满山梅十亩。烦君为我成幽趣。

　　　　　　　又　肖韩见和,复次韵酬之,四首

紫翠空濛庵畔路。满室松声,错认潺湲注。萧洒蘋汀清立鹭。溪
山真我归休处。　　老子平生无妄语。梅竹阴成,肯舍斯亭去。
种秫会须盈百亩。非君谁识渊明趣。

又

我爱西湖湖上路。万顷沧波,河汉连天注。一片寒光明白鹭。依
稀似我登临处。　　报答溪山须好语。痛饮高歌,何必骑鲸去。
环舍清阴消几亩。无人肯办归来趣。

又

绿叶阴阴亭下路。修竹乔松,中有飞泉注。水满寒溪清照鹭。个
中不住归何处。　　枝上幽禽相对语。细听声声,道不如归去。
只待小园成数亩。归来占尽山中趣。

又

茅屋三间临水路。棐几明窗,待把虫鱼注。我已忘机狎鸥鹭。溪
山买得幽深处。　　小雨招君连夜语。野服纶巾,胜日寻君去。
借问良田千万亩。何如乐取林泉趣。

朝　中　措

森然修竹满晴窗。山色净明妆。无限凄凉古意,白蘋红蓼斜阳。
　　松风一枕借僧床。馥馥桂花香。暂远世尘萦染,坐令心地清
凉。

西 江 月

四面烟鬟绕翠，一川鸭绿摇光。危亭缥缈短松冈。把酒与君西望。

万事尽皆前定，人生底用干忙。只应醉里是家乡。且尽玉壶新酿。

鹧鸪天 中秋赏月和宋卿

萧瑟西风万里秋。暮云收尽月华流。偶然北海清尊满，况是西山爽气浮。　登翠岭，更溪游。素光何处不清幽。悬知明岁君思我，今夕欢娱可罢休。

又

拟看今宵璧月秋。浮云却妒素光流。天公肯放冰轮出，我辈宁辞大白浮。　穿翠密，极遨游。人间那得此深幽。金波若到清尊里，下笔联篇未肯休。

又

野旷无尘夕霭收。人间八月桂花秋。三更爽气山围座，万里凉风月满楼。　登绝岭，小迟留。人言惟酒可忘忧。一杯径入无何有，未愧当年赤壁游。

又 九日怀文伯

去岁登高感叹长。今年九日倍幽凉。怀人独下西州泪，对菊谁空北海觞。　夸酒量，斗新狂。尚馀醉墨在巾箱。眼前风物都非旧，只有青山带夕阳。以上四印斋所刻词本绮川词

王之望

之望字瞻叔,襄阳谷城(今湖北省)人。绍兴八年(1138)进士。累迁太府少卿。孝宗即位,除户部侍郎,充川陕宣谕使,官至参知政事。乾道元年(1165),起为福建安抚使加资政殿大学士,移知温州。寻罢归。乾道七年(1171)卒。有汉滨集。

菩萨蛮 和钱处和上元

华灯的皪明金碧。珧筵剧饮杯馀湿。珠翠隔房栊。微闻笑语通。　蓬瀛知已近。青鸟仍传信。应为整云鬟。教侬倒玉山。

好事近 和侯监丞

五载复相逢,俱被一官驱役。惊我雪髯霜鬓,只声香相识。　翠帷珍重出笙歌,醉迟迟春日。亲到鹊桥津畔,见天机停织。

又

彩舰载娉婷,宛在玉楼琼宇。人欲御风仙去,觉衣裳飘举。　玉京咫尺是蓝桥,一见已心许。梦解汉皋珠佩,但茫茫烟浦。

又 和荣大监

缓带抚雄边,一面灭烽休役。歌舞后堂高宴,喜倾城初识。　红绫小砑写新词,佳句丽星日。从此锦城机杼,把回文休织。

又

清唱动梁尘,窈窕夜深庭宇。一笑满斟芳酒,看霞觞争举。　弓靴三寸坐中倾,惊叹小如许。子建向来能赋,过凌波仙浦。

又 成都赏山茶,用路漕韵

萧寺两株红,欲共晓霞争色。独占岁寒天气,正群芳休息。　　　坐中清唱并阳春,写物妙诗格。霜鬓自羞簪帽,叹如何抛得。

减字木兰花 代人戏赠

珠帘乍见。云雨无踪空有怨。锦字新词。青鸟衔来恼暗期。
桃溪得路。直到仙家留客处。今日东邻。远忆当年窥宋人。

又 恭人生日

糟糠相乐。早共梁鸿同隐约。著籍天门。隔品新封感帝恩。
满堂儿女。妇捧金杯孙屡舞。白髮卿卿。与尔尊前作寿星。

丑奴儿 寄齐尧佐

蒙泉秋色登临处,愁送将归。一梦经时。肠断佳人、犹唱渭城词。
　　春来重醉分携地,人在天涯。别后应知。两鬓萧萧、多半已成丝。

又 寄李德志

去年池馆同君醉,正是花时。隔院韶辉。桃李欣欣、如与故人期。
　　相望两地今千里,还对芳菲。春色分谁。雨惨风愁、依旧可怜枝。

惜分飞 别妓

要眇新声生宝柱。弹到离肠断处。细落檐花雨。夜阑清唱行云住。　　洞府春长还易暮。凡客暂来终去。不忍回头觑。乱山流水桃溪路。

醉花阴 生日

弧门此日犹能记。叹居诸难系。弹指片声中,不觉流年,五十还加
二。　　儿童寿酒邀翁醉。笑欣欣相戏。休画老人星,白髪苍髯,
怎解如翁似。

鹧鸪天 台州倚江亭即席和李举之,时曹功显、贺子忱
同坐

撩乱江云雪欲飞。小轩幽会酒行时。佳人喜得鸳鸯侣,豪客争题
鹦鹉词。　　歌舞地,喜追随。歙州端恨外迁迟。谪仙狂监从来
识,七步初看子建诗。

虞美人 石光锡会上即席和李举之韵

鸳鸯碧瓦寒留雪。玉树先春发。小楼歌舞夜流连。月落参横、一
梦绕梅边。　　尊前酒量谁能惜。都是高阳客。十分莫厌羽觞
传。半醉娉婷、云鬓斝金钿。

小重山 成都上元席上用权帅许觉民韵

幂幂轻云护晓霜。银花千万朵,烂韶光。宝山金字屡更张。笙箫
远,帘幕闷重廊。　　车马暗尘香。一邦如蜡日,尽豪狂。游人归
路笑声长。长歌里,击壤咏陶唐。

临江仙 赠妓

十二峰前朝复暮,忽愁望断行云。梦回江浦晓风清。远山思翠黛,
蔓草记罗裙。　　锦字织成千万恨,翻成第入新声。幽期谁为反

离魂。主人无浪语,狂客最钟情。

又 <small>赠贺子忱二侍妾二首</small>

霓作衣裳冰作面,铅华不涴天真。临风几待逐行云。自从留得住,
不肯系仙裙。　　对客挥毫惊满座,银钩虿尾争新。数行草圣妙
如神。从今王逸少,不学卫夫人。

又

家在蓬莱山下住,乘风时到尘寰。双凫偶堕网罗间。惊容凝粉泪,
愁鬓乱云鬟。　　人世风波难久驻,云霞终反仙关。虚无仙路拥
归鸾。却随烟雾去,长向洞天闲。

洞仙歌 <small>范丞相夫人生日</small>

玉楼玄圃,旧是神仙伴。鸣佩时朝紫皇殿。种蟠桃成树,碧柰开
花,著子满,金母盘中屡献。　　飘然乘彩凤,东望蓬莱,曾共扁舟
五湖泛。正珈笄未老,兰玉盈前,春欲转、喜对芳辰开宴。愿绿髮
朱颜镇长新,教岁岁年年,寿觞深劝。

满庭芳 <small>前题</small>

海国寒轻,江南春早,小梅已漏芳妍。岁前冬后,和气欲回旋。此
际瑶台阆苑,仙人下、白玉云轺。人间世,风帆月棹,同泛五湖船。
　　当年。参谒地,鱼轩象服,锵佩朝天。向闽邦开国,福地真传。
今日华筵寿斝,儿孙拥、兰玉相鲜。休辞□,蓬莱清浅,看取变桑
田。

又 赐茶

犀隐雕龙,蟾将威凤,建溪初贡新芽。九天春色,先到列仙家。今
日磨圭碎璧,天香动、风入窗纱。清泉嫩,江南锡乳,一脉贯天涯。

　　芳华。瑶圃宴,群真飞佩,同引流霞。醉琼筵红绿,眼乱繁花。
一碗分云饮露,尘凡尽、牛斗何赊。归途稳,清飙两腋,不用泛灵
槎。

念奴娇　坐上和何司户

堂堂七尺,懔一时人物,孤映三蜀。闲雅风流豪醉后,犹有临邛遗
俗。十载虞庠,一官楚塞,雅操凌寒玉。江山千里,惠然来慰幽独。

　　落笔妙语如神,两章入手,不觉珠盈掬。从此西归荣耀处,宁
假华旌高纛。乐府新声,郢都徐唱,应纪阳春曲。老夫一醉,故人
高义堪服。

又 荆门军宋签判、陶教授许尉同坐

蒙泉岁晚,偶扁舟、同泛一池寒渌。四者难并谁信道,草草幽欢能
足。美景良辰,赏心乐事,更有人如玉。今宵此会,陋邦惊破衰俗。

　　豪俊傅粉诸孙,几年分袂,一笑还相逐。痛饮厌厌清夜永,那
管更深催促。宋玉词章,陶潜风概,况继前贤躅。故人未至,座中
仍对梅福。

又 别妓

柳花飞絮,又还是、清明寂寞时节。洞府人间嗟素手,今日匆匆分
拆。巧笑难成,含情谁解,顾影无颜色。风流满面,却成春恨凄恻。

　　云鬓从弹金蝉,纷纷红泪,千点胭脂湿。聚调轻盈离调惨,声

入低空愁碧。祖帐将收,骊驹欲驾,去也劳相忆。伤心南浦,断肠芳草如积。

永遇乐 和钱处和上元

元夜风光,上都灯火,辉映春色。鳌冠仙山,龙衔瑞烛,银阙凌空碧。紫烟深拥,黄云孤起,人喜乍瞻天日。□云里,□□□□,侍臣□□鹄立。　　雾收霞卷,珠帘开遍,翠幕娉婷争出。倾国丛中,钧天合处,忽听鸣清跸。貂裘小帽,随车信马,犹忆少年豪逸。如今对,山城皓月,但馀叹息。

风流子 范觉民生日

江国东风早,芳菲又、迤逦报寒梅。正元气孕和,小春归候,数丁千载,喜动三台。向此际,上天开景运,王国产英材。想崇岳洞天,暗书苔藓,海山烟雨,空锁楼台。　　煌煌天人表,琼林与瑶树,照映庭槐。中有丽天星斗,惊世风雷。况朱颜绿髪,年光鼎盛,绣裳华衮,人望归来。好对玳筵满举,眉寿觥罍。以上彊村丛书本汉滨诗馀二十六首

存　目　词

调　名	首　句	出　处	附　　注
浣溪沙	懒向沙头醉玉瓶	汉滨诗馀	陆游词,见渭南集卷四十九
捣练子	捣练子赋梅枝	历代诗馀卷一	无名氏词,见梅苑卷五
又	赋梅英	又	又
又	赋梅妆	又	又

葛立方

立方字常之，丹阳人，徙吴兴（今浙江省）。胜仲之子。绍兴八年（1138）进士。绍兴十八年（1148），秘书省正字。二十年（1150）校书郎。历中书舍人、吏部侍郎、出知袁州。隆兴二年（1164），命知宣州，被论罢新任，依旧宫观。卒。有西畴笔耕、韵语阳秋、归愚集。

满庭芳 催梅

霜叶停飞，冰鱼初跃，梅花犹闷芳丛。剪酥装玉，应为费天工。争奈江南驿使，征鞍待、一朵香浓。凭谁报，冰肌仙子，闻早驾飞龙。

溶溶。春意动，寒姿未展，终愧群红。与斩新来上，开伴长松。要看黄昏庭院，横斜映、霜月朦胧。兰堂畔，巡檐索笑，谁羡杜陵翁。

又 和催梅

未许蜂知，难交雀啅，芳丛犹是寒丛。东方解冻，春仗做春工。何事仙葩未放，寒苞秘、冰麝香浓。应须是，惊闻羯鼓，谁敢喷髯龙。

梅花，君自看，丁香已白，桃脸将红。结岁寒三友，久迟筠松。要看含章檐下，闲妆靓、春睡朦胧。知音是，冻云影底，铁面葛仙翁。

又 探梅

狂吹鸣篪，祥霙剪水，分明欺压寒梅。冰威初敛，曦影上池台。应有一番和气，南枝上、恐有春来。须勤探，呼吾筇杖，屐齿上苍苔。

春风，浑未到，徘徊香径，巡绕千回。见琼英一点，小占条枚。且看先锋素艳，看看便、繁蕾齐开。香浮动，微薰诗梦，须更著诗催。

又　赏梅

腊雪方凝,春曦俄漏,画堂小秩芳筵。玉台仙蕊,帘外幂瑶烟。莫话青山万树,聊须对、一段孤妍。杯行处,香参鼻观,百濯未为贤。

吾庐,何处好,绣香竹畔,偶桂溪边。且为渠珍重,满泛金船。已拚春醒一枕,如今且、醉倒花前。花飞后,欢呼一笑,又是说明年。

又　泛梅

庾信何愁,休文何瘦,范叔一见何寒。梅花酷似,索笑画檐看。便肯嫣然一笑,疏篱上、玉脸冰颜。须勤赏,莫教青子,半著树头酸。

朱阑。聊掩映,昆仑顶上,琪树团栾。命儿曹班坐,草草杯盘。旋折溪边□朵,璃蒅泛、蕉叶杯宽。从教□,尊前有客,拍手笑颓山。

又　簪梅

弄月黄昏,封霜清晓,数枝影堕溪滨。化工先手,幻出一番新。片片雕酥碾玉,寒苞似、已泄香尘。聊相对,畸人投分,尊酒认荀陈。

吾年,今老矣,佳人薄相,笑插林巾。愧苍颜白髪,回授乌云。玉镜台边试看,相宜是、浅笑轻颦。君知否,寿阳额上,不似鬓边春。

又　评梅

一阵清香,不知来处,元来梅已舒英。出篱含笑,芳意为人倾。细看高标孤韵,谁家有、别得花人。应须是,魏徵妩媚,夷甫太鲜明。

北枝,方半吐,水边疏影,绰约^{原校:诸本"约绰",疑倒}娉婷。问横空皎月,匝地寒霙。何似此花清绝,凭君为、子细推评。幽奇处,素娥青女,著意为横陈。

锦堂春　正旦作

气应三阳,氛澄六幕,翔乌初上云端。问朝来何事,喜动门阑。田父占来好岁,星翁说道宜官。拟更凭高望远,春在烟波,春在晴峦。

　　歌管雕堂宴喜,任重帘不卷,交护春寒。况金钗整整,玉树团团。柏叶轻浮重醑,梅枝巧缀新幡。共祝年年如愿,寿过松椿,寿过彭聃。

水龙吟　游钓台作

九州雄杰溪山,遂安自古称佳处。云迷半岭,风号浅濑,轻舟斜渡。朱阁横飞,渔矶无恙,鸟啼林坞。吊高人陈迹,空瞻遗像,知英烈、垂千古。　　忆昔龙飞光武。怅当年、故人何许。羊裘自贵,龙章难换,不如归去。七里溪边,鸬鹚源畔,一蓑烟雨。叹如今宕子,翻将钓手遮日,向西秦路。

菩萨蛮　侍饮赏黄花

井梧叶叶秋风晚。东篱点点金钱满。开急为重阳。日烘深院香。　　幽姿无众草。莫恨生非早。嚼蕊傍池台。寿公桑落杯。

风　流　子

夜半春阳启,东风峭、犹带去年寒。叹榆塞战尘,玉关烟燧,壮心耿耿,青鬓斑斑。又还是,一年头上到,日月信跳丸。看门帖绘鸡,历颁金凤,酒浮柏叶,人颂椒盘。　　幽园。春信近,帘栊静、小宴取

次追欢。聊□水沉烟袅,清唱声闲。况良辰渐有,梅舒琼蕊,柳摇
金缕,巧缀新幡。莫惜醉吟亲侧,衣曳荆兰。

多丽 赏梅

冷云收,小园一段瑶芳。乍春来、未回穷腊,几枝开犯严霜。傍黄
昏、暗香浮动,照清浅、疏影低昂。却月幽姿,含章媚态,姮娥姑射
下仙乡。倚阑看、殷勤持酒,索笑也何妨。堪怜处,东君不管,独自
凄凉。　　　算何人、为伊销断,古今才子篇章。有西湖、赋诗处士,
□东阁、年少台郎。驿使来时,吴王醉处,几番牵动广平肠。剩宴
赏、微酸如豆,又是隔年长。高楼外,莫教羌管,吹堕寒香。

沙塞子 咏梅

天生玉骨冰肌。瘦损也、知他为谁。□按此处原无空格,毛校:"寒"上脱一
字寒底、傲霜凌雪,不教春知。　　　高楼横笛试轻吹。要一片、花
飞酒卮。拚沉醉、帽帘斜插,折取南枝。

多丽 七夕游莲荡作

破波光如镜,三翼轻舟。对雨馀、重岩叠嶂,何妨影堕清流。望芙
蕖、渺然如海,张云锦、掩映汀洲。出水奇姿,凌波艳态,眼看□叶
弄新秋。恍疑是、金沙池内,玉井认峰头。花深处,田田叶底,鱼戏
龟游。　　　正微凉、西风初度,一弯斜月如钩。想天津、鹊桥将驾,
看宝奁、蛛网初抽。晒腹何堪,穿针无绪,不如溪上少淹留。竞笑
语、追寻惟有,沉醉可忘忧。凭清唱,一声檀板,惊起沙鸥。

满　庭　芳

扉映琉璃,窗摇云母,水堂新甃云湾。际天波面,玉镜宝奁宽。栏

外青山几叠,瑶烟敛、影落千鬟。寒汀晚,芦花飞雪,风定白鸥闲。

　　尘寰。何处有,方壶圆峤,弱水波翻。问何如藜杖,此地跻攀。种竹今逾万个,风枝静、日报平安。他年事,苍云屯处,千亩看栖鸾。

春光好　立道生日作

去年曾寿生朝。正黄菊、初舒翠翘。今岁雕堂重预宴,梨雪香飘。是时梨花盛开。　　明年应傍丹霄。看宝胯、重重在腰。鹊尾吹香笼绣段,且醉金蕉。

西江月　开炉

风送丹枫卷地,霜干枯苇鸣溪。兽炉重展向深闺。红入麒麟方炽。

　　翠箔低垂银蒜,罗帏小钉金泥。笙歌送我玉东西。谁管瑶花舞砌。

蝶恋花　冬至席上作

缇室群阴清晓散。灰动葭莩,渐觉微阳扇。日永绣工才一线。挈壶已报添银箭。　　六幕无尘开碧汉。非雾非烟,仿佛登台见。梅萼飘香萦小宴。霞浆莫放琉璃浅。

清平乐　子直过省,生日候殿试,席间作

文章惊世。半揭南宫第。蟾窟澄辉天似洗。折得窅冥丹桂。当年蓬矢生贤。流霞满祝长年。更愿巨鳌连钓,枫宸第一胪传。

减字木兰花　四侄过省候廷试席上作

摇毫铸藻。纵有微之应压倒。万里鹏程。南省今书淡墨名。

胪传丹陛。月里桂花先著袂。雁塔高题。玉季巍科尚觉低。

满庭芳 五侄将赴当涂,自金坛来别

栗里田园,乌衣门巷,别来几换星霜。华阳仙窟,翠桁彩衣香。梦堕当涂风月,披绛帐、欲指鳣堂。浮鸥外,来宁老子,特泛雪溪航。

相逢,春正好,梅舒香白,柳曳宫黄。且相将一笑,乐未渠央。须念离多会少,难轻负、百榼霞浆。深深观,舞回飞雪,乐奏小宫商。

水 调 歌 头

睡鸭凝香缕,白酒泻无声。郊墟不办羊酪,照箸紫丝莼。此去青山深处,邀得白云为伴,绝意请长缨。一舸背君去,几幅布帆轻。

帝恩重,容禄隐,吏祠庭。膝间文度安亲,得计是扬名。珍重金兰交契,共惜匆匆别去,送我几烟林。异日怀君处,凝睇乱层岑。

风 流 子

细草芳南苑,东风里、赢得一身闲。见花朵绣田,柳丝络岸,沼冰方泮,山雪初残。又还是,陇头春信动,梅蕊入征鞍。月里暗香,水边疏影,淡妆宜瘦,玉骨禁寒。　　泛金溪上好,开幽户、聊面翠麓云湾。知道醉吟堪老,名利难关。算书帏意懒,宦涂游倦,旧时习气,惟有跻攀。拟待杖藜花底,直到春阑。

满庭芳 胡汝明罢帅归,坐间次韵作

江国麾幢,边城鼓角,溢川几报严更。笑谈油幕,英杰为时生。腹贮六韬三略,新诗就、矛槊频横。功名事,他年未晚,一笴落樯枪。

归来,何早计,白蘋洲畔,危获深耕。又何如,竹帛彝鼎垂名。

犀节征还伊迩,春风外、文鹢催行。岩廊上,谈兵齿颊,谠论佐休明。

玉　漏　迟

窗户明环堵。山容黛染,水光绡舞。荷盖擎烟,花映步波神女。嫩脸铅华掩素,无语向、薰风凝伫。晴又雨。征鞦隐隐,云洲沙渚。

须臾风卷还晴,看香泄丹囊,乍飘沉炷。鱼飐荷衣,珠颗乱倾无数。休话金沙玉井,争似我、神龟□处。觞为举。何人解歌金缕。

行　香　子

风透纱窗。叶落银床。夹缬林、吹下严霜。新筥浮蚁,班坐飞觞。有岩中秀,篱中艳,洛中香。　　金钿放蕊,玉粒争芳。惯年年、来趁清商。不应素节,还有花王。看正封诗,龟年调,太真狂。

玉楼春　雪中拥炉闻琵琶作

青女飞花浓剪水。寒气霏微度窗纸。人间那得骨为帘,垆有麒麟尊有蚁。　　笙簧冻涩闲纤指。香雾暖熏罗帐底。却教试作忽雷声,往往惊开桃与李。

瑞鹧鸪　小孙周晬席上作(按:原误作鹧鸪天)

榴花庭院戏甗瓿。水剪双眸画不如。莫恨未能通瑟侗,只今先已辩之无。　　虎睛浅缀新花帽,龙脑浓熏小绣襦。乃祖未须贻厥力,及时须读五车书。

浪淘沙 子直新第落成席上作

休看辋川图。未是幽居。何如云水绕储胥。新湿青红开栋宇,雾拱风疏。　　小圃秀郊墟。花破平芜。五峰列影水平铺。只欠五城楼十二,便是蓬壶。

卜算子 赏荷以莲叶劝酒作

明镜盖红蕖,轩户临烟渚。窣窣珠帘淡淡风,香里开尊俎。　　莫把碧筒弯,恐带荷心苦。唤我溪边太乙舟,潋滟盛芳醑。

又 席间再作

袅袅水芝红,脉脉兼葭浦。浙浙西风淡淡烟,几点疏疏雨。　　草草展杯觞,对此盈盈女。叶叶红衣当酒船,细细流霞举。

减字木兰花 章甥筑地相望作

张南周北。谩说清漳摇绀碧。何似幽栖。甥舅相望共一溪。　　璇题沙版。不用买邻縻百万。余户增辉。庭列芝兰户戟枝。

夜行船 章甥婚席间作

百尺雕堂悬蜀绣。珠帘外、玉阑琼甃。调鼎名家,吹箫贤胄,新卜凤皇佳偶。　　银叶添香香满袖。满金杯、寿君芳酒。喜动蟾宫,祥生熊帐,应在细君归后。

雨中花 睢阳途中小雨见桃李盛开作　以下奉使途中作

壮岁嬉游,乐事几经,青门紫陌芳春。未见廉纤,膏雨浥花尘。濯锦宝丝增艳,洗妆玉颊尤新。向韶光浓处,点染芳菲,总是东君。

苏州老子,经雨南园,为谁一扫花林。谁信道、佳声著处,肌润香匀。晓试何郎汤饼,暮留巫女行云。寄言游子,也须留眄,小驻蹄轮。

又 和

寄径濉阳,陌上忽看,夭桃秾李争春。又见楚宫,行雨洗芳尘。红艳霞光夕照,素华琼树朝新。为奇姿芳润,拟倩游丝,留住东君。

拾遗杜老,犹爱南塘,寄情萝薜山林。争似此、花如姝丽,獭髓轻匀。不数江陵玉杖,休夸花岛红云。少须澄霁,一番清影,更待冰轮。

好事近 归有期作

几骑汉旌回,喜动满川花木。遥睇清淮古岸,散离愁千斛。　　烟笼沙嘴定连艘,鹊脚蘸波绿。归话隔年心事,秉夜阑银烛。

又 和子直惜春

归日指清明,肯把话言轻食。已是飞花时候,赖东风无力。　　青帘沽酒送春归,莫惜万金掷。屈指明年春事,有红梅消息。

朝中措 回至汴京喜而成长短句(调名原作眼儿媚。毛校云:按此调朝中措)

暂时莫荡出燕然。冰柱冻层檐。时节马蹄归路,杨花乱扑征鞯。

如今归去,银铛宜见,七宝床边。待得退朝花底,家人争卷珠帘。

春光好　寒食将过淮作

禁烟却酿春愁。正系马、清淮渡头。后日清明催叠鼓，应在扬州。

归时元已临流。要绮陌、芳郊恣游。三月羁怀当一洗，莫放觥筹。以上校汲古阁本归愚词

魏　杞

杞字南夫，寿春人，徙居鄞（今浙江省宁波市）。绍兴十二年（1142）进士。孝宗朝，累官工部员外郎，宗正少卿，拜参知政事，尚书右仆射兼枢密使，出知平江府。淳熙十一年（1184）卒，谥文节。

虞　美　人

冰肤玉面孤山裔。肯到人间世。天然不与百花同。却恨无情轻付、与东风。　　丽谯三弄江梅晓。立马溪桥小。只应明月最相思。曾见幽香一点、未开时。全芳备祖前集卷一梅花门

卜算子　夜泛镜湖

一叶鉴中来，两岸青山起。送我红蕖万柄香，疑在蓬壶里。　　天地莹无尘，巾袂凉如水。白浪无声月自高，不是人间世。永乐大典卷二千二百六十七湖字韵引魏杞南夫词

陈知柔

知柔字体仁，自号休斋居士，温陵（今福建泉州）人。绍兴十二年（1142）进士。知循州，徙贺州。淳熙十一年（1184）卒。

人　月　圆

鬓缘心事随时改,依旧在天涯。多情惟有,篱边黄菊,到处能华。

诗人玉屑卷六引休斋

王　　识

　　　　识字致远,永春人。弱冠领乡荐。精星历,尝作浑天图、浑天仪。

水调歌头　观星

一雨洗空阁,象纬迫人清。披襟台上,坐看北斗正旋衡。知是南宫列宿,初出极星未远,龙角正分明。河汉馀千里,风露已三更。

　　坐未久,书帙散,酒壶倾。凉生殿阁、泠然邀我御风行。拟欲乘槎一问,但得天孙领略,安用访君平。莫笑儒生事,造化掌中生。

乾隆永春州志卷十四

许　　庭

　　　　庭字伯扬,濠梁(今安徽凤阳)人。

临江仙　柳

不见昭阳宫内柳,黄金齐捻轻柔。东君昨夜到皇州。玉阶金井,无处不风流。　　怅望翠华春欲暮,六宫都锁春愁。暖风吹动绣帘钩。飞花委地,时转玉香球。

又

不见隋河堤上柳,绿阴流水依依。龙舟东下疾于飞。千条万叶,浓翠染旌旗。　记得当年春去也，锦帆不见西归。故抛轻絮点人衣。如将亡国恨，说与路人知。

又

不见陶家门外柳，柴扉一径遥通。闭门终日掩清风。感君高节，绿荫向人浓。　篱落萧疏鸡犬静，日长飞絮濛濛。先生一醉万缘空。经时高卧，不到翠阴中。

又

不见都门亭畔柳，春来绿尽长条。柳边行色马萧萧。一枝折赠，相见又何朝。　酒尽曲终人去也，风前亦自无聊。只应于我恨偏饶。东君特地，付与沈郎腰。

又

不见灞陵原上柳，往来过尽蹄轮。朝离南楚暮西秦。不成名利，赢得鬓毛新。　莫怪枝条憔悴损，一生唯苦征尘。两三烟树倚孤村。夕阳影里，愁杀宦游人。以上五首见庚溪诗话卷下

邵　某

　　镇江士人。

清　平　乐

阿郎去日。不道长为客。底事桐庐无处觅。却得广州消息。
江头一只兰船。风雨湘妃庙前。死恨无情江水，送郎一去三年。
艇斋诗话

陈祖安

　　祖安字仲久,建阳人。建炎四年(1130),监都税院,坐事勒停。绍兴十五年(1145),知华亭县。二十五年(1155)时,为右通直郎,淮南路转运司干办公事,忤秦桧,放罢。寻勒归建州本贯。桧死,令逐便。

如梦令 湖光亭

月直金波潋滟。此去水仙不远。霜重夜风清,骨冷□□□□。谁见。谁见。醉眼参横斗转。至元嘉禾志卷三十

王十朋

　　十朋字龟龄,乐清人。生于政和三年(1112)。绍兴二十七年(1157)进士第一,除著作郎,签判绍兴府,迁大宗正丞,请祠归。孝宗立,起知严州,累迁侍御史,国子司业。升侍讲,进吏部侍郎,出知饶、夔、湖三州,除太子詹事,以龙图阁学士致仕。乾道七年(1171)卒,年六十,谥文忠。有梅溪集。

二　郎　神

深深院。夜雨过,帘栊高卷。正满槛、海棠开欲半。仍朵朵、红深红浅。遥认三千宫女面。匀点点、胭脂未遍。更微带、春醪宿醉,袅娜香肌娇艳。　　日暖。芳心暗吐,含羞轻颤。笑繁杏夭桃争烂漫。爱容易、出墙临岸。子美当年游蜀苑。又岂是、无心眷恋。都只为、天然体态,难把诗工裁剪。全芳备祖前集卷七海棠花门

点绛唇 酴醿

野态芳姿,枝头占得春长久。怕钩衣袖。不放攀花手。　　试问

东山，花似当时否。还依旧。谪仙去后。风月今谁有。<small>全芳备祖前集卷十五酴釄门</small>

又　咏十八香　异香牡丹(题从温州府志，下同)

庭院深深，异香一片来天上。傲春迟放。百卉皆推让。　　忆昔西都，姚魏声名旺<small>全芳备祖原作"冠"，失韵。兹从广群芳谱卷十四改。</small>堪惆怅。醉翁何往。谁与花标榜。<small>全芳备祖前集卷二牡丹门</small>

又　温香芍药

<small>近原作"间"，从温州府志</small>侍盈盈，向人自笑还无语。牡丹飘雨。开作群芳主。　　柔美温香，剪染劳天女。青春去。花间歌舞。学个狂韩愈。<small>全芳备祖前集卷三芍药门</small>

又　国香兰

芳友依依，结根遥向深林外。国香风递。始见殊萧艾。　　雅操幽姿，不怕无人采。堪纫佩。灵均千载。九畹遗芳在。

又　天香桂

仙友苍苍，西风吹散天香好。暗飘龙脑。金粟枝头小。　　谁种丹霄，造化玄功妙。真堪笑。学仙疏谬。有似西河老。<small>以上二首见温州府志卷二十八</small>

又　暗香梅

雪径深深，北枝贪睡南枝醒。暗香疏影。孤压群芳顶。　　玉艳冰姿，妆点园林景。凭阑咏。月明溪静。忆昔林和靖。<small>全芳备祖前集卷一梅花门</small>

又　冷香菊

霜蕊鲜鲜，野人开径新栽植。冷香佳色。趁得重阳摘。　　预约
比邻，有酒须相觅。东篱侧。为花辞职。古有陶彭泽。百菊集谱卷四

又　韵香荼蘼

羽盖垂垂，玉英乱簇春光满。韵香清远。暖日烘庭院。　　露浥
琼枝，脸透何郎晕。凝余恨。古人不见。谁与花公论。全芳备祖前集
卷十五荼蘼门

又　妙香簷葡

毗舍遥遥，异香一炷驰名久。妙香稀有。鼻观深参透。　　问讯
东来，知□谁先后。称仙友。十花为偶。近有江西守。全芳备祖前集
卷二十簷葡门

又　雪香梨

春色融融，东风吹散花千树。雪香飘处。寒食江村暮。　　左掖
看花，多少词人赋。花无语。一枝春雨。惟有香山句。

又　细香竹

秀色娟娟，最宜雨沐风梳际。径幽香细。草滴青襟袂。　　一日
才无，便觉生尘态。轩窗外。数竿相对。不减王猷爱。以上二首温州
府志卷二十八

又　嘉香海棠

丝蕊垂垂，嫣然一笑新妆就。锦亭前后。燕子来时候。　　谁恨

无香,试把花枝嗅。风微透。细熏锦袖。不止嘉州有。全芳备祖前集
卷七海棠门

又　清香莲

十里西湖,淡妆浓抹如西子。藕花簪水。清净香无比。　　　记得
曾游,短棹红云里。聊相拟。一盆池水。十里西湖似。

又　艳香茉莉

畏日炎炎,梵香一炷薰亭院。鼻根充满。好利心殊浅。　　　贝叶
书名,名义谁能辨。西风远。胜鬘不见。喜见琼花面。

又　南香含笑

南国名花,向人无语长含笑。绿香囊小。不肯全开了。　　　花笑
何人,鹤相诗词好。须知道。一经品藻。又压前诗倒。以上温州府志
卷二十八

又　奇香蜡梅

蜡换梅姿,天然香韵初非俗。蝶驰蜂逐。蜜在花梢熟。　　　岩壑
深藏,几载甘幽独。因坡谷。一标题目。高价掀兰菊。全芳备祖前集
卷四蜡梅门

又　寒香水仙

清夜沉沉,携来深院柔枝小。俪兰开巧。雪里乘风袅。　　　温室
寒祛,旖旎仙姿早。看成好。花仙欢笑。不管年华老。

又　素香丁香

落木萧萧,琉璃叶下琼葩吐。素香柔树。雅称幽人趣。　　　无意

争先，梅蕊休相妒。含春雨。结愁千绪。似忆江南主。以上二首见温
州府志卷二十八

又 瑞香

阑槛阴沉，紫云呈瑞馀寒凛。卷帘敧枕。香逼幽人寝。　　　入梦
何年，庐阜闻名稔。风流甚。阿谁题品。唤作熏笼锦。全芳备祖前集
卷二十二瑞香门

　　　以上王十朋词二十首，用周泳先辑梅溪诗馀。

存　目　词

　　　金绳武本花草粹编卷十六有王十朋南州春色"清溪曲"一首，乃汪
　　　梅溪作，见花草粹编卷八，附录于后。

南 州 春 色

清溪曲，一株梅。无修采，独立古墙隈。莫恨东风吹不到，著意挽
春回。一任天寒地冻，南枝香动，花傍一阳开。　　　更待明年首
夏，酸心结子，天自栽培。金鼎调羹，仁心犹在，还种取、无限根荄。
管取南州春色，都自此中来。

刘大辨

失 调 名

凌云多少功业。王十朋梅溪先生后集卷四次韵刘判官大辨见赠诗注云：刘丁丑在
永嘉同郡燕即席有凌云多少功业之句。

吴淑姬

　　　淑姬，湖州人。王十朋为湖州守时，因事犯案。

长 相 思 令

烟霏霏。雪霏霏。雪向梅花枝上堆。春从何处回。　　醉眼开。
睡眼开。疏影横斜安在哉。从教塞管催。夷坚支志庚十

按本书初版卷二百九十误以此首为北宋之吴淑姬词。

程　先

　　　　先字传之,休宁人。父为团练使,以偏师御金兵于池州,殉节死。
朝议录其嗣,固辞不受。隐居东山,自号东山隐者,所著有东隐集,不
传。

锁 窗 寒

雨洗红尘,云迷翠麓,小车难去。凄凉感慨,未有今年春暮。想曲
江水边丽人,影沉香歇谁为主。但兔葵燕麦,风前摇荡,径花成土。

　　空被多情苦。庆会难逢,少年几许。纷纷沸鼎,负了青阳百
五。待何时、重享太平,典衣贳酒相尔汝。算兰亭、有此欢娱,又却
悲今古。新安文献志卷五十

朱耆寿

　　　　耆寿字国箕,闽人。约生政和初。乾道八年(1172)特奏名,监临安
赤山酒。年八十馀而终。

瑞鹤仙　寿秦伯和侍郎

樱桃抄乳酪。正雨厌肥梅,风忺吹箨。咸瞻格天阁。见十眉环侍,
争鸣弦索。茶瓯试瀹。更良夜、沉沉细酌。问间生、此日为谁,曾

向玉皇、案前持橐。　　　龟鹤。从他祝寿，未比当年，阴功堪托。
天应不错。教公议，细评泊。自和戎以来，谋国多少，萧曹卫霍。
奈胡儿自若，惟守绍兴旧约。清波杂志卷十二

石安民

安民字惠叔，临桂人，绍兴十五年（1145）进士。为象州判官，分教
廉藤二州，晚知吉阳军，未赴而卒。有惠叔文集，不传。

西江月 叠彩山题壁

飞阁下临无地，层峦上出重霄。重阳未到客登高。信是今年秋早。
　　随意烟霞笑傲，多情猿鹤招邀。山翁笑我太丰标。竹杖棕鞋
桐帽。历代词人考略引石刻

刘　镇

镇字子山，号方叔，温州乐清县人。政和四年（1114）生。绍兴十八
年（1148）进士。通判隆兴府。

贺　新　郎

翠葆摇新竹。正榴花、枝头叶底，鬥红争绿。谁在纱窗停针线，闲
理竹西旧曲。又还是、兰汤新浴。手弄合欢双彩索，笑偎人、福寿
低相祝。金凤髻，艾花簇。　　龙舟噀水飞相逐。记当年、怀沙旧
恨，至今遗俗。雨过平芜浮天阔，画舻凌波尽簇。沸十里、笙歌声
续。好是蟾钩随归棹，任欢呼、船重成颓玉。犹未忍，罩银烛。草堂
诗馀后集卷上

按上半首"又还是"以下，岁时广记卷二十一引作张先词，非。各本张子野词亦无

此首。

天香　对梅花怀王侍御

漠漠江皋,迢迢驿路,天教为春传信。万木丛边,百花头上,不管雪飞风紧。寻交访旧,惟翠竹、寒松相认。不意牵丝动兴,何心衬妆添晕。　　孤标最甘冷落,不许蝶亲峰近。直自从来洁白,个中清韵。尽做重闻塞管,也何害、香销粉痕尽。待到和羹,才明底蕴。

类编草堂诗馀卷三

按此首别误作刘儗(刘仙伦)词,见词谱卷二十四。

魏掞之

掞之,字子实,初字元履,建阳人。政和六年(1116)生。乾道四年(1168),赐同进士出身,守太学录。以论曾觌移疾请归,罢为台州教授。乾道九年(1173)卒,年五十八。人称艮斋先生。

失　调　名

挂天师,撑著眼,直下觑。骑个生狞大艾虎。闲神浪鬼,辟悷他方远方,大胆底,更敢来、上门下户。岁时广记卷二十一

曾　协

协字同季,南丰人,肇之孙。绍兴中举进士不第。以荫仕长兴丞。迁嵊县丞,擢镇江府通判、临安通判,乾道七年(1171)知吉州,改抚州,又改永州。九年(1173)卒。有云庄集。

点绛唇　送李粹伯赴春闱

小驻征骖,一尊古寺留君住。六花无数。飞舞朝天路。　　上苑

繁华,却似词章富。春将暮。玉鞭凝伫。总是经行处。

又　汪汝冯置酒请赋芍药

乱叠香罗,玉纤微把燕支污。靓妆无数。十里扬州路。　　　怨绿
啼红,总道春归去。君知否。画阑幽处。留得韶光住。

浣溪沙　咏芍药金系腰海陵席上作

昼漏新来一倍长。众宾沾醉尚传觞。浓云遮日惜红妆。　　　应是
主人归凤沼,为传芳讯到黄堂。腰围恰恰束金黄。

秦楼月　留别海陵诸公

清秋月。长空万里烟华白。烟华白。江云收尽,楚天一色。
莼丝惹起思归客。清光正好伤离别。伤离别。五湖烟水,伴人愁
绝。

桃源忆故人　和翁士秀

野亭问柳今朝试。更访小园开未。月下山横空际。两两修眉对。
　　　骚人对此增高致。意入笔端清邃。投分周郎心醉。真解消人
意。

踏莎行　春归怨别

柳眼传情,花心蹙恨。春风处处关方寸。朱帘卷尽画屏闲,云鬟半
軃罗衣褪。　　　燕语莺啼,日长人困。鱼沉雁断无音信。琵琶声
乱篆烟斜,寸肠欲断无人问。

凤栖梧　西溪道中作

柳弄轻黄花泣露。万叠春山,不记尘寰路。日射霜林烟罩素。长空不著纤云污。　　历历远村明可数。绿涨前溪,渺渺迷津渡。客子光阴能几许。画图拟卷晴川去。

祝英台　和翁士秀牡丹韵

放花开,催花谢,谁解东君意。要遣花王,独占花蹊邃。且看玉镜台前,霞觞新举,红玉软、晓妆慵试。　　好风味。须信金屋中人,谁堪并娇媚。隐约微潮,应向尊前醉。最怜纹锦搴帷,青罗飞盖,尘土外、轻盈相倚。

水调歌头　送史侍郎

今日复何日,欢动楚江滨。紫泥来自天上,优诏起元臣。想见傅岩梦断,记得金瓯名在,却念佩兰人。永昼通明殿,曾听话经纶。

促归装,趋北阙,觐严宸。玉阶陈迹如故,天笑一番新。好借食间前箸,尽吐胸中奇计,指顾静烟尘。九万云霄路,飞走趁新春。

又　细君生日作

日永向槐夏,绕屋树扶疏。麦秋天气清润,设帨记生初。新拜小君佳号,更过诸郎官舍,仍玩掌中珠。乐事似今少,一笑倒双壶。

列山肴,烹野蔌,且欢娱。鹿门远引,平生此志与君俱。终向苕溪烟水,携手云庄风月,不践利名区。功业看儿辈,相对老江湖。

酹江月　扬州菊坡席上作

一年好处,是霜轻尘敛,山川如洗。晚菊留花供燕赏,金缕宝衣销地。旧观初还,层楼相望,重见升平际。小春时节,绮罗丛里人醉。

此日武帐贤侯,六年仁政,浃长淮千里。欲入鹓行仍缓带,聊抚竹西歌吹。紫塞烟清,玉关人老,宜趣朝天骑。香尘归路,旧游回首应记。

又　宴叶叔范新第

苕溪古岸,有朱门初建,落成华屋。对启园林随杖履,池迤柳蹊相属。好是危亭,片峰迎面,独立清溪曲。芜城低远,一尘不碍游目。

公子豪饮方酣,夜堂深静,隐隐鸣丝竹。却尽春寒宾满座,深酌葡萄新绿。密户储香,广庭留月,待得清欢足。纷纷沾醉,四筵倒尽群玉。

又　咏芍药

一年好处,是满城红药,留连□□。十里扬州应费了,多少春工妆饰。弱质欹风,芳心带露,酒困娇无力。园林绿暗,粉光低占丛碧。

谁与千载声名,翻阶高咏,出文章仙伯。阅尽繁华芳意歇,初识倾城风格。双脸晞红,春衫挽并,天巧终难敌。十千沽酒,算应花畔消得。

水龙吟　别故人

楚乡菰黍初尝,马蹄偶踏扬州路。莼丝向老,江鲈堪脍,催人归去。秋气萧骚,月华如洗,一天风露。望重重烟水,吴淞万顷,曾约旧时鸥鹭。　　惆怅别离无奈,整孤帆、依然回顾。玉龙节底,故人情重,欲行犹驻。敛散功多,澄清志遂,好回高步。看归鞍稳上,文鸳班里,五云深处。以上彊村丛书本云庄词十四首

郑　庶

庶字几仲,安仁尉,又曾官襄阳。

水 调 歌 头

千古钓台下,老尽去来人。倚空绝壁,朝暮秀色只如春。高挂瀑泉
千尺,洗到云根山骨,无处著风尘。秋尽玉壶冷,别是一乾坤。

　　问当日,中兴将,汉功臣。云台何在,寂寞谁复记丹青。争似先
生标致,长共清风明月,不减旧精神。无限兴亡意,舒卷在丝纶。

钓台集卷六

曾　逮

　　逮字仲躬,曾几次子。隆兴二年(1163),太常丞,后以右朝奉郎知
温州。乾道九年(1173)户部员外郎、淮东总领。同年八月,除直显谟阁
知荆州。淳熙三年(1176),知宁国府,除集英殿修撰。五年(1178),守
湖州。六年(1179),朝奉大夫、集英殿修撰守润州。八年(1181),宫观。
十年(1183),户部侍郎。同年八月,刑部侍郎。终敷文阁待制。学者称
习庵先生。

好 事 近

满树叶繁枝重,缀青黄千百。橘录卷上

王　炎

炎字公明,安阳人。以荫入仕。绍兴间,蕲水令、司农寺丞。乾道

二年(1166)，两浙路计度转运副使。除直敷文阁，知临安府。四年
(1168)，赐同进士出身，签书枢密院事、参知政事、四川宣抚使，进枢密
使。九年(1173)罢，除观文殿大学士。淳熙二年(1175)，落职。旋复资
政殿大学士。五年(1178)卒。

菩萨蛮　江干

远风江急潮来晚。晚来潮急江风远。横岸断山青。青山断岸横。
　　寄书无雁系。系雁无书寄。归梦只江西。西江只梦归。<small>回文
类聚卷四</small>

梅　花　引

裁征衣。寄征衣。万里征人音信稀。朝相思。暮相思。滴尽真
珠，如今无泪垂。　　闺中幼妇红颜少。应是玉关人更老。几时
归。几时归。开尽牡丹，看看到荼蘼。<small>阳春白雪卷三</small>
　　按以上二首原俱题王公明撰。

毛　幵

　　　　幵字平仲，信安(今浙江常山)人。约生于政和六年(1116)。礼部
　　尚书友之子。仕止州倅。与尤袤友善，袤尝序其集。有樵隐诗馀。

水调歌头　次韵陆务观陪太守方务德登多景楼

襟带大江左，平望见三州。凿空遗迹，千古奇胜米公楼。太守中朝
耆旧，别乘当今豪逸，人物眇应刘。此地一尊酒，歌吹拥貔貅。
　　楚山晓，淮月夜，海门秋。登临无尽，须信诗眼不供愁。恨我相
望千里，空想一时高唱，零落几人收。妙赏频回首，谁复继风流。

又　上元郡集

春意满南国,花动雪明楼。千坊万井,此时灯火隘追游。十里寒星相照,一轮明月斜挂,缥缈映红球。共嬉不禁夜,光彩遍飞浮。

艳神仙,轰鼓吹,引遨头。文章太守,此时宾从敌应刘。回首升平旧事,未减当年风月,一醉为君酬。明日朝天去,空复想风流。

又　和人新堂

小筑百年计,雅志几人成。乱山深处,烟雨面面对萦青。巾屦方安吾土,花木仍供真赏,邻有阮嵇生。岁月抛身外,尘事更无营。

鸟知归,云出岫,两忘情。从渠华屋,回首烟草吊颓倾。何似生涯才足,欹枕南窗北牖,醉梦落樵声。更喜濯缨处,门外一江清。

又　送周元特

汉代李元礼,江左管夷吾。英姿雅望,凛凛玉立冠中都。礌砢胸中千丈,不肯低回青禁,引去卧江湖。更学鸱夷子,一舸下东吴。

送公别,杯酒尽,少踟躇。旧棠阴下,几人临路拥行车。归近云天尺五,梦想经纶贤业,谈笑取单于。为问苕溪水,留得此翁无。

又　次刘若讷韵

十载刘夫子,名过庾兰成。人人争看,角犀今喜试丰盈。倾耳新诗千首,妙处端须击节,金石破虫声。此士难复得,黄口闹如羹。

忆年少,游侠窟,戏荆卿。结交投分,驰心千里剧摇旌。我老公方豪健,傥许相从晚岁,慷慨激中情。洗眼功名会,一箭取辽城。

秋蕊香

荡暖花风满路。织翠柳阴和雾。曲池鬥草旧游处。忆试春衫白苎。　　暗惊节意朱弦柱。送春去。晓来一阵扫花雨。惆怅蔷薇在否。

满庭芳　自宛陵易倅东阳，留别诸同寮

世事难穷，人生无定，偶然蓬转萍浮。为谁教我，从宦到东州。还似翩翩海燕，乘春至、归及凉秋。回头笑，浑家数口，又泛五湖舟。　　悠悠。当此去，黄按"黄"原作"白"。原校："白童"应"黄童"。今据改童白叟，莫漫相留。但溪山好处，深负重游。珍重诸公送我，临岐泪、欲语先流。应须记，从今风月，相忆在南楼。

又

五十年来，追思畴曩，佳时去若云浮。依然重见，感涕话西州。幸喜灵光不改，空自笑、蒲柳先秋。成何事，风波末路，险畏有沉舟。　　别愁。都几许，相从未觳，我去公留。况狂直平生，谁念遨游。月夕风天正好，还惊怅、失此诗流。江南岸，明朝更远，回首仲宣楼。

又　行次四安，用前韵，寄章叔通、沈无隐

濩按"濩"原误作"濩"，据永乐大典卷一万四千三百八十一寄字韵改落难容，崎岖堪笑，一年陆走川浮。又携妻子，两度过神州。紫蟹鲈鱼正美，凉天气、恰傍中秋。今宵意，无人伴我，快泻玉双舟。　　功名，聊尔耳，千金聘楚，万户封留。又争如物外，闲旷优游。好在东阡北陌，相从有、诸老风流。家山近，归休去也，不上望京楼。

渔 家 傲

极目丹枫迎雾晓。山明水净新霜早。燕去鸿归无事了。天渺渺。风吹平野低寒草。　　渐过初冬时节好。寻梅踏雪城南道。追忆旧游人已老。欢更少。孤怀拟共谁倾倒。

好事近 次韵叶梦锡陈天予南园作。　　按陈天予原作陈天子。四库全书总目提要云应是陈天予。按永乐大典卷二千八百十一引唐仲友悦斋集有蜡梅十五绝和陈天予韵，是陈天予确有其人，时代亦相及。今从提要说改

飞盖满南园，想见八仙遥集。几树海棠开遍，正新晴天色。　　休辞一醉任扶还，衣上酒痕湿。便恐岁华催去，听秋虫相泣。

贺 新 郎

风雨连朝夕。最惊心、春光晼晚，又过寒食。落尽一番新桃李，芳草南园似积。但燕子、归来幽寂。况是单栖饶惆怅，尽无聊、有梦寒犹力。春意远，恨虚掷。　　东君自是人间客。暂时来、匆匆却去，为谁留得。走马插花当年事，池畹空馀旧迹。奈老去、流光堪惜。杳隔天涯人千里，念无凭、寄此长相忆。回首处，暮云碧。

念奴娇 陪张子公登览辉亭

层栏飞栋，压孤城临瞰，并吞空阔。千古吴京佳丽地，一览江山奇绝。天际归舟，云中行树，鹭点汀洲雪。三山无际，眇然相望溟渤。　　凤么遗响悲凉，故台今不见，苍烟芜没。千骑重来初起废，缅想六朝人物。岘首他年，羊公终在，笑几人磨灭。一时尊俎，且须同赋风月。

又 次韵寄陆务观、韩无咎(题从永乐大典卷一万四千
三百八十一寄字韵补)

少年奇志,笑功名画虎,文章刻鹄。永夜漫漫悲昼短,难挽苍龙衔
烛。飞藿飘零,浮云迁变,过眼邮传速。昔人真意,眇然千载谁属。

犹喜二子当年,诸公籍甚,赏云和孤竹。翰墨流传知几许,遗
响宫商相续。梦里京华,不须惊叹,春草年年绿。赤霄归去,更看
奔电喷玉。

又 暮秋登石桥追和祝子权韵

十年湖海,叹潘郎憔悴,无心云阁。强起登临惊暮序,目极清霜摇
落。散发层阿,振衣千仞,浩荡穷林壑。沉寥无际,镜天收尽云脚。

长啸声落悲风,想沧洲万里,当年归约。回首区中无限事,此
意谁同商略。欲驾飞鸿,翩然独往,汗漫期相诺。滞留何事,坐令
双鬓如鹤。

又 次韵施德初席上

丽谯春晚,望东南千里,湖山佳色。画戟门前清似水,时节初过灯
夕。封井年登,京华日近,每报平安驿。满城花柳,正须千骑寻觅。

忆我年少追游,叨兔园客右,多惭英识。今日怀人无限意,老
泪尊前重滴。赋咏空传,雄豪谁在,鬓点吴霜白。招呼一醉,幸公
时慰愁寂。

又 追和张巨山牡丹词

倚风含露,似轻颦微笑,盈盈脉脉。染素匀红,知费尽,多少东君心
力。国艳酣晴,天香融暖,画手争传得。绿窗朱户,晓妆谁见凝寂。

独占三月芳菲,千花百卉,算难争春色。欲寄朝云无限意,回

首京尘犹隔。舞破霓裳，一枝浑似，醉倚香亭北。旧欢如梦，老怀
那更追惜。

又　题曾氏溪堂

王孙老去，算无地倾倒，胸中豪逸。小筑三间便席卷，多少江山风
月。万壑回流，千峰输秀，人境成三绝。登临佳处，鸟飞不尽空阔。

追念辋水斜川，有风流千载，渊明摩诘。何必斯人聊一笑，俯
仰今犹前日。只恐东州，催成棠荫，又作三年别。赏心难继，莫教
孤负华髪。

又　记梦

阿环家住阆风顶，绛阙瑶台相接。翳凤乘鸾人不见，隐隐霓裳云
袯。秀骨贞风，长眉翠浅，映白咽红颊。非烟深处，渺然云浪千叠。

一笑徐福扁舟，春风空老尽，当时童妾。骨冷魂清惊梦到，同
看碧桃千叶。寄语青童，何时丹就，为我留琼笈。天鸡催晓，却愁
吹堕尘劫。

又　中秋夕

素秋新霁，风露洗寥廓，珠宫琼阙。帘幕生寒人未定，鹊羽惊飞林
樾。河汉无声，微云收尽，相映寒光发。三千银界，一时无此奇绝。

正是老子南楼，多情孤负了，十分佳节。起舞徘徊谁为我，倾
倒杯中明月。欲揽姮娥，扁舟沧海，戏濯凌波袜。漏残钟断，坐愁
人世超忽。

满江红　送施德初

东马严徐，名籍甚、西京人物。谁不羡、伏蒲忠鲠，演纶词笔。雅意

中朝今小试,二年东郡弦风迹。数中兴、循吏两三人,公居一。

温诏趣,还丹阙。倾睿相,方前席。看云台登践,论思密勿。超览堂中遗爱在,几人同恋津亭别。顾倦游、云路仆登仙,心如失。

又　怀家山作

回首吾庐,思归去、石溪樵谷。临玩有、门前流水,乱松疏竹。幽草春馀荒井径,鸣禽日在窥墙屋。但等闲、凭几看南山,云相逐。

家酿美,招邻曲。朝饭饱,随耕牧。况东皋二顷,岁时都足。麟阁功名身外事,墙阴不驻流光促。更休论、一枕梦中惊,黄粱熟。

水龙吟　登吴江桥作

渺然震泽东来,太湖望极平无际。三吴风月,一江烟浪,古今绝致。羽化蓬莱,胸吞云梦,不妨如此。看垂虹千丈,斜阳万顷,尽倒影、青冥里。　　追想扁舟去后,对汀洲、白蘋风起。只今谁会,水光山色,依然西子。安得超然,相从物外,此生终矣。念素心空在,徂年易失,泪如铅水。

渔家傲　次丹阳忆故人

杨子津头风色暮。孤舟渺渺江南去。忆得佳人临别处。愁返顾。青山几点斜阳树。　　可忍归期无定据。天涯已听边鸿度。昨夜乡心留不住。无驿数。梦中行了来时路。

江城子　和德初灯夕词次叶石林韵

神仙楼观梵王宫。月当中。望难穷。坐听三通,谯鼓报笼铜。还忆当年京辇旧,车马会,五门东。　　华堂歌舞间笙钟。夕香濛。度花风。翠袖传杯,争劝紫髯翁。归去不堪春梦断,烟雨晓,乱山重。

又

倚墙高树落惊禽。小窗深。夜沉沉。酒醒灯昏，人静更愁霖。惆怅行云留不住，携手处，却分襟。　　悠悠风月两关心。拥孤衾。恨难禁。何况一春，憔悴到如今。最苦清宵无寐极，相见梦，也难寻。

画　堂　春

华灯收尽雪初残。踏青还尔游盘。落梅强半已飞翻。划地春寒。　　多病故人日远，几时双燕来还。可怜楼上一凭栏。不见长安。

风　流　子

新禽初弄舌，东郊外、催尔踏青期。渐晴滟翠漪，惠风驶荡，暖蒸红雾，淑景辉迟。粉墙外，杏花无限笑，杨柳不胜垂。闲里岁华，但惊萧索，老来心赏，尤惜芳菲。　　平生歌酒地，空回首，惆怅触绪沾衣。谁见素琴翻恨，青镜留悲。念千里云遥，暮天长短，十年人杳，流水东西。惟有寄情芳草，依旧萋萋。

浪　淘　沙

帘幕燕双飞。春共人归。东风恻恻雨霏霏。水满西池花满地，追惜芳菲。　　回首昔游非。别梦依稀。一成春瘦不胜衣。无限楼前伤远意，芳草斜晖。

醉落魄　梅

暮寒凄冽。春风探绕南枝发。更无人处增清绝。冷蕊孤香，竹外朦胧月。　　　西洲昨梦凭谁说。攀翻剩忆经年别。新愁怅望催华髮。雀啅江头,一树垂垂雪。

眼 儿 媚

小溪微月淡无痕。残雪拥孤村。攀条弄蕊,春愁相值,寂默无言。　　　忍寒宜主何人见,应怯过黄昏。朝阳梦断,熏残沉水,谁为招魂。

谒 金 门

春已半。芳草池塘绿遍。山北山南花烂熳。日长蜂蝶乱。　　　闲掩屏山六扇。梦好强教惊断。愁对画梁双语燕。故心人不见。

又

伤离索。犹记并肩池阁。病起绿窗闲倚薄。一秋天气恶。　　　玉臂都宽金约。歌舞新来忘却。回首故人天一角。半江枫又落。

　　　　按此首又误见惜香乐府卷九。

玉 楼 春

日长澹澹光风转。小尾黄蜂随早燕。行寻香径不逢人,惟有落红千万片。　　　酒成憔悴花成怨。闲杀羽觞难会面。可堪春事已无多,新笋遮墙苔满院。

又

曲房小院匆匆过按"过"字未叶韵。原校改作"遇",又抹去。急鼓疏钟催又去。来如春梦几多时,去似朝云无觅处。　　　金瓶落井翻相误。可惜馨香随手故。锦囊空有断肠书,彩笔不传长恨句。

蝶　恋　花

罗袜匆匆曾一遇按"遇"原作"过"，原校："过"应"遇"。据改。乌鹊归来，怨
感流年度。别袖空看啼粉污。相思待情谁分付。　　残雪江村回
马路。袅袅春寒，帘晚空凝伫。人在梅花深处住。梅花落尽愁无
数。

薄　幸

柳桥南畔。驻骢马、寻春几遍。自见了、生尘罗袜，尔许娇波流盼。
为感郎、松柏深心，西陵已约平生愿。记别袖频招，斜门相送，小立
钗横鬓乱。　　恨暗写、如蚕纸，空目断、高城人远。奈当时消息，
黄姑织女，又成王谢堂前燕。托琴心怨。怕娇云弱雨，东风蓦地轻
吹散。伤春病也，狼藉飞花满院。

应　天　长　令

曲栏十二闲亭沼。履迹双沉人悄悄。被池寒，香烬小。梦短女墙
莺唤晓。　　柳风轻袅袅。门外落花多少。日日离愁萦绕。不如
春过了。

点　绛　唇

夜色侵霜，萧萧络纬啼金井。梦寒初警。一倍铜壶永。　　无限
思量，展转愁重省。熏炉冷。起来人静。窗外梧桐影。

瑞　鹤　仙

柳风清昼溽。山樱晚，一树高红争熟。轻纱睡初足。悄无人、欹枕
虚檐鸣玉。南园秉烛。叹流光、容易过目。送春归去，有无数弄

禽，满径新竹。　　　闲记追欢寻胜，杏栋西厢，粉墙南曲。别长会促。成何计，奈幽独。纵湘弦难寄，韩香终在，屏山蝶梦断续。对沿阶、细草萋萋，为谁自绿。

满　江　红

泼火初收，秋千外、轻烟漠漠。春渐远、绿杨芳草，燕飞池阁。已著单衣寒食后，夜来还是东风恶。对空山、寂寂杜鹃啼，梨花落。

伤别恨，闲情作。十载事，惊如昨。向花前月下，共谁行乐。飞盖低迷南苑路，湔裙怅望东城约。但老来、憔悴惜春心，年年觉。

燕山亭　勔侄求睡红亭为赋

暖霭辉迟，雨过夜来，帘外春风徐转。霞散锦舒，密映窥原校云："窥"字上下脱一字，亭亭万枝开遍。一笑嫣然，犹记有、画图曾见。无伴。初睡起，昭阳弄妆日晚。　　　长是相趁佳期，有寻旧流莺，贪新双燕。惆怅共谁，细绕花阴，空怀紫箫凄怨。银烛光中，且更待、夜深重看。留恋。愁酒醒、霏原校："霏"字上下脱一字千片。以上四十二首见校本樵隐诗馀（从陆敕先、黄子鸿、毛斧季校汲古阁本樵隐词录出）

存　目　词

调　名	首　句	出　　处	附　　　　注
柳　梢　青	学唱新腔	词林万选卷三	蒋捷作,见竹山词
		蒋捷词,注:或	
		曰是毛平仲作	

洪　适

　　适字景伯,鄱阳人,皓之长子。政和七年(1117)生。绍兴十二年(1142),与弟遵同举博学宏词科。历官司农少卿,权直学士院,进尚书右仆射,同中书门下平章事,兼枢密使。罢为观文殿大学士。乞休归,家居十六年,以著述吟咏自娱。淳熙十一年(1184)卒,谥文惠。有盘洲集。

番　禺　调　笑
句　　　队

　　盖闻五岭分疆,说番禺之大府;一尊属客,见南伯之高情,摭遗事于前闻,度新词而屡舞。宫商递奏,调笑入场。

羊　　　仙

　　黄木湾头声哄然。碧云深处起非烟。骑羊执穗衣分锦,快睹浮空五列仙。腾空昔日持铜虎。嘉瑞能名灼前古。羽人叱石会重来,治行于今最南土。

南土。贤铜虎。黄木湾头腾好语。骑羊执穗神仙五。拭目摩肩争睹。无双治行今犹古。嘉瑞流传乐府。

药　　　洲

　　传闻南汉学飞仙。炼药名洲雉堞边。炉寒灶毁无踪迹,古木闲花不计年。惟馀九曜巉岩石。寸寸沧漪湛天碧。画桥彩舫列歌亭,长与邦人作寒食。

寒食。人如织。藉草临流罗饮席。阳春有脚森双戟。和气欢声洋
溢。洲边药灶成陈迹。九曜摩挲奇石。

海 山 楼

　　　高楼百尺迳严城。披拂雄风襟袂清。云气笼山朝雨急,海涛侵岸
暮潮生。楼前箫鼓声相和。戢戢归樯排几柁。须信官廉蚌蛤回,望中
山积皆奇货。

奇货。归帆过。击鼓吹箫相应和。楼前高浪风掀簸。渔唱一声山
左。胡床邀月轻云破。玉麈飞谈惊座。

素 馨 巷

　　　南国英华赋众芳。素馨声价独无双。未知蟾桂能相比,不是人间
草木香。轻丝结蕊长盈穗。一片瑞云萦宝髻。水沉为骨麝为衣,剩馥
三熏亦名世。

名世。花无二。高压阇提倾末利。素丝缕缕联芳蕊。一片云生宝
髻。屑沉碎麝香肌细。剩馥熏成心字。

朝 汉 台

　　　尉佗怒臂帝番禺。远屈王人陆大夫。只用一言回倔强,遂令魋结
换襟裾。使归已实千金橐。朝汉心倾比葵藿。高台突兀切星辰,后代
登临奏音乐。

音乐。传佳作。盖海旌幢开观阁。绮霞飞渡青油幕。好是登临行
乐。当时朝汉心倾藿。望断长安城郭。

浴 日 亭

　　　扶胥之口控南溟。谁凿山尖筑此亭。俯窥贝阙蛟龙跃,远见扶桑
朝日升。蜃楼缥缈擎天际。鹏翼缤翻借风势。蓬莱可望不可亲,安得

轻舟凌弱水。

弱水。天无际。相去扶胥知几里。高亭东望阳乌起。杲杲晨光初
洗。蓬莱欲往宁无计。一展弥天鹏翅。

蒲　涧

　　古涧清泉不歇声。昌蒲多节四时青。安期驾鹤丹霄去,万古相传
此化城。依然丹灶留岩穴。桃竹连山仙境别。年年正月扫松关,飞盖
倾城赏佳节。

佳节。初春月。飞盖倾城尊俎列。安期驾鹤朝金阙。丹灶分留岩
穴。山中花笑秦皇拙。祠殿荒凉虚设。

贪　泉

　　桃榔色暗芭蕉繁。中有贪泉涌石门。一杯便使人心改,属意金珠
万事昏。晋时贤牧夷齐比。酌水题诗心转厉。只今方伯擅真清,日日
取泉供饮器。

饮器。贪泉水。山乳涓涓甘似醴。怀金嗜宝随人意。枉受恶名难
洗。真清方伯端无比。未使吴君专美。

沉　香　浦

　　炎区万国侈奇香。稛载归来有巨航。谁人不作芳馨观,巾箧宁无
一片藏。饮泉太守回瓜戍。搜索越装舟未去。蠹苡何从起谤言,沉香
不惜投深浦。

深浦。停舟处。只恐越装相染污。奇香一见如泥土。投著水中归
去。令公早晚回朝著。无物迟留鸣橹。

清　远　峡

　　腰支尺六代难双。雾鬓风鬟巧作妆。人间不似山间乐,身在帝乡
思故乡。南来万里舟初歇。三峡重过惊久别。玉环留著缀相思,归向

青山啸明月。

明月。舟初歇。三峡重过惊久别。玉环留与人间说。诗罢离肠千
结。相思朝暮流泉咽。雾锁青山愁绝。

破　　子

南海。繁华最。城郭山川雄岭外。遗踪嘉话垂千载。竹帛班班俱
在。元戎好古新声改。调笑花前分队。高会。尊罍对。笑眼茸茸
回盼睐。蹋筵低唱眉弯黛。翔凤惊鸾多态。清风不用一钱买。醉
客何妨倒载。

遣　　队

十眉争艳眼波横。霓袖回风曲已成。绛蜡飘花香卷穗,月林乌鹊
两三声。歌舞既终,相将好去。

句降黄龙舞

伏以玳席接欢,杯滟东西之玉;锦茵唤舞,钗横十二之金。咸驻目
于垂螺,将应声而曳茧。岂无本事,愿吐妍辞。

答

晒流席上,发水调于歌唇;色授裾边,属河东之才子。未满飞鹣之
愿,已成别鹄之悲。折荷柄而愁缕无穷,剪鲛绡而泪珠难贯。因成绝
唱,少相清欢。

遣

情随杯酒滴郎心。不忍重开翡翠衾。封却软绡看锦水,水痕不似
泪痕深。歌罢舞停,相将好去。

句南吕薄媚舞

　　羽觞棋布,洽主礼于良辰;翠袖弓弯,奏女妖之妍唱。游丝可倩,本事愿闻。

答

　　踏软尘之陌,倾一见于月肤;会采蘋之洲,迷千娇于雨梦。且蛾眉有伐性之戒,而狐媚无伤人之心。既吐艳于幽闺,能齐芳于节妇。果六尺之躯不庇其伉俪,非三寸之舌可脱于艰难。尚播遗声,得尘高会。

遣

　　兽质人心冰雪肤。名齐节妇古来无。纤罗不蜕西州路,争得人知是艳狐。歌舞既阑,相将好去。

渔 家 傲 引

　　伏以黄童白叟,皆是烟波之钓徒;青笠绿蓑,不识衣冠之盛事。长浮家而醉月,更辍棹以吟风。乐哉生涯,翻在乐府。相烦女伴,渔父分行。

词

正月东风初解冻。渔人撒网波纹动。不识雕梁并绮栋。扁舟重。眠鸥浴雁相迎送。　　溪北画桥弯蟢蛛。溪南古岸添青荮。长把鱼钱寻酒瓮。春一梦。起来拈笛成三弄。

二月垂杨花糁地。荻芽迸绿春无际。细雨斜风浑不避。青笠底。三三两两鸣榔起。　　新妇矶边云接袂。女儿浦口山堆髻。一拥河豚千百尾。摇食指。城中虚却鱼虾市。

三月愁霖多急雨。桃江绿浪迷洲渚。西塞山边飞白鹭。烟横素。

一声欸乃山深处。　　　红雨缤纷因水去。行行寻得神仙侣。楼阁五云心不住。分风侣。重来翻恨花相误。

四月圆荷钱学铸。鳞鳞波暖鸳鸯语。无数燕雏来又去。鱼未取。钓丝直上蜻蜓聚。　　　风弄碧漪摇岛屿。奇云蘸影千峰舞。骑马官人江上驻。天且暮。借舟送过沧浪渡。

五月河中菱荇遍。丝纶欲下相萦绊。却掉船来芳草岸。呼侣伴。蓑衣不把金章换。　　　碧落云高星烂烂。波心举网星光乱。跃出鲤鱼长尺半。回首看。孤灯一点风吹散。

六月长江无暑气。怒涛漱壑侵沙觜。飐飐轻舟随浪起。何不畏。从来惯作风波计。　　　别淑藕花舒锦绮。采莲三五谁家子。问我买鱼相调戏。飘艻制。笑声咭咭花香里。

七月凛秋飞叶响。长吟杳杳澄江上。秃尾槎头添一网。丝自纺。新炊菰饭更相饷。　　　渡口青烟藏叠嶂。岸旁红蓼翻轻浪。鹚鹕沉浮双漾漾。闻鸣桨。高飞拍拍穿林莽。

八月紫莼浮绿水。细鳞巨口鲈鱼美。画舫问渔篙暂舣。欣然喜。金齑顷刻尝珍味。　　　涌雾驱云天似洗。静看星斗迎蟾桂。枕棹眠蓑清不睡。无名利。谁人分得逍遥意。

九月芦香霜旦旦。丹枫落尽吴江岸。长濑黄昏张蟹断。灯火乱。圆沙惊起行行雁。　　　半夜系船桥北岸。三杯睡著无人唤。睡觉只疑桥不见。风已变。缆绳吹断船头转。

十月橘洲长鼓枻。潇湘一片尘缨洗。斩得钓竿斑染泪。中夜里。时闻鼓瑟湘妃至。　　　白髪垂纶孙又子。得钱沽酒长长醉。小艇短篷真活计。家云水。更无王役并田税。

子月水寒风又烈。巨鱼漏网成虚设。围圃从它归丙穴。谋自拙。空归不管旁人说。　　　昨夜醉眠西浦月。今宵独钓南溪雪。妻子一船衣百结。长欢悦。不知人世多离别。

腊月行舟冰凿罅。潜鳞透暖偏堪射。岁岁年年篷作舍。三冬夜。
牛衣自暖何须借。　　滕六晚来方命驾。千山绝影飞禽怕。江上
雪如花片下。宜入画。一蓑披著归来也。

破　　子

渔父饮时花作荫。羹鱼煮蟹无它品。世代太平除酒禁。渔父饮。
绿蓑藉地胜如锦。
渔父醉时收钓饵。鱼梁晒翅闲乌鬼。白浪撼船眠不起。渔父醉。
滩声无尽清双耳。
渔父醒时清夜永。澄澜过尽征鸿影。略略风来欹舴艋。渔父醒。
月高露下衣裳冷。
渔父笑时莺未老。提鱼入市归来早。一叶浮家生计了。渔父笑。
笑中起舞渔家傲。

遣　　队

　　春留冬及一年中。杜若洲边西又东。舞散曲终人不见,一天明月
一溪风。水绿山青,持竿好去。　　以上彊村丛书本盘洲乐章卷一

鹧鸪天　次李举之见寄韵

报答风光思更新。安排好语续阳春。罗胸玉藻英华别,信手银钩
点画匀。　　歌妙曲,想光尘。相望尺五叹参辰。曲终强对红颜
笑,欠我高谈惊座人。

生查子　收灯日次李举之韵

廉纤小雨来,噤瘆轻寒乍。丝竹送迎时,灯火阑珊夜。　　铜壶漏
故迟,银烛花频炧。怀我独醒人,健笔方飞洒。

蝶　恋　花

漠漠水田飞白鹭。夏木阴阴,巧啭黄鹂语。金匮诗人新得句。江
山应道来何暮。　　　好向金门联步武。何事双旌,却为丹丘驻。
琼斝十分须一举。看看紫诏催归去。

减字木兰花　曾磁父落成小阁,次其韵

藩车容裔。挺挺风流追两地。粲斗分星。诗句当年汗简青。
疏帘披绣。共看横云晴出岫。新月如钩。来照琼彝醉小楼。

好事近　东湖席上次曾守韵,时幕曹同集

风细晚轩凉,妙句初挥新墨。绿水池中宾佐,对嫩荷擎绿。　　　坐
看微月上云头,清臂映寒玉。只恐朝来酒醒,有文书羁束。

虞　美　人

芭蕉滴滴窗前雨。望断江南路。乱云重叠几多山。不似倦飞鸥
鹭、便知还。　　　角声更听谯门弄。夜夜思归梦。鄱江楼下水含
漪。孤负钓滩烟艇、绿蓑衣。

卜算子　席上赠瞻明

修竹拂疏棂,淡月侵凉榭。四畔青山进好风,金鸭香煤炧。　　　宝
睡粲珠玑,长袖飘兰麝。莫问更楼夜若何,且结高阳社。

江城子　赠举之

冥冥云屿两经秋。落霞收。断烟留。小阁凉生,清馥凝金虬。乘
兴开颜那草草,烦玉腕,举琼舟。　　　明年此日楚江头。极层楼。

望丹丘。只恐溪山，千里碍凝眸。重倚阑干相忆处，寻过雁，作书邮。

减字木兰花 太守移具饯行县偶作

使君情素。念我明朝行县去。一醉相留。和气欢声到小楼。
暂时南北。莫唱渭城朝雨曲。此去农郊。收拾童儿五袴谣。

浣　溪　沙

邦伯今推第一流。几因歌席负诗筹。一时文采说台州。　雨脚渐收风入牖，云心初破月窥楼。翠眉相映晚山秋。

望海潮 题双岩堂

重溟倒影，五芝含笑，神仙今古台州。山拥黄堂，烟披画戟，双岩瑞气长浮。前事记鳌头。有百年台榭，千室嬉游。墨宝凄凉，风凌雨蠹尽悠悠。　规恢共仰贤侯。当政成五月，景对三秋。飞栋干云，虚檐受露，放怀不减南楼。宾燕奉觥筹。妙绮笺琼藻，声度歌喉。只恐棠阴成后，趣去侍凝旒。

好　事　近

小阁过重阳，愁对轻篁团色。喜得蛮笺新唱，似夜光明月。　黄房菊蕊定相怜，酪酊误蕉叶。犹记去年今夜，听歌声清切。

清平乐 次曾守韵

风鬟飞乱。寒入秦筝雁。情似云阴浑未展。雨脚更飘银线。
横枝有意先开。玉尘欲伴金罍。何日舞茵歌扇，后堂重到惟梅郡有惟梅堂。

选 冠 子

雨脚报晴, 云容呈瑞, 夜雪萦盈连昼。千岩曳缟, 万瓦堆琼, 稍稍冷侵怀袖。鹤氅神仙, 兔园宾客, 高会坐移清漏。想灞陵桥畔, 苦吟缓辔, 耸肩寒瘦。　　向此际、色映棠阴, 香传梅影, 寒力更欺尊酒。左符词伯, 蛮笺巧思, 不道起风飞柳。舞态弓弯, 一声低唱, 蛾笑绿分烟岫。任杯行潋滟, 为公沉醉, 莫教停手。

好事近　为钱处和寿

缥酒颂青春, 不减宜城桑落。楼下玉人凝笑, 散万英千萼。　　绣衣当日帝王州, 横飞看雕鹗。闻道赐环书下, 向金门持橐。

鹧鸪天　次曾守游梅园韵

领客携尊花底开。薄寒初送雨声来。一声未弄林间笛, 几片低飞阁下梅。　　酬酩酊, 少迟回。不妨春雪撒银杯。玉肌莫放清香散, 更待晴时赏一回。

浣溪沙　钱范子芬行

整顿春衫欲跨鞍。一杯相属少开颜。愁眉不似旧时弯。　　未见两星添柳宿, 忍教三叠唱阳关。相思空望会稽山。

又　以鸳鸯梅送曾守, 是日, 曾守携家游南园

报道倾城出洞房。水边疏影弄清香。风流更有小鸳鸯。　　蝉鬓半含花下笑, 蛾眉相映醉时妆。梦魂不到白云乡。

又　以鸳鸯梅送钱漕

玉颊微醺怯晚寒。可怜凝笑整双翰。枝头一点为谁酸。　　只恐
轻飞烟树里，好教斜插鬓云边。淡妆仍向醉中看。

又　席中答钱漕

忆得熙春晓立班。使星曾入紫微垣。归来小饮友芝兰。　　投辖
风流今复见，开尊礼数自来宽。更看宝唾写乌阑。

清平乐　以千叶粉红牡丹送曾守

轻红淡白。蓬阆神仙谪。魏紫姚黄夸异色。到得海边初识。
玉阑不语如颦。虚教春尽三分。却问檀心谁向，多情更属东君。

生　查　子

桃疏蝶惜香，柳困莺惊絮。日影过帘旌，多少愁情绪。　　红惨武
陵溪，绿暗章台路。春色似行人，无意花间住。

思佳客　次韵蔡文同集钱漕池亭

花信今无一半风。芙蓉出水儿时红。看成弱柳阴阴绿，自在迁莺
巧语中。　　风傍户，月留空。金尊相对醉珠栊。归鞭欲指江南
去，回首霞标忆旧峰。

朝中措　曾守生辰

当年召父治南阳。千室颂慈祥。今代天台太守，声名已达岩廊。
　　风流闲暇，胡床乘兴，燕寝凝香。好去花砖视草，珠庭喜见微
黄。

又

江西文派有新图。诗律嗣东湖。十首齐安书事，君王曾问相如。
　　牙签缥架，银钩落纸，美玉明珠。见说诏岁金匮，后来天下浑
无。

又　邓盐生日

青云垂下不争程。绣斧记澄清。黄木湾头人闹，耳边都是欢声。
　　仙家咫尺，波涵渤澥，路挹蓬瀛。十日东君不老，一星南极长
明。

又　帅生日

斗南楼阁舞祥云。为寿几多人。有酒恰如东海，年年为满金尊。
　　无双治行，儿童咏德，草木沾仁。只把空虚三院，亦须笑傲千
春。

又　苏少连母生日

西崑当日下云骈。采藻奉苏仙。玉节荣看棠棣，斑衣笑俯芝兰。
　　寿觞争举，歌萦蛾绿，香袅龙涎。须与寄声鸾鹤，飞来岁岁年
年。

又　黄帅宪侍儿倩奴

嘉禾一别十经春。清泖记垂纶。今日天涯沦落，戁然一见佳人。
　　酒浮重碧，声低云叶，香趁霞裙。准拟魁星归去，它时相会金
门。

浣溪沙　寿方稚川

占得登高一日先。跨云来作地行仙。天将黄菊助长年。　　健笔已凌枚叟赋,高怀欲著祖生鞭。骎骎影组向甘泉。

临江仙　邓盐生日

向日鹓行瞻凤彩,共期直上金銮。却来持节海云边。身兼三使者,名是一仙官。　　汉室中兴高密冠,千年苗裔蝉联。左弧嘉庆舞祥烟。橘中招四老,同醉酒如泉。

又　会黄魁

北斗南头云送喜,人间快睹魁星。向来平步到蓬瀛。如何天上客,来佐海边城。　　方伯娱宾香作穗,风随歌扇凉生。且须滟滟引瑶觥。十年迟凤诏,万里寄鹏程。

又　稚川生日

钓濑怀珠山韫玉,谪仙至自蓬莱。它年勋业上云台。棣华开幕府,莲沼屈英才。　　南极逢秋光烂烂,门阑香雾萦回。须将寿卉荐琼杯。篱东明日菊,借取一枝来。

又

烟凑横岚霞抱日,望中衰草稠稠。西风吹恨著扁舟。马卿多病后,方寸不禁秋。　　颇念银壶行绿醑,共听渔子清讴。梦魂飞过海山楼。人随秋易老,情寄水东流。

又　傅丈生日

干吕青云垂宝露，结邻恰挂初弦。瑞光腾踊杂非烟。骑箕瞻鼻祖，孕昴控胎仙。　　勋业子卿全汉节，壮怀久寄林泉。举觞低唱脸舒莲。寿高人七十，果熟岁三千。

又　寿周材

瓜瓞绵绵储庆远，闲平代有名人。一襦五袴说朱轮。云逵鸳缀近，雷社虎符新。　　正是泗滨浮磬日，潘舆一粲欣欣。鸾歌飞起杏梁尘。巢莲龟问岁，介寿酒融春。

又　送罗倅伟卿权新州

远驾星屏临百粤，康沂户户歌功。使君五马去乘骢。卖刀无旷土，赠扇有仁风。　　莫唱渭城朝雨曲，片帆时暂西东。促归行拜紫泥封。九霄先步武，三接未央宫。

江城子　饯黄魁

当年提笔上词坛。琢琅玕。涌波澜。晁董声名，一日满人间。底事远烦骐骥足，梅岭外，砚台边。　　元戎倾盖有馀欢。酒杯宽。语离难。只恐江边，明日起青翰。暂去平分风与月，迎细札，步金銮。

又　黄宪生日代作

江如罗带抱山青。好风轻。五云横。北斗南边，烨烨使华星。两路平反多少事，培吉德，赉长生。　　当年乌府振冠缨。稔英声。起鹏程。垂上丹霄，回首志澄清。雪片深深梅著子，归路近，看和羹。

醉蓬莱　代上陈帅生日

正中秋初过，重阳相近，金茎多露。玉燕开祥，喜气浮庭户。览凤千峰，骖鸾八桂，未展青云步。碧玉篸边，红莲池上，羽仙旁午。

　　少日声名，珠玑黼黻，晔煜分符，喧轰持斧。带缓裘轻，足远人襦袴。唇注樱桃，腰欺杨柳，歌舞新蛮素。满酌金船，寿公千岁，东台西府。

满庭芳　代上陈帅生日

昴宿光芒，德星家世，当时飞舞华旗。风清玉宇，珠露缀瑶枝。八桂苍苍耸壑，问椿木、同数秋期。黄堂上，油幢转影，美酒注金厄。

　　英躔，名誉早，青箱传学，黄绢摛辞。说江东治行，召杜肩齐。畏爱双行五管，收绣斧、却把旌麾。欢声沸，明年此日，公在凤凰池。

千秋岁　代上帅宅生日

颜朱鬓绿。天与穰穰福。旄钺贵，崇汤沐。华轩鱼映锦，紫诰鸾回幅。为寿处，玻璃凿落斟醹酥。　　瑞雾蟠华屋。露浥秋兰馥。香篆起，歌裾簇。衣斑丹穴凤，色润东床玉。鸾共鹤，年年来听神仙曲。

眼　儿　媚

黄堂风转碧幢开。笙鹤九天来。三冬爱日，一方惠露，人在春台。

　　持杯多赞松乔喜，低唱列金钗。明年此日，紫微垣里，光应中台。

鹧鸪天　胡提舶生日

月上初弦映左弧。葭吹六琯转璿枢。日边远近瞻新渥，天下中庸
系两都。　　犀献角，蚌回珠。皇皇星节烛扶胥。满斟北海尊中
酒，请寿安期涧底蒲。

长　相　思

朝思归。暮思归。塞雁三年不见飞。断肠天一涯。　　千思归。
万思归。梦到窗前拂淡眉。觉来双泪垂。

又

柳青青。酒清清。雨脚涔涔忆渭城。一尊和泪倾。　　山青青。
水清清。水阔山重不计程。愁堆长短亭。

好事近　别傅丈

柳岸碧漪深，底事催人行色。无计曲留情话，只别愁如织。　　小
蛮樊素两倾城，几度醉狂客。明日扁舟西去，听歌声不得。

点绛唇　别帅宪

天末相逢，醉中不讶车茵污。一声鸣橹。惊散眠沙鹭。　　我是
行人，却送行人去。听金缕。莫辞甘醑。别泪飞寒雨。

南歌子　童岭作

云拂山腰过，风吹雨点来。田园好处有池台。记著相逢时节、海棠
开。　　蝴蝶那无梦，鸳鸯亦有媒。藏钩解佩两三杯。明日水边
沙际、首空回。

好　事　近

烂漫海棠花,多谢东君留得。眉寿堂边风景,与蓬瀛咫尺。　　桃红李白竞争妍,绿野尽春色。只欠樱唇清唱,怕行云南北。以上彊村丛书本盘洲乐章卷二

生查子　盘洲曲

带郭得盘洲,胜处双溪水。月榭间风亭,叠嶂横空翠。　　团栾情话时,三径参差是。听我一年词,对景休辞醉。

又

正月到盘洲,解冻东风至。便有浴鸥飞,时见潜鳞起。　　高柳送青来,春在长林里。绿萼一枝梅,端是花中瑞。

又

二月到盘洲,繁缬盈千萼。恰恰早莺啼,一羽黄金落。　　花边自在行,临水还寻壑。步步肯相随,独有苍梧鹤。

又

三月到盘洲,九曲清波聚。修竹荫流觞,秀叶题佳句。　　红紫渐阑珊,恋恋莺花主。芍药拥芳蹊,未放春归去。

又

四月到盘洲,长是黄梅雨。屐齿满莓苔,避湿开新路。　　极望绿阴成,不见乌飞处。云采列奇峰,绝胜看庐阜。

又

五月到盘洲,照眼红巾蹩。句引石榴裙,一唱仙翁曲。 藕步进
新船,斗楫飞云速。此际独醒难,一一金钟覆。

又

六月到盘洲,水阁盟鸥鹭。面面纳清风,不受人间暑。 彩舫下
垂杨,深入荷花去。浅笑擘莲蓬,去却中心苦。

又

七月到盘洲,枕簟新凉早。岸曲侧黄葵,沙际排红蓼。 团团歌
扇疏,整整炉烟袅。环坐待横参,要乞蛛丝巧。

又

八月到盘洲,柳外寒蝉懒。一掬木犀花,泛泛玻璃盏。 蟾桂十
分明,远近秋毫见。举酒劝嫦娥,长使清光满。

又

九月到盘洲,华发惊霜叶。缓步绕东篱,香蕊金重叠。 橘绿又
橙黄,四老相迎接。好处不宜休,莫放清尊歇。

又

十月到盘洲,小小阳春节。晚菊自争妍,谁管人心别。 木末簇
芙蓉,禁得霜如雪。心赏四时同,不与痴人说。

又

子月到盘洲,日影长添线。水退露溪痕,风急寒芦战。　　终日倚枯藤,细看浮云变。洲畔有圆沙,招尽云边雁。

又

腊月到盘洲,寒重层冰结。试去探梅花,休把南枝折。　　顷刻暗同云,不觉红炉热。隐隐绿蓑翁,独钓寒江雪。

又

一岁会盘洲,月月生查子。弟劝复兄酬,举案灯花喜。　　曲终人半酣,添酒留罗绮。车马不须喧,且听三更未。

阮　郎　归

澄清阁下藕如船。扁舟曾采莲。向来辛苦叠青钱。而今知几年。　　人去也,客凄然。酒泉添泪泉。一杯今夜且留连。断肠芳草边。

浣溪沙　席上别王巨济。先是,两姬免冠,王夺两秩,继以章罢

丹桂飘香已四番。杖藜携手自今难。黯然离恨满江干。　　壁上两冠元是谶,花前双韵几时弹。中秋后夜与谁看。

满　江　红

暮雨萧萧,飞败叶、增添秋色。登高会、痴风吹散,山居嘉客。人世难逢开口笑,老来更觉流年迫。到如今、黄菊满园开,无人摘。

珠履凑,铢衣窄。萦翠袖,催牙拍。索松儿添半,战酣相吓。橘绿橙黄时节好,舞停歌罢门墙隔。酒醒时、枕上一声鸡,东方白。

又 郑宪席上再赋

累月愁霖,知今夕、是何天色。秋老矣、芙蓉遮道,黄花留客。长有霜螯来左右,谁言枋马能煎迫。眄高穹、重叠起顽云,星难摘。

罗绮盛,轩窗窄。心已醉,肩须拍。更十分行酒,再三相吓。凤诏十行归路近,桂华千里明年隔。趁闲时、楼上共凝眸,芦花白。

临江仙　盘洲饯汉章

两载绣衣频驻节,金莲曾印青苔。匆匆归去寿琼杯。曲终挥别泪,江上片帆开。　　记得秋宵山吐月,酒酣同上层台。杖藜何日解重来。相思凭过雁,飞送一枝梅。

浣溪沙　景卢以米书眉间一点黄之曲饯送郑宪,因用其韵

举目霜林叶叶黄。使星归骑未须忙。烟鬟千叠弄残妆。　　内殿恩光承雨露,外台风力挟冰霜。应怀三径杂花香。

又　席上再作

不见丹丘三十年。青山碧水想依然。自惊绿鬓已苍颜。　　月在柳梢曾径醉,雨荒院菊有谁怜。绣衣归与古人言。

生查子　姚母寿席,以龟游莲叶杯酌酒

碧涧有神龟,千岁游莲叶。七十古来稀,寿母杯频接。　　绣衣牵彩衣,喜庆相重叠。龟紫看孙曾,鹤髮何须镊。

又 枕上作

贪看端木花,难办销金帐。庭下舞琼瑶,飞到须眉上。　　衰病不禁寒,对景频惆怅。梦寐到凌风,倚著青藜杖。

鹧鸪天 席上赏牡丹用景裴韵

莫问甘醪浊与清。试将一酌破愁城。海棠过后荼蘼发,堪叹人间不再生。　　心已老,眼重明。嫣然国色带朝醒。耳边听得兰亭曲,一咏流觞已有名。

又 十九孙入学,因作小集。景裴有作,次其韵

两塾弦歌日日春。不容坐席更凝尘。常思芳桂攀燕窠,未见童乌继子云。　　流庆泽,仰家尊。救荒阴德过于门。从师已是平原客,毛遂怀绷作弄孙。

好 事 近

春意渐盈盈,窗外小桃堪折。若问得人怜处,是轻鼙时节。　　主人特地出红妆,不要云心月。三径虽然冷淡,有采莲舟楫。

满 江 红

春色匆匆,三分过、二分光景。吾老矣,坡轮西下,可堪弄影。曲水流觞时节好,茂林修竹池台永。望前村、绿柳荫茅檐,云封岭。

蜂蝶闹,烟花整。百年梦,如俄顷。这回头陈迹,漫劳深省。吹竹弹丝谁不爱,焚琴煮鹤人何肯。尽三觥、歌罢酒来时,风吹醒。

又　和徐守三月十六日

雨过春深,溪水涨、绿波溶溢。年年是、杨花吹絮,草茵凝碧。驹隙
光阴身易老,槐安梦幻醒难觅。算六分、春色五分休,才留一。

雁鹜静,文书毕。尘外趣,壶中日。喜兰亭修禊,郊坰伙出。合
璧连珠同啸咏,怒猊渴骥尤清逸。酒酣时、梁上暗尘飞,无痕迹。

又　答景卢

衰老贪春,春又老、尊罍交溢。凝目处、清漪拍岸,四山堆碧。白也
论文情最厚,维摩示病心难觅。到盘洲、车骑太匆匆,舲浮一。

春再见,官期毕。归路近,长安日。奉清时明诏,迭回更出。上
殿风霜生颊齿,元龟献替图无逸。记而今、杖策过溪桥,留行迹。

又　黄堂席上答太守

燕寝香凝,官事了、诗情充溢。归后院、花容争媚,柳眉添碧。老子
胡床常自叹,轻裾长袖从何觅。探城楼、此际夜如何,更筹一。

人已老,春将毕。临曲水,才旬日。快朝来雨过,鱼儿争出。淡
酒一杯空酪酊,黄堂千骑真安逸。问朱辔、何日到丘园,联綦迹。

又　席上答叶宪

百计留春,春不住、愁怀填溢。争如对、宝梳压鬓,翠环铺碧。紫绶
金章都是梦,云庐花坞如何觅。劝金杯、浅笑傍宾筵,须均一。

前夜月,新离毕。收涩雨,呈红日。荷主人情厚,五云齐出。一
颗樱桃天付与,数声水调人飘逸。叹荒园、三月百花残,无踪迹。

南歌子 雪中和景裴韵

闰岁饶光景,中旬始打春。拥炉看雪酒催人。梁上不曾飞落、去年尘。　　未暇巾车出,何妨举盏频。斜川日月已成陈。想得前村仙子、晚妆匀。

又 呈叶宪

多病都缘老,寒阴可惜春。栽桃种竹怕因循。移转篮舆藤杖、未开门。　　真率须如约,安排欲效颦。莫将筝笛损精神。自有啼莺舞鹤、解随人。

又 示景裴弟,时叶宪明日真率

顽健输村老,嬉游付后生。七旬才有五清明。须趁良辰美景、绕园行。　　云意将飞雪,天心未肯晴。难将性命作人情。只合拥炉清坐、阅医经。

又 喜晴用前韵

住得如筛雪,方欣有脚春。谁云三尺不须循。若是诗僧月下、许敲门。　　巨竹多中断,残梅竞小颦。畦丁说与主林神。扫洒板桥前径、待吾人。

又 示裴弟

强作千年调,难逾五度春。脊令继踵漫相循。休要关心药裹、也扃门。　　蕙帐银杯化自谓,纱窗翠黛颦谓弟。烧香试问紫姑神。一岁四并三乐、几多人。

又 寄景卢

南浦山罗列，东湖水渺弥。主人好客过当时。斗转参横时候、醉如泥。　　莫管莺声老，从它柳絮飞。野园春色别无奇。船上有花多酒、未须归。

好事近 席上用景裴咏黄海棠韵

睡足淡梳妆，喜见诗人元白。不学艳红妖紫，坏花仙标格。　　须知玉骨本天然，不是借人力。准拟小春重看，望秋灰无射。

卜算子 太守席上作

五凤望中仙，五马人间贵。舞态歌声尽出群，乌鹊巡檐喜。　　昨夜值狂风，痛饮全无味。说与谯门漫打更，却怕催归骑。

满庭芳 辛丑春日作

华髪苍头，年年更变，白雪轻犯双眉。六旬过四，七十古来稀。问柳寻花兴懒，拄笻杖、闲绕园池。尊中有，青州从事，无意唤琼彝。　　人生，何处乐，楼台院落，吹竹弹丝。奈壮怀销铄，病费医治。漫道琴弦绿绮，游鱼听、山水谁知。盘洲怨，盟鸥闲阔，瘗鹤立新碑。

又 酬徐守

风搅花间，雨悭柳下，人人懒拂愁眉。年荒省事，投辖井中稀。架上舞衣尘积，弦索断、筝雁差池。南柯梦，转头陈迹，饥鼠穴空彝。　　新年，官事少，秋蛇春蚓，重叠乌丝。更出奇花判，百病都治。报道行厨办也，乌鹊喜、龟鹤前知。更书近，鹓行浸远，长对去思碑。

又　酬叶宪

殢酒销愁，逢场作戏，何曾择地伸眉。诗筒来往，如我与君稀。喜得青春有闰，添日月、款曲临池。洲盘有，山肴野蔌，安用设鸡彝。

老来，空自笑，一头梳雪，两鬓吹丝。便常逢社饮，聋不堪治。曾就新年真率，花神报、蜂蝶皆知。东风恶，江梅欲尽，荐福莫轰碑。

又　和叶宪韵

柳径花台，熙熙春动，游人珥堕簪遗。枯藤到处，绿刺惹冠衣。雪后园林更好，琼作佩、香满横枝。巡檐久，留连一笑，不管午阴移。

盘洲，今雅集，皇华飞盖，挥麈迟迟。觉龟鱼增价，草木生辉。梁上不教尘落，谈文字、酒散星稀。明年好，玉津随驾，回首记襟期。

又　再赠叶宪

同病相怜，冻吟谁伴，漫怀举案齐眉。槐安梦境，一笑自来稀。未到斜川见雪，春欲半、尚压铜池。今思古，拊盆击筑，茧鼎闲夔彝。

何时。天意解，并游花坞，旋扫蛛丝。对壶中闲日，冗牍休治。四坐同盟情话，飞玉麈、万事多知。杯盘省，浅斟随意，真率视前碑。

又　答景卢遗怀

蝴蝶梦魂，芭蕉身世，几人得到庞眉。十分如意，天赋古今稀。昼日猥叨三接，摩鹏翼、曾化鲲池。槐阴下，深渐房魏，那敢作封彝。

雁行,争接翅,北门炬烛,西掖纶丝。幸归来半世,园路先治。渔唱樵歌不到,莺燕语、何畏人知。编花史,修篁千亩,封植具穿碑。

又　酬赵泉

春入花畦,雪迷筠坞,柳梢未肯低眉。泥深路滑,车马往来稀。平地琼琚盈尺,冰冻解、檐水如池。皇华喜,增添泉货,不铸尚方彝。

光阴,驹过隙,髭髯如戟,容易成丝。把诗盟长讲,酒病休治。两两垂螺舞彻,藏羌管、人已潜知。檐乌转,钱流地上,褒诏便刊碑。

又　酬赵宪

当国无功,归田有分,四山浓抹烟眉。春云多变,清昼惠风稀。欲踵兰亭故事,溪水涨、簪盍鹅池。临修竹,一觞一咏,考古到辛彝。

当时。龙衮侧,亲闻胪句,天语如丝。谩三年博士,局冗争治。底事绣衣留滞,青天瑞、奴隶皆知。迎归诏,鸾台凤阁,名记壁间碑。

又　再作

草阁烟横,花蹊雨润,伤春谁画鸦眉。药囊未减,尊酒自然稀。堪叹云和挂壁,弦半绝、鼠啮龙池。投壶罢,凭阑玩古,罗列父丁彝。

龟巢,添绿皱,残梅片片,新柳丝丝。恨风狂折竹,鹤病难治。自信年衰景短,甘冷淡、应也天知。埙篪奏,清歌醉墨,一一上圭碑。

又 景卢有南昌之行,用韵惜别,兼简司马汉章

雨洗花林,春回柳岸,窗间列岫横眉。老来光景,生怕聚谈稀。何事扁舟西去,收杖屦、契阔鱼池。流觞近,诗筒暂歇,焉用虎文彝。

良辰,怀旧事,海棠花下,笑摘垂丝。叹五年一别,万病难治。几处绣衣尘迹,歌舞地、乌鹊曾知。君今去,珠帘暮卷,山雨拂崇碑。汉章作山雨楼,景卢为之记。

又 再作寄景卢

旧日盘洲,藏钩卜夜,松儿笑拣双眉。老人好静,此乐数年稀。尚记乘舟西溯,楼卷雪、曾到雷池。今非昔,畏寒闭户,弃掷夏商彝。

入春,逾两月,轻烟非雾,细雨如丝。任风颓花架,不惮装治。想得醉吟滕阁,家园事、争解详知。归来好,猿惊鹤怨,孤负辋川碑。

望江南 答徐守韵

嗟故岁,夏旱复秋阳。十雨五风皆定数,千方百计为灾伤。小郡怎禁当。　　劳抚字,惠露洽丁黄。田舍炊烟常蔽野,居民安堵不离乡。祖道免赍粮。

又 再作

倾盖侣,古语诵邹阳。曲水一觞今意懒,阳关三叠重情伤。离恨落花当。　　人截镫,归骑莫仓黄。谁肯甘心迷簿领,不如袖手傲家乡。高枕熟黄粱。

西江月　雪中

小室坐毡重叠，红炉兽炭交加。一卮村酒吸流霞。窗外寒威可怕。

心在盘洲种柳，眼看密雪飞花。银杯缟带不随车。江上渔蓑
难画。

又　再作

席上酒杯难减，鼎中药味频加。老人争得脸如霞。镜里衰容人怕。

檐溜尽成冰柱，前村变却梅花。琼瑶破碎为行车。冻雀盈枝
堪画。以上彊村丛书本盘洲乐章卷三

眼　儿　媚

瀛仙好客过当时。锦幌出蛾眉。体轻飞燕，歌欺樊素，压尽芳菲。

花前一盼嫣然媚，滟滟举金卮。断肠狂客，只愁径醉，银漏催
归。知稼翁词附

隆兴二年南郊鼓吹曲

六　州　歌　头

严更永，今夕是何年。玉衡正，钩陈灿，天宇起祥烟。协风应、江海
安澜。重规仍叠矩，圣主乘乾。尧授舜、盛事光前。称寿玉卮边。
三年亲祀，一阳回律，八乡承宇续改作"曙杓东转，卜辛卜旦"，觚陛紫为
坛。仰天颜。斋居寂，诚心肃，礼容专。存钟石，约舆卫，五辂不求
全。听金钥、虎旅无眠。俨千官。须期显。相嘉迓。一人俭德动
天渊。费减大农钱。神示格，宗祧燕。人民悦，祉福正绵绵。

十　二　时

庭有燎,叠鼓鸣鼍。更问夜如何。信星彪列,天象森罗。虞旦闷宫
毕,觞清庙,浆柘尊牺继猗那。嘉颂可同科。扈圣万肩摩。饬躬三
宿,泰畤缛仪多。丘泽合,岳渎从曦娥。神光烛、云车风马,芝作
盖,玉为珂,奉瑄成礼,燔柴竣事,休嘉砑,隐丹阙,湛恩波。共愿乾
坤隤祉,边鄙投戈。覆盂连瀚海,洗甲挽天河。欣欣喜色,长遇六
龙过。奏云和。三春荐嘉禾。

奉　禋　歌

吹葭缇籥气潜分。云采宜书壤效珍。长日至,一阳新。四时玉烛
和匀续改作"青阳振蛰气潜分。仙掌非烟壤效珍。年胜旧,日逢辛。四时玉烛初匀"。
物欣欣。造化转洪钧。郊之祭,孤竹管,六变舞云门。自古严禋。
牺牲具,粢盛洁,豆笾陈。衮龙陟降,币玉纷纶。彻高闉。灵之斿,
神哉沛,排历昆仑。九歌毕,盈郊瞻燎,斗转参横将旦,天开地辟
如春。清跸移轮。圜然鼓吹相闻。籥祥云。欢胪八陛,璧逆三神。
圣矣吾君。华封祝、慈宫万寿,椒掖多男,六合同文。

右三曲严更警场作

降　仙　台

漏残柝静鸡声远,到高燎。入层霄。云裘蟠瑞霭,天步下嘉坛,旗
斾飘摇。黄麾列仗貔貅整,气压江潮。导前从后盛官僚。玉佩间
金貂。望扶桑,日渐高。阴霾霜雪,底处不潜消。辇路祥飙。披拂
绛纱袍。云间瑞阙仰岧峣。播春泽、喜浃黎苗。礼成大庆,鳌三
抃、受昕朝。

右一曲礼毕皇帝降坛作

正 宫 导 引

重华天子,长至续改作"泰畤"奉神虞。九奏会轩朱。星晖云润东方晓,拜觐竹宫初。归来千乘护皇舆。瑞景集金铺。鸡竿高唱恩书下,惠露匝中区。

右一曲皇帝还宫作　以上俱见盘洲文集卷十八
按此五首宋史乐志卷十六俱作无名氏词。

韩元吉

元吉字无咎,号南涧,许昌人。重和元年(1118)生。韩维四世孙,吕祖谦外舅。官至吏部尚书。淳熙十四年(1187)卒,年七十。有焦尾集词一卷。今佚。

点绛唇　十月桃花

木落霜浓,探春只道梅花未。嫩红相倚。灼灼新妆腻。　　莫问仙源,且问花前事。休辞醉。想君园□按原无空格,据南涧诗馀补。总是生春地。

浣溪沙　次韵曾吉甫席上

莫惜清尊领客同。已无花伴舞衣红。强歌归去莫匆匆。　　细雨弄烟烟弄日,断云黏水水黏空。酴醾飞下晚来风。

霜天晓角　蛾眉亭

倚天绝壁。直下江千尺。天际两蛾凝黛,愁与恨、几时极。　　怒潮风正急。酒醒闻塞笛。试问谪仙何处,青山外、远烟碧。

按此首又见黄升中兴以来绝妙词选卷五,作刘仙伦词。

又 夜饮武将家,有歌霜天晓角者,声调凄婉,戏为赋之

几声残角。月照梅花薄。花下有人同醉,风满槛、波明阁。　　夜
寂香透幕。酒深寒未著。莫把玉肌相映,愁花见、也羞落。

菩萨蛮 青阳道中

春残日日风和雨。烟江目断春无处。山路有黄鹂。背人相唤飞。
解鞍宿酒醒。欹枕残香冷。梦想小亭东。蔷薇何似红。

又 腊梅

江南雪里花如玉。风流越样新装束。恰恰缕金裳。浓熏百和香。
分明篱菊艳。却作妆梅面。无处奈君何。一枝春更多。

又 夜宿余家楼闻笛声

薄云卷雨凉成阵。雨晴陡觉荷香润。波影澹寒星。水边镫火明。
白蘋洲上路。几度来还去。欹枕恨茫茫。笛声依夜长。

又 郑舜举别席侑觞

诏书昨夜先春到。留公一共梅花笑。青琐凤凰池。十年归已迟。
灵溪霜后水。的的清无比。比似使君清。要知清更明。

又 春归

墙根新笋看成竹。青梅老尽樱桃熟。幽墙按"墙"字疑误几多花。落
红成暮霞。　　闭门风又雨。只道春归去。媚脸笑持杯。却惊春
思回。

又 叶丞相园赏木犀,次韵子师

梧桐叶上秋萧瑟。画阑桂树攒金碧。花底最风流。相逢不上楼。
数枝添宝髻。滴滴香沾袂。杯到莫留残。雾窗疑广寒。

减字木兰花 雪中集醉高楼

壶中春早。剪刻工夫天自巧。雨转风斜。吹作千林到处花。
瑶池清浅。璧月琼枝朝暮按"暮"原作"梦",从南涧诗馀见。莫上扁舟。
且醉仙家白玉楼。

又 次韵赵倅

风梳雨洗。玉阙琼楼何处是。万里秋容。唤起嫦娥酒未中。
相逢且醉。忙里偷闲知有几。况自丰年。须信金华别是天。

诉衷情 木犀

疏疏密密未开时。装点最繁枝。分明占断秋思,一任晓风吹。
金缕细,翠绡垂。画阑西。嫦娥也道,一种幽香,几处相宜。

谒金门 春雪

春尚浅。谁把玉英裁剪。尽道梅梢开未遍。卷帘花满院。　　楼
上酒融歌暖。楼下水平烟远。却似涌金门外见。絮飞波影乱。

又 重午

幽槛暑。又是一年重午。猎猎风蒲吹翠羽。楚天梅熟雨。　　往
事潇湘南浦。魂断画船箫鼓。双叶石榴红半吐。倩君聊寄与。

好事近 辛幼安席上

华屋翠云深，云外晚山千叠。眼底无穷春事，对杨枝桃叶。　　老来沉醉为花狂，霜鬓未须镊。几许夜阑清梦，任翻成胡蝶。

又 郑德与家留饮

秋意满芙蓉，红映小园丛竹。风里凤箫声飐，有新妆明玉。　　诗翁相对两悠然，一醉绕黄菊。目尽晚山横处，共修眉争绿。

秦楼月 次韵陈子象

莺声寂。春风欲去难踪迹。难踪迹。几枝红药，万金消得。

青铜镜里朱阑侧。照人也似倾城色。倾城色。一尊莫负，赏心良夕。

朝中措 辛丑重阳日，刘守招饮石龙亭，追录

危亭崛起卧苍龙。绝景画图中。便作龙山高会，千年乐事能同。　　使君宴处，丹枫影澹，黄花按"花"字疑误香浓。不惜归鞍照月，直教破帽吹风。

贺圣朝 送天与

斜阳只向花梢驻。似愁君西去。清歌也便做阳关，更朝来风雨。　　佳人莫道，一杯须近，总眉峰偷聚。明年归诏上鸾台，记别离难处。

西江月 闰重阳

一度难逢佳节，今年两度重阳。菊花犹折御衣黄。莫惜危亭更上。

况有飞觞滟玉,从教醉帽吹香。兴来相与共清狂。频把新词
细唱。

又　春归

山路冥冥雨暗,溪桥阵阵花飞。一年寂寂又春归。白发自惊尘世。

　不惜障泥渡水,且寻团扇题诗。杜鹃休绕暮烟啼。我欲风前
重醉。

燕归梁　木犀

凉月圆时翠帐深。锁非雾沉沉。广寒宫里未归人。共结屋、住黄
金。　　繁枝未老秋光澹,好风露、总关心。天香不奈远相寻。更
剪巧、上瑶簪。

南柯子　次韵姚提点行可席上见贻

急雨朝来过,浓云晚半收。荷香便傍酒尊浮。极目澹烟斜照、满芳
洲。　　消尽人间暑,翻成一段秋。使星南楚转东瓯。只恐禁林
归诏、未容留。

又　广德道中遇重午

野杏逯枝熟,戎葵抱叶开。村村箫鼓画船回。客里不知时节、又相
催。　　角黍堆冰碗,兵符点翠钗。去年今日共传杯。应捻榴花
独立、望归来。

浪淘沙　觉度寺

席地赏残红。少驻孤蓬。一春不奈雨和风。雨自无情风有恨,花
片西东。　　云澹远峰浓。绿遍高桐。神仙知在此山中。万古消

凝多少事，目尽晴空。

又 赵富文席上

倦客怕离歌。春已无多。闲愁须倩酒消磨。风雨才晴今夜月，不醉如何。　　玉笋滟金荷。情在双蛾。二年能得几经过。花满碧溪归棹远，回首烟波。

又 芍药

鶗鴂怨花残。谁道春阑。多情红药待君看。浓澹晓妆新意态，独占西园。　　风叶万枝繁。犹记平山。五云楼映玉成盘。二十四桥明月下，谁凭朱阑。

鹧鸪天 雪

山绕江城腊又残。朔风垂地雪成团。莫将带雨梨花认，且作临风柳絮看。　　烟杳渺，路弥漫。千林犹待月争寒。凭君细酌羔儿酒，倚遍琼楼十二阑。

又 九日双溪楼

不惜黄花插满头。花应却为老人羞。年年九日常拼醉，处处登高莫浪愁。　　酬美景，驻清秋。绿橙香嫩酒初浮。多情雨后双溪水，红满斜阳自在流。

又 九日登赤松绝顶

老去休惊节物催。菊花端的为君开。携壶幸有齐山客，怀古还如单父台。　　松掩映，水萦回。使君强健得重来。不须细把茱萸看，且尽丰年酒一杯。

虞美人 送韩子师

西风斜日兰皋路。碧嶂连红树。天公也自惜君行。小雨霏霏特地、不成晴。　　满城桃李春来处。我老君宜住。莫惊华髪笑相扶。记取他年同姓、两尚书。

又 怀金华九日寄叶丞相

登临自古骚人事。惨栗天涯意。金华峰顶做重阳。月地千寻风里、万枝香。　　相君携客相应记。几处容狂醉。双溪明月乱山青。飞梦时时犹在、最高亭。

又 七夕

烟霄脉脉停机杼。双鹊飞来语。踏歌声转玉钩斜。好是满天风露、一池花。　　离多会少从来有。不似人间久。欢情谁道隔年迟。须信仙家日月、未多时。

又 叶梦锡园十月海棠盛开

诏书昨夜催春到。绿野花争早。几枝先见海棠开。全胜陇头冲雪、寄江梅。　　破寒滴滴娇如醉。不比春饶睡。万红千紫莫嫌迟。看取满城花送、衮衣归。

夜行船 再至东阳,有歌予往岁重九词者

极目高亭横远岫。拂新晴、黛蛾依旧。策马重来,秋光如画,霜满翠梧高柳。　　菊美橙香还对酒。欢情似、那时重九。楼上清风,溪头明月,不道沈郎消瘦。

南乡子　龙眼未闻有诗词者,戏为赋之

江路木犀天。梨枣吹风树树悬。只道荔枝无驿使,依然。赢得骊珠万颗传。　　香露滴芳鲜。并蒂连枝照绮筵。惊走梧桐双睡鹊,应怜。腰底黄金作弹圆。

又　中秋前一日饮赵信申家

细雨弄中秋。雨歇烟霄玉镜流。唤起佳人横玉笛,凝眸。收拾风光上小楼。　　烂醉扮扶头。明日阴晴且漫愁。二十四桥何处是,悠悠。忍对嫦娥说旧游。

醉落魄　务观席上索赋

楼头晚鼓。佳人莫唱黄金缕。良宵镫火还三五。肠断扁舟,明日江南去。　　离觞欲醉谁能许。风前蝶闹蜂儿舞。明年此夜知何处。且插梅花,同听画檐雨。

又　戊戌重阳龙山会别

菊花又折。今年真是龙山客。杯行潋滟新醅白。一醉相欢,莫便话离恻。　　从教破帽频欹侧。楼头霜树明秋色。凭高待把疏星摘。天近风清,不怕暮云隔。

一剪梅　叶梦锡席上

竹里疏枝总是梅。月白霜清,犹未全开。相逢聊与著诗催。要趁金波,满泛金杯。　　多病惭非作赋才。醉到花前,探得春回。明年公已在鸾台。看取春风,丹诏重来。

临江仙 次韵子云中秋

记得年时离别夜,都门强半清秋。今年想望只邻州。星连南极动,月满大江流。　　芸阁老仙多妙语,云阶清梦曾游。屐声还认庾公楼。金波摇酒面,河影堕帘钩。

又 寄张安国

自古文章贤太守,江南只数苏州。而今太守更风流。熏香开画阁,迎月上西楼。　　见说宫妆高髻拥,司空却是遨头。五湖莫便具扁舟。玉堂红蕊在,还胜百花洲。

江神子 建安县戏赵德庄

十年此地看花时。醉题诗。夜弹棋。湖海相逢,曾共惜芳菲。前度刘郎今度客,嗟老矣,鬓成丝。　　江梅吹尽柳桥西。雪纷飞。画船移。满眼青山,依旧带寒溪。往事如云无处问,云外月,也应知。

又 金山会饮

金银楼阁认蓬莱。晓烟开。上崔嵬。风引孤帆,谁道却船回。鹏翼倚天鳌背稳,惊浪起,雪成堆。　　翩翩黄鹤为谁来。醉持杯。共徘徊。四面江声,脚底隐晴雷。织女机头凭借问,何处更、有琼台。

满江红 丁亥示庞祐甫

梅欲开时,君欲去、花谁同折。应怅望、江津千树,晚烟明雪。花似故人相见好,人如塞雁多离别。待留君、重看水边花,花边月。

台城路,山如阙。追往事,伤时节。但春风春雨,古人愁绝。多少扬州诗兴在,直须清梦翻胡蝶。问他年、谁记饮中仙,花应说。

又 自鹿田山桥小集潜岳寺,坐中酬陈子象词

寂寞山城,春已半、好花都折。无奈向、阴晴不定,冷烟寒食。莫问花残风又雨,且须烂醉酬春色。叹使君、华发又重来,人应识。

丹井畔,山桥侧。空翠里,烟如织。便直教马上,醉巾沾湿。丞相车茵端未惜,孟公好客聊无客。算明年、溪路海棠开,还相忆。

又 再至丹阳,每怀务观,有歌其所制者,因用其韵示王
季夷、章冠之

江绕层城,重楼迥、依然山色。□□按原无空格,据南涧诗馀补有、佳人犹记,旧家离别。把酒只如当日醉,挥毫剩欠尊前客。算平林、有恨寄伤心,烟如织。　　　　湖平树,花连陌。风景是,光阴易。叹新声浑在,断云难觅。暮雨不成巫峡梦,数峰还认湘波瑟。但与君、同看小槽红,真珠滴。

水调歌头 席上次韵王德和

世事不须问,我老但宜仙。南溪一曲,独对苍翠与孱颜。月白风清长夏。醉里相逢林下。欲辩已忘言。无客问生死,有竹报平安。

少年期,功名事,觅燕然。如今憔悴,萧萧华发抱尘编。万里蓬莱归路。一醉瑶台风露。因酒得天全原作"全天",据永乐大典卷二万三百五十二席字韵改。笑指云阶梦,今夕是何年。

又 七月六日与范至能会饮垂虹。是时至能赴括苍,余
以九江命造朝,至能索赋

江路晓来雨,残暑夜全消。人言天上今夕,飞鹊渐成桥。杳杳云车

何处。脉脉红蕖香度。瓜果趁良宵。推枕断虹卷,抚槛白鱼跳。

五湖客,临风露,倚兰苕。云涛四起,极目人世有烟霄。我送君舟西渡。君望我帆南浦。明日恨迢迢。且醉吴淞月,重听浙江潮。

又 寄陆务观

明月照多景,一话九经年。故人何在,依约蜀道倚青天。豪气如今谁在。剩对岷峨山水。落纸起云烟。应有阳台女,来寿隐中仙。

相如赋,王褒颂,子云玄。兰台麟阁,早晚飞诏下甘泉。梦绕神州归路。却趁鸡鸣起舞。馀事勒燕然。白首待君老,同泛五湖船。

又 次韵子云惠山见寄

溆溆桂华满,摇落楚江秋。去年今夜,相望千里一扁舟。满目都门风露。离别凄凉几度。霜雪渐盈头。山水最佳处,常恨不同游。

少年约,谈笑事,取封侯。田园归晚,休问适不用吾谋。身外功名何处。屈指如今老去。无梦到金瓯。剩买五湖月,吹笛下沧洲。

又 水洞

今日俄重九,莫负菊花开。试寻高处,携手蹑屐上崔嵬。放目苍岩千仞。云护晓霜成阵。知我与君来。古寺倚修竹,飞槛绝纤埃。

笑谈间,风满座,酒盈杯。仙人跨海,休问随处是蓬莱。洞有仙骨岩。落日平原西望。鼓角秋深悲壮。戏马但荒台。细把茱萸看,一醉且徘徊。

又　雨花台

泽国又秋晚,天际有飞鸿。中原何在,极目千里暮云重。今古长干桥下,遗恨都随流水,西去几时东。斜日动歌管,莫菊舞西风。

江南岸,淮南渡,草连空。石城潮落、寂寞烟树锁离宫。且斗尊前酒美,莫问楼头佳丽,往事有无中。却笑东山老,拥鼻与谁同。

又　和庞祐甫见寄

落日澹芳草,烟际一鸥浮。西湖好处,君去千里为谁留。坐想敬亭山下,竹映一溪寒水,飞盖共追游。况有尊前客,相对两诗流。

笑谈间,风满座,气横秋。平生壮志、长啸起舞看吴钩。红白山花开谢,半醉半醒时节,春去子规愁。梦绕水西寺,回首谢公楼。

醉蓬莱　次韵张子永同饮谢德舆家

听清歌初转,翠岭云横,乍飞还驻。水落秋明,正千岩呈露。况有宾朋,飘然才调,尽凌空鹓鹭。步绕西畴,同寻南涧,郊原新雨。

好客声名,郑庄风韵,松菊栽成,故侯瓜圃。燕去鸿来,笑人生离聚。老子偷闲,爱君三径,共一尊芳醑。待约梅仙,他年丹就,骑鲸飞去。

念奴娇　中秋携儿辈步月至极目亭,寄怀子云兄

去年秋半,正都门结束,相将离别。潋潋双溪新雁过,重见当时明月。步转高楼,凄凉看镜,绿鬓纷成雪。晚晴烟树,傍人飞下红叶。

还记江浦潮生,云涛天际,涌金波一色。千里相望浑似梦,极目空山围碧。醉拍朱阑,满簪丹桂,细与姮娥说。倚风孤啸,恍然身在瑶阙。

又 再用韵答韩子师

定交最早,叹西津几度,匆匆论别。世事浮云山万变,只有沧江横月。长忆追随,湖山好处,醉帽欹风雪。竹阴花径,兴来题尽桐叶。

　　谁忆此地相逢,鬓毛君未白,眉添黄色。屈指烟霄归诏近,路入龙楼金碧。千载功名,一尊欢笑,会作他年说。倚天长剑,夜寒光透银阙。

又 次陆务观见贻念奴娇韵

湖山泥影,弄晴丝、目送天涯鸿鹄。春水移船花似雾,醉里题诗刻烛。离别经年,相逢犹健,底恨光阴速。壮怀浑在,浩然起舞相属。

　　长记入洛声名,风流觞咏,有兰亭修竹。绝唱人间知不知按"知"字平仄不叶,疑误,零落金貂谁续。北固烟钟,西州雪岸,且共杯中绿。紫台青琐,看君归上群玉。

又 次韵

春来离思,正楼台灯火、香凝金戟。扬子江头嘶骑拥,杨柳花飞留客。枚乘声名,谪仙风韵,更赋长相忆。酒阑相顾,起看月堕寒壁。

　　尊前谁唱新词,平林真有恨、寒烟如织。燕雁横空梅蕊乱,醉里隔江闻笛。白髮逢春,湖山好在,一笑千金直。待君归诏,买船重话畴昔。

水龙吟 溪中有浣衣石

乱山深处逢春,断魂更入桃源路。双双翠羽,溅溅流水,濛濛香雾。花里莺啼,水边人去,落红无数。恨刘郎鬓点,星星华髮,空回首、伤春暮。　　寂寞云间洞户。问当年、佳期何处。虹桥望断,琼楼

深锁,如今谁住。绿满千岩,浣衣石上,倚风凝伫。料多情好在,也
应笑我,却匆匆去。

又 夜宿化城,得张安国长短句,戏用其韵

五溪深锁烟霞,定知不是人间世。轩然九老,排云一笑,苍颜相对。
星斗垂空,月华随步,酒醒无寐。□按原无空格,据南涧诗馀补广寒已
近,嫦娥起舞,天风动、摇丹桂。　　极目层霄如洗。正千岩、棱棱
霜气。飞泉半落,苍崖百仞,珠翻玉碎。金衲松成,葛洪丹就,如今
千载。叹谪仙诗在,骑驴未远,且留君醉。

瑞鹤仙 送王季夷

西风吹暮雨。正碧树凉生,送君南浦。蝉声带残暑。满高林斜照,
暝烟横渚。故乡路阻。更秋入、江城雁渡。怅天涯、几许闲愁,对
酒共成羁旅。　　休问功名何在,绿鬓吴霜,素衣尘土。离觞缓
举。收玉箸,听金缕。叹凌云才调,乌丝阑上,省把清诗漫与。见
洛阳、年少交游,倩君寄语。

薄幸 送安伯弟

送君南浦,对烟柳、青青万缕。更满眼、残红吹尽,叶底黄鹂自语。
甚动人、多少离情,楼头水阔山无数。记竹里题诗,花边载酒,魂断
江干春暮。　　都莫问、功名事,白发渐、星星如许。任鸡鸣起舞,
乡关何在,凭高目尽孤鸿去。漫留君住。趁酴醿香暖,持杯且醉瑶
台露。相思记取,愁绝西窗夜雨。以上六十四首南涧甲乙稿卷七

临　江　仙

不恨绿阴桃李过,酴醿正向人开。一尊清夜月徘徊。花如人意好,

月为此花来。　　未信人间香有许,却疑同住瑶台。纷纷残雪堕深杯。直教攀折尽,犹胜酒醒回。全芳备祖前集卷十五酴醾门

南　柯　子

五月炎州路,千重扑地开。只疑标韵是江梅。不道薰风庭院、雪成堆。　　宝髻琼瑶缀,仙衣悲翠裁。一枝长伴荔枝来。付与玉人和笑、插鸾钗。全芳备祖前集卷二十五茉莉门

醉　落　魄

霓裳弄月。冰肌不受人间热。分明密露枝枝结。碧树珊瑚,容易与君折。　　玉环旧事谁能说。迢迢驿路香风彻。故人莫恨东南别。不寄梅花,千里寄红雪。全芳备祖后集卷一荔枝门

水龙吟 题三峰阁咏英华女子

雨余叠巘浮空,望中秀色仙都是。洞天未锁,人间春老,玉妃曾坠。锦瑟繁弦,凤箫清响,九霄歌吹。问分香旧事,刘郎去后,知谁伴、风前醉。　　回首暝烟千里。但纷纷、落红如泪。多情易老,青鸾何许,诗成谁寄。斗转参横,半帘花影,一溪寒水。怅飞凫路杳,行云梦断,有三峰翠。中兴以来绝妙词选卷一

　　按此首又误入葛长庚玉蟾先生诗馀。

好事近 汴京赐宴闻教坊乐有感

凝碧旧池头,一听管弦凄切。多少梨园声在,总不堪华发。　　杏花无处避春愁,也傍野烟发。惟有御沟声断,似知人呜咽。阳春白雪卷四

永遇乐 为张安国赋

池馆春归，帘栊昼静，清漏移箭。山下孤城，水边翠竹，鹍鸠声千转。记得年时，绮窗人去，尚有唾茸遗线。照珠筵、歌檀舞扇，寂寞旧家排遍。　　青云赋客，多情多病，西掖桐阴满院。飞絮随风，马头月在，翡翠帷空卷。平湖烟远，斜桥雨暗，欲寄短书双燕。算犹忆、兰房画烛，醉时共剪。阳春白雪卷五

六州歌头 桃花

东风著意，先上小桃枝。红粉腻。娇如醉。倚朱扉。记年时。隐映新妆面。临水岸。春将半。云日暖。斜桥转。夹城西。草软莎平，跋马垂杨渡，玉勒争嘶。认蛾眉凝笑，脸薄拂燕支。绣户曾窥。恨依依。　　共携手处。香如雾。红随步。怨春迟。销瘦损。凭谁问。只花知。泪空垂。旧日堂前燕，和烟雨，又双飞。人自老。春长好。梦佳期。前度刘郎，几许风流地，花也应悲。但茫茫暮霭，目断武陵溪。往事难追。阳春白雪卷六

水龙吟 寿辛侍郎

南风五月江波，使君莫袖平戎手。燕然未勒，渡泸声在，宸衷怀旧。卧占湖山，楼横百尺，诗成千首。正菖蒲叶老，芙蕖香嫩，高门瑞、人知否。　　凉夜光躔牛斗。梦初回、长庚如昼。明年看取，锋旗南下，六骡西走。功画凌烟，万钉宝带，百壶清酒。便按"便"原作"使"，从南涧诗馀留公剩馥，蟠桃分我，作归来寿。仆贱生后一日也，故有分我蟠桃之戏。

蓦山溪 　叶尚书生朝避客三洞

双龙古洞，领略千岩秀。福地有真仙，来一试、调元□按此处原无空格，据南涧诗馀补手。青春绿野，月转最高峰，星斗润，柳梅新，五夜收灯后。　诏飞天上，人倚经纶旧。重入辅升平，更赢得、千龄眉寿。功成未晚，归伴赤松游，金印重，羽衣轻，会见丹砂就。以上二首见截江网卷四

鹊　桥　仙

菊花黄后。山茶红透。南国小春时候。蓬山高处绿云间，有一个、仙官诞秀。　精神龟媚，骨毛鹤瘦。落落人中星斗。殷勤自折早梅芳，调一鼎、和羹为寿。截江网卷五

朝中措 　寿十八兄

清霜著柳夜来寒。新月印湖山。共喜今年称寿，一尊还在长安。　人间千载，从教鹤发，且驻朱颜。看取烟霄平步，何须九转神丹。

南乡子 　寿廿一弟

新笋旋成林。梅子枝头雨更深。织就彩丝犹十日，登临。人似江心百炼金。　功业会相寻。好挹薰风和舜琴。鹤住千年丹九转，如今。门外梧桐长翠阴。

鹧鸪天 　子云弟生日（按子云乃韩元吉之兄，南涧诗馀题作"寿兄六十"，较是）

甲子今年甫一周。人间聊住八千秋。依依梅蕊看如雪，恰恰蟾华

未上钩。　　　分玉节,共南州。台城辇路记重游。相期一品归来
健,兄弟华颠自献酬。宫师奉康公词云:"一品归来健。"又生日有"兄弟对举杯"
之句。

瑞鹤仙　自寿

好山横翠幕。更一水流烟,嫩阴成幄。薰风转林薄。笑劳生底事,
漫嗟离索。霞觞细酌。尽流年、青镜易觉。算芙蓉、玉井香翻,不
减旧阶红药。　　　寂寞。草玄空老按原无"老"字,从南涧诗馀补,问字人
稀,也胜投阁。骑鲸后约。追汗漫,记寥廓。便风帆高挂,云涛千
里,谁道蓬壶水弱。任蟠桃、满路千花,自开自落。

醉落魄　乙未自寿

红蕖漾月。薰风特地生梧叶。一年风月今宵别。隐隐笙鸾,何处
有炎热。　　　凤凰山下榴花发。一杯香露融春雪。幔亭有路通瑶
阙。知我丹成,容我醉时节。

又　生日自戏

相看半百。劳生等是乾坤客。功成一笑惊头白。惟有榴花,相对
似颜色。　　　蓬莱水浅何曾隔。也应待得蟠桃摘。我歌欲和君须
拍。风月年年,常恨酒杯窄。以上六首见截江网卷六

黄　宰

　　黄宰,不知其名,与韩元吉同时人。

酹江月　寿韩元吉

三光五岳，孕乾坤英彩，非金非玉。赫赫岩岩真相种，来驾横空仙鹄。十万儿童，和丰堂下，齐指梅山祝。黑头难老，岁寒苍桧修竹。

　　须信自有家传，中庸一卷，是长生真箓。借问洛阳归去后，几度桃开桃熟。十九年间，梦回天上，再见棠阴绿。相将促觐，已闻沙路新筑。截江网卷五

朱淑真

　　　　淑真号幽栖居士，钱塘（今杭州）人。有断肠诗集、断肠词。

忆秦娥　正月初六日夜月

弯弯曲。新年新月钩寒玉按“钩”原误“钓”，“玉”原误“月”，据诗词杂俎本断肠词改。钩寒玉。凤鞋儿小，翠眉儿蹙。　　闹蛾按“蛾”原误“娥”，据诗词杂俎本断肠词改雪柳添妆束。烛龙火树争驰逐。争驰逐按原三字未叠，据诗词杂俎本断肠词补。元宵三五，不如初六。

浣溪纱　清明

春巷夭桃吐绛英。春衣初试薄罗轻。风和烟暖燕巢成。　　小院湘帘闲不卷，曲房朱户闷长扃。恼人光景又清明。

生　查　子

寒食不多时，几日东风恶。无绪倦寻芳，闲却秋千索。　　玉减翠裙交，病怯罗衣薄。不忍卷帘看，寂寞梨花落。

又　世传大曲十首,朱淑真生查子居第八,调入大石,此
曲是也。集中不载,今收入此

年年玉镜台,梅蕊宫妆困。今岁未还家,怕见江南信。　　酒从别
后疏,泪向愁中尽。遥想楚云深,人远天涯近。

按此首词林万选卷四误作朱敦儒词。别又误作李清照词,见杨金本草堂诗馀前
集卷下。

谒金门 春半

春已半。触目此情无限。十二阑干闲倚遍。愁来天不管。　　好
是风和日暖。输与莺莺燕燕。满院落花帘不卷。断肠芳草远。

江城子 赏春

斜风细雨作春寒。对尊前。忆前欢。曾把梨花,寂寞泪阑干。芳
草断烟南浦路,和别泪,看青山。　　昨宵结得梦夤缘。水云间。
悄无言。争奈醒来,愁恨又依然。展转衾裯空懊恼,天易见,见伊
难。

按此下原有浣溪沙“玉体金钗一样娇”一首,乃唐韩偓词,见香奁集,文字少异,未
录。

减字木兰花 春怨

独行独坐。独倡独酬还独卧。伫立伤神。无奈轻寒著摸人。
此情谁见。泪洗残妆无一半。愁病相仍。剔尽寒灯梦不成。

眼　儿　媚

迟迟春日弄轻柔。花径暗香流。清明过了,不堪回首,云锁朱楼。
　　午窗睡起莺声巧,何处唤春愁。绿杨影里,海棠亭畔,红杏梢

头。

鹧 鸪 天

独倚阑干昼日长。纷纷蜂蝶鬥轻狂。一天飞絮东风恶,满路桃花春水香。　　当此际,意偏长。萋萋芳草傍池塘。千钟尚欲偕春醉,幸有荼蘼与海棠。

清 平 乐

风光紧急。三月俄三十。拟欲留连计无及。绿野烟愁露泣。　　倩谁寄语春宵。城头画鼓轻敲。缱绻临歧嘱付,来年早到梅梢。

点 绛 唇

黄鸟嘤嘤,晓来却听丁丁木。芳心已逐。泪眼倾珠斛。　　见自无心,更调离情曲。鸳帏独。望休穷目。回首溪山绿。

蝶恋花 送春

楼外垂杨千万缕。欲系青春,少住春还去。犹自风前飘柳絮。随春且看归何处。　　绿满山川闻杜宇。便做无情,莫也愁人苦。把酒送春春不语。黄昏却下潇潇雨。

清平乐 夏日游湖

恼烟撩露。留我须臾住。携手藕花湖上路。一霎黄梅细雨。　　娇痴不怕人猜。随群暂遣愁怀。最是分携时候,归来懒傍妆台。

菩萨蛮 秋

秋声乍起梧桐落。蛩吟唧唧添萧索。欹枕背灯眠。月和残梦圆。

起来钩翠箔。何处寒砧作。独倚小阑干。逼人风露寒。

按词谱卷六此首误作朱敦儒词。林下词选卷二此首又误作朱希真（秋娘）词。

又

山亭水榭秋方半。凤帏寂寞无人伴。愁闷一番新。双蛾只旧颦。起来临绣户。时有疏萤度。多谢月相怜。今宵不忍圆。

鹊桥仙　七夕

巧云妆晚，西风罢暑，小雨翻空月坠。牵牛织女几经秋，尚多少、离肠恨泪。　微凉入袂，幽欢生座，天上人间满意。何如暮暮与朝朝，更改却、年年岁岁。

菩萨蛮　木樨

也无梅柳新标格。也无桃李妖娆色。一味恼人香。群花争敢当。情知天上种。飘落深岩洞。不管月宫寒。将枝比并看。

按此首误入玉海楼旧藏旧钞本樵歌。

点绛唇　冬

风劲云浓，暮寒无奈侵罗幕。髻鬟斜掠。呵手梅妆薄。　少饮清欢，银烛花频落。恁萧索。春工已觉。点破香梅萼。

念奴娇　二首　催雪

冬晴无雪。是天心未肯，化工非拙。不放玉花飞堕地，留在广寒宫阙。云欲同时，霰将集处，红日三竿揭。六花剪就，不知何处施设。　应念陇首寒梅，花开无伴，对景真愁绝。待出和羹金鼎手，为把玉盐飘撒。沟壑皆平，乾坤如画，更吐冰轮洁。梁园燕客，夜明不怕灯灭。

又

鹅毛细剪,是琼珠密洒,一时堆积。斜倚东风浑漫漫,顷刻也须盈尺。玉作楼台,铅镕天地,不见遥岑碧。佳人作戏,碎揉些子抛掷。

争奈好景难留,风僝雨僽,打碎光凝色。总有十分轻_{按"轻"字原}妙态,谁似旧时怜惜。担阁梁吟,寂寥楚舞,缺,据诗词杂俎本断肠词补
笑捏狮儿只。梅花依旧,岁寒松竹三益。

卜算子 咏梅

竹里一枝斜,映带林逾静。雨后清奇画不成,浅水横疏影。　　吹彻小单于,心事思重省。拂拂风前度暗香,月色侵花冷。

按此下原有柳梢青"玉骨冰肌""冻合疏篱""雪舞霜飞"三首,乃杨无咎作,见逃禅词,未录。

菩萨蛮 咏梅

湿云不渡溪桥冷。娥寒初破东风影。溪下水声长。一枝和月香。　　人怜花似旧,花不知人瘦。独自倚阑干,夜深花正寒。以上断肠词

按此首全芳备祖前集卷一梅花门作苏轼词。

以上紫芝漫钞本断肠词,原有词二十六首,四首未录。

失 调 名

王孙去后无芳草。花草粹编卷二朱秋娘采桑子集句引

西江月 春半

办取舞裙歌扇,赏春只怕春寒。卷帘无语对南山。已觉绿肥红浅。　　去去惜花心懒,踏青闲步江干。恰如飞鸟倦知还。澹荡梨花

深院。花草粹编卷四

月华清 梨花

雪压庭春,香浮花月,揽衣还怯单薄。欹枕裴回,又听一声乾鹊。粉泪共、宿雨阑干,清梦与、寒云寂寞。除却。是江梅曾许,诗人吟作。　　长恨晓风漂泊。且莫遣香肌,瘦减如削。深杏夭桃,端的为谁零落。况天气、妆点清明,对美景、不妨行乐。拌著。向花时取,一杯独酌。花草粹编卷十

存 目 词

调　名	首　句	出　处	附　注
浣 溪 纱	玉体金钗一样娇	断肠词	韩偓词,见香奁集,附录于后
柳 梢 青	玉骨冰肌	又	杨无咎词,见逃禅词
又	冻合疏篱	又	又
又	雪舞霜飞	又	又
生 查 子	去年元夜时	词品卷二	欧阳修词,见近体乐府卷一
绛 都 春	寒阴渐晓	花草粹编卷十	无名氏词,见草堂诗馀后集卷下
阿 那 曲	梦回酒醒春愁怯	古今词统卷一	乃"春宵"诗,见断肠诗集卷三,附录于后
采 桑 子	王孙去后无芳草	词谱卷五	朱秋娘词,见彤管遗编后集卷十二

浣溪纱 春夜

玉体金钗一样娇。背灯初解绣裙腰。衾寒枕冷夜香消。　　深院重关春寂寂,落花和雨夜迢迢。恨情和梦更无聊。

阿　那　曲

梦回酒醒春愁怯。宝鸭烟销香未歇。薄衾无奈五更寒,杜鹃叫落西楼月。